PAS DE PITIÉ POUR LE JUGE

Steve Martini est un des grands avocats américains, tant en cour d'assises qu'au tribunal de grande instance. Considéré comme l'un des maîtres du thriller psychologique, il est l'auteur de nombreux best-sellers dont *Principal témoin* et *Trouble influence.* Il vit sur la côte Ouest avec sa femme et sa fille.

Paru dans Le Livre de Poche :

PRINCIPAL TÉMOIN

TROUBLE INFLUENCE

STEVE MARTINI

Pas de pitié pour le juge

ROMAN

TRADUIT DE L'AMÉRICAIN PAR RICHARD CREVIER

GRASSET

Titre original :

THE JUDGE

A la mémoire de George Coleman

PROLOGUE

Elle a tout d'une rose : grande et mince, le teint mat, les dents éclatantes, les yeux pétillants et un petit caractère bien à elle, parfois épineux.

Lenore Goya et moi sommes amis depuis le court laps de temps où j'ai exercé, à titre exceptionnel, les fonctions d'avocat de l'accusation pour le parquet du comté de Davenport il y a trois ans[1]. Sauf quelques brèves rencontres au tribunal, je ne l'ai revue qu'une fois, peu de temps après les obsèques de Nikki. J'avais à plusieurs reprises songé à lui téléphoner mais je m'étais chaque fois retenu de le faire. N'ayant guère envie de jouer les veufs en mal d'aventure, j'avais tu le désir qu'elle m'inspirait.

Pourtant, lorsqu'elle a téléphoné, j'ai su qu'elle percevait ce désir dans ma voix.

Ce soir, j'ai rendez-vous avec elle chez Angelo, au bord du fleuve. Il fait frisquet. Au-dessus des tables disposées le long du quai, une brise légère fait se balancer les lanternes japonaises. Un peu plus loin, des bateaux dansent au mouillage dans le port de plaisance.

Ma tenue, à la fois élégante et décontractée, m'a demandé deux heures de préparatifs. J'ai eu l'impression au téléphone qu'elle m'appelait davantage pour

1. Cf. *Principal témoin,* Le Livre de Poche n° 17028.

des raisons professionnelles que pour le simple plaisir de me voir. Je conserve néanmoins quelque espoir.

Je l'aperçois enfin qui approche sur la terrasse, légèrement surélevée par rapport à moi. Elle est vêtue pour la circonstance d'une jupe longue plissée aux motifs fleuris, et d'un pull à col roulé de couleur vive. Lenore en tons printaniers.

Elle me salue de la main. Je réponds à son geste d'un air naturel et dégagé, comme s'il s'agissait seulement des retrouvailles de vieux amis, bien que mon cœur batte la chamade dans ma poitrine.

Elle vient vers moi en contournant les tables, inoccupées pour la plupart. Les dîneurs ont préféré l'intérieur pour se protéger de l'air frais du soir. Ce n'est pas encore tout à fait l'été à Capital City.

Des têtes se retournent sur son passage. Lenore est l'une de ces femmes éblouissantes qui deviennent le point de mire de tous les endroits où elles se trouvent. D'ascendance hispanique, on dirait à la voir une indigène encore indemne des méfaits de la civilisation, ce qui lui donne un charme presque exotique : Eve au Paradis terrestre avant la Chute.

Plus que jamais, elle a le corps et l'esprit vifs et alertes. Ses traits sont finement ciselés, ses pommettes hautes, et un nez qui, comme tout le reste chez elle, est droit et acéré.

« Quel endroit magnifique. » Elle me donne un petit baiser sur la joue, exerce de la main une légère pression sur mon bras et je me sens tout chose.

« Il y avait si longtemps, dit-elle.

— Un bail. » Je calcule mes répliques afin de ne rien laisser paraître de mon trouble.

Je lui dis qu'elle est superbe, lui approche une chaise. Je réussis ensuite à trébucher sur son sac à main en revenant m'asseoir. Nos regards se croisent et je vois que ses yeux pétillent, amusés. Elle rit à mes dépens, mais, même là, il y a en elle quelque chose de fascinant.

Elle occupe mes pensées, mais pas de la manière qu'on pourrait croire. Elle figure souvent dans un rêve que je fais, inspiré par le souvenir : je revois la silhouette massive d'Adrian Chambers en équilibre instable au-dessus de moi, tenant à la main un pieu métallique qui décrit un demi-cercle vers ma poitrine et, derrière lui, Lenore qui, telle une furie, jette des étincelles comme une ancienne déesse de la Guerre.

Nous n'y faisons jamais allusion, mais le souvenir de ce jour où j'ai failli perdre la vie et où Lenore a tué un homme pour me sauver est présent à l'arrière-plan de toutes nos conversations.

Nous échangeons quelques paroles de politesse, évoquons des amis communs du temps jadis, et parlons de nos enfants qui sont à peu près du même âge. Lenore a deux filles, à peine plus âgées que Sarah.

« Elle doit avoir grandi, dit-elle, parlant de ma fille.

— Elle ressemble chaque jour un peu plus à Nikki. » Mille souvenirs me reviennent et je sens que je donne dans la sensiblerie. Lenore détourne les yeux. Elle souffre à la pensée de cette enfant orpheline de sa mère. Lenore a la fibre maternelle.

« Comment vous débrouillez-vous, tous les deux ?

— On s'y fait, lui dis-je. C'est pour Sarah que c'est le plus dur.

— Mais Nikki te manque. Je le vois dans tes yeux, quand tu prononces son nom. »

Je ne le nie pas mais fais dévier la conversation sur un autre sujet : le nouveau travail de Lenore.

On dirait bien que j'ai choisi justement le sujet qu'il ne fallait pas.

« On n'a pas le temps de s'ennuyer, dit-elle, mais l'ambiance est plutôt infecte. »

Elle a traversé le fleuve, il y aura bientôt un an, pour prendre les fonctions d'adjointe au procureur du comté de Capital City. Ce qui explique pour une part que nous nous croisions si rarement en société.

Nous vivons dans les coins opposés du ring et rebondissons comme deux boxeurs groggy. Nous ne nous sommes pas encore affrontés dans un prétoire, et je me demande ce qu'il en résulterait pour notre amitié si cela se produisait. Il se peut que je ne le sache jamais.

C'est le branle-bas dans son service. Duane Nelson, qui avait engagé Lenore, a démissionné pour prendre une place de juge qui était vacante. Il a été remplacé par un nouveau, à la fois plus teigneux et plus vulnérable. Coleman Kline est à la botte des grosses légumes du comté. Il a décidé de faire le ménage dans le service et des rumeurs de purge circulent dans les bureaux.

A entendre Lenore, les choses en sont arrivées au point que chaque matin, en arrivant au travail, elle regarde s'il n'y a pas du sang sur le chambranle de la porte, se demandant quand passera l'Ange exterminateur, en l'occurrence une nommée Wendy qui délivre les formulaires roses de licenciement aux nouvelles victimes.

« Tu n'as pas idée du nombre de gens qu'on a déjà licenciés », dit Lenore.

Comme elle n'est pas titularisée et occupe un poste en vue au ministère public, elle fait une cible toute désignée. Il y a une douzaine de lèche-bottes politiques qui ont milité pour le bon candidat à la dernière élection, à savoir Kline, et qui lorgnent maintenant vers son poste tout en essayant de l'évincer.

Le garçon s'approche de notre table, nous commandons des cocktails et des amuse-gueule. Il s'éloigne et j'observe en silence Lenore qui suit des yeux un yacht en train de remonter le fleuve, ses feux de position verts se réfléchissant sur l'eau en une moire mouvante et colorée.

Détachant son regard du bateau, elle surprend le mien posé sur elle.

« A quoi penses-tu ? », demande-t-elle.

Quelque chose me dit que ce n'est pas pour discuter de ses problèmes de boulot qu'elle a voulu me voir.

« J'aimerais croire que tu m'as appelé pour mes beaux yeux.

— Tu crois que je t'ai appelé pour d'autres raisons, c'est ça ? » Elle complète ma pensée.

Je souris.

« Tu as de beaux yeux, tu sais. » A ces mots, les siens scintillent comme les eaux sombres qui reflètent les lumières au-dessous de nous. Elle a une fossette dans chaque joue.

« Mais ? fais-je.

— Mais j'ai besoin de ton aide. Pour un ami à moi, un flic. Il a des ennuis... »

CHAPITRE PREMIER

« A vous de choisir. Ou bien votre bonhomme témoigne, ou bien...

— Ou bien quoi ? Vous allez le soumettre à la question ? », dis-je.

Il me regarde, l'air de dire : « Si vous voulez. »

Armando Acosta eût été tout à fait à sa place à une autre époque : me viennent à l'esprit des scènes de caverne aux parois desquelles sont fixées des chaînes, et des visions de torches aux flammes vacillantes. J'ai l'impression de sentir une odeur de chairs brûlées tandis que des hommes cagoulés, le poitrail velu et taillés en armoires à glace, vont et viennent avec des instruments de torture qu'ils manient à son commandement. Noix de Coco, comme on l'appelle, est un anachronisme vivant. Il a raté sa vocation de Grand Inquisiteur dans l'Espagne d'antan.

Assis dans son cabinet, nous respirons l'air moite de l'été. Il flotte dans la pièce une odeur particulière qui rappelle l'intérieur d'un casier de gymnase de lycée empuanti par un suspensoir souillé. Le comté a dépensé des millions de dollars pour agrandir le tribunal, un monument en marbre élevé à la bêtise des pouvoirs publics, mais il n'a plus assez d'argent pour changer les filtres du système de climatisation.

Acosta s'enfonce dans le cuir souple de son fauteuil tout en effleurant sa lèvre supérieure d'un doigt manucuré, comme s'il était plongé dans une réflexion profonde.

« Je vais le poursuivre pour outrage à magistrat. Et le mettre au régime des droits communs. Pas de traitement de faveur. » Cette idée semble l'enchanter, comme si elle confirmait à ses yeux que le système judiciaire est le dernier où l'autorité puisse encore s'appliquer arbitrairement, et en quasi totale impunité. Surtout ici, dans l'intimité de son cabinet.

« La prison est archi-comble, ajoute-t-il comme s'il fallait justement mettre cette circonstance à profit.

« Et vous savez ce que risque un flic en milieu carcéral. Il y a des gens là-dedans, on dirait des animaux. Qui sait ce qu'ils lui réservent... » Il me ferait volontiers un dessin, sa version du « pendu », sauf qu'ici le bonhomme est à quatre pattes et le derrière en l'air, proprement empalé.

C'est de mon client qu'Acosta est en train de parler. Tony Arguillo, dans la trentaine et beau gosse, est pratiquement un bleu dans la force de police locale avec ses quatre ans d'ancienneté seulement. Il a reçu une citation à comparaître comme témoin devant un grand jury. Il est apparenté de loin à Lenore, un petit-cousin ou quelque chose comme ça. Mais ils semblent plus proches tous les deux que ne le laisseraient supposer les seuls liens du sang. Tony et Lenore ont grandi ensemble dans les rues d'un quartier mal famé de Los Angeles, lui les muscles et elle le cerveau, probablement.

Arguillo est devenu l'enjeu d'un rapport de forces entre le syndicat de la police et les autorités municipales, à la suite d'un conflit de travail qui a dégénéré. Le dernier point de cette partie de ping-pong, dans laquelle Arguillo fait office de balle, a été marqué par Noix de Coco qui, au nom du maire et du conseil municipal, a expédié mon client derrière le filet, cul par-dessus tête.

La municipalité, qui a attaqué la police pour corruption, renoncerait sans doute à toute poursuite si le syndicat trouvait un remède à l'épidémie d'absentéisme qui ravage les rangs de la police. Acosta, quant à lui, cherche à se gagner les faveurs du pouvoir en place, d'autres politiciens susceptibles, s'il est réglo, de le prendre sous leur aile lors d'une élection ou, s'ils la perdent, de lui assurer un bon petit job pépère en mairie.

Noix de Coco a décidé de faire plier le syndicat de la police, lequel a pris le parti de son adversaire pour l'élection à venir, et ne se prive pas d'alimenter la caisse électorale du candidat de son choix.

Ce qu'on dit de la plupart des juges se vérifie généralement, à savoir que leur principal titre pour occuper cette fonction est qu'ils sont en cheville avec le gouverneur de l'Etat. Et voilà que ce juge-ci, que je hais, tient en outre mon client par les couilles.

Malheureusement pour Tony Arguillo, ce qui avait débuté par des bricoles et des accusations sans fondement est en train de prendre du poil aux pattes. On a de plus en plus de preuves que certains dirigeants du syndicat de la police ont détourné à leur usage personnel des fonds de pension et des cotisations. Les choses ont pris de telles proportions dans l'opinion publique que le parquet ne peut plus fermer les yeux.

Nous échangeons quelques plaisanteries, Acosta et moi, sur le bien-fondé de ces accusations. Je parle de « rumeurs sans fondement » tout en priant le ciel pour que le ministère public n'ait pas terminé l'audit des finances du syndicat. Acosta de son côté y va d'un petit couplet de moraliste indigné. Etant donné la moralité plus que douteuse du personnage, on ne sait plus si c'est du lard ou du cochon.

« Vous avez vu ça ? demande-t-il. Des agents de police qui distribuent des tracts à l'aéroport pour alerter les touristes sur les problèmes de sécurité de la ville. Vous voyez un peu ce culot ? Moi, je n'en reviens pas. » Tout cela sur le ton de la confidence, lâché à travers ses dents serrées, à voix assez basse pour que son greffier, qui attend à la porte en mâchouillant des graines de tournesol dont il recrache les cosses sur la moquette, ne puisse entendre.

« Il y a quand même des faits qui parlent d'eux-mêmes, dit-il. C'en est au point que les flics ne vous protègent des voleurs qu'à condition d'avoir palpé un dessous de table dans leur enveloppe de paie. Pour moi, ça s'appelle du trafic d'influence. C'est contraire aux règles de la profession, précise Acosta. C'est de l'extorsion et rien d'autre », ajoute-t-il, comme si les propos déplacés et les menaces voilées de recours à la force physique tenus par un représentant de la justice à l'encontre de mon client étaient d'une teneur morale plus élevée.

Je le lui dis.

« Je n'ai menacé personne. Et je suis outré que...

— Je le dirai à mon client lorsque vous le mettrez en cabane avec Brutus.

— C'est lui-même qui s'y met, en cabane. »

La conversation est en train de tourner à l'aigre. J'essaie de le raisonner un peu.

« Mon type ne faisait que du travail de cuisine, lui dis-je. Il tenait les livres du syndicat.

— Une cuisine épicée, dit Acosta. D'après ce que j'ai appris, il manque plus d'un demi-million de dollars dans les caisses du syndicat. »

Je le regarde comme si cette information était toute nouvelle pour moi. « Vous devriez peut-être interroger les dirigeants du syndicat là-dessus. Tony n'était même pas trésorier. Il se contentait de tenir les livres à temps perdu pour rendre service à des amis.

— Je n'en doute pas, dit-il. C'était probablement le seul de la bande capable de compter jusqu'à dix. »

Acosta n'a pas une très haute opinion des flics. Pour lui, un flic compétent est un flic mort, tué en service commandé, et les autres sont tout juste bons à lui cirer ses bottes pointues de cow-boy pour tuer le temps, corvée à laquelle j'ai vu le greffier se livrer sous mes yeux.

Mon client m'a juré à diverses reprises n'avoir pas touché d'argent. Je le soupçonne de savoir non seulement où est passée une bonne partie du magot mais également qui de sa clique s'en est mis plein les poches. C'est cela que veut Acosta, la preuve que de graves irrégularités et des détournements de fonds ont été commis au sein du syndicat, et cette preuve il la veut afin de pouvoir la négocier avec les autorités municipales. Un objet de troc comme un autre à ses yeux. Cette preuve casserait les reins du syndicat et les flics en uniforme retourneraient dare-dare au travail, la queue entre les jambes. En somme, une accusation en correctionnelle qui mettrait fin à une grève partie pour faire tache d'huile.

« Si vous le poursuivez pour outrage à magistrat, dis-je, nous obtiendrons un report. On ira en appel.

— Ça demandera peut-être deux ou trois jours. »

Je peux lire à livre ouvert sur le visage d'Acosta : *En attendant, votre client va découvrir dans sa cellule les pulsions de la sexualité humaine sous des angles inédits pour lui.*

C'est scandaleux et je ne lui fais pas dire. Cela revient à envoyer à la mort un policier qui n'a été qu'un lampiste et qui n'est mêlé à cette histoire qu'accessoirement.

Il y a quelque chose de sinistre et de machiavélique dans le sourire que m'adresse Acosta depuis l'autre côté de son bureau, dont la surface exiguë est jonchée de papiers et de toute une panoplie d'objets que les exclus de la culture qualifieraient d'art. Dont un don Quichotte en métal brandissant sa lance contre un moulin à vent en fer-blanc, cadeau d'une association de citoyens crédules qui s'est méprise sur l'avarice et les ambitions politiques du juge, confondues avec quelque noble cause. La seule chose qu'il ait en commun avec ce chevalier à la Triste Figure, c'est l'opiniâtreté.

« On se comprend ? », demande-t-il. Il me regarde droit dans les yeux.

« Voyons voir si j'ai bien pigé. Vous voulez que mon client renonce à ses droits, qu'il s'incrimine lui-même peut-être. Si je refuse, vous le fourrez dans une cellule avec un animal quelconque et les lois de la nature suivront leur cours. »

Son visage revêt une expression en laquelle je vois vaguement confirmation de ce que je viens de décrire.

« Nous devrions peut-être appeler le greffier et mettre ça noir sur blanc », lui dis-je.

Un noir rictus déforme ses lèvres minces, comme pour dire : « Vous pouvez toujours courir. »

« Votre bonhomme va parler ou faire de la taule, peut-être les deux. Mais il va parler. Vous devriez l'y préparer.

— J'ai comme l'impression que vous en faites une affaire personnelle.

— Non, non. Ça n'a rien de personnel.

— Politique alors, dis-je.

— Ah, là, vous m'avez. » Acosta reconnaît la chose sans rougir. « Il y a toujours un prix à payer lorsqu'on mise sur le mauvais cheval. » Il cherche quelques instants puis : « Comment s'appelle-t-il déjà ? Johnston ? »

Au moins là-dessus il est honnête. Il s'agit ici de pur calcul politique. Il ne se souvient même pas du nom de son adversaire à la prochaine élection.

« C'est... » Il réfléchit quelques instants afin de trouver le mot juste. « ... une question de survie, dit-il. Ça fait vingt ans que je suis juge. J'ai toujours traité les policiers avec égards. Je n'ai jamais maltraité un homme en uniforme dans le box des témoins. Et ils me font ça. »

Il passe sous silence le fait qu'il a relâché des proxénètes et des putes durant toutes ces années, soit en échange de bons procédés soit comme dépôt sur un plan d'épargne à long terme. Allez savoir. Quoi qu'il en soit, les flics de l'escouade des mœurs n'appréciaient guère. Cela était mal vécu chez les non-gradés et n'a sans doute pas été étranger à leur décision de soutenir un autre candidat.

« On dirait bien que vous vous trouvez devant un conflit d'intérêts. Vous feriez peut-être mieux d'y aller mollo avec Arguillo, lui dis-je.

— Bien essayé. Sauf que ce n'est pas votre client qui a donné de l'argent à mon adversaire mais le syndicat. Et celui-ci n'est pas en situation de décider s'il doit témoigner ou non. »

Sur le plan strictement juridique, il a raison, mais dans la pratique, toute cette manœuvre atteint au plus vif le sentiment de solidarité qui existe entre les flics et leur syndicat. Et Acosta le sait.

« Nous savons pertinemment que votre client est au courant de certaines choses », dit-il.

Je hausse un sourcil. « Qui est ce "nous" ? J'ignorais que le métier de juge s'était transformé en entreprise collective. »

Acosta sait qu'il est allé trop loin.

« J'essaie seulement de me rendre utile, reprend-il. Votre client pourrait en faire autant en témoignant. S'il n'a rien fait de mal, il n'a rien à craindre.

— Ouais, je vois ça d'ici. Comme si votre jury trié sur le volet allait faire ces distinctions subtiles.

— Le grand jury du comté n'est pas trié sur le volet. »

C'est ça. Pas d'avocat de la défense, pas un semblant de preuve, un procureur qui tire les ficelles et la seule forme d'intervention légale qui me reste consistant en ce tête-à-tête avec cette version latino de Sa Majesté des Mouches qu'est Acosta. Je pourrais discuter, mais à quoi bon ?

L'assemblée de magistrats qui a la haute main sur le système judiciaire de Capital City est surnommée la Curie par les avocats qui doivent régulièrement subir l'arbitraire de ses ordonnances administratives. La dernière lubie de la Curie a consisté à nommer Acosta à la tête du grand jury du comté. Autant nommer un pédophile à la tête d'un centre pour enfants maltraités. Les ennemis de Noix de Coco n'ont plus qu'à bien se tenir.

Je songe un instant à jouer la carte ethnique. Après tout, Arguillo est hispanique. Enfin je le crois. Je me dis, l'espace de quelques secondes, qu'il se pourrait bien que Noix de Coco fasse une petite fleur à quelqu'un de même origine que lui. Mais je me ravise. Acosta porte autant d'intérêt à la question ethnique qu'un parasite à l'organisme dont il se repaît.

Je lui demande :

« Et que se passera-t-il si mon client s'abrite derrière le Cinquième amendement ?

— Il ne peut pas si le procureur général lui garantit l'immunité.

— Il ne la lui a pas garantie.

— Il le fera », dit Acosta.

Le juge, dont le rôle, en l'occurrence, est censé n'être qu'administratif, s'est comporté de manière partiale en s'entretenant de cette affaire avec le procureur.

« C'est vous qui devriez représenter la partie civile dans cette affaire. Vous auriez dû vous présenter contre Kline. »

Ma remarque le fait sourire, comme s'il avait déjà envisagé cette éventualité. Coleman Kline, le nouveau procureur général du comté, est un ancien lobbyiste qui représentait une association de militants pour une répression accrue. Il faisait flèche de tout bois : conduite en état d'ivresse, femmes battues, droits des victimes, tous les problèmes qui étaient dans l'air du temps. Kline a mis ça dans la balance pour l'emporter, il y a quatre mois, au terme d'une campagne électorale haineuse. Soutenu par les associations contre l'avortement et par la coalition conservatrice qui croit que la société est sur la mauvaise pente depuis que Noé a débarqué de l'arche, il l'a emporté de justesse sur son principal adversaire, un avocat qui avait fait toute sa carrière au parquet. Kline a passé les deux mois qui viennent de s'écouler à consolider son pouvoir, à récompenser le procureur général adjoint qui l'avait soutenu durant sa campagne, et à vider les autres.

« Kline est nouveau, me dit Acosta. Le tribunal croit qu'il faut développer les échanges de bons procédés.

— Je tiens seulement à ce que mon client ne se fasse pas mettre en charpie dans les rouages des échanges de bons procédés.

— Cette histoire commence à être lassante. Dites à votre bonhomme qu'il n'a pas le choix. Ou il se montre coopératif ou on l'écrabouille. »

Cet aimable propos signale la fin de notre entretien.

« Je vais lui parler, dis-je.

— Ça ne devrait pas prendre plus de deux minutes. »

Je lui apprends que mon client n'est pas présent dans l'enceinte du tribunal. Une précaution que j'ai prise.

« J'attends une réponse demain. A deux heures. Et amenez Arguillo avec sa brosse à dents, précise-t-il. Sinon, vous feriez bien d'apporter la vôtre. »

A mon retour au bureau, je trouve celui-ci transformé en véritable salle de congrès. Il n'y manque que les chapeaux de gala. Mon associé, Harry Hinds, pioche dans l'assiette de bonbons posée sur le bureau de la réceptionniste, restes de Noël qu'il tripote et offre à la ronde depuis plus de six mois. Par la vertu d'une mystérieuse loi darwinienne s'appliquant aux sucreries, ces bonbons sont tout à coup devenus mangeables.

Assis sur le coin du bureau, Arguillo attend avec

stoïcisme des nouvelles de son sort. Il est en pleine conversation avec Lenore qui, installée jambes croisées sur le canapé, partage son attention entre lui et des papiers qu'elle tire de sa serviette. Elle lève les yeux lorsque je referme la porte derrière moi.

« Lorsqu'on parle du loup... dit Harry.

— Comment ça s'est passé ? » La question vient de Lenore, qui offre l'image même de l'inquiétude. Elle semble plus soucieuse que Tony, au point qu'un observateur extérieur pourrait croire que c'est elle qui joue sa peau.

« Comme je m'y attendais. Son Eminence ne nous fera pas de cadeau. Il dit que Tony doit parler ou... » Je ponctue ma phrase d'un léger haussement d'épaules.

« Ou quoi ? demande Tony.

— Ou qu'il fera de la taule. »

Cette nouvelle ne semble pas le troubler outre mesure.

Lenore, en revanche, se lance dans des théories sur les droits de la défense, sur les moyens de contrer la comparution devant un grand jury et d'en contester l'enquête probatoire comme portant atteinte au droit syndical. Mon silence fait comprendre à Tony qu'il n'y a rien à espérer de pareils expédients.

Lorsqu'il est tombé dans ce traquenard, je n'ai pu refuser de répondre à l'appel à l'aide de Lenore. Mais c'est à contrecœur que j'ai accepté d'assurer sa défense. Je n'ai pas l'habitude de défendre les flics et, n'eût été Lenore, je ne l'aurais pas représenté non plus.

En fin de compte, il se conduit comme n'importe quel flic acculé au pied du mur : il joue les fanfarons.

« Eh bien, Acosta peut aller se faire voir », dit-il. Il se lève du bureau et se met à arpenter la pièce. « Il se trompe d'adresse s'il croit que bibi va donner les petits copains. Il va en être pour ses frais. »

Mais il retourne la chose dans tous les sens en proférant des injures dans sa barbe, comme un type aux abois.

« J'ai appris certaines choses au sujet des activités parallèles d'Acosta, dit finalement Arguillo. Il se sert de la brigade des mœurs pour se fournir en prostituées. Une moralité de chat de gouttière.

— Ce n'est pas très aimable pour les chats », dit Harry qui n'en rate pas une et qui attend pour voir si des détails croustillants vont suivre.

Voilà des années que j'entends cette accusation contre Acosta, à savoir qu'une femme, à condition d'être mignonne, peut obtenir une remise en liberté sur parole si elle lui accorde ses faveurs. C'est sa conception à lui du service public. N'ayant jamais eu la moindre preuve de cette rumeur, il y a belle lurette que je n'en tiens plus compte.

« Les avocats de la partie civile vont peut-être en rester là », dit Tony. Une attitude de flic. Les juges sont pourris mais le procureur général, lui, trône juste à la droite de Dieu d'où il peut glisser la main sous les jupes de la Justice. Un type bien comme on n'en fait plus. En qui les flics voient l'un des leurs.

« Moi, je ne miserais pas trop là-dessus, dit Harry. Lenore m'a un peu raconté le bon temps qu'elle se paye dans ce nid de vipères. » Harry parle des services du procureur. Il a sans doute, en mon absence, tenté d'entraîner Lenore à pactiser avec le côté honnête de la Loi, c'est-à-dire la défense, une industrie en pleine expansion qui vit du crime et de ceux qui le commettent.

Lenore a l'air anxieuse, comme si elle voulait que Harry s'en aille afin que l'on puisse discuter ouvertement de la situation désespérée dans laquelle se trouve Tony. Hinds boit sans doute du petit lait. Pour lui, la justice sociale se résume à mettre les flics en taule. Je les inviterais bien dans mon bureau pour m'entretenir avec eux en tête à tête mais, tel que je connais Harry, il nous y suivrait. Et puis, il se peut que j'aie besoin de lui sur cette affaire.

« Je te croyais à ton bureau, dis-je à Lenore. Tu n'avais pas besoin de l'accompagner ici. Tony est un grand garçon. »

Oui mais une tête brûlée, puis-je lire dans son regard, bien qu'elle ne formule pas la chose.

« Je voulais seulement lui apporter un peu de soutien moral », dit-elle. Elle materne Tony. C'est ainsi que je vois leur relation : plus jeune, elle avait besoin d'un homme et, avec Tony, elle jouait à la maman. Ils sont presque du même âge mais elle a vingt ans de plus que lui, si vous voyez ce que je veux dire.

« En plus, ces temps-ci, toutes les occasions sont bonnes pour sortir de cette boutique. J'ai dit en partant que j'allais à la bibliothèque de droit.

— Comme ça, ça ne va pas fort dans le service ?

— Ça me pend au-dessus de la tête. » Elle fait des deux mains le geste d'une mâchoire qui se referme. A chacun de deviner ce qu'elle veut dire. Avec elle, on ne sait jamais.

« Tu pourrais peut-être parler à ton patron. Lui faire retirer sa plainte. Qu'il renonce à cette idée de grand jury, dit Tony. Qu'il laisse Acosta mijoter dans son jus.

— C'est ça. Comme s'il allait m'écouter.

— Mais au moins tu le connais, reprend Tony.

— Comme Moïse connaissait Dieu. On n'est pas exactement à tu et à toi, lui et moi. Il me donne du Mademoiselle Goya long comme le bras. Je retire mes chaussures avant d'entrer dans son bureau. Terrain sacré, ajoute-t-elle. Il aime qu'on respecte les formes. L'étiquette du pouvoir. »

Si Kline savait que Lenore est ici ou qu'elle a trouvé un avocat à Arguillo, il l'étriperait. Elle a réussi jusqu'à présent à échapper à ses foudres. Heureusement pour elle, elle était entrée de trop fraîche date au ministère public pour prendre parti lors de l'élection qui a consacré la victoire de Kline.

Celui-ci a trente-huit ans, une calvitie précoce et a fait un mariage d'argent. Il paraît que sa femme est l'héritière d'une grosse fortune bâtie sur la culture des amandes et du riz. On ne parle pas ici d'argent de poche mais de quoi lancer une carrière politique dans la stratosphère.

La personne, y compris sa propre mère, qui réussira à savoir ce qui se brasse dans cet esprit calculateur n'est pas encore née. Kline ne sourit que sur commande, et encore, uniquement lorsqu'il s'adresse à des auditoires de plus de cent personnes. On raconte qu'il n'a pas fait un geste depuis qu'il a atteint l'âge de raison qui n'ait été motivé par des calculs politiques. Lenore aurait pu tomber sur pire que lui mais, pour des raisons connues d'elle seule, elle ne semble pas lui faire confiance. Cela est peut-être dû à des différences de style dans leurs façons respectives d'exercer leur autorité dans le service, à moins que cela ne vienne de ce qu'elle voit en lui un tartufe qui la met mal à l'aise.

« Tu devrais peut-être ouvrir ton propre cabinet, lui dis-je. La pratique privée est moins aléatoire.

— Je ne serais pas mieux lotie que toi. » Elle m'adresse un petit sourire piteux. Elle veut parler de la défense de Tony que j'assure à l'œil pour le moment, sans compensation, parce qu'il est à sec. Des enfants à charge et une pension alimentaire. Tout son argent passe à entretenir une ex-épouse.

« Qu'est-ce qu'on fait ? » L'hyper-machisme de Tony est en train de fondre comme neige au soleil. Il a sûrement la vision d'une porte de cellule en train de se refermer sur lui.

« On n'a pas beaucoup le choix », lui dis-je.

Nous examinons l'éventualité d'un recours au Cinquième amendement, lequel interdit à quiconque de s'incriminer soi-même. Sauf que l'immunité dont jouirait Tony s'il témoignait dégonfle aussitôt ce ballon de baudruche. Kline, s'il le juge bon, n'aura qu'à offrir l'immunité à Tony en échange de son témoignage, l'obligeant de la sorte à parler. Acosta a agité cette menace. Ce qui nous ramène à la question de savoir dans quelle mesure Tony sait réellement quelque chose, ce que l'on s'est bien gardé de me confier jusqu'à présent. La confidentialité entre un avocat et son client est peut-être sacrée, mais lettre morte quand il s'agit des agents de police et de leur élémentaire loyauté. On lit peut-être l'inscription « SERVIR ET PROTÉGER » sur la portière de chaque voiture de patrouille mais, à l'intérieur, gravé dans le similicuir des sièges, figure le véritable et suprême article de foi de la flicaille : Ne donne jamais un collègue. Arguillo m'a tenu dans l'ignorance de ce qu'il sait et m'a tu le nom de celui ou ceux qu'il pourrait faire tomber.

« Il serait peut-être temps qu'on ait une petite conversation, tous les deux, lui dis-je.

— Oui, c'est ça. » Il regarde le plafond tout en se tordant les mains. Il jette un coup d'œil en direction de Lenore, qui ne peut pour l'heure lui offrir autre chose qu'un sourire d'encouragement, et poursuit :

« Pas question. Je n'ai pas l'intention de m'enfermer à huis clos avec un grand jury et je refuse de parler. Acosta se met le doigt dans l'œil s'il pense que je vais me retourner contre de bons flics. Pourquoi ? Pour que ce connard se fasse un nom, pour qu'il en écrase encore d'autres pour arriver, pour finir peut-être juge à la cour d'appel ? »

Je sens que Harry frissonne rien qu'à l'évocation de cette perspective.

« Acosta parle de vous mettre au régime des droits communs », dis-je à Tony. Acosta est probablement en train à l'heure qu'il est de dresser la liste des truands qu'Arguillo a épinglés afin de lui en coller un ou deux comme compagnons de cellule.

Mais Tony repart de plus belle. Je crois que ce que signifie un tel régime de détention ne l'a même pas effleuré. Il est remonté à bloc.

« Il ne comprend pas les non-gradés. On se tient entre nous. On sait veiller sur nos propres intérêts, me dit-il. S'il pense nous baiser, il est pas sorti de l'auberge. » Il s'empourpre en parlant et son anatomie virile semble s'enfler à mesure qu'il se monte le bourrichon, l'adrénaline et la testostérone faisant chacune bonne mesure. Puis, tout aussi soudainement, il se tait et me regarde :

« Il faut que j'y aille.

— Où ça ?

— Un appel de la nature. »

Je me dis qu'il s'est mis dans un tel état qu'il est possible qu'il se soit rendu malade. Il a, en effet, le visage tout rouge et les mains qui tremblent.

Il quitte la pièce et se dirige vers les toilettes des hommes dans le couloir. L'espace d'un court instant, nous nous regardons en silence tous les trois, Lenore, Harry et moi.

« Si vous voulez savoir, il ne parlera pas. » Lenore a dit cela comme si ça allait de soi, telle une maxime qui aurait l'impérieuse nécessité de la loi de la gravitation.

« Par loyauté ? Cet article de foi des flics ? dis-je.

— Ça et le sens de l'autoconservation.

— Tu parles de son travail ?

— De sa vie, répond-elle.

— Allons, ne dramatise pas. Personne ne le menace. » J'ai du mal à croire que Noix de Coco le mettra au régime des droits communs à la prison du comté.

« Un policier de patrouille est facilement vulnérable. » Elle est plus subtile que moi. « On t'envoie sur les lieux d'un appel, d'un vol à l'arraché, disons, et le standard "oublie" de te prévenir que le suspect est armé. Il y a mille manières de te faire la peau, et toutes ressemblent à des accidents.

— Pourquoi feraient-ils ça ? » Je me demande si Tony ne lui aurait pas confié des choses qu'il m'a cachées.

« Ce Mendel, tu le connais bien ? me demande-t-elle.

— Uniquement par ouï-dire. Je ne l'ai jamais rencontré personnellement, et d'après ce que je sais, je ne perds pas grand-chose. »

Phil Mendel est à la tête du syndicat des policiers en tenue. C'est un mégalomane doté d'une ambition dévorante. Depuis qu'il a pris la direction du syndicat il y a quatre ans, il a étendu dans les moindres recoins du comté les ramifications de son pouvoir, telle une tumeur qui vous sortirait du rectum. Chaque fois qu'il a été question de bavures policières, il a paralysé des administrations entières. La police municipale est désormais dirigée de manière collégiale. Le chef de la police ne lève pas le petit doigt sans consulter Mendel.

Celui-ci a la réputation de défendre les intérêts de sa base, ce qui est décisif pour survivre et le seul moyen d'accéder au pouvoir dans les syndicats. Vous êtes flic et vous avez envie de toucher une pension d'invalidité sous des prétextes à dormir debout ? Parlez-en à Phil. Il y a des types dans la trentaine qui sont maintenant à la retraite et qui touchent leur plein traitement tout en faisant du slalom en ski nautique sur le fleuve. Ils doivent tous leur bonne fortune à Phil et à ses petits copains qui siègent à la commission des retraites anticipées de la fonction publique.

Il faut dire aussi que Mendel ne se contente pas, pour ses bonnes œuvres, de tirer les ficelles de la politique. Il est de notoriété publique qu'un éditorialiste qui avait fait de lui sa tête de Turc a dû déménager dans un autre Etat à la suite de menaces de mort. Phil, quant à lui, se refuse à endosser la responsabilité d'actions irréfléchies commises par de loyaux subordonnés que ces calomnies répétées contre leur « patron » auraient poussés à bout. Telle est l'ombre sombre projetée par Phil Mendel sur l'image de la police locale.

« Es-tu en train de me dire que Mendel a menacé mon client ?

— Si cette histoire de détournements de fonds se

vérifie, Mendel voudra se mettre à couvert, dit Lenore. Il n'est pas du genre à encaisser un mauvais coup sans réagir.

— Tu crois qu'il prendrait des mesures pour faire en sorte que Tony se taise ? »

Elle me fait une moue qui en dit long.

CHAPITRE DEUX

Ma fille a besoin d'amour et aime les câlins. Elle est de ces enfants qui, sans raison précise et au lieu de demander des bonbons, s'approchent de vous, silencieux et rêveurs, pour qu'on les embrasse. Je lui donne alors un petit baiser sur le front ou la joue pour l'assurer une fois de plus de mon amour paternel et que je ne la quitterai pas comme l'a fait sa mère l'année dernière en mourant.

Je remplis désormais une double fonction parentale auprès de ma fille, et ce n'est pas une mince affaire. Nikki n'était pas seulement la seule de nous deux qui sût faire régner la discipline, c'était aussi elle qui dispensait de la menue monnaie sous l'oreiller pour chaque dent perdue. La semaine dernière, la mythique dispensatrice de ladite piécette a posé un lapin à Sarah et a oublié de déposer la somme due sous son oreiller. Le lendemain matin, Sarah est venue vers moi en larmes. Non seulement sa mère n'était plus, mais la bonne fée elle-même avait négligé de se manifester. Je suis convaincu que Sarah a dû se demander si elle n'allait pas être également rayée de la tournée du Père Noël.

J'ai passé la soirée suivante à souffrir l'angoisse de la page blanche en essayant de rédiger en petites capitales une excuse dans le style féerique, un petit laïus dans lequel il était question d'un malheureux concours de circonstances dû à la maladie d'un autre elfe et de mon attachement pour elle. J'ai prié le ciel qu'elle comprenne quelque chose à cette piètre excuse.

Lorsque sa mère la punissait pour quelque peccadille, Sarah dès son plus jeune âge venait vers moi comme si elle devinait en son papa une instance plus indulgente à laquelle recourir en appel. Les enfants ont un sixième sens. Ils sentent l'alchimie parentale dans l'air ambiant. Elle savait que si elle pouvait trouver grâce auprès de quelqu'un, c'était auprès de son idole de père. Nous avions tous les deux appris quelle terreur pouvait être Nikki lorsqu'elle prenait mon contre-pied en matière d'éducation des enfants. Ma femme ne transigeait pas sur l'autorité. Elle ne s'emportait pas mais restait inflexible, convaincue qu'il ne fallait pas laisser les enfants manipuler leurs parents et diviser pour régner, et que seule la fermeté conduirait à cet objectif ultime : l'éducation de notre fille.

Sarah est d'un naturel accommodant. Elle fera tout pour éviter un conflit. Il lui était plus douloureux d'être témoin d'un conflit entre Nikki et moi sur des questions de discipline que de courber la tête et d'accepter les punitions infligées par sa mère. A l'âge de cinq ans, elle avait cessé de venir me trouver pour que j'intervienne en sa faveur. Et, lors des rares fois où, ayant entendu sa mère la réprimander, je lui demandais dans le calme d'une pièce voisine ce qu'elle avait fait de mal, elle levait vers moi un visage rayonnant et répondait avec un sourire : « Rien. »

J'ai découvert depuis lors la responsabilité ingrate et impitoyable qui incombe à un père. La tâche la plus pénible de la journée pour moi est de devoir m'endurcir et dire « non » à ma fille. Ce soir, je m'y emploie, et pour une bonne raison.

« Nous avons déjà parlé de ça, lui dis-je. Qu'est-ce que je t'avais dit ?

— P-A-P-A. » Elle sait admirablement moduler ce mot lorsqu'il le faut.

« Il n'y a pas de papa. Je t'ai dit que si tu voulais passer la nuit chez Amber, tu devais d'abord ranger ta chambre. C'est le règlement. Tu avais oublié ? » J'ai bien peur que le ton avec lequel je semble parlementer avec elle ne manque un peu de conviction. « Nous nous étions bien mis d'accord là-dessus, non ? »

Je recherche le consensus.

« Mais, papa. Amber n'a pas ramassé ses affaires et c'est elle qui a mis le plus de désordre. » Elle fait appel à mon sentiment de l'équité tandis qu'Amber et sa mère attendent en bas dans le vestibule. Sarah, assise en tailleur au pied de son lit, se tortille une mèche de cheveux et pose sur moi des yeux bruns suppliants.

En fille d'avocat, elle a appris à négocier.

« Amber n'est pas ma fille », lui dis-je.

Elle m'adresse un regard signifiant qu'elle voudrait bien que sa petite copine soit justement ma fille adoptive et que ce soit elle qui fasse à cet instant office de bouc émissaire. Il y a des poupées plus ou moins dévêtues un peu partout sur le plancher de la chambre, certaines amputées d'un œil ou d'un bras. Un vrai champ de bataille. Pour des raisons de sauvegarde personnelle, j'ai cessé d'acheter à ma fille des jouets qui se démontent. Je pourrais exhiber des cicatrices qui prouvent que j'ai marché plus d'une fois pieds nus sur ce genre de pièces...

« Et Amber ? Elle attend », me dit-elle. Et dit avec l'air de se morfondre terriblement tandis qu'elle se balance, accrochée d'une main au montant de son lit.

« Range tout ça. Immédiatement », lui dis-je d'un ton sans réplique.

Elle me jette un regard de résignation éplorée et entreprend de jeter les corps déchiquetés de ses poupées dans le panier en plastique qui leur tient lieu de domicile.

Je me dirige vers l'escalier et descends d'un pas tranquille retrouver Becky Saunders, la mère d'Amber, debout près de la porte d'entrée. Je lui présente les excuses de Sarah.

« Ce soir, ça tombe vraiment mal. Peut-être une autre fois. Sarah a des trucs à faire. »

Amber me regarde d'un œil noir.

« Bien sûr. Nous comprenons, dit sa mère. Ah, ces gosses ! »

Amber la tire par une jambe de son pantalon : « Mais, maman... » La supplique universelle.

« Une autre fois, répond-elle à sa fille.

— Ce ne doit pas être facile sans Nikki. » Elle regarde au fond du couloir le désordre dans la cuisine, tandis que sa fille s'accroche toujours à ses basques d'un air suppliant. Becky essaie de ne pas faire attention à elle. Nikki et elle se connaissaient. Il leur arrivait de faire le taxi pour conduire les petites à des fêtes enfantines.

« Ce n'est pas de tout repos.

— Vous êtes-vous adressé à l'Association des Parents Seuls ? »

Une agence matrimoniale, je vois ça d'ici. Je secoue la tête.

« Vous êtes avocat, n'est-ce pas ? », demande-t-elle.

Mon esprit soupçonneux me dit qu'elle est en train de faire de rapides calculs mentaux. Ce que je pourrais apporter dans la corbeille conjugale.

« Je peux vous trouver leur numéro de téléphone, si vous voulez. L'Association compte plusieurs femmes de profession libérale... » Sa voix se fait hésitante.

Tendant la main devant moi, tel un agent de la circulation, j'esquisse de la tête un signe de dénégation.

« Non, non. Ça va. Vous avez sûrement autre chose à faire.

— Pas du tout, dit-elle. Le métier d'avocat doit être passionnant. »

L'esprit ailleurs, elle note quelque chose au dos d'une carte qu'elle laisse tomber dans son sac à main. J'y vois mon nom et les lettres APS, Association des Parents Seuls. Voilà ce que c'est que d'être un homme seul dans un monde d'épouses. Elles veulent toutes vous prendre en main.

« C'est épouvantable. » Elle regarde d'un air absent par-dessus mon épaule et je pense l'espace d'une seconde qu'elle parle du décès de Nikki. « Comme si on pouvait faire confiance à des gens comme ça. »

Il m'est arrivé de subir des périodes de détresse durant les mois qui ont suivi la mort de Nikki, mais je n'ai jamais mis la chose sur le compte de la confiance trahie. Je lui demande : « Comme quoi ?

— Comme ce juge.

— Quel juge ?

— Celui qu'on a arrêté ce soir », répond-elle. Elle désigne du doigt la télévision dont le son est coupé et dont l'écran scintille dans le living.

Je me retourne pour regarder mais l'émission a été interrompue par un message publicitaire.

« Vous n'êtes pas au courant ? On a arrêté un juge ce soir. Dans une affaire de prostitution. Incroyable, non ? Dire qu'on fait confiance à des gens comme ça. C'est à se demander ce qui se passe. »

Elle sait maintenant à mon expression qu'elle a toute mon attention.

« Parfaitement. On l'a arrêté en début de soirée dans un grand hôtel du centre-ville. Il était en compagnie d'une *call-girl*. C'est épouvantable, dit-elle.

— Qui était-ce ?

— Hein ?

— Ce juge, comment s'appelle-t-il ?

— Oh, je ne sais pas. Qu'est-ce que c'était déjà ? » Elle claque des doigts deux ou trois fois, les yeux levés vers le plafond. « Locata ? Armada ? un nom qui sonne hispanique.

— Acosta ?

— C'est ça. »

Elle me regarde en se demandant, j'en suis sûr, pourquoi mon visage, à cette nouvelle peu réjouissante, s'éclaire d'un grand sourire. Elle doit me croire fou, mais peu importe. Le monde est merveilleux. Il y a vraiment un Dieu au Paradis.

CHAPITRE TROIS

Je lis dans le journal du matin les détails sommaires de l'arrestation du juge. On y voit sa photo qui occupe une demi-page, accompagnée de la légende suivante : « Un juge est arrêté pour complicité avec un réseau de prostitution. »

Ça tombe on ne peut mieux en cette période électorale. Journal d'une main et serviette de l'autre, je sors de l'ascenseur au troisième étage des bureaux du procureur général, situés dans un immeuble de verre et de métal sans prétention. Le bâtiment est adossé au tribunal, au fin fond d'un quartier déshérité que l'on avait commencé à reconstruire avant que les projets de réaménagement urbain n'aillent à vau-l'eau. Les services du procureur général partagent l'immeuble avec les Archives du comté et quelques autres officines bureaucratiques logées au rez-de-chaussée.

Une réceptionniste, assise derrière une vitre blindée de cinq centimètres d'épaisseur, appelle Lenore et, quelques secondes plus tard, actionne le mécanisme me permettant d'entrer. J'emprunte le couloir, longe des dizaines de boxes, équivalents gouvernementaux de bureaux personnels. Ils sont occupés par des avocats, certains au téléphone, d'autres s'activant en silence, penchés, tels des moines copistes d'antan, sur des bureaux surchargés de documents. Dans certains de ces boxes, les dossiers s'entassent à mi-hauteur des murs. Tous des affaires en cours.

Si voulez savoir où va l'argent de vos impôts, c'est vraisemblablement dans les services du parquet d'une grande agglomération qu'on le gaspille le moins. Ici, de jeunes avocats débordés accomplissent en une seule journée l'équivalent de la semaine de travail normale de la moyenne des gens. Certains d'entre eux, les futures autorités morales du pays, sont des carriéristes qui s'emploient à lutter contre la corruption et la décadence des temps, des zélotes de la Loi pour qui tout est monochrome : blanc ou noir. D'autres, plus pragmatiques, accomplissent là un passage réglementaire où ils se font les dents avant d'offrir leurs services à un gros cabinet d'avocats bon chic bon genre, où les criminels vont en col blanc et commettent leurs larcins lors de déjeuners dans des restaurants discrets.

Lenore occupe l'un des plus grands bureaux, à proximité de celui de Son Eminence, Coleman Kline. On trouve ici une deuxième réception, tenue par deux secrétaires qui veillent jalousement sur le bureau de Kline. J'entends celui-ci parler au téléphone derrière les portes closes. Les parois de cet endroit ont l'épaisseur d'un Kleenex. Quelqu'un éternue et tout le monde dans le couloir fait : « A vos souhaits. »

Je tapote sur le panneau vitré en claire-voie situé à côté de la porte de Lenore.

« Entrez. » Couvrant d'une main le combiné du téléphone, elle me fait signe d'entrer et m'indique un siège devant son bureau.

Une jeune femme occupe l'autre fauteuil, âgée d'une vingtaine d'années, longs cheveux blonds lui tombant sur les épaules, qui lève sur moi des yeux d'un bleu étonnant. Le genre de fille qui fait des ravages sur les campus. Le teint clair, les pommettes hautes, elle a l'air d'avoir grandi sur les sables de Santa Monica. Une minijupe couvre à peine ses cuisses bronzées, tout juste assez musclées pour être sexy, à mi-chemin entre la robustesse et la sensualité. Il se pourrait que ce soit la secrétaire de Lenore, bien qu'elle n'en ait ni l'allure ni le bloc-notes ou le stylo.

« Je suis à vous dans un instant », dit Lenore. Puis dans l'appareil :

« Non, non. Ce n'est pas ce qui était convenu. Il plaide coupable sur les chefs d'accusation un et deux et on laisse tomber le reste. Il fait un minimum d'un an en liberté surveillée.

— ...

— Qui a parlé de mise en liberté sur parole ? »

Elle marque une pause pour écouter son interlocuteur dans l'appareil.

« Ce n'est pas ce que Monsieur Kline m'a dit.

— ...

— Non, je lui en ai parlé. »

Elle gesticule de la main en essayant d'en placer une.

« Ecoutez, c'est le marché qu'on vous propose. Dites à votre client que c'est ça ou rien. Non, il n'y a qu'un seul avocat du ministère public sur cette affaire et vous êtes en train de lui parler. »

Elle écoute.

« Mais enfin, je ne suis pas responsable de ce que vous avez dit à votre client. C'est le mot de la fin. Vous le tenez de source autorisée. »

Nouveau silence.

« Bon, assez parlé. C'est comme vous voulez. Si vous le prenez comme ça, nous irons devant les tribunaux. »

J'entends maintenant, à deux mètres, le type gueuler haut et fort dans le récepteur. Je crois reconnaître sa voix. Si elle peut le mettre dans cet état au téléphone, je me demande de quoi elle serait capable devant un tribunal.

« Soit. Allez-y et parlez-lui. Moi, je lui en ai déjà glissé un mot et il a trouvé ce compromis correct.

Vous n'avez qu'à dire un mot et on classe l'affaire. » Un argument qui fait toujours mouche dans les règlements à l'amiable.

Ça continue de gueuler et de marchander dans l'appareil mais Lenore reste inflexible.

« C'est à prendre ou à laisser », dit-elle. Elle finit par raccrocher en marmonnant des propos rageurs.

« On ne peut pas lui reprocher de tâter un peu la marchandise avant de laisser tomber, lui dis-je.

— Ouais, sauf qu'il la tâte au rayon des soldes », dit-elle en faisant un petit signe de la tête en direction de la membrane qui tient lieu de cloison entre son bureau et celui de Kline. La femme assise à côté de moi ne semble pas avoir saisi l'allusion, à moins que ça ne lui passe par-dessus la tête. Je ne saurais dire.

Je prends la parole, voulant amener la conversation sur l'article paru dans le journal du matin, mais Lenore m'interrompt.

« Paul Madriani. Paul, je te présente Brittany Hall. Paul est un ami. Il est passé prendre un café. »

Première nouvelle. Mais il est clair que ce qu'elle a à dire, elle ne veut pas le dire dans ce bureau. Je joue le jeu. Je me tourne vers la dénommée Brittany, en essayant de ne pas trop la reluquer.

« Vous travaillez ici ?

— Si l'on veut, dit Lenore avant que Brittany n'ait le temps de parler. Brittany travaille de temps à autre avec la police. Elle étudie la criminologie à la fac et est assermentée comme shérif adjoint.

— Agent secret, dit la fille.

— Oh.

— Tu as peut-être lu quelque chose sur son dernier coup d'éclat *dans le journal de ce matin* ? » Lenore a vu le journal que je tiens à la main.

« Le juge qu'on a arrêté, dit-elle en me regardant d'une façon particulière et en se renfrognant, comme pour dire : *Tais-toi.* Brittany est notre atout maître dans cette affaire. Un témoin très important.

— Oh. » L'appât. On raconte beaucoup de choses sur la brigade des mœurs de la ville. Elle est connue pour utiliser à l'occasion des groupies de la police, des femmes qui traînent avec les flics comme d'autres vivent dans l'ombre des joueurs de basket. Il est arrivé à la brigade des mœurs d'engager des gagnantes de concours de beauté pour jouer les tapineuses : « Miss Tomate » et une ou deux « Princesses de la Marguerite », des filles d'une vingtaine d'années avec des courbes capables. de créer un embouteillage sur un circuit de Grand Prix automobile. Les voir en petite culotte sous un éclairage un peu tamisé suffirait à faire damner le pape lui-même. Je lorgne de nouveau la dénommée Brittany pour me rincer l'œil d'un genou bien galbé et d'un enchevêtrement de jambes collées contre le bureau de Lenore : exactement ce qu'il fallait pour piéger ce vieux vicelard de Noix de Coco.

« Beau boulot », lui dis-je sans dissimuler mon enthousiasme.

Elle y répond en m'adressant un grand sourire de toutes ses dents d'émail. « Mais je vous remercie. »

Après un bref instant de réflexion, elle prononce son arrêt.

« Ce doit être un beau salaud. » Elle essaie d'évaluer la portée de sa contribution. Je crois qu'elle confond mes félicitations avec un intérêt authentique chez moi pour une cité bien gouvernée.

« Impardonnable, dis-je. Plus bas que tout.

— Et juge par-dessus le marché », ajoute-t-elle. A l'entendre, on dirait que seuls les Présidents et les Gouverneurs occupent une place supérieure dans l'ordre moral. Trouvaille à marquer d'une pierre blanche. Elle se détend, tout sourire. Après tout, je ne suis pas un de ces types guindés et empesés des gros cabinets d'avocats qui pourraient lui en vouloir de jeter le discrédit sur la justice en s'attaquant à quelqu'un de la confrérie. Mon opinion sur Noix de Coco n'est pas très éloignée de celle d'un résistant à l'égard de Mussolini : qu'on le pende par les talons et qu'on l'abatte s'apparente pour moi à un simple geste sportif.

« Ce type a une moralité de serpent lubrique », lui dis-je en renchérissant un peu sur la métaphore. Je lui demanderais volontiers jusqu'où est allé le serpent en question mais Lenore ne me quitte pas des yeux. Elle me fusille du regard.

« Je ne suis pas une débutante. Mais là, vraiment, un juge. Je ne me serais pas doutée. Moi qui le prenais pour un homme d'affaires. »

On dirait une gamine qui se rend compte qu'elle vient de se farcir la terreur du quartier.

« Et aujourd'hui il n'est plus question que de ça dans les journaux », lui dis-je, ce qui amène une légère rougeur sur ses joues.

Je brandis le journal. Je lui demanderais bien un autographe mais Lenore le prendrait mal.

« Le journal ne cite pas mon nom. »

Ce qui semble l'ennuyer.

« Il faut leur laisser le temps. » Je vois d'ici l'agitation vorace des journalistes lorsqu'ils auront repéré ce morceau de choix. Ils vont lui faire la part belle en première page.

« On ne cite pas votre nom et pour une bonne raison, dit Lenore. C'est que nous y tenons. J'espère que vous comprenez. »

Brittany acquiesce sans rien manifester, quoique j'aie comme l'impression que l'idée de rester anonyme ne lui sourit guère.

« Nous étions juste en train de terminer un petit debriefing, dit Lenore. Ça t'ennuierait d'attendre dans le couloir ? »

Que ça m'ennuie ou non, elle m'indique la porte afin de pouvoir continuer à extirper de Brittany toutes les saletés qui permettront à son équipe de charger Acosta. Je pourrais coller mon oreille contre le trou de la serrure mais les secrétaires n'apprécieraient peut-être pas.

Dix minutes plus tard, j'ai la partie postérieure de ma personne ankylosée à force de demeurer assis sur la dure banquette en bois, ce dont je me console en me disant que Lenore me fera peut-être profiter un peu des informations qu'elle aura recueillies, un petit aperçu des dévergondages nocturnes de Noix de Coco. J'entends en sourdine un murmure de voix dans le bureau de Lenore, mais rien de distinct. Pour me distraire, je tends l'oreille vers la moitié de conversation téléphonique qui me parvient du bureau de Kline. Même à travers la cloison, sa voix est ferme et sans réplique, ainsi qu'il convient à un homme d'Etat pur et dur. Sa part du dialogue consiste en quelques questions posées avec à-propos. La seule fois où j'ai eu l'occasion de traiter avec lui, il a été d'un laconisme proprement stupéfiant.

« Oui. Comme je l'ai dit, je vais voir ça et je vous rappelle. Hum-hum. Hum-hum. Comment s'appelle votre client ? » Suit un silence, comme s'il prenait des notes.

« D'autres délits ? Antérieurs à celui-ci ? », demande-t-il. Il se fait un silence plus long. D'autres notes.

« Je ne vous promets rien mais je vais en parler à Mademoiselle Goya. Non, elle travaille pour moi. C'est moi qui décide en dernière instance. »

Les secrétaires ne me quittent pas des yeux. L'une d'elles sent que mes antennes sont sorties et que je capte une communication qui devrait être classée confidentielle. Elle met la photocopieuse en marche et celle-ci couvre la voix de Kline. Cette secrétaire trop zélée est sans doute en train de gaspiller l'argent des contribuables en tirant des pages blanches au nom de la confidentialité.

Quelques secondes plus tard, la porte qui sollicitait mon intérêt s'ouvre et Coleman Kline en sort d'un pas nonchalant, sanglé dans un costume à mille dollars, le visage légèrement hâlé. Il paraît qu'il fait de la voile dans la baie durant les week-ends. Malgré sa calvitie naissante, il est bel homme. Une gravure de mode.

Il tient une note à la main, quelque chose de griffonné sur un Post-it jaune.

La secrétaire, qui a quitté son siège et contourné le comptoir de l'accueil, se tient dans une posture de mendiante, attendant l'aumône de son maître. Il lui tend la note.

« Trouvez-moi le dossier de ça. »

Elle file à la vitesse de la lumière.

Il me jette un regard du coin de l'œil, murmure quelque chose à voix basse par-dessus le comptoir à la réceptionniste du standard, et demande si c'est lui que j'attends. Elle l'assure qu'il n'en est rien. Son regard se porte alors sur la porte close de Lenore.

« Maître Goya a quelqu'un dans son bureau ?

— Mademoiselle Hall. »

Il prend un air impérieux.

« Je croyais avoir bien précisé que je voulais qu'on amène Mademoiselle Hall à mon bureau dès son arrivée.

— Vous étiez au téléphone et Maître Goya a dit...

— Je me fiche de ce qu'a dit Maître Goya. Quand je donne une instruction, je tiens à ce qu'on y obéisse. »

La réceptionniste prend un air de chien battu.

Elle reste là, les yeux baissés, l'image même de la contrition, mais ne prend aucune initiative pour remédier au mal.

« Eh bien, faites son numéro, dit-il.

— Celui de Maître Goya ?

— Oui, celui de Maître Goya. Et dites-lui d'envoyer Mademoiselle Hall à mon bureau. Immédiatement.

— Oui, Monsieur. »

S'étant fait avoir une fois, il reste près d'elle afin de s'assurer que l'on exécute ses ordres à la lettre. Entre-temps, la secrétaire est revenue.

« Le dossier que vous vouliez.

— Oui. Où est-il ?

— On l'a remis à Maître Goya. »

Un air d'exaspération, apparemment dirigée contre Lenore, se peint sur le visage de Kline.

J'entends sonner le téléphone de la ligne interne dans le bureau de Lenore et sa voix qui répond.

« Monsieur Kline veut voir Mademoiselle Hall dans son bureau. »

Suivent des chuchotements étouffés derrière la porte du bureau. Lenore ne se doute pas de la tragédie qui est en train de se jouer de ce côté-ci. Elle demande qu'on lui laisse encore quelques minutes. Elle a presque fini de recueillir les informations dont elle a besoin pour déposer plainte contre le juge Acosta.

« Il veut la voir immédiatement. » Kline a beau se tenir près d'elle, la réceptionniste ne se fait guère impérative.

« Passez-la-moi. » Il lui arrache le téléphone.

« J'avais laissé des instructions pour que l'on m'amène Mademoiselle Hall dès son arrivée. Personne d'autre ne devait lui parler. »

On hésite un peu sur la ligne, comme si Lenore essayait de trouver une justification.

« Je m'en fous. Compris ? »

Un silence de mort nous parvient du bureau de Lenore. Puis, tout à coup, il y pense : inutile de passer des heures au téléphone. Il lance l'appareil à la secrétaire et se dirige vers le bureau de Lenore. Aussitôt passé le seuil, sa seule parole de politesse est pour Brittany Hall, à qui il demande d'aller l'attendre dans son bureau. Elle se faufile à toute vitesse entre Kline et le chambranle comme un chat qui tente d'échapper aux crocs d'un chien. Kline referme la porte derrière lui.

J'entends des paroles de colère, proférées pour la plupart d'une voix grave et mâle. Puis c'est au tour de Lenore de vider son sac.

« Vous n'avez pas le droit de me parler sur ce ton. J'ignorais que vous aviez laissé des instructions ou qu'il fallait les respecter à la lettre. » Je me représente mentalement Lenore plantée derrière son bureau, les mains sur les hanches.

Ce qui déclenche une nouvelle salve chez Kline, des affirmations comme quoi elle mettrait son autorité en question et s'emploierait à lui nuire auprès du personnel.

« J'ai toute la presse suspendue à mes basques, dit-il. Ils veulent des réponses. C'est une affaire très délicate. Pas du tout de votre ressort. Un magistrat est accusé d'un délit grave. J'ai besoin de savoir ce qui se passe. »

Lenore discute, lui dit qu'il faut faire le moins de déclarations possible à la presse, qu'il y a des tas de choses à prendre en considération dans cette affaire, sans parler de tout ce qui pourrait susciter l'hostilité des autres juges qui connaissent Acosta. Aucun d'eux ne pourrait juger l'affaire si Acosta devait comparaître devant un tribunal. Cela influerait négativement sur d'autres affaires en cours si les magistrats locaux s'apercevaient que le parquet essaie d'enfoncer l'un des leurs dans les médias.

Quant à Kline, tout cela lui rentre pas une oreille et lui sort par l'autre.

« Vous croyez peut-être que je ne sais pas comment m'y prendre avec la presse ?

— Je ne dis pas ça. Si vous voulez que je vous briefe, je serais heureuse de...

— Ce que je veux, c'est m'entretenir moi-même avec le témoin. Je prends moi-même cette affaire en main, dit-il.

— Parfait. Tenez, voici le dossier », dit-elle.

La porte s'ouvre et Kline paraît sur le seuil avec, dans les bras, une pile de documents pêle-mêle qui débordent d'une chemise cartonnée. Il rougit en me voyant, se rendant compte maintenant qu'un inconnu n'a pas perdu un mot du petit échange qui vient d'avoir lieu.

Puis, après une seconde de réflexion, le temps de trouver quelque chose pour sauver la face, il fait demi-tour et revient dans le bureau de Lenore.

« Ah, j'oubliais. L'affaire Bagdonovitch. Liberté sur parole. On passe outre sur le minimum de liberté surveillée.

— Quoi ?

— Vous m'avez entendu. Liberté sur parole.

— Mais nous en avions parlé. Nous en avons discuté hier et vous étiez d'accord, dit Lenore.

— Je viens tout juste de parler avec son avocat.

— Et alors ? Je ne vois pas le rapport. Vous avez des éléments nouveaux ? Quelque chose que je ne vous aurais pas expliqué ?

— Vous n'avez pas l'air de comprendre qui dirige ici. Je n'ai pas envie de discuter de cette question. Contentez-vous de faire ce qu'on vous dit. »

Là-dessus, il lui ferme brutalement la porte au nez et regarde en direction de Brittany Hall, plantée près du poste de la réceptionniste.

« Mademoiselle Hall. » Il se compose une attitude, et l'on peut voir quelle satisfaction il tire du coup final assené à Lenore. Il rectifie sa cravate et fait signe à Brittany Hall de l'accompagner vers son bureau.

« Puis-je vous appeler Brittany ? », demande-t-il.

Elle lui adresse un regard éloquent. Je crois qu'elle a deviné en lui une sorte d'Aladin qui, si elle caresse sa lampe dans le bon sens, pourra faire surgir le bon génie des feux de la rampe. Telle une starlette devant des perspectives inconnues jusqu'alors, elle n'est plus que courbettes et sourires en marchant vers le bureau de Kline.

« Quel connard ! » Lenore ne prend pas de gants lorsqu'on la provoque.

« T'énerve pas. Il était temps que ce comté ait un procureur général au service des malfrats. Comme le maire de Washington. Ça devrait faire partie des quotas d'embauche dans la profession. »

Elle ne trouve pas ça drôle. Nous prenons un café dans un petit bistro à cent mètres de son bureau. Je l'y ai invitée afin de lui tirer les vers du nez.

« J'ai vu des putes de bas étage se payer des mecs mieux que ce Kline, me dit-elle. Il se croit au Sénat, ma foi. Il aime qu'on le courtise. Une bonne journée au bureau pour lui, c'est une journée où on fait la queue à sa porte. J'envoie balader l'avocat de ce type au téléphone, tu as entendu. Et lui, il passe derrière et me casse ma baraque.

— C'était Bagdonovitch ? »

Elle acquiesce.

« Et maintenant, Kline veut l'affaire Acosta.

— Il a ça dans le sang, lui dis-je.

— Ouais. C'est une affaire médiatique et Kline veut garder la conduite des opérations, dit-elle. Au diable la justice. C'est de la politique. »

J'en viens au fait.

« Qu'est-ce que vous avez sur Acosta ?

— Tu en sais autant que nous. » Elle esquisse un geste en direction du journal.

« En effet.

— Ça devrait accorder un répit à Tony. » Elle se met à rire. Son côté gai.

« Pour le moment en tout cas. Son Excellence le juge Acosta ne siège pas aujourd'hui. J'ai téléphoné à son clerc et tous ses rendez-vous sont annulés », lui dis-je.

Harry est d'avis qu'Acosta, après la déconvenue qu'il a essuyée la nuit dernière, doit être chez lui en train de se faire un sang de punaise.

« Je suis sûr qu'il va crier à la machination, dis-je.

— Le cri de guerre de tous les mecs qui se font

prendre avec une pute. Mais ses avocats vont avoir du fil à retordre. La petite demoiselle qu'on lui avait mise entre les pattes avait un micro sur elle. Il n'y a pas à se méprendre sur l'enthousiasme avec lequel l'inculpé s'apprêtait à forniquer. »

Je la regarde.

« Il était déjà en rut avant même de discuter du prix de la passe. C'est en tout cas ce que dit le témoin.

— Ça figure sur la bande ? Ce besoin pressant ?

— Tu veux que je te fasse un dessin ?

— Non, je veux seulement être sûr que son compte est bon. »

Elle me regarde.

« Tu n'es pas très bavarde, lui dis-je.

— Ce que je sais, je le tiens du témoin, Brittany Hall. Je n'ai pas écouté la bande. Les techniciens travaillent dessus. Ils ont des problèmes. Le son n'est pas très bon. Ils essaient de l'améliorer.

— Et ton témoin, il est fiable ?

— Elle parle un anglais châtié. Pas de dossier judiciaire. Rien qui puisse rendre son témoignage irrecevable. Elle est née et a grandi ici. Bonne étudiante. Elle veut entrer dans la police. Elle a milité quelque temps pour un parti de droite. A travaillé sur deux ou trois campagnes électorales. De la figuration. Surtout dans des petites sauteries de la droite conservatrice où elle se pointe en canotier et en jupon à pompons. Sa dernière apparition publique avait été en faveur de ce crétin. » Elle parle de la campagne électorale de Kline.

« C'est lui qui l'a mêlée à ça ? »

Elle hoche la tête en signe de dénégation.

« C'est la brigade des mœurs. Ce sont eux qui ont tout monté. Si c'était Kline, on aurait trouvé les empreintes de la fille tout autour du zizi d'Acosta et son avocat ferait courir le bruit que c'est elle qui lui a proposé de l'argent.

— Comment en sont-ils arrivés à épingler le juge ? Ils l'ont choisi parmi d'autres au hasard ? »

Elle comprend le sens de ma question. Je me souviens du dernier commentaire de Tony Arguillo dans mon bureau, que les flics savent veiller sur les leurs. Je me demande si la partie de fesses en question n'aurait pas été conçue et exécutée par Phil Mendel et le syndicat de la police municipale. Ce serait bien dans le style de Mendel, sa façon à lui de supprimer toute menace de comparution de Tony devant un grand jury.

« Tu ne pourras jamais le prouver, dit-elle.

— Dis donc, est-ce que j'ai l'air d'un enfant de chœur ? Je ne suis pas regardant sur les moyens.

— Réfléchis bien. La loi des probabilités. A force de pécher, tu finiras en enfer.

— Question de hasard. La damnation est une affaire de pure statistique, dis-je pour apporter ma pierre à cette débauche de considérations théologiques. Tu crois que le bon juge va essayer de s'en sortir en cherchant à négocier ?

— Connaissant la fermeté qui règne dans nos services, dit-elle, il va probablement prétendre qu'il avait pris son machin tout raide pour une flèche à contresens dans un virage et il s'arrangera pour qu'on ramène toute cette histoire à une infraction au code de la route. »

Je passe outre ces propos.

« Il n'a pas beaucoup de marge de manœuvre. » L'incitation à la prostitution n'est qu'un délit mineur pour lequel on peut être appelé à comparaître devant les tribunaux et, le plus souvent dans cet Etat, le coupable n'est même pas placé en garde à vue. On se contente de lui envoyer une citation à comparaître. La brigade des mœurs viole ainsi elle-même ses propres règlements. Tout client d'une prostituée autre qu'Acosta paierait une amende de mille dollars, subirait un petit laïus sur les bienfaits mystiques du latex et reprendrait son petit train-train. Ce qui donne un peu le frisson dans le cas présent, c'est de penser que, délit mineur ou non, le juge s'est rendu coupable d'un crime de turpitude morale. Ce n'est pas la première fois qu'un juge de cet Etat est accusé d'un tel crime, ce qui aboutit généralement à sa radiation de la magistrature.

CHAPITRE QUATRE

Phil Mendel est caustique et brutal. En situation conflictuelle, on le voit faire un tas de mimiques exprimant un contentement égomaniaque chaque fois qu'il marque un point contre son adversaire. Il est tantôt grossier, tantôt suffisant et imbu de lui-même, d'une manière qui ne se rencontre que chez des hommes mûrs convaincus de leur supériorité. Bref, il aurait fait un merveilleux avocat de correctionnelle.

Il est presque cinq heures lorsqu'on nous fait finalement entrer dans son bureau, Harry et moi. Cela fait pratiquement une heure que nous faisons le pied de grue dans son antichambre. Il est assis derrière un grand bureau en séquoia sous le poli duquel court une galaxie de grains, sans doute la carte céleste servant à guider les ambitions du personnage.

Debout derrière lui, se tiennent deux sous-fifres, une partie seulement de l'armée clandestine de subordonnés qui lui obéissent au doigt et à l'œil. Ce sont des gens formés à la dure école des conventions collectives, des types qui ne font pas de quartier et qui sont prêts à tout pour arriver à leurs fins. Il y a de la grogne depuis quelque temps dans les rangs des policiers en tenue. Un collectif, qui se fait appeler Armée de Libération des Agents de Police — ALAP —, probablement une faction dissidente des troupes de Mendel, s'est mis à diffuser le numéro de téléphone personnel et l'adresse des capitaines et autres membres de la direction de la police, ainsi que des cartes indiquant comment se rendre chez eux. Pour Mendel et sa bande, la menace d'une petite visite guidée offerte à des repris de justice à peine sortis de taule donnera peut-être à réfléchir à la partie patronale durant les pauses des négociations syndicales.

L'un des acolytes de Mendel fume une cigarette dont il laisse un Vésuve de cendres tomber sur l'épaule de son patron. Il lui tend des documents et lui murmure quelque chose à l'oreille, tandis que Harry et moi sommes assis à ronger notre frein en attendant de nous entretenir avec le gourou.

Tout cela avec l'argent des contribuables, puisqu'ils sont salariés de la municipalité, des gardiens de la paix autorisés à prendre sur leur temps de travail pour diriger les activités syndicales. Ils interprètent la chose comme une autorisation à s'y consacrer à temps plein. Il faut croire que les responsables des finances municipales n'ont pas l'énergie nécessaire pour mettre fin aux agissements de Mendel.

« Le conseil municipal est tellement près de ses bon Dieu de sous que c'est à croire que c'est son propre argent », dit Mendel. Il ne s'adresse à personne en particulier, à moins que ce ne soit à Dieu, dont il vient de profaner le nom.

« Deux pour cent indexés, après un gel des salaires l'année dernière, et ils trouvent ça généreux », dit-il. Il tire légèrement la manche de son pull en cachemire. Un syndicaliste ne saurait porter de costume. Ça ne se fait pas.

Il manipule des papiers sur lesquels sont inscrits des chiffres. A en juger par la conversation des trois compères, il s'agit manifestement des dernières propositions chiffrées qu'on leur a faites à la suite d'une négociation marathon qui s'est soldée hier soir par un échec.

« On devrait faire des confettis de toute cette paperasse. » Telle est l'appréciation par Mendel des dernières propositions salariales de la municipalité.

Harry m'accompagne parce que je n'ai pas osé m'aventurer ici tout seul. En cas de conflit juridique, il se portera garant de mes déclarations à l'encontre des deux séides de Mendel. Ce sera sa parole contre la leur.

J'ignore s'ils ont déjà été amenés à comparaître devant le grand jury et, dans ce cas, ce qu'ils ont bien pu déclarer. Mais il ne sera pas dit plus tard que j'ai essayé de suborner des témoins. Harry apportera la preuve de ma bonne foi.

« Vous représentez l'agent Arguillo, dit Mendel. J'espère que Tony touche le salaire qu'il mérite. Alors, qu'est-ce qui vous amène ici ?

— La scène du crime.

— Quel crime ? demande-t-il, les yeux ronds.

— Je pensais que vous pourriez peut-être me le dire. Les problèmes de Tony semblent avoir commencé avec son activité dans le syndicat.

— Des problèmes ? Quelqu'un a des problèmes ? » Il se recule dans son fauteuil qu'il fait pivoter lentement, la tête appuyée contre le dossier, tandis qu'avec ses deux sbires il se paie une bonne rigolade. Problèmes ? Connais pas.

« Je vois pas de problème.

— Le grand jury, dis-je.

— Ah, ça. C'est réglé. » Il dit cela comme s'il avait suffi d'appuyer sur une touche téléphonique pour tout arranger. Ce qui, d'ailleurs, a probablement été le cas. Rien ne prouve que Mendel soit à l'origine des mésaventures de Noix de Coco, mais il est clair comme de l'eau de roche qu'il voudrait qu'on le croie. Les pouvoirs de l'illusion.

« C'est réglé pour le moment.

— Ouais. Le temps qu'on ramasse le juge à la petite cuiller. » Ceci venant de Mendel. Ça ricane et ça jacte à qui mieux mieux entre les deux glandeurs debout derrière lui, qui s'agitent et font des mimiques comme deux collégiens qui viennent de marquer un panier au basket.

« Je me demande ce qu'il porte sous sa toge de juge », dit l'un d'eux.

Mendel penche les yeux sur sa propre braguette. « Whaoa ! Elle se contracte ! » On rit de plus belle. Mendel a de la bave sur le menton et il tente de la récupérer avec sa langue.

Harry et moi pourrions nous joindre à ce petit divertissement mais ce ne serait pas convenable. Déjà que j'ai l'impression d'être souillé rien qu'à l'idée d'avoir un ennemi commun avec lui...

Je lui demande comment il se fait que Tony en soit venu à tenir les comptes du syndicat.

« Vous auriez pu vous payer un comptable agréé.

— Pourquoi payer ce qu'on peut avoir gratuitement ? répond-il. Nous avons confiance en Tony. N'est-ce pas ? » Il lève les yeux et des signes d'assentiment lui répondent à l'unisson.

« J'en suis sûr, dis-je. En plus, comme ça, ça reste entre vous. Pas de traces d'audit, pas de rapports qui foutent la merde. »

Mes propos ne sont guère de son goût. Il fait la grimace. « Si vous voulez. Tony a vraiment fait du bon boulot », dit-il.

Du boulot tellement professionnel que leurs livres sont maintenant écrits à l'encre invisible au dos de serviettes en papier. Exactement le genre de tenue comptable qui a la préférence de Mendel.

« Je crois que vous n'avez pas à vous en faire, dit-il. Le grand jury brasse beaucoup d'air pour rien. Il n'a rien contre Tony. Sur cette bricole — les cotisations syndicales. » Il fait un vague geste du revers de la main au-dessus de son bureau comme pour balayer toute allégation.

« Vous semblez parler d'expérience, dis-je. Vous êtes-vous entretenu avec le jury à huis clos ? »

Il me regarde, l'air de dire : « Ah, c'est ça ? Si vous voulez tout savoir, vous allez tout savoir. » Il se penche vers nous, deux petites fentes à la place des yeux : on approche de la minute de vérité.

« Dites-moi, Maître, quel marché étiez-vous en train de négocier avec le juge, au sujet du témoignage de Tony ? »

C'est ma minute de vérité, pas la sienne.

« A quelle sauce aviez-vous décidé de nous manger ?

— Secret du chef. Réservé exclusivement à la clientèle, dis-je, faisant allusion à cette confidentialité avocat-client à laquelle Tony semble déjà avoir renoncé en allant se confesser dans le giron de Mendel.

— Moi, ça m'a tout l'air d'une spécialité à base de flics, dit-il. Une fricassée de petits copains. » Il lève les yeux vers ses collègues. « On a de la chance que Tony ait un sens élevé de la loyauté.

— Comme vous dites, vous avez de la chance.

— Vous ne savez pas où vous mettez les pieds. L'eau est plus profonde que vous ne croyez.

— Heureusement que je sais nager.

— Patauger dans un courant de merde peut devenir terriblement éprouvant, dit-il.

— Je ne m'en étais pas aperçu.

— La plupart des gens se noient avant de s'en apercevoir. »

La mort par immersion dans la matière fécale : exactement le genre d'allégorie de bon goût qu'affectionne Mendel.

« Je me ferais du mouron, dis-je, si je n'étais sûr de trouver en vous un maître-nageur qui me tire du lieu de vos visions. »

L'un des types derrière lui s'étrangle littéralement de rire jusqu'au moment où il regarde son patron et s'aperçoit que l'autre ne rit pas du tout.

« Ecoutez, pourquoi nous bagarrer ? », demande-t-il.

Le voilà tout miel subitement, et ce changement tombe comme une éclaircie dans un ciel d'orage. Le visage radieux, il agite les mains comme pour me communiquer sa bonne humeur.

« Paul. Je peux vous appeler Paul ? », demande-t-il.

Il n'attend pas ma réponse.

« Ecoutez, Paul. Pourquoi ne pas faire la paix ? Je suis sûr que si vous réfléchissez bien, vous verrez que nous avons beaucoup de choses en commun. » Il essaie de donner à sa voix les intonations que confère une sagesse due à l'âge.

Ce qui me donne envie de courir sous la douche et de me savonner de la tête aux pieds.

« Nous pouvons être amis », suggère-t-il.

Il jette un coup d'œil rapide sur Harry, sur la façon dont il est habillé... un accoutrement acheté aux puces. Il doit se dire qu'une telle offre d'amitié ne devrait pas lui revenir trop cher.

« Nous pourrions éventuellement avoir besoin d'un bon avocat. Et il paraît que vous êtes l'un des meilleurs. »

Il n'y a pas à dire, Mendel sait enrober un pot-de-vin dans de la soie et lui donner des allures respectables.

« Qui ça, "nous" ? demande Harry.

— Le syndicat. L'association, répond Mendel. Mon offre s'adresse aussi à vous », ajoute-t-il à l'adresse de Harry. C'est le jour des bonnes affaires. Deux amis pour le prix d'un seul.

Etre avocat des flics. Le cauchemar de Harry.

Je demande : « Pour vous représenter en quoi ?

— Ce que vous avez à vendre. Des trucs légaux. Que voulez-vous que ce soit ?

— Je croyais que vous aviez tout réglé. Vous ne vous souvenez pas ? Cette histoire de grand jury censée brasser de l'air pour rien. »

Il me regarde d'un air consterné comme si je rendais les choses plus difficiles qu'elles ne le sont. Pourquoi ne pas la fermer, prendre l'argent et décamper ? C'est le langage qu'il me tiendrait volontiers, mais une vie entière de malversations lui a appris tous les rouages de la séduction.

« Paul, soyons raisonnables. Nous n'avons pas de raison de nous en prendre l'un à l'autre. » Il nous propose un verre et, avant que je puisse refuser, ses larbins ouvrent déjà des armoires et des tiroirs. Des glaçons tintent dans les verres. Des bouchons sautent. Harry va tendre la main vers un verre, lorsque je lui donne un coup de genou dans la cuisse. Il porte aussitôt cette main tendue à sa tête comme pour lisser les rares cheveux qui lui restent. Il refuse la boisson qu'on lui offre, d'un geste évoquant la détermination d'un ivrogne en train de rechuter.

« Vous devez bien accepter des clients. Tout ce que je veux, c'est vous engager. Aux honoraires qui sont les vôtres. C'est aussi simple que ça », dit Mendel.

Il a peut-être confiance en la loyauté de Tony mais il ne sait pas trop ce que celui-ci a bien pu me raconter. Il se demande si je ne suis qu'un frimeur que l'on peut acheter à vil prix ou si ce que je sais vaut son pesant d'or.

« Supposons que j'accepte d'être votre avocat.

— Supposons, dit-il.

— Qu'attendriez-vous de moi ? »

Une grimace plisse son visage qui s'assombrit, tel un reflet de son âme noire.

« Vous percevez vos honoraires. Vous demeurez à notre disposition, dit-il. C'est tout. »

C'est ce que je pensais. Je me vois à sa botte, et une voix me souffle sans ménagement à l'oreille qu'un jour il viendra me demander de lui rendre un service ou un autre.

« Réfléchissez avant de refuser. Nous serions de gros clients. Ça couvrirait une grande partie de vos frais généraux. » Gros client, et jovial pour l'heure. De belles paroles qui, pour l'instant, ne lui coûtent rien.

« Vous savez quoi ? Nous formons une grande

famille. Tony. Le syndicat. Moi. Vous seriez notre avocat à tous. Parfaitement. Allez, dites votre prix. »

Je pourrais lui dire le premier chiffre qui me passe par la tête et il accepterait. Ce que me propose Mendel, c'est de jouer, littéralement pour une fois, les avocats du diable.

« Phil ? Je peux vous appeler Phil ? »

Grand sourire. « C'est mon nom.

— Vous avez été tellement sympa, Phil, que je regrette de vous le dire, mais c'est tout à fait impossible.

— Mais enfin, pourquoi pas ? » L'amitié lui dégouline sur le visage comme de la cire par un jour de canicule.

« Conflit d'intérêts », lui dis-je.

Affaire non conclue. Je prends un air sévère.

« Comme ça, vous représentez toujours Tony ? »

Voilà le hic.

« Jusqu'à ce qu'il me vire. »

Il pivote sur son fauteuil. On tient conciliabule. On chuchote.

Les subalternes, discrets, mettent leurs mains en pavillon autour des oreilles de leur patron et, parlant à voix basse, jettent de temps à autre un regard dans notre direction pendant que dure cette petite consultation.

Mendel ne prend pas toutes les précautions.

« Mais comment s'appelle-t-elle ? », demande-t-il à haute voix.

Une autre main se porte en pavillon à son oreille et il pivote pour me faire face.

« Cette femme, dit-il. Cette Goya. Des services du procureur. Quel rôle joue-t-elle là-dedans ? »

Là, je me fais du souci. Tony a réussi à compromettre Lenore. Si Mendel sait quel rôle elle joue dans cette histoire, s'il sait que c'est elle qui m'a envoyé Tony, le patron de Lenore ne va pas tarder à l'apprendre. Mendel a mis le doigt sur le point sensible.

« Qui ? » J'essaie de gagner du temps.

« Inutile de finasser, Madriani. » Mendel est au courant de tout.

« Si je comprends bien, on ne s'appelle plus par nos prénoms. » Nouveau pivotement de fauteuil. Il ignore ma remarque.

« Nous savons que Tony l'a vue, dit-il.

— Qui ?

— Goya.

— Ah, elle.

— Oui, elle. » Il pianote sur son bureau, attendant une réponse.

« Ils sont amis, c'est tout, dis-je.

— C'est ça. Et l'autre jour à votre bureau, vous preniez juste le thé, tous les trois.

— Mais, Phil, je suis choqué. Vous avez fait surveiller mon bureau, vous avez fait suivre Tony ? »

Tony n'a peut-être pas compromis Lenore, après tout.

« On passait par là. La rue est à tout le monde, à ce que je sache.

— Bon. Prends note (je me tourne vers Harry) : il faut balayer le bureau, lui dis-je. Quelque chose a pu se glisser sous la porte à notre insu. »

Harry sourit. Pas Mendel. Il peut aussi bien être au courant de toutes les conversations personnelles que j'ai eues au téléphone durant le mois écoulé.

« Vous ne m'avez pas dit ce qu'elle faisait là. »

Je me lève, prêt à partir, Harry sur mes talons.

« Vous avez raison, je ne vous l'ai pas dit. »

Je me dirige vers la porte, le laissant imaginer le pire, que Lenore se trouvait peut-être dans mon bureau en tant qu'envoyée officielle des services du procureur, qu'elle était obscurément mêlée aux négociations entourant le témoignage de Tony.

« Il faut qu'on reparle de tout ça un de ces jours, dit-il.

— J'emmènerai le greffier du tribunal », fais-je, et je m'en vais.

*
* *

Leo Kerns est un petit homme obèse et chauve qui ressemblerait à un gnome n'était l'expression maussade qu'il a perpétuellement sur le visage. Cela fait douze ans que je le connais et je ne l'ai jamais vu sans. Il a la tête de l'emploi, celui d'enquêteur pour le ministère public, là même où j'ai travaillé naguère, dans une autre vie, et où nous nous étions liés d'amitié.

« T'aurais dû me prévenir. Je me serais habillé », dit-il.

Leo est debout en débardeur sur le seuil de son appartement et les poils noirs qu'il a sous les aisselles luisent comme des épines de porc-épic. Il a une bedaine de bouddha. Je hume dans son haleine les relents de son dernier repas imbibé de bière.

« Y avait combien de temps... un an ? demande-t-il.

— Au moins, lui dis-je. Mais t'as l'air bien.

— Ça va, je rajeunis tous les jours. Sauf que j'ai les cheveux de la tête qui me poussent par en bas et qui me retombent sur le nez et les oreilles. »

Je ne saurais dire s'il y a quelqu'un d'autre chez lui. J'ai peut-être choisi un mauvais moment pour passer le voir. Leo est célibataire et pas homme à femmes, quoiqu'il ait la réputation d'aller parfois avec des entraîneuses.

« Je t'inviterais bien à entrer mais l'appartement est en désordre.

— On ne dirait pas, à voir son occupant », dis-je.

Nous éclatons de rire et il finit par m'ouvrir.

« Qu'est-ce que tu dirais d'une bière ? », demande-t-il.

Dire non à Leo serait comme refuser le calumet de la paix. Il arrache la canette de son étui en plastique et me la fait voir du côté de l'étiquette.

« Ça ira ?

— C'est ma préférée. Chaude. »

Sa propre canette à la main, il se cale profondément dans son canapé où son gros derrière se loge telle une balle géante dans le gant d'un receveur de base-ball. A l'endroit usé jusqu'à la corde qui fait face à la télévision, laquelle diffuse un jeu imbécile.

Rien que de s'asseoir lui rend la respiration difficile. Kerns est de ceux que les toubibs des compagnies d'assurances appelleraient un cas à haut risque.

« Mets-toi à ton aise. » Il m'indique dans un coin un fauteuil au tissu si élimé que s'il remuait je croirais que c'est la saison des mues. J'ai la télé plein les oreilles. Il dit quelque chose que je n'arrive pas à saisir.

Il trouve la télécommande et joue du pouce sur la touche volume.

« T'as déjà regardé ça ? », demande-t-il.

Je jette un œil sur l'écran.

« Un tournant culturel.

— Ouais, et la présentatrice a de beaux nichons », dit Leo. Il baisse le son mais ne le coupe pas, les yeux fixés sur l'appareil comme s'il attendait l'apparition de ses deux globes préférés.

« Je crois comprendre que tu n'es pas passé boire une bière et faire la conversation.

— Qu'est-ce qui te fait penser ça ? »

Il sourit, et nous parlons des services du procureur, des changements survenus dans le personnel d'investigation depuis que Kline a pris le pouvoir. Leo me dit qu'on ne s'y sent plus en sécurité, que des gens qui étaient vos meilleurs potes, hier, sont maintenant prêts à vous poignarder dans le dos. Leo sait de quoi il parle. Il a planté pas mal de banderilles lui-même.

« Ce n'est même plus drôle d'aller travailler », me dit-il. Comme si ça avait toujours été sa plus grande source de plaisir.

« Ça te ferait un bon prétexte de retraite anticipée pour cause d'invalidité, dis-je avec commisération.

— S'il n'y avait que la perspective d'une retraite confortable qui justifie qu'on travaille avec des cons, j'irais dès maintenant à la pêche.

— Kline et son entourage sont nuls à ce point ?

— Le seul fait de saluer ce connard suffit pour te faire prescrire du Valium », dit-il. Il le traite de « fou de Jésus ». Dans le vocabulaire de Leo, cette expression s'applique à quiconque a franchi le seuil d'une église ces dix dernières années.

Il s'est plaint de tous les procureurs généraux élus dans le comté depuis un siècle, leur cherchant des poux et faisant la fine bouche. Il a enjambé les cadavres de collègues sous trois régimes différents pour finalement devenir chef du service des investigations. Si Staline prenait le pouvoir demain, Leo arriverait après-demain au travail habillé comme Beria.

« J'ai l'impression, ces temps-ci, qu'on passe nos journées à réinventer la roue », gémit-il. Selon Leo, Kline voudrait des roues à quatre coins. Il accompagne ce commentaire d'une bordée de noms d'oiseaux, tous synonymes de son employeur.

« Tu devrais changer de travail.

— Oui, c'est ça, à mon âge. » Ce qui choque Leo dans ma remarque, c'est l'emploi du mot « travail ». Car, à ses yeux, le sien n'en est pas un. Et puis, où trouverait-il un tel panier de crabes ?

« Il suffit qu'un de ces branleurs connaisse son métier, reprend-il, pour qu'on profite d'une élection pour le foutre dehors. » A l'entendre, on dirait que le procureur élu est un chien de Pavlov, et que l'armée de ronds-de-cuir nommés à vie qui l'entoure constitue une masse canine qui se mène au fouet.

Je lui rappelle que c'est Nelson lui-même qui a quitté le poste de procureur de son plein gré pour devenir juge.

« Ça revient au même. On commençait à s'entendre avec lui. C'était un bon représentant de la partie civile. » Voilà un langage qui contraste vivement avec celui qu'il tenait sur le même individu il y a deux ans.

« Le nouveau n'a pas d'humour, il est coincé... un foutu curé. » Pour Leo, la religion est un crime.

« Oui. Il paraît qu'il prie en cachette dans son bureau », lui dis-je.

Il interrompt ce qu'il s'apprêtait à dire pour me regarder, en se demandant si des fois je ne parlerais pas sérieusement.

« Quelqu'un l'a vu faire ? », demande-t-il. Leo voudrait des photos de Kline en prière afin de le faire interner à l'asile de l'Etat.

« Non. Je plaisante. »

Il lui faut un moment pour réaliser que je plaisantais vraiment, et il se fend d'un sourire.

« Ils vont peut-être faire avec lui comme avec Nelson. »

Je lui jette un regard interrogateur.

« Le nommer juge, ce branleur. » Il parle de Kline.

Une telle nomination ferait l'affaire de Leo. Qu'on le débarrasse de quelqu'un qu'il ne peut pas blairer en le nommant juge lui faciliterait la vie.

« A propos de juge, dit-il, tu es au courant pour Acosta ?

— J'ai lu ça dans le journal. J'en ai pleuré toute la nuit. »

Mes démêlés avec Noix de Coco sont bien connus, ils font partie de la petite histoire qui court parmi le personnel du procureur.

« Oui. Je me doutais bien que tu ferais du porte-à-porte pour vendre les places du repas de veillée funèbre, dit Leo. C'est pour ça que tu es passé ce soir ? » Il revient à sa préoccupation première : savoir ce que je fais là.

« En un sens. J'avais une affaire en cours avec Acosta et le grand jury. Pour un client à moi, un flic. Un bon flic. » Me voilà rangé du côté des petits anges... « Mais il a un peu franchi la ligne jaune avec...

— Tony Arguillo », lance-t-il avant même que je puisse finir ma phrase. Kerns est au courant de tout ce qui se trame sous le boisseau dans le comté.

Je fais un geste, l'air de dire : « Voilà ! »

« Et tu te demandes comment ce bon flic a pu se mettre dans ce pétrin ? »

J'agite les mains et opine du bonnet avec véhémence, ce qui revient à dire « oui ».

« Il paraîtrait que c'est dû à ses fréquentations, dit Leo.

— C'est-à-dire ?

— C'est-à-dire qu'il fricote avec les gens qu'il faut pas.

— Mendel et sa bande ? »

Leo ne répond pas, mais je devine à son silence que c'est exactement ce qu'il veut dire. Je reprends :

« Je te garantis que Mendel n'est pas quelqu'un que j'emmènerais chez moi pour le présenter à la famille. Et je suis au courant des allégations selon lesquelles il aurait puisé dans le fonds de pension des policiers en tenue. Bien que ça me paraisse un tantinet excessif. Les grandes manœuvres. La convocation du grand jury. Je croirais plutôt qu'on veut casser un petit syndicat.

— S'il n'y avait que ça. »

Je le regarde attentivement. Leo est un frimeur de première mais il y a des moments où l'on sait qu'il est tout à fait sérieux.

« La hache de guerre est déterrée », dit-il.

Ce qui signifie que ce qui va suivre provient des rumeurs du bureau du procureur, rumeurs qu'il est préférable de garder pour soi si on tient à sa peau.

« Il y va de ma vie. Promets-moi que ça ne sortira pas d'ici. »

Je lui fais de derrière ma canette de bière le signe scout des trois doigts levés, sorte de pacte du sang entre frères d'ivrognerie. Leo est pressé de tout me raconter, ce qui, quand on connaît le bonhomme, n'augure rien de bon.

« On a eu une affaire, il y a six mois environ. Un flic du nom de Wiley, sur qui on a tiré lors d'une descente dans le parc, dans un dépôt de crack.

— Il a été tué, je m'en souviens. Je me rappelle avoir vu quelque chose dans la presse à ce sujet. L'interprétation des faits a été controversée.

— Il n'était pas en service au moment des événements, ce qui en a fait sourciller plus d'un. Il faisait bande à part avec d'autres flics. Des têtes brûlées qui se baladaient avec un arsenal dans le coffre de leur voiture comme d'autres transportent des cannes à pêche. Pour s'amuser, par exemple, ils pointaient un Beretta sous le nez d'un dealer pour le rançonner. Tu vois le genre. »

Pour Leo, la faute grave, la violation du règlement, c'est qu'il est interdit de travailler hors des heures ouvrables. Leo n'a jamais fait une seconde supplémentaire à l'œil.

« Ils ont voulu choper un gars pour le meurtre, un gosse de seize ans. Il est passé en jugement comme un adulte, dit Leo.

— Ça me paraît normal, lui dis-je.

— Si on oublie une chose, dit-il. Le gosse a nié. Il a dit que le revolver n'était pas à lui.

— Je vois ça d'ici. Très original.

— Oui. Un classique. C'est pour ça que personne n'a accordé de crédit à son témoignage. On a vérifié le numéro de série de l'arme. Ce n'était pas un jouet, tu peux me croire. Un .38 Smith & Wesson. Mais attends un peu. Il avait été volé. Lors d'un cambriolage. Si bien que tout le monde s'est dit que c'était le jeune. D'accord ? »

Je lui fais signe que jusque-là tout est logique.

« Sauf que l'histoire ne s'arrête pas là. Figure-toi qu'un employé des services de mairie compulse les dossiers pour faire un petit inventaire, afin de voir combien d'argent la municipalité a perdu au cours de l'année, en places d'avions, hôtels, voitures, ce genre de merde, et qu'est-ce que tu crois qu'il découvre ? »

Je hausse les épaules.

« Que cent trente-huit Smith & Wesson ont disparu.

— Laisse-moi deviner. Et il y en a un qui porte le même numéro de série que l'arme du crime.

— Adjugé. On en a déduit que quelqu'un, un des flics, avait refilé l'arme au jeune sur les lieux du meurtre.

— Quoi ? On a tiré accidentellement ? Un des flics s'est affolé ?

— Tu fais trop confiance au monde, dit Leo, le seul homme plus cynique que moi.

— Alors pourquoi ?

— Là, c'est une autre paire de manches. Ça fait un an qu'on entend des rumeurs, jamais de plaintes de déposées, tu vois, mais le tam-tam de la rue raconte que des flics se seraient mis à leur compte, qu'ils extorqueraient de l'argent aux dealers et leur prendraient ce qu'ils peuvent, de la drogue. Rien de trop important, poursuit Leo. Un peu par-ci, un peu par-là, cent dollars d'un côté, un kilo de l'autre. Ça finit par s'additionner. Or, ces types-là, les victimes, sont plutôt mal placés pour déposer plainte. Si bien que ce qu'on a appris demeure officieux. » Leo s'anime à mesure qu'il avance dans son récit.

« Dans le genre "Monsieur l'agent, vous voyez ce salopard là-bas ? Il m'a pris mon crack et ma provision d'héroïne du mois. Oui, celui-là, avec un uniforme exactement comme le vôtre."

— Ça n'incite pas à porter plainte.

— Tu parles ! Ecoute la suite. Tous les agents qui avaient participé à cette descente faisaient partie de la clique à Mendel. Deux d'entre eux étaient des cadres de son syndicat. Membres de la direction », ajoute-t-il.

Leo est en train d'en venir au fait.

« Et qu'est-ce que tout ça a à voir avec Tony Arguillo ? Tu ne vas pas me dire que... »

Il se met à hocher la tête.

« Ton bonhomme, ce Tony, c'est lui qui avait désarmé le jeune gars qui tenait le revolver. »

CHAPITRE CINQ

J'ai téléphoné sans succès chez Lenore toute la soirée. Sarah dort dans sa chambre et je tue le temps en étudiant des dossiers que j'ai ramenés du bureau. Dix minutes plus tard, je décroche le téléphone et fais alors une expérience extra-sensorielle comme il ne s'en produit qu'une fois par éternité. Au moment où je m'apprête à composer son numéro, la voix se fait entendre à l'autre bout de la ligne. Celle de Lenore.

« C'est de la télépathie », lui dis-je. Je jette un coup d'œil à ma montre. Il est dix heures passées. « Tu veilles tard.

— Je suis en train d'essayer d'y voir clair dans ma vie. » Elle a la voix légèrement enrouée. Enrhumée peut-être.

« Je t'appelais, lui dis-je, pour savoir si tu sais où se trouve Tony. Ça fait deux jours que je laisse des messages sur son répondeur et il ne me rappelle pas. » Je lui tais les raisons que j'ai de vouloir parler à Tony, à savoir ma rencontre avec Phil Mendel et la conversation peu réjouissante que j'ai eue avec Leo Kerns.

« Je n'en ai pas la moindre idée, dit-elle. Je ne l'ai pas vu depuis notre réunion à ton bureau l'autre jour. »

Suit un silence gêné sur la ligne, du genre qui

accompagne en général l'annonce d'un décès dans la famille.

« Et toi, dis-je, pourquoi m'appelais-tu ?

— J'avais seulement besoin de parler à quelqu'un. Entendre une voix amie.

— Pourquoi ? Qu'est-ce qui se passe ?

— J'ai été virée. »

Une demi-heure plus tard, on frappe discrètement à ma porte. Je vais ouvrir et aperçois Lenore sur le perron, échevelée, ce qui, soit dit en passant, lui va à ravir. Je perçois une légère odeur d'alcool dans son haleine lorsqu'elle dit : « Bonsoir. » Elle a l'air de quelqu'un qui vient de passer un mauvais quart d'heure.

Je la fais entrer et lui propose un café ou un verre.

« Qu'est-ce que tu as à m'offrir ? »

Dans l'état où elle se trouve, de l'acide chlorhydrique ne serait probablement pas assez fort. Je la conduis à la cuisine et ouvre toute grande la porte du placard afin qu'elle puisse faire son choix.

« Tu n'as pas été surpris d'apprendre que j'avais été licenciée ?

— Un peu, lui dis-je. Mais il faut dire que toi et Kline n'étiez pas sur la même longueur d'onde. »

Ma remarque la fait rire.

« Manière aimable de présenter les choses. Tu es toujours aussi diplomate.

— Tu ne vas quand même pas me dire que tu ne t'y attendais pas.

— Si, je m'y attendais. Sauf qu'on est toujours pris de court par l'annonce de son propre décès. » Cela dit sur un ton de fanfaronnade qui cache beaucoup de dépit. Elle a ensuite quelques mots bien sentis à l'adresse de son ex-patron, mais je sens qu'elle a déjà déversé le gros de ses invectives dans une crise de rage antérieure. Je me demande dans quelle oreille amie, peut-être devant un verre après le bureau, elle a bien pu épancher sa hargne.

Elle prend la bouteille de Johnnie Walker par le goulot et s'en verse une bonne rasade dans un grand gobelet sans cesser de me parler, comme si elle ne faisait pas attention à la dose. Elle boit son whisky sec.

« Alors dis-moi ce qui s'est passé. Vous avez encore eu des mots ? »

Elle secoue la tête et renifle un tout petit peu. « Pas exactement. Il est trop calculateur pour ça. Il avait sûrement tout prévu. Il voulait savourer le moment. Je reviens du tribunal cet après-midi et je trouve la porte de mon bureau ouverte. » Elle prend une longue gorgée et tousse un peu, comme une gosse à sa première cigarette.

« Mais c'est épouvantable.

— Comme tu dis. Tu as du vin ? » Lenore ne sait pas boire. Ce qu'elle recherche, c'est un calmant, quelque chose à ajouter au petit coup qu'elle a déjà dans le nez.

« Tu peux aussi bien te saouler au whisky.

— Oui, mais le vin agit plus lentement et j'ai une histoire à rebondissements à te raconter. »

Je fouille dans mon placard et en tire deux ou trois bouteilles.

« Le Gewurtz, dit-elle.

— Rappelle-moi de ne jamais essayer de te séduire avec de l'alcool, lui dis-je.

— Si tu ne peux pas prendre le temps de le faire dans les formes, autant ne pas essayer.

— Revenons à nos moutons. Tu rentres du tribunal et tu trouves la porte de ton bureau ouverte, dis-je tout en cherchant un tire-bouchon.

— Oui. Comme je disais. La porte de mon bureau est ouverte. Je me souviens de l'avoir fermée en partant. A l'extérieur, il y a un adjoint au shérif affalé sur une chaise, en train de lire le journal. J'ai pensé qu'il s'agissait peut-être d'un témoin convoqué dans le cadre d'une affaire quelconque. »

J'acquiesce d'un signe de la tête. Supposition logique. Je débouche la bouteille et lui sers un verre de vin.

« Puis, avant même d'arriver sur le seuil de mon bureau, j'entends des bruits à l'intérieur, quelqu'un qui est en train de chercher quelque chose. Tu me connais, je me prépare à faire un esclandre. C'est alors qu'il m'arrête à la porte de mon bureau.

— Qui ?

— L'adjoint au shérif. Il me saisit par le bras comme pour m'immobiliser au cas où je voudrais entrer. Il me demande mes papiers. Je lui montre ma carte d'identité. Mon laissez-passer. »

Ce laissez-passer, qui ressemble à un passeport et que l'on présente sur les lieux d'enquête lors d'un crime, comporte une photo de son titulaire et est délivré par le parquet à chacun des membres du personnel, tel un gage de la confraternité qui règne dans le monde de la Justice.

« Il y jette un œil puis le met dans sa poche », poursuit-elle.

Je conviens avec elle que ce geste est lourd de signification.

« Oui, enfin. Je lui dis de me le rendre. Il me dit de m'asseoir. Je lui demande ce que c'est que cette histoire mais il ne me répond pas. Tu te rends compte que pendant tout ce temps quelqu'un dans mon bureau est en train de fouiller dans mes tiroirs. Comme j'entends des bruits de papier, des voix à l'intérieur, je presse le flic de s'expliquer et je commence à être drôlement remontée. »

Je vois d'ici Lenore, avec ses cinquante-cinq kilos, en train de s'en prendre à un gros tas d'adjoint au shérif.

« Je vais essayer de deviner, lui dis-je. J'ai droit à trois essais et les deux premiers ne comptent pas. Kline est à l'intérieur avec une lampe de poche et une pince-monseigneur, en train de forcer les serrures de tes tiroirs ? »

Elle acquiesce, l'air de dire : « Tout juste. »

« Il était accompagné de cette bonne femme, cette Wendy. Celle qui distribue les avis de licenciement. Quelqu'un qu'il a fait venir de l'extérieur. Ils travaillaient ensemble pour cette espèce d'association avant qu'il soit élu. » Elle prononce « association » comme s'il s'agissait d'un mot ordurier.

« Donc, elle est là en train de prendre des notes sur un petit carnet, apparemment un inventaire de tout ce qui se trouve dans mon bureau. Je demande à Kline de me dire de quoi il retourne. »

Lenore boit une gorgée de vin. « Il est bon.

— Continue, on causera dégustation plus tard. »

Elle me jette un regard offusqué.

« Donc, il veut savoir où sont mes notes sur l'affaire Acosta. Je lui dis que tout est dans le dossier, que je lui remets. »

Pour une raison ou une autre, me dit-elle, Kline ne la croit pas.

« Je monte alors sur mes grands chevaux. J'ai dû lui dire quelque chose qu'il ne fallait pas. »

Elle boit une gorgée, laissant à mon imagination le soin de combler les vides, c'est-à-dire le savon qu'elle a sûrement passé à Kline.

Elle avale puis me regarde. « C'est alors qu'il me dit que je suis virée. » Son visage ne trahit que dans une faible mesure le choc qu'elle dit avoir ressenti à l'annonce de la nouvelle.

« Je lui demande la raison et il me dit que les autorités du comté lui ont recommandé de ne pas préciser les motifs de mon renvoi, que je vais recevoir une lettre, mais que je suis mise à pied à compter de cinq heures le jour même. Sans explication. Tu imagines un peu ? »

Hélas ! je peux l'imaginer. C'est le genre de mesure de sécurité que l'on prend dans le monde du travail par les temps qui courent. Nous discutons des possibilités de recours de Lenore, ce qui ne demande qu'une fraction de seconde. Elle appartient à la direction des services du procureur à titre « gracieux », comme on dit, et ne jouit pas de la sécurité de l'emploi d'un fonctionnaire. Elle fait partie de ces personnels que l'on embauche et licencie selon le bon vouloir du procureur général élu. Kline n'a même pas de motifs à fournir pour son licenciement. N'importe quel prétexte fera l'affaire, pourvu qu'il ne soit pas fondé sur une discrimination d'âge, de couleur ou de sexe. Elle me dit qu'elle n'a pas l'intention de se battre et que, tout bien pesé, c'est peut-être la meilleure chose qui pouvait lui arriver. « Il est temps que je vole de mes propres ailes », ajoute-t-elle.

Je lui demande si elle a quelque chose en vue, des clients ou de l'argent. Elle n'a ni l'un ni l'autre.

« Je pourrais te refiler Tony comme client.

— Ouais, c'est ça. Exactement ce qu'il me faut. »

Je me dis que ce ne sont peut-être là que des propos tenus sous l'effet de l'alcool et qu'elle y réfléchira sans doute à deux fois en faisant ses comptes de fin de mois.

« As-tu une idée de ce que Kline cherchait dans le dossier Acosta, et de ce qui, selon lui, avait disparu ? » Je lui pose cette question en me disant que cette histoire de dossier n'est peut-être pas étrangère à son licenciement.

« Ça, Dieu seul le sait, répond-elle.

— Tu as bien dit qu'il t'avait demandé où étaient passées tes notes ? »

Un point d'interrogation se dessine sur son visage. Elle n'a pas la moindre idée de ce que cherchait Kline.

« Et ensuite ?

— Il a fait tout un cinéma. Il m'a fait remettre par Wendy un carton rempli de mes effets personnels et a dit à l'adjoint au shérif de me raccompagner jusqu'à la sortie de l'immeuble. Comme une criminelle. »

Lenore se lève et se met à arpenter la cuisine, les cheveux ébouriffés, son verre à la main, de plus en plus furibonde à mesure qu'elle repasse dans son esprit le film des événements.

« Je n'aurais jamais cru que je finirais par sauter à cause d'une ordure comme Acosta.

— L'ennemi de mon ennemi, lui dis-je.

— Exactement. Il y a deux jours, j'aurais cru son compte réglé et je n'aurais pas parié un sou sur les chances qu'il avait de s'en tirer. » Elle parle d'Acosta.

« Et maintenant, c'est lui qui mène le bal, dis-je.

— Je n'irais pas jusque-là. Mais je pense qu'il peut encore en emmerder plus d'un. Ses avocats le pourront en tout cas.

— Tu crois que Kline est si mauvais que ça dans un prétoire ?

— Il y a de ça, dit-elle, et le fait que la preuve qu'il détenait contre Acosta s'est tout à coup transformée en peau de chagrin.

— Qu'est-ce que tu racontes ?

— Kline venait à peine de saisir le dossier qui était sur mon bureau et d'annoncer à qui voulait l'entendre que c'était lui désormais qui allait prendre l'affaire en main, quand les techniciens du son ont téléphoné. Le système d'écoute. Celui que Brittany Hall portait sur elle ce soir-là. On n'a rien pu tirer de la bande magnétique. » Cela lui arrache le seul sourire qu'elle ait eu depuis son arrivée chez moi, un sourire sinistre qui sied mal à son visage. « Ils ignorent si le système d'écoute était tout simplement défectueux ou si quelqu'un l'a arrêté.

— Arrêté ? »

Elle me regarde, l'air de dire « réfléchis un peu ».

« Acosta, Mendel et son syndicat. Si on coinçait Acosta... » Elle me laisse aller au bout de sa pensée, laquelle est que, si ce sont les flics qui ont piégé Noix de Coco, ils n'allaient certainement pas exhiber l'enregistrement qui risquerait de l'exonérer.

« Ils ont peut-être préféré jouer la parole de Brittany Hall contre la sienne, dit Lenore.

— Il n'y avait rien sur la bande ?

— Rien que la voix rauque d'Acosta et des salutations plutôt grivoises de la part de Brittany. Rien de particulièrement compromettant, dit Lenore. Ensuite, tout se brouille. »

Je me sens accablé à la pensée que Noix de Coco puisse encore officier vingt ans comme juge.

« Comme ça, c'est la parole d'Acosta contre celle de la fille ? »

Elle acquiesce.

« Ça pourrait peut-être suffire. J'ai l'impression qu'elle ne s'en tirerait pas trop mal à la barre des témoins. » Un vœu pieux de ma part.

Lenore fait un geste équivoque de la main, comme pour dire que les choses peuvent aussi se retourner en faveur d'Acosta.

« Avant que l'adjoint au shérif ne me raccompagne à l'extérieur, j'ai entendu des rumeurs, dit-elle. On parlait d'un marchandage.

— Bon Dieu ! Ne me dis pas ça.

— On parlait de ramener l'infraction à un délit mineur. A condition qu'Acosta démissionne de son poste de juge. »

Je pousse un soupir, tel un homme au poteau d'exécution sur lequel on aurait tiré des balles à blanc.

« Il a refusé d'emblée, dit-elle. Il raconte qu'il était allé voir le témoin dans le cadre d'une affaire relevant de ses fonctions de magistrat.

— C'est là sa défense ? Quelle affaire ? Une inspection générale des matelas ? Je l'entends d'ici à la barre. "Je m'étais seulement étendu sur elle pour voir si l'on pouvait défoncer un matelas Dunlopillo." »

Lenore ne rit pas. « Reconnais que c'est quand même bizarre. Acosta fait pression pour qu'on enquête sur les manquements professionnels de la police et il se fait épingler par la brigade des mœurs.

Avant qu'on puisse l'amener devant les tribunaux, les preuves contre lui finissent en queue de poisson.

— Alors, de quoi s'agit-il à ton avis ? C'est un coup de semonce ? Ils veulent lui signifier de se tenir tranquille ?

— Qui sait ? Nous ne savons qu'une chose, c'est que toute cette histoire se ramène désormais à un concours de crédibilité. A la question de savoir qui le jury croira, dit Lenore. Avec comme enjeu la démission forcée d'Acosta. »

Elle ajoute que Kline subit des pressions de la part de la Commission de contrôle, une manière pour le juge de répliquer au Comité de déontologie nommé par le Congrès. Autrement dit, mêlez-vous de vos oignons et je me mêlerai des miens.

« Le Comité de déontologie voudrait qu'Acosta soit radié de la magistrature », dit-elle.

S'il y a quelque chose de plus hypocritement bien-pensant qu'une pute repentante, c'est un avocat devenu juge. Tels les membres du Comité de déontologie.

« Ils voudraient qu'il fasse hara-kiri.

— Tu as tout compris. Ils ne veulent pas d'une comparution publique devant la Cour suprême de l'Etat. Ça ferait désordre, continue Lenore. Ils préféreraient qu'Acosta se donne lui-même le coup de grâce.

— J'imagine. »

Pendant que nous parlons, un bip se met à sonner dans son sac à main. Elle pose son verre et fouille parmi des brosses à cheveux et des mouchoirs pour trouver la petite bête noire.

« La seule chose qu'ils ne m'ont pas prise », me dit-elle, sa manière à elle de me faire savoir que son bip appartient au ministère public.

Elle regarde pour voir quel numéro figure sur le lecteur de l'appareil.

« L'objet de toutes tes affections », dit-elle.

Je lui lance un regard intrigué.

« Le numéro du portable de Tony, déclare-t-elle.

— Dis-lui que je veux lui parler. »

Sur ces mots, Lenore se rend d'un pas mal assuré jusqu'au téléphone mural, près de la porte de la cuisine. Je lui apporte un tabouret au cas où elle tiendrait mal sur ses jambes et elle compose le numéro. Elle attend quelques instants puis : « C'est moi. »

Elle ne dit rien d'autre. La voix, à l'autre bout du fil, fait la conversation. Je vois une douzaine d'expressions traverser, telles les phases de la lune, son visage, depuis l'indifférence désabusée jusqu'au plus vif intérêt.

« Où es-tu, maintenant ? demande-t-elle.

— Dis-lui que je veux lui parler. » J'essaie de capter son attention mais elle est fascinée par ce que lui dit son interlocuteur.

Sans tenir compte de moi, elle inscrit quelque chose sur un pense-bête suspendu au mur.

« Comment est-ce arrivé ? Qui d'autre est là ? » Silence de quelques instants.

« Il y a quelqu'un du bureau du procureur ? » Elle pose ces questions tout à trac sans attendre les réponses, comme si son interlocuteur ne savait pas grand-chose.

« Tu sais à quel moment c'est arrivé ? » Long silence cette fois. Une expression consternée se peint sur son visage.

« Il y a des témoins ? » Suit une explication un peu plus longue mais, cette fois, Lenore ne prend pas de notes.

« J'arrive dans dix minutes », dit-elle. Et elle raccroche.

Elle tourne alors vers moi un regard vitreux, comme si elle ne me voyait pas, comme si elle regardait un point lointain dans un autre monde.

« Qu'est-ce qui se passe ? C'est Tony ? »

Elle acquiesce mais ne répond pas.

« Qu'est-ce qu'il y a ?

— Brittany Hall », dit-elle. On dirait qu'elle est en transe, hypnotisée par ce qu'elle vient d'apprendre. Elle dit en fixant le mur d'un œil vide : « On a trouvé son corps il y a une heure dans une benne à ordures. Derrière les bureaux du procureur. »

Lorsque nous venons nous ranger brutalement au bord du trottoir, il y a déjà une demi-douzaine de voitures de police garées à la manière habituelle des flics, c'est-à-dire n'importe comment. Les gyrophares projettent leurs rayons bleus et rouges. Une poignée de curieux est massée à l'extérieur du ruban jaune qui ferme l'entrée de la ruelle derrière G Street. Dans un autre quartier de la ville toute cette agitation policière attirerait une foule de badauds et de riverains, mais ici, en face du tribunal et au milieu de la nuit, les seuls spectateurs ont l'air de réfugiés de la soupe populaire, en l'occurrence quelques poivrots sans abri que l'on a refoulés hors de la ruelle et qui se tiennent là, tout frissonnants, dans des couvertures et autres défroques élimées.

Derrière le ruban jaune, on aperçoit un petit groupe d'hommes et une femme en uniforme. Je reconnais un inspecteur de la Criminelle. On a dû l'arracher du lit. Il porte un pantalon de survêtement et un sweatshirt gris qui a l'air de sortir tout droit d'un film glauque.

« Il est préférable que tu me laisses faire la conversation. » Lenore m'adresse, tout en me parlant, des signes d'intelligence avec une gesticulation qui n'a rien d'étonnant de la part de quelqu'un qui a bu un petit coup de trop. C'est justement à cause de cela que je l'ai accompagnée. Aussitôt après le coup de fil de Tony, je lui ai enlevé ses clés de voiture et me suis entendu avec une de mes voisines et amies pour qu'elle vienne faire un somme sur mon canapé tout en veillant sur Sarah, toujours endormie à l'étage. Il n'était pas question que je laisse Lenore conduire. Kline ne demanderait pas mieux que de la voir arrêtée pour conduite en état d'ivresse.

J'aperçois Tony Arguillo qui tourne en rond à une trentaine de mètres plus loin dans la ruelle. A cette distance, derrière l'habituel ruban jaune, il est hors de portée de voix, à moins bien entendu que nous ne voulions faire un esclandre.

« Reste près de moi », dit-elle. Et avant même que j'aie pu contourner la voiture, je l'entends qui s'éloigne en faisant claquer ses talons sur le pavé. Je lui emboîte le pas en essayant de la rattraper afin qu'elle ne se fasse pas renverser par une voiture. Lenore, n'ayant plus sa carte de membre du bureau du procureur, espère que les flics ignorent encore qu'elle ne fait plus partie de la maison. Cela peut demander une journée avant que la nouvelle ne parvienne aux échelons inférieurs de la hiérarchie.

Avant que je ne puisse la rejoindre, elle s'approche de l'un des policiers en tenue en faction près du ruban et se fait reconnaître de lui.

« Où est l'agent Arguillo ? », demande-t-elle d'une voix plutôt autoritaire et pas trop empâtée vu les circonstances.

Reconnaissant un visage familier, l'agent n'y regarde pas de plus près et ne flaire pas son haleine. Il la gratifie au lieu de cela du sempiternel haussement d'épaules propre aux flics. Geste que Lenore interprète comme un signe d'admission derrière le ruban, qu'elle franchit aussitôt en se baissant avant que le flic n'ait le temps de piper mot. L'agent semble, l'espace d'un instant, sur le point de lui contester le passage puis il se ravise. A quoi bon créer des complications à un supérieur hiérarchique ?

« Il m'accompagne », dit-elle en m'entraînant par la manche de mon veston.

Une seconde plus tard, je me retrouve en train de marcher à pas vifs à la suite d'une femme qui, si elle n'est pas saoule aux termes de la loi, avance en tout cas d'un pas incertain sous des titres usurpés.

Dans la ruelle, dix mètres plus loin, Tony fait un brin de causette avec un autre flic. En nous voyant, il s'interrompt et se sépare de son petit camarade.

Ce soir, on dirait un paquet de nerfs, tout en gestes incontrôlés, regards furtifs, coups d'œil lancés à la dérobade aux autres flics qui se trouvent plus loin dans la ruelle, près de la benne à ordures, comme s'il savait qu'il est cuit si on le surprend à nous adresser la parole. Il me serre la main et me salue, mais semble déconcerté de me voir là, moi, son propre avocat.

« Je pensais que tu viendrais seule », fait-il en aparté à Lenore, mais ses paroles ne m'échappent pas.

« Paul a tenu à conduire. » Elle lui demande qui dirige l'enquête. Il lui donne un nom qui m'est inconnu et indique le fond de la ruelle où des types en salopette ont les bras fourrés jusqu'aux coudes dans des monceaux de déchets.

« Est-ce que Kline est passé ? », interroge Lenore. Instinct de conservation. Chaque chose en son temps.

« On a tout fait pour le joindre. En général, on ne se donnerait pas ce mal. Mais, étant donné qu'elle était témoin dans une affaire en cours, ça changeait tout. On l'a retrouvé sur la route de San Francisco où il se rendait pour une réunion demain. Il paraît qu'il a fait demi-tour et qu'il arrive.

— Ce qui ne nous laisse pas beaucoup de temps, dit Lenore. Qu'est-ce qui s'est passé ? demande-t-elle d'un ton pressant.

— On devrait peut-être aller causer par là. » Il indique l'autre côté du ruban.

« On n'ira pas mater le corps, si c'est ça qui t'inquiète. Dis-nous seulement ce qui s'est passé et on déguerpit. Qui a trouvé le cadavre ?

— Un clodo, il y a moins d'une heure. Il a intercepté une voiture de patrouille qui passait par ici. »

Tony nous explique qu'il a appelé Lenore sans perdre une minute, que c'est le premier appel qu'il a fait depuis sa voiture de patrouille après avoir capté le signal informatique annonçant la découverte du cadavre. Les voitures de patrouille utilisent maintenant des transmissions informatiques afin de réduire le nombre d'oreilles indiscrètes lors d'appels délicats.

Deux flics en salopette se sont vu assigner la tâche la plus ingrate. Debout à l'intérieur de la benne, ils remettent divers objets à d'autres collègues qui les trient et les déposent en tas dans la ruelle. J'aperçois à intervalles réguliers des éclats de lumière provenant d'un stroboscope à l'intérieur de la benne : on prend des photos afin de conserver d'éventuelles preuves. Deux inspecteurs sont penchés côte à côte au-dessus d'un amas informe recouvert d'une couverture blanche. Il n'y a pas de traces de sang apparentes.

« Ce clodo, est-ce qu'il a vu quelque chose ? demande Lenore.

— Qui s'est débarrassé du corps, par exemple ? », demande Tony. Il secoue la tête. « Il était trop occupé à se pinter pour remarquer quoi que ce soit. Il y a des voitures qui vont et viennent dans cette ruelle. Il dit qu'il n'a pas fait attention.

— Il a peut-être peur, dit Lenore.

— Il est trop parti pour avoir peur.

— Comment l'a-t-il trouvée ? demande Lenore.

— Tu me poses sérieusement la question ? » Tony lui jette un regard de travers. « Pas difficile. Une benne métallique pour ces clodos, c'est un toit au-dessus de la tête et quatre murs. C'est une ruelle de rêve. Une demi-douzaine d'entre eux dorment ici tous les soirs. Il suffit qu'un camion soit passé et ait vidé la benne ce jour-là, et c'est le paradis.

— Sauf qu'aujourd'hui elle n'était pas vide, dis-je.

— Non. » Tony me lance un regard circonspect. Je

me dis que Phil Mendel lui a peut-être fait comprendre que je n'étais plus *persona grata* et qu'il fallait désormais se méfier de moi.

« Il a trouvé le corps comme ça, dans la benne ? Ça a dû lui faire un drôle de choc, dis-je.

— Il était enveloppé. » Tony dit cela comme s'il s'agissait d'un sandwich au thon dans une gamelle. « Enveloppé dans une couverture. Ils le reluquaient comme des rongeurs. » Il parle des sans-abri qui logent dans des boîtes métalliques comme celle-là.

« De quoi est-elle morte ? demande Lenore.

— Peut-être de strangulation. Elle avait des marques à la gorge. Le médecin légiste n'est pas encore passé. Elle n'avait pas grand-chose sur le dos.

— Qu'est-ce que tu veux dire ?

— Elle portait une petite culotte et un soutien-gorge en coton. Elle avait la tête entourée d'une serviette qui lui faisait comme un turban.

— Elle était peut-être en train de se laver les cheveux ? poursuit Lenore. Elle s'apprêtait peut-être à sortir ou à se coucher. »

Arguillo hausse un sourcil et fait un petit mouvement brusque de la tête comme pour dire : « Interprète ça comme tu veux. »

« Il y a des traces d'agression sexuelle ?

— A ton idée ? dit Tony. Une femme à moitié nue, jetée dans une benne à ordures, jeune, belle. C'est pas à exclure. Mais il va falloir attendre le médecin légiste. »

Il fait signe à Lenore de se rapprocher pour lui confier quelque chose en privé.

« Si tu as une petite minute, j'aimerais te parler en tête à tête. » Il l'entraîne à l'écart, de l'autre côté de la ruelle, hors de portée de voix. Durant leur entretien qui se prolonge, Tony n'est pas le seul à parler. A un certain moment, Lenore ne peut retenir une réaction d'étonnement, réaction suivie de force gestes de la part de Tony. Ils élèvent la voix de manière presque audible tout en tournant la tête dans ma direction. Lenore semble finalement mettre un terme à cette conversation et s'éloigne de Tony qui ne bouge pas.

Elle revient vers moi, le visage blême. Je me dis que Tony lui a peut-être confié d'autres détails macabres concernant la victime, de ces détails qui se rencontrent dans les affaires criminelles et qu'on n'a pas envie de voir se répandre dans le public.

« Il ne peut rien nous dire de plus pour le moment. » Par cet innocent mensonge, Lenore me signifie qu'il est temps pour nous de partir.

« Je voulais te mettre en garde, dit Tony.

— C'est ça, répond Lenore.

— Je croyais que c'était peut-être toi qui suivrais cette affaire.

— Ça m'étonnerait », dit-elle. Leonore ne lui a pas dit qu'elle avait été licenciée. Petite cachottière.

Tony entreprend de nous raccompagner en direction du ruban et de ma voiture.

« Je savais que ça t'intéresserait, dit-il. Tu as travaillé avec elle dans l'affaire Acosta. Quel dommage ! C'était une brave gosse. » Tony se fait un peu larmoyant. « On trouvera celui ou celle qui l'a tuée. Elle connaissait un tas de types dans la police. Ils vont aller jusqu'au bout, ils ne vont négliger aucune piste. » Voilà qui sied bien au mantra de Tony. Autre façon de faire savoir que les flics savent veiller sur les intérêts de la corporation.

Soudain, les traits de Tony deviennent indistincts dans l'éclat aveuglant des phares puissants d'une grosse voiture qui s'engage lentement à l'autre extrémité de la ruelle.

« Je te tiendrai au courant », et il s'enfonce de nouveau dans la ruelle pour retrouver ses collègues.

« Dites donc. Il faut qu'on parle, tous les deux, lui dis-je.

— Ouais. Plus tard. Il est temps qu'on file », dit Lenore. Me tirant cette fois encore par la manche, elle fait demi-tour en direction du ruban et, à cet instant même, je vois une grande silhouette élancée descendre de l'arrière de la voiture, avec dans son sillage des hommes en uniforme qui le suivent telle la queue d'une comète : Coleman Kline.

« Je veux jeter un coup d'œil sur quelque chose, déclare-t-elle. Tourne ici. »

Nous sommes en route vers chez moi et Lenore veut faire un détour. Il est tard et je dois penser à Sarah. Je le lui dis mais elle insiste, prétextant n'en avoir que pour une minute. Je suis ses indications et m'engage dans la Quinzième Rue vers l'Interstate 80, loin du centre.

Je lui demande de quoi Tony et elle ont discuté.

« Je ne peux pas te le dire pour l'instant.

— Où allons-nous ?

— Tu verras. Prends à gauche au prochain croisement. »

J'obtempère. Elle vérifie les adresses peintes sur le trottoir tandis que je poursuis ma route et, quelques instants plus tard, me fait me ranger sous un vieil orme, massif et imposant, qui semble abriter un million de corbeaux. La rue est tellement bombardée de leur fiente qu'on dirait la robe d'un dalmatien.

C'est l'un de ces vieux quartiers du début du siècle dont les maisons, qui semblent avoir connu des jours meilleurs, sont surélevées à cause des inondations qui envahissaient naguère la ville chaque année. Leurs piliers sont dissimulés derrière des façades de treillis pourrissant. On y trouve une ou deux maisons de rapport et quelques immeubles construits à la fin des années soixante et au début des années soixante-dix, à une époque où la ville avait fait une brève tentative de renaissance, avant que la criminalité et la démission résignée n'aient mis fin à tout rêve d'urbanisme en Amérique.

Trois hommes ou adolescents, je ne saurais dire, capuchons remontés, se livrent à leurs activités de proxénètes. Ils parlent à quelqu'un à l'intérieur d'une voiture aux feux de position allumés et dont le moteur tourne. Le commerce de la nuit.

Avant que j'aie pu dire un mot, Lenore a ouvert sa portière.

« Où vas-tu ? »

Elle se contente pour toute réponse de claquer la portière et de traverser la rue. Mis devant le fait accompli, il ne me reste qu'à suivre. Le temps pour moi de verrouiller la voiture, Lenore a disparu dans un passage sombre à l'extrémité d'une étroite allée, au rez-de-chaussée de l'une des maisons de rapport. Si je ne m'étais pas retourné à temps pour la suivre des yeux, je l'aurais complètement perdue de vue. Cela étant, je traverse la rue à mon tour.

Je ne peux la voir dans l'obscurité, cachée par les buissons qui bordent une pelouse, mais je l'entends qui fouille dans son sac à main. Un tintement de clés.

« Mais qu'est-ce que tu fabriques ?

— Chut.

— Qui est-ce qui habite ici ?

— Ferme-la. »

Puis, soudainement, un faible rai de lumière, tel le reflet d'une étoile au fond d'un puits. Lenore a trouvé ce qu'elle cherchait, une petite lampe-stylo qu'elle dirige sur son trousseau de clés. Je m'approche d'elle dans l'allée.

« J'espère que c'est un bon copain à toi », dis-je. Je regarde le cadran lumineux de ma montre. Il est presque une heure du matin.

Lenore s'active sur la poignée de la porte d'entrée. Ce n'est qu'en voyant le mouchoir dont elle a entouré sa main que mon appréhension dégénère en panique. Au moment où la serrure cède, la simplicité de la situation m'éblouit comme un éclair de phosphore et me révèle l'identité de la personne qui habite l'un des appartements de cette maison. Dans un quartier comme celui-ci, laisser sa porte déverrouillée est une curiosité comme de cracher le feu ou d'avaler un sabre dans un cirque.

« On a de la chance », commente-t-elle.

Je ne vois pas très bien laquelle.

Lenore se glisse par la porte entrouverte et m'entraîne à sa suite.

« On n'a rien à faire ici », lui dis-je.

Tout en refermant la porte, dont elle actionne la poignée avec sa main au mouchoir, elle me fait de nouveau signe de me taire en appliquant un doigt sur ses lèvres. Des visions de sirènes et de gyrophares me traversent l'esprit.

« On va nous repérer en un rien de temps.

— Nous n'en avons pas pour longtemps.

— Nous ne devrions pas être ici du tout.

— Dans ce cas, va m'attendre dans la voiture. » Là-dessus, elle me laisse dans l'obscurité et se déplace en emportant avec elle le mince rayon de lumière de la lampe-stylo.

Je me heurte aussitôt à elle par-derrière.

« Garde tes mains dans tes poches, me chuchote-t-elle.

— Je n'avais pas de mauvaises intentions. Je le jure.

— C'est les empreintes qui m'inquiètent.

— Ah, c'est ça. »

Je m'interroge sur les avancées de la science, me demandant si on réussirait à relever mes empreintes d'ADN à partir des semelles de mes chaussures. Je n'ai pas trop à m'en faire à ce sujet dans un endroit comme celui-ci. Il y a tellement de merde par terre qu'il me faut regarder où je mets les pieds pour ne pas marcher dedans.

Il est une loi immuable de la vie amoureuse que l'on apprend à la puberté : plus la belle est mignonne, plus l'endroit où elle vit est bordélique. Cet endroit est de ceux-là, un de ceux où on mangerait à même le sol, mais uniquement parce que les assiettes sont plus sales encore.

Le devant de l'appartement est baigné par un flot de lumière provenant de la rue.

Cet éclairage me permet de voir le plancher, jonché de papiers et de ce qui ressemble aux reliefs d'un repas, auquel le contenu d'un pot de yaourt partiellement renversé confère l'apparence d'un bouillon de culture. L'évier est rempli de vaisselle, de casseroles, de poêles, dans une confusion digne d'un dépotoir. Une chaise renversée sur le seuil de la cuisine nous en interdit de manière si menaçante l'entrée que nous choisissons la voie de la facilité et nous engageons dans le couloir vers ce que je suppose être le living.

Et là, ce n'est pas seulement du désordre, c'est de la destruction.

Par terre, une photo encadrée qui semble avoir été arrachée du mur. Son verre est fracassé et son crochet, toujours en place, tordu. En me retournant, je vois sur le tapis, près d'une table basse en métal et verre, de la terre provenant d'une plante d'intérieur, quelques-unes de ses feuilles sont tombées à proximité d'une autre tache sombre qui a pénétré le tapis comme de l'huile dans du sable.

Je suis en train de me dire qu'un pareil fouillis frise le ridicule lorsqu'il m'apparaît tout à coup qu'il ne s'agit pas du spectacle chaotique qu'offre parfois la vie. Il y a quelque chose de tragiquement délibéré dans tout cela : c'est ici, chez elle, que Brittany Hall a trouvé la mort.

Lenore demeure un long moment figée sur place. Elle s'avance finalement au milieu des débris. Le rayon de sa lampe capte un reflet métallique, quelque chose de doré, partiellement recouvert de la terre répandue sur le sol. Elle approche sa lampe pour y regarder de plus près. Dans la lumière, je vois que la tache sur le tapis est humide, luisante et rouge, de même nature que la traînée non entièrement coagulée que j'ai remarquée sur l'angle métallique de la table basse. Dans une heure, peut-être moins, l'endroit va grouiller de techniciens du labo.

« C'est bien ça, dit-elle. J'avais le sentiment que c'était ici que ça s'était passé.

— Le don de voyance est une chose merveilleuse, lui dis-je. Maintenant, fichons le camp.

— Voyons s'il y a quelque chose dans le couloir.

— Je crois qu'on devrait s'en aller.

— Va seulement jeter un œil. La personne qui a fait cela a filé depuis longtemps. »

Me conformer à sa volonté est plus facile, et moins susceptible d'attirer l'attention du voisinage que de parlementer. Je m'incline donc.

Le couloir est sombre, éclairé seulement par une petite veilleuse encastrée dans le mur près du plancher. Deux portes sont ouvertes au bout du couloir, de part et d'autre, séparées par une salle de bains dans laquelle il y a un filet de lumière. Je m'engage vivement mais avec précaution dans le couloir.

A mi-chemin, une porte est entrouverte de quelques centimètres. J'examine les alentours et regarde à l'intérieur par l'entrebâillement, juste assez pour éclairer une étagère fixée à bonne hauteur sur le mur. C'est une sorte de réduit, petit et sombre. Je passe et continue.

La première pièce dans laquelle je regarde donne sur la rue à l'avant de l'appartement. Visiblement, la chambre de Brittany Hall. Le lit est défait mais, à l'exception des oreillers en boule et de la couverture manquante, tout semble à sa place. Dans un coin, j'aperçois un placard dont la porte est fermée.

Je fais demi-tour vers la pièce de l'autre côté du couloir. Là, c'est une autre histoire. Il y a un lit, plus petit, et le désordre d'une chambre d'enfant, des poupées, des éléments de jouets en plastique, petits objets qui s'emboîtent et jeu de cubes en bois. Le lit est recouvert d'un édredon rose. La chambre d'une fillette. Mais aucune trace de celle-ci. Je fais quelques pas pour jeter un coup d'œil de l'autre côté du lit. Personne.

Je reviens dans le couloir. Lenore est toujours en train d'examiner le living, se déplaçant avec précaution afin d'éviter de brouiller les indices.

— Je ne savais pas qu'elle avait un enfant.

— Une petite fille.

— Où est-elle ?

— Chez ses grands-parents.

— Comment le sais-tu ?

— J'ai vu un mot dans la cuisine. »

Elle a fureté un peu partout pendant que j'étais dans le couloir.

« Bien. Maintenant, fichons le camp d'ici.

— Ressors par le chemin qu'on a pris en arrivant, me dit-elle. Vérifie pour être sûr que nous n'avons touché à rien. »

Au moment où je m'apprête à faire demi-tour, je me trouve soudain sans lumière. Lenore est partie de l'autre côté, vers la salle à manger et la cuisine attenante.

« Où vas-tu ?

— Je te rejoins à la porte. »

Il est vain de vouloir discuter avec Lenore. L'essentiel pour moi, c'est que l'on retrouve au plus vite la porte d'entrée et la voiture. Je reviens sur mes pas, ce qui me prend en tout et pour tout trois secondes. En arrivant à la cuisine, je vois Lenore qui vient à peine d'entrer dans la pièce par une porte opposée. Me tournant le dos, elle est en train d'examiner un grand calendrier suspendu au mur.

« Allons-y. » Ma voix la tire de quelque rêverie, comme si au moyen du calendrier elle cherchait à se faire une idée de la vie mondaine que menait la victime.

Elle esquisse un pas de danse au-dessus du yaourt renversé, évite l'amas de papiers et pose sa main recouverte de son mouchoir sur la chaise qui bloque l'entrée de la cuisine. Elle l'écarte délicatement puis la remet dans sa position initiale. Là-dessus, je file vers la sortie et sors, suivi de Lenore. Elle ferme la porte et nous nous précipitons à grands pas dans la rue et vers ma voiture garée en face. Je démarre aussitôt, et en un rien de temps laisse derrière nous deux pâtés de maisons avant de prononcer un seul mot.

« Si des voisins nous ont vus, j'espère seulement qu'ils ont une bonne horloge », lui dis-je. Deux intrus se glissant furtivement dans l'appartement de la victime d'un meurtre dont le cadavre est dans une ruelle, entouré par les flics.

Je pose ensuite la question qui me tarabuste : « Peux-tu me dire ce qui t'a pris ?

— Qu'est-ce que tu veux dire ?

— Je parle de cette idée que tu as eue d'aller chez elle, comme ça.

— Tony a pensé qu'elle a peut-être été tuée chez elle.

— C'était à lui de vérifier la chose.

— La police était en train de rechercher son adresse quand il m'a téléphoné sur son portable. Les renseignements généraux leur avaient donné son ancienne adresse.

— Et toi, comment la connaissais-tu ?

— Elle était dans le dossier le jour où je l'ai convoquée. » Lenore ne perd jamais le nord.

« Et tu ne leur as pas donnée ?

— Je ne travaille plus pour la police », dit-elle en souriant. Et nous éclatons tous les deux d'un bon rire cathartique.

Elle émet quelques hypothèses sur la cause de la mort, sur les indices de strangulation, se demandant si Brittany Hall ne serait pas morte à la suite d'une chute contre la table basse ou de quelque autre traumatisme.

« Pourquoi aurait-on déplacé le corps ?

— Va savoir », dit-elle.

Si elle a été tuée chez elle sans que l'on efface les traces du meurtre, à quoi cela servait-il de la déplacer ? Agir de la sorte présentait plus de risques que d'avantages.

« Et pourquoi la porte n'était-elle pas verrouillée ?

— Il existe des gens confiants.

— Une femme qui vit seule ? »

Elle m'adresse un regard signifiant qu'elle en convient.

« Mais j'ai une meilleure explication, reprend-elle.

— Comment ça ?

— Et si elle avait eu rendez-vous avec l'homme contre lequel elle s'apprêtait à témoigner en correctionnelle ? »

Je lui lance un regard chargé d'interrogations.

« Sur son calendrier, dit Lenore, il y avait une note. Elle y avait inscrit un rendez-vous. Elle devait rencontrer Acosta à quatre heures cet après-midi. »

CHAPITRE SIX

« Ç'a été du gâteau. »

Cet après-midi, Tony Arguillo est regonflé à bloc, débordant de cette confiance en soi qui vous vient après coup, une fois que vous êtes passé à travers les balles et que le sort vous donne le sentiment d'être immortel.

Il s'est présenté ce matin devant le peloton d'exécution du grand jury dont tous les fusils, à l'entendre, se seraient enrayés. Quant à moi, les avocats n'étant pas autorisés à accompagner leurs clients derrière les portes closes de la salle où se réunit le grand jury, je suis dans l'obscurité la plus profonde.

J'avais cherché à savoir si Tony était soumis à une enquête probatoire et on m'avait dit qu'à ce stade, étant donné les éléments d'informations dont disposait le jury, il ne l'était pas. On nous a transmis un formulaire en bonne et due forme lui garantissant l'immunité, ce qui signifie que le grand jury ne pourra pas utiliser son témoignage contre lui. Le jury aura cependant tout le loisir d'exploiter à son encontre le témoignage d'autres témoins. C'est équitable.

Aujourd'hui, Tony est confortablement installé dans le canapé de mon bureau, les deux pieds en l'air et les mains jointes derrière la nuque. Le repos du guerrier.

Son attitude évoque pour moi celle de ces gens qui

se sont efforcés durant toute leur enfance d'être cool, quitte à jouer un peu trop les durs à l'occasion. Il en a résulté chez lui un comportement qui s'apparente davantage à celui de la fouine que du loup. Je suis convaincu que lui-même se voit comme quelqu'un de faible et de méprisable, comme un être mauvais, comme seuls savent l'être les bons flics, tout juste capables de cracher des invectives à la face du Mal : Tony le Malotru.

« Pas de quoi fouetter un chat. » Il faut voir sa mimique lorsqu'il dit cela.

« Le pauvre, il était paumé, il ne savait pas quelles questions me poser. » Il parle de Coleman Kline, qui menait l'interrogatoire.

« Un enfantillage. Réglé en deux temps trois mouvements. » Tony n'est décidément pas à court de métaphores pour décrire son triomphe. Cela venant de quelqu'un qui s'est fait du mauvais sang pendant plus d'un mois, qui s'est payé trois ajournements de procédure, et encore uniquement grâce à la déchéance d'Acosta.

Il me dit ne pas avoir une très haute opinion des compétences de Coleman Kline devant un jury. Je m'en remettrai pour ma part à une autre évaluation, plus objective, des talents de Kline.

« Il était d'une maladresse. Comme un éléphant dans un jeu de quilles. » Une autre de ses métaphores.

« C'est parfait, tant que vous dites la vérité », lui dis-je.

Les prisons débordent de types, des petits rigolos pour la plupart, qui se croyaient blancs comme neige. Ils en ont maintenant pour des années à arpenter la cour de promenade pour avoir fait obstruction à la justice ou s'être parjurés pour un ami. Je me demande jusqu'où irait Tony pour protéger Mendel et sa bande.

« Il est resté dans les généralités, il n'a pas fait une seule fois allusion aux livres. » Il parle des dossiers comptables du syndicat qui ont mystérieusement disparu. Pouf ! Escamotés comme par magie. Phil Mendel a réponse à tout.

« On peut rien te coller au cul quand on te pose pas les bonnes questions », me dit-il.

Qu'il y ait dans une telle déclaration un aveu implicite des faits, et qu'il risque d'en prendre dans le postérieur si d'aventure on lui pose les bonnes questions, ne semble pas troubler outre mesure mon client. Il s'apprête à m'en raconter davantage sur la victoire qu'il vient de remporter, mais je le coupe tout net. Je veux des faits, je veux connaître par le menu les questions qu'on lui a posées et, assis à mon bureau, j'attends, la main immobile au-dessus de mon bloc-notes.

« Attendons avant de crier victoire que le compte rendu de l'interrogatoire nous parvienne, lui dis-je. Si on a de la veine, on n'en verra jamais la couleur. »

Cela peut prendre des semaines ou des mois. Les comptes rendus d'audience du grand jury sont généralement gardés sous scellés et inaccessibles au public ou aux témoins jusqu'à la publication d'un acte d'inculpation. Avec un peu de chance, l'affaire sera enterrée, le jury décidera qu'il n'existe pas suffisamment de preuves pour inculper l'une ou l'autre des parties, et aucun compte rendu ne verra le jour.

« Bien sûr », dit-il. J'ai fait pleuvoir un peu d'eau froide sur sa fanfaronnerie, et son enthousiame s'est soudainement mis en sourdine. Il commence à me livrer quelques bribes d'informations. « Ils m'ont posé un tas de questions qui ne rimaient à rien », dit-il.

J'insiste une nouvelle fois pour savoir s'il a dit la vérité.

« Vous vous inquiétez trop. » Il semble offusqué par mon acharnement. Je ne saurais dire si c'est parce que je mets son honneur en cause ou tout simplement parce que la vérité l'incommode.

« Parole de scout », reprend-il. Il lève deux doigts

dans un geste peu crédible qui m'incite à me demander si des fois, ces deux doigts, il ne les aurait pas croisés ce matin à la barre des témoins.

Presque une semaine s'est écoulée depuis l'horrible découverte du corps de Brittany Hall, et les autorités n'ont pas laissé filtrer grand-chose quant à des pistes éventuelles. Pendant des jours, Lenore et moi avons passé au peigne fin les journaux et le moindre imprimé, de crainte que quelqu'un n'ait relevé notre passage à l'appartement ce soir-là, un voisin sorti promener son chien, ou un insomniaque qui aurait entr'aperçu notre visage par une fente de la fenêtre de ses toilettes en allant uriner. Mais, comme dit justement le proverbe : heureux les simples d'esprit. Notre folle escapade semble être passée inaperçue.

On a beaucoup jasé et émis pas mal d'hypothèses dont aucune ne me surprend. Depuis que les journaux ont établi le lien entre la victime et l'affaire de prostitution dans laquelle est impliqué Acosta, les médias abondent en conjectures qui tournent toutes autour du même thème : à qui profite la mort de Brittany Hall ? Le juge demeure pour l'instant le suspect numéro un.

La police a essayé de le faire parler le lendemain du meurtre. Il paraît qu'il s'est refusé à toute déclaration et n'a pas présenté d'alibi. Il me suffirait de révéler à la presse l'existence de la petite note trouvée sur le calendrier de la victime pour mettre le feu aux poudres journalistiques. Et pourtant, en dépit du peu de sympathie que m'inspire le juge et bien que je détienne cette information compromettante pour lui, j'ai du mal à croire qu'il soit l'auteur du crime.

« Pourquoi avez-vous parlé à Phil Mendel des entretiens que nous avons eus à mon bureau ? » Je questionne Tony à brûle-pourpoint, l'élément de surprise étant généralement le meilleur moyen d'obtenir la vérité.

Ma question l'ébranle quelque peu et il hausse un sourcil, sans se laisser toutefois démonter.

« C'est énervant », dit-il. Mais il ne nie pas. Il réfléchit en se grattant un peu la tête.

« Il a l'air d'en savoir drôlement long sur nos conversations.

— Il a peut-être une boule de cristal, dit-il. Phil est porté sur l'occultisme, la magie noire, le diable et toutes ces conneries. » L'idée le fait rire.

Le diable, c'est Phil, et Tony ne le sait pas.

« Attendez que je réfléchisse », reprend-il. Mes accusations ne le troublent pas outre mesure. Il est toujours affalé sur mon canapé, les pieds sur un coussin.

« Je ne me rappelle pas lui avoir dit quoi que ce soit. »

Si c'est là un échantillon de la « vérité » débitée par lui devant le grand jury, on devrait le soumettre au supplice de la roue.

« Phil a des tas de sources d'information. Et puis, qu'est-ce que ça peut faire ? Le grand jury fait totalement fausse route. Je vous l'ai dit, il n'y a pas de quoi fouetter un chat. »

Il commence à se répéter.

« C'est une question de confiance, lui dis-je. De la confiance que j'ai en vous. »

Cette remarque lui arrache un regard agacé et un sourire glacial, comme si c'était moi qui étais dans le pétrin et non lui.

« Il est difficile de maintenir une relation d'avocat à client si l'une des parties va crier tout ce qui se dit sur les toits.

— Parler avec Phil n'est pas allé le crier sur les toits », dit-il. Tony a beaucoup à apprendre sur le chapitre des aveux involontaires. On dirait bien qu'il vient d'en commettre un autre. « Où est le problème ? demande-t-il.

— C'est, entre autres choses, une dérogation au

principe de confidentialité qui est censé régir nos rapports. »

Il me regarde avec un air ahuri pour la première fois depuis le début de l'entretien, comme s'il ne comprenait pas de quoi je parle. Je le lui explique donc.

« Toutes nos conversations sont protégées par la confidentialité. Le parquet ne peut me forcer à divulguer ce qui se dit au sein du rapport avocat-client. »

Il me gratifie d'un regard tout joyeux. Cet aspect des choses lui convient parfaitement.

« Sauf si vous le divulguez vous-même à quelqu'un d'autre. Dans ce cas, on peut me serrer la vis et m'obliger à répéter tout ce que vous m'avez dit.

— Oh. » J'ai droit à un regard un peu moins enthousiaste, mais il ne bronche toujours pas.

« Oui. Oh. » Tony commence à voir où je veux en venir. Certaines des informations qu'il m'a confiées, des peccadilles pour la plupart, ne suffiraient peut-être pas à le faire inculper mais pourraient en revanche entraîner sa radiation de la police. Il y a peut-être un abîme entre un délit criminel et une faute professionnelle, mais c'est un gouffre assez profond pour engloutir une carrière de flic.

« Evidemment, il n'est pas à exclure que Phil soit au courant de choses vous concernant que j'ignore moi-même. » Je n'y vais pas par quatre chemins et Tony se redresse d'un balancement sur le canapé pour reprendre la position assise, les pieds solidement plantés dans le sol et son œil des mauvais jours.

« Par exemple ? demande-t-il.

— Zack Wiley. Ça vous dit quelque chose ? »

Je vois à son expression que j'ai touché juste.

« L'agent Wiley, si vous vous souvenez, a été tué l'an dernier lors d'une descente dans un dépôt de crack. Vous vous êtes retrouvé en possession du revolver dont on a pu prouver par la suite qu'il avait servi à tuer cet agent. Il paraît que l'origine de cette arme soulevait un certain nombre d'interrogations. Entre autres, que la police l'aurait saisie sur les lieux d'un autre crime commis antérieurement. »

Tony a un regard fuyant sur lequel il n'y a pas à se méprendre : *Ça se corse.*

Il pourrait dire « Oh merde », mais c'est inutile car je le lis dans ses yeux.

« Y a-t-il quelque chose que vous ne m'avez pas dit au sujet de votre comparution de ce matin devant le grand jury ?

— Des bricoles. Rien d'important », répond-il.

Il se fait un assez long silence, et ça gamberge tellement dans sa petite cervelle que je hume une odeur de caoutchouc psychique brûlé, tandis qu'il passe en revue les questions qu'on lui a posées et le témoignage qu'il a donné. Coleman Kline est plus retors que ne le pense Tony.

« Il m'a interrogé sur un vol commis dans l'East End il y a trois ans, et m'a demandé si je m'étais rendu sur les lieux. Des broutilles.

— Que vous dites.

— Kline n'a rien obtenu de moi.

— Aviez-vous répondu à un appel de patrouille ? Vous étiez-vous rendu sur les lieux du vol ?

— Pas que je me souvienne. C'est difficile de se rappeler après si longtemps. On répond à une demi-douzaine d'appels par jour. Six à huit vols par mois. S'il n'y a personne de tué, tout finit pas se confondre dans votre esprit à la longue.

— C'est de là que venait le revolver ? »

Il me répond par une mimique à mi-chemin entre l'aveu pur et simple et l'incertitude.

« Comment se fait-il que vous soyez au courant pour le revolver ? demande-t-il.

— La moitié de la ville est au courant.

— Qu'est-ce que vous essayez de me dire ?

— J'essaie de vous dire que l'enquête probatoire du grand jury risque de dépasser son objectif initial et de s'engager sur un terrain beaucoup plus dangereux. »

A ces paroles, la belle indifférence de Tony commence à fondre comme neige au soleil.

CHAPITRE SEPT

Je lui donnerais une cinquantaine d'années. C'est une brune assez séduisante, bien que son maquillage soit quelque peu négligé, signe peut-être qu'elle s'est hâtée ce matin pour venir ici.

Elle est élégamment vêtue, talons hauts, jupe noire, chemisier blanc sous un blazer de soie, foulard bleu assorti autour du cou. Elle a le front et les joues sillonnés de rides que j'attribuerais à un stress récent. Sa présence dans mon bureau me permet de penser que ce stress est de nature juridique.

Elle s'appelle Lili. C'est sous ce seul prénom que Lenore me l'a présentée. Et, bien que l'on ne m'ait pas précisé la raison de leur venue à mon cabinet, je flaire l'aubaine, la cliente friquée et un gros appétit chez une avocate nommée Goya.

« J'ai pensé que ça ne te dérangerait pas qu'on utilise ton bureau, me dit Lenore.

— *Mi casa, su casa.* » Je leur propose de les laisser afin qu'elles puissent s'entretenir en tête à tête. Etant donné que Harry et moi disposons d'un local inoccupé mais non aménagé au fond du couloir, nous avions évoqué une éventuelle association et la possibilité de partager nos bureaux, mais elle veut y réfléchir.

« Je peux aller à la bibliothèque quelques minutes, lui dis-je.

— Inutile. » Tout en parlant, elle sirote un café

dans un gobelet en plastique dont le rebord se teinte de rouge à lèvres cramoisi. « Il se peut que j'aie besoin de tes lumières », ajoute-t-elle.

Je me dis qu'il doit s'agir de trucs pratiques dont les avocats du parquet n'ont pas l'habitude, comme les honoraires ou les frais. Flatté toutefois, je fais un grand geste comme pour dire : « Moi ? »

« Je suis à ta disposition, lui dis-je.

— Votre mari doit venir ? » Lenore s'adresse à la femme d'un air tout ce qu'il y a de plus professionnel.

« Il sera ici d'un moment à l'autre, répond la femme. Il tenait à être à l'heure mais il a dû garer la voiture.

— Tout cela a dû être une dure épreuve pour vous deux.

— Vous n'avez pas idée, répond l'inconnue. Mon mari s'inquiète des conséquences que cela risque d'avoir sur notre famille, surtout sur nos deux filles, si on l'arrête.

— Elles sont mineures ? demande Lenore.

— Non. Non. Elles sont mariées. Elles ont elles-mêmes des enfants. » Elle ouvre son sac à main et en retire son portefeuille. Elle nous fait voir alors les photos de deux beautés de six ou sept ans, à la peau sombre et aux yeux noirs, endimanchées, aux longues bouclettes, et dont la bouche édentée sourit du sourire de l'innocence.

« Voici la cadette, Gabriella. » La prénommée Lili indique la photo d'un doigt bien manucuré. « C'est la prunelle des yeux de son grand-père. Mon mari. Il en mourrait si jamais cette histoire devait lui nuire. Ces accusations et ces insinuations ignobles. »

Elle accentue certaines syllabes, qui roulent sous sa langue avec des intonations romanes, ce qui m'incite à penser que l'anglais n'est pas sa langue maternelle.

« Votre mari a-t-il fait des déclarations à la police ? demande Lenore.

— Non. » Elle hoche la tête. « Il n'a rien dit à personne. Il ne veut même pas en parler avec moi. Il a été très déprimé. Il m'a inquiétée.

— Vous croyez qu'il pourrait attenter à ses jours ? »

Lili fait un signe d'acquiescement, comme si cette éventualité n'était pas à écarter.

« Vous ne lui direz pas que je vous en ai parlé ? »

Lenore secoue la tête, comme pour dire « Jamais de la vie ».

« Nous devrions peut-être commencer par le commencement », dis-je, me demandant, moi, l'homme providentiel tombé de Mars, si elles sont en train de discuter d'un meurtre à la hache ou d'un attentat à la pudeur sur des petites filles. Voilà les nobles pensées qui viennent spontanément à un avocat pénaliste.

« Il est préférable d'attendre qu'il arrive, dit Lenore. Comme ça, on n'aura pas à tout recommencer. »

Je hausse les épaules. Ce sont ses clients.

« Votre mari a-t-il vu un autre avocat ? demande Lenore.

— Je crois que ça ne lui est même pas venu à l'esprit. Lorsqu'il a appris que vous étiez libre et que vous alliez vous associer avec Maître Madriani, c'est vous qu'il a immédiatement voulu consulter.

— Très aimable à lui », dit Lenore.

Je commence pour le coup à être intrigué.

Lili raconte à Lenore que la police n'a rien dit, bien qu'elle soit venue à deux reprises chez eux dans le but de recueillir des indices.

« Ils avaient des mandats de perquisition ?

— Oui, répond Lili sans détour, l'air de savoir en quoi consiste un mandat de perquisition. La première fois, ils ont emmené sa voiture. Ils l'ont fait remorquer quelque part. On ne l'a pas revue depuis. »

J'entends un remue-ménage à l'extérieur du

bureau, la porte que l'on referme et des voix, celle de la réceptionniste et une autre, grave, de baryton, qui m'est familière.

J'entends l'homme dire : « Je crois qu'on m'attend. »

C'est une voix porteuse de sombres prémonitions, semblable à une déferlante par une nuit obscure. Une fraction de seconde avant que la porte de mon bureau ne s'ouvre, je capte le regard de Lenore posé sur moi. Elle observe ma réaction, un œil recouvert d'une mèche rebelle, l'autre rempli d'une appréhension un peu piteuse qui lui confère un air à la Mona Lisa.

La porte d'acajou s'ouvre toute grande et Armando Acosta paraît sur le seuil du bureau.

On dirait une apparition sur celluloïd, une rencontre du troisième type, la forme d'un homme que, même dans mes rêves les plus déments, je n'aurais imaginé en train de franchir mon seuil. Nos yeux se croisent un bref instant puis il détourne le regard.

« Mon mari, le juge Acosta. Maître Goya », dit Lili qui néglige le fait que son mari n'est plus juge, ayant en effet été suspendu au titre des dispositions afférentes à l'accusation de prostitution, accusation désormais abandonnée à la suite du décès de l'unique témoin de la partie civile.

« Vous pouvez m'appeler Armando », dit-il à Lenore.

Me vient à l'esprit une bonne demi-douzaine d'autres noms, tous plus profanes les uns que les autres, mais qui lui vont mieux que celui choisi par ses parents le jour néfaste de son baptême.

« Lenore », répond-elle.

Je me demande l'espace d'un instant s'il ne va pas lui faire un baise-main. Mais il se contente de s'incliner et de prendre la menotte toute molle de Lenore. Cela se déroule avec une courtoisie à laquelle je ne me serais pas attendu.

Eberlué, je n'ai pas bougé du fauteuil derrière mon bureau lorsqu'il se tourne vers moi.

« Maître. » Acosta m'adresse un regard contraint et esquisse à peine un sourire, son expression suggérant qu'il lit dans mon esprit et sait que celui-ci n'abrite rien à cet instant que j'oserais énoncer en présence de tiers.

Je garde donc le silence et acquiesce de la tête.

« Maître Madriani et moi sommes de vieilles connaissances », explique-t-il à sa femme.

Je pourrais montrer à cette dernière des cicatrices qui le prouvent.

« Heureux de vous voir », ment-il, et il me tend la main. Celle-ci demeure en suspens au-dessus du buvard de mon bureau comme un objet ignoble apporté par un vent mauvais. Il la laisse ainsi pendant un temps interminable, de façon telle que, s'il la retirait, tous les yeux se tourneraient vers moi.

Il accompagne son geste d'un silence embarrassant comme s'il voulait faire durer l'épreuve jusqu'à la saint-glinglin. Je finis par saisir sa main tendue que je secoue de manière convenue.

Mon visage a dû, ce faisant, revêtir une expression bizarre car, lorsque je pose les yeux sur Lenore, elle se gausse ouvertement de moi, à tel point que Lili lui demande si quelque chose lui a échappé.

Acosta lui-même rigole doucement maintenant.

« Mes rapports avec Maître Madriani n'ont pas toujours été, comment dire, aussi cordiaux. Je t'en reparlerai plus tard. » Passant un bras autour des épaules de son épouse, il la conduit vers le petit canapé disposé de biais devant mon bureau, et ils s'y installent, tels deux appuis-livres. Lenore prend place devant moi dans l'un des fauteuils réservés aux visiteurs. Nous restons ainsi quelques instants à nous regarder en chiens de faïence.

Il y a à peine plus d'un mois que j'ai vu Acosta, mais il a vieilli de deux ans dans l'intervalle. Des touffes grises montent maintenant de son crâne dégarni. Des rides dues au stress se déploient à la commissure de ses yeux, semblables aux rayons du soleil couchant. Il a les bajoues pendantes d'un grand prédateur dont l'instinct de chasseur se serait émoussé.

« Bon. Maintenant que nous sommes tous réunis, dit-il, par où commençons-nous ? »

Il tourne d'abord son regard vers moi, puis vers Lenore, avant de se rendre compte que c'est nous qui sommes suspendus à ses lèvres.

Malgré son apparence décatie, il ne s'est pas departi de tous ses gestes maniérés. Il dégage son bras des épaules de sa femme, le temps de jouer avec un bouton de manchette sous son veston, puis lisse des doigts le duvet qui recouvre ses tempes grisonnantes. Il fait même encore le beau.

Abandonné à lui-même dans le silence gêné, il s'éclaircit la gorge.

« Très bien. Je suis venu m'assurer les services d'un avocat. La mort de Brittany Hall », ajoute-t-il. Il lui est manifestement pénible de se trouver dans cette position, celle de quémandeur. Il parle sans nous regarder directement, Lenore et moi, fixant un point à égale distance entre nous deux.

« C'est une question que je ne poserais pas en temps normal, dis-je, mais il est permis de se demander si vous êtes l'auteur des faits qui vous sont reprochés. »

Il m'adresse un regard vaguement hésitant, l'air de ne pas trop savoir s'il est possible que je sois à ce point brutal et dénué de tact.

« Avez-vous tué Brittany Hall ? » Aucun doute n'est plus permis sur le sens de ma question.

« Ne répondez pas », dit Lenore.

Lili me jette un regard assassin. « Comment pouvez-vous... »

M'adressant à Lenore, je lui demande : « Tu me trouves un peu direct, n'est-ce pas ? » Il existe en ces matières une règle impérieuse : ne jamais poser ce genre de question. On risque de ne pas apprécier la réponse. Il sera toujours temps de dire la vérité plus tard, pense-t-elle sans doute, lorsqu'elle aura entraîné Acosta dans quelque stratégie défensive et que la partie civile aura étayé l'acte d'accusation.

« Calmez-vous », dit Acosta. Ce n'est pas à moi qu'il s'adresse mais aux deux femmes. Il semble être le seul que ma question n'offusque pas. Sa femme, qui entre-temps s'est levée du canapé en saisissant son sac à main, paraît prête à s'en aller.

« Nous ne sommes pas venus ici pour nous faire insulter », lance-t-elle. Elle est sans doute ulcérée, d'autant qu'elle a laissé des gens de mon acabit regarder la photo de ses petits-enfants.

« Maître Madriani a le droit de poser une telle question », dit Acosta. Quant à savoir si j'ai droit à la vérité, c'est une autre paire de manches.

On parvient, non sans efforts et après avoir parlementé avec elle de longues secondes, à faire rasseoir Lili. Elle veut s'en aller. Il faut croire que tout avocat qui ne fait pas une confiance aveugle à son mari est indigne de la sienne. Elle risque d'avoir du mal à trouver un autre avocat.

Acosta réussit à la retenir.

« Vous avez un don extraordinaire pour semer la zizanie, Maître Madriani.

— Ce n'est pas toujours en pure perte. » Je le gratifie d'un regard aussi froid que celui auquel j'ai droit de sa part.

« Je n'en doute pas. »

Lorsque tout est enfin rentré dans l'ordre, je lui rappelle que j'attends toujours la réponse à ma question.

« Et moi, j'ai conseillé à Monsieur le Juge de ne pas répondre. Ce n'est ni le moment ni le lieu, ajoute Lenore.

— Dois-je interpréter un tel conseil comme une relation d'avocat à client ? », demande Acosta à Lenore tout en haussant un sourcil interrogateur.

Il est peut-être déprimé, il en a peut-être vu de toutes les couleurs, mais il n'a rien perdu de cette vivacité d'esprit qui fait les bons avocats.

« Vous ne sauriez attendre de moi que je réponde à une telle question sans...

— Considérez que vous avez un avocat », déclare Lenore. Avant que je puisse placer un mot, elle s'est laissé appâter, a mordu à l'hameçon.

Cette déclaration arrache un sourire éblouissant à Noix de Coco dont les dents blanches sur le teint bistre ne sont pas sans évoquer la vision du requin entraînant le nageur par le fond.

C'est sur moi qu'il déverse son grand sourire, l'air de dire que lui aussi sait exploiter les fruits de la zizanie. Mon assaut frontal, produisant le contraire du résultat escompté, a fait franchir le pas à Lenore.

« Tu devrais y réfléchir à deux fois. » J'essaie de la retenir. « Il y a beaucoup de choses que tu ignores.

— Appelle ça de l'intuition », dit-elle en me fusillant du regard, l'air de dire que, si moi je peux faire des bêtises, elle aussi le peut. C'est une partie de à qui perd gagne dont seul Noix de Coco peut sortir vainqueur.

« D'accord, dis-je.

— Et vous, Maître, qu'en pensez-vous ? » Acosta a reporté son attention sur moi.

« Qu'en penses-tu ? demande Lenore.

— Quels seront tes honoraires ?

— Je vous signe un chèque séance tenante. Vous voulez une provision ? Combien ? » A cet instant, son stylo à la main, courbé sur son chéquier qu'il a posé sur un coin de mon bureau, c'est moins quelque image tourmentée de Faust qu'évoque son air sombre que mon propre pacte avec le diable.

« Un dépôt de garantie de soixante-quinze mille dollars, lui dis-je. Qui sera facturé deux cent cinquante dollars de l'heure, trois cent cinquante pour chaque heure passée à la cour. »

Un rictus de douleur tord le visage de Lili.

Le regard de Lenore devient vitreux.

Acosta ne perd pas une seconde. « Marché conclu. »

Je n'aurais jamais cru qu'il avait autant de pognon. Il entreprend dare-dare de remplir le chèque sur le coin de mon bureau.

Maintenant que j'ai embarqué Lenore dans cette affaire, je suis bien obligé de suivre.

« Il est entendu que Maître Goya agit à titre d'avocat principal. » Je la regarde, l'air de dire : « Saute sur l'occasion. » « Et autre mise en garde », dis-je. J'en ajouterais volontiers un millier si je pouvais penser assez vite. « Si jamais je m'aperçois que vous ne dites pas la vérité, nous nous retirons. »

Lili s'agite de plus belle sur le canapé mais Acosta referme une main solide sur la sienne.

« Maintenant, répondez à ma question », lui dis-je.

Son visage se fait soudain de marbre. Son corps devient inerte, tout geste superflu s'arrête : moment crucial de gravité psychique. Un continent entier pourrait s'abîmer dans la profondeur de ses yeux bruns dont le regard aigu ressemble à un missile entrant en contact avec sa cible.

« Non. Je ne l'ai pas tuée. »

Comme avant-goût de ce que cela pourrait donner devant un tribunal, ce n'est pas mal. Je souhaiterais peut-être un petit tremblement de voix destiné à créer un courant de sympathie mais, question conviction, le ton y est.

« Ceci réglé, reprend-il, comment procède-t-on ? »

Il m'apparaît tout à coup clairement qu'il n'en a pas la moindre idée lui-même. Il a passé vingt ans de sa vie dans les arcanes du droit, dont une bonne partie comme juge, et il ne voit pas du tout comment assurer sa défense.

Lenore commence par aborder la question de l'alibi, pour savoir si par hasard quelque bon citoyen ne pourrait pas se porter garant des faits et gestes d'Acosta au moment du meurtre. L'ennui est que la police n'a pas donné la moindre indication concernant l'heure à laquelle Brittany Hall aurait été tuée. La déclaration d'Acosta, selon laquelle il était resté seul la plus grande partie de la journée et toute la soirée du meurtre, n'arrange pas les choses. Déprimé, il aurait garé sa voiture sur un bas-côté près du fleuve. Il ne dit pas quelles pensées occupaient son esprit durant cette séance de méditation, bien que l'expression qui se lit alors dans les yeux de sa femme, et le coup d'œil qu'elle adresse à Lenore, parlent d'eux-mêmes.

« Personne ne vous a vu ? demande Lenore. Vous n'avez adressé la parole à personne ?

— Je n'aurais pas fait une compagnie bien réjouissante. Je voulais être seul. J'étais bouleversé. » A l'entendre, après avoir été révoqué de la magistrature la semaine précédente sur ordre de la Cour suprême, il avait le moral à zéro. Ce matin-là, dans un accès de dépit, il avait congédié l'avocat censé le défendre dans l'affaire de prostitution pour laquelle on l'avait inculpé.

« Je comprends, lui dit Lenore. Durant tout ce laps de temps, le jour où elle a été tuée et dans la soirée, vous n'avez parlé à personne, pas même au téléphone ? Vous n'avez pas appelé un ami ? Vous n'êtes allé nulle part où quelqu'un aurait pu vous voir ? »

Il fait de la tête un geste de dénégation.

« Vous n'avez rien acheté ? De la nourriture, de l'essence ? Un commerçant pourrait peut-être se rappeler vous avoir vu à l'heure où elle a été tuée ? »

Nouveau hochement de tête.

« A quelle heure êtes-vous rentré chez vous ce soir-là ? » C'est moi, cette fois, qui l'interroge.

« J'ai passé la nuit dehors. Je ne suis rentré que le lendemain après-midi. Vers deux heures. »

Sa femme confirme ce fait regrettable, ajoutant qu'elle était morte d'inquiétude pendant tout ce temps.

Nous interrogeons Acosta sur les déclarations qu'il aurait pu faire à la police dans les jours suivant le meurtre. Il ne se souvient malheureusement pas de leur teneur précise. Il dit avoir fait des commentaires équivoques au sujet d'une note portant son nom sur le calendrier de Brittany Hall. Lenore et moi échangeons un regard entendu : il s'agit de celle qu'elle a vue chez la victime.

Selon Acosta, la police, s'appuyant sur ses déclarations confuses, affirme maintenant qu'il était au courant de l'existence de cette note et qu'il se trouvait à l'appartement de la victime le soir du meurtre.

Ce qui prouve que le besoin de parler, lorsqu'on se trouve en situation délicate, ne fait en règle générale qu'aggraver les choses.

« Se peut-il que la police ait un autre suspect ? » Cette joyeuse réflexion est injectée dans la conversation par Lenore.

« Je ne crois pas, répond Acosta.

— Comment pouvez-vous en être si sûr ? demande-t-elle.

— Parce qu'on a convoqué un grand jury pour recueillir les dépositions et que je n'ai pas été appelé à témoigner. »

Lenore lui adresse un regard effaré. Il ne nous dit pas d'où il tient cette information et nous ne le lui demandons pas. Le tribunal du comté de Capital City laisse échapper plus de fuites que la litière d'un chien malade des reins, et Acosta est évidemment au courant chaque fois qu'il lève la patte.

« Plusieurs personnes parmi mes relations ont été appelées à témoigner, nous dit-il. Si vous voulez le savoir, j'ignore quelles questions on leur a posées ou ce qu'elles ont pu éventuellement dire sous serment.

— A votre avis ? », dis-je. On joue au chat et à la souris.

Il a un léger haussement d'épaules, secoue un peu la tête, comme pour signifier qu'il va s'efforcer de répondre de son mieux.

« Si un avocat de la partie civile s'avisait de poser la bonne question au témoin qu'il faut... » Il conjure cette éventualité en plissant le visage en une moue qui lui fait des rides tout autour de la bouche. « Un de ces témoins risquerait de rapporter des déclarations intempestives qu'il a pu m'arriver de faire, des remarques inconsidérées proférées dans un moment de fureur. »

Je l'invite du regard à être plus explicite.

« J'étais bouleversé, dit-il. Et je me suis laissé aller à tenir certains propos.

— Comme quoi ?

— Je ne me souviens pas des termes exacts. Il est possible que j'aie dit des choses, que je l'aie traitée de menteuse, peut-être pire encore.

— Brittany Hall ? »

Il acquiesce.

« J'étais en colère. On m'avait tendu un traquenard.

— Qui ça "on" ?

— La police. » La défense classique de tous ces types : on les a piégés.

« Toute cette histoire de prostitution était un coup monté.

— Et vous étiez en colère. Vous l'avez traitée de menteuse. Quoi d'autre ? »

Ma question lui fait lever les yeux au ciel, comme s'il se résignait à reconnaître les faits.

« Il se peut que j'aie dit autre chose.

— Quoi ? » Il faut vraiment lui arracher les vers du nez.

« Il se peut que... Je ne sais pas. J'ai peut-être dit que j'aimerais la savoir morte.

— Ce ne sont pourtant pas des paroles qui s'oublient facilement. »

Il me répond par un haussement d'épaules.

« Vous avez dit à quelqu'un que vous aimeriez la savoir morte ?

— Il est possible que j'aie dit quelque chose en ce

sens. Que je l'aie traitée de tous les noms et que j'aie souhaité sa mort.

— C'est grave, dis-je. Vous rappelez-vous les termes exacts que vous avez employés ?

— Est-ce que c'est si important que ça ? demande-t-il.

— Ça l'est si la police a interrogé les témoins. »

Il porte les doigts à son front, tel le Grand Mamamouchi convoquant tous ses pouvoirs.

« Je pense avoir dit que la mort était encore trop douce pour cette connasse. » Traduction libre par Noix de Coco du désir de voir quelqu'un trépasser.

« Merveilleux, dis-je. Et ce souhait de la voir morte, devant qui l'avez-vous exprimé ?

— Il faut que vous me compreniez. Après mon arrestation, tout le monde m'a tourné le dos. Dans les couloirs, on me croisait comme si j'étais un fantôme. Des gens avec qui j'avais travaillé pendant vingt ans feignaient de ne pas me connaître. Vous imaginez ça ? Mon propre clerc. Et les autres qui ricanaient...

— A qui avez-vous fait cette déclaration ? »

Ma question le fait déglutir si fort que sa pomme d'Adam descend en chute libre comme d'une plateforme de dix mètres.

« A Oscar Nichols. »

Le juge Nichols, qui aurait mes suffrages si on devait élire le magistrat le plus sympathique de l'appareil judiciaire, jouit de l'estime générale. Les avocats l'aiment parce que, telle la prostituée du village, il est facile. C'est un Noir âgé d'une soixantaine d'années, un personnage tranquille qui ne hausse jamais le ton et qui pèse tellement le pour et le contre d'un délit que l'indécision finit par le paralyser. Si ça ne tenait qu'à lui, il traiterait toutes les affaires qu'il a à juger de manière à ce qu'aucune des parties ne soit perdante. Je ne suis pas surpris que ce soit sur son épaule qu'Acosta soit allé pleurer à l'heure de l'épreuve.

Il n'empêche que j'en demeure pantois. Voilà que j'ai un client pour qui le droit n'a pas de secret et qui fait à un magistrat des déclarations susceptibles d'être interprétées comme une menace de mort à l'endroit d'une victime décédée.

« C'était un ami », explique Acosta. Le mot clé de cette affirmation étant sans nul doute celui qui la met au passé.

« Vous ne connaissez pas de criminels ? », signifiant par là qu'il risque de se retrouver au ban de la société.

Je regrette aussitôt d'avoir posé cette question. Ce n'est pas une expression de colère ou d'arrogance qui se lit alors sur le visage d'Acosta mais autre chose, une expression que je ne lui ai jamais vue, celle du désespoir et de l'angoisse. Nous avons naturellement tendance à dissimuler notre vulnérabilité à ceux que nous n'aimons pas ou en qui nous n'avons pas confiance, et ce ne sont pas les raisons de nous méfier l'un de l'autre qui manquent entre Acosta et moi.

Dans un monde où le statut professionnel et l'identité sont interchangeables, Acosta est désormais un paria, un homme qui a tout perdu, sauf sa femme et sa liberté.

Le voyant de ma ligne intérieure clignote. Une seconde plus tard, le téléphone sonne. Je décroche.

« Un monsieur est là qui veut vous voir.

— Qui est-ce ?

— Un nommé Leo Kerns. Un enquêteur des services du procureur.

— Leo ? Qu'est-ce qu'il veut ?

— Il veut vous parler.

— J'arrive. »

Je regarde Lenore. « Je reviens. » Je dépose mon stylo sur mon bloc-notes, tout près de la citation de la menace de mort proférée par Noix de Coco. « Prends la suite. »

Je me lève de mon fauteuil, laissant Lenore assurer toute seule. Peut-être amènera-t-elle la conversation sur un sujet moins pénible, comme l'éventuelle radiation du barreau d'Acosta.

J'ai à peine franchi le seuil que, par une de ces prémonitions que doit avoir le lézard au moment de se faire écraser sur une route, je flaire le coup fourré.

Leo m'a tendu un traquenard. Debout près de lui, près du comptoir de la réception, se tiennent deux autres hommes en costume, le cheveu brillant et coupé de près, soignés de leur personne, de ces types que l'on promeut inspecteurs de la Criminelle. J'en reconnais un.

« Paul. » Leo me tend la main et je me sens tout à coup dans la peau du traître de la farce.

L'un des autres flics vient se placer devant lui :

« Est-ce qu'Armando Acosta est dans votre bureau ? J'ai appris qu'il se trouvait dans cet immeuble. » Pas de présentations.

« Qu'est-ce qu'on lui veut ?

— J'ai un mandat d'amener au nom d'Armando Acosta. » Il me plaque le mandat dans la main et me pousse dans le couloir. Arrivé à la porte de mon bureau, sans s'arrêter ni frapper, il l'ouvre toute grande et y pénètre.

« Armando Acosta, vous êtes en état d'arrestation pour le meurtre de Brittany Hall. Vous avez le droit de vous taire. Tout ce que vous direz pourra être utilisé contre vous. Vous avez droit à un avocat. Si vous n'en avez pas les moyens, il vous en sera commis un d'office... » A peine a-t-il terminé cette litanie éculée qu'il emmène Acosta hors du bureau. Celui-ci a déjà les mains retenues dans le dos par des menottes et l'autre l'empoigne par le coude. Le second flic se joint à lui et ils l'entraînent sans ménagement dans le couloir, chacun tirant à hue et à dia.

Lili est en larmes sur le seuil de mon bureau, soutenue d'une main par Lenore.

Acosta, le visage défait, les yeux fixés sur moi, m'implore, non pas avec des mots mais avec le regard d'un homme qui se noie. Ils viennent vers moi dans le couloir, les flics et lui, en rebondissant contre les murs.

« Ne dites rien. Nous nous verrons à la prison », lui dis-je.

L'un des flics m'écarte en m'envoyant presque à travers le mur. La façon dont il me regarde alors me donne à penser qu'user de la force physique contre un avocat n'est pas pour lui un travail mais un acte jouissif. Me tabasser en plein milieu d'une consultation s'apparente pour lui à l'orgasme. Ils font tomber des papiers et une photo du comptoir de la réception en se dirigeant vers la sortie. Acosta ne résiste pas, essayant seulement de garder pied au milieu du déchaînement de forces contraires déployées par les deux flics.

Leo reste là à me regarder, se contentant de m'adresser un sourire désolé et un haussement d'épaules. J'ignore à quel titre il est ici. Puis cela m'apparaît brusquement : il officie au nom du grand jury, fait le sale boulot pour son patron, Kline, dans la cueillette des indices. Je jurerais que l'arrestation d'Acosta fait déjà la une des journaux. Et cela alors que la signature de l'acte d'inculpation n'est pas encore sèche.

CHAPITRE HUIT

Le trait le plus remarquable de Coleman Kline, ce sont ses yeux bleus et perçants. Ce matin, ils me transpercent tels les rayons jumeaux d'un laser industriel. J'ai pris place dans l'un des fauteuils réservés aux visiteurs, devant son bureau.

Nous nous soupesons mutuellement tandis que nos regards se croisent à travers une immensité glaciale. La surface rosâtre de son bureau est aussi nue et froide que les satellites de Jupiter. Pas un seul objet dessus, rien que les mains croisées de Kline. Image de mauvais augure.

Son bureau est affecté d'une sorte de stérilité : deux murs d'angles, vitrés et sans rideaux, auxquels répondent deux cloisons intérieures d'une blancheur absolue, dont le seul élément décoratif est un petit tableau, une abstraction colorée semblable à une tache de Rorschach.

« Vous êtes un ami de Lenore Goya. » Aucune accusation dans ces paroles, un simple constat.

« Lenore et moi nous connaissons depuis longtemps.

— Vous devriez veiller à ne pas vous laisser entraîner dans une histoire dictée par le dépit, dit-il. Surtout dans l'histoire de quelqu'un d'autre. »

Je l'interroge du regard.

« Ce n'est un secret pour personne que Lenore ne me porte pas dans son cœur. Il se pourrait qu'elle ait choisi de défendre Acosta pour cette raison. » Il ponctue la fin de sa phrase comme s'il s'agissait d'une question ouverte.

« Je n'étais pas au courant. » La dissimulation n'est un mensonge que si l'autre est dupe. Kline et moi savons à quoi nous en tenir. Il sourit de ses lèvres minces et serrées, et son visage prend une expression chagrine, comme s'il avait espéré que notre entretien débuterait sous de plus favorables auspices, sous le signe, peut-être, de la franchise.

« Le dépit peut conduire quelqu'un à faire des faux pas, dit-il. Assurer la défense d'un prévenu pour de mauvaises raisons peut se révéler une erreur.

— Un peu comme de mêler les affaires et le plaisir ? »

Bien que l'allusion ne lui ait pas échappé, il ne sourit pas. Un constipé de première.

« Vous vous êtes déclaré officiellement comme avocat de la défense dans cette affaire ? »

Lenore s'est présentée aux côtés d'Acosta pour la mise en inculpation et a rapidement demandé une libération sous caution, laquelle a été rejetée d'office. Je le lui dis.

« Dans ce cas, vous devriez peut-être reconsidérer votre rôle dans cette histoire.

— Que ce soit moi ou quelqu'un d'autre, le juge Acosta prendra probablement un bon avocat, lui dis-je. Il faut s'y attendre avec ce genre d'affaire.

— Quel genre ?

— Du genre qui va faire la une des médias », lui dis-je. Ceux-ci sont déjà massés aux abords du tribunal. Il a été question que le procès soit retransmis à la télévision. Ce n'est pas tous les jours qu'un juge est accusé d'homicide volontaire.

Il pèse l'expression « à la une des médias » et prend un air entendu.

« Oui, sans doute. Il n'empêche que c'est une honte.

— Qu'est-ce qui est une honte ?

— Que des histoires de ce genre passionnent à ce point le public de nos jours.

— Quoi ? Un scandale sexuel et un juge déchu ?

— Précisément. » Qu'il faille vivre avec la presse à sensation le scandalise.

« C'est vieux comme le monde », lui dis-je.

Il me lance un regard noir.

« David et Bethsabée, dis-je.

— Armando Acosta n'est pas exactement un personnage de dimension biblique. »

Enfin un point sur lequel nous sommes d'accord.

« Tout cela est bien beau, continue-t-il. Mais vous avez demandé à me voir. Je suppose que vous aviez une bonne raison pour cela ?

— Je suis venu vous demander de libérer Acosta sous caution. J'ai pensé que l'on pourrait peut-être arriver à trouver un compromis. Eviter d'en venir aux prises devant un tribunal. »

Je vois à son expression qu'il s'y attendait. Ce qui ne l'empêche pas de me servir toute sa salade.

« Il s'agit d'un homicide volontaire, Maître. Commis dans des circonstances qui sortent de l'ordinaire. Le meurtre d'un témoin déjà impliqué dans autre affaire délictueuse.

— Cela demeure à la discrétion des magistrats.

— Et les magistrats ont décidé de ne pas intervenir.

— Vous voulez parlez de l'inculpation ? »

Il fait signe que oui.

« Une inculpation expéditive. Il n'a été fait état d'aucune preuve. »

Il pivote dans son fauteuil et prend dans une petite bibliothèque derrière lui un livre soigneusement rangé parmi d'autres entre deux appuis-livres. Il jette un rapide coup d'œil à la table des matières et le feuillette avec un pouce.

« Je cite. Code pénal, article 1270, alinéa 5 : Un prévenu accusé d'homicide volontaire passible de la peine de mort ne peut être libéré sous caution lorsque la preuve de sa culpabilité est évidente ou lorsqu'on a une forte présomption de la ladite culpabilité. » Il referme sèchement le livre.

« Ce n'est pas le cas.

— Comment pouvez-vous le savoir avant d'avoir vu les éléments de l'accusation ? », me demande-t-il.

Il marque un point là-dessus. Les résultats de nos premières demandes de mise à disposition des faits connus du tribunal ne nous sont parvenus que ce matin et attendent sur mon bureau que j'en prenne connaissance.

« Indépendamment de vos sentiments à son égard, dis-je, Monsieur Acosta est une personnalité connue et dont rien ne prouve qu'il veuille s'enfuir malgré toutes les rumeurs qui agitent la presse. Il a une famille, une réputation...

— En effet. Sa réputation, je vous la laisse », dit Kline. Touché.

« Vous ne pensez quand même pas qu'il va s'enfuir ?

— Cela s'est vu. Mais laissons tout ça de côté pour l'instant, mes sentiments à l'égard de votre client et la question de savoir si le tribunal donnerait une suite favorable à une demande de liberté sous caution, à supposer même que nous y consentions. Laissons tout ça de côté. Pour le moment », ajoute-t-il.

Quelque chose se prépare. Rien de réjouissant, je le sens. Il m'examine comme si j'étais un insecte sous un globe de verre.

« Vous avez parlé tout à l'heure de compromis.

— Moi ?

— Oui. Vous avez dit que nous pourrions peut-être arriver à un compromis. » Ses yeux s'arrondissent, inquisiteurs.

« C'était une façon de parler.

— Ah. Serait-ce que vous n'avez rien à offrir en échange ? »

Nous y voilà. Le souk de la Justice version Coleman Kline, cet Ali Baba de pacotille.

« Je voulais seulement m'assurer de la chose. Je voulais être sûr d'avoir bien compris, dit-il.

— Que pouvons-nous proposer ? Acosta ne plaidera pas coupable en échange d'une réduction de peine. »

Il secoue la tête tout en gesticulant de ses paumes ouvertes juste au-dessus de la surface du bureau, preuve qu'une telle idée ne l'a même pas effleuré.

« N'empêche. » Il dit cela juste avant que ses mains n'effleurent le bureau. « Votre client ne s'est pas montré très coopératif. Il a refusé de parler à la police lorsque celle-ci a voulu l'interroger.

— Bon, d'accord. Nous nous excusons d'un tel manquement d'égards. Mais je suis convaincu que les flics n'ont pas dû être étonnés outre mesure par son silence.

— C'est possible. Mais on s'attendrait à ce qu'un innocent fasse tout pour écarter les soupçons qui pèsent sur lui.

— Oh. Vous croyez donc qu'il pourrait être disculpé ?

— Il aurait pu l'être s'il nous avait dit ce qu'il sait. Comment pouvons-nous connaître tous les faits alors que votre client refuse de coopérer ?

— J'espère que vous prendrez la peine d'expliquer tout ça au grand jury », lui dis-je.

Cette repartie lui fait plisser les yeux, qui se transforment en deux petites fentes.

« Ce n'est pas moi qui suis là en train de solliciter une remise en liberté sous caution.

— Bien vu. Et en quoi consistait au juste cette information que voulait la police et qui aurait pu disculper mon client ? »

Il s'enfonce finalement dans son fauteuil, les doigts entrelacés sous le menton.

« Pour commencer, répond-il, on aimerait savoir où il se trouvait à l'heure où Brittany Hall a été tuée. »

Il veut savoir si nous avons un alibi. Lui dire que

nous n'en avons pas serait apporter de l'eau à son moulin. Il s'agit de la seule chose que les éléments versés au dossier ne lui apprendront pas, puisque notre client n'a fait aucune déclaration à ce sujet. Kline fait preuve d'un culot qui m'épate.

« Pour le savoir, lui dis-je, il nous faudrait connaître l'heure exacte du décès.

— Ah, fait-il avec un sourire. Voilà le hic.

— Comment ça ?

— Nous ne pouvons pour le moment déterminer l'heure du décès que dans une fourchette énorme.

— Enorme jusqu'à quel point ?

— Une fourchette de six heures.

— C'est pas énorme. C'est cosmique.

— On y travaille. »

Tu parles. A moins que Brittany Hall ait été vue vivante par un témoin ou ait parlé à quelqu'un peu de temps avant qu'on ne découvre son corps, l'heure de sa mort relève de la pure conjecture, conjecture sur laquelle l'expertise médicale va donner lieu à une belle empoignade, leurs experts contre les nôtres.

« N'empêche. Je suppose que si vous aviez un alibi en béton vous nous l'auriez fait savoir à l'heure qu'il est. »

Bonne supposition, mais dont il aimerait bien avoir confirmation.

« N'empêche, comme vous dites. C'est agaçant de supposer, non ? »

En l'absence d'alibi, le meilleur stratagème est de laisser Kline patiner dans la choucroute. Pendant que ses services s'occupent de ça, ils n'ont pas le temps de causer d'autres dégâts.

« On dirait bien qu'il n'y a pas de terrain d'entente possible, dit-il sur un ton dans lequel ne perce aucune colère, pur énoncé d'un fait brutal.

— C'est une affaire d'homicide volontaire et nous devons songer au fait que votre client pourrait s'enfuir. Il présente certainement un danger pour la sécurité publique. Je ne saurais en bonne conscience consentir à une libération sous caution. »

Je m'apprête à prendre la parole mais il me coupe tout net.

« Ç'a été un plaisir de vous voir. » Et il se lève pour me raccompagner à la porte. « Vous devriez vraiment reconsidérer votre position dans cette affaire. Ou du moins essayer d'en savoir davantage sur les motifs de Maître Goya. »

Je me retrouve tout à coup en train de lui serrer la main, une main plus douce que je ne l'aurais cru. La porte de son bureau se referme littéralement sur moi, me laissant avec le net sentiment que Coleman Kline n'est pas l'avocat borné que je m'attendais à rencontrer.

« Il est en colère parce qu'il a été touché dans son amour-propre. » C'est ainsi que Lenore réagit à l'affirmation de Kline selon laquelle elle assurerait la défense d'Acosta pour se venger de lui.

Ce soir, elle est debout sur le seuil de ma cuisine, des mèches noires effleurant ses épaules, le blanc de ses yeux flamboyant d'une manière qui contraste vivement avec sa peau sombre. Elle a les mains sur les hanches. Lenore est vraiment irrésistible lorsqu'elle est en colère.

« Réfléchis, dit-elle. Il était prêt à s'en prendre à Acosta pour cette histoire de prostitution parce qu'il n'y risquait pas grand-chose, de la pure mise en scène. Un juge surpris avec une prostituée. Mais maintenant il est obligé d'aller jusqu'au bout dans une affaire de meurtre, ou bien il perd la face devant ses propres services. »

Lenore m'apprend alors que trois des principaux adjoints de Kline, des gens qui étaient dans la place avant le changement de régime, envisagent de se présenter contre lui à la prochaine élection. Ce sont des fonctionnaires qui jouissent d'une sécurité de l'emploi qui les blinde mieux que l'armure d'un chevalier médiéval. Faire l'impasse sur cette affaire de meurtre et laisser ses subordonnés la démêler reviendrait pour Kline à admettre qu'il n'est pas à la hauteur.

Elle disparaît dans la cuisine pour aller chercher la cafetière et revient dans la salle à manger pour remplir nos tasses.

« En plus, Kline dirait n'importe quoi pour me démolir. »

Rien de tout cela, évidemment, ne répond à l'accusation de Kline selon laquelle elle assume la défense d'Acosta pour assouvir ses mauvais instincts. L'affaire Acosta prend la tournure d'un règlement de compte.

Ce soir, nous sommes réunis autour de la table de ma salle à manger pour un dîner de travail que nous venons tout juste de terminer, Harry, Lenore et moi. Nous accompagnons notre café de liqueurs. Harry tient à savoir s'il sera payé même s'il a des trous de mémoire demain. Il a renoncé au café pour boire dans sa tasse de pleines rasades de crème de menthe et de kahlua.

Sarah joue avec les deux filles de Lenore, âgées de dix et onze ans, des aînées qu'elle idolâtre. Elle arrive à l'âge où tout son vocabulaire se résume à un seul mot : « Cool. » Les gamines ont disparu dans la chambre de Sarah à l'étage comme si elles étaient mortes et montées au paradis, le seul témoignage de leur existence étant d'occasionnels battements de pieds et des rires au-dessus de nos têtes.

Depuis que Nikki, ma femme, est morte d'un cancer il y a presque deux ans, j'essaie de consacrer le plus de temps possible à Sarah, partageant ma vie entre elle et cette maîtresse jalouse qu'est le droit. Cela n'a pas été facile. Il y a eu des crises de larmes et des cris, qui n'étaient pas tous du fait de Sarah.

Il a été difficile pour moi d'assumer le rôle de père

fouettard qui m'était imparti tout à coup. Nikki représentait la loi dans la maison. Elle aimait beaucoup notre fille et, par amour, mettait la barre très haut en matière de discipline, tandis que moi j'étais de loin le plus coulant. Maintenant, je dois porter les deux casquettes, celles de comparse et de maître de discipline, et Sarah tire prétexte de ce second rôle pour affirmer que sa mère se montrait toujours plus accommodante que moi. J'ai maintenant un respect tout nouveau pour les parents seuls, et pour les forces dont ils sont le jouet.

Des piles imposantes de chemises cartonnées, de dossiers étiquetés et de documents s'étalent devant nous sur la table de la salle à manger. Harry a passé l'après-midi à ordonner et à assimiler les premiers éléments mis à notre disposition par le tribunal dans l'affaire Acosta. Pour l'essentiel, des rapports de police et des notes préliminaires relatives à l'enquête. Immédiatement, je remarque que certaines dépositions portent la signature d'un autre de mes clients, Tony Arguillo.

« Tu crains un conflit d'intérêts ? », demande Harry.

Une règle de principe veut qu'un avocat ne représente pas deux clients ayant des intérêts antagonistes. Il est à craindre, en l'occurrence, que si Tony est appelé à témoigner contre Acosta, je ne le maltraite dans le box des témoins, du fait d'informations confidentielles que je me trouverais par ailleurs détenir, étant son avocat : quelque chose qui pourrait le discréditer à la barre, ma connaissance de quelque délit ou méfait commis par lui. C'est l'une des raisons pour lesquelles les avocats criminalistes répugnent généralement à représenter des gardiens de la paix.

« Est-ce que Tony t'a dit quelque chose qui risquerait de le compromettre ? demande Lenore.

— S'il l'avait fait, je ne pourrais pas te le dire. » Mais Tony ne m'a rien avoué de tel. Je suis sans doute la seule personne à laquelle il ne se soit pas confié.

Lenore est d'avis que cela ne pose pas de difficulté imparable.

« Nous pouvons toujours tourner le problème en lui trouvant un autre avocat. Un remplaçant. Et puis, l'enquête probatoire du grand jury est terminée. »

Le fait qu'elle sache qu'il a témoigné est en soi une violation de la confidentialité censée régir mes rapports avec Tony.

« Ce n'est pas Arguillo qui verse les honoraires, c'est Acosta, dit Harry, toujours aussi pragmatique. C'est la vie. Je vais rédiger un accord de désistement en faveur d'un autre avocat. Je connais un connard qui reprendra son dossier. » Harry veut dire : un autre connard.

« Pendant qu'on déblaie un peu ces questions, venons-en à toi, dis-je en regardant Lenore.

— Quoi ? Je n'ai pas été l'avocate de Tony.

— Non, mais tu as parlé à Brittany Hall.

— Tu parles de l'entretien que j'ai eu avec elle au bureau ?

— Exactement.

— Ce n'était pas une cliente.

— Certes. Mais tu as eu accès à des informations détenues par le parquet dans l'affaire Acosta.

— C'était une affaire de prostitution. Il s'agit d'une affaire de meurtre. Ce sont deux cas différents.

— Tu crois que Kline ne fera pas le lien entre les deux ? Il verra dans la première affaire le mobile de la seconde, dis-je. Il dira que le fait de s'être fait piéger dans cette histoire aura conduit Acosta à tuer. Le parquet s'appuiera là-dessus.

— Qu'est-ce que ça peut faire puisque nous obtiendrons quand même du tribunal toutes les pièces à conviction ?

— Sauf si le procureur fait état des notes que tu as prises lors de ton entretien avec Brittany Hall.

— Il n'y avait rien de sérieux dans ces notes. Le

parquet ne m'a jamais mise dans le secret des dieux dans cette affaire. Tu crois que Kline m'aurait mise dans la confidence ?

— Tu peux être certaine qu'il va soulever cette histoire de notes.

— C'est ça, avec la Magna Carta et la Déclaration d'indépendance des Etats-Unis ! Ça ne prouve rien.

— Je t'aurai prévenue.

— On s'inquiétera en temps voulu. » Lenore n'est pas du genre à se ronger les sangs pour des problèmes à venir. Ce n'est pas comme moi.

Je me tourne vers Harry : « Alors, qu'est-ce qu'on a ? »

Il est en train d'examiner attentivement des documents, pour la plupart des notes inscrites sur des feuilles de son bloc-notes.

« On a deux scènes incriminantes, répond-il. La ruelle où on a trouvé le corps de Brittany Hall et son appartement. La police pense que c'est là qu'elle a été tuée. Ils y ont relevé les empreintes. Pas de rapport encore là-dessus. Espérons que Noix de Coco aura eu le bon goût de mettre des gants. »

Lenore lui adresse un regard exaspéré. Non sans raison : tant qu'à prendre l'argent d'Acosta, autant faire au moins semblant de croire à son innocence.

« Les choses se présentent mal », dit Harry.

Nous continuons.

« Des poils et des fibres, poursuit-il. Les poils sont durs et brun-roux. On en a trouvé dans l'appartement de la fille et sur la couverture dans laquelle elle était enveloppée. Armando devait perdre ses cheveux. C'était la pleine lune.

— Merde ! s'exclame Lenore.

— Ton langage. Il y a des enfants à côté, rétorque-t-il.

— Je sais. J'en ai un devant moi. » Lenore pose un œil glacial sur Harry et écarte de lui la bouteille de kahlua. Il lui faut pour ce faire se pencher au-dessus de la table et je vois Harry lorgner dans son corsage.

L'association Madriani, Hinds et Goya risque de ne pas être de tout repos.

« Brittany Hall avait peut-être un chien ou un chat ? propose Lenore.

— Pas selon les voisins, répond Harry. Ils n'ont jamais vu un animal chez elle.

— Elle était enveloppée dans une couverture, disions-nous ? Je reviens à l'essentiel.

— On y vient. On a aussi trouvé des fibres de tapis bleu sur la couverture. D'origine inconnue.

— De quelle couleur était le tapis dans son appartement ? » J'espère que Lenore aura la présence d'esprit de ne pas répondre à cette question. Harry n'est pas au courant de notre petite incursion chez Brittany Hall. Nous avons décidé de garder la chose entre nous. Inutile que Harry soit au courant.

« Buzzzz », fais-je à Harry dans une parodie de sonnerie de jeu télévisé pour lui rappeler que l'on attend sa réponse. C'est l'ennui avec ces réunions en dehors du bureau au cours desquelles on boit et mange.

« La réponse est mauve. On n'a pas encore de rapport du labo mais je suis pratiquement sûr que ce sont les fibres d'un nylon de mauvaise qualité. La police croit, je pense, qu'elles proviennent d'un coffre de voiture. Du véhicule du coupable.

— Est-ce qu'on sait de quelle couleur est le tapis de la voiture d'Acosta ? demande Lenore. Celle que la police a confisquée. »

Harry secoue la tête.

« Note qu'il faut penser à le demander à Acosta, dit-elle.

— Mais pour qui me prends-tu ? Pour un foutu secrétaire ? »

Lenore allonge le bras et s'empare de l'autre bouteille. Harry lorgne de nouveau dans son corsage, tel un obsédé. Ce qu'il voit doit lui plaire car il rédige la note et passe à l'élément de preuve suivant.

« On a aussi trouvé des lunettes de lecture brisées, la monture tordue. Chez la fille, ajoute-t-il. Une monture métallique. Des lunettes en demi-lune. Un verre était fendillé comme si on avait marché dessus.

— Brittany Hall portait des lunettes ? » J'ai comme l'idée que le tueur en a laissé tomber une paire.

« Elle n'en portait pas lorsqu'elle a relu sa déposition à mon bureau cet après-midi-là, dit Lenore. Elle portait sans doute des lentilles de contact et avait peut-être gardé ses lunettes dans son sac à main.

— La police sait-elle s'il s'agit de lunettes d'homme ou de femme ?

— Voyons voir. » Harry fouille dans l'une des piles de documents, tel un cochon d'Inde en train de bouffer le journal de la veille au fond de sa cage.

« C'est pas ça. Non. » Une autre feuille s'envole. « Là. »

Il lit silencieusement durant quelques instants.

« Non. Ça dit seulement : “Identifiée pour photos et envoyée au labo médico-légal pour expertise une paire de lunettes trouvée dans le living de la victime. Apparemment des lunettes de lecture. Monture tordue et un verre brisé. Eventuellement endommagées durant la lutte avec l'assaillant.” » Harry hausse les épaules. « C'est tout. »

Cette information devient le clou de la soirée tandis que nous en soupesons les implications, en évitant de trop nous appesantir sur celle qui pourrait se révéler néfaste pour notre client.

« Ce n'est peut-être rien », dit Lenore.

Harry et moi tournons les yeux vers elle, mais c'est Harry qui lâche le mot :

« Acosta porte des verres de lecture. »

Un silence refroidi s'installe tandis que nous réfléchissons aux conséquences de ce nouveau renseignement.

« Nous ne pouvons pas partir de l'idée que notre client nous dit la vérité, dit Harry. Une chose est certaine. Les flics vont sûrement vérifier l'ordonnance d'Acosta pour voir si elle correspond aux lunettes trouvées. »

Les lunettes constituent l'une des pièces à conviction que l'on aime bien lorsqu'on est avocat de la partie civile. Si celles trouvées dans l'appartement de Brittany Hall et celles d'Acosta font la paire, si je puis dire, les flics vont exploiter la chose à qui mieux mieux. Dans le cas contraire, ils vont l'enterrer, parler d'un objet oublié précédemment par mégarde par quelqu'un dans l'appartement et qui aura été écrasé durant la mêlée avec l'assassin, et c'est à nous qu'il reviendra de démontrer à un jury qui ne voudra rien entendre qu'il s'agit d'un élément de preuve qui disculpe notre client, un objet laissé là par l'assassin véritable.

« Uniquement par mesure de sécurité, dis-je, on va se procurer l'ordonnance des lunettes d'Acosta.

— Il se peut que sa femme l'ait, dit Harry, ou qu'elle puisse nous indiquer qui est son oculiste.

— On lui demandera demain s'il n'a pas perdu ses lunettes, dit Lenore. On ira le voir à la prison.

— Je vous l'ai dit, sa femme doit savoir qui est son oculiste. » Harry se méfie des clients. Par déformation professionnelle et peut-être, dans le cas présent, parce que la tête de notre client ne lui revient pas.

Nous passons outre cela pour le moment.

Je demande si on a trouvé autre chose dans l'appartement de la victime.

« Le labo médico-légal a trouvé des traces d'indices, des particules microscopiques provenant d'un métal lourd... » Harry feuillette les pages de son bloc-notes pour retrouver l'information.

« Voici. Des paillettes d'or sur le rebord métallique de la table basse. A peine quelques traces.

— La police a une idée de leur provenance ? demande Lenore.

— Selon le rapport, on pense que cet or pourrait provenir de l'éraflure d'un bijou que portait l'auteur du meurtre. Une montre, un bracelet, quelque chose comme ça », répond Harry qui nous gratifie d'un grand haussement d'épaules.

Nous nous regardons aussitôt, Lenore et moi, traversés par une même pensée. Il n'est pas fait mention dans le rapport du petit objet doré que nous avons remarqué le soir de notre passage dans l'appartement, un objet brillant enfoui dans la terre répandue sur le plancher du living de Brittany Hall. Il ne nous reste plus maintenant qu'à nous interroger sur la nature et l'origine de cet objet tout en nous posant une question plus importante encore : qu'est-il devenu ?

« Il n'y a pas grand-chose à part ça, poursuit Harry. Des notes préparatoires. On a trouvé du sang, mais on ne l'a pas encore analysé. Au vu de la blessure importante à la tête de la victime, on pense que l'arme du crime était un objet contondant. On ne l'a pas trouvé sur les lieux. »

Lenore et moi échangeons des regards entendus. Nous avions tous deux cru que la fille s'était heurté la tête en tombant sur l'angle de la table basse. Nous sommes désormais forcés de convenir que les choses ont pu se passer tout autrement.

« Il y a quelque chose sur l'état dans lequel on a trouvé le corps ? », demande Lenore.

Question qui replonge Harry dans ses notes. Il trouve ce qu'il cherchait.

« Sa tenue ne laissait pas beaucoup de place à l'imagination. Une petite culotte blanche et un soutien-gorge en coton. Ça et la couverture dans laquelle le tueur l'avait enveloppée. Oh. Et une grande serviette de bain enroulée autour de sa tête. »

Je regarde Lenore.

« Destinée sans doute à empêcher le sang de se répandre dans la voiture de l'assassin, dit-elle.

— Pour ça la couverture aurait suffi », dis-je.

Elle m'adresse un haussement d'épaules.

« Le rapport fait état de contusions à la gorge, dit Harry. Sans doute le résultat de la violente altercation qui a conduit à la mort, selon les flics.

— A-t-on vérifié si elle avait été violée ? », interroge Lenore.

Harry cherche le rapport concernant cette question, le trouve et en tourne les pages d'un doigt.

« Ouais. Voilà. Selon le rapport, le médecin pathologiste a fait un examen et n'a rien trouvé. »

Je demande si cela signifie que l'examen a donné des résultats négatifs.

« Pas nécessairement, précise Lenore. Notre cabinet a donné les instructions habituelles pour que la police ne divulgue rien dans les premiers rapports, sauf ce qui est indispensable. La police te dira qu'elle a fait un rapport mais pas ce qu'elle a découvert.

— J'aurais cru qu'il s'agissait ici de faire toute la justice, dit Harry.

— C'est pour cette raison que l'on tient à obtenir les informations, dit Lenore. Afin de les garder pour nous tout seuls. »

L'histoire de la transmission par mandat rogatoire des éléments de l'enquête dans cet Etat serait longue à écrire. Naguère, cette transmission était à sens unique : le parquet communiquait toutes ses informations à la défense. Mais le parquet en a eu assez qu'on empiète sur ses prérogatives, et des lois récentes exigent la communication réciproque des informations détenues par chacune des parties. Les flics sont des spécialistes de la rétention d'informations alors que nous en sommes encore au b-a-ba.

« La présence de sperme dans la victime pourrait constituer la preuve décisive, dis-je. Surtout si le prévenu appartenait aux groupes sanguins A, B, ou AB. » Cette découverte pourrait conduire à une analyse du sang, ou mieux encore, à une confrontation des types ADN.

Mais Harry est préoccupé par une autre question,

une question qui tombe sous le sens et dont nous avions discuté, Lenore et moi, après avoir quitté l'appartement de Brittany Hall :

« Pourquoi l'assassin aurait-il déplacé le corps ? Il prenait un risque excessif. »

Une telle question n'appelle pas de réponse rationnelle. Mais il faut dire qu'un homicide n'est pas un acte rationnel. Les assassins ne se comportent généralement pas de manière logique. C'est pour cette raison qu'un si grand nombre d'entre eux se fait prendre.

Harry ne se laisse pas convaincre par cet argument.

« Pour les lunettes, je peux comprendre à la rigueur. Les gens s'affolent, ils laissent tomber des choses. Leur carte de visite sur les lieux du crime, par exemple. Mais prendre un cadavre et le déplacer. Je comprendrais si les choses s'étaient passées chez l'assassin. Qu'il déplace le corps, qu'il nettoie le sang. Mais le meurtre a eu lieu chez la victime. Rien ne prouve qu'elle y vivait avec qui que ce soit, sauf sa fille. En tout cas, les rapports ne font pas état de cohabitation. »

On se trouve ici devant un impondérable. Lenore hoche la tête.

Je suggère : « Et si c'était quelqu'un d'autre que le tueur qui avait déplacé le corps ? » C'est idiot. Ça ne rime à rien. Pourquoi faire une chose pareille ? Je note mentalement qu'il nous faudra voir si l'on ne peut pas utiliser ce geste absurde, le déplacement du corps, dans notre défense.

« Parlons de l'enfant, dis-je.

— Une petite fille, dit Harry. De cinq ou six ans. » Il ne se souvient plus très bien et fouille maladroitement dans ses papiers. « Voilà. Cinq ans, dit-il. Elle s'appelle Kimberly. »

Je lui demande où elle était le soir du meurtre.

« Elle était là », répond Harry.

Les yeux de Lenore rencontrent les miens, attirés

comme deux aimants. Première nouvelle. Il n'a pas été fait mention de la petite fille aux informations. La police a manifestement dissimulé son existence aux médias.

J'en suis presque balbutiant. « Est-ce qu'elle a vu quelque chose ?

— Les notes ne sont pas claires, répond Harry.

— A quel endroit de l'appartement se trouvait-elle ? » Elle n'était pas dans son lit lorsque j'avais regardé dans sa chambre, mais je ne peux pas le dire à Harry.

« Les flics l'ont trouvée dans un placard. Dans le couloir, ajoute-t-il. Elle était recroquevillée dans l'obscurité. »

La porte qui était légèrement entrouverte et derrière laquelle j'avais jeté un œil.

Le regard de Lenore croise le mien et je vois qu'elle a des sueurs froides.

« Il faut que nous sachions ce qu'elle a vu. Demande qu'on nous communique les éléments d'information que détient la police à ce sujet. Il faut qu'on tire ça au clair le plus vite possible.

— Et les témoins ? dit Lenore. Les voisins n'ont rien vu ?

— Une voisine du dessus a fait une déclaration, dit Harry. Elle a entendu comme un cri vers sept heures et demie.

— Ça pourrait permettre de déterminer l'heure de la mort, dis-je. Il faut voir comment ça cadre avec notre affaire.

— Rien d'autre ? » Lenore parle des éventuels témoins.

« Pas ce soir-là », répond Harry.

Je lui demande de s'expliquer.

« Une voisine dit avoir entendu des échanges de mots vifs qui provenaient de l'appartement de Brittany Hall quelques semaines auparavant. Beaucoup de bruit. Des cris de colère. Une voix d'homme. Le lendemain, Brittany Hall est sortie de chez elle avec un œil au beurre noir.

— On a des indices sur l'identité de cette voix d'homme ? »

Harry secoue la tête. « Si les flics savent quelque chose, ça ne figure pas dans le rapport.

— Vérifie auprès des voisins. Et les types qui ont découvert le corps ? Dans la ruelle ?

— Des vagabonds, tous les trois. On a leur nom. Tu veux leur adresse ? » Il hausse les épaules. « 1600, Pavillon de la Décharge Publique.

— Où les trouvera-t-on si on a besoin d'une déposition ?

— Bonne question, dit Harry. On ira frapper sur le couvercle de la benne, qu'est-ce que tu en dis ?

— Ils ont relevé un numéro de plaque d'immatriculation ?

— Tu veux rire.

— Bien. Qu'est-ce qu'ils disent dans le rapport ? »

Harry fait un gros zéro avec ses doigts.

« Pas de déclarations ?

— *Nada.* Rien que leur nom et une note du premier agent arrivé sur les lieux, selon laquelle ce sont ces clodos qui ont trouvé le corps dans la benne. »

Harry me regarde. Nous pensons la même chose, à savoir que cela laisse passablement de latitude à des enquêteurs qui seraient un peu portés à manipuler les faits. Sans dépositions claires de la part de ces témoins, ceux-ci sont susceptibles de se laisser influencer, d'interpréter plus ou moins subtilement leurs souvenirs. S'ils ont un casier judiciaire, ils peuvent faire l'objet de pressions de la part de la police pour qu'ils embellissent leur témoignage ou fassent mention de choses qu'ils n'ont pas vraiment vues, comme la voiture de laquelle on aurait laissé tomber le corps ou la personne qui la conduisait.

« Il nous faut rédiger dès demain matin une requête à cet effet, dis-je à Harry. Une requête qui exige toutes des dépositions écrites des témoins et, en particulier, des trois individus en question. Tu sais que la police a sûrement enregistré leurs déclarations.

— Ils les gardent probablement au frais. » Harry veut dire en prison.

« Vous êtes d'un cynisme tous les deux.

— Quoi ? Ceci dans la bouche d'une petite dame qui voudrait qu'on garde les informations à notre usage exclusif ? demande Harry. Tu veux parier qu'ils sont bien au frais ? Sous une accusation bidon ? Pour vagabondage. Ou pour un délit monté de toutes pièces par les fédéraux, comme d'avoir déféqué dans une benne à ordures. Les flics savent que s'ils les laissent partir, ils sauteront à bord du premier wagon de marchandises venu.

— Essaie de savoir, lui dis-je, si les flics les retiennent. Si oui, je veux pouvoir recueillir leurs déclarations. »

Harry prend note de la chose.

« Pendant que nous y sommes, procure-nous une transcription de toutes les transmissions informatiques provenant des voitures de patrouille et toutes les copies de transmissions radio. Demande aussi le relevé de toutes les communications téléphoniques de la victime durant les trois derniers mois. On verra à qui elle a parlé. »

Les petites commencent à s'agiter, on entend des tas de piétinements et de gloussements dans l'escalier. C'en sera bientôt fini de la paix apparente dont nous jouissions.

« Autre chose sur les notes ou les rapports de police ?

— Une seule chose, dit Harry. La police est convaincue que la victime connaissait son assassin.

— Comment ça ?

— La porte d'entrée de l'appartement ne semble pas avoir été forcée. Selon les rapports de police, c'est elle qui lui aurait ouvert. Les flics ont été obligés de s'adresser au propriétaire pour pénétrer dans l'appartement. »

Je lui adresse un regard ahuri, au moment même où Sarah se précipite vers moi, se suspend à mon cou et me couvre de baisers humides. La table de la salle à manger se transforme soudain en un centre de festivité, tel un mât de Mai autour duquel trois petites filles dansent et chantent.

Lenore attrape une de ses filles par la main et se joint à la ronde :

Il court, il court le furet,
Le furet des bois, mesdames.
Il court, il court le furet,
Le furet des bois jolis.
Il est passé par ici, il repassera par là...

Je reste assis, l'air stupide. Je ne me vois pas mais je suis sûr que mon expression doit être celle d'un gosse qui tombe des nues. En regardant Lenore gambader autour de la table, je me demande pourquoi elle a pris la peine de verrouiller la porte de l'appartement de Brittany Hall le soir où nous y sommes allés, et cela alors que nous avions réussi à y entrer sans coup férir.

CHAPITRE NEUF

Tandis que nous nous dirigeons à pied vers la prison, ce matin, je demande à Lenore pourquoi elle a refermé à clé la porte de l'appartement de Brittany Hall.

« Je ne sais pas, dit-elle. Je l'ai peut-être verrouillée sans y penser, dans un réflexe automatique. Je ne me souviens plus. Et puis, qu'est-ce qu'on peut y faire maintenant ? »

La conclusion de Lenore va de soi : on ne peut rien y faire. Il n'empêche que je suis préoccupé. Nous avons manipulé des indices dans une affaire d'homicide, ce qui a fait croire à la police que la victime connaissait son assassin, qu'elle lui avait elle-même ouvert. Nous avons ainsi exclu à notre insu un nombre considérable de coupables potentiels, cambrioleurs, maniaques sexuels, inconnus divers : nous avons, de notre seul fait, attiré l'attention sur le seul homme qui ait un mobile, notre propre client, Armando Acosta.

On dit dans la profession qu'il faut prendre son client comme on le trouve. Aujourd'hui, c'est un Acosta qui n'est plus que l'ombre de lui-même qui nous regarde à travers l'épaisse vitre du box réservé aux visites des avocats à la prison du comté.

Il a les traits tirés et les yeux hagards, bien qu'il ait gardé quelque chose de sa superbe d'antan. Maintenant, au lieu du costume Armani à mille deux cents dollars, il porte un survêtement orange de détenu dans le dos duquel les lettres du mot PRISONNIER écrit au pochoir commencent à pâlir. Un gardien se tient debout près de lui dans le box.

« On m'a mis sous surveillance vingt-quatre heures sur vingt-quatre, de peur que je ne veuille me suicider. » L'idée que les autres puissent seulement le croire capable de s'enlever la vie semble l'abattre davantage que son incarcération.

Lenore lui explique qu'il s'agit d'une précaution d'usage dans des cas semblables, lorsqu'on arrête des gens en vue. C'est une façon de le garder en détention à l'écart des autres prisonniers. Il y a sans doute une centaine de détenus ici qui se feraient un plaisir de lui trancher la gorge, des gens qu'il a condamnés dans sa vie antérieure de magistrat.

Lenore évoque le rapport du psychiatre du comté selon lequel il serait déprimé.

« Je n'arrive pas à dormir de la nuit. Pas avec quelqu'un qui me surveille sans arrêt. Je suis fatigué. Je manque de sommeil, c'est tout.

— Après ce qui vous est arrivé, dit Lenore, il serait normal que vous soyez déprimé.

— Ne me parlez pas sur ce ton condescendant, Maître. Oui, je vous l'accorde, je suis déprimé. Mais pas suicidaire. » Sa voix, à travers le petit haut-parleur encastré dans la vitre, a l'air de provenir d'une autre planète.

Lenore lui explique qu'elle verra ce qu'elle peut faire pour cette surveillance continue mais que, en attendant, nous avons plusieurs problèmes à examiner.

« Et la mise en liberté sous caution ? », demande-t-il. Sa préoccupation prioritaire.

Question délicate. C'est à Lenore qu'il revient de

lui annoncer la nouvelle, car il la prendra mieux venant d'elle que de moi.

« Le juge Bensen a refusé d'instruire l'affaire. »

Acosta a l'air déconfit.

« Il tient à ce qu'on s'en remette à la procédure normale », dit Lenore.

Jack Bensen est le juge en chef du tribunal municipal où la cause d'Acosta demeure en instance de mise en examen. Selon Acosta, le juge Bensen est un bon ami à lui, et il était convaincu qu'il soutiendrait la requête de mise en liberté sous caution avant d'en référer à d'autres juges.

« Vous a-t-il fourni les raisons de son refus ?

— Il trouve que ça ne ferait pas très convenable.

— Pas convenable ! Qu'y a-t-il d'inconvenant à accorder une mise en liberté sous caution ?

— C'est une affaire d'homicide, lui dis-je.

— Ils n'ont pas de preuve.

— C'est de ça que nous sommes venus vous parler. »

Lenore essaie de faire passer la pilule.

« C'est surtout à cause de la procédure. D'après le juge, le public verrait d'un mauvais œil que l'on ne suive pas la procédure normale. En plus, il va falloir nommer un juge d'un autre comté pour étudier la demande de caution et procéder à l'instruction préliminaire. Les magistrats du comté se sont tous récusés.

— Toute la magistrature municipale ? Je ne connais même pas la moitié d'entre eux. »

Je peux le croire. L'esprit moutonnier a pris le dessus. Certains juges de la cour supérieure trouvent indigne d'eux de saluer un inférieur dans un ascenseur. Le manque de pouvoir ou de prestige peut être contagieux : c'est le système de castes des tribunaux.

« Tous les juges, dit Lenore, aussi bien ceux de la cour municipale que de la cour supérieure, ont affirmé ne pas être habilités à conduire votre procès. »

S'il restait chez Acosta une étincelle d'ardeur au combat, cette nouvelle semble l'éteindre. Que l'éventualité d'un désistement collectif des juges lui ait échappé donne une idée de la confusion dans laquelle l'a plongé sa deuxième arrestation.

« Le juge Bensen dit avoir appris que le Conseil de l'Ordre a jugé ces désistements compatibles avec la loi. » Le Conseil de l'Ordre est le bras administratif de l'appareil judiciaire de l'Etat.

Le regard que nous lance alors Acosta est aussi éloquent que ses paroles : « Ils se tiennent tous. » Le clan dans lequel il n'a jamais été admis, l'*establishment* judiciaire.

« Je n'ai pas la couleur qu'il faut, dit-il. Un nom hispanique et un accent. Je fais une cible facile. »

Son accent, ça fait dix ans qu'il le cultive. J'ai parlé avec des gens qui l'ont connu à la fac de droit et qui ne se rappellent pas avoir remarqué chez lui la moindre trace d'accent, qui ne l'ont jamais entendu prononcer un mot d'espagnol en quatre ans. Lors des examens qu'il avait dû passer pour entrer dans la magistrature, à une époque où la question des quotas ethniques était dans l'air, il avait affiché ces symboles de diversité culturelle, d'aucuns diraient avec une fierté de façade. D'autres parlaient de lui derrière son dos comme d'un « Mexicain professionnel ». Il n'est donc pas étonnant qu'il fasse de sa différence une planche de salut quand la tempête s'abat sur lui.

« Ne pensez-vous pas, demande-t-il, qu'on s'en prend à moi à cause de mes origines raciales ? »

Ce n'est pas uniquement de la paranoïa chez lui, mais bien la ligne de défense qu'il entend éventuellement adopter. La couleur de la peau comme laissez-passer pour la liberté.

S'il y a un aphorisme qu'il faudrait inscrire au burin dans le droit criminel, c'est que la vérité ne trouve pas toujours preneur auprès d'un jury. Acosta a peut-être fait les frais du racisme dans sa vie, mais aujourd'hui il semble plutôt malvenu que des gens aussi privilégiés que lui jouent la carte ethnique quand les choses tournent mal. Je le lui dis.

« C'est peut-être autre chose de votre passé qui vous a rattrapé, dit Lenore.

— Ce n'est un secret pour personne que vous n'étiez pas en odeur de sainteté dans la police », lui dis-je.

Il passe une main dans sa chevelure clairsemée, puis se range à notre avis.

« Absolument. Vous avez raison. J'ai consacré de nombreuses années de ma vie à protéger les droits des accusés. J'ai cherché à rendre la Justice. »

Le grand Zorro est arrivé.

« J'ai défendu la Constitution, poursuit-il. La police avait toutes les raisons de me haïr.

— Comme défense, c'est un peu simpliste. »

Il me regarde avec une expression étudiée.

« Vous trouvez que la défense des droits civiques ne vaut guère mieux que l'argument racial comme ligne de défense ? »

J'acquiesce. « Ça pourrait faire une bonne garniture, mais ça ne peut pas constituer le plat de résistance. Vous n'êtes pas le seul dans la magistrature à avoir des idées libérales. Un jury risque de ne pas très bien comprendre pourquoi c'est à vous que l'on a décidé de faire des misères.

— Mais je suis le seul juge à avoir présidé l'enquête probatoire d'un grand jury sur le syndicat des policiers. »

Voilà qu'il en vient enfin là où je voulais l'amener.

« Tout le reste est accessoire », lui dis-je.

Il devient tout pensif. C'est curieux, mais c'est quand vous êtes dans le pétrin que vous êtes le dernier à piger.

Acosta nous a répété à satiété que Brittany Hall avait essayé de le piéger avec cette histoire de prostitution. Selon lui, elle lui avait téléphoné pour dire qu'elle détenait des informations dans le cadre de l'enquête sur la corruption de la police, des preuves qu'elle ne voulait confier qu'à lui. Quant à savoir s'il dit la vérité et, plus important, si un jury le croira, seul le temps nous l'apprendra. Mais c'est une piste à suivre éventuellement. Si quelqu'un du syndicat a voulu lui faire endosser un acte répréhensible afin de refroidir ses ardeurs dans l'enquête sur la corruption dans la police, comment ne chercherait-on pas à plus forte raison à l'enfoncer davantage maintenant qu'on a trouvé Brittany Hall assassinée ?

« Nous avons apporté des documents, dit Lenore. Des points que nous aimerions examiner avec vous. » Elle brandit les papiers afin que le gardien les voie. Celui-ci fait un signe de la tête indiquant que quelqu'un va venir d'un moment à l'autre les prendre pour les remettre à Acosta de l'autre côté de la paroi de verre.

« Je vais y jeter un coup d'œil, mais ça ne servira pas à grand-chose. On m'a enlevé mes lunettes de lecture. »

Lenore me lance un regard entendu.

« On a sans doute cru que j'allais m'en servir pour me taillader les poignets. » Il accompagne ces paroles d'un rire amer.

« Quand vous les a-t-on enlevées ? demande Lenore.

— Humm. » Il réfléchit. « Il y a deux jours. Je peux regarder la télévision, c'est tout.

— Vous n'en auriez pas par hasard perdu une autre paire récemment ? » C'est Lenore qui pose cette question.

« Non. Pas que je me souvienne. »

Je lui demande combien de paires de lunettes il possède.

« Je ne sais pas, répond-il. Vous savez ce que c'est. On en égare certaines. On a tendance, au fil des ans, à les accumuler, avec de nouvelles ordonnances. » Il nous gratifie d'un haussement d'épaules, comme pour écarter la question. « Peut-être quatre ou cinq. Je ne sais pas. Pourquoi ? »

Si les flics ont les lunettes d'Acosta, ils doivent déjà en connaître l'ordonnance. Autant tout lui dire.

« La police a trouvé une paire de lunettes de lecture dans l'appartement de Brittany Hall, dit Lenore. Nous pensons que les flics procèdent maintenant à partir de l'hypothèse selon laquelle elles appartenaient au tueur. »

Il ne dit rien mais cesse tout à coup de nous défier du regard. Il baisse les yeux sur la tablette disposée devant son côté de la vitre, comme s'il cherchait quelque chose qui ne s'y trouve pas.

Reprenant finalement ses esprits, il s'aperçoit que nous avons les yeux posés sur lui.

« Je vois. Je ne crois pas avoir égaré la moindre paire de lunettes. »

Je lui demande où il les range.

Il passe en revue à mon intention tous les endroits possibles pour autant qu'il s'en souvienne. Deux paires sur le bureau de son cabinet de travail chez lui. Elles sont anciennes mais il s'en sert encore. Une autre paire dans son cabinet au tribunal, quoiqu'il ne sache pas très bien à quel endroit exactement il les a déposées. A la suite de sa suspension de la magistrature, il a déménagé quelques objets qu'il gardait au tribunal et il n'est pas certain que les lunettes étaient du nombre.

« Ce qui ferait quatre paires, en comptant celle qu'on vous a confisquée ici. Vous a-t-on donné un reçu pour vous l'avoir confisquée ? »

Il me regarde et fait un signe négatif de la tête.

Lenore rédige une note pour qu'on pense à le réclamer.

« On devrait aussi se procurer une photo de la paire qu'ils ont prise, suggère-t-elle. Au cas où. »

Il est évident que si les flics sont en train de monter une affaire de toutes pièces, il suffirait d'un tour de passe-passe ou d'un peu de relâchement dans la garde des objets confisqués au prévenu pour que ses lunettes finissent pas être identifiées comme étant celles trouvées sur les lieux du crime.

« Nous allons faire le nécessaire avec votre femme pour qu'elle rassemble toutes vos lunettes et qu'elle voie s'il n'en manque pas une paire, lui dis-je.

— Ça serait bien, dit-il. Je pense qu'elle pourra aller voir dans mon cabinet au tribunal.

— Il se peut que nous ayons aussi besoin de l'adresse de votre oculiste. Pour vérifier ses dossiers afin de nous assurer que nous avons toutes les paires de lunettes et nous procurer l'ordonnance. »

Il me donne le nom d'un cabinet d'oculistes dans le quartier piétonnier.

« Lili trouvera le numéro de téléphone sur mon Rolodex. Ainsi que celui du médecin. »

S'il ment au sujet des lunettes, cela ne se voit pas.

Nous passons ensuite en revue d'autres pièces à conviction. Je meurs d'envie de lui demander comment il se fait que son nom figurait sur le calendrier de la victime à la date où elle a été assassinée, mais je ne peux pas. Les flics n'ont pas encore divulgué ce fait dans les pièces transmises par le tribunal, bien que je sois convaincu que ça ne saurait tarder. Poser la question à Acosta l'amènerait à s'interroger sur la manière dont nous sommes entrés en possession de l'information — grâce à la curiosité de Lenore dans l'appartement de la victime ce soir-là. Des choses que l'on fait mais que l'on tait lors d'un procès.

Au lieu de cela, nous parlons de poils et de fibres, de ce que l'on a trouvé dans l'appartement de Brittany Hall. Acosta ne se souvient pas de la couleur du tapis du coffre de sa voiture de fonction.

« Une couleur foncée.

— Quelle marque ?

— Une Buick Skylark. Bleu métallisé. » Le genre de voitures qu'achète le comté, qui possède un parc automobile constitué pour l'essentiel de voitures General Motors sur lesquelles l'administration obtient un rabais d'un concessionnaire local.

« Vous savez de quelle année ? »

Il secoue lentement la tête.

« Elle m'a été attribuée il y a deux ans mais je ne sais pas si j'en étais le premier utilisateur. »

Selon Acosta, il se pourrait qu'on lui ait refilé une voiture ayant déjà été utilisée par quelqu'un de plus élevé que lui dans la hiérarchie, un membre du conseil de surveillance du comté ou un élu quelconque.

« Elle est encore entre les mains de la police, dit Lenore. Nous pouvons la faire examiner par notre enquêteur. Il prélèvera des échantillons de fibres. » Elle rédige une note à cet effet.

« Et les poils ? Durs, courts et brun-roux. » Selon le rapport préliminaire du labo que la police a maintenant rendu public, il ne s'agit pas de cheveux mais de poils d'animaux.

« Vous avez des animaux domestiques ?

— Non, répond-il. Je suis allergique. Ni chat ni chien.

— Des animaux que vos petits-enfants auraient pu apporter chez vous ?

— Ça leur est interdit. »

Ce n'est peut-être pas grand-chose mais c'est un bon point pour nous.

Le gardien arrive avec les documents du côté de la vitre où se trouve Acosta.

« Il s'agit en majorité de rapports sur les lieux du crime, de notes de la police, de pièces déposées au dossier, lui dit Lenore. Nous les avons lus. Nous voudrions que vous les passiez en revue. Que vous nous disiez ce qui vous paraît significatif. Tout élément que nous devons connaître. »

Il nous dit qu'il fera de son mieux et demande si nous ne pourrions pas lui trouver une loupe.

Lenore lui dit qu'elle lui fera envoyer une autre paire de lunettes par sa femme le plus tôt possible.

« Il nous faut mettre au point l'audience préliminaire. Nous voulons déposer une requête avant la fin de la semaine.

— Ne vous en faites pas avec ça, dit-il.

— Pourquoi ?

— Parce qu'il n'y en aura pas.

— De quoi parlez-vous ?

— J'ai l'intention de ne pas me présenter à l'audience préliminaire. »

Suit un instant de silence stupéfait tandis que nous restons pantois de notre côté de la vitre. Puis une flopée d'arguments, Lenore essayant de le raisonner, de lui démontrer que ne pas se présenter à une audience préliminaire est une grave erreur.

J'abonde en son sens, ajoutant que ce serait de la folie.

Une audience préliminaire, qui permet de prendre la mesure des preuves dont dispose le parquet, et de le forcer à faire comparaître ses témoins clés tout au début, avant qu'il n'ait eu le temps d'étoffer l'accusation, constitue un atout majeur en faveur de la défense.

« Cela les enfermerait dans un seul acte d'accusation, peut-être même avant qu'ils n'aient eu le temps de se préparer, lui dis-je en parlant du ministère public. Nous serions alors fixés sur le témoignage de n'importe lequel de leurs témoins. Ils n'auraient plus de marge de manœuvre.

— Oui. Je sais. Il suffirait de réfuter les allégations concernant cette prétendue histoire de prostitution pour rendre nulles et non avenues toutes les preuves qu'ils prétendent détenir contre moi afin de me coller ce meurtre sur le dos. Corrigez-moi si je me trompe, Maître. » Acosta me regarde. « Et nous, nous n'aurions pas à témoigner en retour. Ai-je raison ? »

Je le lui concède du regard.

« C'est vrai. Ce serait idiot de la part de la défense de se mouiller si rien ne l'y oblige. En revanche, nous pourrions en profiter pour jeter un œil dans leur dossier sans rien révéler du nôtre. Pour passer à l'attaque le cas échéant.

— Ainsi, vous n'obtiendriez pas de non-lieu dès l'audience préliminaire ?

— Je ne peux pas le dire avant d'avoir vu toutes les pièces versées au dossier. » Mais je concède qu'obtenir l'acquittement à ce stade est toujours très risqué. Comme il le sait pertinemment, la tâche du parquet est moins lourde que celle de la défense puisqu'il n'a pas à produire de preuve allant au-delà du doute raisonnable.

« Je serais alors condamné par la presse sans avoir la possibilité de me défendre. Mon image publique serait fichue.

— Mais nous établirions la preuve de votre innocence lors du procès, dit Lenore.

— Oui, dans cinq ou six mois. D'ici là, ma réputation sera fichue. Je serai la cible d'un bombardement incessant de spéculations et d'insinuations, toutes alimentées par une rumeur à sens unique. C'en serait fait de ma carrière. Non, pas question. Il n'y aura pas d'audience préliminaire. »

Je m'apprête à discuter mais il m'interrompt.

« Et je n'ai pas envie de perdre de temps. Nous exigerons de passer en jugement dans soixante jours.

— Nous avons besoin de temps pour nous préparer, dit Lenore.

— Corrigez-moi encore si je me trompe, Maître. » Il nous regarde sévèrement l'un et l'autre. « Renoncer à comparaître à une audience préliminaire et hâter la date d'un procès ne sont-ils pas en fin de compte des prérogatives du client ? Des questions sur lesquelles vous pouvez me conseiller mais dont je décide en dernier ressort ? »

Nous nous taisons, Lenore et moi. Acosta connaît déjà la réponse. Il a manifestement déjà réfléchi à la chose.

« On fera donc comme j'ai dit. Procès dans soixante jours », dit-il.

Il se lève de son tabouret de l'autre côté de la vitre.

« Oh. Encore une chose, dit-il. Vous allez demander une injonction interdisant la publicité de l'affaire. Je ne tiens pas à ce que Kline ou quiconque fasse mon procès dans la presse. C'est clair ? »

Comme par l'effet de quelque étrange métamorphose, il a tout à coup retrouvé son ton impérieux de toujours, celui du vieil Acosta, qui pose sur nous à travers la vitre blindée ce regard qu'il m'était souvent arrivé de trouver démoniaque.

Il est implacable. Ayant dit son dernier mot, il se tourne vers le gardien à qui il fait signe que notre entrevue est terminée.

Lenore et moi demeurons figés sur place, abasourdis, défaits, placés devant notre dilemme, le problème pour des avocats d'avoir un juge pour client.

*

* *

A en juger par son accoutrement, il a pris un jour de congé. L'action syndicale doit être au point mort, quoique j'aie du mal à imaginer Phil Mendel à la tête d'une « action syndicale » au sens légitime du mot.

Alors que Lenore et moi quittons la prison, je l'aperçois au bout du couloir, suivi par l'un de ses gorilles, un type dont la coiffure ressemble à la peau du kiwi.

Mendel porte une chemise hawaiienne criarde et un short blanc. Il est chaussé d'espadrilles de toile sans chaussettes. Il est en train de serrer des mains et d'assener de grandes claques dans le dos à deux ou trois gardiens, sans doute des membres du syndicat.

Il a beau faire, l'image qu'il offre est à peu près aussi séduisante que celle d'un pirate qui viendrait tout juste de piller un bateau de croisière dans les Bahamas. Il a la bedaine épanouie et des poignées d'amour semblables aux nageoires naissantes d'un marsouin.

Lorsqu'il m'aperçoit enfin, son regard se pose moins sur moi qu'il ne me transperce. Je m'éloigne discrètement dans l'autre direction en faisant signe de la tête à Lenore de me suivre mais, pour Mendel, une rencontre inopportune est toujours une occasion à saisir. Il s'approche de nous à grands pas et nous coupe le chemin.

« Maître, je me doutais bien que je vous verrais ici.

— J'y suis pour affaires, lui dis-je.

— Laissez-moi deviner. Le juge. »

Rien ne se passe dans cet endroit sans qu'il soit au courant, avec tous ces gardiens à sa dévotion qui, tels les scribes du pharaon, lui transmettent des messages.

Durant le silence qui tombe ensuite, il s'emploie à reluquer Lenore. Comme je ne fais pas les présentations, il se présente lui-même.

« Phil Mendel. » Il lui tend la main, accompagnant son geste d'un sourire malsain qui se veut lascif mais ne réussit qu'à être terrifiant.

Lenore hésite le plus longtemps possible et, la main ne se retirant pas, elle finit par la prendre. « Lenore Goya, dit-elle.

— Ah. L'abominable Maître Goya. Je me demandais justement si je ferais votre connaissance bientôt. J'ai beaucoup entendu parler de vous.

— En bien, j'espère.

— Vous êtes mieux en réalité que ce qu'on m'avait dit de vous.

— C'est un compliment ou rien que du gringue de mauvais goût ?

— Oh, un compliment, un compliment. Ne le prenez pas mal. Bien que je constate que vous couchez avec l'ennemi ces jours-ci. » Mendel me regarde.

Lenore ne sait pas trop comment prendre la chose. Je crois qu'il perçoit la répulsion qu'il inspire à Lenore.

« Vous abandonnez le parti de la vérité et de la justice, dit-il. Pour prendre celui de la défense.

— Il faut bien gagner sa vie », rétorque-t-elle.

Je jure que de la bave coule dans une ride sur le menton du subordonné de Mendel. Il paraît à mille lieues de notre conversation, peut-être parce que la parole humaine passe son entendement. A cet instant, je l'envie.

« Alors, comment ça se présente ? demande Mendel. Votre défense du juge ? » Comme si j'allais le lui dire.

« Erreur sur la personne, dis-je. Enormément de détails à prendre en considération. »

Ça le fait rire, comme s'il en savait plus que nous sur l'affaire.

« Ouais. On a du mal à croire qu'un juge ait pu faire une chose pareille. Tuer une pute qui allait témoigner dans un procès. »

Lenore, dont l'attention commençait à se relâcher, devient soudain toute tendue, braquée comme un canon sol-air tourné vers un missile en train de pénétrer dans son champ de tir :

« C'est vrai. Un meurtre est toujours plus facile à comprendre quand la victime est un connard insolent et prétentieux. »

Mendel l'examine, se demandant s'il doit prendre ça pour lui.

« Vous devrez m'excuser. Je suis de la vieille école. Je voulais parler de la femme qui devait témoigner », comme si le mot « pute » était un terme juridique savant qu'il lui fallait expliquer.

« Moi, j'ai bien dit connard. » Lenore le lui épellerait volontiers s'il le lui demandait.

« Holà, doucement. » Il rit jaune. « Une dure à cuire. »

Il essaie de prendre la chose à la rigolade. « Rappelez-moi de ne pas me trouver devant celle-là dans une salle de tribunal. » C'est à moi que s'adresse cette recommandation. Il en a assez de causer avec les filles.

« Tant que vous êtes devant moi, dit Lenore, je ne me fais pas de souci. »

Il fait un pas de côté en sautillant sur un pied comme s'il venait d'encaisser un autre coup.

« Elle a avalé du tigre, celle-là.

— Il serait peut-être temps pour vous de compter les coups de patte que le tigre vous a mis dans la gueule », lui dis-je.

Il essaie de faire bonne mine et y va de nouveau de son rire autodépréciateur.

« On dirait bien que la seule personne en plus mauvaise position que moi en ce moment soit votre client. Mais évidemment on ne se vautre pas dans les égouts sans se salir.

— C'est-à-dire ?

— C'est-à-dire que ce n'est un secret pour personne qu'Acosta passait beaucoup de temps à fricoter avec des gens louches.

— Je suis sûre que vous vous y connaissez en la matière », dit Lenore.

Mais il a décidé désormais que la meilleure défense consistait pour lui à ne pas tenir compte d'elle.

« S'il n'avait pas été porté sur ces fréquentations, il ne se serait jamais trouvé dans la rue ce soir-là. » Mendel parle du soir où l'on a piégé Noix de Coco dans cette affaire de prostitution.

« Vous en parlez comme si vous en saviez long, lui dis-je.

— Non. Non. Non, Maître. Je ne voudrais surtout pas qu'on glisse des citations à comparaître sous ma porte. Je ne connais pas les détails de son arrestation. Mais j'ai des oreilles pour entendre. Des tas de rapports me passent entre les mains. Rien d'officiel, bien sûr. Mais si l'on en croit les histoires qui courent, Acosta avait un petit côté vicelard. »

Tiens donc.

« Si le procès est retransmis par la télé, dit-il, toutes les retombées de cette saleté vont faire de beaux dégâts dans les chaumières.

— Enfin, j'imagine que le parquet verra ça avec le bureau de censure des chaînes avant d'engager le procès.

— Oui, c'est ça. Mais au moins, cette fois, on enquête sur un sale type au lieu de...

— Question d'opinion », dit Lenore.

Je lui demande de s'expliquer :

« Au lieu de quoi ? »

Mendel me lance un regard noir mais va au bout de sa pensée. « Au lieu de s'en prendre aux braves types. Aux gars en uniforme.

— Je pense que les services du procureur ont amplement le temps de s'occuper des deux. »

Tout à coup, j'ai droit de la part de Mendel à un haussement de sourcils et à un sourire qui me dit qu'il a trouvé une occasion de m'annoncer une mauvaise nouvelle.

« Vous n'êtes pas au courant ? »

Je secoue la tête.

« Le syndicat a un bulletin de santé impec. La chasse aux sorcières d'Acosta est morte avec lui. »

Ce qu'il est en train de me dire, c'est que la chute d'Acosta et les raisons qui l'ont entraînée ont permis au pouvoir judiciaire de ressouder les rangs et de renouer avec sa servilité coutumière.

« C'est un jour faste pour vous, lui dis-je. Profitez-en le temps que ça dure. »

Il me regarde et m'adresse un sourire que seul le mot vicieux peut qualifier.

La conversation est terminée et il commence à s'éloigner. Son gorille lui marche presque dessus lorsqu'il s'arrête pile et se retourne pour nous regarder encore une fois.

« Oh, à propos. J'allais oublier.

— Quoi ?

— Les fibres du tapis. Celles qu'on a trouvées sur

le corps de la fille. Elles semblent correspondre à celles qu'on a trouvées dans le coffre de la voiture d'Acosta. » Le pipe-line de Mendel a des ramifications infinies, jusque dans le saint des saints du labo de la Criminelle.

« J'ai pensé que ça vous intéresserait. » Il fait en guise d'adieu un signe du petit doigt. Un signe davantage adressé à Lenore qu'à moi.

« Salut. »

CHAPITRE DIX

Avec le scalp d'Acosta ainsi suspendu à sa ceinture, Mendel est en possession d'un facteur d'intimidation dont la puissance ne peut être mesurée qu'à l'échelle de Richter de la trouille collective de la magistrature. Dans de telles circonstances, il n'est guère probable que les représentants élus de cette dernière engageront une nouvelle enquête probatoire sur les menées de son syndicat.

J'avais espéré que nous pourrions profiter de l'enquête officielle et exploiter des révélations qui nous auraient servi à étayer la défense d'Acosta, lequel serait devenu un brave juge parti en croisade contre des ripoux et victime d'un coup monté par eux. Ce sera indiscutablement un des arguments majeurs de notre ligne de défense. Mais maintenant nous nous trouvons devant un problème. Les avocats du ministère public auront beau jeu d'affirmer qu'au moment où une telle enquête était possible, on n'a découvert aucune preuve de corruption dans la police. Dans ce cas, s'ils n'ont pas de comptes à régler, pourquoi les flics se donneraient-ils la peine de faire taire un juge trop zélé ?

L'autre moitié du problème consiste à mettre un visage sur le véritable assassin. J'ai beau détester Acosta, je ne crois pas que ce soit un meurtrier. Lenore et moi continuons à attribuer mentalement ce rôle tour à tour à divers candidats.

Si je devais à l'instant émettre une hypothèse en ce sens, je relierais la mort de Brittany Hall non pas au juge, mais peut-être à un amant jaloux, à un cambriolage qui a mal tourné ou à un crime sexuel. Le problème avec ces deux dernières hypothèses vient de la théorie de la police selon laquelle elle connaissait son assassin et lui a ouvert.

On est vendredi soir et je suis resté tard au bureau pour travailler. Nous avons passé l'après-midi tous les trois, Lenore, Harry et moi, à examiner d'autres pièces versées au dossier, y compris des bandes vidéo de l'enquête dans la ruelle où l'on a découvert le corps, ainsi que des prises de vues de l'extérieur de l'appartement de Brittany Hall. Certaines d'entre elles sont l'œuvre de photographes de la police, les autres ont été saisies d'office au siège de deux chaînes de télévision locales.

J'ai les yeux fatigués. Lenore est partie tôt car elle avait un dîner en ville. Harry, éreinté, est rentré chez lui il y a une heure.

Il est presque dix heures lorsque j'entends une clé dans la serrure de la porte d'entrée du cabinet, le loquet qui joue et la porte qui se referme.

Levant les yeux, j'aperçois Lenore debout sur le seuil de mon bureau, en robe du soir noire brillante, serrée aux hanches, coupée à mi-cuisses et qui découvre de ravissantes épaules nues. Elle tient, accrochée à deux doigts d'une main, une paire de chaussures en cuir verni à talons aiguilles.

« Tu as quelque chose contre les ampoules ? », demande-t-elle.

Lenore est allée à un dîner, un engagement pris il y a plusieurs mois, avant qu'elle ne quitte les services du procureur, un petit raout donné par un avocat du parquet.

Elle me montre un trou dans son bas et sa plaie au talon.

« J'ai fait près d'un kilomètre à pied.

— Alors, comment était ton cavalier ?

— Qu'est-ce que ça peut te faire ? »

Je me sens déjà mieux. Lenore, debout sur le seuil de mon bureau, hanche svelte appuyée contre le chambranle de la porte, élégantes boucles d'oreilles en or et lèvres brillant d'un éclat sexy, est une femme d'une beauté remarquable. Ce soir, ses cheveux sont relevés, ce qui lui ajoute quelque chose de mystérieux.

« Si je comprends bien, Herb et toi, ça n'a pas marché très fort ? » J'essaie de ne pas avoir l'air trop satisfait.

Herb Conners est directeur de l'un des services du procureur, un carriériste, un type coincé comme on n'en fait pas beaucoup. Nous avions parié, elle et moi, que Conners trouverait un prétexte pour se décommander. Elle s'était mis dans la tête qu'elle était une marchandise avariée depuis que Kline l'avait congédiée, que se montrer en sa compagnie serait un handicap pour quelqu'un comme Conners, bien décidé à faire carrière comme avocat du parquet. Moi, je lui avais rétorqué qu'en cas de compétition entre l'ambition et la libido, c'était toujours celle-ci qui l'emportait. Il semble que je ne m'étais pas trompé. Quant à elle, je pense que si elle ne s'était pas décommandée, c'était uniquement par refus de se laisser intimider par Kline, lequel serait sûrement présent à ce dîner.

« Conners n'arrêtait pas d'essayer de me tripoter dans la voiture en rentrant, dit-elle. Il avait des mains qui lui poussaient partout.

— Comme les cornes du diable.

— Plus maintenant. » Elle m'adresse un sourire méchant, me laissant deviner le sort qu'elle a dû lui réserver.

« Je suis descendue de voiture à quatre coins de rue d'ici, j'ai voulu héler un taxi et je l'ai raté. Je suis donc venue à pied. J'ai vu que c'était allumé dans ton bureau. »

Avec ce visage à faire damner un saint qui est le

sien en cet instant, je me dis que Conners est sans doute en train de prendre une bonne douche froide.

Je fouille dans mon tiroir à la recherche d'un sparadrap. Je le trouve et le lui tends.

Elle dépose ses chaussures sur le coin de mon bureau et les effluves de leur parfum m'enveloppent comme le gaz moutarde dans une tranchée de 14-18.

Lenore est de ces femmes capables de brancher ou non leur sensualité comme on allume ou éteint une lumière. Tantôt elle est toute à son affaire, l'œil professionnel et la dent dure, tantôt elle est une vamp, comme ce soir. Hélas ! c'est lorsque je suis, comme maintenant, plongé jusqu'au cou dans le travail que Lenore n'est pas branchée boulot.

« Tu veilles terriblement tard, dit-elle. Tu devrais rentrer.

— Il faut bien que quelqu'un travaille.

— Tu essaies encore de voir comment on pourrait recoller les morceaux de cette enquête qui a été brisée net ? » Elle désigne, par cette métaphore, l'enquête probatoire du grand jury que présidait Acosta et qui a été abandonnée.

« On ne peut rien te cacher.

— Tu as une idée ? » Elle se frotte le mollet en me parlant, le pied posé sur le fauteuil devant mon bureau, l'ourlet de sa robe moulante remonté pratiquement jusqu'au haut de la cuisse. Des idées me viennent, tout à fait hors sujet.

Je fais un effort. « Nous pourrions tenter d'obtenir la mise à disposition des dossiers du grand jury, les résultats de ses enquêtes.

— C'est peu probable. » Elle a raison. Les enquêtes du grand jury, surtout en voie de déboucher sur une inculpation, sont classées Secret, à peu près comme le code de déclenchement d'une ogive nucléaire. Il faudrait une ordonnance émise par un juge sénile pour que nous puissions y mettre notre nez.

« On pourrait engager un enquêteur, voir ce qu'on

peut découvrir par nous-mêmes. Ça demanderait des tas de démarches, lui dis-je en regardant ses jambes.

— Mais qui sait si à la prochaine époque glaciaire il n'en sortirait pas quelque chose ?

— A moins que tu n'ailles dès ce soir faire un petit massage du dos à Herb Conners. Demain matin, il reviendrait ici en voiture et déposerait à la réception tous les dossiers provenant des services du procureur.

— Fais-lui le massage toi-même.

— Ça me demanderait plus de temps. »

Elle se glisse derrière la porte ouverte de mon bureau, comme si elle voulait jouer à cache-cache avec moi. Je me demande ce qu'elle peut bien être en train de fabriquer.

« Pour ta gouverne, lance-t-elle, sache qu'ils n'ont pas mis fin à toute l'enquête probatoire du grand jury.

— C'est-à-dire ? »

Je n'entends toujours que sa voix qui me parvient de derrière la porte.

« L'enquête sur la descente dans l'affaire de drogue, les questions soulevées par la mort de ce flic abattu il y a deux ou trois ans. Cette enquête est toujours en cours.

— Tu plaisantes.

— Non. »

Nous avions déjà évoqué la chose, Lenore et moi, une question délicate étant donné que Tony y est impliqué. Elle ne croit pas qu'il soit pour quelque chose dans l'assassinat de son collègue. Elle pense que l'enquête ne va rien donner, quoiqu'elle ait sa petite idée quant à la manière dont l'arme qui a tué le policier a pu être subtilisée dans la salle du séquestre où on la gardait pour finir sur les lieux du meurtre. Quant à Tony, elle a en lui une confiance aveugle, puérile.

« Comment as-tu découvert que l'enquête était encore ouverte ?

— C'est parfois payant d'aller dans les dîners. Tu serais surpris de ce qu'on y entend entre la poire et le fromage. Surtout lorsque les convives ont un petit verre dans le nez.

— C'est Conners ? C'est lui qui te l'a dit ?

— Est-ce que j'ai l'air d'être allée si loin que ça avec lui ? » Elle refuse de me dire de qui elle tient l'information.

J'aurais espéré une enquête plus élargie mais c'est mieux que rien. En y travaillant, nous réussirons peut-être à l'incorporer à la plaidoirie de la défense.

« Celui de qui tu tiens ça, tu vas lui reparler ? »

Elle ressort alors de derrière la porte de mon bureau, les jambes nues, et elle jette son collant dans ma corbeille à papier.

« Ce n'était pas à moi qu'il parlait. Cachée derrière son dos, j'ai capté une conversation.

— Herb aura donc servi à quelque chose.

— Grand, les épaules larges. » Elle sourit. « Un bon poste d'écoute. »

Elle retire de la peluche sur le bas de sa robe, près de sa cuisse bronzée et lisse, à la peau de vélin. Elle prend place dans le fauteuil devant moi et, avec la délicatesse d'une nymphe sylvestre, aguichante mais sans rien dévoiler, elle croise les jambes. Avec des contorsions dont seules les femmes sont capables, elle applique le sparadrap à son talon, indifférente à mon regard posé sur elle.

Maintenant, je n'y tiens plus. Je suis en train de parler boutique mais je pense alcôve. Un moment de vertige.

« Tu as idée de qui l'on pourrait engager comme enquêteur ? »

Elle est enfin assise, immobile, ayant satisfait à toutes les exigences des premiers soins, coudes appuyés sur le coin de mon bureau près de ses chaussures, menton relevé par la paume de ses deux mains, avec une allure qui rappelle un peu celle de Katharine Hepburn dans sa jeunesse. Elle semble plongée dans ses pensées. Elle ignore ma question tandis que son parfum dérive sur mon bureau.

« Où est Sarah ce soir ?

— Chez une amie. Elle dort là-bas.

— Mes filles sont chez leur mamie. Pour la nuit. »

Un sourire se dessine sur ses lèvres luisantes et généreuses.

Il se crée un moment de silence gêné, télépathique : nous examinons tout ce que cela implique. Par consentement mutuel, nous avions refusé de tenir compte du désir qui travaillait en sourdine notre relation. Les complications qu'il y aurait à travailler ensemble sur une affaire difficile, les côtés négatifs des amours de bureau, les enfants — nous aurions mille raisons de ne pas agir comme nous nous apprêtons à le faire. Mais ces raisons, je les oublie toutes en cet instant.

« Alors, qu'est-ce que tu as l'intention de faire ? Travailler toute la nuit ? »

Elle me regarde de ses yeux ensorceleurs tandis que miroite la lueur dorée de l'une de ses boucles d'oreilles : ses traits finement ciselés, son teint mat presque éthéré, semblable à une image filmée au travers d'une gaze. Tel un junkie en train de se shooter, je me repais de cette vision.

« Je devrais te dire bonne nuit et rentrer », lui dis-je.

Elle me répond par un regard que l'on dirait extatique. L'instant suivant, je me retrouve près de la porte, mon veston sur les épaules, sans trop savoir comment je suis arrivé là, Lenore me tenant par la main.

« Oui, dit-elle, nous devrions rentrer et nous souhaiter bonne nuit. »

CHAPITRE ONZE

Nous rendons grâce à Dieu des petites faveurs qu'il nous accorde parfois. Nous avons vérifié les dossiers optométriques d'Acosta et croyons avoir identifié tous les verres qu'on lui a prescrits. Lili Acosta a réussi à retrouver toutes les paires de lunettes de son mari, sauf celle que la police lui a confisquée le premier jour de sa détention. Celle-ci a été soigneusement identifiée, de sorte qu'il n'y a guère de risque d'erreur ou de confusion. Comme nous pouvons faire état de chacune des paires de lunettes prescrites à notre client ainsi que la date de leur ordonnance et de leur achat, la police se trouve dans l'incapacité de prouver que celle trouvée sur les lieux de l'assassinat de Brittany Hall appartient au juge.

Ce matin, à la Cour supérieure, nous en sommes à la deuxième journée de plaidoirie pour obtenir un report afin de contourner un autre écueil et de faire barrage à Kline, l'homme que Lenore traitait d'idiot. Jusqu'à maintenant, il s'est montré plus agile qu'un guépard en chaleur.

Acosta a pris place à côté de moi à la table de la défense. Un gardien de ligne se tient à ses côtés et on a posté deux autres arrières défensifs au fond de la salle du tribunal, au cas où Noix de Coco essaierait d'échapper à un premier placage au sol.

Lili est assise dans la rangée qui se trouve derrière

lui. Ils sont séparés par la rampe de la barre et le gardien leur interdit tout contact physique.

L'assistance n'est composée que de quelques journalistes.

Il y a deux semaines, comme ça, sans prévenir, Kline a fixé une date de procès sous un motif d'inculpation auquel plus personne ne pensait, à savoir l'acte d'accusation pour incitation à la prostitution déposé initialement par le ministère public.

Ce n'est pas un verdict que recherche Kline. Ce qu'il veut, ce n'est pas qu'Acosta soit jugé par une cour de justice mais par l'opinion publique, de manière à ce que l'accusation d'atteinte aux mœurs portée à l'encontre de notre client s'infiltre dans l'esprit d'une large couche de la population. De cette manière, les jurés potentiels, apprenant la chose, seront déjà à demi convaincus de sa culpabilité dans l'affaire d'homicide volontaire, avant que nous puissions constituer un jury. S'il réussit du même coup à nous obliger à assurer la défense d'Acosta dans l'affaire de prostitution, Kline pourra jeter un œil sur certaines de nos cartes.

Même Lenore est forcée de reconnaître que le procédé témoigne de plus d'ingéniosité qu'elle n'est disposée à en accorder à Kline.

Je pense que ce serait une erreur de le sous-estimer. Il compense son manque de style par une opiniâtreté farouche. Il est agressif, a le sens de la compétition, et possède un esprit délié. Il n'est pas pusillanime. Quant au tempérament du personnage, la seule fois où je l'ai vu sortir de ses gonds, c'est l'autre jour, dans le bureau de Lenore, lors de leur altercation au sujet de l'affaire Acosta pour savoir qui devait s'entretenir avec Brittany Hall. Je crois qu'un rien pourrait suffire à mettre le feu aux poudres entre eux. Cela me rend parfois incertain quant à la suite du procès.

Il est assis à cet instant à la table du ministère public en compagnie de l'un de ses subordonnés et, tout à coup, coupant court à leur palabre murmuré à voix basse, il se lève et vient vers moi. Je vois du coin de l'œil que sa chemise est amidonnée des poignets aux coudes et qu'il en jette avec ses boutons de manchettes en or.

« Maître Madriani. »

Je me tourne vers lui.

« Nous n'avons pas eu l'occasion de nous parler depuis l'autre jour à mon bureau, dit-il. Je voudrais bien vous souhaiter bonne chance, mais dans ces circonstances... » Il termine sa phrase en m'adressant un regard qui en dit plus long que des mots. « J'espère toutefois que nous saurons nous comporter du début à la fin avec tous les égards que l'on se doit entre adversaires, ajoute-t-il. Professionnels jusqu'au bout. »

Il se fend d'un grand sourire qui me laisse songeur quant à la profondeur de sa sincérité. Avec lui, on ne sait jamais.

Je lui serre la main.

« Maître », déclare-t-il, s'adressant à Lenore. Il fait calmement un pas devant moi, la main toujours tendue.

Lenore le regarde sans rien dire et ne lui donne pas la main.

« Enfin, dit Kline. J'aurai essayé. »

Il sourit de nouveau et retourne à sa place.

Acosta regarde Lenore. S'il s'était mis dans la tête que celle-ci, en tant qu'ancienne avocate du parquet, pouvait avoir quelque influence sur le ministère public, il se racontait des histoires.

« Bien joué ! lui dis-je en un murmure du coin de la bouche. Tourne encore un peu plus le fer dans la plaie. Nous verrons si nous pouvons vraiment l'aiguillonner. »

Avant qu'elle ne puisse faire passer sa hargne dans une réplique bien sentie, il se produit un mouvement dans le couloir derrière le siège du juge. Celui-ci, le juge Radovich, annoncé par l'huissier, fait son apparition.

Harland Radovich est originaire d'une région montagneuse du Nord, d'un comté dominé par un volcan endormi et un tribunal où siègent trois juges, où l'on élève du bétail et où l'on est habitué aux grands espaces. C'est sur lui que le Conseil de l'Ordre a jeté son dévolu comme juge extérieur. Il a pris l'affaire Acosta en route, avec tous les pièges du dossier au stade du précontentieux.

Il est sans âge mais, si je devais lui en donner un, je dirais qu'il est dans la cinquantaine. Il porte des bottes de cow-boy, a le teint vif de quelqu'un qui vit au grand air, et une coupe de cheveux qui ne dépare pas l'ensemble, avec une mèche et un toupet semblables aux barbes en spirale d'un épi de maïs. Il ne joue pas les grands juristes mais semble doté de ce bon sens inné que l'on attribue, non sans raison, à la proximité avec la terre.

Il est difficile de dire quel effet cela fait à Acosta. Ils viennent de deux planètes différentes, Radovich et lui.

« Bonjour », dit le juge.

Suivent les présentations à l'intention du greffe, Kline pour la partie civile, Lenore pour la défense. Cette affaire, après tout, est la sienne. Je m'efforce de garder un profil bas. Si je peux la relayer un peu plus tard, je le ferai.

Hier, c'était le jour des avocats. Nous avons tous rompu nos lances sur des questions de droit délicates, dont celle du cumul : savoir si les délits, incitation à la prostitution et meurtre, le premier étant prétendument le mobile du second, étaient assez reliés l'un à l'autre pour exiger d'être réunis dans le même procès. C'est à Lenore qu'est revenue la tâche de plaider en ce sens, pour que l'on ne fasse pas un procès séparé dans l'affaire d'incitation à la prostitution. Après tout, le parquet a prétexté du meurtre d'un témoin dans une affaire connexe pour refuser les circonstances atténuantes, ce qui vaudrait la peine de mort à Acosta s'il était déclaré coupable.

Radovich a passé la plus grande partie de la journée à se gratter la tête de perplexité. Combien d'anges peuvent danser sur la pointe d'une épingle ? S'il avait eu une brindille de foin, il l'aurait mâchonnée. Il n'est pas enclin aux grands raisonnements. Kline s'en est vite aperçu et a joué de lui comme d'un piano tout le reste de la journée.

Il a soutenu que notre démarche pour éviter un procès séparé empiétait sur le pouvoir d'appréciation du parquet, le droit sacré qu'a la partie civile d'amener devant les tribunaux ceux qui ont violé la loi. Il a rappelé à Radovich que le tribunal ne peut se substituer au ministère public lorsqu'il s'agit de déterminer l'ordre de présentation des chefs d'accusation.

J'ai vu aux froncements de sourcils de Radovich que Kline avait touché un point sensible chez lui. Il n'est après tout que de passage dans notre comté, et non quelqu'un susceptible d'y être confronté à un électorat.

Dans tout cela, c'est davantage par sa dimension politique que proprement légale que l'argument de Kline a fait mouche. Kline avait pris la mesure de Radovich et avait vu juste : il avait affaire à un juge peu soucieux d'étendre ses prérogatives juridiques, un cow-boy conservateur de la vieille école.

Notre plaidoyer en faveur d'un cumul des deux affaires ayant été rejeté, ce matin nous jouons nos dernières cartes afin d'éviter un miniprocès, sur les turpitudes de Noix de Coco, qui pourrait s'avérer désastreux. Ce délit n'est peut-être pas grand-chose du point de vue strictement légal — un homme et une femme débattant le prix du vice — mais si Kline s'en sert pour travailler un jury, cela peut suffire à faire exécuter notre client.

Ce matin, nous débattons de la question des pièces à conviction : le ministère public en a-t-il suffisamment pour inculper Noix de Coco d'incitation à la prostitution ? Nous plaidons l'absence de preuves, étant donné la mort de Brittany Hall et la défectuosité du système d'écoute censé avoir enregistré leur conversation.

Mais Kline se montre, cette fois encore, plein de ressources. Il dit avoir un témoin, une preuve à présenter.

« Qu'on le fasse entrer », dit le juge.

Quelques secondes plus tard, l'huissier accompagne un homme d'une trentaine d'années, en vêtements civils, jusqu'à la barre. Il prête serment et monte s'asseoir dans le box des témoins.

« Dites votre nom pour le greffe.

— Harold Frost. »

Harold est surnommé « Jack » dans la police à cause de son côté éventreur. C'est un personnage glacial, capable de vous flinguer à quatre reprises s'il le faut et qui affichera autant de remords qu'un roc. C'est un grand échalas à qui il reste une frange de courts cheveux bruns au-dessus des oreilles, qui a les yeux rapprochés et dont le nez crochu comme un bec de rapace correspond bien, selon certains, au manque de scrupules du personnage. Si je devais chercher quelqu'un dans la police qui fût en mesure de tester la force de résistance de la vérité à la barre des témoins, ce serait Jack Frost.

— Pourriez-vous nous dire quel est votre profession ?

— Je suis sergent dans la police municipale de Capital City.

— Depuis combien de temps l'exercez-vous ?

— Treize ans.

— Dans quelle division travaillez-vous actuellement ?

— Dans la brigade des mœurs. »

Pas de finasseries : Kline, allant droit au but, amène le témoin à parler de la nuit où Acosta a été appréhendé en compagnie de Brittany Hall dans une chambre d'hôtel. Frost dit qu'il était en mission pour la brigade des mœurs à l'hôtel Fairmore, affecté à une unité composée de trois hommes et d'une femme qui avaient pour tâche de démanteler les réseaux de *call-girls* de haute volée dans les grands hôtels du centre.

« Nous voulions épingler les clients, décourager le commerce, ainsi qu'il appelle ça.

— Avez-vous eu l'occasion de procéder à une arrestation cette nuit-là ? demande Kline.

— Oui.

— Vous rappelez-vous qui et sous quel chef d'inculpation ?

— Celui-là là-bas. » Frost pointe un doigt en direction de notre client.

« On l'a arrêté en vertu de l'article 647 alinéa B.

— Je voudrais que le greffe enregistre que le témoin a identifié l'accusé, Armando Acosta. »

Le juge acquiesce d'un signe de la tête.

« Il s'agit bien d'un article du code pénal ? demande Kline.

— En effet.

— Et sur quoi porte cet article, sergent ?

— Sur l'incitation à commettre un acte de prostitution. C'est un délit passible d'une peine de prison d'un an minimum, répond Frost.

— Un délit qui implique une clause de déchéance morale, n'est-ce pas ?

— Objection. Cette question entraîne une conclusion de droit.

— Objection retenue. »

Kline aimerait faire inscrire cette question au greffe. Elle lui permettrait d'étayer la question du mobile : un juge qui risque d'être démis de ses fonctions et de voir toute sa carrière fichue serait bien capable de réduire un témoin au silence.

« Est-ce vous qui avez procédé à l'arrestation cette nuit-là ?

— Nous étions deux, répond-il.

— Qui était l'autre ?

— Mon coéquipier, Jerry Smathers.

— Dites-nous, sergent. Est-ce que la garde à vue est la procédure normale dans des cas comme celui-là ?

— Généralement, on remet au client une citation à comparaître et on le relâche.

— Parlez-nous de cette procédure.

— Objection, dit Lenore depuis la table de la défense. Hors de propos. La question ici n'est pas de savoir si notre client a été arrêté ou s'il a reçu une citation à comparaître, mais si le ministère public possède actuellement assez de preuves pour soutenir une mise en accusation, voire même pour qu'il y ait procès.

— Objection rejetée », dit le juge.

Kline fait signe au témoin de répondre.

« Dans la plupart des cas, dit Frost, on procède à l'identification du client, on note son adresse et on lui demande de signer un document par lequel il s'engage à se présenter devant les tribunaux.

— Un peu comme une contravention routière ?

— C'est ça.

— Pourquoi n'a-t-on pas procédé de cette manière cette fois-là ?

— Parce que l'accusé a refusé de signer la citation à comparaître.

— Il a refusé ? » Kline se retourne. Il fait maintenant son cinéma pour les journalistes présents dans la salle.

« Oui.

— A-t-il dit pourquoi ?

— Pas exactement, dit Frost.

— Qu'est-ce qu'il a dit ?

— Il a dit que tout ça, c'était de la foutaise.

— Ce sont les mots qu'il a employés ?

— Il a dit que toute cette histoire, c'était de la foutaise. Il a dit que nous étions tous des proxénètes. »

Kline prend quelques instants pour regarder les

journalistes dont les stylos grattant le papier rappellent des griffes de poulets dans une basse-cour.

« Il nous a demandé si nous savions qui il était. »

Mimiques de Kline qui feint l'étonnement. Il le fait très bien.

« Et qu'avez-vous dit ?

— Je lui ai dit que je me fichais de qui il était. Qu'on allait l'embarquer s'il ne signait pas la citation à comparaître.

— Et qu'a-t-il dit à ça ?

— Il m'a dit de me mettre ma citation où je pense. »

Acosta, qui s'est rapproché de moi, me chuchote à l'oreille : « Tout cela est vrai. Je me suis énervé. C'est vrai aussi que c'est un proxénète. »

« Saviez-vous que le client était juge ? demande Kline.

— Je savais qui il était, répond Frost.

— Cela vous a-t-il influencé ? »

Le seul fait de savoir qu'Acosta était juge le désignait d'emblée comme cible pour quelqu'un comme Jack Frost.

« Non, je n'en ai pas tenu compte.

— C'est à ce moment-là que vous avez procédé à son arrestation ?

— Nous avons essayé de le raisonner. »

J'aimerais voir les bosses sur la lampe de poche dont Frost se sert généralement pour amener quelqu'un à la raison.

« Je lui ai dit que s'il signait, nous ne serions pas obligés de le placer en garde à vue et qu'il pourrait rentrer chez lui. »

« C'est faux, me glisse Acosta à l'oreille. Ils m'ont immédiatement passé les menottes. Il n'a pas été question de citation à comparaître. Et ils m'ont mis en garde à vue sous un vague prétexte.

« Il a quand même refusé de signer la citation ? demande Kline.

— Oui. Il est même devenu injurieux.

— Il a employé d'autres termes grossiers ?

— Objection. Question tendancieuse.

— Objection retenue. Ne soufflez pas ses réponses au témoin, dit Radovich.

— Votre Honneur », fait Kline avec le sourire, l'air de dire « mais comment le tribunal peut-il penser que tout cela n'est pas la vérité pure et simple ? »

« Poursuivez, dit Radovich.

— Alors qu'avez-vous fait, sergent ?

— Nous avons été obligés de l'embarquer. »

Il y a un silence tandis que Kline recule vers l'estrade du juge, fait demi-tour et s'y appuie.

« Je voudrais attirer votre attention sur les moments qui ont immédiatement précédé l'arrestation de l'accusé, avant votre arrivée dans cette chambre d'hôtel, et que vous disiez à la cour quelles étaient les personnes qui se trouvaient dans la chambre de l'hôtel Fairmore à ce moment-là.

— Avant que j'y entre ?

— Oui.

— Il devait y avoir l'appât, Brittany Hall, et l'accusé.

— Tout seuls dans la chambre. Pas d'autres agents de police ou de témoins ?

— Non.

— Et vous, où étiez-vous à ce moment-là ?

— J'étais à la porte de la chambre d'hôtel.

— Qu'est-ce que vous faisiez là, à la porte ?

— J'essayais d'écouter.

— Pourquoi ?

— A tout hasard, dit le flic. Nous avions appris que le système d'écoute électronique que portait l'appât était défectueux.

— On vous avait dit ça ?

— Oui.

— Et vous, vous étiez à la porte de la chambre au cas où l'appât aurait besoin d'aide ?

— Oui.

— A tendre l'oreille ?

— C'est ça.
— Est-ce que l'appât appartenait à la police ?
— Non. C'était un policier de réserve, une étudiante en criminologie qui se prêtait parfois à des missions comme celle-là.
— Elle en avait déjà accompli auparavant ?
— A quatre ou cinq reprises pour autant que je sache.
— Et pendant que vous étiez à la porte de la chambre de l'hôtel Fairmore cette nuit-là, avez-vous entendu des bribes de conversations entre l'accusé et Mademoiselle Hall ?
— Oui.
— Qu'avez-vous entendu ?
— J'ai entendu l'accusé offrir de l'argent à l'appât en échange de ses services. »
Je vois Lenore lever les yeux au ciel.
« C'est faux ! », dit Acosta.
Radovich abat son maillet et Acosta se mord la langue.
« Quelle somme d'argent l'accusé a-t-il offert à Mademoiselle Hall pour avoir des rapports sexuels avec elle ?
— Deux cents dollars, répond Frost.
— De quelle sorte d'acte sexuel a-t-il parlé ? A-t-il été précis ?
— D'une double passe. »
Kline lui lance un regard interrogateur.
« D'une fellation suivie de rapports sexuels normaux », répond Frost.
Les crayons y vont de plus belle dans la tribune de la presse derrière moi.
« C'est elle qui a fait cette proposition ou l'accusé ?
— Non. C'est l'accusé. »
« C'est pour ça que je ne voulais pas d'audience préliminaire, me chuchote Acosta. Vous voyez ce qu'ils font ? Que des mensonges. » Il se tourne vers Lili et secoue la tête. S'il ne peut nier la chose publiquement, il peut du moins le faire à titre privé, à la

personne que cela risque de faire le plus souffrir. Il articule silencieusement les mots « Ce n'est pas vrai. »

« Votre Honneur. » Kline a remarqué qu'Acosta s'est retourné sur sa chaise. Les journalistes lisent sur ses lèvres.

« Monsieur Acosta. » Radovich fait signe d'une main à Acosta de reprendre sa position initiale puis il m'adresse un regard réprobateur, comme si je faisais mal mon travail de baby-sitter.

« Continuez, Maître. » Radovich semble s'amuser.

« Vous avez donc clairement entendu l'accusé offrir de l'argent en échange de rapports sexuels ?

— Oui.

— Et vous pourriez en témoigner lors d'un procès, devant un tribunal, sous serment ?

— Certainement. »

Kline a, pour le moment, ce qu'il veut : il y a eu offre d'argent, le premier élément du délit, du sexe moyennant finances. Il lance ensuite quelques questions, l'air de ne pas y toucher, du genre : « Est-ce l'appât qui, la première, a parlé d'acte sexuel ? » « Qui a amené la conversation sur le sexe ? »

Tout ceci afin de bien montrer qu'Acosta n'était pas victime d'un piège monté contre lui, que le délit fut bien de son fait.

« L'accusé a-t-il fait autre chose ensuite ?

— Objection, dit Lenore. Question sans fondement. Le témoin n'a jamais dit qu'il pouvait voir ce qu'ils faisaient.

— Pouviez-vous les voir ? demande le juge.

— Non.

— Objection retenue. Question suivante. »

Kline est à la recherche de l'autre élément : le flagrant délit. Celui-ci peut se présenter de plusieurs manières : argent versé, pantalons baissés. Le problème vient du fait que se dévêtir ou remettre de l'argent peut se faire sans paroles, à moins que l'appât ne fasse la monnaie ou ne donne un reçu.

Kline, qui se prépare à repartir à l'attaque, observe durant quelques instants le policier dans le box des témoins.

« Sergent Frost. Avez-vous entendu autre chose cette nuit-là tandis que vous vous teniez derrière la porte ?

— Quoi, comme des bruits de vêtements qu'on enlève, peut-être ? Des tintements d'espèces sonnantes ? Ça va comme ça, dit Lenore.

— Quelqu'un a une objection à formuler ? demande Radovich.

— Question tendancieuse, dit Lenore.

— Objection rejetée.

— Avez-vous entendu autre chose dans la chambre cette nuit-là ? demande Kline qui revient à la charge.

— J'ai, ah. J'ai entendu Mademoiselle Hall dire...

— Objection. Preuve par ouï-dire.

— Objection retenue.

— Permettez que je vous pose une autre question, dit Kline. Comment avez-vous eu accès à la chambre où se trouvaient l'accusé et Mademoiselle Hall ?

— J'avais une clé sous forme de carte électronique. Comme un passe permettant d'entrer dans la chambre.

— Bien, sergent. Et vous y êtes entré à l'aide de cette clé ?

— Oui.

— Et qu'est-ce que vous avez vu en entrant dans la chambre à l'aide de cette clé ? »

Frost réfléchit quelques instants. Il ne voit toujours pas où Kline veut en venir.

« L'accusé et Mademoiselle Hall », répond-il.

Kline opine du bonnet, essayant de le tirer de là. Frost ne comprend pas. Kline finit par renoncer et pose la question.

« Sergent. Que faisait précisément l'accusé quand vous êtes entré dans la chambre cette nuit-là ?

— Oh, fait-il. Il avait les mains sur Mademoiselle Hall. Il la poussait vers le lit.

— C'est un mensonge ! » Acosta s'est levé avant que je n'aie le temps de le retenir. Un des adjoints au shérif s'approche derrière lui.

« Monsieur Acosta, restez tranquille. Vous aurez l'occasion de vous expliquer », dit Radovich.

C'est pire que ce à quoi nous aurions pu nous attendre. Plus qu'un acte en flagrant délit, ce témoignage laisse supposer qu'il y a eu emploi de la force de la part d'Acosta. Etant donné l'assassinat ultérieur de Brittany Hall, cette déclaration est hautement préjudiciable.

« Le témoin ment, dit Acosta.

— Dans ce cas, laissez votre avocat régler ça », rétorque le juge. Il fait signe à Kline de poursuivre.

L'adjoint du shérif, posant les mains sur les épaules d'Acosta, l'oblige à se rasseoir.

« Vous dites que vous pensez que l'accusé poussait l'appât, Mademoiselle Hall, vers le lit. Vous avez bel et bien vu la chose ?

— C'est ce que j'ai vu.

— Et qu'en concluez-vous ?

— Objection. Question passible d'interprétation.

— Objection retenue.

— L'avez-vous vu la pousser vers le lit ? »

Frost hésite une seconde, éphémère instant de vérité.

Kline sait qu'il lui faut obtenir la bonne réponse sous peine d'être pris de court.

« Oui », dit Frost.

Il se produit un relâchement de tension chez Kline, et un air de soulagement presque palpable apparaît sur son visage.

« Merci, sergent. Le témoin est à vous. »

Comme présentation de preuve, ce témoignage soulève pas mal de questions. Ce sont toutes malheureusement des questions portant sur des faits, dont il reviendrait à un jury de décider de la crédibilité, ce que nous voulons justement éviter.

Lenore se déplace vers la barre avec toute la détermination d'un terrier décidé à dénicher un rat.

« Bonjour », dit-elle à Frost dont le sourire pincé lui fait comme deux minces bandes de caoutchouc à la place des lèvres. « Sergent Frost, vous avez dit avoir appris que le système d'écoute que portait Mademoiselle Hall cette nuit-là était défectueux. Est-ce bien cela ?

— C'est ça.

— A quel moment vous l'a-t-on appris ?

— Je ne sais pas. Quelques minutes avant de monter.

— Vous n'êtes donc pas resté derrière la porte tout le temps ?

— Non.

— Combien de temps y êtes-vous resté ?

— Je ne sais pas. Je n'ai pas regardé ma montre. » Il esquive les détails.

« Plus d'une minute ?

— Ouais.

— Plus de cinq minutes ?

— Je ne sais pas.

— Plus de deux minutes ?

— Je vous le dis, je ne sais pas.

— Comme ça, ç'aurait pu être moins de deux minutes ?

— Sans doute davantage.

— Vous étiez debout ou agenouillé ?

— Debout, je pense.

— Vous ne vous souvenez pas.

— Pas exactement, dit Frost.

— Vous n'étiez pas étendu par terre des fois ? »

Il la regarde comme si elle voulait le ridiculiser en lui posant cette question. « Non.

— Ainsi, vous vous êtes tenu debout ou agenouillé, deux ou cinq minutes, et à un certain moment avant de monter, vous ne savez pas précisément à quel moment, on vous a appris que le système d'écoute électronique était tombé en panne ? »

Frost lui jette un regard assassin mais ne donne pas d'autre réponse.

« Qui vous a dit que le système d'écoute était défectueux ? »

Il réfléchit quelques instants.

« Je ne me souviens pas. Un des autres agents.

— Enfin, voyons ça d'un peu plus près. Vous dites que vous n'étiez que quatre sur cette mission cette nuit-là ? C'est bien ça ?

— Ouais.

— Et ce n'a pu être Mademoiselle Hall. Elle était occupée dans la chambre ?

— En effet.

— Il a donc fallu que ce soit votre coéquipier, Smathers, ou l'autre personne. Qui était l'autre personne sur cette mission ?

— C'est l'agent Smathers qui me l'a appris », dit Frost. La mémoire lui revient tout à coup. « Je me souviens que c'est lui qui contrôlait le système d'écoute. »

Cette réponse ne distrait pas Lenore.

« Quelle était la quatrième personne de l'unité cette nuit-là ?

— Un gradé, répond Frost qui secoue la tête d'un air incertain. Quelqu'un que je ne connaissais pas. Un lieutenant envoyé par le quartier général. Je crois que c'est lui qui coordonnait l'opération.

— C'est lui qui coordonnait votre mission et vous ne connaissez pas son nom ?

— Je l'ai su. J'ai oublié.

— Mais vous vous souvenez de tous les détails de la conversation entre l'accusé et Mademoiselle Hall.

— J'étais concentré là-dessus.

— Il faut croire.

— Nous nous passerons de commentaires, dit Radovich.

— Oui, Votre Honneur.

— Etait-ce une chose fréquente, sergent ? Que le quartier général envoie quelqu'un ?

— Ça arrive, répond Frost. La direction aimait savoir comment nous procédions. Au cas où il y aurait eu des plaintes.

— Avez-vous fait l'objet de beaucoup de plaintes, sergent ?

— Non.

— Et vous ne vous rappelez pas le nom du lieutenant ? »

Il réfléchit quelques instants. « Non. Ça doit être dans le rapport. »

Or il n'y figure pas. J'avais jeté un coup d'œil en coin à Lenore lorsque Frost avait déclaré que leur unité d'intervention comprenait quatre personnes cette nuit-là. Le rapport de l'arrestation ne fait état que de trois personnes : Brittany Hall, Frost et Smathers. L'homme-mystère est un nouveau venu sur l'échiquier.

« Avez-vous revu cet officier depuis ?

— Humm. » Il réfléchit. « Non.

— Parlons du système d'écoute, dit Lenore. Est-ce que cela s'était déjà produit ? Ces pannes électroniques ?

— Quelquefois.

— Vous en connaissez la cause ? »

Frost fait la grimace, signifiant par cette expression que la panne peut être due à des milliers de raisons. « Ce sont des appareils délicats. Il suffit d'un peu d'humidité.

— Est-ce qu'il pleuvait cette nuit-là, sergent ? »

Sourires dans la tribune de la presse.

Frost regarde Lenore, l'image même du sarcasme. « Non.

— Est-ce que l'appât prenait une douche ?

— Non, mais peut-être qu'elle transpirait.

— Transpirait-elle ?

— Comment voulez-vous que je le sache ? Je n'étais pas dans son soutien-gorge.

— Vous ne pouviez pas la voir, n'est-ce pas ?

— Non.

— Il n'y avait pas de trou de serrure dans la porte, n'est-ce pas ?

— Non.

— Quelle sorte de serrure était-ce ?

— Electronique. Vous glissez une carte dans une fente, vous la retirez et la serrure cède. Vous appuyez sur la poignée et la porte s'ouvre.

— Cette porte, de quelle épaisseur était-elle, sergent Frost ?

— Je ne sais pas. Je n'ai pas fait attention.

— Mais enfin, elle avait deux centimètres d'épaisseur, cinq centimètres ?

— Je vous le dis. Je n'ai pas fait attention.

— Etait-elle lourde, difficile à pousser, lorsqu'on l'ouvrait ?

— C'était une porte de chambre d'hôtel, répond-il. Je ne l'ai pas démolie. Je me suis contenté de l'ouvrir.

— Savez-vous si elle était en bois ou en métal ?

— Je ne l'ai pas fait analyser par le labo. Je ne saurais le dire.

— Sergent Frost, seriez-vous surpris si je vous disais que la porte faisait quatre centimètres d'épaisseur, qu'elle était en acier et possédait un caisson d'étanchéité, non seulement conforme aux normes antifeu, mais pratiquement à l'épreuve du bruit ? »

Il grimace, adresse un haussement d'épaules à Lenore.

« Les murs étaient peut-être minces, dit-il.

— Sur quel ton l'accusé et Mademoiselle Hall parlaient-ils cette nuit-là ?

— Qu'est-ce que vous voulez dire ?

— Je veux dire : est-ce qu'ils criaient, chuchotaient, parlaient d'une voix normale ?

— Je ne sais pas.

— Vous nous avez dit tout à l'heure que vous les aviez entendus ?

— C'est exact.

— Alors sur quel ton de voix parlaient-ils ?

— Normal. Ils parlaient sur le ton de la conversation normale. »

Lenore fait demi-tour et s'éloigne de lui. Elle baisse la voix d'un octave : « Sergent, quand avez-vous pour la dernière fois passé un examen auditif ?

— Quoi ?

— Objection, Votre Honneur. Astuce mesquine, dit Kline. Je me serais attendu à d'autres procédés de la part de l'honorable avocate.

— Je m'excuse de vous décevoir, mais vous, vous avez pu entendre ce que j'ai dit. » Lenore transforme Kline en témoin.

« Vous me faisiez face, alors que vous tourniez le dos au témoin, répond-il.

— Le témoin reconnaît lui-même qu'il y avait une porte fermée entre lui et les gens qui se trouvaient à l'intérieur de la chambre, quatre centimètres d'acier et d'insonorisation, et qu'ils parlaient d'une voix normale. S'il n'a pas pu m'entendre, il n'a pas pu les entendre.

— Voilà que vous vous transformez en expert en acoustique, dit Kline. Vous n'avez pas la moindre idée de ce qu'il a entendu cette nuit-là.

— Lui non plus. » Lenore indique Frost. « Il va bientôt nous raconter que sa vision est dotée de rayons X. Et je suis sûr qu'avant la fin, il va enfiler une cape et des collants comme Superman et qu'il va voler pour nous autour de la salle.

— Maître, dit Radovich qui n'apprécie guère cette passe d'armes, si vous avez des objections, formulez-les tout de suite et adressez-les à la cour.

— J'aimerais que... ce... ce... » Kline cherche un terme suffisamment dépréciateur pour décrire le cinéma auquel vient de se livrer Lenore. « ... cette pitrerie — c'est tout ce qu'il trouve — soit effacée du greffe.

— Refusé, dit Radovich. Le “Quoi ?” du témoin figurera au greffe.

— J'aimerais une réponse à ma question, dit Lenore. Quand avez-vous passé un examen auditif pour la dernière fois ? » Elle enfonce le clou.

« Je passe un examen physique complet chaque année.

— Cet examen comporte-t-il un examen auditif complet ou se contente-t-on de regarder dans vos oreilles ?

— On regarde dans mes oreilles, répond Frost.

— On a trouvé quelque chose à l'intérieur ?

— Objection. » Kline revient à la charge.

« Objection retenue. Maître Goya, vous mettez la patience du tribunal à l'épreuve.

— Excusez, Votre Honneur.

— Poursuivez. »

Lenore, rassemblant ses idées, contemple durant quelques instants le plafond de la salle du tribunal.

« Sergent, demande-t-elle, quelles instructions avait-on données à Mademoiselle Hall cette nuit-là afin qu'elle assure sa sécurité personnelle ?

— Des instructions de quel genre ? demande-t-il.

— Enfin, une jeune femme s'enferme derrière des portes closes avec des étrangers. Vous n'aviez aucun moyen de savoir si un éventuel client ne serait pas armé. Il fallait bien prendre quelques précautions. Etait-elle armée ?

— Non.

— Avait-il été convenu d'un signal quelconque qu'elle vous adresserait si elle se trouvait en difficulté ?

— De quel genre ?

— Un signal verbal, par exemple. Un moyen de communiquer si elle avait besoin d'aide ?

— Nous avions convenu d'un signal verbal.

— Ainsi, si l'appât disait ce mot, vous le captiez sur le système d'écoute et vous saviez qu'elle avait des ennuis. Vous seriez alors accouru ?

— C'est exact.

— Le rapport de police fait état d'un dispositif de sécurité qui aurait été utilisé cette nuit-là.

— Il s'agit d'un bouton sur lequel elle devait appuyer si elle s'affolait.

— Pourriez-vous décrire ce bouton à la cour ?

— Ça figure dans le rapport.

— En effet. Dites-nous en quoi ça consiste.

— C'est un bouton électronique réglé sur une autre fréquence que le système d'écoute. On l'installe parfois dans les vêtements de l'appât. Le plus souvent dans son sac à main.

— C'est une sorte de signal de dernier recours ? demande Lenore.

— Si vous voulez.

— Ce bouton, vous l'utilisiez tout le temps ?

— Non. Uniquement dans certains cas.

— Pourquoi l'avez-vous utilisé dans ce cas-ci ?

— Je ne sais pas.

— Se pourrait-il que ce soit parce que quelqu'un avait prévu que le système d'écoute électronique ne fonctionnerait pas ?

— Non. Rien de tel. Tout simplement, on l'utilise dans certains cas et pas dans d'autres. »

Bien vu. Si les flics ont voulu piéger Acosta en inventant une raison bidon pour qu'il rencontre Brittany Hall, ils n'auront pas voulu que leur conversation soit enregistrée. Si jamais Acosta s'emportait, il n'aurait servi à rien à Brittany Hall de prononcer un mot convenu sans un système d'écoute pour le capter. Le bouton était sa seule protection.

« Alors, quelles instructions aviez-vous données à Mademoiselle Hall ? Comment était-elle censée utiliser le signal verbal de sécurité et le bouton d'urgence ?

— Elle devait utiliser d'abord le signal verbal, répond Frost. Le bouton en deuxième lieu seulement, uniquement si le premier ne marchait pas.

— Pourquoi pas le bouton en premier ?

— Ça présente toujours un risque. Le client peut la voir l'actionner. Devenir violent, ajoute Frost.

— Mademoiselle Hall avait-elle de la présence d'esprit ? Gardait-elle son sang-froid dans l'action ?

— Oui.

— Elle savait ce qu'elle faisait.

— On peut dire ça.

— Elle obéissait bien aux instructions ? »

Il fait une moue signifiant qu'il concède la chose et acquiesce de la tête.

« Tout cela pour dire oui ?

— Oui.

— Avait-elle eu recours aux procédures d'urgence dans le passé, à votre connaissance ?

— Elle s'était servie du signal verbal à deux ou trois reprises avec d'autres clients. Le bouton était nouveau pour elle. On a dû lui expliquer comment s'en servir.

— Quel était le signal verbal cette nuit-là ?

— Une phrase. Quelque chose. J'ai oublié. On en change tout le temps.

— "La nuit est chaude" ? », demande Lenore.

Cela ne figurait pas dans le rapport de police. Kline regarde Lenore en plissant les yeux, telles deux petites fentes vénales, sachant pertinemment qu'elle ne peut tenir cette information que d'une seule source : son entretien avec Brittany Hall ce jour-là dans son bureau. Lorsque je le regarde, il est en train de noter quelque chose sur la chemise contenant son dossier.

« Quel était le signal verbal de sécurité cette nuit-là ? demande de nouveau Lenore. "La nuit est chaude" ?

— C'est possible. Ça doit être ça.

— Avez-vous entendu l'appât, Mademoiselle Hall, prononcer ces mots, cette nuit-là ? L'avez-vous entendue dire "La nuit est chaude" ?

— Non.

— Mais vous écoutiez à la porte, n'est-ce pas ?

— Oui.

— Et vous avez entendu la conversation entre l'accusé et Mademoiselle Hall ? Des voix qui parlaient sur un ton normal, qui se mettaient d'accord sur les termes de la transaction ?

— C'est ça.

— Mais vous n'avez pas entendu l'appât dire "La nuit est chaude" ?

— Non.

— N'est-ce pas un fait, sergent, que l'appât a prononcé cette phrase non pas une fois, mais à trois reprises, et que vous n'avez pas pu l'entendre parce que vous ne pouviez rien entendre à travers cette porte ?

— C'est faux.

— Alors comment expliquez-vous que vous n'ayez répondu qu'au signal de dernier recours, le signal électronique produit en appuyant sur le bouton et dont Brittany Hall avait reçu pour instruction de ne pas se servir sauf si le signal verbal ne marchait pas ? »

Cela, qui figure dans le rapport de police, ne saurait être révoqué en doute. Frost n'est entré dans la chambre qu'une fois informé du déclenchement du signal.

« Elle a pu s'affoler, dit-il. Elle a pu se tromper.

— En effet. »

C'est tout le problème avec les petites incohérences : elles tendent à se multiplier comme les mouches.

« Sergent Frost, vous dites avoir entendu la conversation entre l'accusé et Mademoiselle Hall depuis votre poste derrière la porte. Qu'avez-vous entendu exactement ?

— J'ai entendu l'accusé proposer à Mademoiselle Hall de l'argent en échange de rapports sexuels.

— Oui. Vous nous l'avez déjà dit. Mais quels ont été les mots de l'accusé. Précisément ?

— Je ne les ai pas notés.

— Ainsi, vous ne vous souvenez pas des paroles de l'accusé ? »

Cela risque d'être fatal à la plaidoirie de Kline.

« Je n'ai pas dit ça.

— Dans ce cas, qu'avez-vous dit ?

— Il négociait avec elle.

— Il voulait qu'elle lui fasse un prix, c'est ça ? »

Le témoin fait une grimace, l'air de dire « c'est à peu près ça ».

« Quels mots a-t-il employés, sergent Frost ? »

Celui-ci réfléchit quelques instants.

« Que diriez-vous de deux cents dollars — deux billets de cent dollars ? Quelque chose comme ça.

— Vous ne pouvez pas être plus précis ? »

Les traits de Frost se contorsionnent. Il réfléchit.

« Il a dit... » Il marque un moment d'hésitation. « Il a dit : "Je vous donne deux cents dollars contre un rapport sexuel." »

Lenore s'étrangle presque de rire tellement la chose a l'air banale : c'est comme si le client était venu acheter du lait.

« Ce sont ses paroles exactes ? "Je vous donne deux cents dollars contre un rapport sexuel" ?

— C'est ça.

— Tout à l'heure, vous avez parlé de double passe.

— Quelle différence ça peut faire ? »

Acosta me chuchote à l'oreille : « C'est un tissu de mensonges. »

Je lui murmure en retour : « Dans ce cas, on va l'extraire comme un tissu de cellules cancéreuses. » Lorsque nos regards se croisent, je sens entre nous pour la première fois une sorte de communauté de pensée, quelque chose dans son expression qui fait que je le crois. Non que je croie Noix de Coco incapable de tels actes. Il les a sans doute accomplis à un moment ou à un autre, mais pas cette fois, je ne pense pas.

« Il a peut-être dit : "Je vous donne deux cents dollars pour une double passe", répond Frost.

— Qu'est-ce que c'est que ça ?

— Une double passe, c'est une double passe. » Il a l'air satisfait. Il ment comme il respire.

« Vous êtes sûr pour les deux cents dollars ?

— Absolument. » Frost la gratifie d'un signe de tête judicieux.

Acosta tressaille à côté de moi. « Un foutu mensonge. » Il a au moins trouvé l'épithète qui convient. « Je veux témoigner », me dit-il. Ce qui serait désastreux. Je lui dis de se tenir tranquille.

Lenore fait demi-tour et s'éloigne durant quelques instants du témoin tout en manipulant des documents. Elle tend le bras et en laisse tomber un, une feuille unique, sur la table devant Kline. Celui-ci la prend et la lit. Avant qu'il n'en ait fini la lecture, Lenore demande au juge l'autorisation de s'approcher du témoin. Radovich acquiesce et, en se rendant vers lui, elle remet une autre feuille au juge.

« Sergent, je vais vous montrer un document et vous demander si vous pouvez l'identifier. » Elle tend une troisième feuille au témoin. Celui-ci la regarde.

« Vous savez de quoi il s'agit ?

— C'est une feuille d'inventaire.

— Et d'où vient-elle ? D'où sortent de telles feuilles d'inventaire ?

— De la prison du comté.

— Et à quoi servent-elles ?

— A dresser la liste des effets personnels d'un suspect lorsqu'on l'incarcère.

— Vous avez déjà vu ces formulaires auparavant ? Peut-être pas celui-ci mais d'autres identiques ?

— Bien sûr. » Il pose le formulaire sur la rampe devant le box des témoins et n'y fait plus attention.

« Et ce formulaire-ci porte-t-il un nom ?

— Ouais. » Il ne regarde même pas le document.

« Le nom de qui ? demande Lenore.

— Le nom de l'accusé. Armando Acosta.

— Et sous quel chef d'accusation ?

— Infraction à l'article 47 B, répond Frost.

— Est-ce le formulaire servant à dresser la liste des effets personnels qui a été utilisé la nuit en question ?

— On dirait bien, répond Frost.

— Y a-t-il une case sur ce formulaire intitulée “Argent en espèces trouvé sur le suspect” ? »

Frost prend soudain un air absent, comme s'il cherchait en lui-même une âme qui ne s'y trouve pas.

« Sergent, je vous prierais de regarder à la case “Argent en espèces trouvé sur le suspect” et de me dire ce qu'on y lit. »

Frost prend le document, y jette un coup d'œil, et se ferme comme une huître. Comme pétrifié dans le box, il ne répond pas à la question.

« Dites-moi, sergent, est-ce que votre appât prenait les cartes de crédit ? Ou peut-être était-il dans ses habitudes d'accepter des chèques de la part des clients ? Qu'y a-t-il d'écrit dans la case, sergent ? »

Frost regarde dans la direction de Kline, lequel ne peut lui être d'aucun secours.

« Dites-nous, sergent, comment l'accusé a-t-il pu proposer de l'argent à l'appât en échange de ses services alors qu'il n'avait que quarante-deux dollars et vingt-sept cents en sa possession cette nuit-là ? Elle faisait des soldes ? Dites-moi, sergent ?

— Je ne sais pas. Je ne sais pas que ce que j'ai entendu.

— L'usage ne veut-il pas, sergent, lors d'une arrestation effectuée comme celle-ci grâce à un appât, d'attendre que le client ait versé l'argent avant de procéder à l'arrestation ? » Question embarrassante pour eux car le rapport de police indique bien que Brittany Hall n'a jamais reçu d'argent.

Mais Frost prend maintenant l'expression éloquente de celui qui est disposé à reconnaître les faits.

« Dans certains cas.

— Dans pratiquement tous les cas, ne vous l'a-t-on pas appris ? D'attendre de voir la couleur de leur argent ? L'argent versé n'est-il pas l'acte de flagrant délit permettant de procéder à l'arrestation ?

— Parfois.

— Pas parfois, sergent. N'est-ce pas ce qu'on vous a appris ? N'est-ce pas la façon normale de procéder lors d'une telle arrestation ?

— Objection, l'avocat de la défense discute avec le témoin, dit Kline.

— L'argumentation de la défense me paraît fondée, dit Radovich. Objection refusée. » Le juge attend une réponse.

« Dites-nous, sergent, pourquoi êtes-vous entré dans la chambre avant que l'accusé n'ait versé l'argent à l'appât ?

— Je ne sais pas, répond Frost. Le système d'écoute était défectueux. J'ai dû m'affoler.

— Mais vous aviez entendu tout ce qui se passait dans la chambre. C'est ce que vous nous avez dit. Est-ce bien cela ?

— Ouais.

— N'est-ce pas un fait, sergent, qu'aucun argent n'a été versé parce qu'aucune offre d'argent n'a été faite par l'accusé cette nuit-là ? Parce que leur conversation n'avait rien à voir avec la prostitution ? »

Des grattements de mines de crayons se font entendre à l'arrière-fond. On lève des regards effarés dans la tribune de la presse, les journalistes se demandant de quoi Acosta et Brittany Hall pouvaient bien causer.

« Ce n'est pas vrai, dit-il.

— Dans ce cas, comment expliquez-vous que l'accusé lui ait proposé deux cents dollars alors qu'il ne les avait pas sur lui ?

— Il allait peut-être lui demander de mettre ça sur l'ardoise.

— Motion déposée pour refus de répondre, dit Lenore.

— Motion agréée, dit le juge. Répondez à la question.

— Je ne peux pas, dit Frost. Je ne sais pas. »

On tombe toujours sur un os lorsqu'on ment.

CHAPITRE DOUZE

« Je te l'avais dit pour Radovich. Il ne connaît peut-être pas le droit mais il a un sixième sens pour détecter ce qui est juste. » Harry aime bien ce bouseux de juge.

« C'est sans doute un Démocrate », ajoute-t-il. Les péquenots lui vont droit au cœur. Lorsque je vois les clients de Harry, je comprends pourquoi. Ce matin pourtant, nous ne tarissons pas d'éloges pour Radovich, Lenore et moi. Il a agréé notre requête de report. Il n'y aura pas de procès séparé sous le chef d'inculpation d'incitation à la prostitution.

« Je croyais que ma plaidoirie en faveur d'un cumul des procès lui passerait par-dessus la tête, dit Lenore.

— Ça a sans doute été le cas, dit Harry. Mais il avait besoin d'un crochet cérébral pour accrocher son chapeau. » Harry est en train de parcourir le procès-verbal du tribunal, un document d'une seule page faisant état de la décision de Radovich. Lorsqu'il a terminé, il me le tend. Harry est d'avis que le juge n'allait pas laisser Frost empoisonner le verdict d'un jury avec des mensonges évidents. Comme la question de la crédibilité des faits relève des jurés, Radovich a décidé de statuer lui-même concernant le cumul des deux procès.

Bien qu'elle ait obtenu gain de cause, Lenore semble irritée par cette décision. Elle dit que le juge

« n'est sensible qu'aux résultats ». « Il a pris la bonne décision pour de mauvaises raisons.

— N'en rajoute pas, dit Harry. Nous avons gagné.

— Gagner n'est pas tout.

— Non. Mais c'est la seule chose qui compte.

— Laisse tomber. Tu ne comprendrais pas. »

Je pense qu'elle voulait démolir Kline, mais comme elle l'entendait, par une victoire sanctionnant une supériorité intellectuelle et non par une simple contingence de procédure. Pour elle, le fait que le juge n'ait pas perçu la nuance légale de sa plaidoirie enlève de la valeur à son triomphe.

Pendant qu'ils se chamaillent, je lis le procès-verbal. Celui-ci informe Kline que s'il veut rattacher les deux affaires, l'arrestation initiale d'Acosta pour incitation à la prostitution et le meurtre commis ultérieurement, la cour prendra en considération une requête en ce sens le cas échéant. La dernière fois que l'on a vu Kline, il quittait, furieux, la salle du tribunal en marmonnant quelque chose à propos du manque de déontologie de Lenore, encore tout ulcéré du coup qu'elle venait de lui porter : ce n'est pas le début d'un procès mais la première escarmouche d'une vendetta qui ne fait que commencer.

Ce matin, nous sommes réunis dans mon bureau pour parler des révélations qui nous sont parvenues récemment, de l'avalanche de pièces versées au dossier que nous transmet le ministère public.

Je demande à Harry : « Tu ne crois pas qu'ils sont en train de créer un écran de fumée ? » Ce que j'aimerais savoir, c'est si le parquet cache quelque chose ou s'il lâche toutes les preuves qu'il détient.

Harry, à qui il revient de gérer les dossiers, se débat au milieu de rames de papier dont certaines s'entassent à mi-hauteur du mur de son bureau. Typique des avocats : ils cachent l'arbre dans la forêt.

Il est assis dans un fauteuil au coin de mon bureau devant des piles de formulaires et de rapports. Lenore a la tête ailleurs et fait les cent pas derrière lui dans la pièce, le menton appuyé sur la paume de la main, sa pose classique de méditation.

« Va savoir, dit Harry. On joue tous notre petit jeu. »

Harry est passé maître dans l'art de trafiquer les informations.

« Qu'est-ce que serait un procès, dit-il, sans quelques surprises. » S'il ne tenait qu'à lui, on livrerait à la barre tous les témoins emballés comme des diables à ressort dans leur boîte.

Il entreprend de nous mettre au courant des informations qu'il détient.

« Les empreintes relevées dans l'appartement de la fille n'ont rien donné. Ils ont même eu du mal à prélever les siennes. Ou bien c'était une maniaque du ménage ou bien les lieux avaient été nettoyés par le tueur — sauf pour une empreinte de pouce à demi effacée sur la porte d'entrée. »

Vlan pour Lenore et moi. Nous nous regardons, les yeux écarquillés. Elle m'adresse un geste de ses paumes levées, l'air de dire que ce ne peut pas être les siennes. Tout cela dans le dos de Harry, hors de sa vue.

Je demande à Harry si la police a réussi à trouver l'auteur de cette empreinte.

« Ils ont exclu la fille. A part ça, le rapport est vague, dit Harry. Mais ils peuvent faire des miracles avec cet ordinateur qu'ils ont au département de la justice. »

J'en ai froid dans le dos.

« Crois-tu que je devrais leur envoyer une ou deux bribes d'informations pour les garder de bonne humeur ? », demande-t-il. Ils parlent de certaines informations dues à nos propres investigations et que nous devrions rendre publiques aux termes de la loi.

Je lui lance un regard vide. J'ai l'esprit à autre chose pour l'instant. Je pense aux tourbillons et stries microscopiques que l'on a trouvés sur la porte de la victime.

« Qu'est-ce qu'on fait ? demande-t-il. Nous n'avons toujours pas livré au ministère public les informations données par l'oculiste à propos des lunettes. Je continue à les garder sous le coude ou je les transmets à Kline ?

— Je ne sais pas. » Je demande à Lenore ce qu'elle en pense.

« Quoi ? Excusez-moi. Je n'écoutais pas. » Quand tout le monde se met à gamberger de son côté, c'est le signe qu'il y a de l'affolement dans l'air.

Nous procédons à un rapide inventaire des éléments que nous pourrions communiquer au parquet.

« Vas-y », dis-je finalement à Harry.

Lenore est d'accord. « Donne-leur cette information, dit-elle, mais garde sous le coude la liste de nos témoins. Il n'y a pas de raison d'être trop généreux. »

Harry acquiesce. Il est sans doute encore en train d'ajouter à cette liste des noms tirés de l'annuaire téléphonique afin de garder Kline sur le qui-vive et d'obliger les flics à perdre leur temps à les vérifier, ce qui n'empêchera pas ces petits malins d'experts de voir qu'il y a anguille sous roche dès qu'on divulguera l'information.

Il me dit que le ministère public n'a pas encore fait connaître la liste de ses propres témoins. Ce qui nous cause quelque inquiétude, non seulement à cause des experts, mais parce que nous ignorons encore si Oscar Nichols, le juge à qui Acosta a confié avoir proféré des menaces de mort à l'encontre de Brittany Hall, a tout raconté à la police.

« Nous pourrions avoir un entretien avec lui, suggère Harry. Comme ça, on saurait. »

Lenore se laisse tomber dans le fauteuil voisin du sien et s'arrache enfin aux ruminations qu'avait suscitées chez elle cette histoire d'empreinte.

« Ce serait une erreur. C'est délicat. Il se peut que

Nichols n'ait pas ajouté foi aux propos d'Acosta. Il a pu se dire qu'il ne s'agissait que d'une confidence entre amis et que ça ne portait pas à conséquence. Si nous insistons trop, ça ne fera que donner de l'importance à la chose. Nichols pourrait se sentir tenu d'aller plus loin. De tout raconter à la police. »

Elle n'a pas tort. « Nous ferions mieux de laisser ça de côté et de voir venir », dis-je à Harry.

Il me regarde, l'air de dire : « Tu prends encore son parti. »

Je lui demande d'aborder dans l'ordre les dernières pièces versées au dossier.

« D'abord, les mauvaises nouvelles. Vous vous souvenez des poils d'animaux ? »

Je fais signe que oui.

« Durs, brun-roux ?

— Le client nous a dit qu'il ne possédait pas d'animaux, lui dis-je. Il est allergique.

— C'est possible. Mais la police a trouvé chez lui des poils de texture et de couleur identiques sur les meubles et les tapis. »

Harry me lance un regard qui signifie « Je te l'avais dit. »

« Il n'y en avait pas beaucoup, si tu veux, dit Harry. Mais il n'y a pas à chercher midi à quatorze heures, non ?

— Des poils de quoi ?

— De cheval, dit Harry. Il faut croire que madame fait de l'équitation.

— Lili ? demande Lenore.

— Elle-même. Ils ont une écurie à la campagne. Elle loue un cheval et prend des leçons d'équitation. Selon le rapport, elle aurait commencé il y a huit mois. Leur hypothèse — Harry parle des flics — est qu'elle aurait ramené ces poils chez eux. Le juge en a prélevé des traces sur les vêtements d'Acosta. Sur les fauteuils, partout. Il y en avait sur la couverture dans laquelle la fille était enveloppée. »

Je lance un regard entendu à Lenore. Elle

m'accompagnait le jour où nous avons interrogé Acosta à la prison et où nous avions eu droit à ses éloquentes dénégations.

« Ce n'est pas le genre de chose qui s'oublie facilement, dis-je.

— Un cheval, dit Harry. Comme si on pouvait oublier un cheval.

— Tu lui as demandé s'il avait des animaux domestiques, dit Lenore. Il a dit que non.

— J'espère qu'il saura répondre à ça s'il comparaît, lui dis-je.

— C'est à voir », dit Harry.

Lenore le gratifie d'un haussement d'épaules.

« Les poils ne prouvent rien. La police peut seulement témoigner qu'il ne s'agit que de poils semblables. Il y a des tas de gens qui font de l'équitation. Nous pourrions aller voir dans les écuries du coin et recueillir des échantillons. En faisant appel à nos propres experts, nous pourrions sans doute trouver une douzaine de chevaux de différentes écuries qui ont des poils semblables.

— Oui, si ce sont leurs seules preuves, dit Harry. Mais il y a les fibres. Les fibres bleues qu'on a trouvées sur le corps et sur le tapis. Vous vous souvenez ? »

Harry nous apprend alors que le rapport du parquet confirme aussi la mauvaise nouvelle que Mendel nous a annoncée l'autre jour à la prison du comté. Ces fibres bleues correspondent à celles trouvées dans la voiture de fonction d'Acosta.

« Il existe un million de véhicules identiques qui ont des tapis semblables, dit Lenore. Je parierais que la ville en possède elle-même une vingtaine. Peut-être davantage. »

Harry insiste pour que l'on voie de nouveau notre client, qu'on l'amène à parler en alternant la séduction et la menace.

Je lui demande si on a reçu quelque chose du labo concernant l'analyse du sang de la fille. Ce pourrait être décisif si l'auteur du crime s'est blessé dans le corps-à-corps mortel. Si on a trouvé du sang appartenant au même groupe que celui d'Acosta, je suis prêt à retrouver ce matin même Harry à la prison pour bastonner notre client.

« Groupe A. Le même que celui de la victime. C'est tout ce qu'ils ont trouvé. Il y en avait sur la couverture.

— Est-ce qu'on a trouvé du sang dans la voiture du juge ? Dans le coffre ?

— S'ils en ont trouvé, ils ne le disent pas. »

Il se peut qu'ils gardent la chose pour eux afin de ne la sortir qu'au dernier moment, mais ce n'est pas sûr. Radovich leur en ferait voir de toutes les couleurs et imposerait des sanctions, y compris une fin de non-recevoir à leurs propres pièces à conviction.

« Ils ont encore quatre jours avant la fin de l'enquête préliminaire, dit Harry. Ils peuvent nous tomber dessus avec ça à n'importe quel moment.

— Pourquoi attendraient-ils ? demande Lenore. S'ils ont trouvé du sang dans la voiture d'Acosta, quatre jours n'y changeront pas grand-chose. Ils ont amplement le temps de vérifier d'ici là. Le test d'ADN dira ce qu'il en est. »

Je pense que Lenore a raison, que leurs recherches n'ont rien donné. Il est par conséquent préférable de ne pas faire allusion dans notre rapport à l'absence de sang dans la voiture, bien que les flics doivent se douter que nous les interrogerons là-dessus au procès.

Harry nous parle ensuite de la note trouvée sur le calendrier de Brittany Hall, celle où il était question d'un rendez-vous avec Acosta l'après-midi de sa mort. Harry pense qu'Acosta nous ment. Nous en discutons quelques instants, nous demandant ce que la note pouvait bien signifier, et nous revenons toujours au même point. Nous sommes sans réponse. Je suis soulagé que cette histoire de calendrier sorte enfin en pleine lumière, que ce ne soit plus quelque chose qui pourrait nous échapper par inadvertance devant Harry.

« Il est fait état d'une arme du crime ? demande Lenore.

— Rien, répond Harry. Pas un mot là-dessus. Ils s'en tiennent peut-être à l'hypothèse selon laquelle elle s'est heurtée à la tête en tombant, sur un meuble lourd à proximité de la scène du crime. Vous devriez aller voir sur place.

— Tu as raison, lui dis-je. Note la chose, Lenore. »

Elle me lance un regard assassin.

Il reste encore diverses questions que Harry passe en revue.

« Il y a le petit carnet de la fille. Des numéros de téléphone, des trucs du genre. »

Cette information me fait sourciller.

« Rien de très intéressant. Des numéros de téléphone de flics. C'est pas étonnant. » Il a une photocopie de ce carnet, des feuilles brochées dans le coin supérieur droit et qu'il me tend.

« Ça ne m'étonne pas qu'elle ait eu des numéros de téléphone de flics, dit Harry. C'était une groupie de la police. Elle se prenait pour un flic. Etudiante en criminologie. Il y a aussi d'autres numéros de téléphone dans le carnet.

— C'est ça. » Je feuillette rapidement la photocopie, une trentaine de pages. Pas de grandes révélations, quoiqu'il manque quelques pages du carnet. J'interroge Harry à ce sujet.

« Ouais. Les pages des lettres A, I, K et M. Les flics disent qu'elles ont été déchirées. Ils ne les ont pas et ne savent pas pourquoi elles ont été arrachées.

— Elle avait le numéro de téléphone de la brigade des mœurs. »

Harry hausse les épaules. « Elle y travaillait... Le rapport de pathologie est arrivé. » Il est déjà passé à autre chose tandis que je lis toujours la photocopie du carnet.

Il nous fait un résumé du rapport.

« L'examen conclut à l'absence de traumatisme sexuel. Selon le médecin, je cite : "On n'a pas trouvé de signes de traumatisme ni de corps étrangers", de poils pubiens, pour les non-initiés, précise Harry, "à proximité des parties génitales de la victime, ni de sperme dans la cavité vaginale". Il semble que le tueur n'a pas agi pour des mobiles sexuels. Mais il y a des ligaments blessés, de véritables ecchymoses. On en a trouvé tout autour de la gorge de la victime. »

Harry pose le rapport sur le coin de mon bureau et se lève pour aller se placer derrière Lenore.

« Hé dis donc ! fait-elle.

— Comme ça. » Harry a placé ses deux mains autour du cou de Lenore par-derrière, les deux index se rejoignant au milieu de sa gorge, et il appuie sur sa pomme d'Adam comme sur une pustule.

« Ça suffit », dit-elle.

Il laisse sa main sur son cou. Harry joue avec le feu.

« On a trouvé des marques de doigts sur les parties latérales antérieures de la gorge, avec des ecchymoses correspondantes à la nuque, ici. »

Il était temps qu'il retire sa main car Lenore a déjà saisi le coupe-papier sur mon bureau.

« Après ça, on ne sait plus très bien si elle est tombée, si on l'a jetée par terre ou si on l'a frappée avec un lourd objet contondant. »

Selon Harry, le rapport de pathologie laisse la porte ouverte aux trois scénarios. La police, quant à elle, ne se prononce pas.

Nous parlons des petites raclures que l'on a trouvées sous les ongles de la victime. De la poussière et de la peluche qui ne présentent pas un grand intérêt, mais pas de lambeaux de peau étrangère. » Harry en conclut que la victime n'a guère eu le temps de réagir avant d'être tuée ou, du moins, de sombrer dans l'inconscience.

« La réaction normale quand quelqu'un vous saisit par le cou par-derrière, dit-il, est de lever les bras pour le griffer. »

Ça se tient. Harry retourne s'asseoir.

« Et la cause du décès ?

— Fracture du crâne, hémorragie cérébrale massive. Maintenant, demande-moi si tu l'en crois capable ? » Harry parle d'Acosta.

Lenore et moi lui lançons un regard noir.

« C'est ça, poursuit-il. Mettez-vous la tête dans le sable. Mais réfléchissez bien. Tout indique ici qu'on a affaire à un crime passionnel, commis dans la chaleur du moment, et pas à quelque chose de prémédité ou de calculé. Je suis prêt à vous accorder qu'Acosta n'a rien d'un tueur de sang-froid.

— Tu as une confiance fantastique en notre client, dit Lenore.

— Ce serait peut-être le desservir que de se fermer les yeux, dit Harry. Nous le défendons dans une affaire de meurtre et il est mal barré, c'est de sa vie qu'il s'agit. Il joue son va-tout.

— Alors qu'est-ce que tu proposes ? demande-t-elle.

— On pourrait plaider l'homicide involontaire. L'accident. Une discussion qui a dégénéré.

— Tu oublies une chose : il a dit qu'il ne l'avait pas tuée.

— C'est ça.

— Quoi, tu es prêt à abandonner la partie pour quelques poils et des fibres ? interroge Lenore.

— Et un mobile, et un témoin éventuel qui l'a entendu proférer des menaces de mort, et une note sur le calendrier de la victime, et peut-être ses empreintes sur la porte d'entrée, et Dieu sait quel témoin que la police risque de dénicher et qui l'aurait vu dans le quartier ce soir-là, dit Harry. Tu en veux encore ?

— Ça fait beaucoup d'hypothèses.

— Ouais. C'est de ça que sont faites les affaires de meurtre, d'hypothèses.

— Tu as peut-être traité trop d'affaires mineures. Tu as perdu ta combativité.

— J'ai pas besoin de ces conneries. » Il se lève. « Fais-moi signe quand vous aurez fini », me dit-il avant de se diriger vers la sortie. La dernière chose que j'entends est le bruit de la porte qu'il claque derrière lui.

Lenore lève les yeux au ciel.

« Je regrette. Je suis allée trop loin. Mais je sens qu'il ne peut pas me blairer.

— Il faut passer certaines choses à Harry, lui dis-je. Fiche-lui un peu la paix. Les femmes au boulot, c'est pas son fort.

— Je l'avais remarqué.

— Il gagne à être connu. C'est un type bien. Un bon avocat et un ami.

— Mais dis donc, moi aussi je suis une amie, non ? » Elle a dit cela sur un ton presque défensif, si bien qu'une expression chagrine se peint sur son visage.

Sans presque y penser, je me lève et pose mon bras autour de ses épaules. « Je le sais. Je n'en ai jamais douté. »

Elle se tourne vers moi et, l'espace d'un instant, nos regards se croisent et nous nous comprenons à demi-mot : Lenore est désormais beaucoup plus qu'une amie pour moi.

J'essaie de garder le juste milieu entre elle et Harry. Je lui explique que je vais parler à ce dernier, que je vais essayer d'aplanir les choses.

« Ce n'est pas pour moi, dit-elle. Il ne sait pas s'y prendre pour assurer une défense. Il nous est inutile s'il n'y met pas un peu du sien.

— Il va y venir. » Ce que je ne lui dis pas, c'est que je ne suis pas loin de penser comme Harry. Je suis ennuyé qu'Acosta nous ait de toute évidence caché quelque chose : qu'il ait omis de nous dire que sa femme faisait de l'équitation.

« Alors, cette défense, comment l'envisages-tu ?

— Comme toi », répond-elle. Lenore pige vite. « On a affaire à un juge qui présidait une enquête importante menée par un grand jury sur la corruption dans la police. Je pense qu'il ne savait peut-être pas à quel point il brûlait.

— Tu veux dire les détournements de fonds du syndicat ? »

Lenore prend un air soucieux.

« Ça et d'autres choses.

— Tu penses à ce flic qui a été tué ? A la descente dans cette affaire de drogue ?

— Je ne sais pas. » C'est un sujet délicat à aborder avec elle. Tony risque d'y être impliqué et elle le sait. « Disons seulement qu'il n'est pas rare de voir des ripoux s'adonner à ce qu'on pourrait appeler "l'entreprise privée". On rançonne des dealers, on fait des descentes non officielles au cours desquelles l'argent et la drogue disparaissent, et où l'on ne procède à aucune inculpation. C'est ce que ton ami... heu... » Elle cherche un nom.

« Leo Kerns.

— Oui. Leo Kerns. C'est ce qu'il t'a dit, n'est-ce pas ?

— Tu penses donc qu'ils ont voulu coincer Acosta avec cette affaire de prostitution ?

— C'est fort possible.

— Et le meurtre ?

— Ça les arrangeait, dit-elle. Qui sait pourquoi la fille a été tuée, et par qui ? Mais personne ne peut nier que le juge avait un mobile puissant et qu'il se trouvait en position vulnérable lorsque l'affaire a éclaté.

— Et cela alors même qu'un tas de détails l'accablaient. Tu penses que des flics auraient pu le charger un peu ?

— En semant des indices ? », demande-t-elle.

J'acquiesce.

« Je préfère ne pas y penser. » Son côté justicier qui ressort. « Mais qui vole un œuf vole un bœuf. S'ils ont tué un des leurs, c'était sans doute par erreur, mais s'ils l'ont tué, falsifier quelques indices serait une peccadille, pour eux en tout cas.

— Où veux-tu en venir ? »

Lenore me lance un regard bizarre. « Je ne faisais qu'échafauder une hypothèse. »

Elle quitte son fauteuil et se dirige vers la porte, signe que, dans son esprit, il ne reste plus grand-chose à discuter.

« Comme je l'ai dit, il y a des tas de voitures avec des fibres comme celles-là, et le poil de cheval ne prouve rien. Nous ne devrions pas sauter trop vite aux conclusions. Et bien entendu, quoi qu'on puisse penser par ailleurs, ce ne sont pas les flics qui ont tué cette fille. »

Tandis qu'elle parle, je jette un œil sur la photocopie du répertoire de Brittany Hall, le petit carnet auquel il manque des pages. Ce qui me frappe, c'est que les gens y sont tous désignés par leurs prénoms. Quelqu'un s'est donné beaucoup de mal pour retirer la lettre M du carnet, mais cette personne a pourtant oublié d'arracher la page des « PS » : un numéro de téléphone et un nom y figurent encore entre parenthèses — le nom de Phil Mendel.

CHAPITRE TREIZE

Court sur pattes et gras, Leo Kerns n'est pas du genre à agir à la dérobée, et pourtant aujourd'hui il se dissimule derrière le pilier en béton d'un parking ouvert, d'où il jette des regards furtifs sur Plaza Park de l'autre côté de la rue. Le parc est bordé de l'autre côté par le McGowen Center, le quartier général de la police. Nous avons conclu un pacte tous les deux : donnant donnant, ses informations contre les miennes. Leo s'apprête pour l'heure à me désigner un employé des services de la police municipale.

« Il ne s'est pas encore montré, dit-il. Mais il déjeune ici tous les jours, réglé comme une foutue horloge. Un type routinier. »

Leo mâchonne un hot-dog dont la moutarde lui dégouline sur le menton pendant qu'il parle. Je le lui ai acheté à un des stands du coin ; ça et un Coca qui est posé sur le couvercle d'une poubelle près de lui. Je l'ai traîné ici à l'heure du déjeuner et il m'a bien fait comprendre qu'il ne viendrait pas sans recevoir sa pitance.

« Tu sais que tu vas me revaloir drôlement ça, dit-il, la bouche pleine.

— Et quoi encore ? Tu veux un autre hot-dog, Leo ?

— Va te faire foutre. Je parle sérieusement. Je suis fait s'ils apprennent que je t'aide. Il suffirait qu'ils me voient te parler. »

Leo voudrait me faire croire que je lui dois désormais la vie. Pour Kerns, cultiver la culpabilité d'autrui est un business, comme, pour l'Eglise, de faire commerce du péché et de vendre des indulgences aux pécheurs.

« Tu pourrais au moins me dire ce qui se passe. Pourquoi tu veux voir ce type ?

— Ça me regarde, Leo.

— Ouais, c'est ça. Moi, je suis la bonne poire. On me laisse dans l'ignorance et on me fait avaler des bobards. » Leo est lancé. « Après tout, je ne cherche pas à connaître quoi que ce soit de confidentiel. »

Tiens donc.

« On ne me dit plus rien au bureau. C'est comme si je n'existais pas. »

Leo en a pris pour son grade depuis quelques mois. Il a trouvé plus difficile qu'il ne pensait de se remettre en selle après l'élection de Kline.

« Il ne me laisse pas l'approcher, dit-il. Je voudrais bien me rendre utile, mais il ne me laisse pas faire. » Leo a maintenant le visage sillonné de rides permanentes à force de vouloir lécher le cul de son boss.

Ces jours-ci, on ne lui confie plus que des affaires de conduite en état d'ivresse ayant causé des accidents avec blessures corporelles. On l'envoie reconstituer les circonstances de l'infraction. Il n'a pas vu un homicide depuis plus d'un an.

Ce qui inquiète Leo, ce sont les jeunes cadres qui montent, une poignée d'enquêteurs dans la trentaine dont certains sont en train de lui damer le pion. Kerns a des visions, il croit qu'on parle de lui dans son dos, que tous les regards sont fixés sur lui, le genre de choses qui finit par vous rendre parano pour de bon.

Depuis trois mois, Kline fait mener la vie dure à Leo par un des autres cadres du service. Carl Smidt est surnommé la Hachette — le plus court chemin choisi par la direction pour vous pousser à la retraite anticipée. Leo a traité Smidt de constipé — dans son dos, bien entendu — de chou-chou de Kline. La rumeur court que Leo est bon pour passer à la trappe. Il apparaît comme le survivant déplaisant d'une époque révolue : « APC », Avant le Politiquement Correct.

Il jette un nouveau coup d'œil de l'autre côté de la rue et, tandis qu'il regarde au loin, je lui jette un os.

« Smidt doit quand même être un peu porté sur la chose, lui dis-je. Après tout, il fait l'objet d'une plainte officielle pour harcèlement sexuel. »

Leo laisse presque tomber son déjeuner en reportant son attention sur moi.

« D'où tiens-tu ça ?

— J'ai vu la plainte. »

Le harcèlement sexuel est la question à la mode dans les moindres officines de l'administration, un délit que d'aucuns appelleraient grave et passible de prison. C'est le genre d'activité qui vaudra à votre chien d'être châtré et à un haut fonctionnaire d'être démis de ses fonctions.

« Tu es sérieux ? » Il a ce sourire que l'on réserverait normalement à l'annonce de la venue du Messie.

« Je connais la personne qui représente la dame. »

Voilà quelqu'un avec qui Leo aimerait bien se lier d'amitié.

« Parle-moi d'eux. Donne-moi des détails. On parle de quoi là ? De harcèlement en paroles seulement ou avec passage à l'acte ?

— Premier chef d'accusation, attouchements sur une secrétaire au-dessus de l'imprimante.

— Ooh, ça alors ! » Leo a la voix d'un homme en plein orgasme. « Pour une chose pareille, Sa Sainteté n'aura pas le choix et devra sacrifier ce foutu baiseur. » Il imagine déjà des moyens d'exposer le corps de Smidt sur l'autel des services du procureur et de mettre la dague de silex dans la main de Kline. Le grand sorcier de l'administration.

« Deuxième chef d'accusation, jeux de mains et baratin entre deux portes avec la même secrétaire. »

Je vois à son air que Leo est en train d'affûter mentalement le silex sacrificiel.

« Tu peux m'en avoir une copie de cette plainte ? »

Je secoue la tête. « Elle n'a pas encore été déposée. Et il se peut qu'elle ne le soit pas. »

Cette nouvelle met Leo hors de lui. Il commence à tourner en rond sur le béton du parking en gesticulant comme un derviche tourneur. Lorsqu'il s'arrête, sa chemise tachée de moutarde ressemble à un tableau de Jackson Pollock.

« Mais bordel de merde ! pourquoi pas ? s'exclame-t-il. C'est grave, cette connerie. Tu sais que ça relève de la juridiction fédérale. »

Je le regarde comme si je mettais cette dernière affirmation en question.

« Si. C'est comme un foutu vol de banque. Il y a une loi fédérale contre ceux qui salissent la bonne réputation d'une nana. » Voilà que Leo donne brusquement dans le féminisme, prêt à monter au créneau pour défendre l'honneur de la gent féminine.

« L'avocat de la femme hésite, lui dis-je. Sans plus ample confirmation des faits.

— Qu'est-ce qu'il veut, cet avocat ? Des photos ? Dis à la victime de se faire dupliquer la gueule par l'imprimante la prochaine fois. »

Leo, qui piétine de frustration devant le pilier, sent cette occasion lui échapper.

« Manque de pot. J'aurais dû m'en douter. Ces maudits avocats, faut toujours qu'ils coupent les cheveux en quatre. Pourquoi ils ne dégagent pas et ne laissent pas faire la justice ? » Une justice expéditive en quelque sorte. Ce que Leo aimerait, c'est voir Smidt suspendu par les talons dans l'entrée de son bureau afin de pouvoir lui lancer des fléchettes au milieu du front.

« L'exécution d'un avocaillon ne ferait que servir la justice. Ils sont toujours dans le chemin. Dis à ton copain l'avocat de se faire pousser des couilles, conclut-il.

— L'avocat en question est une avocate. »

Cette révélation n'arrête que très momentanément Leo sur sa lancée.

« Alors, qu'elle emprunte les couilles de quelqu'un. Elle devrait être indignée. Smidt est un affront à la féminité. » Leo est expert en la matière.

« Dis-lui de déposer la plainte, de se grouiller le cul et d'épingler ce connard. » Avant que Smidt ne l'épingle, lui.

« Tu sais quoi ? Si tu m'aidais à deviner d'où vient l'information, je pourrais peut-être faire un peu avancer les choses de mon côté. » Je vois d'ici Leo braquant un pistolet sur la tête de mon amie.

« Il y a autre chose, dis-je, mais qui ne figure pas dans la plainte, parce que l'avocate n'a pas pu en avoir confirmation de la part du témoin.

— Comme quoi ?

— Comme le fait, par exemple, que Smidt a essayé de coucher avec une autre employée et qu'il ne s'y est pas pris de manière très élégante. »

Je l'entends presque gémir devant une si belle aubaine perdue.

« Donne-moi leurs noms que je puisse les interroger. Que je puisse monter un dossier. » Travail bénévole.

« Impossible.

— L'autre victime, celle qu'il pelotait entre deux portes, je ne te demande pas de nom, dit Leo. Je la connais, par hasard ? »

Il a envie de jouer au jeu de la vérité.

« Je ne peux pas te le dire.

— Et ses initiales ? »

Je lui adresse un regard réprobateur.

« C'est confidentiel ?

— On ne peut rien te cacher.

— C'est ça, tu me donnes une information bidon, dit-il. Qu'est-ce que tu veux que j'en fasse ? » Pour

Leo, une saleté qui ne sert pas à faire le malheur de quelqu'un est comme une blague qui n'aurait pas de chute.

« Il y a un moyen.

— Lequel ? » Leo se met soudain à me dévorer des yeux.

« Si quelqu'un savait glisser le mot qu'il faut dans l'oreille d'un journaliste, avec assez de détails pour qu'on y ajoute foi, et que l'on imprimait ces détails, Smidt serait forcé de s'exposer. Pour nier la chose.

— Et alors ? On ne pourrait rien prouver.

— Oui. Mais on m'a dit que, confrontées à ce mensonge, les autres victimes sortiraient peut-être de l'anonymat. »

Il se produit une minute de gravité profonde, tandis que Leo saisit peu à peu le caractère sinistre de cette proposition.

« Oooh. » Cela lâché d'une voix dont on dirait un vent intestinal. La perspective de la chose éclaire son regard. Il s'agit exactement du genre de cercueil bureaucratique que Kerns sait fabriquer, avec tous les clous qu'il faut pour le couvercle et soigneusement adapté à l'ennemi.

« Il faudrait naturellement passer par un journaliste qui opère sans documents, qui est prêt à imprimer la chose sans recouper l'information. »

Cela ralentit Leo une fraction de seconde.

« Pas de problème, dit-il, comme s'il avait une douzaine de journalistes comme ça dans sa poche.

— Mon amie l'avocate et sa cliente accumuleront d'autres témoignages. Peut-être de quelques autres clientes.

— Et le comté perdra un autre trou du cul », dit Leo.

Je fais la grimace.

« Comme quoi le malheur des uns fait parfois le bonheur des autres.

— En effet.

— A toi, maintenant. Qu'as-tu appris au sujet de Brittany Hall ? »

Leo avait pour mission de se faire payer toutes les petites dettes qu'on lui doit sous forme d'informations sur la victime. Comme celle-ci appartenait à la police, mon choix s'était tout naturellement porté sur Kerns afin d'obtenir ces renseignements.

« Ça me serait utile si on me mettait un peu au parfum, dit-il. J'ai des trucs mais je ne sais pas ce qu'ils signifient.

— T'as pas à savoir, Leo.

— Fais-moi plaisir. » Leo sait ce qu'il veut. Il serait capable de faire un sprint vers la porte avec son hot-dog et de me planter là dans la moutarde séchée.

« Des bribes, lui dis-je. C'est tout. »

Il acquiesce. Ce sera toujours ça de pris, pense-t-il.

« On a trouvé un petit carnet noir appartenant à la fille. Plein de numéros de téléphone. D'au moins une douzaine de types de la police, leur numéro personnel. »

Leo sait que ces numéros doivent tous être sur la liste rouge.

« Quelqu'un que je connais ? demande-t-il.

— La plupart appartiennent à la même escouade. Les mœurs.

— Ça ne nous apprend pas grand-chose, dit-il. Elle y travaillait. »

Puis quelque chose pour amorcer la pompe de Leo : « Il y avait en tout dans ce carnet sept numéros de téléphone de membres de la police. Il manquait quelques pages. Il y avait un nom de barré. »

Il me regarde, de la moutarde sous le nez. Il arrête de mâcher quelques instants, attendant la suite.

« Celui de Zack Wiley », dis-je.

Ce qui amène une lueur bizarre dans l'œil de Leo : « Bon Dieu de merde ! Elle connaissait Wiley ? »

Il s'agit du flic qui a été tué lors d'une descente.

« Et le nom de trois de ceux qui étaient avec lui le jour de sa mort. »

Il sifflote doucement.

Ce que je ne lui dis pas, c'est que je n'ai pas trouvé dans le carnet le nom du quatrième qui était présent ce jour-là, Tony Arguillo. Je soupçonne que c'est uniquement parce que la page de la lettre A a été arrachée.

« C'est donc vrai, commente-t-il, la demoiselle s'envoyait en l'air. »

Ce qu'il y a avec Leo, c'est qu'il a généralement besoin pour faire marcher ses méninges de dire tout ce qui lui passe par la tête.

« C'est-à-dire ?

— Oh, rien.

— Dis-le-moi, Leo.

— Qu'est-ce que tu me donnes en échange ? » Il rit.

« Tes couilles en une seule pièce.

— D'accord, d'accord. Je plaisantais.

— Qu'est-ce que tu sais, Leo ?

— Seulement qu'elle se faisait sauter régulièrement. »

Il sait que je me demande d'où il tient cette information.

« Des ragots entendus au bureau. » Quand il s'agit de ce genre de saleté, Leo a le nez semblable au groin d'un porc à la recherche de truffes. C'est sa vie.

« Quand j'en ai entendu parler, j'ai cru que c'était peut-être par un de ces flics de la circulation qui vadrouillent à la recherche des couples qui baisent dans les voitures à l'heure du déjeuner. Cette bande de motards, c'est des types qui peuvent faire ça à l'arrière de leur moto sans lever le pied de la pédale d'embrayage. »

Si je ne savais à quoi m'en tenir, je penserais que Leo parle d'expérience.

« Mais tu as trouvé autre chose ?

— Oui. J'ai vérifié auprès de mes sources. Des gens au courant. Tous très fiables », me dit-il. Il en parle comme s'il s'agissait de professeurs d'université.

« Ce sont des gens qui ne me raconteraient pas de salades. Ce que j'ai appris, c'est soit qu'elle vivait le grand amour, soit qu'elle agissait par ambition. Elle avait une histoire de cœur avec un type, un gros bonnet. Du sérieux.

— Qui ?

— Pour qui tu me prends, pour un foutu oracle ? Si je le savais, je ne serais pas planté dans une ruelle pleine de flaques d'huile avec toi. Je transformerais l'information en promotion. Je me rendrais indispensable.

— Est-ce que les avocats des services du procureur ont vérifié la chose ? Ses aventures amoureuses ?

— Je regrette, mais ils tiennent leur homme. » Leo parle du juge Acosta.

« Mais quelqu'un d'autre pouvait avoir un mobile.

— C'est pas à moi que tu vas l'apprendre. Le problème, c'est que toutes les preuves matérielles désignent ton client. »

Leo a raison sur ce point.

« Il y avait un autre nom accompagné d'un numéro de téléphone personnel dans ce carnet, dis-je à Leo. Celui de Phil Mendel.

— Si elle couchait avec Mendel, je parierais alors que c'était par ambition. » Il veut dire que ça n'aurait pas été par amour désintéressé.

« Je suis entièrement de ton avis. »

Les avocats du parquet ont manifestement examiné le répertoire téléphonique de Brittany Hall. Ils ont dû y voir le numéro de Mendel. Ce n'est pas la mer à boire pour eux que d'ajouter l'information qu'a recueillie Leo à ce numéro de téléphone et de commencer à se poser des questions. Il n'empêche : la plupart des poursuites engagées par le ministère public empruntent la voie de la moindre résistance, laquelle passe en ce moment par mon client.

« La présence du nom de Mendel dans son carnet apporterait la réponse à une autre question, dit Leo.

— Laquelle ?

— La sollicitude dont a témoigné Mendel à l'égard de Brittany Hall la nuit de l'arrestation d'Acosta. J'imagine qu'il protégeait ce qu'il considérait comme une chasse gardée sexuelle. »

Je le regarde, interloqué. J'ignore de quoi il parle.

« Il était là. Tu ne le savais pas ? demande Leo. La nuit où ils ont embarqué Acosta pour cette histoire de prostitution, Mendel était là. »

L'homme-mystère. Le prétendu lieutenant dont Frost ne pouvait pas donner le nom à la barre des témoins. Pas étonnant qu'il ait eu la mémoire défaillante sur ce point. Cette révélation en aurait fait sourciller plus d'un : pourquoi le dirigeant du syndicat de la police se trouvait-il sur les lieux de l'arrestation d'Acosta, si ne n'est parce qu'il y avait éventuellement rendez-vous lui aussi ?

« Le voilà », dit Leo. Il recule brusquement la tête de l'autre côté du pilier, le dos collé au béton, tandis qu'un homme descend à grandes enjambées les marches du McGowen Center, à plus de cent mètres de nous.

Je lui demande : « Grand. En pantalon jaune et chemise blanche ?

— Ouais. » Leo ne veut pas jeter un autre coup d'œil.

« Détends-toi. Il est à un coin de rue d'ici. Tu es dans l'ombre du parking. Il ne peut pas te voir.

— C'est toi qui le dis. Il a sans doute des verres de vision nocturne sous ses lunettes de soleil, dit Leo. Moi, je fous le camp. »

Je me demande s'il ne va pas mouiller son pantalon.

« Où est-il ?

— Il avance droit devant lui. Dans le parc. Oh, mon Dieu. Il court par ici, Leo. Je pense qu'il t'a vu.

— Oh, merde. Où est-ce que je vais me planquer ? » Il fait de petits tours sur lui-même devant le pilier comme un type qui aurait une envie urgente de pisser. « Bordel de bordel ! Pourquoi faut-il que je me laisse entraîner par toi dans des trucs pareils ?

— Parce que tu es un type droit, Leo. Attaché à la justice et à la vérité.

— Il faut que je foute le camp d'ici.

— Détends-toi. » Je ris à gorge déployée maintenant. J'en ai mal dans le ventre.

« Ton pote est assis sur un banc de l'autre côté du parc.

— Espèce de connard. Tu m'as volé cinq ans de ma vie. Va te faire foutre. » Il se met à taper du pied puis s'arrête et regarde pour voir si le bruit n'a pas alerté l'autre.

Leo s'écarte alors du pilier en un rapide pas de danse, tout en gardant le béton entre lui et le parc, de l'autre côté de la rue, et en regardant par-dessus son épaule pour rester dans l'axe, comme un bébé qui apprend à marcher.

« A bientôt, lui dis-je.

— N'y compte pas trop. » Il est dans la pénombre du parking et, trois secondes plus tard, j'entends le bruit de ses talons sur le ciment tandis qu'il disparaît au coin de la rue.

Je sors dans le soleil et me dirige vers les feux, à l'intersection, sans perdre du coin de l'œil l'homme de haute taille en pantalon jaune et chemise blanche. Il est mince, mesure plus d'un mètre quatre-vingt-dix, a le cheveu brun. Il est assis sur un banc sous un grand orme, à une trentaine de mètres de la fontaine qui se trouve au centre du parc. Le soleil produit un petit reflet métallique dans sa main au moment où je m'approche. Il tient dans une main un pot de yaourt, une pomme et une cuiller en métal. Je n'en reviens pas que Leo puisse voir en ça un déjeuner.

« Jim Cousins. » Je prononce cela d'une voix normale, à trois mètres du banc.

Il lève les yeux, plisse les paupières dans le soleil, ses lunettes fumées pendillant pour l'heure à la poche de sa chemise.

« Je vous connais ?

— Je m'appelle Madriani. » Je me rapproche de lui. « Une relation commune m'a donné votre nom.

— Qui ça ?

— Un ami. »

Son sourire initial s'efface.

« Qu'est-ce que vous voulez ?

— Parler. »

Je le sens se raidir. Je réagirais de la même manière si je travaillais pour la police et qu'un étranger m'abordait en m'appelant par mon nom.

« C'est mon heure de déjeuner. Si vous voulez me voir pour affaires, vous allez devoir attendre. »

Il pose de nouveau sur moi un regard évaluateur, cette fois avec ses lunettes de soleil.

« Votre visage m'est familier, dit-il. Nous sommes-nous déjà rencontrés ?

— Je ne crois pas. Je suis avocat. » Je lui tends ma carte professionnelle.

« Vous êtes un des avocats qui représentent ce juge.

— C'est exact.

— Je vous ai vu à la télé. » Le ticket pour la gloire. Son appréhension semble fondre. Je distribue des cartes professionnelles, pas des balles.

« Ça ne vous ennuie pas que je m'assoie ?

— Comme vous voudrez.

— On m'a dit qu'il était possible que vous sachiez quelque chose au sujet d'une affaire qui est arrivée il y a deux ou trois ans.

— Je pense que vous devez confondre avec quelqu'un d'autre. Je ne suis pas de la police.

— En effet. Vous vous appelez James Cousins. Vous travaillez au bureau des séquestres de la police.

— Vous en savez long sur moi. Je vous l'ai dit, si vous voulez me voir pour des raisons professionnelles, pour parler du séquestre des drogues ou de trucs comme ça, passez me voir au bureau. »

Il tire un livre de poche de l'intérieur de sa chemise, l'ouvre et se met à lire.

« Je veux vous parler du meurtre de Zack Wiley. »

Sur ce, il lève les yeux et hoche la tête.

« Qu'est-ce que vous avez tous à vouloir me parler de Zack Wiley. Est-ce que j'ai l'air d'un stand d'information ?

— Il y a quelqu'un d'autre qui essaie de vous parler de lui ?

— Ecoutez, je n'ai rien à dire. Partez ou c'est moi qui m'en vais.

— Le grand jury ? »

Il me regarde sans rien dire. Il m'est impossible de lire dans son regard derrière ses lunettes de soleil. Son visage est fermé. Il ramasse sa cuiller et le yaourt, met la pomme dans sa poche, se lève et commence à s'éloigner.

« Nous pouvons parler ici mais je puis aussi vous envoyer une citation à comparaître et, dans ce cas, nous parlerons devant un tribunal, lui dis-je.

— Parfait. Devant un tribunal.

— Devant la presse, là où tous vos collègues seront au courant de ce que vous avez à dire — ou du moins des questions que j'ai à vous poser. »

Cela l'arrête. Il fait demi-tour, me regarde.

« Ce qui laisse supposer que les bonnes questions, vous les connaissez », déclare-t-il. Il retire ses lunettes et pose sur moi un regard suffisant.

« Oh, je crois bien. Le revolver était un coup monté depuis le début. Qu'est-ce qu'ils ont fait ? Ils l'ont mis de côté au cas où ils en auraient besoin pour refiler une pièce à conviction à un suspect le jour où ça les arrangerait ? »

Il n'a pour toute réaction qu'un air songeur.

« Lorsque le revolver a abouti au séquestre, ils n'ont pas trafiqué le numéro de série. Ç'aurait été trop flagrant. Il fallait trouver autre chose. »

S'il pouvait me conduire par le regard à cet instant, il le ferait, il m'emmènerait là où il fait froid, plus froid, très froid.

Je lui demande quelle solution on avait trouvée pour maquiller l'origine de l'arme. Je me gratte le menton, me tourne un peu vers le soleil, gesticule pour l'effet. Soudain, je claque des doigts et me tourne pour le regarder. « Le numéro du modèle ! »

Je vois alors sa mâchoire s'affaisser d'un millimètre.

« Bien sûr. C'est ce qu'il fallait faire », dis-je.

Il déglutit légèrement.

« Il a fallu que quelqu'un les aide au séquestre. Il fallait une étiquette d'identification qui porte le bon numéro de série, la bonne marque et le bon calibre, mais sur laquelle on aurait oublié d'inclure le numéro du modèle. On trouve chez Smith et Wesson une douzaine de modèles différents de même calibre, non ? »

Il est sur le point de me répondre mais se ravise au dernier moment.

« Comme le fabricant utilise le même numéro de série pour chaque modèle différent, il n'y aurait aucun moyen d'identifier une arme particulière à moins d'avoir à la fois le numéro de série et le numéro du modèle. Pas bête », lui dis-je.

Il veut parler mais n'ose pas.

Je lui demande quelle erreur ils ont commise.

« Comment le grand jury a-t-il appris que le revolver avait été conservé au séquestre avant de servir à tuer Wiley ?

— Ecoutez. Je ne peux rien dire. Pas ici. Pas maintenant, ajoute-t-il.

— Ils ignorent que vous avez témoigné, n'est-ce pas ? Vos amis ? » Soudain, cela m'apparaît : je suis en train de parler au témoin vedette du grand jury, et celui qui a tué Wiley l'ignore.

« Où mon huissier peut-il vous trouver ? A votre bureau ?

— Fichez-moi la paix. Ce n'est qu'après coup que j'ai appris ce qui s'était passé.

— D'accord. Vous vous êtes contenté de fermer les yeux.

— Ils sont satisfaits. Ils me laissent tranquille.

— Ils vous ont assuré l'immunité, c'est ça ? »

Il ne répond pas. Il n'a pas à le faire : c'est écrit dans les pupilles fuyantes de ses yeux.

« Comment le grand jury est-il arrivé jusqu'à eux ? Comment vous a-t-il trouvé ? Grâce à des empreintes ? Aviez-vous laissé les vôtres sur le revolver pendant qu'il était sous séquestre ?

— Quand avez-vous vu des empreintes sur une arme de poing ? », demande-t-il. Cela le fait rire. « On ne voit ça que dans les films. Dans la vie réelle, tout ce qu'on a, ce sont des taches floues. On empoigne toujours un revolver trop fort. L'huile, le recul. Tout ça fait qu'en fin de compte on n'a plus que des taches brouillées. Vous pouvez tester mille revolvers, vous ne relèverez pas une seule empreinte du pouce.

— Mais vous-même, vous ne tiriez pas avec ce revolver.

— Ce n'est pas à cause des empreintes que le grand jury m'a touvé.

— A cause de quoi, alors ? »

Cousins est acculé et il le sait.

« Si je vous le dis, vous laissez tomber la citation à comparaître ?

— Peut-être que oui, peut-être que non.

— Dans ce cas, pourquoi est-ce que je vous le dirais ?

— Mettez en balance une possibilité contre une certitude et vous aurez la réponse. »

Il déglutit de plus belle, sa pomme d'Adam montant et descendant au rythme de la musique d'une grosse radio portable qu'un jeune est en train de charger sur ses épaules près de la fontaine.

« Comment le grand jury a-t-il su que le revolver avait été au séquestre ?

— Par une éraflure sur le barillet. Et une entaille à l'intérieur sous la crosse.

— Quoi ?

— Quand un revolver arrive au séquestre, on le décharge généralement, d'habitude dans la nature, par mesure de sécurité. Chaque balle ou cartouche vide est extraite et déposée dans une enveloppe séparée, et on fait une petite entaille sur la crosse pour indiquer que le magasin a été inspecté en même temps que le barillet au moment du dépôt de l'arme. On fait cette entaille à l'intérieur, à un endroit où elle n'est pas facilement visible. C'est la procédure, dit-il. Ce sont les gens du labo qui ont fait cette entaille après la mort de Wiley. Ce qu'ils ne pouvaient pas savoir, c'est qu'il y avait déjà une première entaille sur la pièce à conviction, une entaille qui datait du premier dépôt de l'arme, dit-il. C'est quelqu'un de la police des polices qui s'y connaissait en balistique qui a découvert le pot aux roses. »

D'excellentes raisons pour ne vouloir jamais commettre de crime. Il y a un million de choses que l'on ignore, microscopiques pour la moitié d'entre elles, et dont chacune peut confondre l'esprit le plus subtil.

« Qui avait appuyé sur la détente ?

— Holà ! Je ne dis plus rien. Si vous voulez m'envoyer une citation à comparaître, allez-y. »

Je lui ai posé la question comme s'il connaissait la réponse, ce dont je doute.

« Dites-moi alors qui a sorti le revolver du séquestre ?

— Je ne sais pas.

— C'est ce que vous avez raconté au grand jury ?

— C'est la vérité. On m'avait seulement demandé de regarder ailleurs. De laisser la porte déverrouillée durant quelques minutes pendant que je sortais prendre un café. Je ne savais même pas ce qu'on avait pris.

— Qui vous a demandé de regarder ailleurs ? »

Son visage se durcit, comme s'il était déjà allé trop loin et avait fait preuve de plus de franchise avec moi qu'avec le jury.

« Je ne dis plus un mot. » Son regard se perd soudain dans le lointain, en direction de quelque vague objet du côté du parking. Je me demande un bref instant si Leo ne serait pas revenu jeter un coup d'œil, histoire de voir combien de temps dure notre conversation.

« Il faut que j'y aille, dit-il. Vous avez fichu en l'air mon heure de déjeuner.

— Ouais. Eh bien, quelqu'un a fichu en l'air toute la vie de Zack Wiley.

— Ce n'est pas moi, dit-il. Et si je peux vous donner un conseil, ne me suivez pas. »

Je le vois une dernière fois contourner la fontaine de ses longues enjambées et se diriger vers les feux de signalisation du coin de la rue.

Tandis que nous parlions, le parc s'est peu à peu rempli. Il est midi et demi et les employés municipaux s'échappent des portes de l'hôtel de ville. Des femmes élégamment chaussées, un sac en papier kraft à la main, prennent quelques instants sur leur journée de travail pour se chauffer au soleil. Je vois deux juges passer d'un pas nonchalant sur le trottoir d'en face, leur promenade quotidienne depuis le tribunal jusqu'à la rue des restaurants, à quelques centaines de mètres d'ici.

« Maître ! » La voix vient de derrière moi, de la direction du parking.

Je me retourne.

Avec un grand sourire à la Nicholson, Tony Arguillo est là, les yeux posés sur moi, lunettes fumées rondes d'aviateur, dents d'une blancheur de perle, hâlé comme s'il venait tout juste de quitter une plage des Caraïbes.

« Vous vous promenez, dit-il.

— Tony. Comment allez-vous ?

— Oh, moi, ça va. Ça va bien. Mieux que je pourrais en dire de certaines personnes que je connais. » Il tourne les yeux pour regarder dans une autre direction, et je suis la trajectoire de son regard : Cousins, qui retourne au bureau, est en train de monter les marches du McGowen Center.

Tony me regarde de nouveau. Il me fait alors les cornes tout en s'éloigant à reculons en direction du McGowen Center.

« Liaisons dangereuses. Vous devriez faire attention à vous. » Sur ce, il pivote sur les talons comme dans un pas de chorégraphie, claque les doigts des deux mains le long de son corps et s'en va.

CHAPITRE QUATORZE

L'échange des listes de témoins de l'accusation et de la défense a maintenant eu lieu, et le nom d'Oscar Nichols ne figure pas sur celle du ministère public. Harry reconnaît que Lenore avait raison de laisser cette question en sommeil. Ils semblent, lui et Lenore, avoir mis de côté leurs différends, pour le moment du moins. Avec le travail soutenu que demandent les derniers préparatifs du procès, ils sont tous deux trop occupés et trop fatigués pour se disputer.

Nous sommes au milieu de la matinée et dix jours se sont écoulés depuis ma rencontre désagréable avec Tony dans le parc. Arguillo est le flic-enfant, typique de ce que ça donnerait si on distribuait des revolvers et des insignes de police aux gosses de cinquième année d'école primaire. Il se peut qu'il grandisse un jour mais, connaissant Tony, ce n'est pas demain la veille.

« Bon, on se met d'accord ? demande à voix basse Lenore en se penchant au-dessus de la table de la défense. Qu'est-ce qu'on fait avec Madame Ramirez ? On la garde ou pas ? Ou voulez-vous une vérification supplémentaire de ses aptitudes à figurer au jury ? »

Aujourd'hui nous sommes de nouveau embarqués dans ce parcours du combattant que constitue le procès de Noix de Coco. Tous les quatre, Harry, Lenore, Acosta et moi, regroupés à la table de la défense dans la salle de tribunal de Radovich, nous fouillons une pile de biographies de jurés potentiels.

La semaine dernière, nous avons échangé quelques passes d'armes légales, des requêtes de suppression de pièces à conviction, au motif que les flics avaient outrepassé la compétence de leur mandat de perquisition lorsqu'ils avaient recueilli les fibres dans la voiture de fonction d'Acosta et les poils d'animal chez lui. Radovich a donné un blanc-seing à la police. Avec un juge tel que lui, si nous devons gagner ce procès, ce ne sera pas en faisant dans la dentelle en matière de droit constitutionnel. Il a apprécié notre requête au pif et a déclaré platement que les mandats de perquisition étaient suffisamment explicites. Les poils et les fibres font partie des pièces à conviction, à charge pour le ministère public d'en démontrer la pertinence et le bien-fondé comme preuves à charge.

Kline a paru reprendre de l'assurance grâce à cette première escarmouche remportée par la partie civile. Dans une liste de requêtes adressées au juge, il a déclaré vouloir joindre le procès pour incitation à la prostitution à celui pour meurtre. Nous ne pouvions guère nous y opposer puisque nous avions nous-mêmes plaidé en ce sens initialement, si bien que les deux affaires sont maintenant rattachées et feront l'objet d'un même procès.

Kline paraît avoir une idée derrière la tête à cet égard, mais nous ne voyons pas très bien laquelle. Il a dit à Radovich désirer discuter d'une question avec lui à huis clos lorsque nous en aurons fini ici aujourd'hui.

« Le juge attend, dit Lenore. Pour Madame Ramirez, nous rappelle-t-elle. Levez ou baissez le pouce. On gaspille un recours en préemption ou on la laisse sur le jury ?

— Le ministère public la rejettera peut-être, dit Harry. Ce type méditerranéen, ça ne doit pas trop leur plaire.

— Qu'est-ce que vous voulez dire ? demande Acosta en posant un œil mauvais sur Harry.

— Je ne voulais pas vous blesser. Mais, s'il ne tenait qu'à moi, je pencherais chaque fois en faveur d'un jury constitué de gens de votre origine. La dernière fois qu'ils ont voté la culpabilité, c'était à l'époque de l'Inquisition.

— Je ne pense pas, dit Acosta. C'est vrai que le facteur ethnique peut jouer, mais il y a quelque chose chez elle qui me déplaît. »

C'est le problème avec les jurys. Chaque avocat a sa propre théorie quant à leur composition idéale.

En temps normal, je verrais assez mal l'accusé jouer un rôle actif dans la sélection des jurés. Mais le fait qu'Acosta ait une formation juridique et qu'il y aille de sa vie dans cette affaire rend sa participation nécessaire. Ce qui m'incite à me demander si, en agissant de la sorte, nous ne faisons pas que diluer les responsabilités au cas où le choix des jurés tournerait à notre désavantage. « Pouvez-vous nous accorder encore un petit instant, Votre Honneur ? », demande Lenore à Radovich.

— Prenez votre temps. Je veux que vous soyez contents du jury. »

S'il n'y a que ça, Acosta a quelques centaines de parents proches ou éloignés, dans le couloir, qui ne demanderaient pas mieux que de faire partie du jury.

« Allez, les mecs, décidez-vous, insiste Lenore.

— Regardez un peu ça, dit Harry à voix basse en remuant à peine les lèvres. Elle a eu une histoire de drogue. » Cela dit sur le ton que prendrait un vendeur de voitures pour vous annoncer que le modèle qu'il vous propose a l'air climatisé.

Acosta n'avait pas vu dans la biographie de Mme Ramirez cette information plus personnelle que celles divulguées généralement par les jurés potentiels.

Harry le lui fait remarquer. « Pas de condamnation mais, à en croire son thérapeute, elle est complètement cinglée, de quoi nourrir un psy durant une vie entière.

— Je l'avais peut-être mal jugée », dit Acosta. Un tribunal est bien le dernier endroit sur terre où le fait de n'avoir pas un passé sans tache est considéré comme une référence positive.

Je lis plus attentivement la biographie de Mme Ramirez. A trente ans, elle a marché à la cocaïne, qu'elle achetait à un ami sur son lieu de travail. Elle s'est fait licencier en arrachant à son employeur une indemnité pour invalidité. Agée de trente-sept ans, elle perçoit depuis onze ans une indemnité complémentaire de la Sécurité sociale, grâce à une illusion très répandue selon laquelle la consommation de drogue est un handicap du même ordre que la maladie de Parkinson. Elle vit dans un foyer appartenant à son thérapeute lui-même, lequel l'assure apparemment qu'elle est incurable, du moins tant que dureront les largesses gouvernementales. L'an dernier, en grande partie grâce au réseau d'influences politiques dudit thérapeute et avec l'aval des mouvements alternatifs locaux, Mme Ramirez a été nommée à une commission régionale, au sein de laquelle elle fait désormais office de « Madame Drogue » et défend publiquement les intérêts politiques des autres drogués. Ce qui lui donne droit à une voiture de fonction et à une faible allocation qui vient s'ajouter à sa pension de handicapée à vie. L'art de grimper dans l'échelle sociale grâce aux allocations chômage.

« C'est notre juré idéal, dit Harry.

— A première vue. Mais ce qui me préoccupe, c'est la raison pour laquelle quelqu'un donnerait ce genre de renseignement peu flatteur sans y être forcé.

— Pourquoi ne lui demandes-tu pas ? », s'enquiert Lenore.

C'est une question délicate à soulever devant les

autres jurés mais nous ne pouvons pourtant pas passer outre.

Lenore m'adresse un signe de la main, l'air de dire « A toi l'honneur », et elle se rassoit.

Mme Ramirez est assise pratiquement au milieu du box des jurés, dans la seconde rangée. La salle du tribunal est remplie d'un public constitué en grande partie d'autres jurés potentiels qui attendent leur tour.

La tribune réservée à la presse est presque vide. La sélection d'un jury n'a rien d'excitant pour les journalistes. Lili a pris place toute seule dans la rangée du fond. Un homme et une femme âgés, accompagnés d'un jeune homme, sont assis à sa hauteur, de l'autre côté de l'allée. Il paraît qu'il s'agit des parents de Brittany Hall et de son jeune frère, venus réclamer justice.

En cela comme en tout, ou presque, le juge Radovich a une manière bien à lui de procéder à la sélection des jurés. Pour ce procès, vu la publicité qui l'a entouré dès le début, il a convoqué cinq cents jurés éventuels. Notre première rencontre s'est tenue dans un auditorium où le juge Radovich a procédé à l'interrogatoire préliminaire afin de savoir ce que les gens avaient vu et ce qu'ils pensaient savoir de l'affaire. Il a écarté d'emblée deux cents personnes, y compris une femme dont le mari avait été appelé à comparaître dans une affaire de prostitution. On ne sait jamais. Elle aurait pu vouer aux gémonies la police pour ses efforts, ou Acosta pour avoir été aussi stupide. Radovich n'y tenait pas.

Je demande à Mme Ramirez :

« Madame Ramirez, comment allez-vous aujourd'hui ?

— Bien. » Elle sourit, non pas chaleureusement mais avec une sorte de gravité professionnelle. Elle n'a pas quarante ans mais fait plus vieille que son âge. Elle est mince et petite, genre bonne fée méridionale aux cheveux noirs ondulés tirés en arrière par un peigne.

« Vous avez été très communicative dans vos réponses au questionnaire. Vous avez spontanément fait état de détails concernant votre passé. Je tiens à vous en remercier.

— J'ai voulu être honnête. Je suis une ancienne droguée. On m'a appris que le fait de le reconnaître et de l'accepter était le point de départ de toute cure. Je ne renie pas mon passé. »

Elle me bassinerait volontiers là-dessus encore vingt minutes, à me raconter combien faute avouée est déjà pardonnée et tout ce baratin de la secte des drogués repentis, mais je l'interromps.

« Attitude saine. »

Des signaux d'alarme clignotent soudain dans mon cerveau : pour une personne qui entretient de pareilles conceptions des choses, Noix de Coco pourrait apparaître comme quelqu'un qui n'a pas encore reconnu ses errements et que seule une disgrâce accrue pourrait guérir.

Elle est impeccablement vêtue : robe imprimée en soie et talons hauts, boucles d'oreilles choisies avec goût, une tenue destinée à faire impression. Qu'est-ce donc qui me donne à penser qu'elle tient à faire partie du jury ?

« Dans la mesure où vous avez été honnête avec nous, nous sommes tenus de l'être avec vous, et avec toutes les autres personnes figurant sur la liste des jurés potentiels. Vous n'avez pas de casier judiciaire. C'est bien ça ?

— Non.

— Et vous n'avez jamais été arrêtée pour consommation de drogue, n'est-ce pas ? » Ma BA du jour.

« Non. » Elle se redresse sur sa chaise en disant cela. Elle a dû être dans le temps une véritable pharmacie ambulante, mais les flics ne l'ont jamais pincée.

« Et vous n'avez jamais été dealer ? Vous n'avez

jamais vendu de drogues ? » Comme je m'aventure ici en terrain glissant, je fais en sorte de laisser le moins de flou possible dans ma question. Je retiens mon souffle jusqu'à ce qu'elle réponde.

Elle esquisse une grimace, comme si elle pesait sa réponse — qu'elle a peut-être déjà donné de la drogue mais jamais en échange d'argent. Puis elle dit finalement : « Non. »

« Merci », dit l'expression de soulagement qui se peint alors sur le visage de Radovich perché sur son siège.

Il faut croire que les rigueurs confortables de la thérapie, la reconnaissance et l'acceptation des fautes passées ne vont pas jusqu'à inclure des aveux qui pourraient la conduire en taule. Tout espoir n'est peut-être pas perdu pour elle.

La dame plus âgée, une Blanche aux cheveux gris, assise près de Mme Ramirez, s'écarte ostensiblement d'elle tout en jetant un œil sur le sac à main de sa voisine. Elle se demande sans doute ce qu'il y a dedans à cette minute même, assaillie peut-être par des images de petites cigarettes blanches tordues, par des visions horrifiées d'aiguilles et de flacons de pilules.

Je coule un bref regard en direction d'Acosta. Il sourit à Mme Ramirez, et je suis sûr que dansent dans sa tête des images de joints que l'on fait circuler autour de la table des délibérations, rituel suivi, bien entendu, d'un verdict favorable.

J'entraîne Mme Ramirez sur des questions plus directement relatives au procès, sur la nature de la preuve à charge dans un procès criminel, d'une preuve au-delà du doute raisonnable. Elle comprend. Je lui explique qu'il revient au ministère public d'établir ladite preuve et que la défense n'a rien à prouver dans cette affaire. Cela aussi, elle le comprend. Je lui demande si elle aurait de la difficulté à présumer de l'innocence de mon client en l'absence de toute preuve du contraire. Elle me répond par la négative.

« Je vois que vous exercez des responsabilités dans la commission du comté ? lui dis-je.

— Nous nous réunissons deux fois par mois, dit-elle, pour décider de l'attribution des aides fédérales et pour réexaminer notre programme de subventions.

— Dois-je en déduire que vous avez une autorité considérable en ces matières ?

— Je suis vice-présidente. L'an prochain, si personne ne se présente contre moi, je serai présidente. »

Je la félicite puis lui demande : « Vous attendez-vous à rencontrer de l'opposition ?

— Oh, non. Mais il y a deux ans, il y a eu deux candidats. Mais c'était différent. Il y avait incompatibilité de caractère entre les deux. Moi, je m'entends bien avec tous les membres de la commission.

— Ainsi, il s'agit là d'un poste électif ?

— Oui.

— Ce titre de président, c'est un titre convoité ?

— Ça figurerait sur mon CV.

— Alors vous savez quelque chose des responsabilités inhérentes à une fonction publique ? »

Elle m'adresse un regard, l'air de dire : « Ça va de soi. » Je la presse de répondre à la question pour le greffe et elle dit : « Oui.

— Que pensez-vous d'un homme accusé d'avoir commis les faits qui sont reprochés à Monsieur Acosta, un ancien juge ?

— Si c'est vrai, c'est grave. Evidemment, je n'ai aucune preuve de la chose.

— Evidemment. » Je commence à avoir le sentiment désagréable qu'elle est soucieuse de faire oublier son passé, qu'elle veut à tout prix se faire bien voir.

— Comment réagiriez-vous au témoignage d'un agent de police, Madame Ramirez ?

— Que voulez-vous dire ?

— Mais enfin, auriez-vous tendance à le croire ? Ou à vous méfier ?

— Ni l'un ni l'autre. Je l'écouterais. Je serais obligée de l'apprécier en tenant compte de tous les autres témoignages. »

Très bien, me dis-je.

« Avez-vous déjà eu affaire à la police municipale ?

— Je n'ai jamais été arrêtée.

— Ce n'est pas ce que je veux dire. Avez-vous déjà travaillé avec la police municipale ?

— Oh. » Elle a un mouvement de recul.

« Pas avec la police municipale.

— Avec d'autres policiers ?

— Dans la commission, répond-elle.

— Et en quoi avez-vous affaire à des policiers dans la commission ?

— Ils siègent de temps à autre avec nous pour nous faire des recommandations pour divers programmes de subventions.

— C'est tout ? »

Elle réfléchit quelques instants. « Oh, et la loi stipule que deux membres de la commission doivent appartenir à la police. Un à la police municipale, l'autre à celle du comté. »

C'est cela que je cherchais.

« Combien y a-t-il de membres dans cette commission ?

— Cinq.

— Il vous faudrait donc les suffrages de trois d'entre eux pour être élue présidente ? »

Je vois aussitôt à son regard qu'elle a compris où je veux en venir.

Pour mieux voir, Radovich s'est appuyé au-dessus de la rampe qui sépare son banc de la salle. Son nez de paysan a flairé chez Mme Ramirez le préjugé favorable à la police.

Elle ne répond pas à ma question. Je l'y pousse doucement et elle fait :

« Oui.

— Madame Ramirez, qu'arriverait-il si l'autre membre de la commission qui n'appartient pas à la police décidait de se présenter contre vous à la présidence ? Si cette personne sollicitait les voix de deux membres appartenant à la police, vous seriez obligée d'être en bons termes avec ces derniers, n'est-ce pas ? »

Elle grimace comme si elle concédait la chose.

« Il y a peu de chances que ça se produise.

— Mais à supposer que cela arrive ? » Je n'ai plus du tout envie de gaspiller nos recours de préemption, qui sont en nombre limité. Il faut éliminer Mme Ramirez.

« Je ferais mon devoir.

— Même si cela revient à sacrifier le poste de présidente de la commission ? A ne pas pouvoir faire figurer ce titre dans votre CV ? C'est un lourd prix à payer pour faire partie d'un jury dans une affaire criminelle.

— C'est une affaire importante. ». Elle se rend compte aussitôt qu'elle vient de commettre une bourde.

« Importante pour qui ?

— Enfin, elle est importante, c'est tout. C'est un grand procès. »

Ce qu'elle est en train de dire, c'est que c'est le clou de la saison.

« Se pourrait-il que cette affaire ait de l'importance pour les policiers qui siègent avec vous à la commission ?

— Je ne sais pas.

— Peut-on, sans trop s'avancer, supposer que cela ne leur plairait guère si vous votiez l'acquittement dans ce procès ?

— Ce sont des hommes justes.

— Mais ils préféreraient quand même que vous votiez la culpabilité ?

— Je ne sais pas. Je n'en ai pas discuté avec eux.

— Vous savez que, le cas échéant, s'il y a un verdict, ils sauront comment vous avez voté puisqu'il faut un vote à l'unanimité pour parvenir à un verdict ? »

Si, la minute d'avant, elle ne se faisait pas de souci, maintenant il en va autrement. Elle est tenaillée par tout ce que cela implique quant à ses chances d'accéder au poste convoité.

— Très bien, Maître Madriani. Inutile d'aller plus loin, dit Radovich.

— Madame Ramirez ? »

Elle lève les yeux vers le juge.

« Je tiens à vous remercier d'être venue ici aujourd'hui et de nous avoir consacré tout ce temps. »

Elle ne saisit pas.

« Vous pouvez disposer, dit le juge.

— Je saurai être juste.

— Je comprends. Mais vous pouvez tout de même disposer. »

Radovich se penche légèrement au-dessus de son bureau, un grand sourire éclairant son visage de paysan, et il me dit à voix basse, hors de portée de l'oreille des jurés, tant ceux déjà sélectionnés que ceux qui attendent dans la salle : « Rappelez-moi à l'avenir de ne jamais vous laisser approcher de mon puits avec ce poison que vous distillez si bien. » Il accompagne ces mots d'un sourire affable mais néanmoins circonspect.

Quant à Mme Ramirez, elle me fusille du regard en quittant sa place dans le box des jurés.

Midi approche et Radovich déclare la séance suspendue. Il sollicite l'avis des avocats des deux parties, et il est convenu d'un commun accord que l'on devrait terminer la sélection des jurés cet après-midi.

« Je verrai les avocats à huis clos maintenant, dit-il. Maître Kline, vous désiriez que l'on discute de quelque chose ? »

Au moment où nous entrons dans le cabinet du juge, Kline me heurte par-derrière avec une liasse de documents.

« Bien joué, dit-il. Nous avions placé Madame Ramirez en très bonne place sur notre liste.

— Je crois bien. Laissez-moi deviner. Elle était votre atout contre l'acquittement ? »

Il ne me l'avouera pas, mais ils avaient sûrement compté sur Mme Ramirez pour empêcher le jury de parvenir à l'unanimité si le sort avait soudainement tourné en notre faveur durant les délibérations.

« Vous avez fait du bon boulot. » Kline est à cette minute l'image même du copain qui vous veut du bien. Il voudrait me faire croire qu'il n'est pas rancunier, croyance que Lenore ne partage pas.

« Nous aurions aimé la garder dans le jury ou au moins vous forcer à gaspiller un de vos recours de préemption.

— C'est la fortune des armes.

— Oh, pas des armes. » L'espace d'un instant, il cherche le terme juste. « Disons d'une joute légale entre amis. » Puis une lueur s'allume dans ses yeux comme si une autre pensée venait de lui traverser l'esprit. « J'ai comme l'impression cependant que votre collègue ne fera pas de prisonnier. » Il parle de Lenore.

Je pourrais lui préciser qu'il ferait mieux de s'attendre à une mutilation sur le champ de bataille, mais je pense qu'il a dû y songer lui-même.

« L'indomptable Maître Goya. Enfin, nous verrons ce que l'avenir nous réserve. » Il accompagne ces paroles d'un regard qui se veut prophétique, puis fait demi-tour et s'assoit directement devant Radovich.

Le juge a enlevé sa toge et a les pieds sur le bureau. Quelques cartons remplis de livres jonchent le sol près de son fauteuil. La bibliothèque portable de Radovich. Pour ce qu'elle lui sert, on pourrait la brûler.

Je vois que le seul volume du code pénal que transporte Radovich avec lui est obsolète depuis deux ans. Le juge est sans doute un tenant de la théorie voulant que, comme le bon vin, les jugements rendus par les tribunaux dans la période récente doivent prendre de la bouteille avant d'être dégustés.

Lenore, Harry et moi prenons place à l'unisson sur un canapé. Kline et l'un de ses adjoints occupent les deux fauteuils réservés aux visiteurs devant le bureau du juge.

« J'espère que nous pourrons vite venir à bout de ce qui vous amène, dit Radovich. J'ai un déjeuner avec le président du tribunal. »

Kline lui dit qu'il procédera avec diligence mais qu'il a une affaire grave à soumettre à la cour.

« Cela m'ennuie de devoir aborder cette question, dit-il sur un ton menaçant.

— De quoi s'agit-il ?

— D'un conflit d'intérêts. Qui engage Maître Goya.

— Ah merde, c'est pas vrai. » Lenore se lève et je crains l'espace d'un instant qu'elle n'enfonce ses ongles dans la nuque de Kline.

Radovich la regarde comme s'il n'avait jamais entendu une femme dire merde.

« De quoi parlez-vous ? demande Lenore.

— Je parle du fait que vous agissiez comme avocat de la partie civile au tout début dans cette affaire de prostitution. Je parle de votre entretien avec Mademoiselle Hall au bureau. De ce que vous avez eu accès à des documents et à des dossiers de travail confidentiels qui avaient pour objet l'accusation d'incitation à la prostitution contre votre client. J'y vois un grave conflit d'intérêts.

— Mais fichez-moi la paix », dit Lenore qui lève les yeux au ciel, accordant à la chose tous les égards que l'on a pour un écolier turbulent.

Elle parle d'accusation fallacieuse et déplore que Kline ait attendu la veille du procès pour soumettre la chose à l'attention du tribunal.

« Il n'y a rien de fallacieux là-dedans, dit Kline.

— Je pense que vous devriez vous calmer tous les deux, interrompt Radovich. Chaque chose en son temps. Je pense que nous devrions faire venir la greffière avant d'aller plus loin. » Il donne des instructions en ce sens à l'huissier.

« Je serais d'avis que l'accusé soit présent lui aussi, suggère Kline. Cela concerne sa défense. »

Radovich en convient et demande que l'on fasse entrer Acosta.

Pendant tout ce temps, nous restons assis, Harry et moi, époustouflés par ce que nous entendons. Non que l'enjeu de la question posée par Kline nous échappe. Nous en avions discuté tous les trois lors de notre première rencontre à mon bureau. Mais étant donné que Kline ne l'avait pas soulevée lors des requêtes préliminaires, on l'avait estimée écartée.

On fait entrer la greffière. Elle installe son appareil sténographique et on lui apporte un fauteuil de bureau.

Acosta arrive, accompagné de gardiens. Il est à demi dévêtu, tee-shirt qui retombe sur son pantalon, bretelles pendantes dans le dos. Il est manifestement gêné de paraître en public dans cette tenue. Radovich lui présente ses excuses et envoie l'un des gardiens lui chercher son veston. L'autre gardien apporte une chaise pour le prisonnier et son collègue et lui prennent place en sentinelle près de la porte.

Tout en enfilant son veston, Acosta nous regarde à tour de rôle. « Que se passe-t-il ? », demande-t-il à voix basse.

Lenore, trop agitée pour répondre, va se placer près du bureau de Radovich.

« Le procureur a soulevé un problème de conflit d'intérêts à l'encontre de Maître Goya, dis-je à Acosta.

— Oh. » Il ne dit rien d'autre mais je vois à son expression songeuse qu'il soupèse les conséquences pour son propre sort.

La greffière insère dans son appareil un petit morceau de papier plié en éventail et nous sommes prêts.

« Je vous écoute, dit Radovich, donnant ainsi le signal du départ à Kline.

— Le ministère public dépose une requête en bonne et due forme, au motif que Lenore Goya n'est pas qualifiée pour participer à la défense dans cette affaire à la suite d'un conflit d'intérêts, dit-il. Nous soutenons qu'elle a en cette affaire défendu des intérêts contraires, ce qui l'a compromise. La loi, ajoute-t-il, est claire sur ce point. »

Tout en lui exposant les faits relatifs au prétendu conflit d'intérêts, Kline tend au juge des documents, des articles de droit, des arguments d'autorité et des précédents faisant jurisprudence, les papiers avec lesquels il m'est rentré dedans par-derrière trois minutes auparavant.

Lenore ne se tient plus. « Qu'est-ce que c'est que cette histoire ? On ne nous prévient pas et on ne nous donne aucun moyen de nous faire entendre ? »

Je me lève et la rejoins près du bureau de Radovich. Une démonstration de solidarité.

« Si vous permettez, Votre Honneur. Nous n'avons pas vu les documents.

— En effet. Vous avez des exemplaires pour les avocats de la partie adverse ? », demande-t-il à Kline. Radovich n'apprécie manifestement pas cette tactique qui consiste à prendre la défense par surprise. Cette omission remplit Kline de remords. Il semonce son adjoint, lui reprochant d'avoir transgressé une règle de l'étiquette légale. Le fautif s'empresse de fouiller dans sa serviette d'où il sort deux exemplaires de la requête, une douzaine de pages agrafées, les précédents soulignés, le tout tapé en double interligne.

La question ne laisse guère de place à l'interprétation. Les règles de déontologie de cet Etat interdisent à un avocat de représenter deux parties aux intérêts opposés dans une même action légale, au civil comme au criminel. Bien que l'on prenne en considération des cas d'espèces dans l'application de cette loi, l'avocat dans un tel cas de conflit d'intérêts est passible de se voir retirer l'affaire pour incapacité.

« L'interprétation de la loi ne pose guère de question, dis-je à Radovich, mais on peut se demander en revanche si cette requête n'est pas caduque. C'est une question grave. Pourquoi le procureur a-t-il attendu la veille du procès pour soulever ce problème ?

— Bonne question, dit le juge. Vous menacez maintenant de retarder le procès, Maître Kline.

— Je ne vois pas pourquoi on le retarderait. L'accusé est représenté par un avocat compétent. Par plus d'un. » Il fait allusion à Harry et à moi.

« Pas moi, coupe Hinds. Je n'ai jamais consenti à m'investir à part entière dans cette affaire.

— Mais enfin, vous êtes là, dit Kline. Vous percevez vos honoraires, non ?

— Ils sont loin d'être suffisants. »

Acosta lui adresse un regard mauvais, chargé de mépris hautain.

« Je voudrais préciser une chose. Requête ou non, pour moi le temps presse. » Acosta veut dire par là qu'il exige toujours un procès rapide.

Kline essaie d'entraîner notre client dans une conversation mais j'interviens pour couper court à leur aparté. Ayant échoué là-dessus, Kline nous dit qu'il n'a aucune objection à un procès rapide et que celui-ci a même déjà débuté avec le choix des jurés.

Il passe ensuite à un autre argument.

« Nous pensons que Maître Goya est en possession de certaines informations de caractère confidentiel qu'elle ne détiendrait pas si elle n'avait travaillé précédemment dans mes services, dit Kline. Cet état de choses place le ministère public en position désavantageuse.

— Le seul désavantage dont souffre le ministère public est l'incompétence de son avocat, lance Lenore.

— Oui. En attendant, c'est vous qui êtes accusée de conflit d'intérêts, dit Kline. Vous devriez peut-être vous rafraîchir la mémoire en matière de déontologie.

— Ça suffit. » Radovich, tendant la main vers le premier objet disponible, abat un lourd appui-livre sur le bureau dans le bois duquel il fait une entaille. A la vue des dégâts il jure à son tour.

« Charlie va me tuer. » Il a emprunté pour ce procès la salle de tribunal de Charlie Johnson, sur le bureau duquel il vient de laisser une marque indélébile.

« Pourquoi ne discute-t-on pas de tout ça dans le prétoire ? demande Lenore.

— Pourquoi ne vous taisez-vous pas tous les deux ? renchérit Radovich. Que quelqu'un me trouve de la cire et un torchon. » Il adresse un frénétique signe de la main à l'huissier qui disparaît dans la pièce attenante.

Je frissonne à l'idée des conclusions qu'une cour d'appel tirera de la lecture du compte rendu d'une telle séance.

Il est clair que c'est délibérément que Kline a choisi de sortir cette histoire à huis clos, ici, dans le cabinet du juge. Une plaidoirie publique aurait soulevé des questions sur sa manière de diriger ses services, sur les circonstances du départ de Lenore, et peut-être sur le mécontentement de certains avocats du ministère public, toutes questions qu'il préfère éviter.

« Pourquoi avez-vous attendu si longtemps pour soulever cette question ? », demande Radovich. Il frotte du pouce l'entaille sur le dessus du bureau et, y laissant tomber un peu de salive, essaie une fois de plus de la faire disparaître.

« Jusqu'à l'autre jour, répond Kline, le jour où Maître Goya a interrogé le sergent Frost à la barre, nous n'avions pas mesuré l'ampleur du préjudice qui nous était fait. » Il dit cela d'une seule traite, sans emphase, à tel point que même moi je ne mettrais pas en question la sincérité de sa déclaration. Je ne serais pas surpris qu'il dise effectivement la vérité.

« Vous avez fait témoigner un parjure, dit Lenore, et moi, je l'ai démasqué.

— C'est vous qui dites que c'était un parjure.

— Moi, ainsi que toute personne honnête qui se trouvait dans la salle ce jour-là.

— Nous pourrions avoir une discussion sans fin à ce sujet, et je suis convaincu que nous ne serions jamais d'accord. Mais une chose est claire. Durant votre contre-interrogatoire de ce témoin, vous déteniez des informations confidentielles que vous aviez obtenues de Mademoiselle Hall, des informations recueillies lorsque vous étiez employée par le parquet. »

Ce qu'il est en train de dire, c'est que Lenore a peut-être gagné une manche avec Frost, mais que c'est ici que la partie se joue.

L'huissier revient avec une bouteille et un chiffon qu'il tend au juge.

« Ce n'est pas de l'huile au citron que je voulais, dit Radovich. Vous n'avez pas quelque chose d'un peu coloré ? »

L'huissier tend ses paumes ouvertes et hausse les épaules, l'air de signifier qu'il n'a pas la moindre idée de l'endroit où cela pourrait se trouver. Puis il semble soudain avoir une illumination. Il quitte la pièce et, avant que nous ayons le temps de placer un mot, revient avec une boîte de cirage à chaussures brun.

« Ouais, fait Radovich.

— Votre Honneur, si vous permettez ? dis-je.

— Allez-y, dit Radovich, qui a cependant l'esprit ailleurs.

— Vous avez toute latitude pour juger de cette question de conflit d'intérêts. Il s'agit là d'un point de droit qui figure dans le dossier même de la requête déposée par Kline : "Un tribunal doit se priver autant que possible de récuser un avocat."

— Sauf si la conduite dudit avocat "confère une coloration tendancieuse aux attendus d'un procès". » Kline termine la citation. « Nous voudrions démontrer que la conduite de Maître Goya confère une telle coloration au procès en cours. Elle s'est entretenue avec un témoin de l'accusation. »

Je rappelle au tribunal qu'il ne s'agit dans tout cela que de ouï-dire, que le témoin étant décédé elle ne peut témoigner, et que ses paroles ne pourront jamais fournir matière à conviction.

« Il n'empêche que Maître Goya ne peut se purger l'esprit de ce qu'elle a déjà appris par ce biais.

— Et qu'advient-il du droit de l'accusé à l'avocat de son choix ?

— Question pertinente », dit Radovich qui a maintenant le nez sur le dessus du bureau, dans la salive, l'huile au citron et le cirage à chaussures.

« Vous devez admettre que j'entraverais considérablement le prévenu si je devais lui dire qu'il n'a pas droit à l'avocat de son choix. »

Radovich, l'index maintenant taché de cirage brun, lève les yeux sur Acosta.

« Et vous, quel est votre sentiment sur tout cela ? », lui demande-t-il. L'espace d'un instant, je pense qu'il veut savoir si notre client a un avis sur cette maudite affaire de bureau endommagé, s'il ne détiendrait pas quelque secret d'initié, une potion connue des seuls juges.

« Je parle de cette question concernant votre avocat. Que devrais-je faire à votre avis ?

— Objection, Votre Honneur. Ce sont des choses qui doivent demeurer entre le client et son avocat, lui dis-je.

— Ça m'est égal. » Acosta se rengorge légèrement, cessant d'être, l'espace de quelques instants, l'accusé dans un procès pour meurtre, pour se muer en un juge qui en conseille un autre.

Un pressentiment inquiétant me noue l'estomac.

« Je ne connais pas tous les détails... », commencet-il. Comme si Noix de Coco avait besoin de connaître tous les attendus d'une affaire pour se prononcer. « C'est une question difficile. Moi, en tant que client, j'ai confiance en Maître Goya...

— Vous voyez, Votre Honneur ? » Lenore essaie de l'interrompre.

« Mais j'imagine que je pourrais aussi bien être défendu par Maître Madriani et Maître Hinds s'il fallait en venir là. Ce sont des avocats tout à fait compétents.

— Parfait, lance Kline. Dans ce cas, il n'y a pas de problème. »

Je pourrais le remercier de nous agréer de la sorte, Harry et moi. Au lieu de cela, je me tourne vers Acosta que je dévisage avec un regard qui, s'il lançait des clous, le planterait sur sa chaise.

« J'ai répondu à la question que me posait le juge Radovich, explique-t-il. Je lui dis seulement la vérité. »

Je me détourne de lui et, revenant à Radovich, j'emploie une autre tactique.

« Compte tenu de notre mode de préparation à ce procès, la récusation de Maître Goya nuirait gravement à la défense. Nous travaillons en équipe. Nous couvrons chacun un domaine particulier.

— Tiens donc ! dit Kline. Je parierais que Maître Goya se spécialise dans l'invasion des domaines confidentiels. »

Lenore est sur le point d'en venir aux mots mais Radovich rend leur prise de bec inutile.

« Maître Kline. Une autre remarque de ce genre et vous le paierez de vos prérogatives. » Radovich agite un doigt brun vers Kline. Si celui-ci ne se rétracte pas, il risque d'être condamné, entre autres choses, à poncer durant deux jours la surface abîmée du bureau avec son nez.

Le juge obtient que Kline présente des excuses.

« Il est beaucoup trop tard pour soulever des questions de ce genre, d'autant que le ministère public est au courant depuis le début du rôle joué par Maître Goya dans l'affaire d'incitation à la prostitution, dis-je à Radovich.

— Ils essaient de nous prendre en traître, ajoute Lenore.

— S'il y a quelqu'un ici qui a essayé de prendre l'autre en traître, c'est vous, dit Kline. Nous enquêtons encore pour déterminer si elle a emporté des documents ou des dossiers en quittant nos services, Votre Honneur. »

Ces paroles, manifestement un nouvel appât jeté en pâture à Lenore, ont l'effet escompté.

« Votre Honneur, je suis offusquée par les implications que cette accusation suggère. » Elle se met à bafouiller. « Comment ? Comment est-ce possible ? Enfin, comment aurais-je pu prendre des documents ou des dossiers alors que vous — se rendant compte qu'elle s'adresse à la mauvaise personne, elle se détourne de Kline vers Radovich — alors que lui et son petit copain ont mis mon bureau à sac durant la nuit et m'ont fait raccompagner à la porte de l'immeuble par un vigile ? C'est incroyable ! » La colère lui empourpre le visage jusqu'à la racine des cheveux.

« Veuillez nous épargner les attaques personnelles. Vous devriez vous calmer, tous les deux. » Radovich frotte frénétiquement avec son doigt et a maintenant réussi à donner à une surface de dix centimètres carrés une teinte trois fois plus foncée que le reste du bureau.

Il lève les yeux sur nous et s'aperçoit que nous sommes tous à l'observer. Il met le torchon de côté et fait glisser le buvard une dizaine de centimètres sur la droite pour recouvrir la marque. Il se mettra en chasse de papier de verre après notre départ.

« Votre Honneur, ils m'ont remis un carton rempli de mes effets personnels et m'ont chassée de mon bureau. Il y a même des objets m'appartenant que je n'ai jamais récupérés. » Lenore, qui a relevé le gant, a pris un ton tel que l'on dirait que c'est son propre procès que l'on fait.

« C'était humiliant, je n'en doute pas, concède Radovich. Mais ce n'est pas pour ça que nous sommes ici. »

Acosta hausse un sourcil. Sa tentative de s'assurer les services d'un avocat ayant déjà appartenu au ministère public a fait long feu. Lenore est maintenant marquée au fer rouge, et il doit se demander quel effet cela risque d'avoir sur son procès.

Pendant tout ce temps, Kline est resté assis sans broncher dans son fauteuil. Lenore, s'apercevant finalement qu'elle est la seule personne agitée dans la pièce, reprend son sang-froid et retrouve le fil.

« Vous n'avez toujours pas répondu correctement à la question de savoir pourquoi vous avez attendu aussi longtemps pour faire... — elle fait un geste du revers de la main, à la recherche d'un terme assez injurieux — ... pour faire ainsi diversion. » Elle n'a rien trouvé de mieux.

« Je pensais que cela irait de soi. Ce n'est que cette semaine que nous avons rattaché l'affaire de prostitution au procès pour meurtre. Et je me permets de vous rappeler que nous l'avons fait à votre instigation. Avant cela, avant le cumul des deux affaires, il n'y avait pas de conflit d'intérêts. »

La réplique de Kline ressemble à un uppercut au plexus solaire. J'entends presque Lenore essayer de reprendre son souffle sous le choc. Voilà pourquoi il est toujours préférable de ne pas poser de question lorsqu'on n'est pas sûr de la réponse que l'on va obtenir.

« Il vous a eue ce coup-ci », commente Radovich.

Lenore ne trouve rien à rétorquer.

Je m'avance pour prendre le relais.

« Il n'en reste pas moins que cette histoire risque de perturber gravement la défense, dis-je à Radovich. On peut sérieusement s'interroger pour savoir si l'accusé ne se voit pas de la sorte refuser un procès équitable.

— C'est là l'essentiel, dit Radovich, et je suis bien embêté par les conséquences qu'aurait sur le procès votre requête si je l'agréais, Maître Kline. Surtout une requête déposée si tard. »

Je sens un juge en train de pencher en notre faveur.

« Votre Honneur, la loi est très explicite...

— Certes, admet Radovich, mais il me faut aussi prendre en compte les droits de l'accusé à un procès équitable. A être adéquatement défendu. »

Vous savez que vous avez gagné lorsque le juge se met à développer vos propres arguments.

« Votre Honneur, je vous prierais de réserver votre jugement quelques instants, le temps de m'entretenir avec mon adjoint.

— Faites vite », dit Radovich. Il jette un coup d'œil sur sa montre tandis que les deux avocats du parquet s'éloignent vers le fond de la pièce et se parlent à l'oreille avec force murmures et chuchotements. La grande intrigue. Le subordonné sort de sa serviette un autre document que les deux hommes étudient.

Je regarde Lenore. Elle me gratifie d'un haussement d'épaules : elle n'a pas la moindre idée de ce dont il s'agit.

Ils se mettent finalement d'accord et s'avancent vers le juge.

« J'avais espéré ne pas être obligé d'en venir là, mais l'affaire a pris une dimension tout autre. Nous avons reçu ceci à nos bureaux hier après-midi. » Kline remet à Radovich un document d'une seule page.

« C'est un rapport, dit le procureur, qui vient du labo de la Criminelle », dit-il.

Je lui demande : « Et qu'est-ce que ça à voir avec la question du conflit d'intérêts ?

— C'est un rapport concernant une éventuelle empreinte digitale prélevée sur la porte d'entrée de l'appartement de la victime, le lendemain de la découverte de son corps », répond Kline.

Mon sang se glace dans mes veines.

Kline reporte soudainement toute son attention sur Lenore qu'il tient sous son regard brillant comme sous un réflecteur.

« Nous aimerions savoir, Maître Goya, ce que vous faisiez à l'appartement de la victime le soir où elle a été assassinée ? »

Lenore commence à bafouiller.

« Ne réponds pas », lui dis-je.

Elle a au moins la présence d'esprit de ne pas se trahir. Au lieu de cela, elle dit qu'il s'agit là d'un mauvais procédé, d'un autre coup foireux de la part du ministère public.

« Comment savez-vous que l'empreinte a été laissée là le soir du meurtre ? », demande-t-elle.

Kline sourit. « Eh bien, c'est justement ce qu'il y a de particulier dans cette affaire, Maître. Nous n'avons trouvé pratiquement aucune empreinte sur les surfaces exposées dans ou autour de l'appartement. Ne trouvez-vous pas ça étrange ? » Il m'adresse un sourire interrogateur.

Je ne réponds pas.

« N'est-il pas quelque peu bizarre que l'on n'ait pas trouvé d'empreintes de la victime ? Rien sur la porte ? Sur la poignée ? Dans la salle de bains ? Dans la cuisine ? » Il nous laisse quelques instants pour digérer l'information. « On dirait que quelqu'un s'est donné un mal fou pour tout nettoyer.

— Pourtant, dis-je, même si ce sont les empreintes de Maître Goya, et je ne suis pas du tout en train de laisser entendre qu'il pourrait s'agir des siennes...

— Oh, ce sont tout à fait les siennes, confirme Kline.

— Il n'empêche que vous n'avez pas la preuve que c'est ce soir-là que ces empreintes ont été laissées dans l'appartement.

— Ce sera au jury d'en décider. » Et Kline se

tourne alors vers Radovich pour lui exposer son argument. « Se pourrait-il, serait-il seulement vraisemblable, que quelqu'un efface toutes les empreintes sur la porte et ne laisse que celles de Maître Goya ? Serait-ce possible ? »

Kline a raison. Il pourra toujours servir cela au jury, dont le verdict en l'occurrence n'aura aucune importance. Lenore est maintenant compromise d'une manière que nous n'aurions jamais imaginée.

« Sachez que nous vous poserons la même question lorsque nous vous ferons comparaître à la barre des témoins durant le procès », dit Kline à Lenore.

Elle est debout, sans voix, la main comme collée sur le rebord du bureau de Radovich dont on dirait que c'est désormais pour elle la frontière de son univers.

« Votre Honneur, poursuit Kline, la question des intérêts contradictoires de la défense pourrait à la rigueur être mise sur le tapis et discutée. Mais la loi est inflexible lorsque cette question concerne des témoins. Il est légalement interdit à un témoin, dans quelque circonstance que ce soit, de représenter une des parties dans un procès où il est appelé à témoigner. C'est la loi, et cette loi ne tolère pas d'exception. »

Il se tourne vers Lenore et la regarde droit dans les yeux.

« Maître Goya, il vous est notifié par la présente que le ministère public a l'intention de vous convoquer comme témoin dans l'affaire Acosta. »

CHAPITRE QUINZE

A notre retour au bureau, les journaux sont déjà sur l'histoire, sur la révocation de Lenore comme avocat de la défense. Comme le standard est sur le point d'exploser, la réceptionniste garde les lignes en attente.

« Ce salopard n'a pas perdu une minute pour faire circuler la nouvelle », dit Lenore. Elle parle de Kline qui est sans doute en train de donner une conférence de presse sur les marches du tribunal. « Il ferait n'importe quoi pour avoir ma tête. »

Elle pousse la porte de mon bureau, Harry et moi dans son sillage.

— J'ai comme l'impression que tu l'as cherché, dit Harry.

— Va te faire foutre.

— Là aussi, tu as fait du sacré beau boulot. Tu nous a bien baisés, Paul, le client et moi.

— Lâche-moi les basques. »

Je fais signe à Harry de la laisser tranquille.

« Tu ne trouves pas que je me sens déjà assez mal comme ça ?

— Oh, enfin, bon Dieu ! On devrait peut-être faire une thérapie de groupe pour voir lequel de nous trois se sent le plus mal ? Pourquoi ne prends-tu pas le canapé ? » Il indique en un geste dérisoire le canapé à Lenore, l'invitant à s'y étendre.

« Et toi, Paul, comment te sens-tu ? Dis-le-nous. Tu

as l'impression d'avoir été baisé ? » Harry sait être sarcastique quand il s'y met. « Oh mon Dieu ! Comment puis-je être si insensible ? dit-il. Je te repose la question : tu n'as pas l'impression de t'être fait baiser dans les grandes largeurs aujourd'hui au tribunal ? »

Le voilà en plein délire paranoïaque.

« Mais qu'est-ce qui se passe ? demande-t-il. Tu savais qu'elle était allée à l'appartement de Brittany Hall ? » Harry me regarde, attendant de moi des réponses. Il est en colère, il croit être le dindon de la farce.

Je pense qu'il se doute, bien qu'on ne lui ait rien dit, que j'ai accompagné Lenore à l'appartement de la victime ce soir-là. De quoi le chasser du bureau en hurlant comme un déchaîné.

Il lève une main avant que je ne puisse prendre la parole. « Ne réponds pas », dit-il. Je crois qu'il lit dans mon esprit. Il est assez malin pour comprendre qu'il y a des choses qu'il vaut mieux laisser dans l'ombre — ou du moins ne pas formuler.

« Je ne sais pas quoi vous dire ni à l'un ni à l'autre, dit Lenore.

— Ce qui fait deux, dit Harry.

— Je m'excuse de vous avoir mis dans ce pétrin. Maintenant je ne sais plus comment vous tirer de là. »

Elle a d'autres chats à fouetter pour l'instant. Kline a bien signifié qu'il avait l'intention de la citer comme témoin. Il voulait la faire interroger cet après-midi par deux inspecteurs au quartier général de la police, mais j'ai convaincu Radovich d'intervenir. Les flics se feraient une fête d'étayer la plaidoirie de l'accusation contre nous. Ils n'ont pas dit s'ils porteraient plainte contre Lenore pour effraction ou pour obstruction à la justice si jamais ils arrivent à démontrer qu'elle a touché à des indices sur les lieux du crime.

« Vous avez une idée de ce que je devrais faire ? demande-t-elle.

— Ouais. Dis-leur que tu n'avais pas toute ta tête. Ils te croiront », dit Harry.

Ce n'est pas tellement à cause de la conduite de Lenore que Harry fait tout ce cinéma mais parce qu'il se doute d'une cabale entre elle et moi, parce qu'il nous soupçonne de lui cacher quelque chose. Si nous l'avions invité à nous accompagner ce soir-là, il s'empresserait à cet instant même de réconforter Lenore. C'est ce genre de type. Harry, comme la plupart d'entre nous, est un fieffé hypocrite.

« J'allais oublier. Pour ce que ça peut valoir maintenant. Tiens. »

Il me tend une pile de documents, des formulaires imprimés à l'en-tête surmonté d'un logo familier.

« J'avais cru jusqu'à cet après-midi que ça pourrait déboucher sur quelque chose. C'est le relevé des appels téléphoniques de la victime pour la période en question. »

Une page est indiquée par un trombone et un mot de la main de Harry.

« Cette page est celle du jour où elle été tuée. Evidemment, tu étais peut-être là quand elle a donné ces coups de fil. » Il regarde Lenore. « Dans ce cas, ajoute-t-il, tu pourras peut-être nous dire ce que ces deux-là avaient à se raconter. »

Je lui demande à quoi il fait allusion.

Il me désigne du doigt le relevé en question. « Phil Mendel et Brittany Hall. Elle l'a appelé au numéro qui figure dans le petit carnet noir moins de deux heures avant d'être tuée. Si l'estimation de l'heure de son décès par le parquet est juste, c'est le dernier appel qu'elle a passé. Ça nous fait désormais une belle jambe. » Aux yeux de Harry, nous sommes tellement compromis par la conduite de Lenore qu'il n'y a plus rien à faire.

Je lui exprime mon désir de demeurer seul quelques instants avec Lenore dans mon bureau.

« Bien sûr, ça m'est complètement égal. Je sors. Dieu sait pourquoi je me suis laissé entraîner par vous dans cette histoire. » Toujours marmonnant dans sa barbe des jurons et autres noms d'oiseaux, il quitte la pièce et referme la porte derrière lui.

« Ça risque de te coûter un ami, dit Lenore.

— Harry aime se mettre en colère. Il adore ça. C'est ce qui le garde en forme. »

C'est vrai. La colère semble être la seule force vitale qui lui reste. Demain, il va trouver une autre raison de se mettre en rogne, dont il aura tout oublié le lendemain.

« J'ignorais que je pouvais faire office d'élixir de vie », dit-elle.

Je la regarde en ayant l'air de dire qu'il y a plus de vrai là-dedans qu'elle ne le pense.

« Tu as une idée de ce que je devrais faire ? Si la police m'interroge ?

— Il leur faudrait passer sur le corps de Radovich. Je ne pense pas qu'il les laisserait faire. Il y a un trop grand risque d'entorse à la confidentialité.

— Je pourrais leur dire que je suis seulement allée jusqu'à la porte, que je l'ai touchée de l'extérieur, mais que je ne suis pas entrée.

— Ce qui laisse supposer qu'on a trouvé ton empreinte à l'extérieur. » Kline ne nous ayant pas transmis le double du rapport sur l'empreinte digitale, nous ignorons encore où on l'a trouvée.

Lenore est avocate. Si elle était moins énervée, elle saurait que c'est une erreur que de mentir.

« Il y a mille manières de te pincer. Ton mensonge soulèverait davantage de questions qu'il n'apporterait de réponses. "Pourquoi, Maître Goya, avez-vous pris la peine d'aller jusqu'à l'appartement de la victime si ce n'était que pour toucher la porte d'entrée ?" »

Lenore me regarde d'un air piteux.

« Ils vont sûrement me demander si j'étais seule. »

Ce qui reviendrait à mentir pour moi.

« Ils voudront savoir ce que tu as vu là-bas, si tu as touché à quelque chose. Mais ce qu'ils voudront savoir avant tout, c'est la raison pour laquelle tu y étais allée. C'est alors seulement qu'ils te demanderont éventuellement si quelqu'un t'accompagnait.

— Ils ne peuvent pas honnêtement penser que je l'ai tuée. Quel mobile aurais-je eu ? En plus, on m'a vue dans la ruelle en train de parler avec Tony après que les flics ont découvert le corps. Ils peuvent à la rigueur faire le rapprochement et se dire que je me suis rendue de là à l'appartement de Brittany Hall après le meurtre. Ça ne fait pas de moi une criminelle.

— Non, ça fait seulement de toi quelqu'un qui fourre son nez dans les indices. Ce qui pose encore la question... » Celle que j'ai formulée jusqu'ici avec délicatesse et qu'elle tente d'esquiver. « ... Que faisions-nous là ? »

Elle m'adresse un regard douloureux.

« Tu me croirais si je disais que c'était par simple curiosité ?

— Pour ne rien te cacher, non. »

Sa démarche, ce soir-là, n'était pas motivée par la curiosité pure et simple. Elle avait une raison bien précise d'aller là-bas. Je jurerais que cela avait à voir avec quelque chose qui se trouvait dans la cuisine. Je ne l'ai pas quittée sauf durant le bref laps de temps où elle était hors de mon champ visuel, dans la cuisine de Brittany Hall.

« Tu me mets dans une position difficile, me dit-elle.

— Un autre conflit d'intérêts ?

— Si on veut.

— Ça servirait à quelque chose que je devine de quoi il s'agit ? »

Elle me fait une grimace ambiguë, l'air de dire : « Ça dépendra de ce que tu devineras. »

« Ça concernait Tony, n'est-ce pas ? »

Son visage demeure inexpressif mais son regard fuyant la trahit.

« Il la voyait ? » Façon de parler, parce qu'il avait sans doute suffi à Tony de poser une seule fois les yeux sur Brittany Hall pour être en rut comme un chihuahua shooté à la testostérone.

Harry a tiré les vers du nez de la voisine de Brittany Hall, celle qui l'avait aperçue avec un œil au beurre noir. Elle n'avait pas vu l'homme qui l'avait frappée. Mais Tony Arguillo est le candidat tout désigné, quelqu'un qui dans une crise de machisme aigu aurait parfaitement été capable d'estourbir une femme.

« Laisse-moi deviner. Il a oublié quelque chose derrière lui ? »

Lenore ne répond pas.

« Tu me le diras si je chauffe, n'est-ce pas ? »

Je porte une main à ma tête comme le Grand Mamamouchi et hasarde :

« Un préservatif dans lequel le Grand Tony aurait répandu le meilleur de lui-même ? »

Elle rit et fait la dégoûtée.

« Encore un essai. » Je médite quelques instants.

« Un suspensoir géant serti de sequins et d'une fermeture Eclair en or pour enchâsser le sceptre familial ? »

Cet humour noir, sédatif à une situation autrement insupportable, lui arrache un petit rire nerveux.

« Devine encore, O Grand Toi.

— Un tendeur isométrique pour l'alter ego de Tony, ce mollasson de Willard ?

— Mais qui est ce Willard ? demande-t-elle.

— Le monstre cyclopéen en col roulé. »

Elle éclate de rire. « Rien de si terrifiant.

— Alors quoi ? » Le Grand Mamamouchi se fait sérieux tout à coup.

Lenore pousse un profond soupir. Fini la rigolade. Le moment est venu de passer aux aveux et elle le sait.

« Ils étaient censés sortir ensemble ce soir-là, Tony et elle. Elle a de toute évidence été tuée et on a trouvé son corps avant qu'il ne puisse se présenter à son rendez-vous.

— C'est ce qu'il t'a dit.

— Ecoute, Paul, il ne l'a pas tuée. »

Faut-il croire Tony sur parole ?

« Je le connais. Il ne ferait pas une chose pareille.

— C'est ce que je pensais. Alors qu'est-ce qu'il a oublié là-bas ?

— Rien. »

Elle devait pourtant bien avoir une raison d'aller à l'appartement.

« Tu vas me promettre de ne pas utiliser ce que je vais te dire. » Elle veut dire pour la défense d'Acosta.

« Je ne peux rien te promettre de tel et tu le sais.

— Ecoute-moi. Je crois Tony. Il n'est pas mêlé à ce meurtre.

— Prouve-le-moi. »

Lenore prend un air exaspéré.

« Ce soir-là, quand nous sommes allés le retrouver à l'endroit où on avait découvert le corps, dans la ruelle, Tony et moi sommes restés quelques instants seuls.

— Je m'en souviens. » C'était pendant le bref instant où elle s'était éloignée de moi pour aller s'entretenir à l'écart avec Tony. Ils avaient échangé quelques mots que je n'avais pu saisir.

« Il m'a parlé de ce rendez-vous qu'ils avaient tous les deux. Il m'a dit que Brittany avait dû en inscrire l'heure quelque part. Elle aimait bien apparemment tout noter. Elle se méfiait de sa mémoire.

— Elle n'avait pas semblé avoir de mal à se rappeler les moindres petits détails de sa conversation avec Noix de Coco dans la chambre d'hôtel, dis-je.

— Elle avait aussi tendance à l'affabulation, poursuit Lenore. Je n'ai pas cru une seconde à son histoire lorsqu'elle me l'a racontée. Je pense que c'est tout le problème de Kline. Il sait que l'histoire que nous a servie Brittany était pleine de lacunes. Si on avait fait un procès à Acosta uniquement sur la foi de son témoignage et s'il avait eu un bon avocat, le juge aurait envoyé le parquet sur les roses. On n'aurait rien pu prouver contre Acosta.

— Mais on l'aurait poursuivi quand même ? »

Elle fait une grimace, l'air de dire qu'elle n'en sait trop rien. Elle me raconte qu'il n'y avait pas unanimité là-dessus dans les services de Kline, et que celui-ci était le seul à insister pour qu'on fasse un procès à Acosta, ainsi que Brittany Hall, qui voyait sa crédibilité mise en doute.

« Elle pensait que si le procureur ne la croyait pas dans une affaire aussi importante, cela nuirait à ses chances de dénicher un job dans la police après ses études. Elle n'appréciait guère que l'on mette son honnêteté en question.

— Elle avait peut-être de bonnes raisons, dis-je. Elle fréquentait une bande de gens auxquels la vérité était étrangère. Ça peut être contagieux.

— Tu crois qu'on se serait servi d'elle pour piéger Acosta ? Tu penses à Mendel ? »

Je la regarde, l'air de dire que ce n'est pas à exclure.

« Ça ne m'étonnerait pas, dit Lenore.

— Quoi qu'il en soit, tu es allée à l'appartement. Qu'est-ce que tu cherchais ?

— Un petit Post-it. Tony m'avait dit que Brittany avait l'habitude de les coller sur son calendrier afin de ne rien oublier.

— Et tu l'as trouvé ? »

Elle acquiesce. « Avec le nom et le numéro de téléphone de Tony, ainsi que l'heure du rendez-vous : dix-neuf heures. La note était fixée sur le calendrier au jour du meurtre. C'est alors que j'ai vu le mot concernant le rendez-vous avec Acosta écrit sur le calendrier. Le Post-it était collé par-dessus.

— Répète-moi ça.

— J'ai trouvé la note concernant le rendez-vous avec Tony.

— Non. Non. Pas ça. Où l'as-tu trouvée ?

— Collée au-dessus des notes écrites sur le calendrier. »

Elle ne saisit toujours pas.

« La note concernant le rendez-vous avec Acosta ? »

Et c'est alors que la vérité commence à lui apparaître.

« Oh, merde !

— Cela signifie-t-il que le rendez-vous avec Acosta était annulé ?

— Je ne pense pas. » Lenore espère au moins ne pas avoir détruit un tel indice.

« Pas de la manière dont le Post-it était collé. Il était plutôt là en rajout, comme si Brittany Hall avait manqué de place sur le calendrier.

— Mais tu ne le sais pas ? »

La signification de ma question n'échappe pas à Lenore. Si la note avait été laissée à sa place et que les flics l'avaient trouvée, nous aurions pu nous appuyer là-dessus pour notre plaidoirie. Mais sans le vouloir, Lenore a, de son propre chef, altéré un indice, et cela au détriment de notre client.

« Il n'y avait rien de mal à ça. Tony tenait tout simplement à ce que les autres flics ne voient pas cette note. Il était gêné aux entournures.

— Ouais. Je n'ai pas de mal à le croire, d'autant qu'il n'a pas d'alibi.

— Tu ne vas pas te servir de ça ? »

Je lui réponds par un regard qui ne m'engage à rien.

« Tu as dit...

— Je n'ai rien dit. J'ai dit que nous nous étions tous les deux engagés à défendre un client qui est accusé de meurtre.

— S'il le faut, je témoignerai avoir retiré la note du calendrier. Qu'elle était collée sur le nom d'Acosta. Qu'il était clair que le rendez-vous était annulé. Mais je ne prononcerai pas le nom de Tony. Ce n'est pas lui qui l'a tuée.

— Mais qu'est-ce qu'il a donc ce type ?

— Je pense tout simplement qu'il n'y est pour rien.

— Peu importe. Tu sais aussi bien que moi que si je te cite comme témoin, personne ne te croira de toute façon. On y verra simplement une histoire bâtie de toutes pièces. Kline présentera cela au jury comme un parjure. Une tentative ultime et désespérée pour sauver un client coupable.

— Il y prendra un malin plaisir. En plus, je n'ai pas conservé la note. »

Je grimace, l'air de dire que c'est grave.

Je lui demande qui a déchiré les pages du petit carnet de Brittany Hall avec les numéros de téléphone. Et la lettre A qui manque, peut-être le numéro de téléphone de Tony.

« Je n'en ai pas la moindre idée, répond-elle. Tout ce que je sais, c'est ce que Tony m'a dit, et ce qu'il y avait sur cette note. »

Et tout d'une traite, elle ajoute : « Comment rattraper ça ? Qu'est-ce que je devrais faire ? »

C'est une énigme.

« Pour le moment, tu gardes le profil bas.

— Et je te laisse ramasser les pots cassés.

— On n'y peut rien. Je vais parler à Acosta. S'il veut un renvoi, je pense que Radovich le lui accordera.

— Et si Kline m'envoie une citation à comparaître comme témoin ?

— Nous nous y opposerons.

— Et si nous échouons ?

— Entrer quelque part par effraction est toujours un délit. Tu te retrancheras derrière le Cinquième amendement. Tu ne leur diras rien — sur recommandation de ton avocat. » Je lui fais un clin d'œil.

Elle sourit. « Laisse-moi deviner lequel. » Elle tend le doigt vers moi.

« Je ne pourrais pas assurer ta défense. Il y aurait conflit d'intérêts. Je vais te trouver quelqu'un d'autre. »

Harry veut abandonner. Il me dit que je devrais en faire autant toute affaire cessante. Défendre Acosta ne correspond pas à la haute idée que Harry se fait de la justice.

Ce qui ne l'empêche pas d'abattre un incroyable travail de paperasses. En ce moment, sa tâche principale, qui s'est transformée en travail bénévole, consiste à obtenir la saisie de documents, dont les livres comptables du syndicat de Mendel, et à fouiner dans la salle de séquestre de la police à la recherche de renseignements sur l'arme qui a servi à tuer Zack Wiley.

Harry est passé maître dans l'art de piller des documents privés tout en restant dans la légalité. Il dit que nous devrions pouvoir entendre depuis notre bureau Mendel pousser sa gueulante dès qu'il aura reçu son assignation à comparaître. Avec ces démarches, l'orientation que prendra notre défense dans l'affaire Acosta commence à se dessiner.

Ce matin, je me rends seul à la prison du comté afin de m'entretenir avec Acosta.

Lorsque j'y arrive, Lili est en pleine conversation avec son mari. Ils ont l'air tous deux de m'attendre. Maintenant que Lenore n'est plus sur l'affaire, nous sommes à la croisée des chemins.

Acosta semble las. La monotonie des débuts d'un procès agit comme un narcotique, même lorsqu'il peut en résulter la mort. Il a les traits tirés, les yeux caves. Il a perdu plus de cinq kilos depuis son arrestation, quoiqu'il dise entretenir un peu sa musculature dans le gymnase de la prison, les jours où il revient tôt du tribunal. Il dit que ce n'est pas trop dur. Finalement, on s'habitue à tout.

Quant à Lili, sa vie semble brisée. Elle fait bonne figure et, de son côté de la vitre épaisse, le soutient tel un roc, du moins psychologiquement. Mais on devine que, une fois livrée à elle-même, elle s'abandonne aux affres de l'incertitude, essayant d'envisager la vie qui serait la sienne si elle venait à perdre son mari. Bien que cela passe mon entendement, Armando Acosta est pour elle le centre de l'univers.

Après vingt ans d'hostilité professionnelle, j'en suis venu ces dernières semaines à voir Acosta sous un éclairage nouveau. Etonnant combien, chez un homme brisé, l'humilité peut ennoblir l'esprit.

« J'espère que ma présence ne vous gêne pas, dit Lili. Nous n'avons plus beaucoup le temps de nous parler. »

Toutes les lumières sont éteintes dans la salle d'audience de Radovich, ce matin. Le juge a pris une journée de congé, pour nous donner, je crois, le temps de nous ressaisir après le coup accablant porté à Lenore. Hier, après avoir fait prêter serment aux jurés, il a encore fallu en découdre avec les médias.

Radovich refuse que le procès soit retransmis à la télévision. Il a déjà eu l'occasion de voir ce que cela entraînait comme perte de temps.

« Les gens, a-t-il dit aux représentants des médias, ont tendance à se prendre pour le nombril du monde dès qu'ils se trouvent devant une caméra. »

Pour ajouter l'injure à l'insulte, il a interdit aux avocats, aux enquêteurs et à la police, ainsi qu'aux témoins des deux parties, de faire des déclarations à la presse. Cela a stoppé net une industrie en pleine expansion.

Lorsque les avocats des chaînes de télévision sont tombés à bras raccourcis sur lui en brandissant le Premier amendement, Radovich a rétorqué qu'il n'avait rien vu dans cet amendement concernant la retransmission en direct des procès. Il leur a dit d'aiguiser leurs crayons et qu'il leur trouverait une place dans la première rangée de la salle du tribunal.

Bien que je n'aie déposé aucune requête pour ou contre une telle retransmission, je dois avouer que la télévision obéit à une dynamique qui tend à favoriser la défense, surtout lorsqu'on a affaire à un procureur élu tel que Kline. Sous les feux avantageux des caméras, un procureur aura plutôt tendance à oublier les règles élémentaires censées régir l'action du ministère public. Il en résulte que celui-ci est en voie de se doter d'un beau palmarès de grands procès bousillés, perdus alors qu'ils étaient donnés gagnants, ou encore à cause de jurys ne parvenant pas à l'unanimité sur un verdict parce qu'un procureur a perdu la balle des yeux, ou a essayé d'en rattraper d'autres lancées par la défense uniquement pour amuser la tribune. Il y a des témoins qui inventeraient n'importe quoi et iraient jusqu'à se parjurer pour quinze minutes de gloire. Et il y a des juges qui tolèrent cela. Nous entrons dans l'ère de la Bêtise.

« Comment Maître Goya prend-elle la chose ? demande Acosta. Le fait d'avoir été écartée ?

— Elle n'est pas contente. Surtout d'elle-même. C'était une erreur.

— Je ne connais pas très bien la chronologie des faits, dit-il, mais je crois comprendre qu'elle ne travaillait plus pour le ministère public lorsqu'elle a fait cette petite visite à l'appartement ?

— C'était immédiatement après qu'elle a quitté les services du procureur.

— N'y a-t-il pas alors un risque que l'on soulève la question de l'abus d'autorité de la part de Maître Goya ? Elle aurait agi comme faisant encore partie des services du procureur, il y aurait alors usurpation d'identité, non ?

— Ne donnons pas d'idées à Kline.

— Absolument pas. Mais, ajoute-t-il, dites-moi. Pourquoi est-elle allée là-bas ? »

Il a le droit de le savoir mais je lui dis que nous en discuterons en tête à tête, après le départ de Lili. Nous parlons de la situation présente de la récusation de Lenore. Acosta ne semble pas ébranlé.

« Ç'aurait pu être pire, dit-il. Cela aurait pu se produire après que le jury eut été assermenté et qu'elle eut créé des liens avec lui. Dans ces conditions, ç'aurait été irrécupérable. »

Il n'y allait peut-être pas avec le dos de la cuiller lorsqu'il était juge, mais il a une perception aiguë du déroulement du procès.

« Dans l'état actuel des choses, dit-il, il vous sera possible de prendre la relève avant que ça ne fasse de dégâts réels.

— Ce qui entraîne la première question. Que faisons-nous maintenant ?

— Nous continuons.

— Radovich vous accorderait un report, si vous désiriez prendre un autre avocat.

— Vous nous lâchez ? demande Lili.

— Qu'est-ce que c'est que ça ? demande Acosta. Les rats quittent le navire quand il coule ? Vous n'assurez plus ma défense ?

— C'est Lenore qui était votre avocate en titre. Vous étiez son client.

— Et vous étiez partie prenante. » Il me rappelle les honoraires élevés que j'avais demandés lors de notre première réunion, l'importante provision que j'avais exigée.

« Nous avons hypothéqué la maison, dit Lili.

— Je m'opposerai à toute velléité que vous auriez de nous lâcher.

— Nous nous connaissons depuis longtemps. Nos rapports n'ont pas toujours été très agréables. Je pensais que vous vous sentiriez peut-être plus à l'aise avec un autre avocat.

— Nous ne nous marions pas, vous et moi. Nous repoussons une accusation de meurtre. Ça va être ce qu'on appelle un corps à corps sans merci. Et il est vrai que nous sommes différents à certains égards. »

Il me regarde en plissant les yeux, avec un air de vieux sage.

« J'imagine que je ne suis pas toujours facile. » Acosta a vraiment le sens de la litote. « Et si vous voulez savoir la vérité, je vous ai longtemps considéré comme une belle ordure.

— Armando ! » Lili porte la main à sa bouche avec une expression horrifiée.

« En fait, je dirais même que vous êtes la plus belle ordure du barreau. Mais si on est tant soit peu malin, c'est quelqu'un comme vous dont on a besoin dans un corps à corps sans merci. Et pour l'instant, l'essentiel, c'est justement que vous soyez une ordure. J'ai payé pour vous avoir et, si ça ne vous ennuie pas, j'aimerais vous garder. »

Un ange passe. Je sais qu'il me compliquerait les choses si je voulais me retirer. Radovich prendrait le parti d'un accusé qui s'efforce de retenir son avocat à la veille de son procès. Ce n'est pourtant pas cela qui me retient de le lâcher. J'aurais mille raisons de maudire cet homme : sa nature colérique, sa partialité légendaire lorsqu'il était juge, son pharisaïsme envers des gens qui se trouvaient dans la situation qui est la sienne aujourd'hui. Tout cela suffirait amplement à l'envoyer balader sans hésiter. Mais pas pour une faute qu'il n'a pas commise.

« Alors, qu'en dites-vous ? me demande-t-il.

— Si vous tenez à moi, je reste.

— Et Maître Hinds ? Je sais que vous travaillez ensemble.

— Je ne peux pas parler à la place de Harry, mais je pense qu'il marchera.

— Bon. »

Cela réglé, Lili nous laisse en tête à tête, et j'explique à Acosta la raison du passage de Lenore à l'appartement de Brittany Hall, le fameux soir. Il écoute avec attention, saisissant toutes les nuances de l'affaire.

« Elle connaît bien Tony Arguillo ? » Acosta emploie le mot « connaître » au sens biblique.

« Ils sont amis. Rien de plus. » J'ajoute : « Amis d'enfance. »

Il réagit par un hochement de tête appréciateur. Je pense qu'il redoutait que Lenore ne fasse à Tony des confidences sur l'oreiller.

« Vous croyez que Tony Arguillo avait eu plus qu'une aventure d'un soir, comme on dit, avec Brittany Hall ?

— Je ne sais pas.

— Vous pourriez demander à Maître Goya.

— Elle le croit innocent.

— Mais enfin, elle me croit innocent. Elle le croit innocent. Qui voit-elle comme coupable ? »

Ce que Acosta est en train de dire, c'est que le temps est compté et que Tony ferait un excellent assassin. D'autant que ce ne serait pas à la défense d'en apporter la preuve.

« Il suffirait, dit-il, d'un indice quelconque, d'une allusion faite en passant au jury.

— Les jurés ne le croiraient pas venant de Lenore. Elle fait une cible trop facile pour le procureur.

— Effectivement. » Il voit le problème.

Je lui apprends que la note qui se trouvait sur le calendrier n'existe plus.

« C'est bien dommage. Nous aurions pu appeler Arguillo à la barre des témoins et l'interroger avec la note.

— Il nous aurait fallu étayer la chose », lui dis-je. Des questions de détails. « Etablir à quel endroit la note aurait été trouvée. » Ce qui nous ramène à Lenore.

Il secoue la tête. Rien à attendre de ce côté. Il est pourtant intrigué par le fait que Tony ait envoyé Lenore récupérer la note.

« Etes-vous sûr qu'elle vous dit tout ?

— Pourquoi mentirait-elle ?
— Pour protéger Arguillo.
— Elle était votre avocate. Rien ne l'obligeait à assurer votre défense.
— Justement.
— Vous êtes en train de me dire qu'elle l'a fait avec des arrière-pensées ?
— C'est une possibilité.
— A mon avis, non. Je pense qu'elle nous a dit tout ce qu'elle savait.
— Peut-être. » Mais son expression me dit qu'il a compris que j'apporterai un soutien indéfectible à Lenore.
« Quelque chose d'autre ? demande-t-il.
— Un dernier point.
— De quoi s'agit-il ?
— D'un calendrier que l'on a trouvé dans l'appartement de la fille. Il porte une inscription à la date du meurtre, écrite de la main de la victime. Votre nom, ce qui indique que vous aviez rendez-vous avec elle cet après-midi-là. »
S'il avait une infime lueur de connaissance de la chose, il n'en laisse rien paraître. Il soupèse la nouvelle d'un air grave.
« Je ne comprends pas. Je ne sais que dire. Je ne vois pas comment cette note a pu aboutir là. A part cette rencontre dans la chambre d'hôtel, là où ils m'ont tendu un piège, je n'avais jamais parlé à cette femme et je ne l'avais jamais rencontrée. Je ne l'avais jamais vue auparavant et je ne l'ai jamais revue. »
Cette histoire le laisse authentiquement perplexe.
« Pourquoi l'aurais-je revue, après avoir été abusé par elle la première fois ?
— Je suis sûr que l'accusation aimerait bien le savoir.
— Ç'aurait été complètement idiot. Qu'est-ce que j'aurais pu espérer en la revoyant ? »
Je n'en dis rien mais je suis convaincu que Kline a déjà répondu à cette question.

« Comme ça, vous n'avez pas idée de la manière dont la note a bien pu se retrouver sur le calendrier ? Une note indiquant votre nom et l'heure du rendez-vous ?

— Non. » Il secoue la tête. Puis il lève sur moi des yeux sombres sous un front labouré de rides. « Le problème, dit-il, est de savoir comment nous allons pouvoir expliquer ça au jury alors que nous n'en avons pas la moindre explication nous-mêmes. »

C'est exactement la question.

CHAPITRE SEIZE

Cela fait presque deux semaines que Radovich bûche sur le cas de la petite fille, Kimberly Hall.

La question litigieuse porte sur le droit pour un procès pénal de se dérouler en public. Kline voudrait citer la fille de Brittany Hall comme témoin, mais sans le public et la presse, en la seule présence du jury, du juge et des avocats. Il prétend que cela risquerait, autrement, de la traumatiser, qu'elle a assez souffert comme cela.

Nous nous sommes opposés à sa requête et avons exigé d'évaluer le témoignage de la fillette avant le commencement du procès. Cette procédure n'est pas rare avec de jeunes enfants. Il importe de savoir si la petite fait la différence entre la vérité et l'affabulation et, dans ce cas, déterminer si elle a vu ce soir-là quelque chose qui justifie qu'elle témoigne.

Tout ce que nous savons, c'est que, le soir du meurtre, les flics ont trouvé Kimberly recroquevillée au fond d'un placard à quelques mètres du living, serrant contre elle un ourson taché du sang de sa mère. Ce qu'elle a bien pu voir, ou ne pas voir, demeure un mystère.

Ce matin, nous sommes réunis dans la salle d'audience — le juge, les avocats et une psychologue des services de protection de l'enfance. Les révélations qui seront faites ici aujourd'hui décideront du témoignage éventuel de Kimberly.

Kline a confié la tâche de s'occuper de la fillette à l'une de ses assistantes, mais celle-ci n'interviendra probablement pas beaucoup aujourd'hui, car l'initiative est à la défense. Kline part du principe qu'une femme est susceptible de tirer davantage d'informations de l'enfant que lui-même. Quant à nous, nous aurions sûrement recouru aux services de Lenore si elle n'avait pas été récusée.

Puis, tout à coup, une pensée me vient, qui me frappe comme un poignard glacé, une idée à laquelle je n'avais pas réfléchi sur le moment : Kimberly était dans le placard lorsque Lenore et moi avons pénétré dans l'appartement ce soir-là.

J'ai froid dans le dos rien qu'à l'idée que nous ayons pu l'y laisser sans le savoir — et qu'elle nous ait vus. J'écarte rapidement cette dernière hypothèse. Elle n'a pu voir quoi que ce soit. La porte du placard était fermée, du moins je le crois.

Les seules personnes de l'autre côté de la barre du tribunal sont le père et la mère de Brittany Hall, lesquels adressent des signes de la main à leur petite-fille perchée sur deux annuaires téléphoniques dans le box des témoins.

« Tu es bien, comme ça ? » Radovich se penche de côté sur son siège et adresse un grand sourire paternel à la gamine.

« Moi, c'est différent, dit-il. On me fait asseoir ici, tout là-haut, afin que je puisse voir tout le monde. »

Elle le regarde sans rien dire. Elle ne semble ni amusée ni rassurée par ses paroles.

Radovich, qui a retiré sa toge, siège en manches de chemise et le col ouvert, concession de sa part pour amadouer la fillette.

« Aimerais-tu que je descende près de toi ? », demande-t-il.

Elle secoue la tête.

« Tout va se passer entre nous deux, d'accord ? »

Elle le regarde en silence, en train de se dire, sans doute, qu'elle préférerait qu'on la laisse tranquille.

« On enregistre tout à partir de maintenant », annonce-t-il à la greffière.

Celle-ci commence à pianoter sur son appareil sténographique.

« Tu n'as pas peur, n'est-ce pas ? », demande Radovich.

La petite secoue la tête d'un air courageux.

« Inscrivons sur le greffe qu'elle a fait signe que non. »

Elle est tout simplement trop terrifiée pour parler.

Radovich quitte son banc, descend dans le prétoire et vient se placer devant le box des accusés, où il est presque à hauteur d'yeux avec elle.

« Kimberly. Est-ce que tu sais pourquoi tu es ici ? »

Nouveaux hochements de tête que le juge interprète pour le greffe.

« Peux-tu nous dire comment tu t'appelles ? »

Elle secoue la tête.

« Tu sais comment tu t'appelles ? »

Elle fait signe que oui.

« Tu sais comment tu t'appelles mais tu ne veux pas me le dire ? »

Elle acquiesce de nouveau.

« Merveilleux. » Radovich s'adresse à la psychologue : « Croyez-vous qu'elle acceptera de vous parler ? »

Celle-ci se lève et traverse la pièce. Elle prend contre elle la petite fille dans le box des témoins tout en lui parlant sur un ton qui m'empêche d'entendre ce qu'elle lui dit. Une petite voix craintive perce dans la conversation.

« Kimberly, dit la petite voix.

— Et ton nom de famille ? demande la psychologue.

— Hall.

— Bien. »

Radovich fait signe à la psychologue de s'en tenir là.

« Kimberly. Il faut que tu nous dises si tu as vu

quelque chose le soir où on a fait du mal à ta maman. Penses-tu en être capable ? »

Elle regarde en direction de ses grands-parents, à la recherche d'un signe d'encouragement. Sa grand-mère lui fait fébrilement signe que oui de la tête jusqu'à ce que le juge intervienne.

« Madame, le but de cet exercice est de découvrir si l'enfant sait quelque chose. Ne l'influencez pas. »

La femme croise les mains sur ses genoux. Elle se ferme comme une huître.

« Te souviens-tu de ce soir-là, Kimberly ? Du soir où on a fait mal à ta maman ? » Radovich essaie d'éviter dans la mesure du possible de traumatiser l'enfant.

La fillette acquiesce de nouveau.

« J'en étais sûr », dit Radovich à mi-voix en se redressant et en s'épongeant le front avec un mouchoir.

« Vous n'enregistrez pas ce dernier commentaire », précise-t-il à la greffière.

Quelques touches sur le clavier et sa remarque est effacée.

« Kimberly, peux-tu me dire où tu étais ce soir-là ? », demande Radovich.

C'est la première question pour laquelle un hochement de tête ne suffira pas comme réponse.

Elle lève les yeux vers lui, articule silencieusement un mot puis répond : « J'étais dans le placard.

— Tu étais là toute seule ? »

Elle secoue la tête. La greffière s'autorise d'elle-même à enregistrer les « oui » les « non » silencieux sans attendre les instructions du juge.

« Il y avait quelqu'un avec toi dans le placard ? »

Elle fait signe que oui de la tête.

« Qui ?

— Binky.

— Qui est Binky ?

— Mon ourson.

— Ah. Je l'ai vu, dit Radovich. Un bel ourson.

— Où est-il ? Pourquoi est-ce que je ne peux pas l'avoir ? »

Radovich pivote sur lui-même et lève les yeux au ciel. Il a réussi à engager le dialogue.

« Les policiers ne t'ont pas donné un petit ourson ?

— Ce n'était pas Binky.

— Bien, on leur en glissera un mot. D'accord ? »

Elle acquiesce d'un air sévère à la Shirley Temple, comme si elle comptait bien qu'il honore sa promesse.

« Est-ce qu'il faisait noir dans le placard ce soir-là ? »

Autre acquiescement.

« Est-ce que tu pouvais voir quelque chose ? »

L'enfant secoue la tête.

Radovich se retourne et nous regarde, l'air de dire : « Il n'y a peut-être rien à en tirer. »

« Cessons d'enregistrer », dit-il à la greffière, et il fait quelques pas de l'autre côté de l'estrade, suivi de la psychologue. Ils s'entretiennent tous les deux, tandis que l'assistante de Kline et moi nous approchons lentement pour entendre ce qui se dit.

« C'est une question délicate. » Radovich est en train de parler à la psychologue. « Comment lui demander d'où vient qu'il y avait du sang de sa mère partout sur son ourson ?

— Avec beaucoup de tact, dit la psy. Il se peut qu'elle ne sache pas que c'est du sang. Vous pourriez lui demander comment son ourson s'est sali. »

Radovich lui adresse un signe d'approbation. « Bonne idée. »

Il met fin au conciliabule et revient vers le box des témoins.

« Kimberly. Peux-tu me dire comment Binky s'est sali ?

— Maman a saigné partout sur lui. »

Voilà ce que c'est que de vouloir finasser avec les enfants.

« Tu l'as vue saigner ?

— Oh, oui. Binky est plein de sang. Je pense qu'on lui a fait mal à lui aussi.

— Je pense que ça ira pour Binky, dit-il. Il est en train de se remettre à l'hôpital, ment-il à la fillette.

— Maman aussi ? »

Radovich se détourne de manière à ce que seuls les avocats et les parents de Brittany Hall puissent le voir. Il a l'expression de quelqu'un qui donnerait tout l'or du monde pour s'épargner cette corvée.

Il se retourne vers Kimberly. « Une petite seconde, ma chérie, je reviens tout de suite. » Radovich veut une nouvelle consultation avec la psychologue. Nous nous réunissons tous au même endroit que précédemment.

« Est-ce qu'on lui a dit que sa mère était morte ?

— On lui a dit que sa mère était au ciel, dit la psychologue. Elle dit qu'elle comprend mais elle demande quand sa mère va revenir. »

Il semble qu'à l'âge de cinq ans, aller au ciel est à peu près du même ordre que d'aller à Disneyland. Dans l'esprit d'enfant de Kimberly, sa maman ne peut que revenir un jour ou l'autre avec des oreilles de souris.

« Vous allez lui dire que sa mère n'est pas à l'hôpital. » Radovich s'en remet manifestement à autrui de cette mission délicate. A en juger par son expression, il préférerait cent fois se faire tabasser par un voyou armé d'une pioche.

La psy, porteuse dudit message, se dirige vers l'enfant. Cela dure de longues secondes et Radovich est déjà de retour devant la fillette lorsque nous revenons à la table de la défense.

Il passe vivement outre la question du décès et lui demande où elle a trouvé Binky ce soir-là.

La petite fille réfléchit en avalant des seaux de salive, son minuscule cerveau travaillé par toutes les images de violence qui se sont imprimées en elle.

« Te souviens-tu à quel endroit tu l'as ramassé ? »

Elle fait signe que oui.

« Où ?
— Sur le plancher. Binky était par terre.
— Où ça par terre ?
— Près de maman.
— Comment Binky s'était-il sali ?
— J'ai entendu maman dans la pièce de devant. Ils criaient.
— Qui criait ? » Radovich enchaîne aisément maintenant qu'il a le sentiment de progresser.
« Maman.
— Qui était avec maman ? »
Elle secoue la tête et hausse les épaules en un geste d'hésitation, avec une grande expressivité pour un si petit corps.
« Tu ne sais pas ? »
Elle secoue de nouveau la tête.
« Tu n'as pas vu qui était avec ta maman ? »
Elle secoue la tête de plus belle.
« Notez pour le greffe qu'elle n'a pas vu qui était en compagnie de sa mère ce soir-là », dit Radovich. Premier point d'acquis.
Je sens Acosta se détendre soudain sur sa chaise en poussant un soupir de soulagement nettement audible.
Radovich interroge Kimberly dix minutes de plus, sans rien obtenir d'elle qui vaille la peine. C'est un travail pénible, et il transpire abondamment. Sa chemise blanche, trempée à trois endroits, lui colle au dos.
« Vous voulez peut-être essayer un peu à votre tour ? » Il se tourne vers moi.
« Vous vous y prenez bien, lui dis-je.
— D'accord. »
Parler avec cette gamine maintenant serait pour moi jouer avec le feu. Elle ne nous a pas encore causé préjudice pour l'instant. Si jamais elle dit quelque chose à notre détriment, je serai obligé de lui faire subir un contre-interrogatoire.
Radovich retourne vers elle devant le box des

témoins et lui offre un verre d'eau. Elle l'accepte et demande une paille. Le juge envoie son clerc lui en chercher une dans son bureau et, lorsque celui-ci revient les mains vides, il l'expédie à la cafétéria.

« Tu voudrais peut-être un Coca ? », lui propose-t-il.

Son visage s'éclaire et elle fait signe que oui. Radovich sort un billet de cinq dollars de sa poche et le tend à l'huissier.

« Avec une glace peut-être aussi. »

Pendant que nous attendons, Radovich continue d'interroger Kimberly, lui demandant de lui parler de ce que s'est passé ce soir-là.

« Ils étaient vraiment en colère, dit-elle.

— Qui ?

— Maman... » La fillette a alors un regard désolé, comme si elle ne parvenait pas à mettre un visage sur l'autre voix qu'elle a peut-être entendue ce soir-là.

« Sais-tu si l'autre voix était la voix d'une dame, comme celle de ta maman, ou une voix d'homme ?

— J'ai entendu maman, dit-elle. Elle criait.

— Oui. Mais est-ce que tu as entendu l'autre voix ? »

Elle secoue la tête. Une gamine de cinq ans, recroquevillée dans un placard obscur, qui écoute des cris de violence : pas étonnant qu'elle n'ait entendu que les hurlements de sa mère.

« Est-ce que ta mère a dit quelque chose ?

— Elle a dit “Non !” Elle était vraiment furieuse.

— As-tu entendu une voix d'homme ? »

Cette question est tendancieuse et je pourrais y faire objection mais Radovich trancherait probablement à mes dépens puisque c'est lui qui l'a posée.

« Je pense que oui », répond-elle.

Je fais une petite grimace de douleur.

« Votre Honneur, je suis obligé de faire objection. Cette question est très tendancieuse pour une petite fille.

— Vous y remédierez tout à l'heure.

— Nous pourrions régler ça tout de suite, lui dis-je, et nous éviter d'avoir à y revenir.

— J'y sursois pour le moment. »

On apporte le Coca de la cafétéria et Kimberly le boit à la paille. On pose la crème glacée sur le bureau du juge où elle commence bientôt à fondre. Radovich continue à interroger Kimberly sur son ourson, afin de savoir comment il a été taché de sang.

« Binky était avec maman. On leur a fait mal à tous les deux. »

Il apparaît clairement que, par un procédé de rationalisation, Kimberly croit maintenant que c'est l'ourson lui-même qui a saigné.

« Binky doit être un vrai bon ami ? demande Radovich.

— Il garde tous mes trésors.

— J'avais un petit ami en peluche quand j'étais petit, moi aussi. Nous étions vraiment bons copains. Je pouvais lui parler de tout. » Radovich porte la tasse de café à ses lèvres.

« Dis-moi, Kimberly, as-tu vu ta maman se faire blesser ce soir-là ? »

Elle le regarde très sérieusement durant quelques instants, puis secoue la tête.

La greffière note la chose. Autre coup porté au flanc du procureur.

« Ton ourson, il était dans la pièce de devant quand on a fait mal à ta maman ? »

Cette question lui vaut un grand geste affirmatif de la tête.

« Et toi, tu étais dans le placard ?

— D'abord, j'étais dans ma chambre.

— Tu as quitté ta chambre pour aller dans le placard ?

— Heu... heu... » Elle acquiesce.

« Tu y es allée lorsque tu as entendu les cris ? »

Elle fait signe que oui.

Il lui suggère sans vergogne ses réponses, mais il laisserait sans doute un avocat agir de même avec un enfant. C'est le seul moyen de tirer quelque chose de Kimberly.

« Ainsi tu as entendu crier quand tu étais dans ta chambre, et c'est à ce moment-là que tu es allée dans le placard ? Pourquoi es-tu allée dans le placard ?

— J'avais peur. »

Ce qui lui a sans doute sauvé la vie, et Radovich le sait. C'est le genre de détail qui n'échapperait pas à des jurés, et qui serait susceptible de les dresser contre un prévenu, faute d'un autre individu sur qui décharger leur courroux.

« Ta maman se disputait donc très fort pour que tu aies peur à ce point ? »

Elle lui fait un grand signe affirmatif de la tête.

« As-tu entendu ce qu'ils disaient, ta maman et l'autre personne ?

— Beaucoup de gros mots.

— Des gros mots ? » Radovich essaie de la faire parler là-dessus tout en se frottant le menton.

« Heu heu. Maman disait beaucoup de gros mots. »

A entendre la fillette, Brittany Hall est morte en proférant des torrents d'injures, quoique cela ne nous indique en rien qui se trouvait avec elle ce soir-là.

« Encore deux ou trois questions et ce sera tout. Kimberly, je veux que tu réfléchisses bien. As-tu vu quelqu'un avec ta maman ce soir-là ? Le soir où on lui a fait du mal ? »

Elle le regarde sans bouger.

« Tu as vu quelqu'un ce soir-là dans la pièce de devant ? »

Je sens Acosta se tendre sur son siège près de moi.

Kimberly, commençant par la droite de la salle du tribunal, la partie de la pièce la plus proche de la rampe qui enclôt le box du jury, examine les visages tout autour : d'abord l'assistante du procureur, puis Radovich lui-même, la greffière et l'huissier. Elle passe ensuite à gauche, au-delà de la sténo et de la psychologue assise à notre table, posant d'abord son regard sur moi, puis sur Acosta qu'elle fixe longuement et avec insistance. Elle a une expression tendue, et pointe alors une main vers notre table — non sur Acosta mais sur moi.

Je pars d'un petit rire imbécile. Je sens mon sang affluer à mon estomac comme une chape de plomb. Je commence à avoir des sueurs froides.

Radovich me regarde. Acosta de même.

« Transfert », déclare la psy. Ce qui détourne quelques instants leur attention de ma personne.

« Il avait fait objection à une de vos questions. » Elle fait un clin d'œil à Radovich et ils vont tenir conciliabule loin des oreilles du témoin.

L'assistante du procureur et moi-même les rejoignons, bien que j'aie les genoux si faibles que je peux à peine marcher.

La psychologue chuchote quelque chose à l'oreille de Radovich.

« Elle sait que quelqu'un dans la pièce est une personne mauvaise. Elle sait que ce n'est pas la dame qui est à l'autre table. » Elle parle de l'assistante du procureur. « Ni l'huissier qui lui a apporté à boire. Elle se dit que ça ne peut être qu'un des hommes assis à l'autre table. C'est simple. Vous êtes le seul à avoir pris la parole. » Elle me regarde. « C'est donc vous qu'elle a choisi. Elle a dit ça comme ça. »

Les merveilles de l'analyse moderne.

« Le greffe notera que le témoin a désigné l'avocat de la défense, dit Radovich. Quoi d'autre ? »

Quelques rires étouffés se font entendre dans la salle. L'huissier et le clerc. La grand-mère de Kimberly me regarde de travers tout en parlant à voix basse à son mari.

Je me félicite que Kline n'ait pas assisté à cette scène. Il en aurait sans doute tiré d'autres conclusions que le juge : il associerait l'empreinte laissée sur la porte d'entrée par Lenore et le fait que la gamine ait jeté son dévolu sur moi. Et ce soir, sous les spots des caméras, je serais en train de chercher les moyens de me dédouaner.

CHAPITRE DIX-SEPT

Aujourd'hui, la salle d'audience est bourrée à craquer, chaque siège est occupé, et on a dû tendre un cordon entre deux colonnes, au milieu de la salle des pas perdus, afin de permettre au personnel du tribunal de circuler librement.

Malgré la notoriété de l'affaire, il n'est guère probable que l'on revoie pareille affluence d'ici à l'énoncé du verdict.

Sur les marches, à l'extérieur, des manifestantes brandissent des pancartes : LES FEMMES CONTRE LA VIOLENCE, LES MÈRES CONTRE LA CRIMINALITÉ — par lesquelles elles s'arrogent le monopole de la vertu à l'exclusion des hommes.

Depuis la divulgation de l'acte d'accusation prononcé à l'encontre d'Acosta, les ondes radiophoniques ne tarissent plus de propos antimâles, dirigés surtout contre la classe politique. Le soir, il me suffit d'ouvrir un appareil électronique quelconque pour entendre des voix criardes y aller de leurs interminables anecdotes sur les actes de prédation commis par les hommes. Les plus exaltées de cette meute féminine appellent maintenant de leurs cris un programme fédéral de castration obligatoire des représentants de la gent masculine, en principe pour mater les plus violents d'entre nous, bien que cette revendication ne soit pas parfaitement claire.

« La solution finale des féministes », dit Harry.

Dans d'autres milieux, on s'interroge pour savoir si l'on surveille suffisamment la vie privée des juges. L'affaire Acosta sonne le rappel de tous les tenants d'une réforme de l'appareil judiciaire, de ces législateurs qui décident des lois qu'ils proposeront le matin en fonction de ce qu'ils ont vu à la télévision la veille.

On assiste à des campagnes croissantes pour la protection des témoins et en faveur d'une limitation du mandat judiciaire. On a même émis une proposition visant à limiter le nombre de mots qu'un avocat peut prononcer lors d'un procès, à l'instar de ce qui se pratique pour la récusation des jurés lors des audiences préliminaires, sauf que dans ce cas, une fois votre temps de parole écoulé, c'est la peau de votre client qui est jeu.

Dans l'ensemble, l'affaire Acosta tient du Carnaval et de l'exécution publique du bon vieux temps, avec des charlatans qui se servent de la télévision pour colporter leurs potions.

C'est dans ce déchaînement hystérique du débat politique que nous espérons obtenir un procès équitable.

En coulisse, Coleman Kline jette d'une main experte un peu d'huile sur le feu. On n'entend plus que lui sur les ondes. Veillant bien à ne jamais parler de l'un ou l'autre des détails de l'affaire, il ne se prive pas, en revanche, de donner son opinion sur tous les remous sociaux et politiques que le procès soulève, de quoi faire enterrer Acosta sous un amas de blâmes.

Ce matin, celui-ci est assis à côté de moi, vêtu d'un costume sombre que Lili lui a choisi dans sa garde-robe. Il a tellement perdu de poids depuis le début du procès qu'il a l'air d'un survivant d'Auschwitz dans ce costume.

Nous commençons par une manœuvre tactique. Je demande à la cour de faire sortir tous les témoins. Afin que ceux-ci ne puissent entendre les déclarations initiales des avocats et y conformer éventuellement leurs témoignages.

Radovich surenchérit sur moi et demande en outre aux témoins de ne pas écouter ou lire de comptes rendus sur le déroulement du procès, exigence qu'il est cependant impossible de faire appliquer.

« Maître Kline, êtes-vous prêt à commencer ? demande Radovich.

— Votre Honneur. » Kline se lève. Il tire sur chacune de ses manchettes à l'extrémité des manches de son veston, tel un guerrier s'armant pour partir au combat. Aujourd'hui il porte son plus beau costume en alpaga, bleu sombre, sur lequel se découpe une cravate rayée bleu et rouge. Le tissu satiné de son veston en met plein la vue tandis qu'il s'approche du box des jurés, tout en jetant un bref regard sur sa montre.

Puis, dans le silence absolu qui est tombé dans la salle, il débute lentement en exposant les concepts essentiels de sa plaidoirie, les thèmes centraux de l'accusation.

Debout à un mètre de la rampe du jury, sans recourir à un lutrin et sans notes, il prononce d'une voix claire et ferme l'oraison funèbre de la victime, comment on a trouvé son corps jeté sans manières dans une benne à ordures, comment on a découvert une grande quantité de sang chez elle, et de quelle manière elle est morte — prélude à la déposition du médecin pathologiste qui sera bientôt appelé à la barre des témoins.

« Le ministère public, mesdames et messieurs, entend prouver que ce meurtre a été commis par l'accusé, un homme qui occupait un poste de confiance dans notre société, un magistrat qui avait prêté serment de faire respecter la loi, et qui a trahi ce serment. » Pendant toute cette péroraison, il tend vaguement en direction d'Acosta un bras dirigé plus généralement vers notre table, de telle sorte que ses paroles visent aussi bien quiconque s'emploierait à prendre le parti de l'accusé.

Il s'agit d'un point important puisque, si Acosta est appelé à la barre des témoins, on peut être sûr que Kline reviendra sur cette violation supposée de son serment de magistrat lorsqu'il s'agira de juger de sa crédibilité. Tout cela, la duplicité, la parole trahie, pèsera lourd tacitement dans l'appréciation par le jury de la culpabilité de mon client.

« Nous montrerons que ce meurtre avait pour but de faire obstruction à l'exercice de la justice que l'accusé, Armando Acosta, avait, par serment, juré de faire respecter. »

Kline expose de la sorte le leitmotiv du « juge déchu » sur lequel il ne cessera de revenir. Il annonce aux jurés que le ministère public va citer un témoin qui confirmera au-delà de tout doute raisonnable que l'accusé a tenté d'engager des relations illicites et illégales avec la victime, laquelle était un agent sous couvert qui collaborait avec la police pour démanteler un réseau de prostitution. Acosta avait été pris sur le fait, « un juge corrompu et déchu », ajoute-t-il.

Il passe en revue pour les jurés la chronologie des événements de cette affaire de prostitution, depuis le système d'écoute défectueux de Brittany Hall, le soir du guet-apens, jusqu'à la déposition de cette dernière auprès des avocats de la partie civile, déposition sur laquelle il prend soin de ne pas insister afin d'éviter l'objection de témoignage par ouï-dire que je pourrais soulever. Il n'empêche que l'argument est bien amené, à savoir qu'Acosta avait un mobile manifeste et indiscutable.

Pendant tout ce temps, les dix-huit personnes — douze jurés et six remplaçants — demeurent immobiles derrière la rampe, fascinés par le déroulement de ce récit.

Kline exploite adroitement de menus détails soigneusement choisis, des circonstances incriminantes, qu'il accumule tout en continuant de faire monter la pression pour enfin crever la surface, vomissant le feu et le soufre, ne pouvant se retenir de porter un jugement moral. Un véritable Vésuve verbal.

« Nous montrerons que l'accusé est bien connu pour ses relations illicites avec d'autres femmes, liaisons qui ont finalement débouché sur la prostitution et le meurtre. »

Radovich écarquille les yeux. Un aperçu des côtés sordides de la vie de magistrat dans la grande ville.

J'entends le grattement effréné des stylos sur le papier. Les journalistes assis derrière nous dans la première rangée attrapent des crampes à force de prendre des notes, essayant de ne rien perdre de l'amas d'ordures que l'on est en train de déverser sur la tête d'Acosta.

Celui-ci me tire par la manche.

« Vous devriez soulever une objection. »

Je suis déjà presque debout lorsqu'il me dit cela.

« Votre Honneur, c'est indécent.

— Maître Kline, dit Radovich, vous êtes au courant des limites à ne pas dépasser concernant les appréciations de la moralité de l'accusé.

— Oui, Votre Honneur.

— Le jury ne tiendra donc aucun compte de cette dernière déclaration. »

Il s'agit de savoir, ici, si le ministère public pourra se permettre de fouiller dans la moralité d'Acosta, quitte même à évoquer des actes sans relation directe avec les délits en question. Ce genre d'incursions dans la vie privée est tabou, à moins que nous-mêmes y prêtions le flanc en faisant état devant le jury de la moralité sans tache de notre client. Avec Noix de Coco, ce serait comme d'aller au pâturage dans le Sahara.

« Poursuivez », dit Radovich.

Kline lui adresse un léger signe de tête que l'on pourrait interpréter chez toute autre personne comme un geste de soumission, mais pas chez Kline. Il redémarre sur les chapeaux de roues.

« Le ministère public prouvera hors de tout doute raisonnable que l'accusé, Armando Acosta, a assassiné brutalement et de sang-froid Brittany Hall, qui était témoin dans une autre affaire, afin de la réduire au silence et sauver ainsi sa carrière de magistrat déjà fort compromise. »

Ce n'est qu'un avant-goût de ce que nous réserve le procès.

Puis, durant presque deux heures d'un monologue ininterrompu, Kline fait son cinéma, allant et venant devant le jury, exposant l'un après l'autre ses arguments, évoquant les détails cruciaux de l'affaire, les poils et les fibres, dont les experts appelés à témoigner montreront, dit-il, qu'ils accusent l'inculpé ; la note écrite de la propre main de la victime qui montre qu'elle avait rendez-vous avec lui le jour du meurtre ; la paire de lunettes de lecture brisée trouvée sur les lieux du crime, dont Kline dit qu'il prouvera sans équivoque qu'elle accuse notre client.

Là-dessus, je jette un rapide coup d'œil sur Acosta qui me regarde avec un air de chien battu. Si l'accusation a des preuves concernant ces lunettes, elle s'est bien abstenue de nous les communiquer.

Harry est sur le point de se lever mais je lui fais signe de laisser tomber. Il sera toujours temps de régler ça à huis clos, hors de la présence des jurés. Insister en ce moment ne ferait qu'imprimer plus profondément la chose dans leur esprit.

Je vois Harry noter quelque chose.

Kline se trouve à un certain moment confronté à une difficulté pour laquelle il ne semble pas avoir d'explication, et qu'il ne peut pourtant passer sous silence. Pourquoi, si on en croit sa théorie voulant qu'Acosta soit l'assassin, celui-ci aurait-il déplacé le corps après le meurtre pour le déposer dans une benne à ordures à plus d'un kilomètre du domicile de la victime ?

Kline reconnaît que cela n'allait pas sans risque, un risque que toute personne sensée n'aurait pas pris à la légère. Mais il ajoute que l'accusé, à ce moment-là, n'agissait pas de manière sensée. Il explique expéditivement la chose en disant que le meurtrier, une fois son crime commis, se serait affolé.

« Objection, Votre Honneur. Pure extrapolation, dis-je à Radovich. Le ministère public a-t-il l'intention d'apporter une preuve de ce qu'il avance ? »

Kline me regarde, l'air de dire qu'il y a peu de chances qu'il puisse jamais produire une telle preuve. Comment pourrait-il savoir ce qui se passait dans l'esprit de l'accusé ?

« Si vous n'avez pas de preuve, votre allusion est déplacée, dit Radovich à Kline. Le jury ne tiendra pas compte du dernier commentaire, des spéculations du procureur général. »

Acosta me donne un léger coup de poing sur le bras : un bon point pour nous.

Kline a du mal ici à tirer son épingle du jeu. Le fait demeure qu'il n'a pas d'explication toute prête de la raison pour laquelle l'assassin aurait pris le temps, et couru le risque, de déplacer le corps. C'est une de ces questions lancinantes qui conduit à d'autres hypothèses, qui évoque un autre type d'assassin, un assassin qui aurait eu une raison de déplacer le corps de Brittany Hall. On pense tout de suite à un concubin. Mais on n'a découvert aucune trace de cohabitation dans l'appartement, pas de vêtements masculins dans le placard ou les tiroirs, aucun témoin qui aurait vu des hommes entrer et sortir. Et rien n'a été fait pour dissimuler que la mort avait eu lieu dans l'appartement de la victime. Pour l'instant, le mystérieux déplacement du corps de Brittany Hall nous avantage légèrement puisque ce n'est pas à nous qu'il revient d'apporter la preuve de la culpabilité.

Kline a gardé son argument le plus poignant et le plus puissant pour la fin.

« Voici une enfant privée de sa maman par ce

crime brutal. » Kimberly Hall, une malheureuse fillette de cinq ans.

« La petite Kimmy », comme il l'appelle, attend en coulisse pour nous dire ce qui s'est passé.

Il n'avait pas jusqu'à présent fait connaître son intention de la faire comparaître. Il avait gardé Kimberly sur la liste de ses témoins mais je m'étais dit que c'était pour des raisons d'impact psychologique, pour nous déstabiliser.

A la suite du spectacle éprouvant qu'a offert la fillette à huis clos, de son mutisme et de sa confusion devant la caméra vidéo, nous en avions conclu qu'on ne l'appellerait pas à la barre. Elle ne nous avait fourni aucun élément de preuve concret, du moins non verbalement. Or voici que Kline semble d'un autre avis.

« Cette fillette a assisté à l'altercation et à l'affrontement violent qui ont coûté la vie à sa mère, dit-il au jury. Nous ne savons pas jusqu'à quel point elle a pu identifier l'assassin mais elle peut témoigner de la lutte courageuse que sa mère a menée pour sauver sa vie, et de la manière violente avec laquelle celle-ci lui a été enlevée. »

La manœuvre de Kline est claire. Faute de pouvoir identifier l'assassin, la fillette peut au moins, par sa seule présence dans le prétoire, témoigner de la perte tragique dont elle a été victime dans cette affaire.

Je ne sais trop si je dois me lever et faire objection.

Radovich me regarde. Il a vu la vidéo et sait qu'elle ne contient aucun élément à preuve. Sur une requête circonstanciée de ma part, il pourrait interdire la citation du témoin, frapper de nullité les déclarations à l'emporte-pièce de Kline et éviter à Kimberly de devoir comparaître.

L'ennui ici est que présenter une objection devant le jury sur une question aussi délicate pourrait nous faire plus de tort que de bien. Nonobstant son jeune âge, Kimberly est le seul témoin qui ait été éventuellement présent sur les lieux du crime ce soir-là. Une objection de ma part laisserait penser que nous avons quelque chose à cacher. Acosta m'assaille de protestations chuchotées à l'oreille, mais je demeure silencieux et abandonne à regret la fillette à Kline.

Il frôle de justesse le procès d'intention en parlant de l'enfant. Pendant quelques instants, il se laisse lui-même envahir par l'émotion du moment, la voix chevrotante puis cassée. Il en parle comme de la victime vivante du crime. L'émoi accablant dans lequel cela le plonge n'échappe pas aux jurés. Quelques-unes des femmes du jury prennent des airs éplorés, comme si elles voulaient consoler Kline.

Je suis assis sur le rebord de ma chaise, à un doigt de soulever une objection.

Puis, comme après un moment d'égarement, Kline se ressaisit, l'air d'avoir trouvé au fond de lui-même des forces dont il ne soupçonnait pas l'existence.

« Vous allez maintenant entendre la petite Kimberly Hall, ici même, dans cette salle d'audience. » Kline ne dit pas aux jurés ce qu'ils vont entendre. Promettre, dans une déclaration d'ouverture, plus qu'on ne pourra tenir, c'est comme s'aventurer sur un terrain légal miné. Il y a alors de bonnes chances pour que votre adversaire vous scie net la jambe au-dessus du genou lors de sa plaidoirie de clôture.

« Et lorsque vous aurez entendu cette petite fille... » Sa voix se brise de nouveau. « Et lorsque vous aurez entendu Kimberly, reprend-il, il vous restera à décider qui a tué sa mère. » Sur ces mots, il se tourne pour regarder Acosta. « Et quel châtiment infliger pour ce crime terrible. »

Kline abandonne les jurés sur cette pensée et, lorsqu'il retourne vers le havre de la table de l'accusation, une larme solitaire coule sur sa joue. C'est à tous égards une performance de première.

*
* *

C'est l'interruption de midi et, assis en compagnie de Harry à la cafétéria du tribunal, je feuillette les notes préparatoires à ma déclaration d'ouverture, lorsqu'un huissier s'approche de nous.

« Maître Madriani. Un appel pour vous. Sur l'un des téléphones publics à l'extérieur. »

Je regarde Harry, l'air de dire : « Qui peut bien m'appeler ici ? »

« C'est peut-être le bureau », dit-il.

Le quittant pour aller prendre l'appel, je traverse la pièce en me faufilant entre les tables en direction des téléphones publics fixés au mur à l'extérieur de la cafétéria. Le combiné de l'un d'eux pend près du sol. Je le prends.

« Allô.

— C'est moi. » La voix de Lenore. « Je me suis dit à tout hasard que tu déjeunais peut-être sur place. » Elle veut dire au tribunal.

Lenore a bien veillé à ne pas se manifester à la cour depuis qu'elle a été évincée de l'affaire. Elle fait d'autres recherches pour un autre de ses amis en ville, du moins jusqu'à la fin du procès, une sorte de muraille de Chine mobile dressée entre nous afin d'éviter qu'on ne nous associe dans cette histoire de conflit d'intérêts. Elle continue cependant à travailler dans l'ombre, à nous fournir sans vergogne des renseignements.

« Comment ça se passe ? demande-t-elle.

— C'est à mon tour de faire mon numéro cet après-midi. Notre déclaration d'ouverture.

— Kline a sorti du nouveau ? »

Je lui parle de son affirmation au sujet des lunettes de lecture, et lui dis que le ministère public a promis au jury d'établir le lien entre elles et Acosta.

« Peut-être espère-t-il, dit-elle, qu'en prêchant le faux il saura le vrai. »

A cet instant, j'ai l'impression que c'est plutôt nous qui jouons à ce petit jeu-là.

« Pourquoi m'appelles-tu ? » Je sens à une tension

dans sa voix que ce n'est pas uniquement la curiosité qui motive son appel.

« J'entends des rumeurs dans la police comme quoi Mendel serait sur le sentier de la guerre, me confie-t-elle.

— On lui a retiré le mors des dents ?

— Ce n'est peut-être pas si drôle que ça. Il te traite de tous les noms. Il a reçu sa citation à comparaître hier après-midi. »

Lenore fait allusion à la procédure à laquelle Harry a travaillé pendant une semaine, une citation à comparaître avec suffisamment d'attendus en petits caractères pour fatiguer la vue de Mendel. Hinds est en train d'éplucher les papiers du syndicat, de démêler ses opérations financières. Il a exigé par saisie-arrêt les relevés bancaires et téléphoniques de l'organisation, en insistant tout particulièrement sur la ligne privée de Mendel à son bureau. Harry sollicite ces documents auprès de tiers afin que Mendel ne puisse ni les détruire ni les modifier.

« On raconte qu'il pique des crises dans son bureau en demandant ton scalp, me dit-elle.

— A quand le prochain spectacle ? Harry aimerait acheter des billets.

— Mendel est peut-être un personnage comique, mais il ne faut pas le prendre à la légère.

— Il profère des menaces contre ma vie ?

— Il est plus malin que ça. En plus, je ne suis pas dans le secret des conversations que la racaille tient dans son bureau. » Selon elle, certains de ses lieutenants seraient en train de planter des épingles dans mon effigie au moment même où nous parlons.

« Tu savais qu'on devrait en passer par là, lui dis-je. Ça fait partie de notre stratégie défensive depuis le début.

— C'est vrai, mais je croyais être à tes côtés. »

C'est donc ça. Il se fait un silence chagrin sur la ligne, la culpabilité qui ronge Lenore.

« Et je ne pensais pas que tu y mettrais tant d'ardeur.

— Que veux-tu que je te dise ? Harry se laisse emporter.

— Dans ce cas, tu devrais peut-être laisser à Harry le soin de démarrer ta voiture le matin.

— A t'entendre, on dirait qu'il faut s'attendre au pire.

— Fais gaffe, me prévient-elle. Je ne voudrais pas qu'il t'arrive quelque chose. »

Cette conversation peut attendre un autre moment.

« Ça tient toujours pour ce soir ?

— Tu ne seras pas trop fatigué ?

— J'apporterai le vin.

— Quoi, pour noyer nos chagrins ?

— Ça et autre chose. »

Elle éclate d'un rire presque aguicheur. « Chez toi, huit heures. » J'entends le déclic sur la ligne, la tonalité, et l'écho dans mon esprit du charme de sa voix.

La présomption d'innocence est un exercice intellectuel auquel l'individu moyen ne s'adonne pas volontiers. Aussi, après la dévastatrice déclaration d'ouverture de Kline, me faut-il me livrer à une âpre lutte de reconquête pour ramener le jury en terrain neutre.

Je commence par quelque chose qui n'est pas toujours évident dans un cadre aussi formel : par les présentations. Tout bon avocat sait ainsi créer des liens avec le jury.

« Mon nom est Madriani », dis-je aux jurés. Je leur adresse un grand sourire chaleureux et je note avec plaisir que la plupart d'entre eux y répondent.

« Mon client — je fais un geste en direction de la table de la défense — le juge Acosta.

— Objection. » Kline quitte son siège.

« Quoi ? Vous voudriez m'interdire l'élémentaire

politesse qui consiste à faire les présentations ? » Je n'ai fait que l'appâter tout en sachant qu'il ferait objection.

« Je fais objection à l'emploi du terme "juge". » Il s'apprête à continuer mais Radovich l'arrête net.

« Approchez, tous les deux. »

Le temps que j'arrive près du banc du juge, Kline est déjà en train de cracher son venin.

« L'accusé a été suspendu de la magistrature, dit-il à Radovich. Par commandement de la Cour suprême. Cette décision est en vigueur durant le procès. Il n'est pas censé être désigné du nom de "juge".

— Argument mesquin, lui dis-je. Le titre de juge ne connote rien de légal. Montrez-moi la loi qui dit que quelqu'un ne peut pas s'appeler juge.

— C'est un terme qui risque d'induire le jury en erreur. De semer la confusion dans son esprit.

— Dans ce cas, nous pouvons lui expliquer la chose. Lui dire qu'un commandement a été temporairement émis par la Cour suprême et qu'il sera levé lorsque mon client sera acquitté.

— Ça risque pas. » Kline me gratifie d'un regard peu amène, l'air de dire : « Tu peux toujours aller te faire voir. »

Radovich incite Kline à accepter l'emploi du titre de juge à condition que l'on fournisse une explication au jury. « Je pense que ça mettrait fin à toute confusion possible. »

Je n'en espérais pas tant.

« Absolument. Nous pouvons régler ces questions de vocabulaire entre nous. » Nous venons à peine de commencer et j'ai déjà six mètres d'avance sur Kline, avec de surcroît un joker en main : ce titre de « juge ».

« Non, Votre Honneur, c'est faux. Le fait est qu'il a été exclu de la magistrature, dit Kline. Il n'y a qu'un seul juge dans ce tribunal. » Toujours lèche-cul.

Cette question ne sera pas sans effets sur le jury et Kline veut la régler sans tarder.

Radovich fronce l'arête du nez.

Kline sent le sol se dérober sous ses pieds.

« Nous pourrions peut-être parler de l'accusé comme de l'"ex-juge". Nous pouvons nous accommoder de cela. » L'art de retomber sur ses pieds.

« Nous préférerions juge, dis-je, en expliquant la chose au jury comme il faut.

— Moi, je préférerais que l'on continue, dit Radovich. Ce sera ex-juge. Maintenant, au travail. »

C'est une étiquette dérangeante, qui pose plus de questions qu'elle n'en résout, un peu comme le mot ex-mari, qui comporte toujours des connotations péjoratives. Du point de vue du ministère public, c'est un point de droit discutable. Kline ne se privera sans doute pas de dire « l'accusé » chaque fois qu'il n'emploiera pas le mot « assassin » pour désigner Acosta.

Au moment où je reviens à la rampe du box des jurés, Acosta me fait signe d'approcher de la table de la défense.

« Que s'est-il passé ?

— Vous vous appelez à présent "monsieur" tout court, lui dis-je, et non "monsieur le juge". »

Il me retient par la manche pour me dire que c'est mesquin, que ce n'est pas juste.

« Nous en reparlerons plus tard. »

Je puis voir à son expression que cette explication ne le satisfait guère mais qu'il s'y résout pour l'instant. Pour Noix de Coco, il s'agit avant tout de sauver les apparences. Il porte peut-être des fringues de détenu hors du tribunal mais, dans son esprit, il est toujours revêtu de la défroque de « Son Honneur ».

Je reviens vers le jury auquel je présente des excuses pour l'interruption due à Kline.

Ce qui entraîne une nouvelle objection de sa part. Radovich lui dit de se rasseoir et, à moi, de poursuivre.

« Mesdames et messieurs, j'aimerais vous présenter mon client, Armando Acosta. »

Celui-ci se soulève à demi de sa chaise, sous l'œil nerveux de son gardien. Il adresse au jury un geste qui se veut courtois, effet qu'il obtient par une faible inclinaison du buste tandis qu'il porte à sa taille un bras dont on pourrait presque croire que l'extrémité tient une toque en velours empanachée. Il s'est exercé à ce salamalec des jours durant dans sa cellule. Je n'en demandais pas tant et l'effet général est un tantinet excentrique. Il conviendrait parfaitement si nous plaidions l'aliénation mentale.

Avant qu'il ne se mette à faire des courbettes ou à esquisser un pas de menuet, je tousse pour détourner de lui l'attention des jurés.

« Mesdames et messieurs, l'avocat de l'accusation vous a habilement exposé les preuves qu'il a en sa possession. Mais son exposé comporte une lacune, une lacune grave. Ce dont il ne vous a pas parlé, c'est des preuves qui lui manquent. »

Je passe rapidement en revue les points faibles de notre défense, à savoir qu'Acosta n'a pas d'alibi pour le soir du meurtre, et que certains éléments trouvés sur la victime, des fibres de tapis et des poils, paraissent, à première vue, semblables à des poils et à des fibres trouvés à son domicile. Mais je leur dis de garder l'esprit ouvert, que la preuve leur sera faite que « semblable » ne signifie pas « identique ».

Il eût été ridicule de passer outre ces questions sans en reconnaître l'existence, comme si nous avions quelque chose à cacher.

J'évite toute allusion à Oscar Nichols et aux menaces compromettantes proférées devant lui par Acosta à l'encontre de Brittany Hall lors d'un déjeuner. Nichols ne figure toujours pas sur la liste des témoins de l'accusation, et je mise sur le fait qu'il ne se manifestera pas.

« L'avocat de l'accusation vous a dit quels éléments il possédait. Mais il n'a pas été tout à fait franc. »

Cette phrase suscite des expressions sévères parmi le jury.

« Il ne vous a pas parlé de la preuve qui lui manque pour étayer l'acte d'accusation. »

Une vieille dame me regarde, le crayon suspendu au-dessus du papier, comme si j'allais incriminer Kline pour avoir trafiqué les pièces à conviction.

« Il vous a raconté tellement de choses qu'on ne sait plus très bien par où commencer. »

Radovich, accoudé sur son bureau, le menton appuyé sur une main, m'adresse un regard significatif, l'air de dire que je ferais bien d'en venir au fait le plus vite possible.

« L'avocat de l'accusation, Maître Kline, dis-je aux jurés, n'a pas de témoin oculaire du meurtre. En fait, il ne peut citer un seul témoin qui aurait vu mon client dans les parages de l'appartement de Brittany Hall ce soir-là. Il n'a pas un seul témoin. Mais cela, il ne vous l'a pas dit. »

Je me détourne du box du jury, m'en éloigne d'un pas, puis me retourne vers les jurés.

« L'avocat de l'accusation n'a pas davantage l'arme du crime. Pour l'instant, il n'a rien d'autre qu'une hypothèse quant à la manière dont la victime a succombé au traumatisme violent qui l'a tuée. Il n'a pas d'arme, pas d'instrument mortel qui pourrait incriminer mon client. Mais cela, il ne vous l'a pas dit. »

Je débite ce discours sur le rythme d'une comptine.

« L'avocat de l'accusation ne possède pas d'empreintes qui permettraient d'établir un lien entre mon client et les lieux du crime, ou avec l'endroit où on a trouvé le corps de la victime dans une ruelle ce soir-là. Mais cela, il ne vous l'a pas dit. Il n'a pas trouvé non plus de sang appartenant à mon client sur les lieux du crime ou dans la ruelle en question. Mais cela, il ne vous l'a pas dit.

« Il ne possède pas de documents, aucun reçu d'un achat qu'aurait pu effectuer ce soir-là mon client quelque part à proximité des lieux du crime. Mais cela, il ne vous l'a pas dit.

« Il ne détient aucune confession, aucune déclaration qui pourrait incriminer mon client. Mais cela, il ne vous l'a pas dit.

« Il n'a pas trouvé d'ecchymoses sur le corps de mon client ou quelque égratignure sur son visage qui indiqueraient une altercation physique ou une lutte violente dans la période précédant immédiatement la mort de la victime. Mais cela, il ne vous l'a pas dit. »

Les têtes commencent à dodeliner au rythme du refrain comme si elles suivaient le va-et-vient d'une balle. A un certain moment, je vais même jusqu'à utiliser la pointe de mon stylo comme si je dirigeais une chorale, ce qui fait sourire deux des femmes du jury. Celui-ci, si je m'arrêtais, compléterait à haute voix les paroles à ma place *: Mais cela, il ne vous l'a pas dit.*

J'allumerais volontiers un feu de joie pour les faire chanter en chœur si Radovich l'autorisait.

Ma litanie s'allonge de la sorte tandis que je développe tous les points que l'on se serait attendu à trouver dans un acte d'accusation en bonne et due forme et qui brillent tous par leur absence. Kline m'a lui-même fourni une entrée en matière en commettant d'emblée une petite erreur qui ne risque guère de se reproduire. Assis sans bouger, droit et raide sur sa chaise, il joue avec un crayon comme si de rien n'était, tandis que j'entonne de plus belle à ses dépens : « Mais cela, il ne vous l'a pas dit. »

Voilà ce que c'est que d'avoir la pratique des prétoires.

Acosta, qui observe mon numéro, en a presque le tournis sur sa chaise et cela le démange d'entrer dans la danse. Finalement, rompant la cadence, je mets fin à la ritournelle.

« Il y a beaucoup de choses que l'avocat de l'accusation ne vous a pas dites concernant le soir du meurtre. Et vous n'en saurez rien tant que la défense n'aura pas eu l'occasion de présenter sa propre version des faits. Vous devez accepter de garder l'esprit ouvert. Puis-je vous demander, mesdames et messieurs, de me le promettre ? De me promettre d'attendre, avant de former votre jugement, que nous ayons eu l'occasion de présenter notre propre version des faits ? »

Il s'agit là d'une question de pure rhétorique, mais à laquelle presque tous les jurés acquiescent dans le box. Une femme prend même la parole pour dire : « Oui. »

Il règne dans la salle du tribunal une ambiance de quasi-fusion mystique. Les jurés ont vu la lumière. C'est l'heure de la conversion, d'une immersion dans le bain de « notre » vérité.

« Mon client, Monsieur Acosta, était avant son arrestation un juge particulièrement sévère de la Cour suprême de ce comté. C'était un magistrat respecté. »

Je présente ainsi sous un faux jour certains apects de la personnalité de l'accusé. Comme il ne s'agit pas d'un témoignage sous serment, on ne peut me récuser pour manque de crédibilité.

« La sévérité dont il faisait preuve avait été jugée excessive par certains qui avaient été mis en examen par le grand jury qu'il présidait.

« Ce procès est celui des forces de l'ordre. De la police. Et, comme dans tous les métiers, il y a de bons policiers et de mauvais policiers, heureusement très peu nombreux. »

J'expose à l'intention des jurés les tenants et aboutissants de l'enquête préliminaire du grand jury, leur rapporte ce qu'Acosta m'en a dit, en dépit du fait qu'il est sous serment du secret en la matière. Lors de requêtes déposées à cette fin avant le procès, nous sommes revenus à maintes reprises sur les limites que je ne devais pas dépasser, et j'use en l'occurrence de toute la latitude qui m'a été laissée.

« A l'époque où Brittany Hall a été assassinée, le grand jury diligentait une enquête très sérieuse sur la corruption dans la police municipale. Cette enquête était menée par un jury pas très différent de celui que vous constituez. Cette enquête est toujours partiellement en cours et, bien que je ne puisse vous en révéler les détails, disons qu'elle entraîne des accusations de fautes graves commises par un certain nombre de policiers qui ont été placés en examen. »

Dans la tribune réservée à la presse, les plumes s'activent de plus belle. Cela fait des mois que des bruits circulent au sujet de cette enquête, qu'il y a des rumeurs dans la presse, mais c'en est la première confirmation officielle. Ce genre de situation conflictuelle ne peut que se développer lorsque le droit à un procès équitable va à l'encontre du secret d'Etat.

Je ne suis pas autorisé à parler du meurtre de l'agent Wiley ou à évoquer le soupçon selon lequel il aurait pu être tué par des collègues qui voulaient le réduire au silence parce qu'il en savait trop.

On ouvre cependant des yeux ronds dans le jury, et on voit des pommes d'Adam descendre en chute libre à l'écoute de ces informations.

« Mon client, Armando Acosta, était le juge qui présidait ce grand jury. Il poursuivait l'enquête avec vigueur lorsqu'on l'a arrêté pour incitation à la prostitution. »

Il s'agit là d'un strict énoncé des faits.

« Nous apporterons la preuve que cette arrestation fut organisée par les policiers mêmes qui étaient soumis à l'enquête du grand jury, et que l'arrestation d'Armando Acosta n'avait qu'un seul et unique but : arrêter l'enquête et intimider les honnêtes magistrats qui s'efforçaient d'éradiquer la corruption au sein de la police municipale. »

Les jurés écarquillent les yeux, et plusieurs d'entre eux prennent des notes.

« Nous apporterons la preuve que la victime, Brittany Hall, qui avait travaillé comme vacataire en civil dans la brigade des mœurs, était étroitement liée à certains membres de la police municipale.

« Nous croyons que le meurtre de Brittany Hall s'explique par certaines raisons qui vous apparaîtront au cours de ce procès, mais que ce n'est pas Armando Acosta qui l'a tuée. Les faits montreront, mesdames et messieurs, que Brittany Hall a été tuée par d'autres, parce qu'elle en savait trop. »

C'est ici que je franchis le Rubicon. Je fonde ma démarche sur une base purement hypothétique et, bien que la preuve ne soit pas à ma charge, il y a peu de chances que les jurés oublient ce que j'ai promis de leur démontrer.

Je reviens à la promesse implicite que je leur ai extorquée à chacun de réserver leur jugement jusqu'à ce que nous présentions notre plaidoirie.

J'amène la conclusion sur un terrain où je sais que le juge me laissera une plus grande liberté d'action, à la limite du plaidoyer.

Kline remue nerveusement sur sa chaise, mais hésite à soulever une objection, sachant que Radovich m'autorisera probablement à continuer.

« Nous vivons une époque de cynisme, mesdames et messieurs. Une époque où la présomption d'innocence, qui nous est garantie à tous par la loi, est trop souvent tournée et transformée en présomption de culpabilité. Il arrive même que ce cynisme se double d'accusations portées à l'encontre d'un magistrat, tout particulièrement d'un magistrat qui occupe une situation de confiance, tel un juge. » Je me tourne pour pointer le doigt sur Kline.

« Vous devez combattre la tendance qui consiste à penser de la sorte. Vous ne devez pas prêter l'oreille aux marchands de cynisme. »

Je dis cela en regardant fixement Kline qui est prêt à bondir de son siège.

« Au lieu de cela, dis-je, tenez-vous-en aux preuves flagrantes, et fiez-vous à votre propre jugement. Je suis convaincu que si vous faites cela, vous déclarerez Armando Acosta non coupable. »

*

* *

Dehors, sur les marches du palais de justice, on me place des micros sous le nez. Harry et moi sommes empêchés de passer par un attroupement d'hommes et de quelques femmes, caméra vissée à l'épaule, et qui nous projettent leurs durs spots dans les yeux. Nous offrons une pâture de choix, quoique mobile, pour les journalistes.

« Maître Madriani, pouvez-vous nous dire ce que vous savez de l'enquête menée par le grand jury sur le syndicat de la police ?

— Je n'ai rien à ajouter.

— Il y a des inculpations en vue ?

— Ça, c'est au procureur général qu'il faut le demander.

— Monsieur, vous avez prononcé des accusations plutôt graves dans votre déclaration d'ouverture. Nous aimerions connaître les preuves qui fondent ces accusations.

— Vous les connaîtrez durant le procès comme tout le monde. »

Harry effectue en se faufilant une percée dans le cordon des caméras, et je le suis.

Quelqu'un lui pose une question que je n'arrive pas à saisir.

« Pas de commentaires », dit-il. Il écarte du coude une des minicaméras qui tombe presque de l'épaule de l'opérateur, retenue uniquement par la courroie passée autour du bras.

Une femme armée d'un micro s'approche latéralement de moi.

« Avez-vous parlé de ces accusations avec Monsieur Mendel ou avec son syndicat ? »

Je ne fais pas attention à elle.

« Avez-vous l'intention de citer Monsieur Mendel à comparaître ? »

Elle est maintenant derrière moi et je creuse l'écart entre nous tout en continuant d'ignorer son flot de questions.

« Maître Madriani, diriez-vous que Philip Mendel ou certains de ses supporters ont quelque chose à voir avec le meurtre de Brittany Hall ? » Cette dernière question est criée par-dessus le vacarme produit par les autres journalistes, si bien qu'elle n'échappe à personne à quinze mètres à la ronde dans la rue.

« Cette accusation semble être le point fort de votre déclaration d'ouverture », dit la journaliste. Le nouveau journalisme : faute d'obtenir une réponse à votre question, assenez une affirmation. On entendra la voix de cette journaliste aux informations du soir et on montrera ma nuque. Le silence comme aveu public.

« Pourquoi ne répondez-vous pas à leurs questions ? »

Je lève les yeux et me trouve face à face avec Tony Arguillo. Sorti de quelque part dans la cohue, il est venu se placer entre Harry et moi et me bloque maintenant le passage sur le trottoir.

« Alors ? demande-t-il. On a perdu sa langue ?

— Le juge a imposé une clause de réserve, lui dis-je. Et si vous êtes un peu malin, vous allez la fermer vous aussi.

— Une clause de réserve. Oh, oui. C'est ça. On respecte les exigences de la profession. » Il emploie le mot profession comme s'il s'agissait d'un terme ordurier.

« C'est ça. Ce qu'un enculé d'avocat peut dire comme mensonges en pleine cour est soumis au devoir de réserve. Comme ça, les mensonges qu'on débite là-dedans, les petites calomnies, ne tombent pas sous le coup des lois contre la diffamation ? »

Je l'écarte d'un coup d'épaule et il se raidit l'espace d'une seconde. Je crains un instant que nous n'en venions aux mains, ici même, devant les caméras. Ses deux petits yeux ronds comme des billes me fixent comme le rayon pilote d'un missile. Il décroche alors aussi sec pour se tourner vers deux ou trois journalistes.

« Si vous voulez que je vous dise, tout ce qu'il a raconté devant le tribunal est du chiqué, dit-il. Un tissu de mensonges. » Tony la belle âme. Il semble authentiquement offusqué par la divulgation d'informations sur l'enquête du grand jury, alors même qu'il n'y a rien de nouveau dans tout cela et que cela fait des mois que la presse rabâche la même salade.

Je m'éloigne de lui en jouant des coudes dans la foule.

« Qui êtes-vous ? lui demande un journaliste.

— Est-ce qu'on pourrait avoir votre nom ? »

Arguillo les ignore.

« Pourquoi ne pas parler de tout ça ici, où vous risquez d'être poursuivi pour diffamation ? » Tony, qui est maintenant derrière moi, continue de me poursuivre de ses sarcasmes. « C'est comme le reste de cette foutue engeance. Ces foutus avocats, ils sont tous pareils. » On va devoir utiliser quantité de brouillages électroniques ce soir pour censurer ce langage peu châtié aux informations télévisées.

Mon sang ne fait qu'un tour et je dois résister à la tentation de me retourner pour lui casser la gueule. Je l'ignore et m'éloigne, en abaissant un poing serré et tout tremblant.

Harry a réussi à parvenir jusqu'à la rue où il a hélé un taxi en maraude. Celui-ci s'arrête à notre hauteur et Harry ouvre la portière. La cohue des journalistes fait cercle autour de nous, tels des piranhas frétillant à la surface d'un lac. En regardant par-dessus le toit du taxi, j'aperçois un personnage, les yeux posés sur moi depuis l'autre côté de la rue. C'est Phil Mendel, qui n'essaie même pas de dissimuler l'intérêt intense qu'il me porte en cet instant. Je me demande s'il était présent dans la salle d'audience pour l'ouverture du procès, en compagnie de Tony peut-être, ou s'il a entendu les questions que l'on m'a posées sur les marches du tribunal.

Quel qu'ait pu être jusqu'ici son sentiment concernant le procès, il est certain que de toutes nouvelles perspectives s'ouvrent désormais devant lui.

CHAPITRE DIX-HUIT

Nous sommes samedi matin, et Sarah est en train de faire le ménage de sa chambre. Ma fille, âgée de huit ans, peut mettre une heure à faire son lit et une autre heure à se brosser les dents. Elle peut rêvasser à une douzaine de choses à la fois, s'enfermer en de futiles conversations avec des êtres invisibles et réciter des vers sans queue ni tête. Mettez-la sous la douche avec une savonnette et elle videra le réservoir municipal.

Sa mère, Nikki, décédée il y a deux ans, possédait des dons artistiques qu'elle semble lui avoir transmis. Elle sait dessiner des silhouettes, des hommes et des femmes qui font honte à mes bonshommes tout raides. Mais elle est nulle en calcul et a son propre système d'épellation qui consiste à intervertir toutes les consonnes d'un mot. J'en ai parlé à ses professeurs, lesquels m'ont dit d'être patient. Chaque enfant, m'ont-ils affirmé, progresse à son propre rythme. Quant à Sarah, excepté les tâches qui lui plaisent, ce rythme semble être au point mort.

« Qu'est-ce que tu fais là-haut ? » Lenore rit, amusée par le piétinement des petits pieds sur le plancher au-dessus de nous.

Dès son arrivée hier soir, Lenore s'est fait mettre le grappin dessus par Sarah, et nous avons fini tous les trois par jouer à des jeux de société jusqu'à ce qu'elle aille se coucher. Lenore et moi sommes alors passés au vin et à la musique d'ambiance.

« Elle est censée être en train de ranger sa chambre. Tu veux monter faire l'inspection ?

— Je crois que vais m'abstenir. »

Les deux enfants de Lenore passent la semaine chez leur père qui habite dans le sud de l'Etat et ne vient que très rarement les voir ici.

Cela faisait plusieurs semaines que Sarah me suppliait de la laisser inviter une de ses petites camarades de classe à la maison pour jouer avec elle. J'avais insisté pour qu'elle attende, mais sans lui en donner la raison.

Les temps sont durs pour un père seul avec une petite fille. J'ai un ami, un avocat du ministère public, dont la carrière a été détruite par des accusations selon lesquelles il aurait caressé une enfant à la *pyjama party* de sa fille. Bien que son accusateur se soit ultérieurement rétracté, et qu'il ait été lui-même acquitté après un procès de trois mois, il est maintenant sans le sou et sa réputation ternie à jamais.

C'est pour cette raison que Lenore a accepté de venir passer la journée. Elle me sert d'alibi contre la paranoïa, la mienne et celle des autres.

Nous sommes assis en train de bavarder dans la cuisine tandis que Sarah met censément de l'ordre dans sa chambre. On sonne à la porte et je regarde ma montre.

« Il est un peu tôt pour que ce soit son amie.

— Sa mère est probablement à la recherche d'une garderie de jour gratuite », dit Lenore. Je lui demande de m'excuser une seconde et m'engage dans le couloir en direction de la porte. J'entends le petit bruit de pas pressés de Sarah dans l'escalier.

« Je vais ouvrir », lui dis-je.

Elle pique un sprint vers la porte d'entrée à laquelle elle arrive évidemment avant moi, mais elle se fige aussitôt dans l'ombre d'un homme, à travers la moustiquaire, dont la silhouette se découpe dans l'encadrement de la porte dès qu'elle lui ouvre.

« Est-ce que ton papa est là ?

— Je t'ai dit que j'allais ouvrir », dis-je à Sarah.

Mais maintenant, battant en retraite devant l'inconnu, elle recule tout contre moi.

Le type porte un uniforme de travail kaki, sur la poche de poitrine gauche duquel est cousu un écusson avec son nom : « Mike. »

« Monsieur Madriani ?

— Oui.

— Capital Câble », dit-il.

Je lui adresse un regard ahuri. Cette raison sociale ne me dit rien.

« Le service de votre télévision câblée. Nous avons des réparations à effectuer sur votre appareil.

— Je n'ai appelé personne.

— Nos services devaient vous prévenir. Ça n'a pas été fait ?

— Non.

— Ça alors. Quelqu'un a dû faire une boulette. Nous devons installer un ampli à votre arrivée de câble. Nous avons reçu des tas de plaintes concernant la faiblesse de la réception dans le quartier. Ça ne prendra pas plus de dix minutes. Et ça ne vous coûtera rien. »

Il voit bien à mon air que cette interruption n'est guère de mon goût.

« Evidemment, si je vous dérange, je peux revenir à un autre moment.

— Ce serait préférable. J'attends une visite dans quelques minutes. » Le fait est que Lenore et moi projetions d'emmener les filles en pique-nique dans un parc voisin.

« Nous pouvons peut-être reprendre rendez-vous. » Il regarde sur un ordre de route qu'il tient dans une main, un câble coaxial quelconque dans l'autre, encore enveloppé dans son plastique.

« Je dois vous prévenir que, sans l'ampli, vous

n'aurez sans doute plus de réception du tout. Nous allons rajuster la fréquence dès que nous aurons fini de les installer dans le quartier. Sans l'ampli vous n'allez plus voir que de la neige. »

Il étudie son ordre de route durant deux ou trois secondes.

« Ça marche pas. J'ai bien peur de ne pas pouvoir repasser avant une semaine, peut-être dix jours. »

Je lui adresse un regard mécontent.

« Je suis navré, dit-il.

— Combien de temps vous faut-il, si vous le faites aujourd'hui ?

— Dix minutes tout au plus. C'est très rapide.

— Allez-y. » J'ouvre la porte-moustiquaire et le fais entrer.

Il pénètre dans la maison en ôtant son chapeau, au moment même où Lenore apparaît dans le couloir.

« C'est le service du câble », lui dis-je.

Je demande au type de quoi il a besoin.

« Uniquement de votre appareil.

— Là-bas. » Je lui désigne le meuble de l'autre côté du living.

Je lui propose de le déplacer loin du mur. Il me dit qu'il se débrouillera tout seul mais qu'il lui faut d'abord aller chercher ses outils.

« Parfait. Nous serons dans la cuisine si vous avez besoin de quelque chose. »

Il me sourit, met son chapeau et sort en laissant la porte légèrement entrouverte de manière à ce qu'elle ne se referme pas derrière lui.

Sarah revient dans le couloir, toute désappointée.

« Je pensais que c'était Mindy.

— Et ta chambre, ça avance ? »

Elle coule alors son petit corps contre le flanc de Lenore, auprès de laquelle elle cherche asile.

« Oui, répond-elle.

— Tu veux que je monte y jeter un coup d'œil ?

— Non. Je veux que ce soit elle.

— Tu fais fonction de cour d'appel en dernière instance, dis-je à Lenore.

— Qu'est-ce qu'elle a qui ne va pas, notre télévision ? », demande Sarah. Pour ma fille, la seule idée d'une panne de téléviseur est une tragédie de l'ordre d'une maladie en stade terminal. Plus de Disney.

« Peu importe, le réparateur va arranger ça. Mais ça ne te servira à rien. Pas tant que tu n'auras pas fini ta chambre. Allez, monte. »

J'ai droit là-dessus à des tas de gémissements et à une expression corporelle aux significations évasives. Elle bat des paupières à l'adresse de Lenore, pour l'appeler à l'aide. Comme ça ne donne rien, elle revient à la charge auprès de moi. L'enfant manipulateur dans toute sa splendeur.

« Il le faut vraiment, papa ?

— Oui, il le faut. Allez, monte. »

Ses épaules s'affaissent et elle s'engage dans l'escalier en traînant les pieds.

« J'ai beaucoup d'autorité avec les chiens et les gosses, dis-je à Lenore.

— Attends qu'elle soit un peu plus vieille.

— Tu veux dire que ça ne s'arrangera pas ? »

Lenore se contente de rire.

Nous nous réinstallons dans la cuisine. Je lui réchauffe du café. Nous parlons un peu des points saillants du procès Acosta. Lenore veut que je la tienne au courant mais je prends soin de ne pas tout lui raconter. Je suis tenu au secret professionnel avec elle aussi depuis qu'elle n'est plus sur l'affaire. Tout ce que m'a confié Acosta tombe sous le devoir de réserve qui régit le rapport avocat-client. Si je divulguais la moindre de ces informations à Lenore, maintenant qu'elle n'assure plus la défense d'Acosta, le ministère public pourrait l'obliger à la révéler à la barre.

Je lui parle de ma petite passe d'armes avec Tony dans la rue, devant le tribunal.

« Il prend ça très à cœur, dis-je.

— Je te dois des excuses. C'était dès le départ une erreur de te l'envoyer. » Elle parle d'un conflit de personnalités entre nous et me dit qu'Arguillo a bon cœur mais que c'est une tête brûlée.

J'ai du mal à interpréter rationnellement le geste de Lenore retirant la note du calendrier de Brittany Hall, et elle le sait.

Elle s'excuse et dit qu'il arrive que l'on commette des bêtises pour ses amis. « Je n'avais pas les idées très claires. Je venais d'être licenciée et j'avais bu. » Elle me dit que si elle avait eu toute sa tête, elle n'aurait jamais agi ainsi.

Je lui demande si les flics l'ont asticotée à ce sujet.

« J'ai fait comme tu m'avais conseillée, dit-elle. Je ne leur ai rien dit et je me suis abritée derrière le Cinquième amendement.

— Est-ce que Kline menace de te faire comparaître en tant que témoin ? »

Selon elle, il suffit à Kline de la savoir exclue du procès Acosta. « J'aimerais te voir lui botter le cul. » Elle n'a manifestement pas enterré la hache de guerre.

« Il va falloir que je trouve un autre moyen de faire parler Tony », lui dis-je.

Elle prétend que c'est une piste qui ne mène nulle part.

« Tu le penses toujours incapable d'avoir tué, dis-je.

— Ce que je pense n'a pas d'importance. Les enquêteurs, même s'ils avaient vu la note que j'ai prise, n'y auraient pas attaché d'importance. »

Je ne saurais dire jusqu'à quel point elle est en train de rationaliser son geste pour se déculpabiliser.

Elle me dit que Tony a une explication tout à fait valable.

« Tu as deux personnes du même âge, qui travaillaient ensemble, qui avaient un tas de choses en commun, toutes les deux séduisantes. Pourquoi ne se seraient-elles pas fréquentées ? Elles avaient tout simplement annulé leur rendez-vous de ce soir-là. Il n'y a rien d'étrange à ça.

— En effet, à condition que Tony ait un alibi. Est-ce qu'il en a un ?

— Je ne le lui ai pas demandé.

— Tu devrais peut-être.

— Tu ne songes tout de même pas à le citer comme témoin ?

— Pourquoi pas ?

— Tu n'en tireras rien.

— Je vois. Sa délicatesse de sentiment ne l'empêche pas de mentir. »

Je devine à son air qu'il ne lui sied guère de penser que, pour savoir à quoi m'en tenir au sujet de cette note, je doive peut-être bâtir de toutes pièces un témoignage dont elle risque de faire les frais.

« Espérons que ce ne sera pas nécessaire », déclare-t-elle.

Je ne saurais dire s'il me faut voir une menace voilée dans ces paroles. Je choisis de ne pas les interpréter en ce sens.

Nous passons à des sujets plus agréables. Elle me raconte de quelle manière elle remplit ses journées. Elle s'est déniché deux nouveaux clients la semaine dernière, des gens que des amis lui ont envoyés.

Puis elle me déclare à brûle-pourpoint son intention de rendre les honoraires qu'elle a reçus à titre de provision dans l'affaire Acosta.

« Ne t'en fais pas pour ça. Tu les as gagnés.

— Ce n'est pas que je m'en fasse. Je tiens tout simplement à les lui rendre. Dès que je serai un peu sortie d'affaire, je lui ferai un chèque. »

Comme elle semble en faire une question de principe, je ne discute pas.

« Fais comme bon te semble. »

J'entends des pas dans le couloir derrière moi. Je me retourne pour voir ce que c'est. C'est le réparateur du câble.

« Puis-je utiliser vos toilettes ?

— Bien sûr. Elles sont au milieu du couloir. A votre gauche. »

Il porte une ceinture en toile et un sac à outils à la hanche. Je ne me lève pas et, ayant trouvé son chemin tout seul, il ferme la porte des toilettes derrière lui.

« Qu'est-ce qu'il fait ? demande Lenore.

— Sans doute la grosse ou la petite commission. Je le lui demanderai lorsqu'il ressortira. »

Elle me regarde d'un air exaspéré.

Je me mets à rire. « C'est toi qui m'as posé la question.

— Je veux dire qu'est-ce qu'il fabrique sur ta télé ?

— Bonne question. Quelque chose pour améliorer la réception. »

Trois secondes plus tard, j'entends le bruit de la chasse d'eau.

« La petite commission, lui dis-je.

— Oublie la question que je t'ai posée. »

Se produit alors un son reconnaissable entre tous pour quiconque l'a déjà retiré : le tintement du couvercle en porcelaine du réservoir des WC.

J'adresse un regard interrogateur à Lenore.

« Que se passe-t-il ?

— Je ne sais pas. »

Le type sort de la salle de bains sans regarder dans notre direction. Au lieu de cela, il se rend directement dans le living.

Je me lève.

« Où vas-tu ?

— Je reviens tout de suite. » Je m'engage dans le couloir et entre dans les toilettes où je jette un coup d'œil. Tout a l'air normal.

Je ressors et me dirige vers le living, tout en disant :

« Je ne savais pas que votre câble passait par mes toilettes. »

Je me rends compte alors en entrant dans le living que je parle tout seul. Le type est parti. Le rouleau du nouveau coaxial est posé sur le poste de télévision, non ouvert, et le câble est débranché à l'arrière de l'appareil. Il a disparu, sorti peut-être chercher d'autres pièces ou des outils.

Je vais à la porte et m'aperçois qu'elle est fermée à clé. Il l'a peut-être verrouillée par mégarde. J'ouvre la porte d'entrée puis la porte-moustiquaire. Aucune trace de lui. Je sors devant la maison. Il est parti. Il n'y a pas de véhicule.

Mais Lenore, poussée par la curiosité, me rejoint sur la pelouse.

« Qu'est-ce qui se passe ?

— Je ne sais pas. »

Je reviens dans la maison et m'engage dans le couloir vers les toilettes, Lenore sur mes talons. A l'intérieur, je soulève le couvercle du réservoir des WC et je vois de quoi il retourne. Gainé dans un sac en plastique hermétiquement fermé, de la taille d'une petite brique, s'y trouve un paquet au contenu reconnaissable pour quiconque a déjà vu une descente de police en vidéo ou déjà manipulé la chose lors d'un procès. J'ai sous les yeux un demi-kilo de cocaïne d'une valeur d'environ deux cent mille dollars.

L'expression qui se lit sur le visage de Lenore me dit qu'elle n'a pas besoin d'explication.

« Je vais emmener Sarah par la porte arrière », dit-elle.

Alors qu'elle se précipite vers l'escalier, j'entends les crissements des pneus des voitures qui s'arrêtent dans la rue devant chez moi. Je pose le couvercle par terre et cours vers la porte d'entrée. Je la ferme à double tour, me rendant aussitôt compte de la futilité de mon geste.

Il y a quatre mois, j'ai acheté un de ces dispositifs en cuivre qui se glisse dans un trou métallique au bas de la porte et qui est conçu de sorte que celle-ci s'entrouve de quelques centimètres sans céder, de manière à absorber la force d'un choc venant de l'extérieur. Affolé, je cherche du regard ce cylindre en cuivre. Puis je le vois derrière un rideau près d'une fenêtre. Je le bloque dans le trou et fais un sprint jusqu'aux toilettes.

J'entends maintenant des bruits de pas précipités dans l'allée de l'autre côté de la maison et des voix : « Grouillez-vous. Grouillez. Grouillez. »

Puis me parvient le grincement de la porte-moustiquaire que l'on ouvre. Un instant plus tard, j'entends le premier coup de bélier métallique heurter ma porte d'entrée. Le petit carreau de vitrail que nous avons fabriqué ensemble l'an dernier dans un cours d'artisanat, Sarah et moi, vole en éclats qui se répandent dans le couloir jusque devant la porte des toilettes.

J'entends des jurons à la porte. Le verrou de sécurité en cuivre a tenu bon. Un autre coup de bélier et j'entends le bruit du bois qui se fend.

Je ferme et verrouille la porte des toilettes.

« Papa. » J'entends Sarah qui descend l'escalier derrière Lenore. Je songe l'espace d'une seconde à leur ouvrir pour les faire entrer. Mais autant les laisser là où elles sont, loin de ce que je tiens à la main, le sac de cette mortelle poudre blanche qui me vaudra vingt ans de travaux forcés si je me fais prendre.

Je songe un instant à m'en débarrasser dans les cabinets puis me rends compte que je n'en ai pas le temps. Il faudrait que je tire plusieurs fois la chasse d'eau et, même si je le pouvais, il resterait assez de résidu dans le sac pour me faire prendre.

Je lève les yeux vers la petite fenêtre percée dans le mur près de moi. Je soulève son panneau translucide. La fenêtre donne sur la clôture, que j'arrive presque à toucher de la main. L'avant-toit du voisin commence un mètre plus loin.

Je prends la serviette qui se trouve sur le support et essuie précautionneusement la surface du sac en plastique. S'ils le trouvent, au moins mes empreintes n'y figureront pas. Ensuite, tenant le sac dans la serviette, je passe le bras par la fenêtre et l'abaisse le long du mur comme pour exécuter un lancer aléatoire dans une partie de boules.

Ce n'est pas une posture héroïque dans laquelle se faire prendre. Lorsque le coup de bélier vient donner contre la porte des toilettes, je suis assis sur les cabinets, mon pantalon sur les chevilles, la serviette à sa place sur le support et la fenêtre fermée.

Comme la porte des toilettes résiste, une pluie d'esquilles de bois retombe sur moi. Lorsque le mince panneau central de la porte cède, deux flics, de grosses brutes, l'un portant une casquette de baseball visière en arrière, l'autre le visage recouvert d'une cagoule, essaient de passer les épaules dans l'ouverture. L'un d'eux glisse une main à l'intérieur et déverrouille la porte. Lorsque celle-ci s'ouvre à toute volée, l'autre se trouve coincé dans l'ouverture, si bien que lorsqu'ils arrivent jusqu'à moi tous les deux, ils sont lestés d'une pleine charge d'adrénaline, rouges de colère.

Ils me saisissent par les deux bras et me collent violemment contre le mur près de la fenêtre. Je suis stupéfait que la vitre ne se brise pas. Je ressens une vive brûlure au front lorsque ma tête vient heurter le cadre de la fenêtre. Je sens un filet de sang couler de mon cuir chevelu et le métal froid d'un pistolet que l'on braque dans ma nuque.

On me soulève par les pieds, de telle sorte que, si ce n'était le mur, je tomberais sur la figure, et on tire une de mes mains derrière moi tandis que mon visage s'écrase de côté contre le plâtre.

« Est-ce qu'il est armé ? », demande une des voix derrière moi.

Quant à savoir où je pourrais garder un revolver, le pantalon autour des chevilles et la chemise pratiquement arrachée, c'est un mystère.

« Rien. Il n'a rien sur lui. »

Je sens des menottes se refermer sur mes poignets

dans mon dos, si serrées qu'elles bloquent la circulation de mes deux mains. L'un d'eux me remonte mon pantalon afin que je puisse le retenir par-derrière, ouvert à l'avant.

J'entends alors Sarah qui pique une crise de nerfs et hurle quelque part du côté de la cuisine. Elle crie mon nom.

« Ça va, Sarah.

— Emmenez la femme dans le living. Sortez la gosse d'ici. Amenez-la en ville, à l'Aide à l'Enfance.

— Touchez à ma fille et je vous tuerai. »

Ce qui me vaut un coup de genoux sèchement assené dans les reins et qui me cause une douleur lancinante derrière les yeux.

« Foutu avocat de mes deux. J't'avais dit que tu verrais plein de neige. Alors, où elle est ? Tu vas me le dire ? » Il éructe en un sifflement ces paroles à mon oreille tout en enfonçant plus profondément le pistolet dans mon cou.

La douleur me fait m'effondrer le long du mur. L'un des flics me retient par les cheveux, me soulevant littéralement par les quelques mèches qui me restent. Ils me tirent à l'extérieur des toilettes puis dans le couloir jusque dans le living.

On ne me fait pas asseoir mais on me jette sur le canapé dont on a retiré les coussins. Un des flics s'emploie à les lacérer avec un couteau bien affûté et en arrache les rembourrages qu'il jette sur le plancher. Il s'agit moins d'une recherche utile que de vandalisme. Ils savent que je n'ai pas eu le temps d'ouvrir les housses des coussins pour y glisser la cocaïne.

Le service de tasses et de soucoupes en porcelaine laissé à Sarah par Nikki gît en pièces dans un petit plateau sur la table basse. Le crétin à la casquette de base-ball balance ce qu'il en reste sur le sol à coups de bâton. Il écrase sous son pied la seule soucoupe qu'il n'a pas cassée.

« Papa ! » J'entends les cris de Sarah que l'on transporte dans l'allée le long de la maison. Je l'entrevois un bref instant à travers une fenêtre du living. On la porte comme un paquet, ses pieds sous le bras de l'une de ces brutes.

« Laissez ma fille tranquille ! » Je me précipite à l'improviste par-dessus la table avec toute la force de propulsion de mes cuisses. Je viens donner tête baissée dans l'estomac du flic à la casquette de base-ball, lui aplatissant le ventre et lui coupant le souffle.

Deux des autres me tombent aussitôt sur le dos et j'expie. Les matraques s'abattent à coups redoublés sur mes épaules et sur ma tête lacérée par ailleurs par ce qui semble être le cran d'arrêt d'un pistolet dont la détonation tout près de mon oreille me rend presque sourd.

« Espèce de connard. » Il y en a un qui paraît soudain très inquiet. « Crétin. Mets le cran d'arrêt. »

J'ai la colonne vertébrale engourdie par les coups, comme si elle était anesthésiée, au point que je ne sens même plus mes jambes. Ils continuent à me taper dessus.

« Ça va comme ça. Vous allez le tuer. » Cela me parvient dans un brouillard.

« Ça fera un putain d'avocat de moins. Qui le regrettera ? » L'auteur de ces propos appuie sur mon dos un genou qui m'empêche de respirer. Ce sont des tortionnaires professionnels.

Je demeure étendu un long moment par terre tandis qu'ils discutent de ce qu'ils devraient faire de moi : continuer à me tabasser ou me mettre sur le canapé. Il y a en a un qui s'approche de temps à autre pour me donner de grands coups de pied dans les côtes avec ses bottes de service. Il répète son manège deux ou trois fois en guise de diversion gratuite à leur débat. Je reconnais le pantalon kaki et la botte mais, lorsque je lève les yeux pour voir le visage, il est recouvert d'une cagoule. C'est l'homme du câble.

Ils me tirent en arrière et me jettent sur le canapé. Cette fois, je demeure étendu sur le côté, conscient d'une seule chose : je n'entends plus les cris éperdus de Sarah.

Des bruits de pas traînants se font entendre dans l'allée.

« Amenez-la ici. » Ils tirent Lenore dans la pièce. Je la vois depuis ma position, à moitié à plat ventre sur le canapé. Elle a les mains menottées dans le dos, des égratignures sur le visage et des marques à la joue, où ils l'ont frappée avec un objet quelconque. L'un des flics la tient par la nuque, d'une main si énorme qu'il pourrait l'égorger sans même s'en rendre compte.

« J'ai essayé de faire sortir Sarah. » C'est tout ce qu'elle peut dire avant que le type ne resserre son étreinte autour de son cou.

« La ferme ! » La merveille cagoulée la jette par-dessus la table basse. Elle atterrit à côté de moi sur le canapé, retombe sur le flanc et a du mal à se redresser. Elle a le regard étincelant d'une fureur comme je n'en ai jamais vu.

« Où est Sarah ?

— Je ne sais pas », dit-elle.

L'un des flics s'approche et d'un grand coup de revers m'assène sa matraque sur le mollet de la jambe droite. La douleur est si atroce que je crie. Je souffre jusqu'à la nausée. L'esprit vacillant, je me demande s'il a cassé l'os.

« Ferme ta putain de gueule. T'as compris ? Tu parleras quand on te le dira. »

J'entends la porcelaine du couvercle des WC que l'on fracasse et, lorsque la tuyauterie cède, le sifflement de l'eau qui inonde le plancher des toilettes.

« Elle est pas là. » L'un des flics sort des toilettes, juste le temps d'annoncer la chose. « Est-ce que je dois aller chercher le chien ?

— Elle est nécessairement là. Regarde encore. »

J'entends que l'on ouvre des armoires, que l'on arrache des portes de leurs gonds. On retire des tiroirs de leurs glissières et on en répand le contenu par terre.

Les deux flics restés avec nous dans le living s'entretiennent à voix basse. Une sueur froide me traverse le dos. Ils chuchotent, s'interrogeant sur la meilleure solution à adopter. J'ai dénombré quatre flics jusqu'à maintenant. J'entends alors des casseroles et des poêles que l'on jette par terre dans la cuisine. Il y en a au moins un autre, peut-être deux. Ils sont cinq ou six au total.

« Il n'a eu que soixante secondes. » C'est l'homme du câble qui parle, un visage que je ne suis pas près d'oublier.

« On devrait peut-être appeler Phil. » Ceci venant du type à casquette de base-ball.

« Tais-toi. » Deux mots prononcés distinctement par l'homme du câble.

Leurs blousons noirs, ceux que j'ai vus, portent tous le même logo dans le dos : le mot POLICE en lettres blanches de dix centimètres de haut. Je ne vois rien qui indique qu'il s'agit des Stups ou du FBI, ou qui permette d'identifier ces voyous comme des agents du fisc ou des douanes. A moins que je ne fasse fausse route, il s'agit strictement d'une escouade locale.

Il se produit une agitation dans la pièce, et les flics commencent soudain à s'énerver. « Qu'est-ce que c'est que ça ? » Ils regardent par la fenêtre derrière moi.

Je me hausse sur un coude afin de pouvoir jeter un œil sur la rue par-dessus le dossier du canapé. Deux flics en uniforme, qui viennent de descendre d'une voiture de patrouille, viennent vers la maison à travers la pelouse.

« Va chercher le chien, dit l'homme du câble. On va la trouver. Allez ! »

L'autre se précipite dehors. Il rentre presque dans l'un des agents en uniforme qui s'avance maintenant dans l'allée menant à la porte d'entrée. L'agent en uniforme dit quelque chose que je ne peux saisir au flic qui passe en courant à sa hauteur. Comme celui-ci ne lui prête aucune attention, l'agent en uniforme poursuit son chemin vers la porte.

C'est un homme corpulent, de plus d'un mètre quatre-vingt-dix, les yeux dissimulés derrière des lunettes de soleil, et sur l'uniforme impeccable duquel resplendit un insigne qui vous aveuglerait par grand soleil.

« Qu'est-ce qui se passe ? » Comme il n'enlève pas ses lunettes, on ne peut savoir exactement de quel côté il dirige son regard.

Personne ne lui répond.

« Eh ben. » Il évalue rapidement du regard l'étendue des dégâts dans le couloir, le déluge.

« Vous avez créé une entreprise de démolition, les mecs ? » Il retire soigneusement ses lunettes de soleil, jette un œil sur Lenore puis sur moi, puis les range dans la poche de poitrine de son uniforme.

« Laissez-moi deviner. Ils ont résisté à leur arrestation ? La petite dame vous en a fait voir de toutes les couleurs, tous les deux. » Cela fait rire uniquement l'autre policier en uniforme. Celui qui parle porte les insignes de sergent.

« Qu'est-ce que tu fais ici, Hazzard ? » J'entends la voix de l'homme du câble.

« C'est sur mon secteur, répond le sergent. Je pourrais te poser la même question.

« On a reçu un tuyau sur une affaire de drogue. » L'homme du câble ôte enfin sa cagoule. Il a le visage tout rouge, en sueur. Il se recoiffe d'une main. L'écusson portant le nom « Mike » est maintenant recouvert d'un gilet pare-balles. En entendant le sergent l'appeler Howie, je comprends que la chemise qu'il porte n'est pas la sienne.

Des bruits de vaisselle brisée parviennent de la cuisine. Ils sont en train de venir à bout de mes placards.

« Et vous là-bas, qu'est-ce que vous faites ? », braille le sergent dans le couloir.

Howie fait un signe au type à la casquette de base-ball qui se précipite en courant dans le couloir. Comme par magie, le bris de verre de la cuisine s'arrête.

« Mais pourquoi n'avez-vous pas fait venir des renforts ? demande le sergent. Personne n'a prévenu le standard de ce qui se passait.

— On n'a pas eu le temps, dit Howie. Notre contact disait qu'on déménageait la camelote aujourd'hui.

— Moi, je vais vous le dire, ce qui s'est passé, dis-je.

— Toi, ferme ta sale gueule. » Howie me place sa matraque sous le nez.

« Vos petits copains sont en train d'essayer de compromettre un avocat en plein milieu d'un procès pour meurtre en cachant des indices chez moi. Regardez le nom qu'il y a sous son gilet pare-balles. C'est écrit “Mike”. Il s'est fait passer pour un réparateur du câble afin de cacher de la drogue dans mes toilettes. »

Un rictus furieux tord le visage de Howie. Je lui demande s'il a l'intention de réparer mon poste de télévision ainsi qu'il me l'avait dit avant de partir. Il lève sa matraque, mais sans me frapper.

Le policier en uniforme le rappelle à l'ordre du regard.

« Howie. Tu me fais honte. »

Howie rit, comme si tout cela n'était qu'une bonne blague. Comment le sergent peut-il ajouter foi aux paroles d'un trafiquant de drogue ?

Le sergent demeure imperturbable.

L'un des autres flics entre avec les chiens retenus par une courte laisse, de gros bergers allemands qui s'engagent immédiatement dans le couloir.

« Vous tenez peut-être à être présent », dit Howie au sergent.

Ils sortent tous les deux dans le couloir d'un pas nonchalant.

J'entends l'un des chiens se jeter comme un fou dans les toilettes en aboyant, en griffant les murs. Howie dit au sergent que la drogue s'y trouve quelque part.

« J'espère pour toi que tu vas la trouver », répond le sergent. Ils sortent sans se presser de la salle de bains et reviennent dans le living. « Parce que le commandant de garde est en route pour venir ici.

— Mais qui l'a appelé ?

— Moi. »

Howie en trépigne de rage au milieu du living.

« Mais bordel, pourquoi ?

— C'est mon secteur, dit le sergent. T'es pas censé venir dans mon secteur sans me prévenir, Howie. Je crois que tu vas devoir fournir quelques explications. »

La cavalerie arrive.

Howie s'arrête de trépigner, le temps de jeter un œil dans le couloir.

« Kennedy. Tu l'as trouvée ?

— Non.

— Merde. » Howie s'engage dans le couloir pour participer aux recherches.

On nous laisse dans le living en compagnie du type à casquette de base-ball, de l'un des flics cagoulés et des deux policiers en uniforme.

« Je suis le sergent Lincoln, dit le flic en uniforme. Qui êtes-vous ? » C'est à moi qu'il s'adresse.

« Je crois que Howie ne veut pas que vous leur parliez », dit le type à la casquette de base-ball.

Le sergent lui lance un regard qui le tuerait sur place s'il avait un peu de cervelle sous sa casquette.

« Knelly, qu'est-ce que j'en ai à foutre de ce que veut Howie ? »

Comme l'autre ne répond pas, le sergent s'approche et vient lui parler sous le nez. « Hein, qu'est-ce que j'en ai à foutre ? »

Le dénommé Knelly blêmit, soutient un instant le regard du sergent puis se détourne.

« Pourquoi ne vas-tu pas renifler un peu cette drogue toi aussi ? », suggère le sergent. Knelly quitte la pièce, sa matraque pendant au bout de sa main comme une bite dégonflée.

« Et toi. » Il s'adresse à l'autre merveille cagoulée.

« Douglas. Enlève-moi ce machin de ta tête. T'as l'air malin. Fous le camp d'ici. On les surveille, tes prisonniers. »

Le type part retrouver ses compères.

Le sergent se tourne vers moi.

« Je répète ma question. Qui êtes-vous ?

— Je m'appelle Paul Madriani.

— J'ai entendu parler de vous. Et vous ? »

Le visage de Lenore est tout gonflé et elle a un œil en train de tourner au beurre noir, la paupière droite à demi fermée.

« Permettez que je fasse les présentations, dis-je. Voici Lenore Goya, anciennement avocate au parquet. »

J'entends Lenore pousser un net soupir de soulagement. Elle a sûrement dû penser quelques instants qu'ils allaient nous tuer.

CHAPITRE DIX-NEUF

Ce matin, Radovich mène sa propre enquête à huis clos. Il a convoqué le chef de la police municipale et Kline pour qu'ils s'expliquent sur la descente effectuée chez moi. Bien qu'il ne prenne pas officiellement parti en la matière et esquive les questions de la presse, il craint manifestement que la diffusion de cette histoire n'affecte le procès.

« Comment se fait-il qu'on ne m'ait rien dit ? Mais qui donc dirige vos services ? » Radovich presse Kline de questions.

Harry et moi sommes assis, silencieux, sur un canapé adossé au mur. Un sparadrap recouvre les quatre points de suture que l'on m'a faits au front et j'ai le cou couvert d'ecchymoses nettement visibles. Acosta occupe un siège près de moi. Un huissier est debout derrière lui et un gardien de la prison de faction près de la porte, à l'extérieur du cabinet du juge. Comme Acosta est au courant de la descente par les journaux, j'ai insisté pour qu'il soit présent à cette réunion. Il craint que ces événements n'aient un effet défavorable sur son procès.

Il n'a fallu que dix minutes au commandant de garde pour chasser l'homme du câble et sa clique de chez moi. Ils avaient pratiquement démonté le plancher des toilettes, mais sans rien trouver. Il a fallu un peu plus longtemps pour récupérer Sarah, que l'on avait emmenée aux services de l'Aide à l'Enfance.

Ceux-ci n'en finissaient pas de poser des questions et voulaient la garder pour la nuit. Ils ont fini par entendre raison après une menace de poursuite et un coup de téléphone à l'avocat du comté.

Les autorités n'ont pas fourni la moindre justification de tout cela. Elles retiennent leur souffle pour voir si Lenore et moi allons engager une poursuite.

La piste flairée par les chiens dans les toilettes s'arrêtait apparemment à la fenêtre. Tout compte fait, ils auraient pu trouver la drogue, n'eût été l'intervention du sergent, du commandant de garde et de son second. Les autorités policières ont une manière bien à elles de redresser les torts dans leurs rangs. Dans mon cas, pour toute sanction, les flics concernés se sont vus intimer l'ordre de vider les lieux avant de pouvoir aller au bout de leurs recherches.

Ce matin, Kline ne tarit pas d'excuses, qui toutes reviennent à une seule chose, à savoir qu'il n'était pas au courant de la descente.

« Votre Honneur — il est debout, tout contre le bureau de Radovich —, je veux que vous sachiez que je n'y étais pour rien. » Il semble authentiquement désemparé et ne cesse d'insister sur le fait qu'il était hors du coup.

« Si j'avais été au courant, il va de soi que j'aurais consulté la cour.

— Quelqu'un a bien dû émettre un mandat de perquisition, s'étonne Radovich.

— Un magistrat nouvellement nommé, dit Kline. Un juge municipal et par téléphone. Le mandat a été émis de bonne heure samedi matin par les soins de l'un des jeunes assistants de mon service, par téléphone là encore. »

Selon Kline, les flics ont dit à son assistant, un jeunot sorti de la fac de droit depuis sept mois, que c'était une urgence, qu'il n'y avait pas de temps à perdre. A en croire la police, la drogue devait être transportée ailleurs ce matin-là.

« Mon assistant n'a pas fait le rapprochement en voyant le nom de Monsieur Madriani sur le mandat de perquisition. S'il l'avait fait, je suis convaincu que l'on m'aurait prévenu. » Kline tourne la tête vers moi pour indiquer qu'il me fait une fleur en parlant de la sorte. C'est tout ce à quoi j'ai droit en guise d'excuses.

« J'ai l'impression que quelqu'un de vos services avait bien choisi ses interlocuteurs. » Radovich reporte son attention sur Wallace Hansen, le chef de la police.

« Un nouveau procureur. Un jeune avocat du parquet.

— Nous menons une enquête là-dessus, dit Hansen.

— Et l'information qui figurait sur t'affidavit ? » Radovich parle du dépôt sous serment d'une preuve à charge par la police et qui peut justifier éventuellement l'émission d'un mandat de perquisition.

« D'où la teniez-vous ? demande-t-il.

« D'un informateur, dit le chef de la police. Une source fiable. »

Hansen a un teint d'albinos, des cheveux blonds tirant sur le roux et comme une perpétuelle expression d'hostilité sur le visage.

« Si fiable que vous avez fait chou blanc, dit le juge.

— Croyez-moi, ce n'est pas faute d'avoir essayé, dis-je à Radovich. L'expert des assurances est encore en train d'évaluer les dégâts causés à ma maison. »

Hansen veut savoir si j'ai l'intention de poursuivre la municipalité.

« Vous le saurez lorsqu'il déposera plainte », dit Harry.

Avant la réunion, j'ai expliqué à Radovich que les flics avaient caché de la drogue chez moi et il n'a manifestement pas voulu statuer là-dessus. Il m'a conseillé de ne pas réitérer cette accusation dans son cabinet, devant des tiers, de crainte qu'on y voie un élément susceptible de m'incriminer, la confirmation qu'il y avait effectivement de la drogue. Hansen demanderait sans doute où elle se trouvait. C'est le genre de flic inflexible qui prendra fait et cause pour ses hommes, même lorsqu'il flaire des choses pas très nettes. On lave son linge sale en famille.

Hansen s'entête à répéter que si ses hommes ont mené une perquisition, c'est qu'ils avaient de bonnes raisons.

« En avaient-ils une de tabasser Maître Madriani ?

— Il paraît qu'il a résisté, dit Hansen.

— Et Maître Goya ? Elle a résisté elle aussi ? »

Hansen ne répond pas.

« J'ai vu son visage, dit Radovich. Elle a un œil au beurre noir. »

Hansen se contente d'encaisser sans broncher.

« Je n'aime pas ça. Je n'aime pas ça du tout », dit Radovich.

On lui a appris à titre personnel que les hommes mêlés à l'affaire avaient été suspendus pendant l'enquête que doit mener la police des polices. C'est tout ce qu'il a bien voulu me confier. Le ministère public, étant partie prenante dans l'affaire, a donné l'ordre à ses services de ne pas discuter d'actions disciplinaires en instance. Nous faisons donc du surplace, pas d'excuses de leur part, pas de quartier de la nôtre.

« Enfin, Maître Kline. Je ne sais vraiment que faire, dit Radovich. La presse s'en donne à cœur joie. Si cette histoire parvient aux oreilles du jury, le procès risque d'être annulé pour vice de forme.

— Vous pourriez donner instruction aux jurés de ne pas en tenir compte », dit Kline.

Les jurés ne sont pas séquestrés. Bien qu'on leur ait enjoint de ne pas lire les articles des journaux concernant le procès ou de ne pas regarder la télévision ni d'écouter la radio, tout le monde sait qu'il n'est généralement tenu aucun compte de telles injonctions.

« Ecoutez-moi bien, poursuit Radovich. Je veux

voir votre source fiable dans mon cabinet demain matin à huit heures et demie. Je veux connaître l'origine de cette information. Je veux savoir si le ministère public a fait des tentatives pour influencer le jury aux dépens de l'avocat de la défense.

— Ça m'étonnerait qu'on puisse faire ça, dit Hansen. Vous amener notre informateur.

— Pourquoi pas ?

— Il paraît que cette information nous a été transmise en échange d'une garantie de confidentialité absolue.

— Vais-je devoir délivrer une ordonnance ? », demande Radovich.

Kline n'offre même pas de soutien moral au chef de la police. Hansen est livré à lui-même. Il met alors en question les prérogatives du juge, recourant ainsi à un procédé qui lui a sûrement été conseillé par le cabinet de l'avocat de la municipalité. En effet, la descente effectuée chez moi par la police ne relève pas à proprement parler des compétences de Radovich.

Cette tactique de Hansen fait tiquer Kline. Radovich est dans tous ses états. Il quitte son fauteuil et se penche au milieu de son bureau, à moins de trente centimètres du visage de Hansen. Les deux hommes sont nez à nez.

« Vous me cherchez ? demande Radovich au chef de la police.

— Non.

— Alors amenez votre type ici demain matin. Nous discuterons des subtilités de mes prérogatives une autre fois. »

Il se tourne vers Kline.

« Ce sont des gens à vous. Je veux que vous vous portiez garant d'eux. »

Kline parle brièvement à l'oreille du chef de la police, ils confèrent, puis Kline donne sa garantie.

« Je veux aussi votre parole, ajoute Radovich, que cela ne se reproduira plus. »

Ceci ne semble pas exiger de conciliabule.

« Pas de notre fait, assure Hansen.

— Je ne veux pas non plus qu'on joue sur les mots, dit le juge. Je veux dire qu'il n'est pas question que vous confiiez à d'autres le soin de jouer les maraudeurs nocturnes sous couvert d'un autre mandat de perquisition. Est-ce que je me fais comprendre ? »

Les deux hommes acquiescent à l'unisson comme s'ils étaient à l'exercice.

« Bon, dit Radovich. Maintenant, sortons d'ici et allons juger cette affaire. »

Dans le couloir, au sortir du cabinet du juge, Acosta, sur le bras duquel un gardien de la prison garde une main posée, se penche en arrière pour me glisser à l'oreille : « Ce n'est pas trop mal. Je pense même que ça peut nous servir auprès du juge, en fin de compte. »

Acosta n'a pas comme moi chaque partie du corps en marmelade.

J'ai eu une nuit agitée. Je n'ai dormi que quatre heures. J'ai mis Sarah au lit un peu avant neuf heures, pris une douche, lu des documents en vue de l'audience du lendemain matin et me suis couché à onze heures. J'avais réglé le réveil sur trois heures du matin, mais je me suis réveillé avant que la musique en sourdine qui tient lieu de sonnerie ne se fasse entendre.

Je me lève et enfile une vieille paire de jeans, un sweat et des tennis aux épaisses semelles en caoutchouc. Comme un crachin tombe dehors depuis un certain temps, je passe un coupe-vent sombre en nylon dont je rabats le capuchon sur ma tête.

En me dirigeant vers l'escalier, je jette un regard sur Sarah. Elle dort, la plupart de ses couvertures repoussées au pied du lit, une couette tirée sur la partie supérieure de son corps jusqu'aux épaules, et qui laisse ses petites jambes à l'air. Je la recouvre, et elle bouge à peine avant de replonger dans un sommeil profond, accompagné de petits ronflements semblables à des ronrons.

Je descends l'escalier avec précaution, m'engage dans le couloir et pénètre dans la cuisine où je vois les reliquats de la descente survenue il y a trois jours. Il manque des tiroirs, ceux qui ont été fracassés contre le sol, ainsi que la porte d'un bahut arrachée de ses gonds. A l'intérieur de la cavité béante, les étagères sont vides, les assiettes ont toutes été réduites en miettes sur le carrelage du comptoir. Celles qui avaient survécu ont été balancées sur le sol et on a marché dessus. Une énorme éraflure orne la porte du réfrigérateur sur laquelle, paraît-il, un des flics se serait jeté avec un poêlon en fonte. Après avoir photographié les dégâts, j'ai remis tant bien que mal de l'ordre avec l'aide d'amis, dont Lenore, qui était souffrante mais a refusé de partir. Elle est convaincue que Kline est derrière toute cette histoire. Elle lui en veut à mort. Quant à moi, mes soupçons se portent ailleurs. Et ces soupçons se sont confirmés ces deux dernières nuits.

Lenore, qui avait vu la poudre blanche, m'a demandé à plusieurs reprises ce que j'en avais fait. Je ne le lui ai pas dit.

Je sors dans la cour par la porte arrière et contourne la maison, empruntant l'étroit passage qui se termine sur une clôture, entre la cour et la pelouse du devant. Il fait noir, mais je ne me sers pas de lampe de poche. Un rayon lumineux risquerait d'attirer un voisin, ou pire encore.

Le sentier en terre qui longe la maison est dégagé, et seul un peu de lierre pousse sur la clôture qui sépare ma cour de celle de mon voisin. Le sentier est surplombé par l'avant-toit de ma maison. En rasant le mur, je reste à l'abri de la pluie fine qui tombe.

Environ à mi-chemin sur le sentier, je vois la petite

fenêtre. L'une de ses vitres est maintenant brisée, obturée par un carré de plastique noir que j'ai agrafé de l'intérieur de la salle de bains.

J'essaie de me représenter visuellement la disposition des lieux chez mon voisin. A la différence de ma maison, la sienne est un bungalow de plain-pied au toit en pente vive.

De l'autre côté de la clôture, à un peu plus d'un mètre, je vois l'avant-toit de son garage.

Le plus silencieusement possible, je me hisse sur la barre supérieure de la clôture sur laquelle je me relève lentement et me mets debout. J'oscille un instant, tel un équilibriste, avant de me pencher et d'agripper le rebord du toit du garage. Je me laisse tomber en avant en faisant reposer le poids de mon corps sur mes bras et je balance une jambe. Je me contorsionne jusqu'à ce que je sois étendu à plat ventre sur le toit. Un de mes pieds s'accroche alors à la gouttière avec un bruit de caoutchouc rugueux que l'on frotterait contre une planche à laver. Les bardeaux sont rendus glissants par la pluie. J'ai déjà les jambes toutes mouillées. Mes jeans sont trempés, deux fois plus lourds que lorsque je les ai mis. Je reste plusieurs secondes sans bouger, attendant pour voir si des lumières vont s'allumer en bas chez mon voisin. Les gouttières résonnent sous la pluie en une cadence métallique régulière, qui semble avoir couvert le bruit de mon pied.

Je rampe vers la partie arrière du toit. C'est un toit à trois pentes avec un replat en son centre. A partir de là, une corniche court le long du garage jusqu'au corps de logis principal où le toit se découpe en arêtes rentrantes et en angles, vers l'avant et l'arrière. Les versants sont couverts de plaques de zinc qui, cette nuit, ruissellent comme des rivières.

C'est pour cette raison que je ne pouvais pas différer plus longtemps. Rien ne m'assurait qu'avec cette pluie constante le sac tiendrait. Un voisin curieux ne tarderait pas à s'interroger sur la coulée blanche qui, telle de la fiente de chauve-souris, coulerait dans ses gouttières et jusque sur sa pelouse, la fierté de tout jardinier. Les voisins se demanderaient ce qui les oblige à ratisser la terre toujours au même endroit à longueur de journée.

Je me glisse à demi accroupi sur la partie arrière du toit dont je remonte la pente, jusqu'à ce que je puisse voir au-dessus du faîte du garage. De là, j'aperçois la rue, en bas, illuminée par la lueur jaunâtre d'un réverbère, à une cinquantaine de mètres d'ici.

Dans la direction opposée, sous les branches d'un jeune orme, je vois l'étrange fourgon sombre qui a fait son apparition pour la première fois il y a deux nuits. Il a deux hublots ronds, vestige des années 70, un de chaque côté. Il est garé là, toujours au même endroit, lorsque je rentre le soir et lorsque je pars travailler le matin.

Ils ne sont pas très futés. N'ayant pas pu m'épingler, ils veulent récupérer leur drogue.

C'est pour cette raison que je pense que Kline n'est pas mêlé à ça. Avec la couleuvre que lui a déjà fait avaler Radovich, il n'oserait pas, il n'irait pas jusqu'à faire placer ma maison sous surveillance. Il n'empêche que cela donne une idée de leur manque de contrôle, à lui et au chef de la police, sur cette faction de leurs troupes.

J'ai noté le numéro de la plaque d'immatriculation du fourgon, et demandé à Harry de vérifier au service des cartes grises. J'ai aussi pris des photos du véhicule à l'aide d'un téléobjectif depuis l'extrémité de la rue.

Le matin, lorsque je pars travailler, je répands une légère pellicule de talc sur le plancher à l'intérieur de chaque porte de la maison, devant et derrière, ainsi qu'en des endroits stratégiques du couloir, au cas où ils passeraient par une fenêtre. Chaque soir, en rentrant, je vérifie pour voir s'il y a des empreintes de pas. Pour l'instant, si mes dons de détective ne me trompent pas, ils sont restés à l'extérieur. Ils ont dû en arriver à la conclusion que la drogue n'est pas chez moi. J'ai fait en sorte que Sarah ne soit jamais à la maison en mon absence. Elle est soit avec moi soit chez des amis. C'est pour elle que je me fais le plus de souci dans cette histoire.

Aucun signe de vie ne me parvient du fourgon. Je demeure cependant au ras du toit, toujours à l'arrière de la maison. Je me déplace latéralement, vers la cour arrière de mon voisin, puis je remonte une pente. Je commence à me dire qu'il est impossible que j'aie lancé le sac aussi loin, lorsque je le vois coincé dans une rainure métallique à proximité d'un vasistas. La luisance du plastique clair et l'éclat blanc de la poudre à l'intérieur miroitent tel un lourd nuage posé sur le toit. Le sac semble hermétiquement fermé, intact, et je me dis qu'il est peut-être plus en sécurité là que chez moi.

Je m'apprête à redescendre par où je suis venu lorsque j'entends un bruit de portière que l'on ne claque pas mais que l'on referme avec précaution. Je me hausse légèrement au-dessus de l'arête du toit pour jeter un œil dans la rue. Deux types, venant du fourgon, sont en train de traverser la rue. Ils se dirigent par ici. Dans la faible lueur du réverbère, à cette distance, il m'est impossible de distinguer leurs traits.

Je me baisse sous l'arête et reste complètement immobile, à plat ventre sur le toit. Je cherche du regard des voies de fuite. Je me trouve à plus de trois mètres, peut-être davantage, au-dessus du patio en ciment de mon voisin dont une partie est recouverte d'un toit qui, j'en suis pratiquement sûr, ne supporterait pas mon poids. Même si je pouvais sauter, ils m'entendraient certainement lorsque je toucherais le sol.

« Je te dis que j'ai vu quelque chose. »

Ces paroles prononcées à voix basse sont cependant audibles dans l'air calme de la nuit. Elles proviennent de l'avant de ma maison, où dort Sarah.

« Il n'y a personne là-haut.

— Pas chez l'avocat. A côté. Là-bas. »

Ils continuent de chuchoter et leurs voix se rapprochent.

Je me déplace sur le ventre. La pluie tombe maintenant plus fort. Arrivé près du vasistas dont un bord touche presque l'arête du toit, je jette un autre coup d'œil en bas.

L'un des deux hommes a quelque chose de bizarre autour de la tête, deux grosses protubérances qui jaillissent de plusieurs centimètres comme des antennes.

« Je sais que j'ai vu quelque chose.

— Sans doute un chat.

— Non. C'était trop gros. »

Il règle l'objet qu'il a sur la tête et l'abaisse jusqu'à ce que les protubérances soient à la hauteur de ses yeux, et soudainement je comprends : il porte des lunettes de vision nocturne.

Je baisse vivement la tête sous l'arête du toit, si brusquement que je me cause presque un traumatisme cervical. Ce geste me fait glisser de plus de trente centimètres sur le toit mouillé.

« Qu'est-ce que c'est que ça ?

— Je n'ai rien entendu.

— Chut. »

Je me demande si l'appareil est capable de capter les vagues de chaleur qui montent de mon corps, des images, par exemple, d'un fantôme vert sur le toit froid et mouillé.

« Je ne vois rien, fait la voix de l'autre type. Allez. On retourne à la voiture. On se trempe ici.

— Je t'avais dit l'autre jour qu'on aurait dû chercher là-haut.

— On n'avait pas le temps. Moi, je retourne au fourgon. Je suis trempé jusqu'à la moelle. Tu viens ?

— Dans une minute.

— Comme tu veux. Si un emmerdeur quelconque

appelle la police pour se plaindre d'un rôdeur, ce sera bien fait pour toi.

— Pourquoi ne vas-tu pas voir s'il est couché et s'il dort ?

— Qui ?

— L'avocat. Vérifie si tu peux voir quelque chose à travers la fenêtre de sa chambre.

— Vérifie toi-même. Moi, je retourne à la voiture. »

J'entends des bruits de pas détrempés sur la pelouse de mon voisin lorsqu'il s'en va. Plusieurs secondes s'écoulent, et je me dis qu'ils sont peut-être partis tous les deux. Puis une portière de voiture claque. Une seule fois.

Il y a soudain un mouvement de branchages au sommet d'un buisson, près de l'endroit, à l'avant de la maison, où le voisin et moi avons une clôture commune. J'entends distinctement un bruit de pieds en train de grimper par-dessus la clôture en bois, puis c'est le silence. Un instant plus tard, des bruits de pas sur la terre battue. Quelqu'un a escaladé la clôture et se trouve maintenant sur le sentier qui longe ma maison, près de la vitre brisée de la salle de bains.

Je suis toujours étendu sur le toit, sans voie d'issue évidente. Derrière moi, à droite du toit du patio, s'élève une cheminée en brique. Elle pourrait me dissimuler aux regards provenant de la cour arrière si jamais l'intrus se dirige de ce côté. Mais depuis un angle droit, s'il lève les yeux vers le toit, il verra facilement le sac et son contenu blanc.

Je me hausse sur les genoux et contourne silencieusement le vasistas, vers le point de rencontre entre les deux pentes du toit. J'attrape le sac. Son contenu, de la texture et de la consistance du sucre en poudre, fait un bruit de succion dans ma main.

En silence, je me glisse le long du toit en direction de la cheminée et m'accroupis très bas, dans le creux formé par la rencontre de la cheminée et du toit qui s'élève en pente vers l'avant de la maison. Je m'y fonds dans l'ombre, tout en sachant que mes efforts sont vains si l'homme a un équipement de vision nocturne. Je tiens en main de quoi en prendre pour vingt ans. Même Radovich ne pourrait pas me tirer de ce mauvais pas.

C'était une initiative stupide. J'aurais dû laisser la drogue là où elle était mais je n'ai pu m'y résoudre. Quelqu'un l'aurait trouvée tôt ou tard, et se serait souvenu de la vaine descente de police dans la maison voisine.

Je l'entends qui se déplace maintenant à l'arrière de chez moi. Je pousse le sac dans le sillon, à l'endroit où la cheminée rencontre le rebord du toit afin d'avoir les mains libres.

Je ne vois rien dans ma cour. Il y fait noir comme dans un four. La lueur du réverbère y est occultée par les arbres de la rue et la hauteur des toits. Je me demande s'il n'est pas à l'instant même en train de m'observer à travers ses lunettes de vision nocturne, depuis quelque trou sombre dans ma cour.

Des pas se font alors entendre et une porte grince. Il est en train de pénétrer chez moi par la porte de derrière. Une seule pensée me vient à l'esprit : Sarah qui dort dans son lit.

Je réussis à descendre, la cocaïne dans une main, en me tenant aux montants du toit du patio, et me dirige rapidement vers la clôture de l'autre côté de laquelle je jette un coup d'œil. Il n'y est plus, mais la porte arrière de ma maison est entrouverte. Je l'avais fermée en sortant.

Le plus silencieusement possible, je franchis la clôture. Je déchire mon coupe-vent et me lacère un bras à un clou, mais ma poussée d'adrénaline est telle que je ne sens rien.

Je cherche des yeux un objet maniable. Nous avons toujours un tas de bois sur le côté du garage, du petit bois pour l'essentiel, ainsi que quelques bûches pour les froides soirées d'hiver. Je tâtonne jusqu'à ce que je trouve ce que je cherche : un morceau de vieux chêne d'environ un mètre de long, et d'un diamètre d'une batte de base-ball. Je planque le sac de cocaïne sous plusieurs rondins.

Ainsi armé, je me dirige vers la porte de derrière. Je m'y faufile sans la toucher. S'il a un équipement de vision nocturne, moi, je connais les lieux comme ma poche. Voyant qu'il n'y a personne dans la buanderie, je longe le mur vers la porte de la cuisine dans laquelle je jette un rapide coup d'œil. Personne là non plus.

J'entends alors le frottement d'une chaussure sur un tapis. Il est dans le couloir, quelque part au-delà de la porte de la cuisine. J'examine les diverses éventualités. Je pourrais crier, en espérant que le bruit le fasse sursauter et prendre la poudre d'escampette par la porte d'entrée. Mais on ne sait jamais ce qui peut arriver s'il s'affole. Il est sans aucun doute armé. Je ne tiens pas à ce que des balles traversent le plafond ou les murs alors que Sarah dort dans sa chambre à l'étage.

Je réduis la distance entre nous en passant sans bruit sur le plancher de la cuisine jusqu'à ce que je me trouve collé au mur près du réfrigérateur. Là, en regardant dans le couloir, je vois une ombre qui s'y déplace à l'autre extrémité. Il approche du bas de l'escalier. A en juger par sa silhouette, par la forme de sa tête, ses lunettes de vision nocturne sont en place.

Il pose un pied sur la première marche, et je sais qu'il n'est pas question que je le laisse monter. Sarah est toute seule là-haut. Je tends le bras vers le commutateur et j'appuie dessus. Les lumières du couloir s'allument et je m'élance vers lui en poussant un cri à réveiller les morts. L'éclat de la lumière dans ses lunettes spéciales doit être aveuglant car il fait un grand saut en arrière et dégringole de la première marche. Il essaie en se retournant de retirer de ses yeux ses gros verres mais n'y parvient que partiellement. Il dégaine à demi un pistolet d'un étui noir qu'il porte sous sa veste. Je lui assène du revers un solide coup de ma bûche au beau milieu du front. Le coup était bien ajusté, et il obéit aux lois physiques qui régissent une batte entrant en contact avec une balle rapide dans la zone des strikes.

Il s'écroule comme un sac de sable, les jambes molles. Il y a du sang partout sur le tapis, et il en a giclé en arc de cercle jusque sur le mur derrière lui. Je regarde durant quelques instants son corps immobile sur le sol en me demandant si je l'ai tué. Puis il gémit, à moitié assommé. Il tend vaguement la main pour saisir son pistolet que je lui enlève.

Voilà que j'ai devant moi, étendu de tout son long sur le plancher de mon couloir, l'homme du câble, les yeux ouverts mais vitreux, qui bat alternativement des paupières. Je le saisis par le col de sa chemise et le tire dans le living où je le retourne sur le ventre comme une baleine échouée.

Le câble coaxial est toujours sur le dessus de mon poste de télévision, le câble qu'il a laissé ici il y a trois jours et qui est encore enroulé dans son étui. Je le prends et m'en sers pour lui ligoter les mains et les chevilles, si serré qu'il se tend comme un arc. Cela n'a pas l'air de lui plaire et il gémit.

« Comme tu disais — je lui parle à l'oreille — tout ce que tu vas voir pendant un bon bout de temps, c'est de la neige. »

CHAPITRE VINGT

Nous en sommes maintenant au quatrième jour de la plaidoirie du ministère public, et la présentation par Kline des preuves à charge, faute d'être excitante, est méthodique. Il ne laisse rien dans l'ombre et ne rate pas une occasion de marquer un point, quitte à frapper sous la ceinture.

Il a réussi lors des séances à huis clos à détourner la fureur prévisible de Radovich devant cette seconde intrusion des flics chez moi. Il a tout mis sur le dos du chef de la police, Hansen, et a suspendu tous les agents impliqués dans la première descente. Il paraît que l'homme du câble est un flic nommé Howard Hoag, de la brigade des mœurs. Il était l'un des agents présents le jour où Zack Wiley a été tué. Après l'avoir assommé dans le couloir chez moi, j'avais appelé police secours. Hoag a été arrêté sous divers chefs d'accusation, y compris des infractions criminelles. On l'a relâché le lendemain matin, après qu'il eut reconnu les faits. Le petit copain qui l'accompagnait dans le fourgon n'a pas attendu la suite des événements et a filé dès l'apparition des gyrophares de la voiture de patrouille.

Kline fait l'impasse sur tout cela et continue de plaider comme si de rien n'était. C'est de bonne guerre, mais il n'ignore pas que la conduite de Hoag et de ses compères confirme l'argument central de notre défense, à savoir qu'un contingent de ripoux a fait main basse sur la ville.

Kline vient de consacrer trois jours et demi à l'interrogatoire des deux principaux enquêteurs qu'il a cités comme témoins. Ils ont témoigné à la fois sur l'état dans lequel on a découvert le cadavre de Brittany Hall dans la ruelle, et sur les indices que l'on a trouvés chez elle. Ils ont dit avoir vu des poils et des fibres sur la couverture dans laquelle le corps était enveloppé, et avoir donné ordre aux techniciens du laboratoire médico-légal de les recueillir. L'un d'eux a témoigné avoir découvert des pièces à conviction semblables, des poils au domicile d'Acosta, et des fibres dans le coffre de sa voiture. Tout cela est simple et sans surprise.

Les experts n'ont pas l'air trop sûrs d'eux-mêmes pour ce qui est de l'arme du crime, et semblent s'accorder à croire que la victime s'est heurtée la tête contre l'angle métallique de la table basse, même s'ils ont essayé d'enjoliver les choses en disant qu'on l'avait cognée à plusieurs reprises contre cet objet.

Radovich a soutenu mon objection fondée sur le fait qu'un tel témoignage va au-delà de l'expertise de ces témoins. Ils ne sont ni l'un ni l'autre médicalement qualifiés, et n'ont pas la formation qui leur permettrait de se prononcer sur les éclaboussures de sang, alors même que c'est sur ce point qu'achoppe la reconstitution du crime.

Kline en a terminé avec les inspecteurs sur un point fort, le plus gênant peut-être pour nous, la note inscrite par Brittany Hall sur son calendrier et qui implique, logiquement du moins, qu'Acosta a rencontré la victime l'après-midi du meurtre.

J'avais soulevé une objection sur ce point, soutenant que ce n'était pas là une preuve directe mais un argument par ouï-dire. C'est l'une des ironies de la justice que la victime, qui a le plus souffert et qui dans le cas d'un meurtre a tout perdu, ne puisse témoigner. L'ennui vient de ce qu'Acosta, lorsqu'on l'a confronté à la note du calendrier avant son arrestation, n'a pas nié avoir rencontré la victime. En fait, il ne s'est pas abrité derrière le Cinquième amendement et, selon les flics, a fait des gestes et des commentaires qui les avaient incités à croire qu'une telle rencontre avait eu lieu. Maintenant il le nie, tout en reconnaissant avoir pu tenir des propos inconsidérés devant la police. Cela a suffi à Kline pour inclure la note au nombre des preuves en tant qu'aveu de fait, l'une des exceptions au principe voulant que les témoignages par ouï-dire ne soient pas admis par le tribunal. J'ai dit ma façon de penser à Acosta à ce sujet : comment lui, un juge, a-t-il pu se comporter aussi bêtement ?

C'est de là que je pars ce matin, afin de réparer un peu les dégâts.

L'inspecteur John Stobel a largement dépassé la quarantaine, il a le teint clair et le crâne chauve. Bien que depuis vingt ans à la Criminelle, on le prendrait pour un comptable ou un professeur d'université si on le croisait dans la rue. Il est réservé, professionnel. Chacune de ses paroles est un pur constat des faits, sans fioritures, et il répond par oui ou par non chaque fois que cela lui est possible. Il ne se permet pas d'interprétations et, par là même, se montre le plus redoutable témoin qui soit, tout en crédibilité.

Ce matin, nous échangeons des politesses. Il me regarde sans broncher, d'une manière dont je ne dirais pas qu'elle est aimable mais neutre. Il me tolère comme un élément nécessaire de la procédure, ce qu'il fait bien sentir au jury, attitude qui cadre bien avec son professionnalisme affiché.

« Inspecteur, je voudrais attirer votre attention sur le calendrier de la victime. »

Celui-ci est déjà exposé sur le chevalet devant le jury. C'est Kline qui l'a introduit comme pièce à conviction dans le procès, il y a deux jours. Ce calendrier mural contient des vues de paysages lointains, imprimées au verso de chaque mois, de sorte que, lorsqu'on en retourne et affiche le mois suivant, on se trouve chaque fois devant un tout nouveau monde. J'ai pour l'heure devant les yeux un vieux pont couvert, baignant dans une splendeur printanière, quelque part en Nouvelle-Angleterre.

Stobel fait signe de la tête qu'il voit correctement le calendrier de l'endroit où il est assis.

« Qui a réellement vu en premier la note portant le nom de mon client ? Vous ou l'un de vos collègues ? »

Il réfléchit quelques instants. « Je pense que c'est moi.

— Et c'est alors que vous avez attiré l'attention de l'inspecteur Jamison sur la note ? Est-ce bien cela ?

— En effet.

— Vous avez donc tous les deux lu cette note ?

— Oui.

— Et vous l'avez retranscrite dans votre carnet ? Dans vos notes d'enquête ?

— Oui.

— Parce que vous pensiez qu'elle avait une signification particulière ?

— Objection. Cette question appelle une conclusion, dit Kline.

— Objection rejetée. »

Stobel fait la grimace.

« Ouais. Je trouvais qu'elle avait une signification particulière.

— Avez-vous inscrit dans votre carnet d'autres notes figurant sur le calendrier ? » Je connais déjà la réponse pour avoir examiné ses notes.

« Non.

— Vous jugiez donc qu'aucune autre note du calendrier n'avait de signification pour votre enquête ?

— A mon avis, non.

— Avez-vous lu toutes les notes du calendrier pour chaque mois ?

— J'y ai jeté un œil.

— Et selon vous, aucune n'était significative ?

— Je n'en ai pas vu qui avait une signification particulière.

— Et pourtant, celle qui portait le nom de mon client vous a immédiatement paru significative ?

— Je ne sais pas si ç'a été immédiatement.

— Enfin, vous avez rédigé une note à ce sujet pendant que vous étiez sur les lieux, durant l'enquête initiale.

— Parce que cette inscription était l'une de celles qui figuraient sur le calendrier pour le jour du meurtre.

— Ah, ainsi c'est uniquement parce que le nom de mon client figurait sur le calendrier à la date en question que vous avez jugé la note significative ? »

Cela resserre le champ des implications et, préférant ne rien concéder ici, il reformule autrement la chose.

« Parce que, à partir de la note, la possibilité existe que l'accusé ait été la dernière personne à voir la victime.

— Mais c'est une supposition, n'est-ce pas ? En fait, vous ignorez tout d'une éventuelle présence de mon client à l'appartement ce jour-là, n'est-ce pas ?

— En effet.

— En fait, la note écrite de la main de la victime ne dit pas explicitement que celle-ci a rencontré mon client, n'est-ce pas ?

— On peut interpréter la chose comme ça, concède-t-il.

— Je demande que l'on annule ceci comme n'étant pas une réponse, dis-je.

— La réponse du témoin sera annulée, dit le juge. Le jury n'en tiendra pas compte.

— Cette note n'utilise pas le mot *rencontre,* n'est-ce pas, inspecteur Stobel ?

— Non.

— Que dit-elle, inspecteur ? Lisez-la au jury. » On

l'a déjà lue à plusieurs reprises, mais j'insiste afin d'étayer mon argumentation.

« Acosta, 16 heures 30.

— Et c'est tout, n'est-ce pas ? Le nom Acosta et l'heure ?

— Effectivement.

— Et l'autre note qui figurait pour le jour en question ? Je parle de la note indiquant que Kimberly devait se rendre chez sa grand-mère après l'école. Est-ce que cela a quelque chose à voir avec mon client ? »

Kline pourrait, techniquement, soulever ici une objection pour témoignage par ouï-dire mais, pour une raison ou une autre, il n'en fait rien.

« Non.

— Considérez-vous cette note comme significative ?

— Pas vraiment.

— Pourquoi ?

— Elle n'a rien de particulier. »

Je me tourne vers lui en ouvrant grands les yeux. « Vous ne trouvez pas particulier que la victime ait indiqué que sa fille était censée être chez sa grand-mère le jour du meurtre ? »

Il me regarde, ne sachant trop où je veux en venir.

« Pas vraiment.

— Aux petites heures du matin, la nuit du meurtre, où avez-vous trouvé Kimberly Hall, inspecteur ?

— Oh. » Il voit enfin. « Nous l'avons trouvée dans un placard de l'appartement. Elle se cachait.

— Pourquoi n'était-elle pas chez sa grand-mère comme l'indiquait la note ? »

Il hésite.

« Elle a peut-être été tuée avant de pouvoir y conduire l'enfant. » Il se rend aussitôt compte en disant cela qu'il vient de donner dans un piège.

« A quelle heure Kimberly sort-elle de l'école ? »

Il consulte ses notes. « A 14 heures 45.

— Ainsi, vous pensez que la victime a été tuée au début de l'après-midi, environ à l'heure de la sortie de l'école ?

— Je n'ai pas dit ça. » Cela ferait une heure et quarante-cinq minutes avant le prétendu rendez-vous avec Acosta. Kline a déjà du mal à déterminer l'heure du décès. Un témoin aurait dit aux flics avoir entendu un cri unique, une voix forte provenant de l'appartement de Brittany Hall, à un certain moment entre 19 heures 30 et 20 heures ce soir-là. La voisine sera appelée à témoigner là-dessus. Rien de tout cela ne cadre avec un rendez-vous à 16 heures 30 avec Acosta.

« Pourquoi n'a-t-on pas conduit l'enfant chez sa grand-mère tel qu'indiqué sur la note du calendrier ?

— Je ne sais pas.

— Mais ça ne vous a pas paru significatif ?

— Non. »

L'impair n'échappe pas au jury. Encore un point sur lequel l'accusation est sans réponse.

« Et sa grand-mère n'est pas venue voir pourquoi elle ne se manifestait pas ?

— La mère de la victime nous a dit qu'elle ignorait devoir garder la petite ce soir-là. » C'est un témoignage par ouï-dire, mais ce n'est pas Kline qui fera objection.

« Vous avez donc supposé que la victime ne lui en avait pas parlé ?

— C'est une supposition qui me semble aller de soi.

— Parlons un peu de la note sur laquelle figure le nom d'Acosta, inspecteur. Etiez-vous au courant, au moment où vous avez vu la note sur le calendrier, que la victime était témoin à charge dans une autre affaire impliquant mon client ?

— Oui.

— N'est-il pas inhabituel qu'un témoin à charge rencontre une personne contre laquelle il projette de témoigner ?

— Je ne saurais dire.

— Enfin, vous, en tant que policier, est-ce que vous encouragez les témoins appelés à témoigner dans des affaires pénales à rencontrer en privé les suspects contre lesquels ils vont témoigner ?

— Non. Ça pourrait être dangereux.

— Je demande qu'on annule cette réponse, dis-je.

— Accordé. Inspecteur, contentez-vous de répondre à la question », dit Radovich.

Stobel le regarde, l'air de dire qu'il croyait y avoir répondu.

« Conseillez-vous normalement aux témoins appelés à témoigner dans des affaires pénales de rencontrer dans le privé les suspects contre lesquels ils projettent de témoigner ?

— Non.

— Et pourtant, lorsque vous avez vu la note sur le calendrier de la victime, vous en avez immédiatement conclu que les mots "Acosta, 16 heures 30" ne pouvaient signifier qu'une chose : la victime et mon client étaient convenus d'un rendez-vous ?

— C'est ce que j'ai supposé.

— Ne se pourrait-il pas que la note fasse allusion à autre chose qu'à une rencontre entre Monsieur Acosta et Mademoiselle Hall ?

— Objection. Question conjecturelle, dit Kline.

— J'ai l'impression que le témoin était déjà en pleine conjecture, dis-je à la cour. Lorsqu'il a supposé que mon client et la victime se sont vus le jour du meurtre.

— Objection rejetée », dit Radovich.

Je reprends : « Comprenez-vous la question ?

— Non.

— Enfin, ne se pourrait-il pas que cette note du calendrier fasse allusion à un autre rendez-vous, pas nécessairement entre l'accusé et Mademoiselle Hall, à un rendez-vous se rapportant à son témoignage contre l'accusé dans l'autre affaire ?

— Je ne sais pas.

— Mais vous ne pouvez pas nous dire, à la barre aujourd'hui, que la note du calendrier, un seul mot laconique, "Acosta", suivi de l'heure apparente, "16 heures 30", n'avait pas d'autre signification ?

— Objection. Conjecture.

— Rejetée.

— Ne se pourrait-il pas que Brittany Hall ait eu rendez-vous avec quelqu'un d'autre, peut-être quelqu'un de vos services ou de ceux du procureur, ou encore avec un avocat qu'elle aurait engagé à titre personnel avant sa comparution comme témoin, afin de discuter de son témoignage prochain dans l'autre affaire ? »

Il me regarde d'un sale air mais ne répond pas.

« Objection. » Kline s'essaie de nouveau.

« Rejetée. »

Stobel refuse de répondre.

« Ici à la barre, inspecteur, vous ne pouvez pas témoigner avec certitude et nous dire ce que, en fait, cette note signifie, n'est-ce pas ?

— Non.

— En fait, si l'on s'appuie sur votre propre avis de policier, sur la déclaration que vous avez faite précédemment selon laquelle vous ne conseilleriez pas à un témoin de rencontrer en privé un suspect, ne faudrait-il pas croire justement que c'est de cela dont il est question dans la note, d'un rendez-vous de Brittany Hall avec quelqu'un d'autre pour discuter de son témoignage, plutôt que d'un rendez-vous avec l'accusé ?

— Objection. C'est purement conjecturel, dit Kline.

— Objection maintenue quant aux éventualités que suggère la question. » Radovich veut bien me donner quelque latitude mais pas celle-ci. Il n'empêche, le grain est semé.

J'accule Stobel à reconnaître l'absence d'autres preuves qui lieraient Acosta à la scène du crime. Il concède qu'ils n'ont pas trouvé d'empreintes digitales, d'Acosta ou de quiconque. Il en déduit seulement que l'assassin a soigneusement veillé à bien nettoyer les lieux.

« Pour revenir à l'enquête que vous avez menée dans les environs du domicile de la victime, avez-vous découvert un témoin qui vous ait dit avoir vu mon client dans ou auprès de l'appartement, ou ce soir-là ?

— Non.

— Ainsi, vous n'avez pas d'empreintes digitales et pas de témoins qui aient vu l'accusé dans l'appartement ?

— Non. »

Ce sont des questions que j'avais promis d'aborder dans ma déclaration d'ouverture. J'évite de parler des témoins présents dans la ruelle où l'on a découvert le corps de Brittany Hall. Comme Kline n'a rien tiré de concret des témoignages des indigents qui l'ont trouvée dans la benne à ordures, insister là-dessus risquerait de soulever des questions qu'il est préférable de laisser de côté pour l'instant.

« Inspecteur Stobel, parmi les pièces à conviction qui étaient commises à votre garde, je crois que vous avez trouvé un carnet d'adresses appartenant à la victime ?

— En effet.

— L'avez-vous examiné ?

— Je l'ai parcouru. »

Kline n'ayant pas inscrit cette pièce à conviction au nombre des objets à identifier, je demande à l'huissier de l'exhiber et de l'identifier sous l'intitulé de « Pièce Numéro Un de la Défense ». Je tends le carnet à Stobel, un petit répertoire marron comme il s'en trouve dans toutes les papeteries.

« Est-ce bien le carnet d'adresses que vous avez trouvé dans l'appartement de Brittany Hall ? »

Il le feuillette. « On dirait bien.

— En avez-vous examiné l'écriture ?

— Oui.

— Vous a-t-elle paru être celle de la victime ? »

Je m'attire ici une objection de Kline, au motif que Stobel n'est pas expert en graphologie. Radovich donne raison à Kline.

Je demande à Stobel si les entrées figurant dans le carnet lui paraissent, pour autant qu'il puisse en juger, de la même écriture que la note du calendrier de Brittany Hall. Autre objection, rejetée par Radovich, qui argue qu'une telle observation, une comparaison portant sur la similitude apparente entre deux échantillons, est de la compétence d'un profane non expert en écriture.

« Elles avaient l'air semblables, dit Stobel.

— Pour autant que vous puissiez en juger, il s'agissait bien du carnet d'adresses de la victime, et les entrées étaient bien écrites de sa propre main ?

— C'est ce que j'ai supposé.

— Avez-vous remarqué quelque chose de particulier dans ce carnet ?

— Je ne sais pas ce que vous voulez dire.

— Manquait-il des pages ?

— Oh. Oui. Plusieurs.

— Vous rappelez-vous lesquelles ? »

Il avait pris note de la chose à l'époque, et a besoin de se rafraîchir la mémoire. Il regarde de nouveau le carnet, en tourne quelques pages et en examine la reliure.

« Il manque les pages de quatre lettres.

— Quatre pages ?

— Peut-être même cinq, dit-il. Il manque les pages des lettres A, I, K et M. Et il se peut qu'il y ait eu deux pages pour la lettre M.

— Comment ont-elles été retirées ?

— On les a arrachées, dit-il. Elles ont l'air d'avoir été proprement enlevées, juste à la reliure.

— Avez-vous examiné l'un ou l'autre des numéros de téléphone qui figurent dans ce carnet ?

— Je les ai regardés.

— Avez-vous considéré l'une ou l'autre des personnes dont les noms figurent dans ce carnet comme des suspects éventuels ?

— Objection quant au temps, dit Kline. La question est vague.

— Retenue, dit Radovich.

— Inspecteur Stobel. Vous est-il arrivé à un moment ou un autre, durant votre enquête sur le meurtre de Brittany Hall, de considérer l'une des personnes dont le nom figure dans ce carnet comme suspecte ?

— Je ne sais pas, dit-il.

— Mais enfin, c'est vous qui enquêtiez sur cette affaire, n'est-ce pas ?

— Oui.

— Vous est-il arrivé de téléphoner, à propos du meurtre, à l'une ou l'autre des personnes dont le nom figure dans ce carnet ?

— Hmm. » Il réfléchit quelques instants. « Non.

— Vous est-il arrivé d'aller voir l'une ou l'autre d'entre elles pour les interroger ?

— Non. » Il précise : « Je ne crois pas. Nous avons interrogé beaucoup de monde. Ce n'est pas impossible.

— Mais vous ne les avez pas interrogées parce que leur nom figurait dans le carnet ?

— Non. » Il en est sûr.

« Pouvez-vous me dire, inspecteur Stobel, combien de noms de policiers figurent dans ce carnet ?

— Je ne sais pas.

— Mais vous en avez reconnu plusieurs, n'est-ce pas ?

— Ouais.

— Les connaissez-vous personnellement ?

— Oui.

— Puis-je l'avoir un instant ? »

Il me tend le carnet. J'en tourne quelques pages.

« Qui est Carl Jenson ?

— Un agent de police.

— Quelle division ?

— Les mœurs », dit-il.

Je tourne encore quelques pages. « Qui est Alex Turner ?

— Un autre agent de police.

— Appartient-il à la brigade des mœurs ?

— Il y appartenait aux dernières nouvelles.

— Qui est Norman Jefferies ?

— Un agent de la brigade des mœurs.

— Et Howard Hoag ? » J'ai gardé le meilleur pour la fin.

« Même chose.

— Savez-vous si ces agents exercent actuellement leurs fonctions dans les rangs de la police municipale de Capital City ? »

Ce qui me vaut un hurlement de la part de Kline qui bondit de son siège. « Objection. Je demande un aparté. »

Radovich nous fait signe de nous approcher.

« Votre Honneur, il essaie d'empoisonner le jury, dit Kline. Il sait parfaitement bien qu'ils ont été suspendus.

— Il faut peut-être que le jury le sache, lui dis-je.

— Sous quel motif ?

— Au motif que mon client a été victime d'un coup monté, et que ce sont ces mêmes agents de police qui essaient maintenant de cacher des preuves compromettantes chez son avocat.

— Ce n'est pas prouvé, dit Kline.

— Ils sont suspendus de leurs fonctions, lui dis-je.

— En instance d'investigation.

— Adressez-vous à moi, dit Radovich. C'est moi qui prends les décisions ici. »

Kline institue un recours au motif que la suspension des flics est une preuve non pertinente. Qu'elle peut induire le jury en erreur.

J'oppose que les fautes professionnelles de la police sont au cœur de l'affaire.

Radovich, à la Salomon, coupe la poire en deux.

« Vous pouvez poser des questions sur la suspension mais pas sur sa cause », dit-il.

Nous quittons le siège du juge, chacun avec une demi-poire.

« Inspecteur Stobel, pouvez-vous dire au jury si ces agents dont je vous ai lu les noms dans le carnet d'adresses de la victime sont actuellement en fonction dans la police municipale ?

— Ils sont suspendus, en instance d'investigation. »

J'examine le visage des jurés. La chose a produit son effet, ne serait-ce que de curiosité. Un grognement presque perceptible se fait entendre à la table de l'accusation.

« Et les noms de ces agents dans le carnet de la victime sont écrits de la main de cette dernière ?

— On dirait bien.

— Pouvez-vous me dire qui est Zack Wiley ?

— C'était un agent. Décédé.

— Il était attaché à la brigade des mœurs ?

— Oui.

— Et comment est-il mort ?

— Il a été abattu lors d'une descente dans une affaire de drogue.

— Et la victime, Brittany Hall, le connaissait apparemment lui aussi.

— Objection. Conjecturel. Son nom figure dans le carnet, c'est tout.

— Maintenue. Reformulez votre question, dit Radovich.

— Le nom de l'agent décédé, Zack Wiley, dans le carnet d'adresses de la victime, est écrit de la main de cette dernière, n'est-ce pas ?

— Oui.

— Tous ces policiers se connaissaient donc s'ils travaillaient sur la même mission à la brigade des mœurs ?

— Je suppose.

— Et la victime, Brittany Hall, les aurait connus

parce qu'il lui arrivait de travailler comme couverture pour la brigade des mœurs, comme agent de réserve ?

— Oui.

— Savez-vous si elle fréquentait l'un ou l'autre de ces agents ?

— Je ne sais pas.

— Vous ne vous êtes jamais posé la question durant votre enquête ?

— Non.

— Pourquoi ? N'aurait-ce pas été une information pertinente ?

— Pas nécessairement.

— Est-il possible que Brittany Hall ait été tuée par un amant jaloux ?

— On n'en a aucune preuve.

— Comment le savez-vous si vous n'avez pas cherché de ce côté ?

— Nous n'avons pas cherché de ce côté parce que ça nous semblait inutile.

— Et vous ne savez toujours pas si la victime voyait l'un ou l'autre des hommes dont le nom figure dans ce petit carnet ?

— Non.

— Si elle était sortie avec l'un d'entre eux, considéreriez-vous cela comme significatif ?

— Peut-être. Ça dépendrait des circonstances.

— Si elle avait eu rendez-vous avec l'un ou l'autre d'entre eux le soir du meurtre, considéreriez-vous cela comme significatif ?

— Objection. Supposition sans faits à l'appui », dit Kline. Il veut mettre le plus vite possible un terme à cet interrogatoire.

« Objection retenue, dit Radovich.

— Savez-vous, inspecteur, si une enquête est en cours sur la mort de l'agent Wiley, l'agent dont le nom figure dans le carnet ?

— Je vais faire objection à cela, dit Kline. Hors de propos.

— Pas si Brittany Hall savait au sujet de la mort de Wiley quelque chose que les autres voulaient cacher à la justice. »

Radovich lève une main pour me faire taire, m'adresse un regard sévère et nous fait signe de nous approcher.

Lorsque j'arrive près du banc du juge, celui-ci m'attend.

« Maître Madriani, je vous saurais gré d'attendre pour développer votre argument que j'aie statué sur l'objection. »

Le fait est, tout simplement, que je n'aurais peut-être pas pu alors développer ledit argument.

« Mes excuses, Votre Honneur.

— Ne recommencez pas.

— Je veux que l'on donne instruction au jury de ne pas tenir compte de l'argument de Maître Madriani, dit Kline. Rien ne prouve qu'elle savait quoi que ce soit à cet égard. »

Radovich me regarde. « Avez-vous une preuve à présenter ? demande-t-il.

— Elle connaissait certains des agents qui étaient présents lorsque Wiley a été abattu. Leurs noms figurent dans son carnet.

— Et alors ? fait Kline. Ça ne prouve pas qu'elle savait quelque chose. »

Radovich me regarde en fronçant un sourcil, dans l'attente d'un argument plus convaincant. Comme celui-ci ne vient pas, il maintient l'objection.

« Je ne veux plus entendre parler de l'enquête sur la mort de Wiley à moins de preuves la rattachant à ce procès, dit-il. Suis-je clair ? »

Je lui adresse un regard d'acquiescement contraint et il nous congédie.

« Le jury ne tiendra pas compte du dernier commentaire de l'avocat de la défense et fera comme s'il n'avait rien entendu, déclare-t-il. Avez-vous d'autres questions à poser à ce témoin ? », me demande-t-il.

Je m'entretiens brièvement avec Harry puis lève la tête. « Je pense que nous en avons fini.

— Nous pourrions peut-être faire une pause », dit Radovich.

Tout à coup, j'y pense.

« Une autre question, Votre Honneur. Si je peux.

— Une seulement.

— Inspecteur Stobel, savez-vous pourquoi l'assassin a déplacé le corps de Mademoiselle Hall de son appartement jusqu'à la benne à ordures dans la ruelle ?

— Nous pensons qu'il s'est affolé.

— Affolé ?

— Les gens qui s'affolent font des tas de choses idiotes.

— Oui. Ils s'enfuient en courant des lieux du crime. Ils oublient des indices. Il leur arrive de se confier à un ami. Mais ils n'ont pas l'habitude d'emporter le corps avec eux, à moins d'avoir une raison.

— Est-ce que c'est une question ? demande Radovich.

— Est-ce dans leurs habitudes ? »

Mille réponses non formulées se lisent à cet instant sur le visage de Stobel, aucune assez plausible pour justifier qu'il les mette en paroles.

« Je ne sais pas, dit-il finalement.

— Merci. » C'est bien ce que je pensais, un trou béant dans l'acte d'accusation, une lacune pour laquelle le ministère public n'a pas de réponse. Si Acosta l'a tuée, pourquoi a-t-il déplacé son corps ?

[illegible]

Nous pourrions [illegible]

[illegible]

— [illegible]

[illegible]

— Moi [illegible]

[illegible]

CHAPITRE VINGT ET UN

« Il y a deux choses qui m'ennuient », lui dis-je. Je fais allusion à des impondérables qui flottent au milieu de notre cause telles deux mines navales.

Acosta et moi déjeunons ensemble aujourd'hui, du mieux que nous pouvons dans les petites salles réservées aux entretiens avec les avocats, à proximité des cellules dans les sous-sols du tribunal. J'entends crépiter la pluie sur les fenêtres, au-delà du treillis métallique et des barreaux.

Nous sommes en train de nous installer dans la salle de réunion, dont la porte est encore ouverte. Armando est d'excellente humeur, entretenue par la conviction qu'après des mois de préparation nous avons finalement commencé à démolir la plaidoirie de l'accusation.

Il lève les yeux de son sandwich pastrami au pain de seigle, que ma secrétaire est allée nous chercher à un petit stand au bas de la rue en même temps qu'une ration de salade de pommes de terre.

« Vous devriez essayer ça. C'est vraiment bon. » Il désigne la salade de pommes de terre qu'il a goûtée avec un doigt faute de trouver une cuiller dans le sac en papier.

« J'ai trouvé que tout s'était très bien passé. Où est le problème ? »

Avant que je puisse répondre, il me coupe la parole

pour donner une directive à l'un des gardiens de prison, un homme qu'il connaît par son prénom.

« Jerry, pourrais-tu me trouver une fourchette en plastique ? Oh, et une tasse de café ? » Acosta le traite comme s'il s'agissait d'un garçon en livrée blanche affublé d'une serviette sur le bras.

« Et vous ? Vous voulez un café ? me demande-t-il.

— Ça va comme ça.

— Un seul », dit-il au gardien.

Acosta a passé la plus grande partie de sa vie professionnelle dans ce dédale de pièces privées, derrière les salles d'audience du tribunal. Quoique poli, il traite les gardiens comme il avait coutume de le faire avec ses huissiers. Il les fait courir à gauche et à droite, chercher ceci et transporter cela, à grand renfort de sourires et de tutoiements. Assez curieusement, cela ne semble pas les rebuter. Je ne saurais dire si cette attitude chez eux est due à l'habitude ou si elle vient d'un sens bureaucratique de la survie, de ce qu'ils ne savent pas trop si Noix de Coco ne se sortira pas de son pétrin pour revenir parmi eux dans toute sa splendeur passée. Quoi qu'il en soit, Jerry revient avec une fourchette et un café, puis il ferme la porte et nous laisse.

« Alors, qu'est-ce qui vous tracasse ? demande Acosta.

— Je ne vois toujours pas pourquoi l'assassin a déplacé le corps. Ça n'a aucun sens. Si elle avait été tuée chez quelqu'un d'autre, je comprendrais. Mais pourquoi l'avoir déplacée de chez elle ? »

Tout en mastiquant, il opine légèrement du bonnet, en partie sur son sandwich, en partie sur l'énigme que je viens de poser. Il est finalement forcé d'admettre que cela n'a aucun sens.

« D'autant que l'assassin n'a rien fait pour effacer les indices, sauf pour ce qui est des empreintes, dit-il, et qu'il ne semble pas qu'on puisse tirer grand-chose de l'endroit où le crime a été commis. Ce n'est cependant pas notre problème, mais celui de l'accusation. »

Ma crainte est justement qu'elle trouve à ce problème une solution qui nous desservirait, bien que je ne voie pas laquelle. Je le lui dis.

« Mon ami, vous vous faites trop de souci. Quand a-t-on vu un crime violent qui avait du sens ? » Il semble opter pour la version de la police selon laquelle l'assassin se serait affolé.

« Moi, je n'aurais pas emporté le corps, lui dis-je.

— Ils vont peut-être trouver une meilleure explication pour le jury. Il n'empêche que ce n'est pas nous que ça regarde. » Il continue à manger comme si c'était le cadet de ses soucis.

« Vous m'avez dit que deux choses vous préoccupaient. Quelle est la seconde ? Vous êtes sûr que vous n'en voulez pas ? » Sa fourchette est plantée dans la salade de pommes de terre.

Je secoue la tête. « La note sur le calendrier de Brittany Hall. » Je défais l'emballage de mon sandwich que je dépose dans son papier sur la table sans y toucher encore.

« Hmm. » Il mastique, de la moutarde lui dégouline sur le menton. Il essuie la coulée jaune avec une serviette avant qu'elle n'atteigne sa cravate.

« Je dois dire que vous y êtes allé de main de maître », dit-il. Il s'éponge encore un peu le menton. « Votre interprétation selon laquelle elle aurait rencontré quelqu'un d'autre au sujet de son témoignage dans l'affaire d'incitation à la prostitution. C'est sans doute ce qui s'est passé.

— J'ai simplement fourni au jury une autre version des faits, lui dis-je. Je ne suis pas du tout certain que ce soit la meilleure. »

Ce que je laisse entendre par là semble dégager tout à coup entre nous une forte odeur, plus aigre en tout cas que celle des cornichons, car il s'arrête de mâcher et me regarde en fronçant un noir sourcil.

« Vous pensez que je ne vous ai pas tout dit ? Que je cache quelque chose ?

— Je ne veux tout simplement pas être pris au dépourvu. »

Il tourne une paume qu'il tend vers moi. « Je vous le jure. Je ne suis pas allé à l'appartement cet après-midi-là, ce soir-là, ou à tout autre moment. Je n'y suis jamais allé de ma vie. Je le jure sur la tombe de ma mère. » Il dit cela en portant la main à son cœur.

« Alors qu'est-ce que vous faites de la note du calendrier ?

— La même chose que vous. C'est probablement un pense-bête que la fille avait écrit au crayon en prévision d'un rendez-vous avec quelqu'un d'autre. Ça n'aurait rien eu d'exceptionnel, ajoute-t-il. Un représentant de la justice, dans une affaire comme celle-là, aura voulu s'entretenir avec elle. J'étais un magistrat en vue. Certes, je n'étais peut-être accusé que d'un délit mineur, mais c'était quand même une affaire importante. La police aura voulu lui parler pour s'assurer qu'elle racontait bien la bonne histoire. Surtout étant donné ce qui est arrivé. »

Il assène un coup de poing sur la table pour souligner son propos.

Voyant que je ne saisis pas immédiatement de quoi il veut parler, il pose son sandwich.

« N'oubliez pas qu'ils m'ont tendu un traquenard. Ils avaient évidemment peur qu'elle lâche le morceau à la barre, qu'elle dise quelque chose qui n'aille pas dans leur sens. Une déclaration incohérente de sa part, qui aurait fichu en l'air toute l'accusation, aurait été plus qu'embarrassante. Cela aurait pu entraîner leur mise en accusation.

— Mais pourquoi est-ce justement votre nom qui figure sur la note ?

— Elle avait peut-être l'habitude d'inscrire des trucs sibyllins comme ça sur son calendrier. Qui sait ? »

J'ai, en fait, consulté le calendrier de Brittany Hall à la date du jour où elle avait rencontré Lenore dans les bureaux du procureur, la seule date à laquelle je sais qu'elle avait un rendez-vous ayant un rapport avec notre affaire. Elle avait inscrit une note. Celle-ci ne renvoyait pas à « Acosta » mais à Kline, nommément, avec l'heure convenue pour le rendez-vous. Il y avait plusieurs autres notes semblables, toutes précises, dont deux concernant des rendez-vous avec des flics menant l'enquête pour la brigade des mœurs. Je peux seulement m'estimer heureux que Kline ne les ait pas trouvées et n'en ait pas fait mention devant le jury pour démolir ma plaidoirie. Mais cela pose la question de savoir pourquoi, le jour de sa mort, Brittany Hall a utilisé le nom d'Acosta.

Dans le langage courant, on appelle ça un « dernier soupir ». C'est l'un de ces termes que l'usage a fait entrer dans l'imaginaire, au point que nombreux sont ceux qui ne croient plus qu'il s'agisse là d'un phénomène physique réel. Et en fait, ça l'est. Les experts médico-légaux vous diront que le dernier soupir résulte de spasmes involontaires dans la cage vocale entraînés par une acidité accrue du sang à la suite de la mort. Le bruit lui-même est tour à tour décrit comme un fort aboiement, ou un cri rauque émis par une victime un certain temps après la mort.

C'est justement de cela, de l'heure du dernier soupir de Brittany Hall, dont il est question aujourd'hui.

Le Dr Simon Angelo, le médecin légiste du comté, est dans le box des témoins. C'est un homme dans la quarantaine, fluet et chauve, à qui il reste une frange de cheveux gris qui lui entourent la tête tels des nuages dont le sommet aurait été émondé. Il a le visage anguleux et étroit, les traits aigus, un menton en galoche et des yeux sombres profondément enfoncés. Pour tous les avocats de la défense de la ville, c'est le médecin du diable.

Il s'emploie maintenant à bétonner l'explication fournie par l'accusation sur la manière dont le témoin, la voisine du dessus de Brittany Hall, a pu entendre la victime crier à un certain moment entre 19 heures 30 et 20 heures le soir de sa mort. Cette question posait un problème à Kline qui avait besoin de combler l'écart entre le prétendu rendez-vous de 16 heures 30 avec Acosta inscrit sur le calendrier de Brittany Hall et le cri de cette dernière à un certain moment après 19 heures 30.

Angelo a mis beaucoup du sien pour aider l'accusation à éviter toute contradiction apparente dans sa chronologie des événements. Sa réponse est simple : le dernier cri entendu par la voisine était le dernier souffle de Brittany Hall, un dernier souffle d'une force singulière.

« Ainsi, Docteur Angelo, selon votre avis médical compétent, il est concevable qu'il faille un temps considérable avant que le niveau d'acidité s'élève assez dans le sang pour que ce son, le dernier soupir comme vous l'appelez, se produise ?

— Ce n'est pas impossible, dit Angelo. C'est variable selon les cas.

— Mais ça pourrait prendre jusqu'à trois heures ?

— Je dirais deux au maximum.

— Donc, si l'assassin est arrivé dans l'appartement de la victime à, disons, quatre heures et demie de l'après-midi, et qu'ils aient parlé, se soient peut-être disputés, et que, disons, vers cinq heures et demie, ils se soient battus et que la victime ait reçu un coup mortel, il est concevable que le dernier soupir n'ait pu être entendu avant, disons, un moment ou l'autre après sept heures et demie ce soir-là ?

— C'est possible. »

Kline en vient alors à l'heure de la mort dont Angelo dit qu'on ne peut la déterminer que dans une fourchette importante.

« De quel ordre ? demande Kline.

— Selon ma meilleure estimation, la mort s'est produite après trois heures et demie mais avant neuf heures et demie.

— Rien de plus précis ?

— Non. La victime n'ayant eu durant ce laps de temps de contact qu'avec l'assassin, il devient très difficile de réduire la fourchette. »

Apparemment, la petite Kimberly n'a aucune notion du temps. Qu'elle n'ait même pas pu les aider davantage là-dessus permet de mesurer le peu qu'ils ont su tirer d'elle.

Ils discutent méthodes scientifiques, liquides oculaires, autopsie du foie et examen du bol alimentaire, toutes choses utiles mais qui ne permettent pas de déterminer avec certitude l'heure de la mort.

« Le fait que le corps ait été trouvé dehors, exposé aux éléments, et qu'il y soit resté plusieurs heures durant les premières investigations rend l'estimation encore plus difficile », dit le médecin.

Kline en vient alors avec le témoin au fait majeur, aux photos prises sur les lieux du crime et à celles de l'autopsie. Sélectionnées à partir de plus de soixante-dix épreuves, il en reste vingt-trois, dont la plupart bouleverseront sans doute le jury. Nous nous sommes chamaillés durant deux jours sur ce qu'il était loisible de montrer au jury, et je n'ai rien pu faire de mieux que d'exclure certaines photos parce qu'elles faisaient double emploi.

« Docteur Angelo, je vais vous montrer une photo et je voudrais que vous me disiez si vous pouvez l'identifier. » Kline a numéroté les photos dans l'ordre et nous en a remis un jeu ainsi qu'au juge. Un autre jeu est étalé en trois colonnes sur un chevalet devant le jury, chaque photo recouverte d'une feuille de papier que l'on retirera lorsque le cliché sera présenté comme pièce à conviction.

Angelo prend la photo des mains de Kline et l'examine brièvement.

« Oui, c'est une photo prise dans la benne à ordures à mon initiative, afin de mettre en évidence la position et le lieu où l'on a découvert le corps. »

Le corps inanimé de Brittany Hall était horriblement difforme lorsqu'on l'a jeté dans la benne à ordures. Telle une poupée de chiffons, elle est recourbée au bas du dos de telle sorte que son visage et son dos se présentent simultanément à l'objectif. Un tas de sacs-poubelles en plastique s'enfonce dans une de ses hanches. Son corps partiellement dénudé semble s'échapper de la couverture dans laquelle on l'a enveloppée.

Kline passe au cliché suivant. Cette fois, la couverture a été retirée, révélant le corps tout entier, presque dénudé, à l'exception d'une partie de la tête recouverte d'une serviette. Il procède comme précédemment, demandant au médecin d'identifier la photo. Il poursuit sur ce mode, une opération lassante qui demande plus d'une heure. Le juge est obligé à deux reprises de demander une interruption de séance, certains des jurés éprouvant des malaises. Une photo d'autopsie montrant la boîte crânienne ouverte en expédie quasiment un par-dessus la rampe du box, tel un touriste atteint du mal de mer.

Au moment où Kline en termine avec cela, les membres du jury qui ne sont pas malades mitraillent notre table de regards sévères. Acosta est moins optimiste qu'à midi : le flux et le reflux d'un procès.

« Vous avez examiné les blessures relevées sur la tête de la victime, Docteur ?

— Oui.

— Et en avez-vous tiré des conclusions sur la cause de la mort ? »

Angelo se rapporte pour répondre à une série de grands transparents en celluloïd représentant un diagramme du cerveau humain qui, lorsqu'on les soulève, révèlent la structure subsquelettale du cerveau.

« A mon avis, la mort a été causée par des coups répétés portés par un instrument contondant qui a produit un traumatisme à l'os frontal du crâne, causant une grave fracture ici. » Il indique la partie du crâne que nous appellerions communément le front, juste au-dessus de l'œil gauche.

« Il en a résulté une fracture de faible dimension, d'environ soixante-cinq millimètres, allant de l'orbite de l'œil gauche à un endroit près de la ligne médiane du crâne au-dessus de la racine des cheveux. » Il désigne la partie supérieure du front sur la planche.

« Des fragments d'os, certains plutôt acérés, provenant du crâne fracturé, ont pénétré dans le lobe frontal du cerveau dont les coups successifs ont lacéré les tissus. Une hémorragie sévère s'est produite et il y a eu un important écoulement de liquide cervical. Il se sera ensuivi un gonflement général du cerveau et la mort éventuelle.

— La mort n'aurait donc pas été instantanée ?

— Selon moi, non. Bien qu'il soit possible que la victime ait perdu connaisance dès l'instant où elle a reçu le coup qui a causé la fracture du crâne.

— Qu'est-ce qui vous permet de dire que la mort n'a pas été instantanée, Docteur ?

— J'ai prélevé des échantillons de tissu cervical sur la victime. Ils proviennent du cortex cérébral, la couche protectrice du cerveau, à proximité des blessures. Un examen microscopique m'a permis de détecter l'existence de contusions ayant entraîné l'hémorragie des tissus figurant sur ces diapositives. Ce qui signifierait qu'il s'est produit une hémorragie dans ces tissus après que les blessures initiales ont été infligées.

— Et cela vous permet de dire que la victime a continué à vivre au moins pendant un bref laps de temps après avoir reçu les blessures initiales ?

— En effet. Si la pression sanguine était tombée à zéro sous le premier coup, parce que le cœur aurait cessé de pomper, il y aurait eu une circulation de sang négative et on ne verrait pas de trace de contusion dans ces tissus.

— Docteur, avez-vous eu l'occasion de voir l'appartement de la victime ?

— Oui.

— Et avez-vous un avis concernant la nature du ou des instruments ayant causé la blessure mortelle ?

— En me fondant sur un examen des lieux du crime, le living du domicile de la victime, il n'y a aucun doute dans mon esprit. Les blessures mortelles ont été causées par des coups successifs cognant la tête de la victime contre l'angle métallique aigu d'une table basse dans le living. »

Kline fait apporter par deux huissiers la table basse en question dans le prétoire où Angelo l'identifie. Elle est en fer forgé soudé auquel la patine du temps a donné un lustre vert, et elle possède un rebord surélevé sculpté en forme de feuilles dont l'extrémité pointe aux angles, telle une lance effilée. On a retiré le lourd plateau en verre de la table pour en faciliter le déplacement et on l'amène séparément. Kline demande à l'expert médical de faire pour le jury la démonstration de la manière dont les coups ont été portés. Kline, à cette fin, a amené une secrétaire de ses services, une femme qui ressemble étonnamment à Brittany Hall par la taille, et même la couleur des cheveux.

Ils ont manifestement répété la démonstration car la femme sait précisément où se placer par rapport à la table, et cela avec des mouvements dont on dirait qu'ils ont tous été chorégraphiés.

« L'assaillant a dû s'approcher de la victime par-derrière, comme ça », dit Angelo. Il appuie ses deux pouces contre la nuque de la femme, les doigts de chaque main lui enserrant la gorge de manière à se rejoindre à l'avant, près de sa pomme d'Adam.

« Nous avons trouvé sur la gorge de la victime des blessures ligamentaires qui correspondent aux traces que cela aurait laissé si quelqu'un l'avait brutalement saisie de cette manière.

— Avant de procéder plus avant, Docteur, l'interrompt Kline, avez-vous constaté une écorchure sur le côté gauche du cou de la victime, dans la région des ligaments blessés ?

— Oui.

— Avez-vous un avis sur ce qui pourrait avoir causé cette écorchure ?

— D'après sa place sur le cou et les tissus contusionnés, il est clair que cette écorchure a été causée avant la mort, et qu'elle fait partie des blessures que lui a infligées l'assaillant en lui saisissant le cou par-derrière pour la maîtriser. A mon avis, cette écorchure a été causée par une bague que portait l'assaillant, au troisième doigt, dit Angelo. Ici. » Il tend l'annulaire de sa main gauche.

La déduction suggérée ainsi par l'accusation est inévitable : le meurtrier était un homme marié.

Ce n'est que du coin de l'œil que je saisis le geste d'Acosta qui me fait frémir : sans y penser, il a retiré sa main gauche du plateau de la table pour la poser sur son genou en dessous. Il s'agit d'un geste totalement innocent, une réaction involontaire, comme un bâillement. Mais, lorsque je regarde en direction des jurés, j'en dénombre au moins cinq qui ouvrent une bouche béante indiquant qu'ils ont remarqué le geste. C'est le genre de petits détails qui, dans un procès, peuvent s'avérer plus accablants qu'une preuve patente.

« Vous pouvez poursuivre votre démonstration », dit Kline.

Angelo dit à la secrétaire de se mettre à genoux, la tête à moins de trente centimètres de la table.

Dans le box du jury, tous les regards sont attentifs.

« Nous croyons qu'après avoir été jetée par terre par-derrière, la victime s'est affaissée près du côté de la table, à peu près dans cette position, dit Angelo. Sa tête était près du rebord effilé d'un angle de la table. Ici. » Il désigne l'endroit.

« Il se peut qu'on l'ait tirée sur les quelques centimètres qui la séparaient de la table. Nous avons trouvé des rougeurs sur ses genoux qui pourraient correspondre au fait qu'elle a été traînée sur le tapis. L'assaillant lui aurait alors frappé la tête contre l'angle de la table. » Il mime la chose mais s'arrête net à chaque coup. Cela donne quelque chose qui ressemble à des images des mers du Sud où les indigènes des îles font éclater des noix de coco sur un pieu de bambou enfoncé dans le sable. Cette mise en scène ne semble pas émouvoir outre mesure les jurés, dont certains prennent des notes.

« Merci », dit Kline. Il demande à Angelo de retourner dans le box des témoins.

« Docteur, vous êtes-vous fait une opinion, médicalement parlant, sur le nombre de fois où la tête de la victime a été projetée contre la table de la manière que vous venez de nous exposer ?

— En m'appuyant sur l'examen du corps ainsi que sur les éclaboussures de sang, je dirais entre huit et dix fois.

— Pouvez-vous expliquer ce que vous entendez par éclaboussures ?

— Il s'agit souvent d'une tache produite par un jaillissement de sang. Généralement une traînée en forme d'arc de cercle projetée sur une cible, comme un mur ou un plafond. Les éclaboussures résultent ordinairement du sang recueilli sur un instrument contondant, par exemple un tuyau. Lorsque l'arme est balancée en vue du coup suivant, le sang qu'il y a dessus est projeté sur, disons, un plafond. En examinant le ou les taches en arc de cercle, il est possible de déterminer le nombre de coups assenés, leur puissance éventuelle et la position de l'assaillant lors de chacun des coups portés.

— Et ce que vous dites là vaut pour les traces de sang trouvées dans l'appartement de Brittany Hall ?

— Oui. On y a trouvé de nettes éclaboussures en arc de cercle produites, en l'occurrence, non pas par un instrument contondant, mais par la tête même de la victime lorsqu'on l'a cognée contre le dessus de la table. Nous avons trouvé des taches de sang successives projetées sur le mur du living et sur le tapis à quelque distance de la table.

— Ainsi, vous seriez médicalement d'avis que la victime ne s'est pas heurté la tête en faisant une chute accidentelle ?

— Absolument. »

Angelo émet ensuite l'opinion que l'assassin était droitier, car les coups semblent avoir été portés plus vigoureusement depuis la droite de l'assaillant.

« A votre avis, Docteur, combien de temps aurait-il fallu pour infliger ces blessures-là à la victime, du premier coup au dernier ?

— Une question de secondes, peut-être moins d'une minute.

— Ainsi, à votre avis, cela a pu être très rapide ?

— Oui.

— Est-ce que cette façon de mourir que vous nous avez décrite correspond à celle d'une victime prise par surprise ?

— Oui.

— Est-ce qu'elle correspond à une mort causée par un assaillant de plus grande taille que sa victime ?

— A mon avis, oui. »

Il n'existe pas de désaccord quant à la manière dont Brittany Hall est morte. Les reconstitutions effectuées par nos propres experts concordent avec le scénario d'Angelo. Les experts du labo ont identifié du liquide cervical sur le plateau de la table. Le fait que Brittany Hall ait été attaquée par-derrière entraîne deux possibilités : la première est qu'elle ait été surprise par un assassin qu'elle n'attendait pas ; la seconde, toutefois plus probable, est qu'elle a pu dire quelque chose au meurtrier qui aura mis celui-ci en colère, peut-être un mot de congédiement alors qu'elle lui tournait le dos. Un psychologue appelé précédemment à la barre par le ministère public a certifié que les circonstances entourant le crime indiquaient que l'assassin était dans un état de fureur considérable au moment des faits. Ceci s'accorde évidemment avec la théorie de l'accusation selon laquelle Acosta aurait attaqué Brittany Hall par-derrière parce qu'elle refusait de retirer l'accusation d'incitation à la prostitution qu'elle avait portée contre lui.

Ils excluent rapidement l'éventualité d'une agression sexuelle. Selon Kline, on n'a pas trouvé de liquide séminal dans ou sur la victime, ou encore sur son slip, aucun indice de traumatisme dans la région génitale. Kline passe alors au dernier point inscrit au programme avec Angelo.

« Docteur, dit-il lors de votre examen de la victime, avez-vous découvert d'autres blessures sur son corps qui, selon vous, seraient inhabituelles ou significatives ?

— Une chose, dit Angelo. On a retiré un petit éclat de verre de la plante d'un pied de la victime.

— Elle était nu-pieds au moment des faits ? demande Kline.

— On dirait.

— Avez-vous réussi à découvrir quelque chose concernant cet éclat de verre ?

— Oui. Il s'agissait d'un verre optique provenant d'une paire de lunettes d'homme que l'on a trouvée sur les lieux du crime. Le fragment s'adapte parfaitement au morceau manquant du verre.

— Et avez-vous un avis sur la manière dont ce fragment a pu venir se loger dans le pied de la victime ?

— Selon moi, la victime a marché sur les lunettes durant une lutte avec son assaillant au cours de laquelle la monture et un verre se sont brisés, en conséquence de quoi l'éclat de verre est venu se loger dans son pied.

— Nous en avons terminé pour l'instant avec le témoin », dit Kline.

Le premier différend, entre Angelo et moi, porte sur les lunettes de lecture brisées trouvées sur les lieux du crime.

Harry et Acosta se chuchotent quelque chose à l'oreille. Il y a à craindre que l'accusation ne nous ait pas transmis tous les éléments versés au dossier concernant ces lunettes.

Je commence l'interrogatoire là où Kline l'a laissé, pressant Angelo de questions sur sa chorégraphie des événements, son scénario avec la secrétaire du procureur. Je lui demande comment les lunettes de l'assaillant ont pu se retrouver sous le pied nu de Brittany Hall si elle a été attaquée par-derrière et projetée en avant.

Il a du mal à répondre à cela et esquive la chose en disant qu'il n'a pas déclaré que les lunettes appartenaient à l'assaillant, bien qu'il s'agisse là clairement de la conclusion que Kline voulait suggérer au jury. Je passe outre et continue.

« Docteur Angelo, n'est-il pas vrai que tout le monde n'émet pas de dernier soupir en mourant ?

— C'est vrai.

— Existe-t-il un test auquel on puisse soumettre un défunt pour déterminer s'il a, à un moment ou à un autre, poussé un tel bruit involontaire dans le larynx à la suite du décès ?

— Non.

— Ainsi vous ne pouvez pas nous dire avec certitude que Brittany Hall a effectivement rendu un dernier soupir après sept heures et demie ou à un autre moment ?

— Pas avec certitude.

— Vous n'en savez rien, n'est-ce pas ? »

Il se renfrogne. « Non.

— Ne se pourrait-il pas que le son que la voisine a entendu dans l'appartement de la victime ce soir-là, le bruit qu'elle a rapporté avoir entendu à sept heures et demie, ait été en fait un appel au secours de Brittany Hall que l'on attaquait ?

— Objection. Question conjecturelle, dit Kline.
— Retenue.
— Mais vous ne pouvez pas dire avec certitude qu'il s'agissait d'un dernier soupir ?
— Pas avec certitude.
— Or vous avez parlé des blessures infligées à la victime, en particulier du premier coup qu'elle a reçu à la tête, dont vous avez affirmé, je crois, qu'il lui avait fait perdre connaissance. Est-ce bien cela ?
— C'est cela.
— Ne se pourrait-il pas, Docteur, que la victime ait été surprise et rendue inconsciente par le premier coup, que son agresseur ne l'ait pas maîtrisée par la force ? »

Il me lance un regard interrogateur, comme si le sens de la question lui échappait.

« Ne se pourrait-il pas, Docteur, vu l'élément de surprise, que l'agresseur ait été une femme ? » En posant cette question, je ne regarde pas le témoin mais Acosta, qui lève brusquement les yeux pour croiser mon regard. C'est la première fois que j'aborde ce sujet et Noix de Coco semble étonné.

« C'est possible », dit Angelo.

Je procède.

« A votre avis, se pourrait-il que la victime ait repris conscience après avoir reçu le premier coup ?
— Pas selon moi. Non.
— Et pourquoi donc ?
— A cause des lésions importantes subies à la boîte crânienne, de la fracture totale de l'os frontal et du traumatisme conséquent au lobe frontal. Il en aura résulté une commotion massive et une perte de conscience immédiate. »

Je m'apprête à poursuivre mais Angelo n'a pas terminé. Maintenant que j'ai entamé ce sujet, il va me le faire payer.

« La perte de liquide cervical et de sang à la blessure à la tête aura entraîné un choc hydraulique, une importante chute de tension. Non, elle n'a pas pu reprendre conscience, il aurait fallu pour cela une importante et rapide intervention médicale et, même dans ce cas, je ne suis pas sûr que ç'aurait été possible. Le cerveau aurait été endommagé de façon massive et permanente.

— Vous avez terminé ? »

Il me sourit. Il a terminé, à moins qu'il ne pense à quelque lésion encore plus grave dans les deux ou trois secondes qui viennent.

« Si je comprends bien, vous considérez comme impossible que la victime ait poussé quelque cri involontaire que ce soit, après avoir reçu le coup initial à la tête ?

— Sauf pour le dernier soupir.

— Dont vous avez vous-même reconnu que vous ne pouviez prouver qu'il s'est produit. »

Le médecin admet la chose à contrecœur.

« N'est-il pas physiquement possible, Docteur, que la victime ait poussé un bref cri au moment où elle a été attaquée par-derrière, juste avant de recevoir un coup sur la tête ?

— Objection. Question conjecturelle, dit Kline.

— Votre Honneur, je ne demande pas si la victime a poussé un cri, je demande si, de l'avis médical du témoin, quelque chose aurait pu l'empêcher de pousser un tel cri.

— Objection rejetée, dit Radovich.

— Vous pouvez répondre », dis-je à Angelo.

Il préférerait s'en abstenir.

« L'assaillant la tenait par la gorge.

— Avez-vous découvert qu'elle avait le larynx endommagé ? » Je connais déjà la réponse à partir du rapport d'autopsie.

« Non.

— Mademoiselle Hall avait-elle au larynx une blessure qui l'aurait empêchée de crier avant d'être blessée à la tête ?

— Non.

— Ainsi il est médicalement possible que le son

que la voisine a entendu vers sept heures et demie ce soir-là ait été un cri poussé par la victime à l'instant même où on l'attaquait, n'est-ce pas ? »

Angelo adresse un bref regard à Kline.

« C'est médicalement possible. »

C'est le hic avec les témoignages portant sur des faits accessoires : ils ne sont jamais à sens unique.

« Vous avez déclaré tout à l'heure que la victime avait perdu beaucoup de sang à la suite de ses blessures. Est-ce bien cela ?

— Oui. » Angelo en est réduit aux réponses monosyllabiques.

— Vous avez vu l'appartement de la victime, n'est-ce pas ?

— Oui.

— Et il y avait beaucoup de sang sur le tapis ?

— Oui.

— Ainsi que sur le mur, ces éclaboussures auxquelles vous avez fait allusion précédemment ?

— Oui.

— Enfin, dans un cas comme celui-ci, où il y a autant de sang, si le corps a été déplacé, disons, par un véhicule, ne vous attendriez-vous pas à y trouver du sang, du moins des traces de sang ?

— Pas nécessairement, dit Angelo. Si le cœur s'est arrêté de pomper, la circulation sanguine s'est arrêtée. De plus, si le corps était enveloppé, dans une couverture comme dans ce cas-ci, il se pourrait que peu ou pas du tout de sang n'ait été transféré jusqu'au véhicule. »

Il me sourit. Sa réponse est superfétatoire et il le sait. La police n'a pas trouvé de sang dans la voiture de fonction d'Acosta.

« Il y avait cependant du sang sur la couverture, n'est-ce pas ?

— Un peu.

— Vous avez examiné la couverture, n'est-ce pas ?

— Oui.

— Et dites-moi, Docteur, avez-vous trouvé du sang des deux côtés de cette couverture ? »

Il lui faut ici consulter ses notes. Tandis qu'il lit, je trouve l'une des photos, un cliché des deux côtés de la couverture.

« Docteur, pièce à conviction numéro trente et un du ministère public, dis-je en désignant la photo. N'est-il pas évident, à partir de cette photo, qu'il y a du sang des deux côtés de la couverture, tant du côté qui entrait en contact avec le corps de Brittany Hall que de la face externe ? »

Il examine la photo à une certaine distance, tout en ajustant ses lunettes.

« On dirait bien.

— Cela ne serait-il pas la preuve qu'il y avait assez de sang pour qu'il en coule à travers la couverture ?

— Pas nécessairement. Il se pourrait que le sang qui se trouve à l'extérieur de la couverture provienne de l'endroit du tapis où l'assassin a enveloppé le corps.

— Dites-vous que c'est cela ?

— A partir de mon examen de la couverture, je crois que c'est ce qui s'est passé. La couverture n'était pas saturée de sang. De plus, les taches de sang que l'on y trouve à l'extérieur portaient les marques d'un corps que l'on a tiré, semblables à de minuscules coups de brosse, dit-il. Je crois que ces marques ont été causées par les fibres imprégnées de sang du tapis lorsqu'on a tiré le corps dessus en l'enveloppant.

— Pourtant, s'il y avait du sang à l'extérieur de la couverture, ne faudrait-il pas s'attendre à ce qu'il y ait eu du sang de transféré quelque part à l'intérieur d'un véhicule dans lequel on aurait déposé la couverture et le corps ?

— Là encore, pas nécessairement », dit Angelo. Tel un chien qui ne veut pas lâcher son os, il s'entête. Il sait que la police ne parviendra jamais à expliquer l'absence de sang à l'intérieur de la voiture d'Acosta, et cela alors même que le jury a pu voir sur les photos une véritable mare de sang dans l'appartement de Brittany Hall.

« Et si le sang qui se trouve à l'extérieur de la couverture avait séché avant que le corps ait été déposé dans le véhicule ? En particulier si c'était du sang provenant du tapis. Dans ce cas, il n'y en aurait eu qu'une mince couche à la surface du tissu. Elle aurait séché rapidement, dit-il.

— Avec quelle rapidité ?

— Cela dépend d'un grand nombre de facteurs. Une grande flaque de sang séchera peut-être en vingt-quatre heures. Mais une mince couche de sang transféré d'un endroit à un autre, comme dans ce cas, peut sécher en quelques minutes. Tout dépend de l'environnement. » Il se renverse sur son siège, content de s'en être sorti.

« Mais la mare de sang. Celle sur le tapis, elle mettrait plus de temps ?

— Oui.

— Dans ce cas, vous pourrez peut-être m'expliquer, Docteur, comment il serait possible que quelqu'un enveloppe le corps d'une victime et tire une couverture à travers une mare de sang tout en évitant de marcher dedans ? »

Je vois dans les yeux d'Angelo que le dilemme ne lui échappe pas. Si Acosta a enveloppé le corps et marché dans le sang, pourquoi n'en a-t-il pas transporté sur ses chaussures jusque dans la voiture ?

« Là encore, dit-il. Le sang avait peut-être séché.

— Ainsi, selon vous, l'assassin serait resté dans l'appartement le temps que la couverture et ses chaussures sèchent ?

— C'est une explication. » Laquelle ne le réjouit guère à en juger par l'expression de son visage.

« Et pourriez-vous expliquer au jury, Docteur, pourquoi, selon vous, le corps a été déplacé ? »

Angelo reste là à me regarder, le visage de marbre. Il semble pris de court. C'est la première fois que je le vois surpris.

« Quelle est votre hypothèse à ce sujet, Docteur ? »

Kline essaie de le sauver en soulevant une objection selon laquelle cette question est hors du champ d'expertise du témoin. Radovich rejette d'emblée l'objection en arguant du fait qu'Angelo est déjà allé trop loin dans son explication de la manière dont on a déplacé le corps.

« Vous pouvez répondre à ma question, Docteur. A votre avis, pourquoi a-t-on déplacé le corps ?

— Je ne le sais pas avec certitude.

— Vous n'avez absolument aucune explication ? » Je lui pose cette question sur un tel ton que l'on dirait un scandale majeur.

Dans le box, Angelo me lance un petit regard méchant.

« Vous n'avez rien à proposer ? »

Placé devant deux solutions, ne pas donner d'explication ou en donner une qui ne tient pas debout, Angelo choisit la mauvaise.

« L'assassin s'est peut-être affolé. » La ligne officielle.

Au moment où le mot « affolé » franchit ses lèvres, je vois qu'il ferait tout pour se rattraper. Deux des jurés répriment un sourire. Ce qu'il voudrait nous faire avaler est aussi clair que ridicule : un assassin affolé qui s'emploie à déplacer un corps pour des raisons inexplicables et qui reste sur la scène du carnage en attendant que le sang sèche sur une couverture.

CHAPITRE VINGT-DEUX

Nous pénétrons dans la salle, au son léger d'instruments à cordes, ceux d'un quatuor qui interprète un passage de la *Symphonie du Nouveau Monde* — le timbre de Dvorak.

Lenore est habillée à la perfection : robe du soir noire ajustée à la taille et sans manches, chaussures en cuir verni à talons aiguilles. Elle porte un petit sac noir pailleté sous un bras et me donne l'autre. Ce soir, sa soyeuse chevelure noire remontée, étincelante comme le plumage d'un corbeau, est mise en valeur par un rang de perles assorties au blanc de ses yeux et à son sourire d'émail éclatant.

Un lustre illuminé est suspendu au plafond de la grande salle de réception, sans doute un objet venu là dans la foulée de la ruée vers l'or. Nous nous trouvons dans l'ancienne résidence du gouverneur de l'Etat, transformée en musée, en compagnie de deux cents membres du gratin. L'objet de la rencontre consiste à se saouler pour la dernière en date des bonnes œuvres politiques. Le gouverneur aspire à la présidence.

L'endroit est rempli de chevaliers d'industrie et d'affairistes de toutes sortes, tous dégoulinant de leur onctuosité typique. Il y a plus de politiciens ici ce soir que l'on n'en compte dans l'enceinte du Congrès durant une semaine ouvrable, et qui font tous des pieds et des mains pour dîner avec le grand homme.

Nous devons assister à cette soirée, organisée en vue de recueillir des fonds pour le Parti républicain, à un juge de mes amis qui sollicite un poste à la cour d'appel, une faveur qui dépend du gouverneur. Il a payé pour une table et je suis censé me montrer, bien que Lenore et moi naviguions en l'occurrence sous un faux pavillon. Elle est Démocrate. Quant à moi, je n'ai aucune conviction politique.

« Je n'ai jamais vu autant de Républicains dans un même endroit », dit-elle. Lenore apprécie la scène avec l'enthousiasme d'un fermier en train d'examiner les mauvaises herbes dans ses rangs de maïs.

« C'est la coqueluche du mois », lui dis-je. Dans cette ville, vous pouvez assister à un dîner de collecte de fonds tous les soirs, chacun destiné à garnir les caisses d'un quelconque personnage dévoré d'ambition.

« Je suis présentable ?

— On dirait que tu es la propriétaire des lieux », lui dis-je. J'exagère à peine. Je n'avouerais à personne quelle poussée d'orgueil m'a traversé tandis que je montais nonchalamment l'escalier avec cette femme à mon bras. Au moins une douzaine de têtes, masculines et féminines, se sont retournées sur notre passage. Lenore attire presque toujours les regards. Lorsqu'elle est parée comme ce soir, elle fait un tabac.

Elle me parle à voix basse entre ses dents. « Le majordome à ta droite. » Elle fait un léger mouvement de la tête et je vois le gouverneur accompagné de sa suite. Lenore n'est pas impressionnée pour autant. Pour elle cela relève du spectacle, comme de regarder les baleines, ce qui me pousse à me demander ce qu'elle ferait si elle avait un harpon.

Elle sourit et salue de la tête un groupe de personnes que nous croisons. Elle doit penser que je connais certaines d'entre elles sans se rendre compte que tous ces gens n'ont d'yeux que pour elle. Elle tend la main à une autre avocate de ses connaissances.

Je jette un coup d'œil sur le gouverneur et sa cour. Avec tous ces gens qui sucent l'air pour lui baiser le cul en même temps, nous devrions avoir une baisse de pression sur la ville dans la seconde qui suit.

Pendant tout ce temps, tandis que l'on murmure dans l'assistance, le gouverneur a les deux mains enfoncées dans les poches de son pantalon tel un mineur de fond qui chercherait une pépite égarée.

« C'est un truc républicain ? demande Lenore.

— Quoi ?

— De se toucher comme ça.

— Tu veux que je te présente ? »

Elle rit. « Tu le connais ?

— Non.

— Alors qu'est-ce que je fais avec toi ? demande-t-elle.

— Je suis la seule personne de tes connaissances qui ait une invitation.

— On peut réparer ça facilement », dit-elle, et elle me lâche la main.

Je la traite de pute.

Elle appelle ça du travail de terrain.

Nous déambulons sans nous presser vers la foule qui pérore au fond de la salle à manger, près d'une longue table. Celle-ci est décorée d'immenses sculptures de glace, de hors-d'œuvre et de crevettes sur un plateau en argent, tandis qu'un type sert une douzaine de marques de champagne à l'autre extrémité. Tout ceci est sans doute offert par le lobby des vins et spiritueux, désireux de s'attirer de bonnes grâces politiques.

Sont présents des membres du Sénat de l'Etat et de l'Assemblée législative, ainsi que des représentants du Congrès que je n'ai jamais vus qu'à la télé. Un type, au moment où je passe près de lui, est en train de parler du chef de cabinet du Président comme s'il était à tu et à toi avec lui. Les bouches laissent tomber plus de noms de personnages connus ici que de parachutistes le Jour J, assez de foutaises pour fertiliser le jardin botanique local pendant dix ans.

Je jette un regard sur la table à travers une trouée entre les corps.

« Du caviar. » J'adresse un clin d'œil à Lenore. « Je te disais qu'on ne se déplaçait pas pour rien. »

Elle fait la fine bouche et dit quelque chose sur le fait de manger les futurs rejetons d'une autre espèce. « J'espère que tu as pris des poches extensibles.

— Des pantalons larges, dis-je. C'est plus pratique. »

Au moment où je me faufile dans une brèche pour accéder aux petits fours, je vois une masse de corps se déplacer de ce côté. Telle la poussière soulevée par une horde de chevaux, cela ne peut signifier qu'une chose. Lorsque je ressors avec mon petit four dégoulinant d'œufs de poisson, le visage épanoui du gouverneur progresse lentement dans notre direction. Il a toujours les mains enfoncées dans les poches et Lenore sourit d'un air idiot. Elle a dégotté un verre de champagne quelque part. Je lui tiens le bras tel un gouvernail, m'apprêtant à la piloter dans une autre direction.

« J'ignorais que vous souteniez le parti. » Dit par une voix que j'entends depuis une semaine proférer sans cesse dans mon sommeil le même mantra : *Objection*.

Je me retourne et me trouve face à face avec Coleman Kline.

« Est-ce que vous avez payé une table ? » Il jauge mon engagement politique.

« J'accompagne quelqu'un.

— C'est ce que je vois. Lenore. »

Elle fait comme si elle ne le voyait pas.

Il serait impoli, ce serait une injure, de ne pas serrer la main de Kline. Aussi, après m'y être plié, Lenore, pour la seconde fois en deux semaines en ma présence, refuse celle que lui tend Kline. Privilège des dames, elle tient son petit sac à deux mains.

« Vous avez bien caché votre jeu. » Kline est tout sourire. « Je veux dire tous les deux. »

Je sens Lenore tiquer à ces paroles. Il doit sûrement penser que Lenore me confie sur l'oreiller tout ce qu'elle a appris lorsqu'elle travaillait pour lui.

Kline a une femme à son bras, légèrement plus âgée que lui.

« Heureusement que Radovich a fait ce qu'il fallait pour assurer le devoir de réserve, dit-il.

— Vous aimeriez peut-être que Paul me fasse un lavage de cerveau ? dit Lenore.

— Tiens, c'est une idée.

— Pourquoi ne nous présentez-vous pas à votre mère ? », demande Lenore.

Le sourire de Kline se fige sur ses lèvres.

« Je vous présente Sandra, ma femme. » Il adresse à Lenore un regard vraiment méchant alors que Madame Kline, quant à elle, ne semble pas particulièrement offusquée.

J'ai vu des photos d'elle dans le carnet mondain des journaux. C'est son second mariage. Veuve, elle a hérité d'une fortune bâtie sur la culture des amandes et du riz au nord de la ville, sur des terres situées en amont du fleuve. Elle subventionne désormais sans compter les ambitions de Kline. On raconte qu'il songe sérieusement à se présenter au poste de procureur général de l'Etat l'an prochain.

« Je vous prie de m'excuser, dit Lenore. Certaines personnes n'ont pas la mémoire des noms. Moi, c'est l'âge des gens que je ne sais pas apprécier. »

Sandra Kline adresse un regard désolé à son mari. Une non-combattante prise entre deux feux. On commence à faire cercle autour de nous d'une manière qui évoque une bousculade d'enfants dans une partie de chaises musicales.

« Je te présente Lenore Goya, dit Kline.

— Oh. » De la manière dont Sandra Kline dit cela, il est clair qu'il a déjà été question de Lenore entre eux, et que ce n'était pas en termes flatteurs.

« Depuis combien de temps êtes-vous marié ? demande Lenore à Kline.

— Deux ans.

— Vous êtes heureuse ? demande-t-elle à Mme Kline.

— Très.

— Et votre mariage précédent, combien de temps a-t-il duré ? »

Lenore essaie de deviner son âge mais je lui pince le bras.

« Aïe. Ça fait mal. »

Un type s'approche derrière Sandra Kline et lui murmure quelque chose à l'oreille. Il semble qu'une audience avec le gouverneur se prépare. « Il veut remercier le comité d'organisation, dit l'homme. Si vous avez un instant.

— Si on allait prendre un verre ? », dis-je à Lenore. L'occasion de s'éclipser avant que les choses ne dégénèrent.

« Sois un amour et va me chercher une coupe de champagne, tu veux ? J'aimerais parler à Madame Kline. Nous avons tant de choses à nous dire. Et puis, le gouverneur arrive.

— D'accord. Restons ici.

— Et vous, qui êtes-vous ? demande Sandra Kline.

— Paul Madriani. »

Kline s'excuse de ne pas m'avoir présenté.

« Maître Madriani. Mon mari m'a beaucoup parlé de vous.

— Je n'en doute pas. »

Elle m'assure que c'était en bien, ce qui laisse les auditeurs rêveurs quant à ce que Kline a pu lui dire au sujet de Lenore.

« Il vous trouve très bon avocat.

— Ce n'est pas ce qu'il a dit au juge au tribunal hier », glisse Lenore.

Sandra Kline rit nerveusement, ne sachant trop ce que va ensuite sortir Lenore.

« Paul devrait peut-être vous citer à comparaître dans le procès comme témoin de moralité, lui dit Lenore.

— Mon mari a dit qu'il était bon avocat, dit Sandra Kline. Et Coleman s'y connaît.

— Comment ça ? Il prend des leçons ? », dit Lenore qui se met à rire, un peu éméchée.

Kline est verdâtre, d'une nuance qui me rappelle la tête que je faisais lorsque j'ai vomi au-dessus de la rambarde du bateau d'un ami l'année dernière.

Il a passé un bras autour des épaules de sa femme.

« C'est ma plus grande admiratrice. Si seulement je pouvais la cloner et la mettre dans le jury.

— Ça serait malin, dit Lenore. Maintenant, dites-moi, que vous a dit votre mari à mon sujet ? » Elle adresse à Sandra Kline un sourire enjoué à la Carole Channing, sauf que c'est de derrière une coupe de champagne. Puis, tout en attendant la réponse, elle tend le bras et extirpe une grosse crevette du plateau et la trempe dans un bol de sauce cocktail rouge sang.

Sandra Kline fait meilleure figure qu'on ne l'aurait cru. La classe et l'argent. « Je suis navrée. Vous allez devoir m'excuser mais le gouverneur attend.

— Oh, amenez-le, dit Lenore. J'adorerais faire sa connaissance. »

C'est ça, comme si Sandra allait présenter cette peste au gouverneur.

Madame Kline s'éloigne en faisant presque la révérence. Si Kline ne réussit pas en politique, sa femme a de l'avenir comme diplomate. Elle s'en va en entraînant avec elle, dirait-on, la moitié de l'assistance dans laquelle passe un soupir de déception.

« Alors vous ne lui donnez pas de tuyaux ce soir

sur la manière de s'opposer à moi ? » Kline me regarde mais c'est à Lenore qu'il parle.

« Vous ratez une occasion en or, dit-elle. Ou peut-être êtes-vous capable de lécher le cul du gouverneur sans bouger d'ici ? »

Je suis en train de me dire qu'une partie de l'assistance, celle qui traînait autour de nous dans l'espoir d'une bagarre, s'est peut-être retirée trop tôt.

— On réglera ça ailleurs », dit Kline.

Je suis d'accord avec lui et j'essaie d'entraîner Lenore vers la porte.

« J'espérais que nous tournerions la page lorsque vous avez été évincée du procès, lui dit Kline.

— Vous l'avez tournée, vous, la page ? demande-t-elle.

— Oui. Mais il est évident que vous n'êtes pas en état de discuter rationnellement.

— Allons, ce n'est ni le lieu ni le moment, leur dis-je.

— Je vois. La femme hystérique, dit-elle.

— Si tu y tiens.

— Je n'y tiens pas. » Tenant la crevette par la queue, elle en cingle le devant du smoking de Kline. Celui-ci se trouve soudain couvert de sauce cocktail de la ceinture au col comme si on l'avait aspergé de fiente d'oiseau.

« Saleté ! dit-il.

— Vous voulez peut-être quelque chose pour faire partir tout ça ? », demande-t-elle. Elle porte la main derrière elle et, le bras replié comme une catapulte, s'apprête à lancer une bouteille de Dom Pérignon sur Kline lorsque je la saisis par le poignet. Elle m'adresse un regard chagrin, l'air de dire : encore une seule fois. Je secoue la tête et elle finit par se calmer.

Kline, furieux, essuie le devant de sa chemise avec une serviette de table.

« C'est une tête brûlée. Maintenant je me rappelle pourquoi je l'ai virée. »

Un de ses amis l'aide à éponger une tache sur son pantalon.

Il continue de parler. « J'espère que ça ne rejaillira pas sur nos relations, me dit-il. Il est important que nous gardions, vous et moi, un ton professionnel, du moins jusqu'à la fin du procès.

— Vous croyez qu'on s'en apercevrait ?

— Votre client pourrait s'en apercevoir.

— On dirait une menace.

— Certainement pas, dit-il. Le devoir d'un avocat de l'accusation est de faire appliquer la justice. Pas de gagner. Mon travail consiste à rechercher la vérité.

— Venant de vous, ça sonne comme une obscénité, dit Lenore.

— C'est plus difficile dans certains cas que dans d'autres, dit-il. Dans ce cas, c'est rendu plus difficile par la compagnie ici présente. »

Avant qu'elle puisse répondre, Kline vient se placer entre nous. Ma relation avec Lenore lui complique visiblement les choses. Il fait signe d'une main à un garçon qui circule parmi les invités.

« Je pense que cette dame aimerait boire quelque chose, dit-il. De l'acide chlorhydrique avec un doigt de cyanure », dit-il au garçon. Celui-ci s'immobilise au milieu de la foule, interloqué.

Un client ne comprendra jamais que des avocats qui s'entre-déchirent dans le prétoire puissent traînasser ensemble à s'empiffrer de caviar et à descendre des coupes de champagne tout en s'envoyant des vacheries et en débattant de leurs talents respectifs pendant que ledit client moisit en taule.

Entre-temps, Kline, qui a passé un bras autour de mon épaule, m'entraîne à l'écart afin que l'on n'entende pas ses paroles.

« Dites-moi. Comment voyez-vous l'évolution du procès ? Honnêtement ? »

Comme si j'allais le lui dire. « Honnêtement ? »

Il acquiesce.

« Je pense que nous sommes en train de vous faire mordre la poussière.

— Enfin, voilà qui est honnête. » Ces paroles s'accompagnent dans ses yeux d'une lueur malicieuse. Baratin pour baratin.

« Ainsi, vous croyez que nous devrions abandonner l'acte d'accusation ?

— C'est ce que je ferais dès demain si j'étais vous », lui dis-je.

Il se met à rire :

« Sachez que ça va devenir beaucoup plus dur.

— C'est l'ennui, dans la vie, dis-je. Tout devient de plus en plus dur. Y a-t-il autre chose que je devrais savoir ?

— Nous n'avons encore sorti que notre artillerie légère.

— Ah. Le médecin légiste et l'enquêteur principal, dis-je. Je ne l'avais pas remarqué.

— Oui. Enfin, les preuves matérielles sont un préambule. Mais le mobile. C'est ça qui va faire mal.

— Oh oui, j'avais oublié. Mon client aurait voulu éliminer la femme flic sur laquelle il s'activait dans la chambre d'hôtel. A propos, lequel d'entre eux avait oublié de mettre le micro en marche ? »

Cela le fait rire.

« Evidemment, votre client est disposé à témoigner ? Pour tout nier ? » Il essaie maintenant de me tirer les vers du nez.

« Je vous le ferai savoir lorsque nous aurons pris une décision.

— Quel genre de témoin fera-t-il, à votre avis ? demande-t-il. Franchement ?

— Du genre que vous dites. Franc. »

Il sourit. Il n'a rien tiré de moi. Il ne s'y attendait d'ailleurs pas. Ce ne sont là que menus propos pour en venir à plus important.

« Vous ne croyez pas vous-même à toute cette histoire de corruption des flics ? », demande-t-il.

Je le gratifie de mon expression d'incrédulité la

plus réussie. « Non. Phil Mendel est un enfant de chœur.

— Enfin, pour ce qui est du syndicat, je conviens que ce ne sont pas des anges. Je ne me pose pas en défenseur du travail organisé. »

Je veux bien le croire.

« Mais vous avez mis le doigt sur quelque chose, poursuit-il.

— Je l'espère bien. »

Ce qui me vaut de sa part un regard interrogateur.

« Savez-vous quelque chose que vous ne nous auriez pas dit ? » Il cesse de marcher et me regarde droit dans les yeux.

Voilà maintenant qu'il veut connaître le fond de ma pensée.

« Si c'est le cas, vous devriez nous en informer. Ça pourrait changer beaucoup de choses. »

C'est ça. Il affûterait l'information comme un pieu et s'en servirait pour m'empaler.

Avant que je puisse répondre, il regarde par-dessus son épaule dans la direction de Lenore.

« Est-ce qu'elle sait quelque chose ? Je n'ignore pas qu'elle est allée à l'appartement ce soir-là. Son empreinte digitale est sur la porte. Je ne veux pas lui créer d'ennuis mais je sais qu'elle ne le croit pas. Mais vous, vous le devriez. Si elle sait quelque chose... »

Il laisse sa pensée en suspens et, dans l'attente d'une réponse, m'adresse un regard d'expectative :

« Nous pourrions régler ça entre nous. Inutile de faire des vagues. » Je pense, l'espace d'un instant, qu'il est réellement convaincu que Lenore a été pour quelque chose dans la mort de Brittany Hall.

« Vous voulez que je vous le dise uniquement par amour de la vérité.

— Uniquement. » Il esquisse un mouvement comme pour se rapprocher de moi en disant cela.

Je fais la moue mais reste muet.

« Si jamais elle nous cache quelque chose... » Il

marque une pause, comme s'il attendait d'être sûr que j'ai bien compris le sens de ses paroles, mais celles-ci me sont opaques. Il voit à mon expression que je n'ai pas la moindre idée de ce qu'il sous-entend.

« Elle ne vous a rien dit ? »

Je hoche la tête.

Cela semble le décevoir beaucoup.

« Il se pourrait qu'elle ait obtenu des informations de Brittany Hall, dit-il. Il se peut qu'elle sache quelque chose que nous ignorons, que nous ayons commis une erreur. »

Qu'il admette une chose pareille me laisse pantois. Je me mets à rire, dans un effort dérisoire pour prendre la chose avec humour.

« Vous êtes en train de me dire que vous avez commis une erreur ? Quelle sorte d'erreur ? »

Il replace son bras sur mon épaule sur laquelle il referme sa poigne et nous nous remettons à marcher. Il porte un doigt à ses lèvres pour me faire signe de parler à voix basse. Il m'attire encore un peu plus à l'écart, vers un coin paisible de la salle.

« Je n'ai pas dit que nous avions commis une erreur. J'ai dit qu'il se pouvait que nous en ayons commis une, faute d'avoir tous les éléments. J'ai seulement besoin de savoir si elle cache quelque chose. »

Un avocat de l'accusation qui essaie d'avoir la peau de mon client est en train de me dire, au beau milieu du procès, qu'il a peut-être commis une erreur et moi, je serais censé chuchoter.

Je m'arrête et me retourne, en retirant sa main de mon épaule.

« Vous avez parlé avec Brittany Hall, lui dis-je. Vous, dites-moi ? Que vous a-t-elle dit ?

— Ce que vous avez appris durant le procès.

— Par votre témoin, par ce Frost ? »

Il acquiesce.

Je me mets à rire.

« C'est le problème. Brittany Hall se sera peut-être plus volontiers confiée à une femme. Parlez-lui-en. » Il fait un geste de la tête en direction de Lenore. « A vous, elle le dira si elle sait quelque chose. Vous pouvez penser ce que vous voulez, mais je ne cherche pas à marquer des points politiques cette fois. »

La sincérité incarnée. Je lui ferais confiance tout au plus d'ici au bol de punch.

« On pourrait peut-être s'entendre là-dessus. Vous me dites ce que vous savez, c'est tout. » Il prononce ces mots sur un ton de gravité, presque suppliant, puis se tournant, adresse depuis une distance rassurante un au-revoir à Lenore qui se trouve au-delà du stand de tir de sauce cocktail. Il se dirige ensuite à grands pas vers sa femme, de l'autre côté de la pièce.

Tandis qu'il s'éloigne, je suis frappé par l'ampleur de la révélation qu'il vient de me faire. Il manque quelque chose à l'équation Brittany Hall, quelque chose d'imprécis qu'il subodore mais ignore, un élément manquant à l'acte d'accusation. Et cet élément manquant, Kline est convaincu que Lenore le détient.

CHAPITRE VINGT-TROIS

Aujourd'hui, Kline utilise l'expert spécialisé dans les relevés d'indices pour conforter l'opinion selon laquelle Brittany Hall n'avait pas eu de rapports sexuels, soit de son plein gré soit de force, avant d'être tuée. Pour une raison inconnue de nous, il se doute que notre propre hypothèse sera qu'elle a été assassinée par un amant, et il prend les devants. Il entend dissiper toute idée en ce sens afin de mettre en évidence ce qu'il appelle le véritable mobile du meurtre : la volonté de faire taire un témoin gênant.

Kline déplace beaucoup d'air dans la salle du tribunal, même s'il sait que les preuves exposées aujourd'hui sont trop générales — des poils et des fibres ordinaires — pour être accablantes. Mais ce sont les seuls éléments qui concordent avec son puzzle.

Aujourd'hui, il fait témoigner Harold Stinegold, l'expert en poils et en fibres le plus en vue du parquet, un fonctionnaire qui a fait toute sa carrière comme témoin au service du ministère de la Justice de l'Etat. Si les pièces à conviction concordent sous un microscope avec les thèses de la défense, Stinegold le saura.

Celui-ci déclare que les prélèvements de raclures sous les ongles de Brittany Hall ne contiennent aucun tissu étranger, et que l'examen de sa toison pubienne confirme la non-existence de poils étrangers que l'on aurait trouvés si elle avait eu des rapports sexuels.

Stinegold est un jeune sexagénaire, affable et sûr de lui. L'ayant interrogé à plusieurs reprises dans le box des témoins, je l'ai trouvé excessivement prudent. Il n'extrapole généralement pas.

Kline fait tout un cinéma. Il demande à Stinegold de tirer d'un sac la couverture tachée de sang en en brisant les scellés à la barre. Il fait de même avec un second sac, plus petit, contenant les poils, et un troisième contenant les fibres.

« Pouvez-vous nous dire au sujet de ces pièces à conviction, demande-t-il, comment elles ont été recueillies et analysées ?

— Les poils et les fibres ont été prélevés sur la surface de la couverture au moyen d'un ruban adhésif, un peu à la manière dont on retire les peluches d'un costume. Nous les avons placés sur un verre et les avons d'abord examinés au microscope.

« Restons-en pour commencer aux fibres de tapis, dit Kline. Les avez-vous comparées à d'autres échantillons provenant d'une autre source ?

— Oui. Avec les fibres de tapis du véhicule de l'accusé.

— Et qu'avez-vous découvert ?

— J'ai commencé par comparer la couleur et le diamètre. Je me suis aperçu que les unes et les autres étaient de même nature.

— Qu'avez-vous fait ensuite ? demande Kline.

— Un examen plus détaillé, dit le témoin, à la recherche d'autres caractéristiques morphologiques.

— Qu'entendez-vous par morphologique ?

— Des caractéristiques de forme et de structure. J'ai vérifié en particulier s'il y avait des stries à la surface des fibres ou si elles étaient perforées par des particules ayant servi à les délustrer. Des particules de titane de dioxide surtout. On en ajoute parfois en cours de fabrication pour atténuer l'éclat des fibres.

— Et qu'avez-vous découvert ?

— J'ai constaté la présence de telles particules à la fois sur les fibres du véhicule de l'accusé et sur celles prélevées sur la couverture qui a servi à envelopper le corps de la victime.

— Vous avez considéré qu'il s'agissait là d'un élément de comparaison significatif ?

— Oui.

— Qu'avez-vous fait ensuite ?

— J'ai examiné la couleur, dit Stinegold. La couleur est susceptible de nous procurer le signe de distinction le plus important.

— Et pourquoi donc ?

— Parce que les couleurs sont composées dans leur majorité d'un mélange de teintures permettant d'obtenir la nuance désirée. Le fait de trouver le même composé de teintures fournira une indication significative. Ce sera même la caractéristique déterminante.

— Et comment procède-t-on ?

— On se sert d'un microspectromètre. » Stinegold est obligé d'épeler le mot pour la greffière.

« C'est une sorte de microscope qui compare les couleurs des fibres au moyen de la structure de leur spectre. Sans vouloir être trop technique, disons que des fibres différentes possèdent non seulement des couleurs différentes, mais des indices de réfraction différents, mesurables à l'aide de l'instrument adéquat.

— Et vous avez procédé à cet examen ?

— Oui.

— Et qu'avez-vous découvert ?

— Que les fibres trouvées dans le véhicule de l'accusé, dans sa berline de fonction, étaient de couleur, de forme et de composition semblables à celles des fibres trouvées sur la couverture ayant servi à envelopper le corps de la victime. »

Kline l'entraîne dans les détails, à savoir qu'il existe cinq sortes de nylon employées dans la fabrication des tapis de voiture, dont l'une est appelée

« nylon 11 », une fibre traitée avec un pigment de couleur bleu marine. Deux choses ont été prises en considération — le type de nylon et un prélèvement de teinture — dont le témoin déclare qu'elles permettent de conclure à la correspondance entre les fibres prélevées sur la couverture et celles trouvées dans la voiture d'Acosta.

« Avez-vous considéré, professionnellement, que cette comparaison était significative ? » Kline essaie de fermer la porte.

« Objection. Question vague, dis-je.

— Objection retenue. Reformulez la question », dit Radovich.

Ce qu'il s'agit de déterminer ici, c'est à quel point ladite comparaison est significative. Kline, qui réfléchit à une nouvelle formulation de sa question, tourne en rond devant le box des témoins, l'air méditatif.

« Si, lors de votre examen de ces fibres de tapis, vous les aviez comparées à un autre échantillon prélevé au hasard sur un autre tapis, vous seriez-vous professionnellement attendu à trouver une concordance semblable à celle que vous avez découverte ici ? »

Je soulève la même objection mais, cette fois, Radovich la rejette.

« Non.

— Si vous aviez comparé dix autres échantillons prélevés au hasard, vous seriez-vous attendu à ce que l'un d'entre eux corresponde ?

— Non.

— Et cent ?

— Probablement pas.

— Mille ? demande Kline.

— Il y aurait peut-être eu concordance pour le type de nylon, dit Stinegold. Mais la couleur des pigments, cette sorte de teinture particulière, aurait fait la différence. Je dirais qu'il s'agit là d'une caractéristique plus significative. »

Je fais objection : « Cela ne répond pas à la question.

— Rejetée.

— Ainsi, selon vous, il s'agit là d'une caractéristique significative ?

— Oui. Particulière à ce genre de teinture. Le manufacturier mélange rarement deux sortes de teintures qui donnent exactement la même pigmentation.

— Cette pigmentation serait donc une caractéristique appartenant en propre à ces fibres ?

— C'est ce que je dirais. Oui. »

Kline en vient alors aux poils, auxquels Stinegold attribue une origine animale.

Il détaille quelque peu les mille et une caractéristiques qui distinguent un poil humain d'un poil animal, ce dernier comportant des bandes de couleur tandis que le follicule du poil humain est entièrement monochrome.

« Le canal médullaire d'un poil humain est d'apparence amorphe et occupe rarement plus du tiers de la tige, explique Stinegold, tandis qu'il est beaucoup plus large chez l'animal et s'étend sur la presque totalité de la tige. En outre, la surface externe circulaire est très différente entre les poils animaux et humains, et cette différence est très visible.

— Vous pouvez donc affirmer sans crainte de vous tromper que les poils recueillis sur la surface de la couverture ayant servi à envelopper Brittany Hall étaient d'origine animale ?

— J'en suis absolument sûr, confirme Stinegold.

— Avez-vous pu déterminer quelle sorte d'animal ?

— Cela a été plus difficile. Mais au cours du processus d'élimination, j'ai finalement pu déterminer que les poils en question étaient équins. »

A en juger par l'expression des jurés, il apparaît manifestement qu'ils avaient pensé à un chien ou à un chat. Kline joue là-dessus et, feignant l'étonnement, hausse les sourcils à l'adresse du témoin, en une question muette.

« Des poils de cheval, dit Stinegold en guise de réponse. D'un cheval qui les a sans doute perdus au cours d'une mue. Il y en avait une quantité considérable.

— Avez-vous une idée de la manière dont ces poils ont pu se déposer sur la couverture ?

— Sans doute par transfert secondaire », dit le témoin.

Kline l'invite à s'expliquer.

« En termes généraux, cela veut dire que la couverture n'est pas elle-même entrée en contact avec des poils de cheval. Ces poils se seront plutôt trouvés sur les vêtements de quelqu'un d'où ils ont pu se déposer sur la couverture ou éventuellement chez cette personne, sur d'autres objets, des meubles ou de la literie. Dans cette dernière hypothèse, la couverture a pu s'imprégner de poils chez l'assassin, ou ceux-ci peuvent s'être déposés sur ses vêtements chez lui et, en frottant la couverture contre ses vêtements en enveloppant le corps, il aura laissé les poils à la surface de la couverture. »

L'accusation est obligée d'en passer par là puisqu'elle sait qu'Acosta n'a jamais mis les pieds dans l'écurie. C'était le domaine réservé de Lili. Celle-ci se sent particulièrement concernée par la chose et, tandis que l'on approfondit la piste des poils, je la vois qui se tasse sur son siège dans la rangée qui se trouve immédiatement derrière son mari, juste derrière la rampe qui sépare la cour du public. Elle m'adresse un regard désolé.

« C'est possible ? demande Kline. Ce transfert secondaire, comme vous dites ?

— Oh oui. Des poils comme ceux-ci, en aussi grande quantité que celle dont je vous parle, lorsqu'un cheval mue, se logent partout. Vous ne pouvez faire autrement qu'en transporter jusque chez vous. Vous aurez beau vous brosser soigneusement, on en trouvera, je pense, des traces significatives là où vous vivez.

— Même si la personne s'est changée après être montée à cheval ou en quittant l'écurie ? demande Kline.

— C'est possible, dit Stinegold. Cette personne en aura transporté dans ses cheveux ou sur les parties les plus rêches de la peau. Il est très difficile de se débarrasser de ces poils.

— Ce qui nous amène à la question suivante. Avez-vous en fait trouvé des traces de poils de cheval qui correspondaient à ceux prélevés sur la couverture ayant servi à envelopper le corps de Mademoiselle Hall ?

— Oui, j'en ai trouvé.

— Et où ça ?

— A trois endroits, dit-il. Dans l'appartement de la défunte, Brittany Hall. Au domicile de l'accusé, Armando Acosta. Et dans le coffre de la voiture de fonction de l'accusé ainsi que dans la boîte à gants de cette voiture. »

Kline, avant de repasser à l'attaque, exploite l'effet causé par cette révélation en gardant un silence de durée convenable, afin d'en souligner la signification. Il demande à Stinegold d'expliquer comment il se peut, si les poils provenaient d'une écurie fréquentée par l'épouse de l'accusé, que celui-ci en ait recueilli sur ses vêtements. Il reconnaît ensuite que les poils ne constituent pas une preuve matérielle concluante quant à leur provenance. On ne saurait, comme avec des empreintes digitales, les appareiller aux poils de tel ou tel cheval particulier.

« Avez-vous pu cependant, dit Kline, en vous appuyant sur vos connaissances scientifiques et sur votre expérience, vous former un avis concernant les poils trouvés sur la couverture et ceux trouvés au domicile et dans le véhicule de l'accusé ?

— Selon mon avis professionnel, dit Stinegold, les spécimens de poils prélevés sur la couverture coïncidaient par toutes leurs caractéristiques microscopiques, couleur, texture, surfaces structurelles et épaisseur, avec les échantillons recueillis sur divers articles de mobilier et sur le tapis au domicile de l'accusé et dans son véhicule.

— Vous êtes professionnellement d'avis qu'ils étaient identiques ?

— Selon mon opinion professionnelle, je crois que oui. »

Des poils et des fibres ne sont peut-être pas des pièces à conviction aussi définitives que des empreintes mais, à cet instant, cet argument semble peser de tout son poids sur le jury. La pratique du prétoire vous apprend que, si vous voulez survivre, il vous faut apporter une réponse détaillée à ce genre de pièce à conviction.

Kline ayant commis l'erreur de faire l'impasse sur plusieurs choses qui ne servaient pas sa démonstration, c'est sur ces éléments relatifs aux traces laissées par les pièces à conviction que je commence mon contre-interrogatoire. Kline, tout d'abord, n'a pas tenu compte du rapport métallurgique.

« Monsieur Stinegold, avez-vous trouvé des traces microscopiques de métal précieux sur le rebord de la table basse dans l'appartement de Brittany Hall, près de l'endroit où sa tête est venue heurter le meuble ?

— Il y en avait un peu.

— Pourquoi n'en avez-vous pas parlé lors de votre interrogatoire par Maître Kline ?

— On ne m'a pas interrogé à ce sujet.

— Je vois. Je vais donc peut-être devoir vous poser cette question moi-même. Ces traces étaient-elles significatives ? » S'il répond « oui », il aggrave son omission de cette question lors de l'interrogatoire de Kline, aussi dit-il : « Non.

— Ces particules métalliques, selon vous, n'étaient pas significatives ?

— Non.

— Pourquoi ?

— Nous les avons examinées et en avons conclu qu'elles étaient sans doute anciennes, qu'elles avaient pu se déposer sur la table plusieurs mois avant le meurtre. » Il se lance avec pédanterie dans un baratin comme quoi les taches de sang se trouvaient au-dessus des particules de métal, mais il abandonne rapidement lorsque je le presse de questions.

« Pouvez-vous dire au jury de quoi étaient composées ces particules métalliques ?

— C'étaient des particules d'or, vingt-quatre carats, avec des alliages.

— Provenant d'un bijou peut-être ?

— Peut-être.

— Mais pas significatives ?

— Pas selon moi.

— Alors vous pourrez peut-être expliquer au jury pour quelle raison vous avez examiné tous les bijoux en or appartenant à mon client ?

— C'était uniquement pour aller au fond des choses.

— Pour aller au fond des choses ?

— C'est ça.

— Et en allant au fond des choses, vous avez fait des prélèvements microscopiques sur chacun des bijoux de mon client afin de les comparer avec les particules métalliques trouvées sur cette table ? »

Stinegold esquisse une moue de déplaisir.

« Sur les bijoux que nous avons pu trouver.

— Requête en annulation, dis-je. Le témoin n'a pas répondu à la question. » Stinegold voudrait faire croire au jury qu'Acosta s'est débarrassé d'une pièce à conviction, alors que l'on n'en a aucune preuve.

Radovich agrée ma requête.

« Avez-vous, oui ou non, prélevé des fragments microscopiques sur chacun des bijoux de mon client afin de les comparer avec les particules d'or trouvées sur cette table ?

— Oui.

— Et vous avez soumis des prélèvements à une analyse métallurgique ?

— Oui.

— Les échantillons ne concordaient pas ? » Je me tourne vers le jury, l'air étonné.

« Non, dit-il.

— Oh. Dois-je en déduire que vous auriez évoqué la chose durant votre interrogatoire par Maître Kline si la comparaison entre les échantillons s'était révélée positive ?

— Objection. Question conjecturelle, dit Kline.

— Reformulez votre question, dit Radovich.

— Avec plaisir, Votre Honneur. Monsieur Stinegold, dites-le au jury. N'est-ce pas un fait que, dans votre esprit, les particules d'or trouvées sur la table sont devenues anciennes et insignifiantes uniquement à la suite de votre incapacité à les faire correspondre aux bijoux de Monsieur Acosta ?

— Il n'en est rien.

— Mais absolument rien ne vous autorise scientifiquement à dire que les particules d'or qui se trouvaient sur la table étaient anciennes ?

— Nous l'avons cru.

— Qu'est-ce que cette croyance, un article de foi ?

— Harcèlement du témoin », dit Kline.

Je ne tiens pas compte de son interruption. « Je vous ai demandé si vous disposiez d'une preuve scientifique pour émettre un tel jugement. En aviez-vous une ?

— Non.

— Merci. Ainsi, uniquement sur la base de données établies scientifiquement, sur ce que nous savons de ces fragments de métal, à savoir qu'on les a trouvés près du point d'impact de la table avec la tête de la victime, et qu'ils ne correspondent pas avec les bijoux appartenant à l'accusé, ne seriez-vous pas d'avis, professionnellement, que l'on pourrait y voir quelque chose tendant à exonérer mon client ? Quelque chose tendant à le disculper ?

— Objection. C'est au jury de se prononcer là-dessus, dit Kline.

— Objection retenue, dit Radovich. Je pense que vous vous êtes bien fait comprendre », ajoute-t-il à mon intention.

Je passe ensuite aux fibres censées provenir de la voiture d'Acosta. Je coince Stinegold sur la question des sortes de teintures en lui demandant s'il peut nous dire combien General Motors a fabriqué de véhicules cette année-là en se servant des mêmes tapis provenant des mêmes fournisseurs. Il n'en a pas la moindre idée. Aussi, lorsque je lui demande ce qu'il dirait si je lui disais qu'il y en a eu des milliers, il est forcé d'admettre que ce n'est pas impossible.

« Pourtant, précise-t-il, on ne se serait pas servi pour tous ces véhicules d'un tapis de la même couleur ou teint de la même manière. » Il regarde Kline avec un petit air satisfait en disant cela.

Je le presse de questions sur le parc automobile du comté, sur le fait que les voitures sont achetées en lots, que plusieurs proviennent du même fabricant et qu'il se pourrait qu'elles sortent des lignes d'assemblage à la suite les unes des autres.

« En supposant la chose possible, dis-je, se peut-il que l'on trouve des véhicules de même couleur et représentant la même sorte de teinture dans ce même parc automobile ? »

Stinegold n'apprécie guère cette question. « C'est possible, dit-il.

— Seriez-vous surpris si je vous disais que les dossiers du parc automobile du comté révèlent que le comté a acheté neuf véhicules venant du même fabricant, chacun de la même année et du même modèle que la voiture de fonction de l'accusé, et que sept de ces véhicules avaient été assemblés dans la même usine de montage, avec des tapis de la même couleur ? »

Il ne me répond pas.

« Le saviez-vous ?

— Non. »

J'ai travaillé la question avec une juriste, anciennement avocate au parquet, chargée par le tribunal de recevoir les preuves de nos propres experts à cet égard. Nous avons examiné exhaustivement les véhicules du parc automobile du comté dont nous avons recueilli les fibres des tapis.

Ayant entrouvert ainsi la porte d'un poil, si je puis dire, j'en viens aux chevaux.

Je lui demande à brûle-pourpoint : « Alors l'avez-vous trouvé ?

— Trouvé quoi ? demande-t-il.

— Le cheval à qui appartiennent les poils ? »

Il rit. « Non.

— L'avez-vous cherché ?

— Non.

— Pourquoi ?

— Nous n'en avons pas vu l'utilité. Nous avions les poils trouvés au domicile de l'accusé et dans sa voiture. Et puis, comme je l'ai déclaré, il n'aurait pas été possible de remonter jusqu'à un cheval particulier avec ces poils.

— Avez-vous vérifié auprès d'autres personnes qui font de l'équitation à cette écurie particulière pour voir s'il y avait des poils semblables chez elles ou dans leur voiture ?

— Non.

— Pourquoi ? » Toutes les petites choses que la partie civile a négligées et que l'avocat de la défense exploite.

« Là encore, nous n'avons pas jugé cela utile.

— N'aurait-il pas été instructif de savoir combien de chevaux de cette écurie avaient des poils correspondant éventuellement à ceux trouvés sur la couverture ?

— Pas vraiment.

— Monsieur Stinegold, n'est-ce pas un fait que, sauf pour la couleur et dans le cas de certaines races exotiques qui ont des poils d'une texture caractéristique, tous les poils de cheval sont pratiquement identiques ?

— La couleur peut constituer un élément de différenciation », dit-il. Il y tient.

« Savez-vous de quelle couleur était le cheval qui a perdu les poils qu'on a trouvés ?

— Brun. Ce qu'on appelle communément alezan.

— Une couleur fréquente chez les chevaux, n'est-ce pas ?

— Objection. Le témoin n'est pas expert en chevaux, dit Kline.

— Non. Il est expert uniquement en ce qui vient d'eux, dis-je.

— Que faut-il entendre par là ? » demande Kline.

Des ricanements se font entendre dans le jury.

« Je parlais de poils. A quoi pensiez-vous ? »

Il ne reste plus à Kline qu'à regarder un jury hilare.

« Objection, Votre Honneur. Il n'y a rien de drôle là-dedans. »

Radovich me dit de procéder.

« Allons, Monsieur Stinegold, n'est-ce pas une chose bien connue que la couleur alezan est très répandue chez les chevaux ?

— Objection, dit Kline.

— Rejetée. Le témoin peut répondre à la question, dit Radovich.

— Ce n'est pas rare, dit Stinegold.

— En fait, si nous allions visiter les écuries du comté aujourd'hui, n'est-il pas probable que la couleur alezan serait celle qui prédominerait ?

— C'est possible. Il n'y a pas que ça, mais je veux bien le concéder.

— Et si nous recueillions des poils de tous ces chevaux alezans et que nous vous les donnions à analyser, pourriez-vous nous dire lequel de ces chevaux est à l'origine de ceux trouvés sur la couverture ? »

Il sourit. L'argument a porté. « Probablement pas.

— Parce qu'un poil de cheval alezan n'a rien de bien particulier, n'est-ce pas ?

— En effet.

— Il en va de même pour l'autre élément auquel vous avez fait allusion dans votre témoignage, la texture, la structure de la surface et l'épaisseur d'un poil de cheval alezan, n'est-ce pas ?

— Sans doute, dit-il.

— Donc, les poils qu'il y avait sur cette couverture pouvaient venir d'à peu près n'importe quel cheval alezan ?

— Ils seraient semblables.

— Assez semblables pour qu'on ait du mal à les distinguer les uns des autres ?

— Peut-être.

— Ainsi donc, afin que le jury comprenne, lui dis-je, vous ne pouvez en aucune manière identifier les poils de cheval trouvés chez l'accusé ou dans son véhicule et les poils trouvés sur la couverture autrement qu'en disant qu'ils sont semblables, n'est-ce pas ?

— Non.

— Monsieur Stinegold, êtes-vous familier avec le concept de transfert appliqué à la science des traces en tant que pièces à conviction ?

— Oui.

— Pouvez-vous expliquer ce concept au jury ? »

Il me regarde comme si j'étais en train de creuser ma propre tombe, comme si cette question allait nous desservir. Il se tourne ensuite vers le jury.

« Par le concept de transfert on veut dire théoriquement qu'un indice microscopique appartenant à un objet en mouvement se transférera, toutes choses étant par ailleurs égales, en totalité ou en partie à un autre objet avec lequel il entrera en contact.

— Un peu comme la pollinisation des plantes par les abeilles ?

— C'est une bonne analogie.

— Ainsi, si je me frotte à vous, nous pouvons nous

attendre à ce qu'il reste de vos fibres sur les miennes ?

— A condition de tenir compte de la différence de tissus. Certains peuvent ne laisser aucune trace de fibres.

— Evidemment. Mais en supposant qu'ils en aient laissé, vous attendriez-vous à trouver des fibres transférées, une pollinisation croisée ? »

Il réfléchit à la chose mais acquiesce déjà de la tête.

« Oui.

— Et vous croyez que c'est de cette manière que les poils en question ont abouti dans le véhicule de l'accusé ?

— Oui.

— Et dans l'appartement de la victime ?

— En effet.

— Et sur la couverture ayant servi à envelopper le corps de la victime ?

— C'est ça.

— Et vous avez trouvé autre chose sur cette couverture ?

— Quelques autres fibres, des petits morceaux de bois, des fragments microscopiques de déchets provenant de la benne à ordures où on a trouvé le corps.

— Mais, selon vous, les seules substances significatives qui aient été détectées sont les fibres de tapis et les poils de cheval ?

— A mon avis, oui.

— Y avait-il beaucoup de poils sur la couverture ?

— Passablement.

— Votre Honneur, j'aimerais que le témoin fasse pour le jury la démonstration de la manière dont les poils ont été transférés au tapis », dis-je.

Kline n'apprécie guère. J'ai découpé plusieurs morceaux de tapis en nylon, et il objecte qu'ils ne correspondent peut-être pas au tapis de la voiture d'Acosta.

« Ils se ressemblent assez pour une démonstration,

rétorqué-je. Nous n'allons pas demander au témoin de comparer des échantillons de poils et de fibres.

— Ceci étant entendu, dit Radovich, vous pouvez procéder. »

Je tends un morceau de tapis à Stinegold. J'ai recueilli à cette fin des poils de cheval dans une petite enveloppe que je remets au témoin.

« Les poils sont noirs, dis-je à la cour. On devrait ainsi les distinguer facilement de ceux qui se trouvent sur le tapis. »

Stinegold les regarde et acquiesce à mon propos. Il en étend un peu sur le morceau de tapis en les répandant de la main sur les poils drus du nylon.

Je demande au clerc d'aller chercher la couverture dans le chariot contenant les pièces à conviction et la lui tends. La couverture est mauve. Stinegold la pose sur la rampe devant lui en en laissant pendre une partie jusque par terre.

Il prend un coin de la couverture qu'il frotte vigoureusement avec le morceau de tapis comme on le ferait avec une brosse. Il pose ensuite le tapis à l'envers sur la rampe et examine la couverture.

« Là. » Il tient la couverture de manière à ce que je la voie, un regard triomphant dans les yeux. La couverture est couverte des poils noirs de cheval dans la zone qu'il a frottée.

« Si vous aviez un ruban adhésif, je pourrais vous montrer comment prélever l'échantillon.

— Ce n'est pas nécessaire. » Je prends la couverture et ramasse le morceau de tissu déposé sur la rampe.

Kline est assis à sa table, un sourire d'autosatisfaction sur le visage.

Je m'éloigne de plusieurs pas du box des témoins, tenant la couverture d'une main et l'échantillon de tapis de l'autre, puis je me retourne et fais face au témoin. Ayant déjà regardé l'échantillon de tapis, je sais ce qu'il y a dessus avant de le tenir en l'air afin que Stinegold le voie depuis le box.

« Et ça, qu'est-ce que c'est ? »

Stinegold, assis dans le box des témoins, regarde le tapis en plissant les yeux.

Sur le petit échantillon de tapis et restées prisonnières des poils drus, il y a une demi-douzaine de petites boules ouatées, des fibres provenant de la couverture mauve.

« Monsieur Stinegold, en examinant le véhicule de mon client, avez-vous trouvé des traces de fibres provenant de cette couverture, que ce soit dans le coffre arrière ou dans la boîte à gants ? » Je connais déjà la réponse à cette question, car elle figure dans le rapport de Stinegold.

Non que le parquet soit pris au dépourvu. Il sait depuis le début que sa plaidoirie cloche quelque part. Mais la manière avec laquelle la chose est amenée donne le sentiment que Stinegold cachait quelque chose au jury depuis le début. Cela fait très mauvaise impression.

« Monsieur Stinegold. Avez-vous trouvé... ?

— Non. » C'est le dernier mot que retiendra de lui le jury. Ce mot et une expression pitoyable qui vaut tous les discours.

CHAPITRE VINGT-QUATRE

Ils ont trouvé Oscar Nichols.

« Mais comment ça ? », demande Acosta. Nous sommes dans le quartier de garde à vue de la prison du comté, Harry, Acosta et moi. Le juge, assis de l'autre côté de la vitre épaisse, parle dans un micro inséré dans la paroi de verre blindé entre nous. Nous restons sous le choc, à songer aux dégâts que ce témoin pourrait à lui seul infliger à notre défense.

« Comment sont-ils remontés jusqu'à lui ? » Acosta semble las. Ce sont les effets du stress qui se produit à chaque nouveau témoin, à chaque nouvelle révélation, chaque temps fort en notre faveur étant inévitablement suivi d'une descente au trente-sixième dessous.

« Il s'est manifesté de lui-même », dis-je.

Qu'un homme qu'il croyait un ami agisse de la sorte semble énerver Acosta plus que le fait lui-même.

Nous l'avons appris par le biais d'une requête des avocats du parquet citant Nichols à comparaître comme témoin de l'accusation. Des déclarations sous serment jointes à la requête montrent que Nichols a téléphoné aux services de Kline il y a trois jours pour révéler qu'il détenait des informations, des aveux que lui aurait faits l'accusé.

Tout porte à croire que, indépendamnent des

coups que nous avons portés aux témoignages produits par Kline — le fait que nous ayons réduit à néant les preuves que constituaient pour lui les poils et les fibres et que nous ayons exploité sa négligence en ce qui concerne les particules de métal —, Nichols était travaillé depuis le début par une seule et unique idée lancinante : que son vieil ami puisse être coupable de meurtre.

Le plus troublant est que ce soit maintenant qu'il choisisse de se manifester. Kline aura sûrement fait quelque chose, nous ne savons pas trop quoi, pour l'inciter à comparaître.

« Ça se comprend, dit Harry. Nichols a dû passer des journées entières dans son bureau à se demander si ça n'allait pas finir par se savoir. Les aveux que vous lui avez faits, ajoute-t-il à l'intention d'Acosta.

— Je ne lui ai pas fait d'aveux.

— Vous avez proféré devant lui des menaces de mort.

— Des paroles de dépit qui ne voulaient rien dire.

— Enfin, on verra bientôt ce qu'en pense le jury. » C'est Harry qui a le dernier mot.

Cela a dû être une longue et pénible attente pour Nichols. En tant que magistrat, il a dû se faire un sang de tous les diables en se demandant si des menaces de mort proférées devant lui en tête à tête n'allaient pas éventuellement faire leur apparition dans la plaidoirie de l'accusation. Sa carrière judiciaire risquait d'être gâchée et il pouvait s'attirer des questions gênantes de la part du Comité de Probation Judiciaire si jamais l'on découvrait qu'il avait gardé pour lui un élément de preuve.

« Pourquoi aurait-il fait ça ? Pourquoi leur aurait-il tout raconté ? demande Acosta.

— Pour se couvrir, dit Harry.

— Mais pourquoi maintenant ? demande Acosta. Pourquoi justement à ce moment-ci, quand les choses allaient si bien ? » Il nous regarde tour à tour,

Harry et moi. Cette question nous a aussi traversé l'esprit.

« Peut-être sait-il quelque chose que nous ignorons », dis-je.

Une pièce à conviction secrète. L'idée s'impose soudain à Acosta que c'est de cette manière qu'ils auraient réussi à faire parler Nichols, en lui révélant quelque chose de si compromettant pour notre client que même un ami de longue date ne pourrait pas ne pas en tenir compte.

« Mais comment est-ce possible ? demande-t-il.

— Nous finirons sans doute par le savoir.

— Ouais, dit Harry. Quand ils nous mettront le nez dedans comme dans la merde. »

Acosta doit alors avoir l'impression derrière sa vitre que le dernier rat vient de déserter le navire.

Ces abandons successifs ont été le thème récurrent des deux dernières semaines. D'abord son huissier, qui était avec lui depuis dix ans, lui annonçant qu'il avait reçu l'ordre strict de rapporter tout contact téléphonique qu'il pourrait avoir avec lui et lui conseillant de ne plus appeler.

Puis, la semaine dernière, Acosta a téléphoné à son clerc pour lui demander un service, quelque chose qu'il voulait qu'on lui apporte de son bureau. Le clerc n'a pas pris l'appel et ne l'a pas rappelé. C'est Kline qui a fait pression sur eux par l'intermédiaire des autres juges afin de mettre Acosta en quarantaine. L'arme de l'isolement.

Le sentiment d'être désormais seul a, semble-t-il, complètement envahi Acosta tel l'ange de la mort, le dernier partisan qui lui reste, hormis nous, étant Lili. Selon lui, ils n'ont jamais été si proches l'un de l'autre depuis le début de leur mariage.

« Nous avons une chose à laquelle nous raccrocher, dit Harry. Le nom de Nichols ne figure pas sur leur liste de témoins.

— C'est vrai, lui dis-je. Mais Radovich fera probablement une exception. Kline prend comme argument le fait que l'accusation n'aurait eu aucun moyen de découvrir l'existence de menaces proférées par Acosta si Nichols ne s'était pas manifesté.

— Il a indiscutablement raison. » Acosta semble s'arracher à quelque noire rêverie de l'autre côté de la vitre. « Il n'y a qu'une seule explication : Oscar s'est manifesté parce qu'il me croit coupable. »

Il vient seulement d'y penser.

« Ouais, enfin. » Harry le regarde. Nichols n'est peut-être pas seul à penser de même.

« Ce qu'il peut croire ou ne pas croire, dis-je, nous pouvons y parer. Ce qui me préoccupe pour l'instant, c'est ce qu'il dira à la barre. Et, si possible, la manière de le neutraliser. »

Quant à savoir si Nichols peut être appelé à témoigner même s'il ne figure pas sur la liste des témoins déposée par Kline, c'est ce qu'on appelle le test de bonne foi qui tranchera. Si le parquet n'avait pas découvert l'existence des menaces compromettantes proférées par Acosta devant Nichols, il n'aurait pas été en mesure de verser cette pièce au dossier ou de mettre Nichols sur sa liste de témoins. Même si rien ne nous obligeait, quant à nous, à divulguer cette information, ce serait néanmoins tromper Radovich que de lui dire maintenant que sa révélation nous a surpris. Il ne nous croirait pas de toute manière.

L'argument de Kline selon lequel Radovich se montrera presque certainement compréhensif et laissera Nichols témoigner n'est pas sans comporter une bonne dose de justice rétributive : si Acosta n'a pas assez fait confiance à ses propres avocats pour les alerter sur les menaces proférées par lui et qui constituent une bombe à retardement au cœur de la défense de leur client, n'est-ce pas à lui d'en subir toutes les conséquences ?

« Kline va jouer sur le fait que Nichols a fini par écouter la voix de sa conscience, dit Harry. Ceci, et le fait qu'il est magistrat, vont apporter la note finale à sa crédibilité. »

Nous réfléchissons aux solutions possibles, lesquelles ne sont pas nombreuses.

Harry suggère que nous proposions un règlement à huis clos. Un dernier effort pour endiguer la chose. Il entend par là que nous pourrions demander un règlement à l'amiable, quelque chose d'édulcoré, un accord selon lequel les parties se contenteraient d'un témoignage sommaire de Nichols sans le faire comparaître en personne à la barre.

« Nous pourrions ainsi arrondir les angles, explique-t-il. Le jury n'y verrait peut-être que du feu.

— Pourquoi Kline se prêterait-il à cela ? », demande Acosta. Il n'est peut-être pas au meilleur de sa forme mais il n'a pas perdu le sens des réalités.

« Nous pourrions prétendre que nous ne nous attendions pas à ce nouveau témoignage, poursuit Harry. Que nous avons été pris de court par ce témoin de la dernière heure. Nous pourrions inciter Radovich à faire pression sur Kline. Après tout, il y a là de quoi justifier un recours en appel. » Le recours en appel : l'ultime atout des avocats de la défense. « Nous pourrions sûrement trouver quelque chose à offrir au parquet en échange. »

Nous en parlons, Harry et moi. Il se peut que cela échoue, mais il n'y a pas tellement d'autres solutions. Pendant que nous discutons de la démarche concrète à suivre en la matière, Acosta semble embourbé dans ses pensées secrètes. Il est assis derrière la vitre, les mains jointes sous le menton. Soudain, il nous coupe au beau milieu d'une phrase.

« Il y a une autre solution.

— Laquelle ?

— Je pourrais lui parler. Je pourrais appeler Oscar et lui demander de venir me voir.

— Pas question, dit Harry.

— C'est encore un ami. Quoi qu'on ait pu lui raconter, je crois qu'il m'écoutera.

— C'est ça, pour qu'ils le fassent comparaître à la barre et l'interrogent sur votre rencontre et sur ce qui s'est dit, que vous lui avez demandé de ne pas témoigner ou, pire encore, de mentir. Qu'est-ce qu'on fera alors ? » Harry a raison. C'est la catastrophe assurée.

« Je ne lui demanderais pas de mentir.

— Alors à quoi diable servirait une rencontre ? », demande Harry. Ce qu'il veut dire, c'est que, à moins de se parjurer, il n'est rien que Nichols puisse faire pour réparer le tort qu'Acosta s'est causé à lui-même en proférant ces menaces.

« Quoi qu'il en soit, je ne lui demanderais pas de mentir. » Acosta est inflexible là-dessus. C'est tout à son honneur.

« Enfin, excusez-moi, lance Harry, mais ne pensez-vous pas que Kline risque de présenter les choses autrement ? »

Regard piteux de l'autre côté de la vitre.

« Evidemment, vous avez raison, dit Acosta. Je ne sais pas où j'avais la tête. Mais enfin, il faut être fou pour vouloir assurer soi-même sa défense.

— Dans ce cas, nous en tiendrons compte, dit Harry. Je crois que ce terme de fou s'applique également ici aux avocats et à leur client. »

Cette repartie fait rire Acosta. Harry, lui, ne rit pas du tout.

Cet après-midi, Kline s'amène avec une pièce à conviction qu'il avait promise au jury lors de sa déclaration d'ouverture, un témoignage visant à établir un lien entre Acosta et la paire de lunettes brisée trouvée dans l'appartement de Brittany Hall le lendemain du meurtre.

Kline, qui porte à ravir sur le dos l'argent de sa femme, pénètre dans le prétoire telle une véritable gravure de mode. Il se déplace à grandes enjambées dans la salle du tribunal, exhibant pour la circonstance un costume rayé en lainage sombre dont les pans révèlent une doublure en soie marron, une chemise taillée sur mesure et soigneusement amidonnée avec des poignets d'un mètre de long et une cravate princière.

En dépit des coups qu'il a pris, on sent la confiance percer en lui sous ses beaux atours. Il semble, à chaque nouveau témoin, gagner en stature. A ce rythme, il sera bientôt la terreur de tous les avocats de la défense du comté. Il a appris à rendre coup pour coup. Bien qu'il ait subi des revers lors du contre-interrogatoire de ses premiers témoins, une évolution sensible est désormais perceptible dans sa stratégie pour ce procès. Il a délibérément et en toute connaissance de cause encaissé les premiers coups, mais c'était pour attaquer en force à la fin.

Le Dr Norman Hazlid est ce que l'on pourrait appeler un « toubib-minute ». C'est un oculiste patenté qui travaille sous contrat avec une boutique franchisée de lunettes dans une rue piétonne du nord de la ville. Hazlid fait de rapides examens de la vue et expédie ses patients chez Vision Ease, détaillant discount qui, pour soixante-neuf dollars, vous fait en une heure des lunettes à votre choix, monture et verres inclus.

C'est un homme dans la quarantaine, élégamment vêtu et qui connaît bien son métier.

Les lunettes brisées ont été précédemment versées au nombre des pièces à conviction par les inspecteurs de la Criminelle, qui les ont étiquetées comme ayant été trouvées sur les lieux du crime dans l'appartement de Brittany Hall. Inscrites au dossier par le clerc, on leur a donné un numéro de pièces à conviction et c'est par ce numéro que Kline s'y réfère désormais.

Il a demandé au témoin de les retirer du sac en papier où l'on garde les pièces à conviction. Comme il y a du sang sur une partie des verres brisés, Hazlid a enfilé des gants chirurgicaux pour les examiner.

« Docteur, avez-vous eu précédemment l'occasion de vous livrer à un examen de ces lunettes ? demande Kline.

— Oui.

— Commençons par l'état dans lequel elles se trouvent. Que pouvez-vous nous en dire ?

— Le verre de gauche est fendillé. Je dirais que c'est à la suite d'une force considérable exercée sur lui.

— Peut-être parce que quelqu'un aurait marché dessus ? »

La question est tendancieuse mais, vu l'éclat de verre brisé que l'expert médical a déclaré avoir trouvé dans le pied de la victime, toute objection de ma part serait superflue.

« Peut-être. Ce pourrait être une explication », dit Hazlid.

Il prend les lunettes et les examine plus attentivement.

« La monture métallique a été tordue, sans doute par le même coup qui a fendu le verre. Il manque la vis de la branche gauche.

— Vous parlez de la vis qui retient la branche qui va vers l'oreille ? » Kline désigne la chose du nom de charnière.

« C'est ça. » Hazlid emploierait manifestement un autre mot.

« Et pouvez-vous nous dire si ces lunettes ont quelque chose de particulier, quant à la monture ou aux verres ?

— L'un et l'autre », dit le témoin.

Acosta me parle à l'oreille tandis que j'essaie d'écouter. Il maintient qu'il n'a jamais consulté cet oculiste. Ce n'est pas son ophtalmologiste habituel, et il ne voit pas du tout comment le témoin pourrait établir un lien entre ces lunettes et lui. J'ai beau lui dire de se tranquilliser, il est dans tous ses états.

« Commençons par la monture, dit Kline. Qu'a-t-elle de particulier ?

— C'est un type de monture fabriqué spécialement pour Vision Ease, dit-il. Ils ont le monopole du brevet. Nous n'en vendons pas beaucoup car elles sont très chères.

— Cette monture a un nom ou un numéro de série ?

— On l'appelle Spectre Quatre Trente, dit Hazlid.

— On ne la trouve pas chez d'autres opticiens ?

— Non. »

Mauvaise nouvelle.

« Savez-vous combien de ces montures ont été vendues ces cinq dernières années par Vision Ease ?

— Je peux vérifier, dit Hazlid.

— S'il vous plaît. »

Hazlid a apporté pour l'occasion un listing dont il déchiffre, tel un comptable, les pages repliées en accordéon jusqu'à ce qu'il trouve ce qu'il cherche. Il pose sur la marge gauche de la feuille un doigt qu'il déplace sur la page, puis il lève les yeux.

« Quarante et une paires.

— C'est tout. Dans le pays entier ?

— Exact. » Hazlid explique que le fabricant ne vend cette monture que depuis deux ans, qu'elle est très coûteuse et qu'elle n'a pas eu de succès. C'est son prix, à son avis, qui est rédhibitoire.

« Combien coûte-t-elle ? », demande Kline qui lorgne les lunettes comme s'il était prêt à les acheter si elles n'étaient pas tachées de sang et n'avaient pas un verre brisé.

« Au prix de gros, on la fait à cent soixante-dix-neuf dollars. Pour les détaillants, à quatre cent quatre-vingts dollars. »

Kline pousse un petit sifflement prolongé à l'énoncé de cette somme, ce qui fait rire plusieurs jurés. Je ne peux pas soulever une objection pour cela.

Hazlid essaie de justifier ce prix élevé. « C'est une monture conçue par un designer. »

Kline tourne alors vers Acosta un regard clairement réprobateur, une accusation détournée. La chose n'échappe pas aux jurés, des gens assis là pour trente dollars par jour plus les frais et qui regardent mon client, lequel se voit maintenant accusé d'avoir acheté une monture de lunettes qui représente un demi-mois de salaire.

« Savez-vous combien de montures comme celle-ci vous avez vendues dans votre propre boutique ? »

Hazlid ne consulte pas son listing cette fois.

« Trois.

— Et votre boutique est la seule de la chaîne franchisée qui en vende à Capital City ?

— Oui.

— Où est la boutique la plus proche d'ici où l'on puisse autrement se procurer ces montures ?

— Dans la région de San Francisco », dit Hazlid.

Kline demande au témoin combien ce magasin en a vendu, soit quatre de plus. Les seules autres boutiques où on les vend se trouvant dans le sud de l'Etat, et le témoin y dénombre cinq autres montures vendues.

« Ainsi, dans l'Etat tout entier, dit Kline, qui procède à un calcul mental, on a vendu un total de douze montures identiques à celle-ci ?

— C'est bien ça.

— Est-ce que le détaillant garde des traces des ventes qu'il effectue ?

— Nous tenons un inventaire informatisé sur le point de vente. »

Harry dépose son crayon sur la table, lève les yeux vers les lumières du plafond puis les tourne vers moi, tout un langage pour me signifier que tout cela ne joue pas en notre faveur. Je ne réagis pas.

« Lorsque nous faisons une vente, nous notons sur

des fiches l'adresse et le numéro de téléphone du client, le code article de l'objet qu'il a acheté, dans ce cas une monture, et un numéro du dossier qui nous permette de retrouver l'ordonnance le cas échéant. »

J'essaie de paraître calme, impassible. Acosta, assis à côté de moi, a l'air d'un automate. Il n'a pas ouvert la bouche depuis le démenti qu'a suscité de sa part le témoignage initial de l'oculiste.

« Vous avez donc gardé trace de chacune des trois ventes de Spectre Quatre Trente que vous avez effectuées à votre magasin ?

— Oui.

— Ces fiches font-elles état de la vente d'une monture de cette marque et de ce modèle à l'accusé, Armando Acosta ?

— Non. »

Harry pousse un net soupir de soulagement à l'autre bout de notre table. Il reprend son crayon, essuie la sueur qui s'était déposée sous son nez et regarde Acosta. Il lui tapote même le bras, premier signe de solidarité dont il fasse preuve envers notre client.

Noix de Coco ne laisse paraître aucune émotion, si ce n'est une légère surprise devant la jubilation de Harry.

« Vos dossiers font-ils état d'une vente de cette monture à quelqu'un dont le nom se terminerait par Acosta ?

— Oui. »

Harry ne pavoise plus.

« Et à qui ?

— A Lili Acosta, dit le témoin.

— Et vous avez une adresse ?

— 235 Sorenson Way, dans Oak Grove. »

Harry saisit violemment son crayon dont il retourne la pointe vers le sol : voilà Noix de Coco retombé plus bas que tout.

Lili est absente aujourd'hui. C'est la première fois

qu'elle n'assiste pas au procès et je me demande forcément si ce n'est pas à dessein. Harry me regarde par-dessus ses propres lunettes, une expression vide, l'air de signifier : « Je te l'avais bien dit. »

« Je n'y pensais plus, me murmure Acosta à l'oreille. C'était un cadeau de ma femme. Je ne les portais que chez moi. »

C'est pour cette raison que nous n'avions pas attaché d'importance aux lunettes trouvées sur les lieux du crime : elles n'avaient pas été achetées chez l'opticien habituel d'Acosta, dont nous avions épluché les dossiers. Il ne nous restera plus qu'à nous débrouiller comme nous pourrons pour sortir de ce guêpier.

Kline exécute un pas en arrière pour regarder Radovich. « Je pense qu'on versera au greffe qu'il s'agit bien de l'adresse du domicile de l'accusé et que Lili Acosta est sa femme ? » Il se tourne ensuite vers moi.

« Nous réglerons ça à huis clos », dis-je. N'importe quoi pour couper court à cette histoire.

« Quand l'achat a-t-il été effectué ? » Kline entreprend de nouveau le témoin.

« Le 18 septembre de l'an dernier. »

Il précise le montant de la somme versée, le prix au détail, ajoutant que Lili a réglé avec une carte de crédit sur un compte joint avec son mari.

« Mais ce sont des lunettes d'homme ?

— En effet. Je suppose que...

— Objection.

— Retenue. Il n'y a pas à faire de supposition », dit Radovich.

Kline se prépare à repasser à l'attaque et, cette voie étant bouchée, il en essaie une autre.

« A-t-elle précisé pour qui elle les achetait ?

— Objection. Question non fondée. Témoignage par ouï-dire. Le témoin n'a jamais déclaré avoir lui-même vendu les lunettes.

— Objection retenue.

— Est-ce que le nom de la personne à laquelle les lunettes étaient destinées figure dans les livres du magasin ?

— Non. »

Il peut se passer de la réponse, la question suffit. Les jurés compléteront d'eux-mêmes : Lili a acheté des lunettes pour son mari.

« Venons-en aux verres. Présentent-ils une ou plusieurs caractéristiques sortant de l'ordinaire ?

— Ce sont des verres très coûteux et qu'on ne prescrit pas fréquemment.

— Parlez-nous de ces verres dispendieux. » Kline regarde Acosta.

Et nous voilà repartis.

« Haut de gamme, dit le témoin. Ce que nous appelons des verres à fort indice. Très minces. Très légers. Mais capables de recevoir beaucoup de corrections sur une petite surface.

— Que voulez-vous dire par là ?

— Leur légèreté en termes de poids est comparable à celle du plastique mais elles sont plus résistantes aux éraflures et on peut leur conférer un haut degré de correction.

— On n'obtient pas cela avec des verres moins chers ?

— Non.

— Si je comprends bien, cette qualité, c'est le client qui la paie ?

— Ces verres sont généralement deux fois plus chers que des verres optiques ordinaires.

— C'est-à-dire ?

— Dans les cent, cent cinquante dollars.

— Et pour ces verres-ci, combien ?

— Cent cinquante dollars. »

Soit à peu près ce que la plupart des familles dépensent pour manger et s'habiller en un mois, sans compter les honoraires de l'oculiste, son ordonnance et la TVA.

« Je croyais que vous étiez une boutique discount ? demande Kline.

— En effet. Nous offrons aussi un service dans l'heure. Certains clients veulent leurs lunettes tout de suite. » Il dit cela en claquant des doigts, de telle sorte qu'on ne peut s'empêcher de penser que ce geste a déjà été travaillé en répétition.

« Objection. Question conjecturelle.

— Rejetée. »

Kline a bien travaillé et recueille maintenant le fruit de ses efforts. Il savoure manifestement sa victoire et enfonce le clou pour dresser le jury contre Acosta. L'image qu'il veut donner de lui est simple : voici un homme connu du grand public, qui se fait un salaire princier, assez pour se payer des lunettes de designer, et qui s'estime trop important pour attendre comme le premier plouc venu.

« Vous ne devez pas espérer faire beaucoup de ventes comme celle-là, n'est-ce pas ?

— Comme je l'ai dit, à peine quelques-unes chaque année. »

C'est-à-dire quelques potentats, un ou deux pétroliers arabes et peut-être un juge.

« Mais comme ce sont des ventes qui doivent rapporter beaucoup, vous vous en serez souvenu et les aurez enregistrées dans vos dossiers ?

— Objection. Question tendancieuse. Ce sont là des faits de pure supposition qui ne sauraient tenir lieu de preuve.

— Maître Kline, dit Radovich, si vous voulez témoigner, prêtez serment et montez dans le box des témoins.

— Excusez-moi, Votre Honneur.

— Que ce soit la dernière fois. »

Kline repart à l'attaque. « Est-ce que de telles ventes ressortiraient par rapport aux ventes de lunettes ordinaires, Docteur ?

— Oui.

— Savez-vous combien de clients ont acheté des

verres de ce type, des verres dits à fort indice posés sur une monture Spectre Quatre Trente, depuis que celle-ci est vendue par Vision Ease ?

— Deux.

— Savez-vous si l'un des deux était Lili Acosta ?

— C'était elle. »

On pourrait dire que peu de choses peuvent davantage nuire à un accusé qu'une empreinte digitale compromettante, bien que la façon dont Kline est en train d'exploiter cette pièce à conviction soit presque de la même eau. On voit de plus en plus clairement ce qu'il a mis en avant pour convaincre Oscar Nichols de la culpabilité d'Acosta : les lunettes tachées de sang posées sur la rampe du box des témoins et le témoin qui s'y trouve.

« Ces lunettes ont-elles d'autres particularités ? », demande Kline. Il n'a pas terminé.

« Je dirais que la correction pour astigmatisme y est inhabituelle.

— Vous pourriez peut-être expliquer la chose au jury en langage profane ?

— Nous avons ici des lunettes de lecture, couramment prescrites pour les yeux de personnes arrivées à un certain âge. Mais le patient qui portait ces lunettes souffrait aussi d'un grave astigmatisme. C'est une irrégularité de la courbure du cristallin. Elle entraîne comme conséquence que la lumière qui pénètre dans les yeux ne se fixe pas sur un seul point focal. Lorsque c'est grave, il peut en résulter une vision trouble. Le patient qui portait ces lunettes souffrait d'un astigmatisme des deux yeux.

— Un astigmatisme grave ?

— Pour certaines formes de travail, un tel astigmatisme constituerait un handicap sérieux.

— Je ne veux pas entrer dans le détail des méthodes de correction. Nous pouvons nous en passer, dit Kline. Mais, s'agissant de la paire de lunettes que vous avez devant vous, connaissez-vous la correction effectuée sur chacun des verres ? »

C'est l'instant tragique, Kline va porter son grand coup.

« Oui.

— Pourriez-vous, je vous prie, les faire connaître au jury ?

— Si l'on fait abstraction de la correction pour la lecture, qui est courante, plus deux pour chaque œil, la correction pour astigmatisme à l'œil gauche est de trois points deux cinq dioptres à vingt-trois degrés. Pour l'œil droit, elle est de quatre deux cinq dioptres à cent cinquante-sept degrés.

— Diriez-vous qu'il s'agit là d'une correction inhabituelle ?

— Je dirais qu'elle est particulièrement inhabituelle. »

Kline semble ici être allé plus loin qu'il ne s'y attendait avec ce témoin. Il tourne un regard triomphant vers le box des jurés, sans sourire mais avec une expression de détermination sévère. L'ambiance est électrisée dans le prétoire, un net changement est survenu dans le rapport de forces et il est peu probable que je réussisse à renverser la vapeur avec ce témoin. A l'aide d'un seul et unique témoignage, Kline est maintenant sur le point de franchir la ligne conduisant au-delà du doute raisonnable et de pénétrer dans la terre promise de tout avocat de l'accusation, une terre où c'est à la défense d'assumer le fardeau de la preuve.

« Docteur, pouvez-vous nous dire si vous possédez la dernière ordonnance de l'accusé, Armando Acosta, enregistrée dans les dossiers de Vision Ease ?

— Oui.

— Et qu'y trouve-t-on ?

— Ce que je viens de vous dire. Elle correspond point pour point aux corrections trouvées sur la paire de lunettes qui figurent ici comme pièce à conviction. »

On laisserait tomber une épingle dans le box du jury que l'on pourrait la repérer rien qu'au son. Les dix-huit paires d'yeux des jurés et des suppléants sont tous fixés à cet instant sur les lunettes et tous se posent la même question : comment l'accusé expliquera-t-il la présence de ces lunettes sur les lieux du meurtre, et qu'un éclat de leurs verres soit venu s'incruster telle une pièce de puzzle dans le pied de la victime ?

CHAPITRE VINGT-CINQ

Après le témoignage sur les lunettes, Kline appelle son témoin suivant, qui arrive à point nommé, comme une cerise sur le gâteau, de la crème dans le café ou un clou à votre cercueil, selon le point de vue où l'on se place.

Blanchi bien avant la cinquantaine, Oscar Nichols a un visage affable et un style douceâtre et sermonneur qui empreint l'énoncé des sentences qu'il prononce au pénal d'une sorte de religiosité. Il a un comportement légèrement éthéré qui lui a valu d'être surnommé « Professeur Nimbus » par les représentants les moins charitables de la gent avocassière.

Il n'est pas de taille imposante. Je lui donnerais un mètre soixante-dix et dans les soixante-dix kilos bien comptés. Il a une sorte de sourire plaqué en permanence sur le visage. Qu'il ait accédé à la magistrature accrédite l'idée que les humbles entreront au paradis, ou du moins dans ce paradis en miniature que constitue le prétoire. Je n'ai toujours pas compris sa manière de procéder comme juge. Il recherche le consensus entre les parties dans une quête sans fin pour trouver des points d'accord, et cela dans un climat détestable, une sorte de foire d'empoigne dans laquelle les avocats de l'accusation et de la défense, qui se détestent, se chamaillent devant des accusés qui les tueraient les uns et les autres si les gardiens leur retiraient leurs chaînes.

Nichols correspond parfaitement à la vision que l'homme de la rue se fait du bon grand-père, véritable monument élevé à la bonne foi naïve. Il donnerait des allumettes à un incendiaire se plaignant du froid. Il lui arriverait aussi, le cas échéant, de faire ce qu'il faut, ce qui malheureusement revient pour l'heure à apporter un témoignage à charge contre un vieil ami.

Ce matin, Acosta semble presque soulagé de le voir. Je suis obligé de m'interposer dans l'allée pour empêcher Noix de Coco d'adresser la parole au témoin qui s'apprête à lui passer la corde au cou. Ce qui ne les empêche pas de procéder à un rapide échange de politesses, de s'enquérir de la santé de leur épouse et de leur famille respectives, tandis que les journalistes prennent des notes.

Kline repousse des documents sur sa table tout en s'entretenant avec l'un de ses assistants. Il s'est bien débrouillé avec les derniers témoins, ce qui lui a permis de regagner le terrain perdu précédemment.

Il nous a joliment piégés avec sa découverte d'une pièce à conviction hors circuit, ces lunettes achetées à un autre opticien que celui auquel Acosta donne habituellement sa pratique et dont nous ne pouvions, par conséquent, connaître l'existence. Quant à Acosta, il s'est confondu en excuses pour son omission. Il se rappelle maintenant avoir vu pour la dernière fois les lunettes chez lui il y a plusieurs mois. Il ne comprend pas comment elles ont pu aboutir sur les lieux du crime.

Mon contre-interrogatoire de Hazlid s'est réduit à limiter les dégâts. J'ai choisi quelque chose de marginal, le seul point de quelque importance, la vis manquante à la monture. Là-dessus Hazlid m'a fait une fleur en reconnaissant qu'à en juger par l'état dans lequel se trouvait le pas de vis, l'absence de torsion tout autour, il y avait lieu de croire que la vis manquait avant que l'on ne piétine les lunettes dans l'appartement de Brittany Hall. Les experts du laboratoire médico-légal n'ont pas retrouvé cette vis et Hazlid a déclaré qu'il eût été difficile, voire impossible, de porter les lunettes sans elle.

J'en ai déduit, ce que le témoin n'a pu réfuter entièrement, qu'il était possible dans ce cas que le propriétaire des lunettes s'en soit débarrassé, qu'il avait éventuellement pu les jeter à un endroit où n'importe qui pourrait les avoir trouvées. La déduction qui s'imposait tout naturellement était que quelqu'un les avait déposées dans l'appartement pour compromettre mon client. Quant à savoir si le jury aura marché, c'est une autre paire de manches.

Nichols pose des problèmes d'un tout autre ordre. D'un point de vue stratégique, la difficulté tient à la relation entre les deux hommes. Leur amitié est vieille de trente ans. Tout le monde dans la magistrature sait qu'ils étaient très liés. S'il y avait quelqu'un sur le plan professionnel en qui Acosta pouvait avoir confiance, c'était Oscar Nichols. C'est cette amitié, et l'idée que Nichols soit maintenant persuadé de la culpabilité d'Acosta, qui sont les plus ennuyeuses — qu'un ami, juge de surcroît, ait fini par se convaincre de sa culpabilité. Venant justement après le témoignage sur les lunettes, ce témoignage ne peut qu'agir insidieusement sur le jury.

Kline commence par s'empêtrer dans les convenances d'usage. Il appelle Nichols « Votre Honneur » pour se raviser aussitôt et l'appeler au lieu de cela « Monsieur le Juge ». Ce qui ne semble guère cohérent avec son insistance précédente pour qu'il n'y ait qu'une seule personne qui ait droit au titre de juge dans le prétoire. Mais Kline n'est pas homme à se laisser arrêter par une incohérence.

« Monsieur le Juge Nichols, pourriez-vous dire au jury depuis combien de temps vous connaissez l'accusé ?

— Depuis plus de vingt ans.

— Vous considérez-vous comme son ami ? »

Nichols regarde dans la direction d'Acosta et

pousse un profond soupir dans lequel pointe une douleur qui peut diversement s'interpréter. « Oui. » Puis il ajoute : « Je l'espère. »

Cela dit d'une voix qui, si on la soumettait à cet instant à un appareil à mesurer le stress, crèverait le cadran et expédierait le marqueur aux marges du papier graphique.

Kline se fait cajoleur et louvoie en lâchant des questions mièvres sur l'existence cloîtrée que mènent les magistrats, sur la solitude des juges et sur la nécessité où ils se trouvent de ne pouvoir se confier, tels des dieux, que les uns aux autres.

« Je suppose que cela doit engendrer un élément de confiance entre collègues ? demande Kline. Cela doit inciter à se faire des confidences ? » C'est-à-dire à échanger les secrets les plus noirs.

« Effectivement, dit Nichols, on finit avec le temps par discuter de questions professionnelles avec des interlocuteurs privilégiés. Des gens à qui on peut parler. »

Ce n'est pas exactement cela que Kline avait à l'esprit.

« Et de questions personnelles. Je suppose que vous en discutez aussi ?

— Cela arrive.

— Diriez-vous que vous avez eu dans le passé ce type de relation avec l'accusé ?

— Parfois.

— Et peut-on dire sans risque de se tromper qu'il entretenait le même genre de rapport de confiance avec vous ? Qu'il vous parlait, vous faisait des confidences ? » Kline s'anime et fait assaut de gestes de bonne foi pour montrer qu'il n'a pas de cartes dans sa manche.

« Oui.

— Cet échange de confidences était donc réciproque ?

— Parfois.

— Monsieur le Juge Nichols, êtes-vous un habitué

du café-restaurant qui se trouve tout à côté, au bas de la rue, dans J Street ?

— Oui.

— Il vous arrive d'y boire un café ?

— A l'occasion.

— N'est-ce pas un endroit recherché par les juges lorsqu'ils veulent prendre un peu de distance avec le tribunal ? »

Nichols soupèse la question. Il concède alors la chose. « Parfois.

— Un endroit où vous pouvez vous entretenir en tête à tête sans des tas d'avocats, voire même à l'abri des médias ?

— Tendancieux et suggestif », dis-je à Radovich. Après tout, ce café n'est pas le confessionnal du village.

« Retenue.

— Quoi qu'il en soit, vous y allez pour prendre un peu de distance avec le tribunal ? » Kline revient à son point de départ.

« Oui. »

Il amène le témoin à parler du 25 juin de l'année dernière et lui demande s'il se souvient d'une conversation qu'il aurait eue avec l'accusé à ce café-restaurant.

« Oui, je m'en souviens. » La voix de Nichols monte d'une octave, l'anxiété est à son diapason. Il boit à un verre posé sur la rampe devant lui tout en ayant du mal à regarder Acosta.

« Vous souvenez-vous qui a suggéré d'aller y prendre un café ce jour-là, vous ou l'accusé ?

— Je crois que c'est le Juge Acosta. » Nichols semble sur le point, l'espace d'un instant, de demander à Acosta : « Armando, tu te souviens ? » Mais il se rend aussitôt compte de l'endroit où il se trouve.

« Est-ce que l'accusé est allé vous chercher à votre bureau au tribunal ?

— Je crois qu'il m'a téléphoné.

— Pourquoi n'est-il pas descendu vous prendre ? »

Kline connaît la réponse. A cette époque, Acosta avait été suspendu de la magistrature à la suite de son arrestation pour incitation à la prostitution. Il veut l'entendre dire par le témoin.

« Il était absent ce jour-là.

— Pourquoi ?

— Parce qu'il avait eu des ennuis quelques soirs auparavant. » C'est l'euphémisme qu'emploie Nichols pour dire que son pote s'était fait surprendre en train de rechercher les faveurs d'une belle de nuit.

Voyant que Nichols essaie de se défiler, Kline le ramène au fait, à cette vilaine histoire d'incitation à la prostitution.

« Oui. C'est ça, dit-il. Il avait été démis de ses fonctions.

— Démis ou suspendu ? » Nichols n'apporte manifestement pas beaucoup d'eau au moulin de Kline. Le témoin est peut-être revenu sur sa décision de témoigner.

« Je suppose que "suspendu" serait le terme juste.

— Bien, dit Kline, c'était pour que la chose soit claire pour le greffe. »

Nichols revient à son verre d'eau et éponge la sueur qui perle sur son front, non sans lancer un regard à Acosta, lequel est maintenant imperturbable, se contentant de hausser légèrement les épaules lorsqu'on aborde un fait qu'il ne peut nier, telle une sorte de dispense accordée à son ami.

« Je crois comprendre que cette situation n'est pas très agréable pour vous ? », dit Kline.

Nichols pousse un profond soupir. « Ce n'est pas très amusant. »

Kline sait que plus ce sera douloureux, plus le jury se fiera au témoignage de Nichols.

« Quelqu'un d'autre assistait-il à cette conversation entre vous et l'accusé lorsque vous avez pris ce café ?

— Vous voulez dire au café-restaurant ?

— Oui. Au café-restaurant.

— Non. Nous étions seuls.

— Et vous vous souvenez de l'objet de cette conversation ?

— Il était...

— L'accusé ? demande Kline.

— Oui. L'accusé était... »

Pendant que le témoin est occupé à chercher un terme susceptible d'atténuer l'impact de ce qu'il a à dire, Kline s'arrange pour lui mettre le mot dans la bouche. Nichols s'en tient finalement à « bouleversé ».

« Et par quoi était-il bouleversé ? demande Kline.

— Par son arrestation.

— Il devait s'agir de son arrestation pour incitation à la prostitution ?

— Oui.

— Or, le mot "bouleversé" peut signifier des tas de choses selon les gens, dit Kline. Lorsque vous dites "bouleversé", que voulez-vous dire exactement ?

— Je veux dire qu'il était bouleversé. » Nichols n'a pas envie de proposer de synonymes et laisse à Kline le soin de choisir le plus compromettant.

« Voulez-vous dire qu'il était malade ? »

Nichols rumine là-dessus pendant un bon moment tout en sachant que ce n'est pas du tout ce qu'il voulait dire, mais il finit par concéder : « En un sens il était malade.

— Ou hors de lui ? En colère ? » La préférence de Kline irait manifestement pour l'une ou l'autre de ces deux acceptions.

« Aussi », dit Nichols.

Kline, concentrant son tir sur la partie du témoignage où il est question de colère, demande si celle-ci était dirigée contre quelqu'un en particulier.

« Contre la police en général. »

Ce qui est en train de se passer est clair. Kline essaie autant que possible de contourner la question du piège tendu par la police à Acosta dans cette affaire d'incitation à la prostitution. Il voudrait que l'on s'en tienne au fait que celui-ci était en colère parce qu'il s'était fait prendre sur le fait.

Il tourne autour du pot avec quelques autres questions et, en fin de compte, ne pose pas la question cruciale : la raison de cette colère. Il insiste au lieu de cela sur l'objet de celle-ci.

« Cette colère de l'accusé portait-elle plus spécifiquement sur quelqu'un de particulier dans la police ou, pour être plus précis, sur quelqu'un travaillant avec la police ?

— Vous voulez dire la femme ? », demande Nichols.

Kline ne répond pas mais se penche en avant en regardant fixement Nichols par-dessus ses lunettes, comme si un magnétisme invisible l'attirait vers le box des témoins.

« C'est vrai qu'il lui en voulait, dit Nichols.

— Vous parlez de la victime, Brittany Hall ?

— Oui. »

Kline se pourlèche les babines. On y est.

« Maintenant, Monsieur le Juge Nichols. » Il se centre lui-même devant le box des témoins, jambes légèrement écartées, genoux raides, bras tendus, paumes ouvertes face à face tels deux skis nautiques fendant l'eau derrière un bateau. « Je voudrais que vous vous concentriez, que vous ne pensiez qu'aux parties de votre conversation avec l'accusé où il a été question de Mademoiselle Hall. » Kline s'arrête et regarde le témoin, comme pour lui demander : « Vous avez pigé ? »

Nichols fait signe que oui.

« Maintenant, j'aimerais vous demander si vous pouvez vous souvenir des propos précis tenus par l'accusé, de ses propres paroles si possible ? »

Un silence passablement long s'installe, le temps pour Nichols de faire le point. Il jette un œil en direction d'Acosta, lequel, à cet instant, ne le regarde pas.

« Je me souviens de certaines choses. Je ne suis

pas sûr des termes employés exactement. Ça fait longtemps.

— Prenez votre temps.

— Je sais qu'il a dit que Mademoiselle Hall mentait.

— Parfait. Quoi d'autre ? » Il ne lui pose pas la question qui vient évidemment à l'esprit : « À quel sujet mentait-elle ? »

Jusqu'à maintenant, Kline a navigué en évitant les écueils que constitue la cause sous-jacente de la colère d'Acosta, le traquenard qui lui aurait été tendu par les flics. Il mise sur le fait que, ce point ne pouvant être invoqué comme preuve à charge contraire aux intérêts de l'accusé, Radovich en exclura toute allusion, sous prétexte qu'il s'agit d'une preuve par ouï-dire. Pour que la chose vienne sur le tapis, il nous faudra faire comparaître Acosta à la barre des témoins. C'est là où le bât blesse pour nous.

« Lors de cette conversation, comment se référait-il à Mademoiselle Hall ? Par son nom ou d'une autre manière ? » Kline marche comme sur des œufs sur ce terrain miné, en essayant d'éviter de poser la mauvaise question, ce qui nous laisserait le champ libre.

« Oui. Il l'appelait par des noms peu flatteurs.

— Vous vous rappelez lesquels ?

— Des noms grossiers. Ça ne ressemblait pas à Armando. »

Je ne suis pas sûr qu'il connaisse bien mon client.

« Motion pour que l'on oblige le témoin à répondre », dit Kline.

Radovich se penche vers Nichols : « Vous allez devoir répondre à la question.

— Il... a... il a dit d'elle que c'était une connasse de menteuse.

— Ce sont ses paroles ? » Kline se tourne pour faire face au jury. « Connasse de menteuse ?

— C'est ce qu'il a dit.

— Avez-vous entendu dans sa bouche d'autres propos de même acabit ?

— Non. Non. Il l'a seulement appelée comme ça et il a dit que la mort serait trop douce pour elle.

— Il a dit ça ? » Kline feint l'étonnement, comme si c'était quelque chose de tout nouveau pour lui. « Il a dit que c'était une connasse de menteuse et que la mort serait trop douce pour elle ?

— C'est ce qu'il a dit.

— L'a-t-il dit à haute voix ou à voix basse ? demande Kline.

— Il l'a grommelé sous cape.

— Mais vous avez pu l'entendre ?

— Oui. Je pense qu'il ne pensait pas ce qu'il disait.

— Motion pour que l'on annule la dernière réponse. La supposition du témoin.

— Le jury ne tiendra pas compte de la dernière réponse du témoin », dit Radovich.

Kline recule d'un pas, se retourne vers le témoin en se caressant de l'index la fossette du menton.

« Vous vous considérez toujours comme un ami de l'accusé, n'est-ce pas ?

— Oui.

— Et vous pensez qu'il vous considère comme son ami ?

— Question conjecturelle », dis-je. J'essaie de le tirer de là.

« Retenue.

— Mais vous aimeriez qu'il soit toujours votre ami, n'est-ce pas ? »

C'est la même question posée autrement. Je soulève une objection pour question tendancieuse mais Radovich la rejette.

Nichols regarde devant lui, l'air dubitatif. « Je l'espère. »

Soudain, je lève les yeux et je m'aperçois qu'à la dernière déclaration du témoin, Acosta s'est replié dans son cocon. Il refuse de poser les yeux sur son vieil ami, un geste que je lui avais conseillé afin d'affronter cet instant face à face avec le jury. Il est sombre, amer, un chien battu.

Kline, sentant que c'est le moment de capitaliser, suspend l'interrogatoire. Dans la salle d'audience, tous les yeux sont maintenant posés sur l'accusé, lequel adopte une attitude coupable.

Kline n'arrive pas à croire à sa bonne fortune. Il prend réellement un air étonné et, les yeux fixés sur l'accusé, fait durer ce moment de silence jusqu'à ce qu'une pause absurde s'installe, au point que Radovich est obligé de le rappeler à l'ordre sur un ton irrité.

Ce moment de distraction me permet enfin de pouvoir poser un bras sur l'épaule d'Acosta en témoignage de solidarité en cet instant difficile. Il relève lentement la tête et je remarque pour la première fois qu'il a les yeux humides.

« Monsieur le Juge Nichols, n'est-il pas vrai que vous avez été interrogé lors des séances du grand jury ?

— Hein ? » La question de Kline arrache Nichols à sa rêverie, à la souffrance qu'il éprouve en regardant Acosta.

« Oh, oui, dit-il.

— Mais vous n'avez jamais rien dit au grand jury des commentaires de l'accusé, ceux sur lesquels vous avez témoigné ici aujourd'hui ?

— Non.

— Pourquoi ?

— On ne me l'a pas demandé.

— Et pourtant vous vous êtes présenté de vous-même pour témoigner dans ce procès et divulguer cette information. Pourquoi ? »

Ce qui a motivé cette franchise soudaine de la part de Nichols est pour nous un coup porté en plein cœur. Nichols devait savoir que cet instant viendrait et pourtant, à en juger par son expression, on dirait qu'il n'a pas prévu de réponse.

Il bafouille, sort quelque chose de peu convaincant.

« Je me suis senti tenu de parler.

— Pourquoi ?

— Parce qu'il s'agissait d'un élément de preuve. » Nichols regarde le jury en se disant manifestement que cela suffira.

« C'en était aussi un à l'époque des auditions du grand jury, n'est-ce pas ?

— Sans doute.

— Mais vous avez attendu jusqu'à maintenant ?

— Oui.

— Et pourquoi donc ? »

Nichols ne répond pas mais lève les yeux vers le plafond, essayant de rassembler ses idées, cherchant un moyen de s'en sortir sans causer davantage de dégâts. Il compte les trous dans le revêtement acoustique et il prie.

Kline tolère ce silence encourageant puis revient à la charge.

« Monsieur le Juge Nichols, peut-on dire sans trop risquer de se tromper qu'à l'époque des auditions du grand jury vous doutiez de la culpabilité de l'accusé et qu'ici, aujourd'hui, maintenant, ces doutes vous ont abandonné ?

— Objection, Votre Honneur. Injurieux. » Je me lève. Harry fait de même et, l'espace d'un instant, je crois entendre des termes orduriers franchir ses lèvres.

Nichols répond bel et bien à la question et, si je puis lire sur les lèvres, cela donne : « Non. » Ce que personne dans le prétoire ne peut entendre, en tout cas pas la greffière qui, dans la tourmente, renonce et retire ses doigts des touches du clavier de son sténographe.

On s'agite de toute part dans la salle. Même si chacun se posait sans la formuler cette question dans son esprit, le simple fait que Kline la formule en présence du jury met Radovich en fureur. La réponse esquissée du bout des lèvres par Nichols entraîne dans la tribune de la presse un refrain à retardement : « Qu'est-ce qu'il a dit ? »

Harry se retourne pour confier aux journalistes que le témoin a dit « Non », et plusieurs d'entre eux notent la chose. Nous pouvons gagner la bataille des médias et perdre la guerre.

Radovich, toujours assis, mais penché sur son bureau, assène son maillet sur le bois. « Je vais faire évacuer la salle », prévient-il.

Cette menace ayant fait baisser la rumeur d'un décibel ou deux, il se tourne vers Kline.

« Cette question était inconvenante et je pense que vous le savez, dit-il. Sortez votre portefeuille. » Radovich va lui donner une sanction, ici, à la face du monde. Il ne demande même pas au jury de se retirer. C'est l'ennui lorsqu'on est avocat de l'accusation : on n'a pas le droit de faire appel d'une décision du juge.

La personne la plus surprise par tout ce remue-ménage semble être Nichols lui-même. Voilà un juge à qui l'idée que l'on puisse passer un savon à un avocat qui l'a plus ou moins humilié en public semble être étrangère. Il aurait sûrement préféré vivre à une époque aux mœurs plus douces, où gagner n'était pas tout ce qui comptait.

« Le jury ne tiendra pas compte de cette question et de tout ce qu'elle peut impliquer, dit Radovich.

— Je n'ai plus de questions à poser au témoin, dit Kline d'un air presque absent, tout en fouillant dans la doublure en soie marron de son veston à la recherche de son chéquier.

— Vous avez diablement raison. Ça vous coûtera six cents dollars pour la dernière. Faites le chèque à l'ordre du clerc, ajoute le juge. Je veux voir les avocats à huis clos, dit-il. Suspension de séance de cinq minutes. » Radovich abat son maillet si fort que la tête s'en sépare du manche et roule sur le plancher où elle heurte le pied de l'un des adjoints du shérif.

Lorsque nous entrons dans son cabinet, Radovich n'a pas encore décoléré.

Kline, toujours en train de chercher son chéquier dans sa poche, se confond en excuses. « J'ai parlé sans réfléchir.

— Vous auriez pu nous entraîner dans une annulation du procès pour vice de forme. » Radovich passe par toutes les nuances de rouge.

« Je ne pensais pas que c'était aussi grave.

— Vous n'êtes pas encore juge à la cour d'appel, dit Radovich. Du moins pas encore. » Il a subodoré l'ambition de Kline dès le début et ces propos lui ont échappé.

« L'instruction donnée aux jurés de ne pas tenir compte de ma question devrait suffire à régler ça, dit Kline.

— Votre Honneur, la question a été clairement posée, dis-je. Ses implications ne peuvent avoir échappé aux jurés. Cela risque de les influencer fortement, surtout venant d'un magistrat qui n'a pas de raisons personnelles de mentir.

— Alors que voulez-vous ? demande Radovich. Un nouveau procès ? » Il me regarde pour voir si je vais déposer une motion pour vice de forme. Il la rejetterait sans aucun doute.

« Non, lui dis-je.

— Alors quoi ? demande-t-il.

— Qu'on remette les pendules à l'heure. »

Kline a l'air de se méfier. Il voit que quelque chose se prépare mais ne sait pas quoi au juste.

« Je pense que l'on peut arguer à juste titre que Maître Kline a soulevé une question portant sur la moralité de mon client, sur la raison des propos incontrôlés qu'il a tenus au sujet de la victime. Je pense que nous devrions être autorisés à soulever cette question lors d'un contre-interrogatoire. »

Kline pousse un gémissement qui doit s'entendre à l'extérieur du tribunal. Les journalistes doivent se demander si Radovich n'est pas en train de l'écorcher à l'aide d'un chat à neuf queues.

« Votre Honneur, j'ai fait très attention de ne pas m'aventurer sur ce terrain qui excède le témoignage par preuves directes. » Il gémit devant le bureau du juge en insistant sur le fait que ma requête est sans précédent. « En outre, ajoute-t-il, tout ce que Nichols pourrait dire à ce sujet relève du témoignage par ouï-dire. Tout sans exception.

— Pour ce qui est des précédents, dis-je, il en existe qui portent sur le contexte d'un témoignage. Il est juste que le jury puisse comprendre dans quel contexte mon client a tenu ces propos. Ce qui les a motivés.

— Qu'est-ce qui pourrait justifier des propos aussi orduriers ? demande Kline.

— Pourquoi ne pas laisser le témoin nous le dire.

— Vous l'interrogerez sur votre propre temps, me dit Kline. Vous voulez le faire comparaître pour la défense, d'accord. Alors, vous pourrez lui poser toutes les questions que vous voudrez. Mais je ne veux pas d'un contre-interrogatoire. »

L'ennui avec cela, et Kline le sait, c'est que citer Nichols à comparaître comme notre propre témoin conduirait sans aucun doute à poser explicitement la question de la moralité d'Acosta. Une fois franchie cette ligne, il sera possible de lire à livre ouvert dans la vie de Noix de Coco, un livre dont j'ignore moi-même la teneur, quoique je soupçonne fort Phil Mendel et les petits gars de la brigade des mœurs d'en avoir déjà rédigé des volumes, reliés, empilés, et qui attendent seulement qu'on les ouvre.

« Ça suffit, dit Radovich. Si vous voulez déposer une requête en annulation des déclarations en question — il me regarde —, faites-le.

— Mais, Monsieur le Juge... » Kline voit son dernier appel de la décision de Radovich rejeté sans façon.

« Vous, si ça ne vous plaît pas, faites opposition », conclut Radovich.

En ayant terminé avec nous, il contourne son bureau pour retourner dans la salle d'audience, tandis que nous continuons de nous quereller dans son sillage, Kline et moi.

Lorsque je reviens dans le prétoire et prends de nouveau place à la table de la défense, Acosta pose une main sur mon bras et essaie de savoir ce qui s'est passé.

« Vous verrez bien. Je ne sais pas. »

Radovich rappelle la salle à l'ordre. Nichols est toujours à la barre.

« Le témoin est à vous », dit le juge.

J'entre d'emblée dans le vif du sujet. Il s'agit de frapper pendant que Radovich est encore sous le coup de sa colère contre Kline. S'il doit jamais me lâcher quelque peu la bride, c'est maintenant qu'il le fera.

« Vous avez déclaré, dis-je, que la première chose dont vous vous souveniez au sujet de mon client, Monsieur Acosta, est de l'avoir entendu dire que Mademoiselle Hall avait menti.

— En effet.

— A-t-il dit à quel sujet elle avait menti ?

— Objection. Cette question passe les bornes du témoignage direct.

— Objection rejetée.

— C'est un témoignage par ouï-dire », insiste Kline.

Radovich n'hésite qu'un instant avant de déclarer cette seconde objection irrecevable. Kline sait que cette décision du juge, en elle-même discutable, est le solde de la sanction que celui-ci lui a imposée tout à l'heure.

« Je vous prie de répondre à la question », dis-je à Nichols.

Celui-ci semble ravi d'obtempérer.

« Il m'a dit qu'elle avait menti sur la nature de la

conversation qu'ils avaient eue le soir où il a été arrêté. Qu'il n'avait jamais commis d'acte d'incitation à la prostitution mais que c'était bien plutôt Mademoiselle Hall qui lui avait téléphoné pour solliciter une entrevue.

— Lui avait-elle dit pour quelle raison elle voulait le rencontrer ?

— Selon le juge Acosta, elle avait une information à lui communiquer ayant trait à l'enquête préliminaire du grand jury.

— Vous a-t-il dit laquelle ?

— Oui. Cette information concernait une enquête sur la corruption au sein de la police. Plus précisément, au sein du syndicat de la police.

— Ainsi, selon le juge Acosta... » Kline ne prend même pas la peine de soulever une objection lorsque j'emploie ce titre. Il est davantage préoccupé pour l'instant par le contenu que par la forme du témoignage. « On l'aurait persuadé de se rendre à ce rendez-vous en lui faisant miroiter une information se rapportant à ses fonctions officielles.

— Objection. Cette question déforme le témoignage.

— Rejetée. »

Que Radovich ne soit pas de cet avis donne du poids à la supposition que contient implicitement ma question.

« C'est ce qu'il m'a affirmé, poursuit Nichols.

— Et c'est pour cette raison qu'il était en colère ?

— Pour ça et parce qu'elle avait inventé de fausses preuves. Un faux témoignage concernant une prétendue incitation à la prostitution de la part du juge Acosta.

— Et c'est dans ce contexte qu'il a fait les déclarations inconsidérées que vous avez évoquées précédemment dans votre témoignage ?

— Oui. Absolument. » Nichols tient à faire sentir l'inocuité de son témoignage précédent. Il veut bien faire son devoir, mais sans nuire à un ami. C'est sa conception de la justice.

« Le juge Acosta a-t-il évoqué d'éventuelles accointances de Mademoiselle Hall avec le syndicat de la police, avec les policiers qui étaient en examen ? »

Nichols réfléchit. Il veut manifestement se rendre utile mais en est incapable. Il hoche la tête. « Je ne pense pas. »

Je connaissais naturellement déjà la réponse. Nichols aurait volontiers répondu par l'affirmative s'il l'avait pu. N'importe quoi pour faire revivre son amitié. J'ai posé la question uniquement pour qu'elle germe dans l'esprit du jury.

« Vous a-t-il déjà dit que Mademoiselle Hall était étroitement liée à des membres de ce syndicat, et tout particulièrement avec des agents de police de la brigade des mœurs qui l'accompagnaient le soir où le juge Acosta a été arrêté ? » J'arrose et nourris le germe ainsi semé.

« Non. J'ai bien peur que non. »

Je retourne vers la table de la défense comme si j'avais fini, puis fais halte lorsqu'une pensée me traverse soudain l'esprit.

« Encore une question, Monsieur le Juge. Avez-vous parlé à la police lorsqu'elle vous a interrogé, ou au procureur, de l'insistance que mettait le juge Acosta à affirmer qu'on lui avait tendu un piège dans cette affaire de prostitution ?

— Oui. Je leur ai dit ce que je vous ai dit. »

Je jette un regard en direction de Kline, afin qu'il soit bien clair que celui-ci a caché quelque chose au jury.

« Et ont-ils poussé plus avant avec vous sur ce point ? Ont-ils voulu en savoir davantage sur ce que Mademoiselle Hall avait bien pu dire au juge pour l'attirer dans ce guet-apens ce soir-là ? »

Nichols a les yeux tout brillants. Il n'est peut-être pas très malin mais il n'est pas bête. Il voit où je veux en venir, que je lui offre une bouée de sauvetage lui permettant de restaurer son amitié avec Acosta.

« Le fait est qu'ils ne m'ont posé aucune question en ce sens. » Puis, avant même que je n'aie le temps de retourner à ma place, il ajoute : « Ça n'a pas eu l'air de les intéresser. »

Kline ouvre la bouche pour soulever une objection puis se ravise. Il sait que les dégâts sont faits.

CHAPITRE VINGT-SIX

Le dernier témoin cité par le ministère public n'est là que dans un seul but : permettre au parquet de refermer la plaidoirie de l'accusation sur une note mélancolique.

Coleman Kline fait tout un cinéma. Quelques instants avant que ce témoin ne fasse son apparition dans le prétoire, il s'excuse. Il dit à Radovich qu'il faudra accorder une attention toute spéciale au prochain témoin. Obligé de s'absenter, il a confié à l'une de ses assistantes, dont il dit qu'elle est particulièrement qualifiée, le soin d'interroger ce témoin.

Il ramasse ses papiers et sort en passant par le cabinet du juge, c'est-à-dire par l'arrière du tribunal, ce qui lui permet d'éviter les caméras et la foule des journalistes massée à l'extérieur. Un long moment d'impatiente expectative s'écoule, durant lequel, selon une disposition spéciale, le clerc n'annonce pas le témoin, bien que ceux d'entre nous qui sont dans le secret des dieux sachent de qui il s'agit.

Tous les yeux sont fixés sur la porte du fond de la salle d'audience. Elle s'entrouvre brièvement puis se referme. Lorsqu'elle s'ouvre enfin définitivement, un huissier s'avance, suivi de quelques personnes. A peine visible dans cette procession, haute comme trois pommes, apparaît Kimberly Hall. Un ourson sous le bras, elle descend l'allée centrale d'un pas traînant. Des murmures s'élèvent dans le silence depuis les tribunes réservées au public — « La petite fille de Brittany Hall. » Nous avons perdu la joute qui nous a opposés à Kline sur le bien-fondé du témoignage de Kimberly et le procureur essaie maintenant d'exploiter la chose au maximum. Harry et moi avions énergiquement soutenu lors de l'examen préliminaire que Kimberly était incapable de fournir de témoignage probant, mais Kline avait eu le dessus.

L'enfant était en mesure de témoigner avoir entendu une dispute et des échanges de mots vifs avant la mort de sa mère. Et, bien que c'eût été à la suite d'une question tendancieuse de Radovich, elle avait aussi reconnu une voix d'homme comme étant celle de l'autre personne présente dans l'appartement avec sa mère ce soir-là. J'avais renouvelé ma requête visant à gommer cette déclaration du greffe mais Radovich l'avait rejetée.

Il est clair cependant que Kline a cité ce témoin non pour étayer le dossier, mais pour des raisons tactiques. Kimberly est ici pour rappeler au jury la perte irréparable qui lui a été infligée par ce crime, et que sa souffrance continue bien après la mort de sa mère. Kline joue gros jeu et sa manœuvre ne va pas sans présenter quelques risques pour les deux parties.

Kimberly est sous la bonne garde d'un trio de supporters, sa grand-mère, la psychologue des Services à l'Enfance et Julie Hovander, l'avocate du ministère public qui a produit un rapport dans lequel nous avons droit à chacune des minutes passées par elle à dorloter la fillette.

Elles installent l'enfant dans le box des témoins. Sa grand-mère prend place sur son siège derrière la barre, à l'extérieur des tribunes réservées au public. La psychologue reste debout près de Kimberly, tout à côté de la rampe du box des témoins, à un endroit où elle pourra encourager la fillette de discrètes pressions de la main et lui souffler ses paroles le cas échéant.

Je soulève une objection à cet égard et Radovich,

après quelques récriminations de la psychologue, lui ordonne d'aller prendre un siège.

« Si nous avons besoin de vos services, dit-il, je serai le premier à faire appel à vous. »

Elle lui jette un regard noir et finit par s'asseoir, mais à l'intérieur du prétoire. Elle s'installe près de la table de l'accusation.

Lorsque je soulève une objection contre cela aussi, Radovich fait une exception et me dit de me tenir tranquille. Nous marchons sur des œufs. Radovich ne veut pas énerver la petite. Celle-ci, tenant toujours son ourson, est assise en équilibre dans le box, à l'aise comme un gorille de quatre cents kilos dans une robe endimanchée.

Cela fait des mois que Kline et ses sous-fifres ne la lâchent pas et lui mettent des idées dans la tête, sans s'embarrasser peut-être de scrupules. On peut craindre que Kimberly ne dise des choses auxquelles elle s'était abstenue de faire allusion lors de la première audience à huis clos. Cela me placerait dans la position intenable de devoir jeter le doute sur ses déclarations antérieures, ce que le jury n'apprécierait guère. Acosta se retrouverait alors convaincu de meurtre parce que son avocat aurait harcelé une petite fille à la barre.

« Qu'en pensez-vous ? me demande celui-ci. On s'en tient à son premier témoignage ?

— Comment savoir ce qu'elle a dans la tête ? lui dis-je.

— C'est exactement mon avis. »

Radovich et la fillette échangent en aparté quelques propos. Le juge est tout sourire. Il ne lui fait pas prêter serment, préférant lui demander si elle sait faire la différence entre le mensonge et la vérité.

Elle lui répond que la vérité c'est ce qui arrive réellement, et le mensonge, quelque chose d'inventé.

« Est-ce que tu sais lequel des deux est bien ? demande-t-il.

— La vérité.

— Et tu promets de nous dire la vérité aujourd'hui ?

— Oui.

— Seulement la vérité. Pas de mensonges ?

— Oui. »

Ses réponses sont nettement plus étoffées verbalement qu'elles ne l'étaient à l'audience, quelques mois auparavant. J'y vois le signe qu'ils ont travaillé avec elle.

« Le témoin est à vous », dit Radovich.

Maître Hovander est une tâcheronne qui n'en impose guère mais qui est néanmoins consciencieuse, de ces avocats qui avancent pour mieux reculer à chaque question.

« Comment s'appelle ton nounours ? demande-t-elle pour établir un lien de confiance.

— Affamé », répond Kimberly. Il s'agit de l'ourson que lui a donné la police en remplacement de Binky, celui trouvé sur les lieux du crime et que l'on a saisi comme pièce à conviction.

« Pourquoi s'appelle-t-il Affamé ?

— Les ours ont toujours faim et lui, il ne peut pas manger.

— Mais oui, c'est vrai », dit Maître Hovander.

Kline a vu juste. Le courant passe entre Maître Hovander et la petite. J'ai bien peur que Harry ait davantage de fil à retordre.

Maître Hovander établit rapidement qu'une enfant n'a aucune notion du temps ou des dates. Kimberly n'est d'aucune aide lorsqu'il s'agit de fixer l'heure de la mort. Tout ce qu'elle peut dire, c'est qu'il faisait encore jour dehors lorsque sa mère a commencé à se disputer à voix forte.

Maître Hovander se débrouille mieux sur les rapports spatiaux, sur la topographie des lieux du crime. Le témoignage de l'enfant correspond à cet égard à ses premières déclarations. Elle jouait dans sa chambre lorsqu'a débuté la querelle entre sa mère et la personne qui l'a tuée. Le différend semble avoir dégénéré si vite qu'en l'espace de deux ou trois minutes peut-être la fillette a été effrayée par le ton qui montait et le bruit d'un objet que l'on jetait par terre dans le living. C'est alors qu'elle s'est glissée dans le couloir et s'est enfermée dans le placard.

« As-tu vu quelque chose ? »

Cette question lui vaut un hochement de tête ferme et inflexible. A la greffière de noter que Kimberly n'a rien vu.

« As-tu vu l'autre personne qui se trouvait avec ta mère ce soir-là ?

— Non.

— As-tu entendu sa voix ?

— Objection. » Soulevée par Harry. Nous sommes convenus que c'est lui qui ferait le contre-interrogatoire de la petite. C'est moi qui ai eu cette idée, sans lui en donner la raison, mais je crois qu'il l'a devinée. Ayant été vu par Kimberly le soir où je suis allé à l'appartement avec Lenore, je ne tiens pas à tenter le sort. J'avais même songé à ne pas paraître au tribunal aujourd'hui mais j'ai décidé de courir le risque de m'y présenter. Acosta se serait interrogé sur mon absence.

« Sur quelle base faites-vous objection ? demande Radovich.

— La question présuppose un fait non prouvé, explique Harry. Le sexe de l'autre personne qui se trouvait dans l'appartement ce soir-là.

— Objection retenue.

— Kimberly, as-tu entendu une autre voix ce soir-là à part celle de ta mère ? », demande Maître Hovander.

Kimberly fait signe que oui.

Radovich intervient ici pour indiquer à la greffière de quelle manière noter ce geste.

« Est-ce que c'était une voix d'homme ou une voix de femme ?

— D'homme. » Elle répond sans hésitation, d'une

manière qui me laisse supposer que, vrai ou faux, elle le croit. Le pouvoir de la suggestion.

Il se produit quelque confusion à chacune des nombreuses fois où l'enfant modifie son récit, mais les faits sont là : à un moment ou un autre après la dispute mortelle, Kimberly est sortie du placard et a trouvé le corps inanimé de sa mère sur le plancher au milieu d'une mare de sang.

« J'ai essayé de la réveiller. Mais je n'ai pas pu. Alors, j'ai pris Binky.

— Binky est ton nounours ?

— Heu heu.

— Et où as-tu trouvé Binky ?

— Près de maman. Par terre.

— Qu'est-ce que Binky faisait près de ta maman ?

— Je l'avais mis sur la table en revenant de chez ma nounou.

— Te rappelles-tu à quelle heure tu es revenue de chez ta nounou ? »

Kimberly regarde le plafond avec une expression perplexe. « Je pense qu'il était dix heures. Peut-être huit. » Elle lance des nombres au hasard et nous ne savons plus très bien si elle confond l'heure avec une pointure de chaussure ou l'âge d'une amie. Pour les enfants de cet âge, les nombres n'ont pas de signification, ils sont tous interchangeables.

Maître Hovander essaie de faire cadrer cette déclaration avec le reste. Un témoignage antérieur a déjà établi que Brittany était passée prendre sa fille chez la nounou juste avant 17 heures, et qu'elle était rentrée chez elle entre 17 heures 30 et 18 heures. Ayant pris son après-midi pour une raison inconnue, elle était revenue du travail plus tôt ce jour-là.

« Ainsi tu as pris Binky et ensuite qu'est-ce que tu as fait ?

— Je suis restée près de maman. J'ai essayé de la réveiller. Mais je n'ai pas été capable. »

Une expression trouble se lit sur le visage de plusieurs jurés. L'image d'une enfant assise par terre près du corps de sa mère décédée, avec pour seule consolation un animal en peluche, n'est pas de nature à inspirer la clémence.

« Es-tu retournée ensuite dans le placard ? »

Elle fait signe que oui. « J'ai emmené Binky.

— Pourquoi ? Pourquoi es-tu retournée dans le placard ?

— Parce que je l'ai entendu venir.

— Qui ?

— L'homme qui a fait mal à maman.

— D'où venait-il ?

— De dehors. Il a ouvert la porte.

— Est-ce qu'il t'a vue ? »

Elle secoue la tête, une lueur effarée dans les yeux, se demandant peut-être elle-même comment l'homme peut ne pas l'avoir aperçue.

« J'ai couru, dit-elle.

— Tu avais peur ? »

L'enfant hoche la tête à plusieurs reprises.

« Tu as cru que cette personne allait te faire du mal ?

— Oui. Parce qu'il a fait du mal à maman.

— Objection. Question conjecturelle, dit Harry.

— Retenue. Le jury ne tiendra pas compte de cette dernière question », dit Radovich. Ce qui serait étonnant.

Maître Hovander serre la vis, les jurés sont assis au bord de leur chaise. La tactique ici consiste à sonder les peurs de la petite, à laisser clairement entendre qu'Acosta, qui avait tué la mère, se serait forcément débarrassé de l'enfant s'il avait su qu'elle était là. Une façon de le charger pour un crime non commis.

« As-tu vu cet homme lorsqu'il est revenu ?

— J'ai vu ses chaussures. Elles étaient noires et brillantes. »

Tous les regards du jury se portent aussitôt sous notre table. Je suis moi-même tenté d'y jeter un coup d'œil mais je prends sur moi.

« As-tu vu le visage de l'homme ? »

Elle secoue la tête.

« Comment se fait-il que tu aies vu ses chaussures ?

— Il marchait dans le couloir vers la chambre de maman. J'ai vu ses pieds passer.

— Près du placard où tu te cachais ? »

Elle acquiesce. « La porte était ouverte.

— Toute grande ?

— Un petit peu, dit-elle.

— Comme ça, tu t'es de nouveau cachée dans le placard quand tu as entendu l'homme revenir ?

— Binky et moi, on est allés dans le placard. Vite.

— Et tu es restée là ? »

Grand signe d'acquiescement.

« Sais-tu combien de temps tu es restée dans le placard ?

— Longtemps, dit-elle. Il allait et venait, puis il est venu et est reparti de nouveau.

— Afin que l'on comprenne bien, dit Maître Hovander. L'homme est revenu plus d'une fois ? »

Kimberly adresse un grand geste de la tête à l'avocate. Je ne sais trop que penser. C'est la première fois que nous entendons parler de cela. Je me dis tout d'abord que Kimberly enjolive le réel puis je comprends tout : l'enfant dit la vérité. Le premier intrus était sans aucun doute l'assassin qui revenait chercher le corps. Le deuxième bruit qu'elle a entendu est celui que nous avons fait, Lenore et moi.

« Sais-tu ce que l'homme a fait quand il est revenu ? »

Kimberly secoue la tête. « Je suis restée longtemps dans le placard. Quand je suis sortie, maman n'était plus là.

— Qu'est-ce que tu as fait alors ? »

Kimberly regarde le jury durant quelques instants puis dit : « Je suis sortie du placard et j'ai donné à manger à Binky.

— As-tu entendu quelque chose pendant que tu étais dans le placard ? »

Elle demeure quelques instants comme pétrifiée dans le box des témoins.

« Ma chérie, as-tu entendu quelque chose ?

— Maman.

— Tu as entendu ta maman ? »

Il se produit un bruissement dans le jury et des murmures parcourent l'assistance.

Kimberly acquiesce. « Elle a crié. Juste après que l'homme est revenu la première fois. »

Nous échangeons un regard, Acosta et moi. Harry est perplexe. Puis, tout à coup, la lumière se fait dans mon esprit. Je croise le regard de Radovich à l'instant même où il parvient à la même conclusion que moi. L'enfant, blottie dans le placard, son ourson entre les bras, a entendu l'appel de sa mère depuis l'au-delà, comme le médecin légiste en a attesté l'existence à la barre : le dernier soupir de Brittany Hall.

Après une brève suspension d'audience, Maître Hovander, employant une autre approche, s'attarde sur quelques préliminaires. Elle demande à Kimberly d'identifier Binky, son ourson en peluche posé sur le chariot qui contient les pièces à conviction. Elles se disputent lorsque Kimberly exige qu'on le lui rende. Harry semble stupéfait par le spectacle d'une avocate du parquet en train de parlementer avec une gamine de cinq ans au sujet d'un ourson en peluche.

Maître Hovander essaie de poursuivre mais la fillette l'entend d'une autre oreille. Elle se tourne même vers le juge à un certain moment pour demander si Binky est en prison. Radovich ne sait que répondre. Il dit finalement à Maître Hovander de lui laisser l'ourson quelque temps. Le tout se termine par un conciliabule autour du banc entre le juge et trois avocats pour savoir comment se tirer de ce mauvais pas.

« Il y a du sang de sa mère sur le jouet, dit Maître Hovander. Il faudrait qu'elle mette des gants en caoutchouc. Il faut penser à l'hygiène. » Maître Hovander refuse d'en prendre la responsabilité.

Harry fait objection à l'idée des gants en disant qu'ils produiraient une image négative devant le jury. Encore une chose dont l'accusation pourrait psychologiquement charger Acosta.

« Alors dites-lui, vous, qu'elle ne peut pas le ravoir, dit Maître Hovander.

— C'est vous qui vous êtes mise dans ce pétrin, dit Harry. Débrouillez-vous.

— Ceci ne nous mène nulle part », dit Radovich. Il sonne le rappel des troupes. C'est à la psy qu'il revient d'accomplir le sale boulot. Celle-ci enfile des gants de caoutchouc, va chercher Binky sur le chariot des pièces à conviction et s'approche de Kimberly dans le box des témoins. Nous retournons à nos tables et le juge à son banc.

Une longue conversation à voix basse s'engage entre la psy et la fillette afin de parvenir à une solution raisonnée. Pendant tout ce temps, l'enfant se comporte comme un véritable paquet de nerfs, ne cessant de tirer de manière saccadée sur les manches de sa robe puis, jusqu'à ce qu'elle l'arrache, sur un bouton en forme de cœur sur le devant de ladite robe.

A l'instant même où nous commençons à penser qu'elle a résolu la crise, Kimberly demande à tue-tête si Binky est malade.

« Qu'est-ce que vous lui avez fait ? » Elle se tourne vers Radovich. « Vous ne prenez pas soin de lui. »

Le juge fait de ses paumes ouvertes un geste de dénégation tout en haussant les épaules sous sa toge noire comme pour signifier qu'il n'y est pour rien.

Ceci de manière si comique que tout le monde se sent soulagé. Même Acosta rit.

La psychologue, penchée au-dessus de la rampe du box des témoins, essaie maintenant d'obtenir l'attention de Kimberly. Celle-ci, avant que la psychologue ne puisse réagir, lui arrache l'ourson des mains. Elle le presse contre elle et, quittant son siège, se réfugie dans un coin du box où on ne peut l'atteindre. Une expression ahurie se peint sur le visage de la psychologue. Qui aurait cru qu'une enfant pût être aussi rapide ?

La psy tend le bras pour tenter de reprendre l'ourson et Kimberly pousse un cri à crever le tympan de tout le monde dans la salle d'audience. Cela dégénère en crise de nerfs dans le box des témoins où la petite, en larmes, se défend bec et ongles.

Sa grand-mère, telle une oursonne protégeant ses petits, franchit alors la barrière séparant le prétoire de la salle. Elle est suivie d'un huissier qui essaie de la retenir.

Radovich fait signe à ce dernier de ne pas insister.

« Ça suffit. Laissez-la tranquille. Qu'on lui donne son ourson. Et vous, asseyez-vous. » Le juge regarde la psychologue.

« Vous, vous pouvez rester », dit-il à la Mamie.

Plusieurs minutes s'écoulent, durant lesquelles on laisse sortir le jury, avant que la fillette, que sa grand-mère tient dans ses bras, ne cesse de pleurer. Elles sont maintenant toutes deux assises dans le box des témoins, l'enfant sur les genoux de sa grand-mère, Binky dans ses bras. A un certain moment elle câline le jouet comme s'il était vivant, lui parle et lui donne à manger le bouton arraché à sa robe. Elle le fourre dans la gueule de l'ourson et, lorsqu'elle retire ses doigts, le bouton a disparu.

Maître Hovander s'approche de la barre pour lui parler. Je ne saisis pas la conversation mais elle est animée. On sourit et rit beaucoup entre l'enfant, sa grand-mère et l'avocate qui essaie de restaurer un climat de confiance.

Lorsqu'il est clair que Kimberly s'est calmée, on

rappelle le jury et on fait sortir la Mamie du box des témoins. Maître Hovander et Kimberly sont de nouveau amies maintenant que le témoin a deux oursons, le sien et celui que la police lui a donné.

« Tu sais que tu dois continuer à dire la vérité. » Radovich regarde la petite fille par-dessus ses lunettes.

« Heu heu.

— Allez-y, dit-il à Maître Hovander.

— Kimberly. Tu nous as dit tout à l'heure que tu avais entendu une voix d'homme le soir où on a fait du mal à ta maman. Tu te souviens ? »

Elle acquiesce.

« Penses-tu que tu pourrais reconnaître cette voix si tu l'entendais de nouveau ?

— Peut-être », dit-elle d'une petite voix mélodieuse.

La chose a été tranchée à huis clos après maintes discussions dans le cabinet du juge. Maître Hovander voulait qu'Acosta parle, qu'il tienne sans doute les propos furieux que la fillette a entendus ce soir-là pour voir si elle reconnaît sa voix.

Nous avions soutenu que c'était quelque chose d'impossible vu le caractère suggestif d'un test de ce genre réalisé avec une enfant aussi jeune, bien qu'il soit hors de question d'invoquer ici le Cinquième amendement. Les tribunaux ont en effet décrété que l'identification de la voix n'est pas de l'ordre des témoignages mais de même nature qu'une prise de sang ou le relevé d'empreintes digitales.

Radovich, toujours à la recherche d'un terrain d'entente, avait déclaré que l'accusation aurait droit à un échantillon de voix enregistrées mais pas à des paroles proférées sous le coup de la colère. Il estime que cela devrait neutraliser le caractère suggestif d'une telle expérience. Il y aura trois voix différentes, une choisie par la partie civile, une par nous et, entre les deux, celle de l'accusé. Nous avons choisi la voix de quelqu'un d'origine hispanique comme d'Acosta, un employé d'un autre cabinet juridique, baryton comme notre client et aux intonations identiques.

On installe l'appareil et Maître Hovander dit à Kimberly d'écouter attentivement. On fait passer la première voix.

C'est une voix aiguë, presque nasale, telle qu'on n'y reconnaîtrait pas une voix d'homme. « Allô, Kimberly. Reconnais-tu ma voix ? » C'est tout ce que dit cette voix.

Maître Hovander dit à Kimberly de ne pas répondre tout de suite mais d'écouter les deux autres voix.

Vient ensuite celle d'Acosta qui lit le même texte. Puis celle de notre sosie.

Kimberly se tient sans bouger et l'air abasourdi dans le box des témoins. C'est la première fois que je la vois manifester un véritable désarroi.

« Reconnais-tu une de ces voix ? », demande Maître Hovander.

Kimberly fait de la tête un signe de dénégation.

« Veux-tu les écouter encore ? »

Harry me regarde, se demandant s'il doit soulever une objection.

Radovich ordonne que l'on repasse les voix une nouvelle fois.

On obtempère.

« En reconnais-tu une, maintenant ? »

Une vie est suspendue à la fantaisie d'une fillette. Je saisis sous la table le bras d'Acosta assis à côté de moi.

Radovich, qui n'ignore pas la gravité des enjeux, dit à Kimberly de ne pas deviner. « Réponds seulement si tu reconnais une voix. »

Elle fait la moue d'un gosse qui hésite entre deux sucreries. « Les deux dernières », dit-elle finalement.

Un air triomphal se peint sur le visage de Maître Hovander. « On pourrait peut-être repasser les deux dernières ? », suggère-t-elle.

Harry soulève une objection que Radovich rejette.

Le clerc se sert d'une paire d'écouteurs pour effacer la première voix, de manière à ce que l'on entende tout d'abord celle d'Acosta. Je vois de la sueur ruisseler sur sa joue pour tomber finalement de son menton sur la table.

« Reconnais-tu l'une ou l'autre de ces deux voix ? »

Que les paroles d'Acosta viennent en tout premier sur l'enregistrement m'inquiète. Un enfant en bas âge est fortement sensible aux premières impressions.

« Je pense que c'est lui. »

Acosta a une double réaction de la tête, la première à mon intention, la seconde à l'adresse de Harry.

« Lequel ? »

La fillette lui adresse un regard désemparé, comme si elle ne comprenait pas la question. Elle pensait que c'était terminé. Puis la chose s'impose à nous : elle croit que les deux voix sont du même homme.

Maître Hovander essaie de démontrer que le témoin a choisi l'une des deux voix et veut clarifier la chose en posant une question complémentaire. Radovich le lui refuse et se penche sur son bureau.

« Kimberly. Combien de voix y a-t-il selon toi sur l'enregistrement ? » Elle adresse à sa grand-mère un regard d'appel à l'aide.

« Il ne faut pas avoir peur, dit Radovich. Si tu ne le sais pas, tu peux seulement dire que tu ne le sais pas.

— Je ne sais pas. » Kimberly saisit la perche ainsi offerte.

Acosta est dans ses petits souliers.

Le juge demande qu'on vienne s'entretenir avec lui près du banc. Nous répondons tous à son invitation, laissant Acosta que des gardiens retiennent à la table de la défense. La greffière nous bouscule pour se rapprocher du banc.

« Elle ne sait plus où elle en est, commente le juge. Je n'ai pas très envie de laisser cela continuer.

— Encore deux ou trois questions seulement ? demande Maître Hovander.

— Ce n'est pas juste, dit Harry. Dans le désarroi où elle se trouve, elle dira ce qu'elle croit que nous attendons d'elle. Elle n'a même pas pu dire combien de voix il y avait sur l'enregistrement.

— C'est à cause de vos truquages, dit Maître Hovander.

— C'est ça, et votre type à vous aurait besoin d'un traitement de choc pour hypertrophie des glandes du larynx, lui rétorque Harry.

— Holà, dit Radovich qui reprend les choses en main. Tout ceci ne nous mène nulle part.

— Si je pouvais seulement lui poser deux ou trois questions ? insiste Maître Hovander.

— Qu'est-ce que vous voulez lui demander ?

— Si elle a reconnu l'une ou l'autre des deux voix que l'on a fait passer sur l'enregistrement.

— Elle a déjà dit qu'elle en avait entendu une seule.

— Nous devrions être autorisés à clarifier ce point.

— C'est ça. Puis une fois que vous lui aurez fait comprendre qu'il y a deux voix sur l'enregistrement, vous pourrez toujours le faire repasser cent fois. Il n'y aucun moyen de savoir.

— J'en ai bien peur », dit Radovich.

Harry explique au juge qu'il voudrait vérifier l'aptitude du témoin à identifier les voix. Maître Hovander s'y oppose mais le juge trouve qu'il s'agit là d'une requête fondée. Il met fin au conciliabule et Harry se retrouve tout seul devant le box des témoins.

Kimberly le regarde, ne sachant trop que penser de cette nouvelle tournure des événements.

« Kimberly, je suis Monsieur Hinds. Comment vas-tu ? »

Elle le regarde sans répondre.

« Reconnais-tu ma voix, Kimberly ? Est-ce qu'elle ressemble à celle que tu as entendue ce soir-là ? »

Devant cette nouvelle menace que représente pour elle un nouvel adulte, elle fait signe que oui de la tête.

« Ma voix ressemble à celle que tu as entendue ce soir-là ? »

Nouveaux signes d'acquiescement.

« Te souviens-tu avoir entendu la voix du juge ? » Il désigne le juge Radovich.

Elle fait signe que oui.

« Est-ce que sa voix ressemble à celle que tu as entendue ce soir-là ? »

Cette fois, elle secoue négativement la tête.

« Si vous permettez, Votre Honneur, je voudrais prendre un dernier exemple. »

Radovich fait signe à Harry de continuer.

Celui-ci regarde dans ma direction et me dit de me lever. Je le tuerais.

« Levez-vous. »

Je m'exécute.

« Dites quelque chose. »

Mon visage exprime tout le mépris que m'inspire Harry.

« Dites quelque chose.

— Reconnais-tu ma voix, Kimberly ? »

Je n'ai pas encore terminé ma phrase qu'elle acquiesce énergiquement de la tête en se tassant sur sa chaise.

« Voilà », conclut Harry.

Nous revenons au banc pour un autre conciliabule. Cette fois, Radovich a demandé à la psychologue de se joindre à nous.

« Si elle reconnaît la voix et ne se sent pas menacée par elle, ce ne doit pas être celle qu'elle a entendue ce soir-là. Si elle ne la reconnaît pas, ce doit être celle-là. » La psychologie revue et corrigée par Harry. « Tout cela a plus à voir avec un besoin chez elle de se rassurer qu'avec ce qu'elle a entendu ou ce dont elle se souvient, ajoute Harry.

— Qu'en pensez-vous ? demande Radovich à la psychologue.

— Je suis d'accord. Ça m'a tout l'air d'être ce qui est en train de se passer.

— On arrête là, dit Radovich. Avez-vous des questions d'un autre ordre à poser au témoin ? demande-t-il à Maître Hovander.

— Rien d'autre, répond-elle.

— Et vous ? », demande-t-il à Harry.

Nous nous consultons à l'écart, Harry et moi.

« On ne va quand même pas marquer des points en martyrisant une gamine, me dit Harry. Son témoignage ne nous a pas nui jusqu'ici, mais ça risque de changer d'un instant à l'autre.

— Je suis d'accord.

— Il y a aussi autre chose. Tu sembles avoir des problèmes avec elle. » Harry, qui lit dans mon esprit, me gratifie de l'un de ses sourires énigmatiques.

Avant que je puisse ouvrir la bouche pour protester en débitant quelque niaiserie qu'il voit venir, il me dit : « Pourquoi tenter le sort ?

— Nous n'avons aucune question à poser au témoin, dit-il à Radovich.

— Bien, dit le juge qui remonte sur le banc.

— Nous allons faire la pause de midi, annonce-t-il. Le témoin peut se retirer. Il n'est pas nécessaire qu'elle revienne », ajoute-t-il à l'intention de la grand-mère.

Les jurés semblent soulagés par cette nouvelle. Le juge leur enjoint de ne pas parler de l'affaire et les dispense de séance pour le reste de la journée. Lui-même a autre chose à faire cet après-midi.

Nous revenons à notre table, Harry et moi.

« Ça ne s'est pas trop mal passé, dit Acosta.

— Il s'en est fallu de peu », lui dis-je.

Harry le regarde comme s'il se pouvait que la fillette ait su ce qu'elle disait, que c'était bien la voix d'Acosta qu'elle avait entendue ce soir-là. Harry a toujours eu du mal à se mettre dans la peau d'un avocat de la défense.

Quelqu'un, un des clercs, a donné des bonbons à

Kimberly. On essaie sans doute de l'amadouer afin de récupérer Binky pour le remettre sur le chariot des pièces à conviction. La fillette voudrait repartir avec l'animal.

Lorsque je regarde par-dessus mon épaule, je m'aperçois que Kline a expédié l'affaire qui l'avait obligé à s'absenter. Il s'entretient dans un coin, presque au fond de la salle, avec Maître Hovander qui le renseigne sur la tournure qu'ont prise les événements durant la matinée, et sur les coups qu'ils nous ont éventuellement portés.

Tandis que je les observe, Maître Hovander surveille en riant le manège qui se déroule dans le box des témoins. Deux clercs et un huissier tentent de faire entendre raison à Kimberly. Ils sont aux prises avec elle pour récupérer l'ourson afin de le remettre sur le chariot des pièces à conviction. On lui fait miroiter d'autres bonbons. La fillette en fourre deux dans la gueule de l'ourson.

La seule personne qui ne rie pas à cet instant est Kline. « Peut-être fallait-il être présent », comme on dit, pour apprécier. Tel le seul homme sobre dans une soirée d'ivrognes, impassible et comme hypnotisé, il écoute les rires tandis que les petits doigts de Kimberly et les bonbons disparaissent dans les profondeurs pelucheuses du petit animal.

CHAPITRE VINGT-SEPT

« On a une minute. As-tu réfléchi à ce qu'on a évoqué l'autre jour ? A la remarque de Kline ? »

Nous sommes, Lenore et moi, dans mon bureau dont la porte est fermée. Harry, qui est au téléphone à la réception, s'apprête à venir nous retrouver pour une réunion.

« J'ai eu beau me creuser la cervelle, dit Lenore, je ne sais pas de quoi il parlait. Il est parano. »

Il est question du petit entretien en tête à tête que j'ai eu avec Kline lors de la soirée de collecte pour le candidat républicain, de son idée fixe selon laquelle Lenore en saurait davantage qu'elle ne le dit.

« Tu veux que je dise ce que je crois ? demande-t-elle.

— Vas-y.

— Il cherche à semer la discorde entre nous.

— Pourquoi ? »

Elle se met à rire : « Pour Kline, jeter la zizanie dans la vie d'autrui est l'objectif suprême. Il n'a pas son pareil. »

Ça ne me convainc guère. Les propos de Kline n'avaient rien de futiles provocations. Il ignore quelque chose d'essentiel pour sa plaidoirie. Le tout est de découvrir ce quelque chose avant lui.

Lenore m'observe en silence durant un long moment tandis que j'y réfléchis :

« Tu penses que je cache quelque chose ?

— Non. Non. Il peut s'agir de quelque chose que nous savons déjà mais dont le sens nous a échappé jusqu'à maintenant.

— Dis à Kline de te mettre sur la piste. Vous pourriez jouer au jeu de la vérité tous les deux.

— C'est ça.

— Tout ce que je sais, tu le sais. Il ne t'a pas donné la moindre idée de ce que ça pouvait être ?

— Non. » Je gratte la barbe de deux jours que j'ai au menton. Il y a relâche du tribunal aujourd'hui et j'ai donné congé à ma barbe.

« Mais je crois que ça se réduit à deux possibilités, dis-je. A ta conversation avec Brittany Hall ce jour-là au bureau. Il semble fermement convaincu qu'elle t'a dit quelque chose qu'elle ne lui a pas dit à lui.

— Premier signe de la paranoïa.

— Peut-être. C'est peut-être pour ça qu'il t'a licenciée. »

Cette idée semble attiser son intérêt.

« Pourquoi m'aurait-elle confié d'inavouables secrets ? »

Je lui adresse une expression interrogative.

« Il se dit peut-être que deux femmes qui parlent entre elles... Qu'elle t'aura davantage fait confiance.

— Si ç'avait été le cas, ça n'aurait rien eu à voir avec le sexe, me dit-elle.

— Il n'empêche que cette idée l'obsède.

— Je suis sûre que l'on pourrait remplir un registre entier avec ses obsessions, dit-elle. Et l'autre ?

— Hein ?

— Tu as parlé de deux possibilités.

— Oh ça. Devine un peu.

— De quoi s'agit-il ?

— Le fait qu'on ait trouvé ton empreinte sur la porte d'entrée de Brittany Hall. Il pense peut-être que tu es entrée... »

Je laisse ma pensée en suspens.

« Il pense que j'ai découvert quelque chose là-bas ?
— Peut-être.
— Comme quoi ?
— Je ne sais pas. »

Elle se met à gamberger. « Tu ne lui as pas parlé du Post-it avec le nom de Tony ? me demande-t-elle après un moment.

— Tu me prends pour un crétin ?

— Tu crois qu'il se doute de quelque chose ?

— Non, à moins que tu ne lui en aies parlé, dis-je. Cinq personnes seulement sont au courant de l'existence de cette note. L'une d'elles est morte, il y a Tony et Acosta, et les deux autres sont ici, dans cette pièce. » Je suis quelque peu sur la défensive, ce qui éveille sa curiosité.

« Qu'est-ce que tu comptes faire pour la note ? Tu ne me l'as pas dit.

— Pour une bonne raison. Tout ce que je peux te dire c'est que tu ne seras pas appelée à témoigner.

— Alors tu fais l'impasse sur la note ? » Lenore a d'autres priorités. Les liens du sang.

« Parlons d'autre chose.

— Mais tu ne vas pas me citer à comparaître pour m'interroger au sujet de cette note ?

— Non. »

Elle pousse un soupir de soulagement manifeste. « Si tu veux savoir, j'ai passé quelques nuits blanches à cause de cette histoire. » De la tendresse perce dans ses paroles.

La loyauté de Lenore envers Arguillo est profondément ancrée et va au-delà du simple lien de parenté. Leur attachement est de ceux qui se créent dans l'enfance, surtout lorsque l'on grandit comme eux dans des rues mal famées. Il y a quelques mois, dans un moment d'abandon, elle m'a donné un aperçu de cette époque. Elle m'a raconté un incident vécu par elle à l'âge de douze ans. Une bande de jeunes, certains à peine plus âgés qu'elle, trois d'entre eux presque adultes, avaient voulu abuser d'elle. Pour finir, Tony et un copain à lui l'avaient sauvée d'un viol collectif et s'étaient pris en retour une bonne raclée. Elle lui en avait toujours su gré.

« Je sais que tu dois faire ton devoir, dit-elle. Mais cette note ne menait nulle part. C'était un bout de papier insignifiant. » Elle est visiblement soulagée que je ne songe pas à en faire usage.

Elle sourit puis demande : « Est-ce que je peux le dire à Tony ?

— Lui dire quoi ?

— Qu'il est tiré d'affaire ? »

Lenore extrapole un peu, pour le compte.

« Je n'ai pas dit ça.

— Mais tu as dit que tu ne me citerais pas comme témoin.

— En effet. »

Elle m'adresse un regard perplexe, puis la lumière se fait dans son esprit : « Tu ne vas tout de même pas citer Tony à comparaître ?

— Je ne peux rien dire de plus. »

Il s'agit là d'éléments du dossier que je ne peux lui confier maintenant qu'elle a été exclue du procès.

« Tu commets une erreur, dit-elle. Tu ne tireras rien de lui.

— Pourquoi ? Parce qu'il refusera de parler ?

— Parce qu'il n'a rien à dire. Il avait rendez-vous et ce rendez-vous a été annulé. La seule raison pour laquelle il m'a demandé d'enlever la note était...

— Je sais. L'embarras, dis-je avant qu'elle ne termine sa phrase.

— Exactement. Si tu le fais témoigner, il sera forcé de tout nier. »

Je fronce les sourcils. « Même le fait qu'ils avaient rendez-vous ce soir-là, lui et Brittany Hall ? »

L'expression qui se peint sur son visage me confirme que Tony mentirait, même là-dessus.

« Il commettrait alors un parjure.

— Ça n'a rien à voir. Le rendez-vous avait été annulé.

— Il faut encore que le jury le croie. »

Lenore, elle, manifestement le croit.

« Mais tu n'as pas de preuve. Sans mon témoignage tu ne peux pas confirmer l'existence de la note. Même si je témoignais, même si j'étais en mesure d'exhiber la note, ce serait quand même un témoignage par ouï-dire.

— C'est une possibilité. Disons que j'ai un scénario différent. Je ne peux pas en parler. » Je ne veux pas aborder cette question avec elle.

« Tu sais quelque chose d'autre ? », demande-t-elle. Cela semble la ramener loin en arrière. « Qu'est-ce que c'est ? »

J'entends la voix de Harry à la réception. Généralement la voix de Harry porte même lorsqu'il n'est pas au téléphone mais, à cet instant, il est littéralement en train de crier.

« Mais qu'est-ce qui se passe à l'accueil ? »

Lenore est plus près de la porte que moi mais elle ignore ma question.

« Tu vas me le dire, oui ou non ? demande-t-elle.

— Je ne peux pas.

— Alors c'est comme ça ? » Elle ramasse ses documents, sa serviette et son sac à main.

« Je le voudrais bien, lui dis-je, mais je ne peux pas. »

Au même instant, en plongeant mon regard dans les yeux sombres de Lenore, j'y lis qu'elle s'empressera de tout aller raconter à Tony en sortant de mon bureau. Je l'y ai conduite par mon silence.

De nouveaux cris se font entendre à la réception. Je me rends compte brusquement que Harry n'est pas au téléphone. Il y a deux voix : il se trouve en compagnie de quelqu'un d'autre.

Je me lève et me dirige vers la porte. En l'ouvrant, je croise l'œil furibond, mauvais, de Phil Mendel.

« Justement la personne que je voulais voir. Qu'est-ce que c'est que cette merde ? », me demande-t-il.

Il tient à la main un morceau de papier tout froissé.

« C'est sa citation à comparaître, dit Harry. Ça a l'air de le mettre un peu en rogne.

— Faux, renchérit Mendel. Je suis très en rogne. »

Ce document appartient au dernier lot de citations à comparaître envoyées par Harry à Mendel et à une centaine d'autres personnes, pour le cas où notre plaidoirie se développerait de manière tentaculaire dans toutes les directions.

« Parfait. Faites votre cirque tant que vous voudrez au tribunal. Ça vous regarde. Mais n'essayez pas de me mêler à ça. Moi ou le syndicat. Sinon, on va vous botter le cul.

— J'ai l'impression qu'on m'a déjà fait ce numéro, lui dis-je.

— Je ne sais pas de quoi vous parlez. » Ce que son visage dément.

« De la descente chez moi à la recherche de drogue.

— Oh, ça. » Puis, il ajoute avec ce qui pourrait passer pour un sourire : « J'ai lu quelque chose à ce sujet dans les journaux. Il y a des gens qui trouvent que vous vous en êtes tiré à bon compte.

— Ces gens doivent savoir à quoi s'en tenir.

— Dans l'avenir, il leur faudra être un peu plus rapides.

— Oui, et faire beaucoup moins de bruit. »

Il m'adresse un regard interrogateur.

« Le bruit du couvercle de la chasse d'eau. » Je vois que cela répond à une question qu'il se posait — comment avais-je pu découvrir la supercherie si rapidement.

Il note mentalement la chose. L'homme du câble va en entendre parler.

« La prochaine fois que vos amis viendront prendre un bain dans mes chiottes, rendez-moi un service. »

Il ne va quand même pas me demander lequel mais, vu le regard qu'il me lance, c'est tout comme.

« Dites-leur de se laver d'abord. Comme ça, ils ne saliront pas le rebord de la cuvette. »

Il m'adresse un regard mauvais et fait celui qui ne sait rien.

« J'sais pas de quoi vous parlez.

— Pensez-y. Je suis sûr que ça vous reviendra. » Je m'apprête à refermer la porte de mon bureau.

« Qu'est-ce que c'est que ça ? » Il tient la citation à comparaître comme si j'allais réellement la reprendre. « Je quitte le pays dans cinq jours. Je pars en vacances à Bali. »

Harry, un crayon à la main, s'enquiert de la date de son départ et Mendel, sans réfléchir, la lui donne.

« Si j'étais vous, j'attendrais pour mettre l'huile solaire dans ma valise », dit Harry.

Mendel le déboute du regard.

« Et alors ? » Il fait appel à une cour supérieure à celle incarnée par Harry.

« J'espère que ça s'arrangera, lui dis-je.

— Huit mille dollars de billets. Non remboursables. Ça a intérêt à s'arranger.

— Si vous avez un problème, parlez-en à votre agent de voyage. » Le problème pour Mendel, c'est que, sur le papier du moins, il est gardien de la paix. Une fois cité à comparaître, il ne peut s'absenter du procès sans devoir rendre des comptes à la justice ultérieurement. La chose pourrait avoir de graves répercussions.

« C'est de la foutaise, et vous le savez. J'ignore tout de cette affaire. » Il dit que ce n'est rien que du « bla-bla ».

« Merci de votre visite », lui dis-je en refermant la porte de mon bureau.

L'espace de quelques secondes, il s'en prend à Harry jusqu'à ce que celui-ci menace d'appeler le service de sécurité de l'immeuble. J'entends ensuite un tas d'objets qu'on lance par terre comme si Mendel avait balayé d'un revers tout ce qui se trouvait sur l'un des bureaux. Suivent quelques épithètes choisies et la porte extérieure claque en tremblant dans son chambranle.

Je regarde Lenore, qui est en train de m'observer, sa serviette à la main, derrière la porte de mon bureau.

« Voilà, dis-je. Les fréquentations de Tony. »

CHAPITRE VINGT-HUIT

Nous ouvrons notre plaidoirie en faveur d'Acosta, Harry et moi, en attaquant sur des zones d'expertise scientifique négligées par l'accusation pour des raisons inexplicables. Si Kline a un point faible, aggravé par son inexpérience du prétoire, c'est son incapacité à anticiper.

Il a laissé derrière lui des questions en pointillé et non résolues qu'il eût mieux fait d'explorer à fond.

Lewis DeShield est un spécialiste des métaux, en particulier dans l'art de séparer les éléments de traces métalliques dont il compare des échantillons connus avec d'autres, provenant des lieux d'un crime, et de composition douteuse.

Suivant le rituel habituel, nous faisons état de son pedigree, de sa formation et de l'expérience qui l'habilitent à témoigner et à fournir son avis d'expert. Kline propose une conciliation à huis clos afin d'éviter que le jury ne prenne connaissance des références professionnelles de DeShield. Nous refusons et, vingt minutes plus tard, nous entrons dans le vif du sujet.

« Monsieur DeShield, avez-vous examiné les lieux du crime, en l'occurrence l'appartement de la victime, le 28 août dernier ?

— Oui, dit-il, je les ai examinés à votre demande.

— Et pouvez-vous dire au jury ce que vous avez découvert à la suite de cet examen ?

— J'ai examiné le living et tout particulièrement

une petite table basse en métal et en verre. Sur le dessous de la table, à une extrémité, j'ai remarqué des éraflures sur le métal et ce qui paraissait être des traces d'un métal différent de celui de la table. Je les ai photographiées, et ensuite, à l'aide d'outils, j'en ai prélevé sur le rebord inférieur de la table et les ai déposées dans une enveloppe réglementaire, les ai portées au laboratoire pour analyse. »

Nous extirpons l'enveloppe d'une boîte de pièces à conviction. DeShield l'identifie et nous la faisons inscrire au greffe par le clerc, en même temps que des diapositives et des photos.

Je demande que l'on apporte dans le prétoire la table basse que le ministère public a déjà fait inscrire au nombre des pièces à conviction, et DeShield l'identifie. Il descend alors du box des témoins pour indiquer où il a trouvé les éraflures et les traces de métal. Celles-ci se trouvent tout près de l'angle de la table, à l'endroit où le sang avait fait une mare et où les coups qui, selon le médecin légiste, ont tué Brittany Hall auraient été portés. DeShield regagne ensuite le box des témoins.

« Vous êtes-vous formé d'emblée une opinion fondée sur l'observation visuelle quant à la nature de ces traces métalliques trouvées sur la table ?

— J'ai eu la conviction qu'il s'agissait de particules laissées par un bijou. Il semblait y avoir des éléments d'or dans les traces. »

DeShield se sert pour illustrer la chose d'agrandissements photographiques montés sur des panneaux. Nous exposons ceux-ci sur deux chevalets devant le box du jury, où le témoin fait voir, à l'aide d'une baguette, à quel endroit se trouvaient les particules de métal.

« Savez-vous si la victime portait le soir de sa mort des bijoux qui pourraient expliquer ces éraflures ?

— Selon les informations dont je dispose, elle n'en portait pas.

— Lors de votre examen de la table, avez-vous

remarqué quelque chose de singulier quant à l'endroit où se trouvaient ces éraflures ?

— Oui. Il y avait des éraflures de peu d'importance sur le rebord supérieur de la table, mais les marques les plus importantes paraissaient se trouver sur le rebord inférieur. En supposant que ces marques aient été produites par un bijou que portait l'assaillant, il semblerait qu'elles ont été le résultat d'une poussée ascendante, comme si la victime avait été tirée vers l'assaillant, lequel s'apprêtait peut-être à lui assener un nouveau coup. Cela s'est produit à plusieurs reprises et a laissé chaque fois une série d'éraflures distinctes.

— Et pourquoi est-ce significatif ?

— Cette interprétation concorde avec l'opinion de l'autre expert selon laquelle plusieurs coups auraient été portés. Mais, plus important encore, il se pourrait qu'à la suite de ces coups portés de bas en haut le bijou en question se soit détaché, ait touché la table et ait même été arraché à l'assaillant.

— Objection, dit Kline. Pure conjecture. »

Là-dessus, l'inspecteur de Kline, Stobel, se lève de son siège pour se pencher vers le procureur. Il veut lui parler mais Kline lui fait impérativement signe qu'il le dérange.

« Vous pouvez l'affirmer ? demande Radovich en s'adressant au témoin.

— Pas avec certitude, reprend DeShield. Mais à en juger par la profondeur des éraflures, de l'une d'elles en particulier sous agrandissement, je dirais que ce n'est pas à exclure. »

Le juge agite le poignet comme pour clore le débat. « Objection rejetée. »

Le problème pour l'accusation est, si le bijou s'est détaché, que Stobel ne l'ait pas trouvé.

Nous en venons à l'analyse par DeShield des traces de métal recueillies par lui sur le rebord de la table basse et nous nous engageons dans des considérations techniques. Il s'agit de savoir si l'on peut comparer le métal qui a éraflé la table à un bijou particulier.

DeShield m'assure que c'est possible.

« Comme de comparer des empreintes digitales ? »

Il réfléchit quelques instants puis répond : « Normalement non. Nous pouvons démontrer l'existence ou la non-existence de propriétés distinctes à partir de la composition chimique d'un métal. Celle-ci nous permet le plus souvent d'écarter certaines possibilités de ressemblance éventuelle. »

Il concède toutefois qu'il y a des cas où la présence de ce qu'on appelle des « éléments de traces », à savoir des impuretés dans le métal, peut constituer des marqueurs invisibles.

« En fonction de leur rareté, de leur pourcentage dans la composition totale du métal et du nombre de ces impuretés, il arrive que l'on se trouve devant une situation qui permette d'établir des points de comparaison significatifs permettant une identification positive. »

Il est maintenant en train de parler d'une preuve allant au-delà de tout doute raisonnable : trouver le propriétaire du bijou c'est trouver l'assassin.

« Comme des empreintes digitales ? lui demandé-je.

— Il existe des cas de comparaison de peintures, dit DeShield, où des échantillons connus et d'autres soumis à une contre-expertise ont été comparés avec une marge d'erreur inférieure à un sur dix milliards. Il s'agit là d'un degré de probabilité supérieur à celui des empreintes digitales. On se fonde, dans l'exemple en question, sur les nombreuses impuretés contenues dans la peinture, et sur le fait qu'il est peu probable que la même combinaison et le même pourcentage d'impuretés puissent se retrouver dans un autre lot de peinture.

— Et la même chose peut être vraie des métaux ?

— Eventuellement. »

Une expression de mauvais augure se lit alors sur

le visage de Kline. L'espace d'un instant, je me dis qu'il nous soupçonne d'avoir réellement découvert le bijou et pense que celui-ci correspond aux traces trouvées dans l'appartement et qu'il n'appartient pas à mon client. Une discussion véhémente s'engage à la table de l'accusation entre Kline et Stobel. L'inspecteur secoue la tête comme pour signifier que ce n'est pas de cette manière que la police a interprété cette pièce à conviction. Ce qui place néanmoins le jury devant une alternative intéressante.

« Avez-vous eu l'occasion d'analyser les particules métalliques trouvées sur la table ?

— Oui.

— Et comment avez-vous procédé ?

— En réalité, j'ai utilisé deux méthodes : la spectrographie normale et un examen au microscope électronique semblable à un scanner et équipé d'un détecteur à rayonnement énergétique, un processus connu sous le nom de EDX. »

De quoi endormir un auditoire. Je remarque que l'on commence à avoir le regard vitreux dans le box des jurés. L'exposé scientifique.

« En quoi consiste la spectrographie ? Très brièvement.

— On fait brûler une petite partie de la pièce à conviction, généralement une fraction d'un gramme. La structure atomique de la substance est perturbée par la chaleur. Elle émet alors des ondes énergétiques que nous observons sous forme de couleurs. Ces taches de couleurs sont fixées sur une plaque photographique et on en interprète certaines ondes énergétiques correspondant à la composition chimique précise de la substance. »

Il expose le procédé dit EDX en un raccourci analogue. Nombreux bâillements dans le box des jurés.

« Vous pouvez donc dire avec précision quelle quantité de fer, de cuivre ou de magnésium, ce qu'on appelle les impuretés, est contenue dans un échantillon de métal ?

— En effet. En principe, on prélève les particules de métal de la table et un échantillon provenant d'un bijou, et on en compare la composition chimique, tout particulièrement l'existence en elles d'impuretés connues ou particules élémentaires en quantité connue. S'il y en a suffisamment et qu'elles concordent, le tour est joué.

— Et vous y parvenez avec des quantités minimes de métal ?

— Oui. Nous n'avons même pas, de fait, utilisé toutes les particules de métal que nous avions prélevées sur la table.

Il vous en reste encore un échantillon ?

— Oui.

— Vous pourriez donc le remettre à la police si elle en avait besoin pour ses propres tests ?

— Nous le pourrions, mais ce ne sera pas nécessaire. Elle a fait ses propres prélèvements au même endroit. »

C'est à cela que je voulais en venir : les flics auraient recueilli de leur côté des éléments de preuve et les auraient mis sous le boisseau.

« Savez-vous si la police a procédé à l'analyse de la portion qu'elle a prélevée ?

— Objection, lance Kline. Question sollicitant un témoignage par ouï-dire.

— Je demande au témoin s'il le sait par expérience personnelle, dis-je à Radovich.

— Le savez-vous ? demande le juge.

— Oui, répond DeShield. J'ai assisté à une partie du test.

— Objection rejetée, dit Radovich.

— La police a analysé les bijoux de l'accusé, poursuit DeShield.

— Tous ?

— A ma connaissance, oui.

— Nous y reviendrons, dis-je. Pouvez-vous d'abord nous faire part des résultats de votre propre analyse ?

— Je serais d'avis que le bijou qui a produit ces éraflures sur la table et y a laissé des traces de son propre métal était une très coûteuse pièce de joaillerie, dit le témoin.

— Et sur quoi vous appuyez-vous pour dire cela ?

— Sur la composition chimique du métal. Le contenu en or très élevé. Vingt-deux carats. Ce qui se rencontre peu fréquemment en joaillerie, sauf en Inde où le coût du travail banalise la création et la fabrication de telles pièces. Là-bas, on achète l'or pour sa valeur intrinsèque. Une protection contre l'inflation, ajoute-t-il.

— Diriez-vous que c'est de là-bas que vient le bijou ?

— Très probablement. On en importe très peu ici. C'est trop coûteux.

— Avez-vous trouvé des marqueurs ? Des impuretés dans le métal ?

— Non. C'est le problème avec un or de cette qualité. Les particules élémentaires — de plomb, de fer, de magnésium — en auront été éliminées depuis longtemps. »

Stobel esquisse un sourire et Kline, avec un regard entendu, assène sur la table de l'accusation une claque de soulagement qu'il essaie cependant de maquiller en un simple geste d'étirement lorsqu'il s'aperçoit qu'il attire l'attention.

« Il n'y a donc aucun moyen d'identifier formellement les traces de métal laissées sur la table avec celles d'un bijou quelconque ?

— Chimiquement, non.

— Y a-t-il un autre moyen ?

— Eventuellement oui, à mon avis. »

Le sourire s'efface sur le visage de Kline.

« Comment ?

— Par les marques de fabrication », dit le témoin.

DeShield m'a renseigné là-dessus il y a une semaine. Bien qu'il lui ait été impossible de comparer les métaux à cause de leur pureté, l'or possède toutefois d'autres propriétés. Il est malléable, surtout lorsqu'on a affaire à la variété de vingt-deux carats qu'il a identifiée en l'occurrence. C'est ce qu'il explique maintenant au jury.

« Le dessous de cette table possède effectivement de petites stries, des zones accidentées dues à sa fabrication. Ces aspérités se distinguent par leur taille et leur espacement. »

Il illustre la chose à l'aide d'une photo que nous posons sur un chevalet, un agrandissement à la puissance dix sur lequel ces rainures ressemblent aux montagnes de la Lune ou, plus précisément, selon DeShield, aux dents d'une clé.

« Il suffit pour parvenir à une identification positive de trouver un bijou en or dont les entailles correspondent à ces rainures. »

Je laisse, telle de la boue sur une plage, l'information se déposer dans les esprits à la table de Kline tandis que je fouille dans la boîte qui contient nos éléments de preuve. Le bruit de papier mobilise son attention. A la fin, il se lève de sa chaise et regarde Stobel.

« Votre Honneur, pouvons-nous nous approcher ?

— Pas maintenant », dit Radovich.

Kline voudrait faire diversion. Il se dit, sans en être trop sûr, qu'il se pourrait que nous soyons en possession de l'objet disparu, le bijou en or.

J'extrais de la boîte un sac en papier scellé au moyen d'une étiquette le désignant comme pièce à conviction. Tous ces objets ont été recueillis par nous sous l'œil vigilant et la gouverne d'une juriste spéciale nommée par le tribunal, de manière à ce qu'il n'y ait pas de problèmes de séquestre, d'allégations selon lesquelles il y aurait eu manipulation des pièces à conviction. Celles-ci ont été examinées et placées sous scellés par cette juriste et remises au tribunal.

« Monsieur DeShield, je vais vous montrer un sac

et vous demander si vous pouvez en identifier le contenu. »

Je lui tends le sac. Il en lit l'étiquette et l'ouvre.

« Des bijoux. »

Kline me regarde d'un air éploré comme si je le laissais suspendu dans le vide. Il ne s'assoit pas mais esquisse un mouvement en direction du témoin pour venir jeter un œil par-dessus mon épaule.

« Et d'où ces bijoux proviennent-ils ?

— Des services de la police, dit DeShield.

— Et où la police les a-t-elle trouvés ?

— Chez l'accusé. Ils sont contenus dans un sac signé par l'inspecteur Stobel et il y a une feuille d'inventaire.

— Et vous les avez récupérés auprès de la police en compagnie de la juriste spéciale ?

— Oui.

— Pourquoi avez-vous fait cela ?

— Parce que, autrement, l'accusation ne les aurait pas fait figurer au nombre des pièces à conviction.

— Objection, dit Kline. Comment le savez-vous ?

— Cela va de soi, dis-je. Vous avez clos votre plaidoirie sans faire prendre connaissance au jury de ces éléments de preuve. »

Radovich acquiesce. « Objection rejetée. La réponse demeure consignée au greffe.

— Savez-vous s'il s'agit là de tous les bijoux que possède l'accusé ?

— On m'a dit que c'étaient tous les bijoux appartenant à l'accusé que la police avait trouvés chez lui lorsqu'on a perquisitionné à son domicile.

— Et savez-vous si la police les a examinés pour en connaître la composition chimique ou pour les comparer avec les traces de métal trouvées sur la table basse de la victime ?

— D'après mes informations, oui. J'ai un exemplaire du rapport de la police. »

Voilà pourquoi il ne faut jamais enterrer des éléments de preuves que l'on croit stériles. L'autre partie s'en servira pour vous tomber dessus.

« Et qu'a-t-elle trouvé ?

— Ils ont été en mesure de les écarter tous comme ne correspondant pas à la composition chimique des traces de métal trouvées sur la table.

— Avez-vous examiné les bijoux appartenant à l'accusé ?

— Oui.

— Et confirmez-vous les conclusions du laboratoire de la police selon lesquelles la composition chimique des bijoux appartenant à l'accusé ne correspond pas à celle des traces de métal trouvées sur la table ?

— Oui.

— Avez-vous examiné ces bijoux pour déterminer si l'un ou l'autre d'entre eux contenait des irrégularités correspondant aux rainures trouvées sur la table ?

— Oui.

— Et qu'avez-vous découvert ?

— Qu'aucun des bijoux ne comportait de telles irrégularités.

— A votre connaissance, la police disposait de toutes ces informations, n'est-ce pas ?

— Oui. »

Kline me regarde, bouillant de rage.

« Merci. Le témoin est à vous. »

Kline ne peut s'empêcher, avant même d'atteindre le box des témoins, de poser la question qui va de soi :

« Monsieur DeShield, ne venez-vous pas de nous dire que le bijou en question a probablement été arraché à l'assaillant ?

— C'est tout à fait possible.

— Il y avait peu de chances dans ce cas que le bijou en question se trouve au domicile de l'accusé lorsque la police y a perquisitionné ?

— C'est vrai, répond DeShield, mais j'ai supposé que la police l'avait trouvé sur les lieux du crime. »

Acosta me saisit le bras en riant sous cape en entendant la réponse de DeShield. Kline doit maintenant enlever de la tête des jurés l'idée que non seulement la police a éventuellement mis sous le boisseau ses découvertes concernant les bijoux trouvés au domicile d'Acosta, mais qu'il se pourrait qu'elle ait détruit une pièce à conviction lorsqu'elle s'est aperçue qu'elle n'appartenait pas au principal suspect.

Il se tourne vers Stobel qui hausse les épaules avec une expression qui semble dire « à vous de voir ».

« Ne se pourrait-il pas que l'accusé l'ait ramassé avant de s'en aller et s'en soit débarrassé ?

— Objection. Question conjecturelle. » Je bondis de ma chaise.

« Retenue, dit Radovich.

— Pas plus conjecturelle que la déclaration précédente portant sur ce que nous aurions dû trouver sur la scène du crime, dit Kline.

— C'est vous qui avez posé la question », rétorque Radovich.

Kline tripote un bloc-notes jaune devant le box des jurés. Son stylo tombe par terre et il doit se baisser pour le ramasser. Il se relève, l'air mécontent, ne sachant visiblement plus à quel saint se vouer.

De toute évidence, il traverse un mauvais quart d'heure. Il se produit un léger remue-ménage dans le box des jurés puis, après un moment, Kline reprend ses esprits et trouve ce qu'il cherchait dans ses notes.

« Voyons. Voyons. Vous dites qu'une identification positive est possible. Quel est le degré de précision de ces tests permettant de déterminer ce que vous appelez une identification positive des particules de métal et du bijou ?

— De quel test parlez-vous ?

— Mais enfin, de tous », dit Kline d'un ton rêche. Il est clair que le témoin ne lui revient pas.

« Comme je l'ai dit, étant donné la teneur en or des traces de métal trouvées sur la table, l'analyse chimique n'aurait pas permis de procéder à une identification positive de ces traces avec un bijou bien précis. Mais en ce qui concerne les irrégularités, c'est autre chose.

— Oui, dit Kline. Les irrégularités. A quel degré de précision pourriez-vous parvenir à cet égard ?

— Je ne pourrais rien dire de certain avant de...

— Alors vous n'avez pas vu ce bijou ?

— Objection. L'avocat de l'accusation interrompt le témoin sans le laisser répondre à la question, dis-je.

— Excusez-moi, dit Kline.

— Comme je l'ai dit, je crois qu'un examen du bijou serait concluant, reprend DeShield. Je crois que les marques permettraient une identification positive.

— Alors vous n'avez pas vu le bijou ? » C'est une idée fixe chez Kline. Il pense désormais que c'est nous qui avons le bijou et que nous le gardons en réserve pour marquer un grand coup, mais comment ?

« Je ne l'ai pas vu. Pas encore. »

Cette réponse met Kline hors de lui.

« Alors vous savez où il est ?

— Non.

— Vous venez de dire que vous ne l'aviez pas encore vu.

— En effet.

— Est-ce Maître Madriani qui l'a ?

— Je ne sais pas. »

Kline me regarde et, l'espace d'un instant, je me demande vraiment s'il ne va pas m'appeler dans le box des témoins.

« Votre Honneur, nous avons le droit de savoir si la défense retient une pièce à conviction.

— Votre Honneur. » Je bondis avant que Radovich n'ait le temps d'ouvrir la bouche. « Nous n'ignorons pas les règles qui régissent la communication réciproque des deux parties concernant les pièces versées au dossier. Je peux assurer à la cour ici et maintenant que nous ne les avons pas transgressées. Nous avons communiqué jusqu'à maintenant au parquet tout ce que la loi exigeait de nous. Rien ne nous oblige à aller au-delà. »

Kline ne saurait se satisfaire d'un tel légalisme.

« Votre Honneur, j'exige une réponse claire et nette.

— A huis clos », dit Radovich. Il abat son maillet. « Cinq minutes d'interruption. »

Nous sommes dans le cabinet du juge, Harry et moi, Kline et Stobel. Kline est agité, visiblement exaspéré par mes petits tours de passe-passe. Il est en train de dire au juge que ça ne l'étonne pas :

« C'est Lenore Goya qui a le bijou. On a trouvé son empreinte sur la porte de la victime. Maintenant, tout s'explique.

— C'est vrai ? demande Radovich.

— Je ne sais pas de quoi il parle, dis-je.

— C'est vous qui avez le bijou disparu. Il appartient sans aucun doute à son client, ajoute-t-il à l'intention de Radovich. Cela tombe sous le sens. Elle s'en sert pour s'immiscer dans le procès.

— Qui ça, elle ? demande le juge.

— Lenore Goya », précise Kline.

Il parle d'abus de confiance et Radovich le fait taire.

« Je ne veux plus entendre parler de ça. »

Kline est dans tous ses états.

« Je veux une réponse claire et nette. » C'est à moi que Radovich s'adresse. « Avez-vous ou non le bijou disparu ?

— Je ne l'ai pas. » Je mets tout l'accent sur le pronom personnel, ce qui met de nouveau Kline hors de lui.

« Si quelqu'un d'autre l'a, je n'en sais rien.

— Ne jouez pas sur les mots, dit Radovich. Je ne veux pas de ça ici.

— C'est ce qu'il fait, souligne Kline.

— Je ne joue pas sur les mots. Nous avons peut-être une idée de l'endroit où il se trouve mais rien ne nous oblige à divulguer les hypothèses.

— Vous savez où il est ? demande le juge.

— Je n'en sais rien. »

Radovich pose ses deux paumes ouvertes sur le bureau et hausse les épaules.

« Il dit ne rien savoir au sujet de ce bijou, dit-il à Kline.

— Il ment, répond Kline.

— Vous m'avez posé la question et je vous ai répondu, Votre Honneur. Je ne l'ai pas et je ne sais pas où il est.

— Oui, d'accord, dit Kline, mais Lenore Goya le sait, elle.

— Vous le savez ? Prouvez-le, lui dis-je.

— Votre Honneur, nous déposons une requête pour rouvrir la plaidoirie du parquet afin de citer Lenore Goya à comparaître, annonce Kline.

— Et nous, nous faisons objection, dis-je à Radovich. Le ministère public a eu amplement l'occasion de citer Maître Goya durant sa plaidoirie. Il était au courant pour les empreintes digitales trouvées sur la porte et s'est abstenu de la faire comparaître. Maintenant, il pense avoir commis une erreur tactique et veut se reprendre. »

Le visage de Radovich, comme liquéfié derrière son bureau, passe par toute la gamme des émotions.

« Je serais tenté de lui donner raison, explique-t-il à Kline. Vous avez eu votre chance. Ce n'est pas que je veuille me montrer incompréhensif. » Il me regarde comme s'il ne savait pas trop s'il devait me croire.

Kline s'emporte de nouveau mais le juge l'interrompt.

« Je ne vous autoriserai pas à rouvrir le dossier de l'accusation à moins que vous ne puissiez fournir une preuve, dit Radovich, une preuve solide que Maître Goya ou Maître Madriani ont en leur possession le bijou en question. Il faut qu'on avance. »

Harry et moi faisons demi-tour pour sortir.

« Et vous, Maître Madriani, lance le juge, vous avez intérêt à ne pas vous présenter devant moi demain avec une preuve de dernière minute découverte la veille de la clôture de votre plaidoirie. Est-ce que nous nous comprenons bien ?

— Parfaitement. »

Il m'adresse un regard mauvais. « Bien. »

En frôlant Kline, lorsque je passe à sa hauteur, je sens tout son corps tressaillir à mon contact. Il s'approche pour me parler à l'oreille de manière à ce que personne, pas même Harry, ne puisse entendre ce qu'il me dit.

« Dites à cette salope, murmure-t-il, dites-lui que je veux ce bijou. » Il parle en me retenant le bras d'une poigne de fer, si bien que je suis obligé de donner un coup d'épaule de côté pour me défaire de lui.

Lorsque je croise son regard, j'y lis toute son hostilité à l'égard de Lenore, une hostilité qui, après des mois de dissimulation, affleure maintenant étrangement à propos d'un élément de preuve manquant.

CHAPITRE VINGT-NEUF

Vient un moment où l'on est forcé de jouer le tout pour le tout. Avec un peu de chance et si on est assez malin, ces moments, de petits pics d'affolement au milieu d'un procès, se produisent rarement. Si cela arrive, on s'efforce de minimiser la chose, de sauver la mise, de couvrir ses arrières mais, surtout, on ferme les yeux et on croise les doigts. C'est ce qui est sur le point de nous arriver.

Jerry Franks est un touche-à-tout qui exerce son expertise aux confins d'une douzaine de disciplines médico-légales. Il n'en maîtrise aucune. Les comptes rendus qu'il en donne ont autant de consistance que les bandes dessinées dans le journal du dimanche. Il voudrait faire croire que ses témoignages reposent sur un corpus de savoir organisé, qu'il faut les accepter les yeux fermés. En somme, Franks est quelqu'un à qui on fait appel lorsqu'on veut acheter un avis d'expert. Ses compétences ne sont pas seulement discutables, elles sont à vendre.

Pour toutes ces raisons, Kline exulte véritablement lorsque j'appelle Franks à la barre des témoins. Dans la petite guerre que se livrent devant les tribunaux les deux parties, dans le genre « mon expert est meilleur que le tien », quiconque recourt aux services de Jerry Franks passe pour un débile mental.

Il maîtrise peut-être le jargon scientifique mais son savoir est lacunaire.

Petit et trapu, les rares cheveux qui lui restent tout ébouriffés, il porte de lourdes lunettes à monture de corne sur laquelle sont montés des verres aussi clairs et aussi grands que des vitres, de sorte que j'ai toujours pensé qu'elles étaient là pour la frime. Son veston sport en velours côtelé, aux coudes en cuir passés de mode depuis vingt ans, fait partie de l'uniforme dont il s'affuble pour comparaître dans les prétoires. Quant à son pantalon, il est tellement imprégné de sueur qu'il s'en échapperait de dangereuses vapeurs si on le mettait sous le fer à repasser. Ses chaussures noires ignorent le cirage et je l'ai vu exhiber avec fierté un trou à une semelle lorsqu'il a croisé les jambes à une audience, l'an dernier. Il cultive l'image du professeur débauché, de quelqu'un dont on jurerait qu'il tient son énergie sexuelle de quelque potion mitonnée en laboratoire.

Lorsque Franks monte dans le box des témoins, Stobel dit quelque chose à Kline et ils éclatent de rire tous les deux, de telle sorte que l'objet de leur hilarité ne saurait faire de doute. L'opinion professée par Franks sur quelque sujet que ce soit pèse aussi lourd que l'hélium auprès des avocats de la ville et des jurés les plus perspicaces. Son incompétence n'apparaît pas toujours à un jury, mais un bon avocat réussit généralement à le démolir.

Il prête serment et, avant que je n'aie le temps d'atteindre le box des témoins, Kline bondit sur ses pieds pour faire objection.

« Votre Honneur, nous n'avons reçu aucun rapport du témoin. Pas de résultats d'enquête ou d'avis écrit.

— Pour une raison simple, dis-je au tribunal. C'est que le témoin n'en a pas fourni. »

J'ai bien remis à Kline un résumé de la déposition de Franks mais non dans son intégralité, juste ce qu'il fallait pour attiser sa curiosité et pour satisfaire aux exigences élémentaires du règlement qui impose que l'on transmette ses propres pièces à la partie adverse.

« Mais enfin, nous pouvons du moins nous interroger sur sa comparution ici aujourd'hui, n'est-ce pas ? », insiste Kline.

Radovich demande que l'on s'approche de lui pour discuter de cela sans que le jury puisse entendre. Nous conférons près du banc.

« Quel est l'objet de ce témoignage, Maître Madriani ?

— Le calendrier trouvé à l'appartement de la victime, Votre Honneur. »

J'ai fait examiner par Franks quatre ou cinq pièces à conviction, dont le calendrier, de manière à ce que Kline ne se concentre pas sur une seule question.

« Qu'est-ce qu'il a ce calendrier ?

— Il semble qu'il contenait des notes, des surimpressions en filigrane que nous croyons pertinentes pour le procès.

— Dans quel but les intégrez-vous à votre plaidoirie ? demande Kline.

— Pour montrer que la victime avait davantage écrit de choses de sa propre main sur son calendrier le jour du meurtre qu'il n'a été révélé jusqu'ici, dis-je au juge.

— Pas étonnant qu'il n'ait pas fourni de rapport, ironise Kline. Même si c'est vrai, c'est un témoignage par ouï-dire. »

Il a raison, à moins que nous ne puissions faire entrer la note de Brittany Hall sous une exception quelconque au témoignage par ouï-dire. Kline lui-même avait dû trouver une exception à l'interdiction de témoignage par ouï-dire pour que la note ayant trait au rendez-vous avec Acosta soit versée au dossier comme pièce à conviction, sous forme d'aveu par procuration.

« Il se peut que le témoignage sur le contenu de la note soit par ouï-dire, dis-je, mais le fait qu'il ait pu y avoir d'autres inscriptions sur le calendrier de la victime ne l'est pas. »

Le problème pour Kline est que l'existence d'un

autre rendez-vous le jour du meurtre est susceptible de nourrir chez les jurés des suppositions qu'il ne pourra contrôler.

« Le témoin peut déposer, dit Radovich, mais dans cette perspective limitée. A condition que vous n'alliez pas plus loin », ajoute-t-il à mon intention.

Je regarde Franks dans le box des témoins. « D'accord. »

Nous quittons le banc. Je vois Acosta, assis à côté de Harry, demander à celui-ci ce qui se passe.

Bien qu'elle ne soit pas dans la salle d'audience aujourd'hui, Lenore est désormais de plus en plus au centre de la plaidoirie de la défense.

C'est autant pour des raisons tactiques que par loyauté que je me suis retenu de la citer à comparaître. Kline est tellement convaincu qu'elle sait ou détient quelque chose qu'il en fait maintenant un cauchemar, supplice que je ne souhaite à personne si ce n'est à l'avocat de la partie adverse durant un procès, de quoi le tenir éveillé toute la nuit dans l'angoisse.

Sans le témoignage de Lenore, je suis obligé de faire du remplissage et de ruser avec le jury afin d'aborder la question de la note qu'elle a retirée du calendrier de Brittany Hall et en venir au fait que celle-ci et Arguillo avaient rendez-vous ce soir-là à un moment ou un autre. C'est pour cela que Franks est à la barre aujourd'hui.

Nous exécutons le rituel consistant à exposer pour le jury ses habilitations à témoigner comme expert. Ce qui ne prend guère de temps.

Kline veut vérifier davantage les compétences du témoin. On lui permet de poser plusieurs questions et, lorsqu'il a fini, il le récuse.

« Il n'a pas la compétence requise. Pas dans le domaine du papier et des écritures en filigrane. »

Nous polémiquons là-dessus.

Franks a suivi deux séminaires sur la question, il y a cinq ans, pour l'un d'eux. Il s'y connaît un peu, quoiqu'il ne puisse dire au tribunal avoir jamais témoigné en tant qu'expert en filigrane.

Radovich nous interrompt. Il pose quelques questions au témoin sur son expérience passée et sur la technique d'identification de surimpression en filigrane dans du papier. Il conclut finalement que cette question, à savoir l'existence ou la non-existence de telles surimpressions laissées sur du papier par des traces écrites, n'exige pas une grande compétence scientifique.

« S'il devait témoigner sur le contenu de l'écriture en filigrane, je serais d'accord avec vous, explique-t-il à Kline. Mais dans ce cas, c'est au jury de décider du poids qu'il compte donner à la déposition du témoin. »

Kline se rassoit, mécontent. Franks n'a pas encore ouvert la bouche qu'il fait déjà l'objet de controverses.

« Monsieur Franks, pouvez-vous nous dire si vous avez examiné un calendrier que la police a mis à votre disposition à ma requête ?

— Oui. Et j'ai découvert... »

Je l'interromps. « Contentez-vous de répondre à la question. » Franks voudrait couper au plus court, rafler ses honoraires et filer.

J'envoie un clerc chercher le calendrier dans le chariot des pièces à conviction et Franks l'identifie comme étant celui qu'il a examiné précédemment. Je l'ouvre au mois de juillet et le pose sur un chevalet devant les jurés, assez loin d'eux pour qu'il leur faille des jumelles pour s'attarder sur la note compromettante sur laquelle figure le nom d'Acosta.

« J'attire votre attention sur la date du 15 juillet, et je vous demande si vous avez examiné la partie ou l'espace blanc correspondant à cette date sur le calendrier.

— Oui.

— Pouvez-vous dire au jury à quel type d'examen vous avez procédé ?

— On m'avait demandé d'examiner le calendrier à la date en question afin de déterminer s'il s'y trouvait par ailleurs des traces d'écriture invisible autrement. Une écriture en surimpression ou en filigrane.

— Et qu'est-ce qu'une "écriture en filigrane" ?

— Ce sont des surimpressions ou des fragments de surimpressions laissés sur une feuille de papier par la pression de l'écriture sur une autre feuille qui la recouvrait à un certain moment et que l'on a par la suite retirée.

— Comme les feuillets successifs d'un bloc-notes, par exemple ?

— Oui.

— Avez-vous pu observer l'existence de telles surimpressions sur le calendrier en question à la date du 15 juillet ?

— Oui. Il semblait s'agir de surimpressions laissées par une écriture manuscrite.

— Et elles étaient déchiffrables ?

— Objection. Question faisant appel à un témoignage par ouï-dire, dit Kline.

— Je lui demandais si l'écriture en filigrane était lisible et non pas ce qu'il y avait d'écrit. » Je me tourne vers Kline et Radovich me dit de m'adresser à lui lorsque j'argumente.

« Le témoin peut répondre à la question par oui ou par non, décide le juge.

— Oui, dit Franks.

— L'inscription était lisible ?

— Oui. »

Je me détourne quelques instants du box des jurés en réfléchissant à des moyens de grignoter un peu aux marges.

« Y avait-il moyen, en examinant le calendrier, de déterminer sur quelle sorte de papier la note originale avait été éventuellement écrite, le papier que l'on a enlevé ? »

Il est toujours utile de savoir à l'avance, avant de l'analyser, en quoi consiste la pièce à conviction, en l'occurrence la note retirée du calendrier par Lenore. Nous y avons travaillé, Franks et moi. Je lui ai dit en quoi consistait l'indice et il a mis au point des méthodes lui permettant de le découvrir.

« On en a quelques indications. »

Kline commence à s'agiter.

« Lesquelles ?

— L'examen au microscope a révélé l'existence d'un mucilage très fin. »

Il adorait ce mot qu'il tenait à tout prix à placer, me disant qu'il apporterait de la crédibilité.

« Ce mucilage se trouvait sur la surface du calendrier à la date en question.

— Le mucilage ?

— De la colle.

— Ah. Quelle sorte de colle ?

— Sous une lumière intensive et avec un agrandissement important, je dirais qu'elle ressemblait beaucoup à ce que pourrait donner un de ces Post-it que nous utilisons tous. »

Lumière intensive et agrandissement important ou pas, du baratin demeure du baratin. Kline le subodore. Il lève les yeux au ciel et commence à rouspéter à la table de l'accusation. Il lance même deux bouts de papier en l'air et les laisse redescendre lentement sur la surface de la table devant lui comme pour s'assurer que les lois de la physique agissent toujours. Il adresse à Stobel un regard qui semble dire : « Ce qu'il ne faut pas entendre ! »

Harry tient tout prêt à la table de la défense une feuille de Post-it qu'il me tend afin que je puisse la montrer au témoin.

« C'est de quelque chose de ce genre dont je parlais », confirme Franks.

Kline est maintenant convaincu que tout cela est rigoureusement impossible. Il veut y regarder de plus près et, en compagnie de Stobel, ils collent le Post-it sur une feuille de papier, l'appliquent avec le pouce et le retirent. Kline passe ses doigts sur la feuille pour voir si de la colle y adhère et secoue la tête. Il tourne le Post-it vers la lumière afin de voir la preuve patente qu'il y a de la colle.

Avant que je puisse soulever une objection, Franks passe à l'offensive.

« Oh, il vous faudrait un microscope. » Il dit cela avec une sincérité si roublarde que Kline et deux ou trois jurés éclatent de rire. Kline lui jette un regard vraiment sadique : il fait provision de venin pour son contre-interrogatoire.

« Or vous avez dit que la surimpression laissée par cette note était lisible. Quel procédé ou technique avez-vous utilisé pour la lire ?

— J'ai procédé de la manière traditionnelle. »

Il marque une pause pour me regarder. J'ai craint l'espace d'un instant qu'il ne me dise qu'il avait utilisé une technique de son invention.

Il déclare alors : « Par la lumière oblique.

— Expliquez cela au jury, je vous prie.

— A l'aide d'une lumière brillante, on éclaire la surface de la surimpression. Des ombres apparaissent dans le filigrane du papier qui, s'il est assez profond, sont lisibles. Il existe d'autres méthodes, certaines plus raffinées.

— Tu parles ! », fait Kline.

Je fais objection à cette remarque et Radovich le réprimande. Il lui dit d'attendre son tour.

« Je ne peux pas attendre », ajoute Kline.

J'ignore et poursuis : « Cette méthode par une lumière oblique a marché ?

— Suffisamment pour l'usage que nous voulions en faire.

— Combien de mots sont apparus sur la note, en creux ?

— Objection. Témoignage par ouï-dire.

— Je n'ai pas posé de question sur le contenu de la note mais uniquement sur le nombre de mots », dis-je.

Nous sommes sur la ligne jaune et Radovich réfléchit quelques instants avant de trancher.

« Je vais accepter la question, mais rien de plus.

— Voyons. » Franks compte sur ses doigts et je commence à me demander s'il lui faudra continuer à compter sur ses orteils à travers le trou de sa semelle s'il arrive au-delà de dix.

« En comptant l'initiale de l'homme et l'heure, ou seulement le nom ?

— Objection. » Kline bondit comme une furie. « Je dépose une motion pour qu'on annule cette réponse.

— Le commentaire du témoin sera considéré comme nul et non avenu, dit Radovich. Le jury n'en tiendra pas compte. » Le juge m'adresse un regard furibond. Il se tourne ensuite vers Franks dans le box des témoins.

« Contentez-vous de répondre à la question. Combien de mots ? Dites quelque chose d'autre et vous passerez la nuit en prison. Est-ce que nous nous comprenons bien ?

— Voyons voir. » Franks recommence à compter.

« Est-ce que nous nous comprenons bien ?

— Oh, oui. Certainement. Deux ou trois. Selon ce qu'on compte. »

Radovich le regarde comme s'il voulait l'assommer à coups de maillet.

« Le témoin est à vous, dis-je.

— Sauvé par le gong », glisse le juge, ce qui fait rire quelques jurés.

Kline entre en scène tel un requin qui a flairé du sang dans l'eau.

« N'est-il pas d'usage de prendre des photos lorsqu'on examine une écriture en filigrane ? demande-t-il.

— C'est en effet ce que font certains, répond Franks. Pas moi.

— Allons donc, dit Kline. N'est-ce pas un fait que

des photos sont indispensables pour lire de telles surimpressions ?

— Moi, je peux m'en passer.

— Je parie que vous avez aussi reçu le don des langues à la Pentecôte.

— Objection.

— Tenez-vous-en à la question, dit Radovich.

— Ainsi seule votre parole nous assure de l'existence de ces surimpressions ? Vous ne pouvez pas en montrer de preuves matérielles au jury, n'est-ce pas ?

— Non.

— C'est drôlement commode, ironise Kline.

— Est-ce une question ? demande Radovich.

— Bien sûr. » Il se fait impertinent. « N'est-ce pas un fait que cette absence de photo vous arrange ?

— En quel sens ? interroge Franks.

— Parce que si vous aviez été forcé de produire des photos, nous aurions pu les examiner. Le jury aurait pu les voir. Sans elles, vous pouvez dire tout ce que vous voulez sans qu'on trouve à y redire. N'est-ce pas ?

— L'absence de photos s'explique en effet, mais pour une autre raison. »

Devant le jury, cela sonne comme un défi, comme s'il mettait sa virilité en jeu. Kline n'a d'autre choix que de lui demander quelle est cette raison. Ce qu'il fait.

« Des photos auraient constitué des témoignages inadmissibles. Vous l'avez dit vous-même. Le contenu photographié de cette écriture aurait constitué une preuve par ouï-dire. »

Kline est planté devant le box du jury, dans le rôle de l'arroseur arrosé.

« Mais enfin, le juge aurait pu les regarder à huis clos », suggère Kline sans grande conviction, sachant qu'il vient de se faire moucher. Il bat en retraite pour se dédouaner, changeant de sujet pour en venir à la colle.

« Comment pouvez-vous être sûr que ce que vous

avez vu sur le calendrier était de la colle provenant d'un Post-it ?

— Par comparaison.

— Cette colle, vous êtes bien sûr de ne pas l'avoir sniffée ? » Franks répond « Non » avant de s'apercevoir qu'il s'agit là d'une mauvaise plaisanterie.

« Je n'ai plus besoin de ce témoin », dit Kline avec tout le mépris dont il est capable, et il congédie le témoin du revers de la main. C'est ce qu'il peut faire de mieux, vu la colère qui monte en lui en ce moment. Mais sa fureur serait stratosphérique s'il connaissait la vérité. Les surimpressions en filigrane sur lesquelles Jerry Franks a témoigné sont mythiques. Le contenu de la note, dont nous étions convenus qu'il témoignerait si jamais les choses en venaient là, disait : Tony A. 19 : 30.

C'est, dans sa brièveté laconique, une reconstruction par Lenore de ce qu'il y avait sur le morceau de papier trouvé par elle ce soir-là, et c'est tout ce dont elle parvient à se souvenir plusieurs mois après les événements.

*
* *

« Tu as perdu la tête. C'est de la folie, dit Harry. Tu vas y laisser des plumes. Et le juge ne le mérite pas. » Il parle d'Acosta. Nous réglons nos comptes dans le couloir à l'extérieur de la cafétéria durant une interruption lors de laquelle j'ai finalement avoué la vérité à Harry à propos du témoignage de Franks.

« Ça ne te ressemble pas », affirme-t-il.

Que ceci puisse offusquer le sens de la déontologie de Harry me fait m'interroger sur mon propre centre de gravité morale. Je me rends alors compte que ce n'est pas la nature de mon action qui chiffonne Harry, mais le fait que j'aurais pu me faire prendre.

Je jouais gros, mais pas autant qu'il le croit. Je ne lui ai pas fait part de certaines choses que je sais, et d'autres que je soupçonne désormais.

« Et maintenant qu'est-ce que tu vas faire ?

— Appeler le témoin suivant à la barre.

— Non, je voulais dire pour vivre, une fois que tu auras été radié du barreau ? »

Je le regarde pour voir s'il plaisante. Il est très sérieux.

C'est la fin de l'interruption du matin, et nous nous faufilons à travers la foule massée dans le couloir à l'extérieur de la salle d'audience. Une équipe de reportage télévisé, cameraman, technicien du son et un journaliste qui se trouve un peu à l'écart sont les premiers à nous voir.

« Pouvez-vous nous consacrer une minute pour une interview ? »

Nous essayons, Harry et moi, de presser le pas pour nous éloigner.

« Nous n'avons pas le temps maintenant, dis-je au journaliste.

— Le procureur dit qu'il va soumettre le calendrier à ses propres tests. Avez-vous un commentaire à faire ? » J'ai leurs lumières dans les yeux.

« Nous espérons qu'il nous fera part des résultats de ces tests, dis-je.

— Vous n'êtes pas inquiet ?

— Pourquoi le serais-je ? Je sais ce qu'il y avait sur ce calendrier. » C'est vrai, du moins pour une part.

« Quel nom figurait sur la note ? » Il y a maintenant davantage de caméras et assez de lumière pour tourner un film tandis qu'une cohue de plus en plus grande nous empêche d'avancer.

« Suivez le procès et vous le saurez. Tout sera révélé », dis-je délibérément sur le ton de celui qui s'apprête à faire une courte déclaration, si bien que plusieurs d'entre eux se retournent devant leurs propres caméras, alors que je me contente d'un simple : « Voilà... »

Je sens une main dans la foule me saisir le bras. Je me retourne et j'aperçois Phil Mendel.

« Joli. Très joli », dit-il.

Je ne veux surtout pas d'une prise de bec avec Mendel devant les caméras.

« Si vous me disiez quand vous allez m'appeler à comparaître ? » Il formule sa demande sur un ton presque poli.

« Lorsque j'en serai là. »

Mendel, cité à comparaître et obligé d'être présent au tribunal, bat la semelle depuis deux jours dans le couloir. Je lui avais dit qu'il pouvait être appelé à tout moment. Tony se tient derrière lui comme son ombre. Ils font la paire.

Mendel agite devant mes yeux une petite enveloppe sur laquelle on voit les dessins surchargés et aux couleurs éclatantes d'une plage exotique survolée par un jet commercial masquant à peine du bout de l'aile le postérieur d'une femme en bikini. Tous les fantasmes convoqués par l'art publicitaire.

« Mes billets d'avion, dit Mendel. Mes valises sont faites et sont en bas. Je pars demain soir. Par le vol de dix-sept heures.

— Nous avons tous nos problèmes. » J'avance pour le dépasser et il m'agrippe une fois de plus par le bras.

« A dix-sept heures. Vous pouvez m'appeler comme prochain témoin et qu'on en finisse. » Il est sérieux. Mendel pense vraiment que je vais structurer l'ordre de ma plaidoirie pour faciliter ses projets de vacances.

« Si vous y tenez, je peux obtenir un commandement du tribunal pour que l'on vous mette en garde à vue.

— Mon cul.

— C'est là où vous l'aurez si vous essayez de partir. »

De nombreuses caméras sont maintenant revenues vers nous afin de capter ces paroles pour la postérité.

« Excusez-moi. » J'avance à travers la cohue des journalistes, suivi de Harry.

« Etes-vous appelé à témoigner ? demande l'un d'eux à Mendel.

— Uniquement parce que la défense me harcèle et abuse de ses pouvoirs. Des inventions sorties tout droit de leur imagination. Ils font comparaître des témoins qui n'ont rien à voir avec l'affaire uniquement pour créer un écran de fumée. »

Les journalistes boivent ses paroles.

Il tend un bras dans ma direction tandis que je m'éloigne. « La défense dans cette affaire repose sur la diffamation d'honnêtes agents de la police municipale. Des gens qui risquent tous les jours leur vie pour la sécurité du public, ajoute-t-il. Ces avocats sont prêts à tout pour gagner. » Les lumières des spots m'éclairent soudain par-derrière tandis qu'il déblatère ces accusations auxquelles je ne puis rien rétorquer et que je préférerais ne pas entendre. Une conférence de presse impromptue de Mendel. J'entends mon nom traîné dans la boue une fois de plus au moment où Harry laisse la porte de la salle d'audience se refermer derrière nous. La guerre du mouvement médiatique commence à laisser sur mon visage des rides de la profondeur des traces d'un tracteur.

A l'intérieur, l'assistance debout tourne en rond. Jetant un coup d'œil à ma montre, je m'aperçois que nous sommes en retard. Kline n'est pas à sa table, ni Stobel. Acosta est assis à la nôtre, sous la surveillance d'un gardien. J'envoie Harry lui tenir compagnie. Quelque chose se prépare — on le sent dans l'air. L'un des huissiers s'approche.

« On vous demande dans le cabinet du juge », me dit-il.

Je longe le couloir qui se trouve derrière le banc du juge en me demandant quel coup fourré Kline a encore monté. Je jurerais qu'il réitère sa requête pour que le juge l'autorise à rouvrir sa plaidoirie pour citer Lenore à comparaître en prétendant disposer de faits nouveaux.

« On vous attend à l'intérieur. » Le regard sévère par lequel le clerc de Radovich m'accueille lorsque j'apparais indique à première vue qu'il se pourrait bien que je me trompe.

A l'instant même où je franchis la porte du cabinet du juge, je sens que l'air est lourd, comme électrisé.

Radovich est assis derrière son bureau, les sourcils froncés, tels ceux du Dieu vengeur que l'on voit sur les fresques des voûtes de la Renaissance. Kline m'adresse à peine un regard et Stobel se détourne.

« Maître Madriani, je suis heureux que vous ayez pu venir », dit le juge. Cette petite fête a manifestement lieu à son instigation, ce qui m'inquiète.

« Navré d'être en retard. » Je lui offre de piètres excuses, mettant la chose sur le compte des caméras dans le couloir.

« Ne vous en faites pas pour ça. On vient de porter des accusations sérieuses contre vous. Durant l'interruption, Maître Kline a fait examiner le calendrier par un de ses experts. »

Je sens soudain un nœud de la dimension d'un rocher se former dans mon estomac.

« Ce qui nous inquiète, c'est que l'on n'a découvert aucune trace d'écriture en filigrane sur le calendrier. »

Je bafouille en essayant de dire quelque chose, ce qui ravit apparemment Kline à en juger par son sourire.

« Comment ont-ils pu faire un examen en profondeur avec le peu de temps dont ils disposaient ? dis-je finalement.

— Quoi qu'il en soit, poursuit le juge, j'ai jugé tout simplement équitable de vous dire que le ministère public menait sa propre enquête en la matière. »

Je lui demande si l'accusation possède des éléments lui permettant de réfuter le témoignage.

« Ce n'est pas mon propos, dit Kline. Votre témoin ne m'inquiète pas. Je suis sûr que le jury saura démêler tout cela par lui-même. Mais l'incitation au parjure est une affaire beaucoup plus grave. Surtout de la part d'un membre du barreau. » Kline est rancunier.

« J'espère pour vous que vous pouvez étayer cette accusation », lui dis-je en faisant un pas pour me placer juste devant lui. La meilleure défense...

« Et moi j'espère pour vous qu'il ne le pourra pas », assène Radovich.

J'explique au juge que des surimpressions d'écriture en filigrane peuvent être transitoires pour mille raisons. Si des objets lourds ont été posés sur le calendrier au séquestre ou encore si on l'a roulé ou plié, ce qu'il y avait dessus lorsque nous l'avons examiné il y a plusieurs mois a pu s'effacer.

« Il paraît qu'un microscope électronique équipé d'un scanner peut détecter des surimpressions s'il y en a eu, dit Kline. On verra bien.

— Assez parlé, interrompt Radovich. Nous avons un procès à terminer. »

Le regard dont il me gratifie de derrière son bureau lorsque nous quittons son cabinet n'a rien d'aimable, mais il prend bien garde cependant de ne pas s'attarder en arrière pour faire preuve de favoritisme à l'égard de Kline ou de Stobel. Je ne serais pas surpris que les singeries auxquelles je me suis livré avec Franks à la barre des témoins n'aient suffi à m'aliéner la confiance du juge.

*

* *

La première chose que je remarque chez Tony Arguillo, lorsqu'il monte dans le box des témoins, c'est qu'il n'a pas perdu sa démarche fanfaronne. Il sait que la note qu'a subtilisée Lenore cette nuit-là dans l'appartement de Brittany Hall est depuis longtemps détruite. Kline a sans doute appris d'une manière ou d'une autre à l'heure qu'il est que la surimpression en filigrane sur le calendrier, si elle existe, ne peut être exploitée par nous que dans des limites étroites. Le contenu de la note, susceptible en revanche de se retourner contre Tony, ne constitue qu'une preuve par ouï-dire, inadmissible en tant que telle. Celui-ci prend place sur son siège avec un air d'invulnérabilité totale et me regarde.

Je commence l'interrogatoire : « Pouvez-vous nous dire ce que vous faites dans la vie ?

— Agent de police. Sergent.

— Vous étiez l'un des agents présents dans la ruelle le soir où le corps de la victime a été découvert ?

— En effet.

— La victime, vous la connaissiez ? »

Tony me regarde. Il nierait sans aucun doute s'il le jugeait possible. Toutefois, il a déjà été établi par d'autres témoins que Brittany Hall était une groupie de la police et qu'elle fréquentait depuis longtemps les membres de la brigade des mœurs.

« Nous nous étions rencontrés.

— Professionnellement ou en société ?

— Professionnellement. » Il n'est pas disposé à franchir cette ligne.

« Etiez-vous déjà allé au domicile de la victime ?

— Objection. Vague quant au temps, dit Kline.

— Retenue.

— Parlons du temps qui a précédé sa mort. Avez-vous eu l'occasion à un moment ou un autre avant sa mort de pénétrer dans le domicile de la victime ? »

Tony s'accorde cette fois encore un moment de réflexion avant de répondre. C'est ennuyeux de ne pas avoir la moindre idée de ce que sait votre interlocuteur.

« C'est possible. Ça se peut. Quand on est dans la police, on entre dans des tas d'endroits. Mais je n'en ai pas de souvenir précis.

— Se peut-il que vous y soyez allé plus d'une fois ? »

Tony doit maintenant se dire que cette série de questions est inspirée par un fait, éventuellement par le témoignage d'un voisin curieux qui l'aura vu pénétrer chez Brittany Hall à plus d'une occasion.

« Je ne sais pas. Tout est possible.

— En effet », dis-je en m'éloignant du box des témoins et de Tony, le visage tourné vers le jury avec une expression qui semble dire : « Examinons donc ces possibilités. »

« Vous n'avez pas gardé de souvenirs précis de telles visites ? »

Il réfléchit quelques instants en se demandant ce que je peux bien savoir, soupèse la réponse la plus sûre à donner, puis dit : « Non.

— Bien. Si vous y êtes allé, je suppose que c'était à titre professionnel et non privé ?

— Exact, il devait s'agir de visites professionnelles. » Ça semble être la seule certitude de Tony.

« Que seriez-vous allé faire là-bas à titre professionnel ?

— Si je ne me souviens pas avec précision être allé chez elle, comment pourrais-je me rappeler ce que je serais allé y faire ? » Il jette un petit regard nerveux en direction du jury puis se met à rire comme si la chose allait de soi.

« Se peut-il que vous y soyez allé pour discuter avec elle d'affaires pénales ?

— Sans doute, dit-il. Nous travaillions tous les deux pour la brigade des mœurs.

— Justement. »

Il existe certaines questions taboues que je ne peux lui poser et qui concernent l'époque où j'étais son avocat, des questions de corruption que je contourne.

« Lorsque vous y êtes allé, si vous y êtes allé — nous continuons notre petit jeu — était-ce en compagnie d'autres personnes que la victime ou seul ?

— Je ne me souviens pas. Sans doute avec d'autres. » Tony trouve que ça fait mieux et plus sérieux.

« Savez-vous si la victime, si Mademoiselle Hall, avait votre numéro de téléphone ?

— Comment le saurais-je ?

— Elle ne vous a jamais téléphoné chez vous ? »

Il fait la moue. Il sait que nous avons les relevés téléphoniques.

« C'est possible.

— Votre numéro de téléphone n'est pas dans l'annuaire, n'est-ce pas ?

— Non.

— Alors comment aurait-elle pu l'obtenir si vous ne lui aviez pas donné ? »

Cela le laisse interdit durant quelques instants. Il est dans l'embarras et me décroche des regards acérés. Puis il enchaîne : « Elle l'avait peut-être obtenu des services de police si c'était pour le travail.

— Ah. La police ? Elle aurait donné votre numéro ?

— Ça arrive. » Il se permet même de sourire, content d'avoir trouvé une bonne réponse. Il sait que je ne peux vérifier la chose dans le temps qui m'est imparti.

« Ainsi votre numéro de téléphone aurait pu figurer dans son carnet d'adresses personnel ?

— Je ne sais pas.

— Malheureusement, nous non plus. Il semble qu'on ait arraché du carnet les pages correspondant à la lettre A. »

Tony me regarde comme si je venais de proférer une accusation. Kline bondit, prêt à faire objection, au moment même où je transforme l'affirmation en question.

« Vous ne sauriez pas par hasard comment il se fait que ces pages aient été arrachées ?

— Non. Comment pourrais-je le savoir ?

— J'ai pensé qu'il s'agissait peut-être là encore de quelque chose que vous auriez oublié.

— Objection. » Kline bondit sur ses pieds.

« Retenue. Le jury ne tiendra pas compte de la remarque précédente. Maître Madriani ! », dit Radovich. Il agite le maillet dans ma direction. « Avez-vous fini avec le témoin ?

— Pas tout à fait, Votre Honneur.

— Alors continuez, mais faites vite.

— Sergent Arguillo, pouvez-vous dire au jury de quelle manière on a fini par identifier la victime dans la ruelle le soir de sa mort ?

— Que voulez-vous dire ?

— Enfin, si je comprends bien, elle était dévêtue et ne portait rien qui permette de l'identifier. Comment la police a-t-elle su qui elle était ?

— Je ne sais pas. Je ne suis pas sûr.

— Mais vous étiez présent ?

— En effet.

— Vous n'avez pas vu le corps ? Vous n'avez pas du tout regardé la victime ?

— Peut-être de loin.

— Alors comment l'a-t-on identifiée ?

— Ça n'a pas été facile, dit-il. Il a fallu du temps.

— Combien de temps ?

— Deux ou trois heures.

— Et à la fin, comment y est-on parvenu ?

— Je pense qu'un autre agent a dû la reconnaître. Quelqu'un de nos services.

— Mais vous aviez travaillé avec la victime à la brigade des mœurs, lui rappelé-je.

— C'est vrai. Mais je ne l'ai pas regardée de près. »

L'ennui, pour Tony, c'est qu'il est maintenant victime de sa propre connivence. Il a fallu du temps pour téléphoner à Lenore, pour l'envoyer à l'appartement de la victime y chercher une note et la détruire. Tony avait besoin de temps. La seule façon pour lui de s'en procurer consistait à maintenir ses collègues dans l'ignorance de l'identité de la victime. Tony avait gardé son sang-froid, n'avait pas pipé mot dans la ruelle et avait téléphoné à l'aide de son portable.

« Vous avez donc attendu deux heures dans l'obscurité à chercher des indices tout en sachant que vos collègues ne parvenaient pas à identifier le corps, et vous n'avez pas songé à y jeter vous-même un coup d'œil ?

— Non.

— Quelqu'un vous avait-il donné l'ordre de ne pas regarder le corps ?

— Non.

— Vous aviez simplement choisi de ne pas le regarder ?

— C'est ça. » Ça ne colle pas. Une jeune femme presque nue qui, même dans la mort, fait les délices d'une armée d'yeux masculins et sur laquelle lorgnent les flics de trois juridictions, et Tony, lui, qui ne prend même pas le temps de la regarder.

« Vous trouviez-vous dans l'appartement de Mademoiselle Hall ce soir-là ? Le soir où elle a été tuée ?

— C'est un mensonge. » Pour un témoin, Tony s'échauffe un peu trop.

« Objection. Vague quant au temps. » Le sens de la question n'a pas échappé à Kline. Il en va autrement pour Tony.

Il sent soudain qu'il a réagi trop vivement et que, ce faisant, il s'est découvert.

« Reformulez la question, dit le juge.

— Excusez, dis-je en souriant à Tony qui est tout empourpré. Avez-vous eu l'occasion de vous rendre dans l'appartement de la victime ce soir-là ou aux premières heures du matin dans la nuit qui a suivi le meurtre ? A titre officiel, s'entend.

— Oh, confirme Tony. Oui. J'étais l'un des flics

— des agents de police — que l'on a envoyés sur la scène du crime après la découverte du corps.

— Après qu'on eut identifié Brittany Hall ?

— C'est ça.

— Et qui vous y a envoyé ?

— Le lieutenant Stobel. C'est lui qui commandait.

— Et qu'avez-vous fait une fois arrivé à l'appartement ?

— On l'a fouillé à fond à la recherche d'indices. On a interrogé les voisins. La routine habituelle. »

Je me détourne quelques instants de lui.

« Pouvez-vous nous dire, sergent, comment il se fait que votre nom se soit retrouvé sur une note collée sur le calendrier de la victime à la date du meurtre ? »

Un brouhaha se produit dans la salle d'audience causé par la bousculade des journalistes qui cherchent à apercevoir le témoin sous un meilleur angle.

« Objection ! » Kline bondit sur ses pieds comme s'il était propulsé par une fusée. « La question présuppose des faits non prouvés. C'est scandaleux ! Pouvons-nous nous approcher du banc ? demande-t-il au juge.

— Objection retenue. Approchez, ajoute Radovich en tournant vers moi deux yeux de braise.

— Vous mettez ma patience à rude épreuve, dit-il en me désignant avant que je n'arrive près du banc.

— Nous demandons une réprimande devant le jury », déclare Kline. Il a jaugé la colère du juge et entend bien en tirer avantage.

« Où cela nous mène-t-il ? demande le juge.

— Nous avons le droit de lui demander s'il a rencontré la victime ce soir-là avant sa mort. »

Kline soutient qu'aucun indice ne permet de croire qu'il l'a rencontrée.

J'insiste : « Nous devrions être autorisés à poser cette question. »

Radovich retourne la chose dans sa tête pendant

un bon moment tandis que nous ne le quittons pas des yeux.

« Une seule série de questions, dit-il finalement, mais pas d'insinuation. »

Avant que je retourne vers le box des témoins, il adresse son avertissement. « Le jury ne doit pas tenir compte de la dernière question de l'avocat de la défense et faire comme si elle n'avait jamais été posée. »

Il me fait signe de la tête de poser ma question.

« Sergent, aviez-vous rendez-vous avec la victime, Brittany Hall, le soir du 15 juillet, le soir où elle a été assassinée ?

— Non. » Comme Tony ne semble pas du tout savoir quelle comédie jouer là-dessus, indignation ou professionnalisme détaché, son déni n'a rien de bien convaincant.

« Vous en êtes sûr ?

— Objection. Il fait les questions et les réponses, dit Kline.

— Absolument », répond Tony avant que le juge ne puisse trancher, et Radovich laisse ma question figurer au greffe.

« Et à votre connaissance, votre nom ne se trouvait pas sur une petite note écrite sur un Post-it collé sur le calendrier à la date en question ? »

On peut facilement en conclure dans le jury qu'il se peut que Tony ait lui-même retiré la note en arrivant sur les lieux du crime.

Kline bondit sur ses pieds, une objection toute prête à la bouche.

« Votre Honneur, dis-je, je lui demande s'il est au courant de l'existence de son nom sur cette note.

— Objection retenue, dit Radovich. Vous, je vous ai prévenu. » Il se soulève sur sa chaise en pointant le maillet dans ma direction telle la foudre de Jupiter.

« Non. Il n'y avait pas de note, précise Tony.

— Taisez-vous », dit Radovich.

Tony rentre la tête dans son col de chemise comme une tortue dans sa carapace.

« Ne répondez pas à une question quand j'ai retenu une objection. » Il ajouterait volontiers « espèce de minable » si la rangée d'yeux fixée sur lui dans le box du jury ne l'obligeait à se maîtriser.

« Le jury ne tiendra pas compte de la question et de la réponse. L'une et l'autre sont considérées comme nulles et non avenues. »

La seule personne assez folle pour prendre la parole à cet instant est votre serviteur.

« La question a été posée de bonne foi », lui dis-je.

Radovich me regarde comme si rien dans le monde sublunaire ne pouvait justifier ce que je viens de faire après sa remontrance de tout à l'heure.

« J'ai posé ma question en me fondant sur un élément de preuve. »

Radovich fait sortir le jury. Il darde sur moi un regard brûlant. « Huis-clos dans mon cabinet, dit-il. Et votre élément de preuve a intérêt à être bon. »

CHAPITRE TRENTE

Cela commence comme une mise au pilori judiciaire.

« J'espère que vous avez pris votre brosse à dents. » C'est par ces mots que Radovich, debout derrière son bureau en acajou, m'accueille dès notre arrivée dans son cabinet. Il ne s'assoit pas et n'enlève pas sa toge, signe qu'il n'a pas l'intention de s'éterniser, qu'il a prévu une exécution sommaire.

Kline et Stobel prennent position tels deux appuis-livres de chaque côté de Harry et de moi. Nous nous bousculons, debout autour du bureau, pour placer nos arguments. Le greffier, qui tient son petit appareil entre ses genoux, n'y a cependant encore rien noté. Le juge, mettant à profit l'une des prérogatives qui accompagnent le pouvoir, ne tient sûrement pas à ce que les menaces flagrantes qu'il vient de proférer à mon endroit figurent au compte rendu des débats.

« Vous continuez à ressasser cette histoire de note sur le calendrier, dit Radovich. Vous ne pouvez rien prouver.

— Il y a une raison à cela, dis-je.

— J'espère pour vous que c'est une bonne raison, sinon vous allez passer la nuit en prison. »

Kline et Stobel ricanent comme deux gosses qui viennent de péter à l'unisson.

Kline attaque en prétendant que nous essayons de

faire récuser notre propre témoin, procédure inacceptable à moins que Tony ne soit déclaré témoin hostile. Il affirme que rien ne la justifie.

« Rien ne prouve qu'il mente ou qu'il vous ait surpris », dit-il.

Pour être autorisé à poursuivre mon interrogatoire sur la prétendue note, il me faut établir que je procède ainsi sur la base de ce que l'on appelle une « croyance de bonne foi ». Si j'ai quelque raison de croire que cette note existait et que le nom de Tony y figurait, j'ai le droit de l'interroger là-dessus. Sinon, je vais passer un mauvais quart d'heure.

Je demande à fournir une preuve qui montre que j'ai une croyance de bonne foi. Je demande à Radovich si je peux faire entrer quelqu'un d'autre dans le cabinet.

Le juge acquiesce. « Faites vite. »

Harry ouvre alors la porte pour faire entrer Laurie Snyder, la juriste spéciale affectée par Radovich à la supervision des éléments de preuves matérielles que nous avons recueillis.

Laurie Snyder est une brune qui approche la quarantaine, forte, plus grande que moi et très compétente. Elle officie maintenant dans le privé mais avait travaillé précédemment huit ans pour le ministère public. Radovich se radoucit un peu en la voyant apparaître dans le cabinet, et se sent tenu à tout le moins de lui sourire et de lui réserver un accueil correct.

Il s'écroule ensuite dans son fauteuil, façon pour lui de reconnaître que cette confrontation risque de durer plus longtemps qu'il ne l'avait espéré.

« Il y a deux jours, dis-je au juge, on a découvert une pièce à conviction dont la signification ne nous est apparue que ce matin.

— J'aurais dû m'en douter, dit Kline. Des surprises de dernière minute. Votre Honneur, s'il s'agit d'un élément de preuve qui ne nous a pas été communiqué, je ferai objection.

— Je vous en prie, asseyez-vous. Du calme. »

Kline obtempère de mauvaise grâce.

« Cette pièce à conviction est apparue directement à la suite de la preuve présentée par le parquet dans sa plaidoirie principale, dis-je, et est de nature à faire récuser le témoin.

— En quoi consiste-t-elle ? interroge Radovich.

— Il s'agit de fibres provenant d'un autre véhicule et qui correspondent en tous points à celles trouvées sur la couverture ayant servi à envelopper le corps de la victime.

— C'est tout ? demande Kline. C'est tout ce que vous avez ? Votre Honneur...

— Maître Kline, si vous ne vous taisez pas, vous passerez la nuit en cellule avec Maître Madriani. Vous pourrez alors régler vos comptes à votre guise sans nous casser les oreilles. »

A cet instant, seul le greffier sourit.

« Ce n'est pas tout. Ces fibres de tapis ont été trouvées dans une autre voiture appartenant au parc automobile du comté. Dans la voiture de police attribuée au témoin, Tony Arguillo.

— Des fibres ne sont pas des empreintes », dit Kline.

Radovich lui lance un regard assassin.

« J'espère pour vous que vous avez autre chose », dit-il en s'adressant à moi.

Cette remarque semble apaiser le procureur, pour l'instant du moins.

« Il y a autre chose. On a aussi trouvé des poils dans ce véhicule. »

Radovich consulte Laurie Snyder du regard et le signe de tête sans emphase qu'il obtient en retour lui dit qu'il doit tenir compte de ce nouvel élément.

« Quelle sorte de poils ?

— Des poils de cheval, lui dis-je, ainsi que des cheveux. »

Il me fait signe de lui en dire davantage.

« Les experts du labo de médecine légale ont déjà

confirmé que les poils d'animal correspondaient à tous égards à ceux identifiés précédemment. Ils sont prêts à témoigner qu'ils correspondent par la couleur et les propriétés à ceux trouvés sur la couverture qui a servi à envelopper le corps de la victime, ainsi qu'à ceux trouvés dans son appartement. »

Radovich écoute en se balançant sur son fauteuil, les mains jointes sur la nuque. Je sais à son expression, à sa moue et à son air songeur, qu'il est en train de faire son métier de juge, qu'il soupèse en l'occurrence le poids de la preuve.

« Nous savons tous que les poils ne sont pas concluants. C'est vous-même qui l'avez soutenu », déclare Kline à mon intention.

Radovich acquiesce, comme s'il était d'accord avec lui et que l'on eût affaire là tout au plus à un différend entre experts assermentés.

« Les experts du labo ont aussi identifié des cheveux trouvés sur le siège avant de la voiture de police banalisée de Tony Arguillo. Cela fait beaucoup de pièces à charge. » Je lui rappelle que la police n'a pas réussi à trouver le moindre cheveu correspondant à ceux de la victime dans la voiture de mon client. « Tout compte fait, et au point où nous en sommes, plus d'indices accusent le sergent Arguillo que le juge Acosta. »

Kline, méprisant et persifleur, tourne la chose en dérision.

« Ont-ils trouvé les lunettes du sergent Arguillo sur les lieux du crime ? »

Comme je ne réponds pas, il le fait à ma place. « Non.

— La question n'est pas de savoir si je peux prouver la culpabilité de l'agent Arguillo au-delà du doute raisonnable, dis-je à Radovich, mais si l'on devrait m'autoriser à m'enquérir de ses allées et venues le soir du meurtre et lui demander s'il avait un rendez-vous avec la victime.

— Votre Honneur, nous n'avons pas eu l'occasion

d'examiner tout cela, dit Kline. Il a beau jeu de sortir ça à la dernière minute. » Il parle de « procès par embuscade ».

Lorsqu'il arrête enfin d'argumenter et tandis que le juge réfléchit, on n'entend plus que le tic-tac d'une horloge ancienne fixée au mur.

« Et quand dites-vous avoir découvert tout cela ? me demande Radovich.

— La voiture du témoin n'est à notre disposition que depuis deux jours, depuis que nous avons assigné Arguillo à comparaître. Nous avons recueilli les premiers poils, les cheveux et les fibres hier matin seulement. Nous les avons examinés hier en fin de journée et la nuit dernière.

— Ainsi vous croyez qu'ils avaient rendez-vous ce soir-là ? demande Radovich.

— J'en suis convaincu.

— La question des traces d'écriture en filigrane n'est toujours pas tranchée, dit Kline. Selon mes experts, il n'y en a pas sur le calendrier.

— Madame Snyder, cette histoire de poils, de cheveux et de fibres, demande Radovich, ça vous paraît une bonne piste ?

— Oui, d'après ce que nous pouvons voir.

— Et ce laboratoire de médecine légale qui les a examinés, il a bonne réputation ?

— C'est un bon laboratoire. »

Kline sent le sol se dérober sous ses pieds.

« Avez-vous consulté les dossiers du parc automobile ? Etes-vous certain que c'était bien le témoin qui se servait du véhicule le jour du meurtre ? demande le juge.

— Nous avons vérifié. Le bon de sortie portait le nom d'Arguillo », lui dis-je.

Radovich ne sait plus que penser. « Je n'aime pas beaucoup cette preuve surprise. Si j'autorise que l'on continue en ce sens, je devrai donner au ministère public le temps de préparer le contre-interrogatoire de ce témoin. »

Soudain, tels des cow-boys qui dégainent, nous sortons tous nos agendas de poche.

« De combien de temps avez-vous besoin, à votre avis ? », demande Radovich à Kline.

Après quelques arguties, ils conviennent de quatre jours.

Radovich veut alors savoir combien de temps il me faudra pour produire notre preuve avec les poils, les cheveux et les fibres, et terminer l'interrogatoire de Tony.

Je lui dis que nous en aurons terminé jeudi après-midi.

« Je trouve que ça fait un long week-end, conclut le juge. Disons mercredi matin. Et deux jours pour le contre-interrogatoire. »

Nous nous mettons tous d'accord là-dessus, quoique ce ne soit guère du goût de Kline. Il va se trouver dans la position désagréable de devoir réhabiliter un témoin qu'il n'a pas appelé à comparaître. Il le fait savoir au juge.

Mais Radovich, qui est déjà en train de noter le nouveau calendrier et de donner de nouvelles instructions à son clerc, ne l'écoute que d'une oreille distraite. Il exige que toutes les pièces à conviction soient mises sous clé afin de rester en lieu sûr pendant que nous faisons relâche. Le clerc trouvera un endroit où les ranger vendredi matin, un casier vide quelque part dans le tribunal.

Kline a beau continuer à ronchonner, la décision est prise. Dans tout procès important, les grandes batailles se livrent toujours sur le terrain de la procédure.

« Pouvons-nous exiger qu'ils nous communiquent immédiatement tous leurs rapports de labo ?

— C'est une requête justifiée, dit Radovich.

— Et nos experts aimeraient assister à tout autre test effectué sur ces pièces à conviction.

— Vous y voyez une objection ? demande le juge en s'adressant à moi.

— Non, Votre Honneur, mais ils en ont pour la nuit. Tant qu'il n'y a pas d'interférence.

— Est-ce que nous pourrions avoir une part des pièces à conviction ? Pour nos propres tests ? réclame Kline.

— On essaiera, lui dis-je. Je ne vous promets rien. Il faut d'abord que les experts du labo me disent combien ils en ont. »

Kline demande où se trouve désormais la voiture banalisée de Tony.

Je lui dis qu'on la garde dans les hangars de la police et il donne instruction à Stobel d'envoyer leur équipe spécialisée dans le recueil d'indices prélever des fibres du tapis de la voiture de Tony.

Dans douze heures Kline en saura autant que nous.

Ce qui ne règle nullement son problème. Il veut que le tribunal se prononce sur mon droit à récuser mon propre témoin. Il soutient, au moins pour le greffe, que rien ne justifie la chose.

« Cette motion de récusation du témoin n'est pas sans fondement, dit Radovich. A moins que quelqu'un n'ait emprunté sa voiture, Arguillo semble prendre passablement de libertés avec la vérité. Voyons d'abord s'il a une bonne explication à fournir, ajoute-t-il. Je vous ferai alors connaître ma décision pour ce qui est de la récusation. »

Kline s'abstient de procéder au contre-interrogatoire de Tony cet après-midi. Radovich ayant signifié au témoin qu'il est susceptible de comparaître de nouveau, il choisit tactiquement d'attendre jusqu'au dernier acte. Ce qui ne plaît guère à Arguillo. Il sent qu'il se prépare quelque chose, sans trop savoir quoi. Lors d'une interruption, je l'aperçois en tête à tête avec Mendel sur un banc. Ils me transpercent tous deux du regard lorsque je passe à leur hauteur.

Le reste de la journée est consacré à l'interrogatoire de nos témoins au sujet des preuves constituées par les poils, les cheveux et les fibres. Des photos agrandies posées sur un panneau permettent de voir un gribouillis de lignes sinueuses, on parle cortex et moelle sur un ton qui confère à la séance l'allure d'un cours de mythologie grecque. Il se dégage de tout cela, à la fin, un solide tissu de preuves qui obligent à s'interroger sur les activités de Tony le soir du meurtre, ou du moins sur l'usage qui a pu être fait de sa voiture. J'appelle à la barre un employé du parc automobile pour montrer que les dossiers révèlent que Tony était en possession de la voiture ce soir-là.

Tony ne remonte dans le box des témoins que le lendemain après-midi.

On dirait qu'il a dormi tout habillé. Il a vieilli d'un an depuis hier. Sa désinvolture et son petit sourire narquois l'ont abandonné, et Harry me dit qu'il avait l'air d'un homme que l'on arrache à sa dernière bouée de sauvetage lorsqu'on l'a séparé de son copain Mendel, dans le couloir, pour le ramener à la barre.

Je parierais que des bribes d'informations lui sont parvenues, de telle sorte que ce qui l'angoisse n'est pas désormais ce qu'il sait mais ce qu'il ignore.

On lui rappelle qu'il est toujours sous serment, et Radovich me dit de procéder.

« Sergent Arguillo. Comment allez-vous ?

— Bien. Ça va. » Ce que son apparence contredit, sans parler de l'agressivité non déguisée qui émane de lui à la barre. Avec l'aide du syndicat de la police, il a engagé son propre avocat qui a soulevé des objections hors de la présence des jurés. Il a dit à Radovich que mon interrogatoire d'Arguillo violait les règles confidentielles qui régissent le rapport avocat-client, arguant que j'avais déjà défendu Tony. Radovich a décrété qu'il ne voyait pas jusqu'ici de conflit d'intérêts.

« Sergent, nous avons déjà parlé un peu de vos

activités du 15 juillet, le soir où Brittany Hall a été tuée. »

Il confirme la chose.

« Etiez-vous en service officiel ce soir-là ?

— Hum, non. C'était en principe ma nuit de repos.

— Comment se fait-il dans ce cas que vous vous soyez trouvé mêlé à cette affaire ?

— J'étais dans le centre-ville et j'ai capté le message radio disant qu'un corps avait été trouvé dans une ruelle. Je me suis rendu sur les lieux.

— Cela vous arrive souvent, de vous rendre sur les lieux d'un crime durant vos journées de congé ?

— Ça dépend.

— De quoi ?

— De ce que je fais. De la distance.

— Je vois. Vous avez un grand sens civique. »

Il m'adresse un regard méprisant.

« Vous nous avez dit que vous vous trouviez dans la ruelle avec d'autres policiers après la découverte du corps. C'est vrai ?

— En effet.

— Et à un moment donné ce soir-là ou au petit matin, le lendemain, on vous a dit de vous rendre en service commandé à l'appartement de la victime. C'est bien cela ?

— Exact.

— Vous nous avez dit que vous connaissiez la victime mais que vous n'aviez pas identifié son corps dans la ruelle parce que vous ne vous en étiez pas assez approché pour bien la voir, est-ce bien cela ?

— C'est ça.

— Et qu'un autre policier l'avait finalement identifiée ?

— Exact.

— Alors, si je comprends bien, ce soir-là vous n'avez touché ni au corps ni à la couverture dans laquelle il était enveloppé ?

— En effet.

— Et lorsque vous vous êtes rendu à l'appartement, quelles étaient vos tâches précises ? Y êtes-vous entré ?

— Oui.

— Vous êtes-vous présenté à quelqu'un ?

— Un lieutenant était là, Michaelson, dit-il.

— Vous vous êtes présenté au lieutenant Michaelson ?

— Ouais.

— Et que vous a-t-il dit de faire ?

— Il m'a dit de jeter un œil à l'extérieur. De vérifier les fenêtres, de voir s'il n'y avait pas eu effraction.

— Et c'est ce que vous avez fait ?

— Oui.

— Or, lorsque vous êtes arrivé à l'appartement, est-ce que les techniciens du laboratoire médico-légal s'y trouvaient déjà ? »

Il réfléchit quelques instants puis m'adresse un haussement d'épaules. « Le registre de la police vous le dira.

— Je vous demande si vous vous en souvenez.

— Je crois que ce n'est pas impossible. Je ne sais pas. Ça se peut.

— Y avait-il un ruban de police jaune autour de l'appartement ? A la porte d'entrée ?

— Ouais. Elle était fermée par un ruban.

— Vous avez donc dû passer en dessous pour entrer ?

— Je ne me souviens pas. Je crois que oui. »

Je lui tends le registre de la police et lui demande s'il croit que celui-ci pourrait l'aider à se rafraîchir la mémoire pour ce qui est des techniciens du labo et de leur présence sur les lieux à son arrivée.

« Certainement.

— Jetez-y un œil, je vous prie. »

Il le feuillette d'un doigt, se mouille un pouce et tourne une page, puis me regarde.

« Ouais, ils étaient déjà là à mon arrivée.

— Combien étaient-ils ? »

Il me regarde de nouveau. « Deux. Sanchez et Sally Swartz.
— Maintenant que vous avez lu le registre, vous rappelez-vous les avoir vus à l'appartement ?
— Sans doute mais je ne m'en souviens pas.
— Où pouvaient-ils bien être ?
— Ils pouvaient être n'importe où. Sans doute à l'intérieur de l'appartement.
— Dans le living ?
— C'est là que le meurtre avait eu lieu.
— Je dois donc comprendre que si vous ne vous rappelez pas avec précision avoir vu l'un ou l'autre des techniciens du laboratoire sur les lieux du crime, c'est que vous n'avez pas dû passer beaucoup de temps dans le living.
— Non.
— Est-ce qu'il était interdit aux policiers autres que les techniciens du laboratoire médico-légal d'y pénétrer ? »

Kline voit où je veux en venir, que je suis en train de fermer toute voie de retraite à Tony.

« Pas exactement, dit Arguillo. Le lieutenant y est entré et quelques autres aussi. Lorsqu'ils y avaient à faire.
— Mais vous, vous n'aviez rien à y faire ? »

Il tourne la chose quelques instants dans sa tête à la manière d'un renard qui scrute le sol d'une forêt pour voir si elle ne recèle pas un piège.

« Je ne me souviens pas.
— Vous souvenez-vous avoir marché autour de la table basse ce soir-là ? Avoir vu du sang sur le tapis du living ?
— C'est possible.
— Mais vous ne vous rappelez pas avoir vu les techniciens du laboratoire ?
— J'en ai peut-être vu après. Après leur départ. »

Il boit une gorgée d'eau dans un gobelet posé sur la rampe du box des témoins, et me sourit pour la première fois. Tony essaie de se ménager des issues.

« Je vois. Avez-vous personnellement recueilli des indices dans cette partie de l'appartement, dans le living ?

— Non. » Cela peut être vérifié et il le sait.

« Avez-vous échangé des paroles avec les techniciens ou d'autres policiers pendant qu'ils travaillaient dans le living ?

— Non.

— Vous êtes-vous emparé de l'un ou l'autre des indices matériels qu'ils avaient recueillis dans le living ?

— Non.

— Dans ce cas, peut-être pouvez-vous nous dire, sergent, comment il se fait que les propres techniciens de l'accusé ont réussi à trouver des cheveux qui correspondent à ceux de la victime sur le plancher de votre voiture banalisée devant le siège avant ? »

Tony me transperce du regard. Sa pomme d'Adam s'élève et s'abaisse légèrement.

« Comment voulez-vous que je le sache ? J'ai pu les ramasser n'importe où.

— N'importe où ?

— Mais oui. Rien qu'en marchant dans l'appartement. »

J'acquiesce, l'air de dire que ce n'est pas impossible. Je demande qu'on apporte des photos montées sur des panneaux, et je les fais installer sur des chevalets devant le box du jury.

« Et des poils comme ceux-ci, dis-je. On les a identifiés comme étant des poils de cheval. Ils correspondent en tous points à ceux trouvés à la fois sur la couverture qui a servi à envelopper le corps de la victime et chez elle. Ces poils-ci ont été trouvés sur le plancher, à l'avant de votre voiture de police. Avez-vous une idée de la manière dont ils ont abouti là, sergent ? »

Tony me gratifie d'un haussement d'épaules voulant dire : « Et alors ? »

« C'est pareil. Ils ont dû se coller à mes chaussures quand j'ai marché dessus.

— Quand vous avez marché dans l'appartement de la victime ?

— Mais oui. »

Je prends la baguette et vais me placer devant les photos exposées sur le chevalet.

« Et ceci, Sergent. Vous voyez ça ? » Je pointe ma baguette sur des objets de couleur plus pâle, semblables à des particules d'or qui adhèrent à quelques-uns des cheveux.

« Est-ce que vous savez ce que c'est, sergent ?

— Je n'en ai pas la moindre idée.

— Ce sont des fibres. Soixante pour cent polyester Dacron, quarante pour cent acrylique Orlon. Identiques pour la couleur, les propriétés et la composition à celles de la couverture qui a servi à envelopper la victime. Pouvez-vous nous dire, sergent, comment il se fait qu'on ait découvert ces fibres dans votre voiture en même temps que les poils et les cheveux qui se trouvaient sur la couverture ? »

Ce qui est compromettant ici pour lui, c'est moins chaque élément de preuve pris à part que le caractère cumulatif de ma démonstration.

« Je l'ai déjà dit. Je suis allé à l'appartement.

— Et il y a aussi du sang. De type A, le même que celui de la victime, et que l'on a trouvé sur le tapis de votre voiture.

— Ça ne m'étonne pas. Il y a toujours beaucoup de sang dans les voitures de police.

— Vous voulez peut-être attendre de voir ce que l'analyse d'ADN révélera ? »

Tony ne répond pas.

Je n'avais pas discuté des deux derniers indices avec Radovich lors du huis-clos à ce sujet. Les techniciens les avaient découverts mais ne les avaient pas analysés lorsque j'ai déposé ma requête. Ils ont cependant été versés au nombre des pièces à conviction retenues par le tribunal lors du témoignage de notre expert.

« Comment expliquez-vous la présence dans votre voiture du sang et des fibres de la couverture ?

— Comme je l'ai dit, j'ai marché dans l'appartement.

— Et vous vous êtes vautré dans le sang de la victime ? Vous vous êtes roulé sur le plancher pour ramasser des cheveux et des fibres ?

— Objection, dit Kline.

— Non, dit Tony.

— Objection. Motion pour que cette question soit annulée, dit Kline.

— Rejetée.

— Mais l'avocat de la défense met son propre témoin en accusation, il le récuse.

— Rejetée. Le témoin sera déclaré hostile. »

J'ai maintenant les mains libres avec Tony.

« N'est-ce pas un fait, sergent, que vous aviez rendez-vous avec la victime, Brittany Hall, le soir du meurtre, et que vous êtes allé chez elle quelques heures auparavant, avant que la police ne découvre son corps dans la ruelle ? N'est-ce pas un fait que vous l'avez tuée ?

— Des conneries, fait Tony qui quitte son siège.

— Asseyez-vous, dit Radovich, et surveillez votre langage.

— C'est faux.

— Et la note, qu'en faites-vous ?

— Le rendez-vous avait été annulé. »

A l'instant même où il laisse échapper ces paroles, Tony sait qu'il vient de se trahir. C'est le problème lorsqu'on ment. On ne s'y retrouve plus dans ses mensonges.

« Qu'est-ce que vous avez dit ?

— Rien. J'avais mal compris la question.

— Qu'est-ce qui avait été annulé ?

— J'avais mal interprété votre question.

— Qu'est-ce que vous avez mal interprété, sergent ? Lequel de vos mensonges ? »

Kline ne prend même pas la peine de soulever une objection. Il ne lui reste qu'à constater que les preuves matérielles qu'il n'a pu trouver dans la voiture d'Acosta, les fibres de couverture, le sang et les cheveux de la victime, que tout cela, on l'a trouvé dans la voiture de Tony.

CHAPITRE TRENTE ET UN

Si les gardiens y consentaient, Acosta commanderait du champagne. La déposition de Tony le met en transe. Il esquisse même un pas de danse, avec plus de grâce que je m'y serais attendu chez un homme de sa corpulence. Il exécute une pirouette d'enthousiasme.

« Comment a-t-il pu faire un aveu pareil ? Mais il est fou ! Quel fou merveilleux ! »

Puis, dans un même souffle, l'œil sombre, il ajoute, assagi tout à coup : « Croyez-vous que le jury aura compris ? »

Je lui explique que le fait qu'Arguillo ait refusé de répéter sa réponse est amplement éloquent. Je pense que les membres les plus perspicaces du jury auront compris de quoi il retourne, que Tony affirme maintenant avoir eu avec Brittany Hall un rendez-vous qu'il avait toujours nié jusque-là et dont il dit maintenant qu'il avait été annulé. Exactement ce qu'il avait raconté à Lenore.

Armando, comme tous les clients qu'il m'est arrivé de défendre dans un procès pour meurtre, est maniaco-dépressif. Il a besoin de voir confirmé par son avocat tout ce qui lui arrive de bon. Il ne se fie plus à son propre jugement.

Nous nous trouvons dans le quartier cellulaire du tribunal, et les gardiens nous disent de nous dépêcher. Il est tard et ils ont hâte de ramener Acosta dans sa cellule à la prison, à trois rues d'ici, avant que l'on ait fini de servir le repas du soir.

« Laissez-nous », dit-il de sa voix la plus impérieuse. Il ordonne aux gardiens de sortir afin de pouvoir s'entretenir en tête à tête avec son avocat.

Ceux-ci se consultent du regard, ne sachant pas trop s'ils doivent obéir.

« Vous m'avez entendu ? », tonne Acosta d'une voix de stentor.

Ils s'en vont en refermant la porte derrière eux, la queue entre les jambes.

« Quand on est habitué à commander... » Il laisse sa pensée en suspens et me fait un clin d'œil. Si jamais il est condamné, Acosta dirigera les gardiens à sa propre exécution.

« Croyez-vous qu'il l'ait tuée ? » Il rapproche une chaise de la table, s'y assoit et se frotte les mains comme si l'excitation que lui avait procurée l'aveu de Tony lui avait donné froid.

« Je pense qu'il en sait plus qu'il ne le dit. » Je suis convaincu depuis quelque temps déjà que Tony a joué un rôle important dans la tragédie qui s'est déroulée dans l'appartement de Brittany Hall ce soir-là.

« Sa présence à l'appartement pourrait expliquer une chose, dis-je.

— Laquelle ?

— Pourquoi on a déplacé le corps.

— Vous croyez qu'il a fait cela ? » Le regard d'Acosta s'éclaire. « Nous pourrions le rappeler à la barre.

— Non. Non. Ne tentons pas le sort. »

Il est préférable pour nous de laisser libre cours à l'imagination des jurés.

« Nous avons le sang, les poils, les cheveux et les fibres trouvés dans sa voiture. Laissons les jurés gamberger là-dessus. Par ailleurs, si on lui donne une seconde chance, Tony est bien capable de comparaître avec une meilleure explication que celle qu'il a fournie jusqu'ici.

— Pourquoi aurait-il déplacé le corps ? demande Acosta, l'œil tout pétillant.

— Faisons le point sur ce que nous savons. La note sur le calendrier, leur rendez-vous à tous les deux, Tony et Brittany Hall. »

Il acquiesce, l'air de dire qu'il me suit.

« Il était 19 heures 30 ce soir-là. D'après ce que nous savons.

— Exact.

— Disons que vous arrivez chez une femme avec qui vous avez rendez-vous. Sa porte est ouverte ou vous en avez la clé. Vous entrez, et qu'est-ce que vous trouvez ? »

Il me regarde, perplexe.

« Son corps dans le living. Et du sang partout.

— Ça ficherait en l'air vos projets de la soirée, commente Acosta.

— Et ça pourrait être plus grave, selon la nature de vos rapports avec elle. Supposons que c'était une femme très active. Supposons qu'il y avait dans l'appartement des objets susceptibles de s'avérer gênants. Peut-être des signes de vos liens avec la victime dont vous préféreriez qu'on ne sache rien.

— Comme quoi ?

— Comme des numéros de téléphone dans son carnet d'adresses. Des notes personnelles. N'oubliez pas que c'était une femme qui avait tendance à tout noter.

— Ah. » Il m'adresse un signe de tête songeur.

« Maintenant insérez là-dedans une autre pièce du puzzle. Supposons que vous étiez dans la chambre en train de faire disparaître ces petits objets gênants, votre nom, celui de certains de vos amis. Que vous faisiez en sorte d'atténuer les rumeurs que sa mort ne manquera pas de faire naître en arrachant des pages à son carnet d'adresses.

— Vous partez de l'idée que c'était une dame très occupée.

— Elle fréquentait les hommes de la brigade des mœurs de plus d'une manière. »

Le double sens de mon propos allume une lueur dans son regard et fait venir un sourire espiègle sur son visage.

« Et supposons que vous entendiez un son.

— Quel son ?

— Semblable à un cri.

— Le cri de qui ?

— Rappelez-vous le témoignage. La voisine du dessus a dit avoir entendu un bruit à un certain moment après 19 heures 30. Comme si quelqu'un criait. »

Une expression de compréhension apparaît sur son visage.

« La petite Kimberly a aussi entendu un cri. Vous vous souvenez ? Vous vous rappelez le témoignage de l'expert médical ?

— Le dernier soupir.

— Exact. Supposons que vous êtes Tony, que vous vous trouvez dans une pièce à l'arrière de l'appartement et que vous entendiez ce cri provenant du living. Vous penseriez...

— Qu'elle n'est pas morte.

— Justement. Vous pourriez vous affoler, saisir une couverture pour protéger le corps des chocs, envelopper la tête dans ce qui vous tomberait sous la main. Essayer d'emmener la victime à l'hôpital. Et en route, vous apercevoir de votre erreur. »

A mon avis, c'est ainsi que les choses se sont passées. Tony, une fois au volant de la voiture, se sera finalement aperçu qu'elle était morte. Il ne pouvait revenir à l'appartement avec le corps, c'était trop risqué. Il s'en sera donc débarrassé en le jetant dans la benne à ordures.

« Je vois pourquoi vous préférez ne pas le rappeler à la barre, dit Acosta. Il pourrait fort bien fournir cette explication. Et si jamais le jury y ajoutait foi...

— Pourquoi prendre ce risque ?

— Exactement. »

Nous parlons de deux ou trois autres choses, des affaires de dernière minute avant le week-end, et Harry vient nous retrouver. Il a réglé deux ou trois bricoles avant que nous nous engagions dans une interruption de procès d'une semaine.

Mendel a pris ses jambes à son cou lorsque Harry l'a remis en liberté à moins d'une demi-heure du départ de son avion pour Bali. Il a saisi ses valises, dans le bureau du clerc au rez-de-chaussée du tribunal, et la dernière fois qu'on l'a vu il faisait un sprint en direction d'une voiture en compagnie de l'un de ses larbins du syndicat.

« Il m'a presque embrassé en passant la porte, dit Harry.

— Du moment qu'il est de retour dans une semaine.

— Il sera de retour avant ça. »

Je lui adresse un regard interrogateur.

Harry est parfois cachottier. Avant que je puisse lui en demander davantage, il m'annonce que Lenore attend dehors.

Je l'avais appelée pour qu'elle vienne me retrouver ici ce soir. Il m'est venu, en voyant quelque chose durant l'audience, une idée qui m'empêche de dormir depuis plusieurs nuits. Je me dis que Lenore pourra peut-être m'aider à y voir clair.

« Je vous remercie, mon ami. » Acosta se lève pour me souhaiter le bonsoir. Il me tend une main et, posant l'autre sur mon coude, la serre énergiquement. « Je dois dire que je me suis fait beaucoup de mauvais sang ces derniers mois. Espérons que d'autres journées comme celle-ci se répéteront.

— Je ne vous le fais pas dire. Si seulement nous pouvions résoudre aussi facilement quelques autres petits détails. »

Son regard me dit qu'il aimerait bien savoir lesquels.

« Les lunettes trouvées sur les lieux du crime et la note portant votre nom sur son calendrier.

— Vous avez magnifiquement su vous y prendre avec tout cela.

— Peut-être. Il reste qu'il nous serait fort utile de savoir comment elles se sont retrouvées là. »

Il prend un grand air fanfaron, incrédule, qui passe pour de la surprise chez ceux qui font dans le baratin pour gagner leur vie. « Mais on le sait déjà. Ce sont les flics qui les ont déposées dans l'appartement pour me piéger.

— Vous croyez ?

— Absolument. Il n'y a aucun doute là-dessus.

— La note écrite de sa propre main ?

— Un faux. Vous savez aussi bien que moi qu'ils ont sous la main des gens capables de faire des choses pareilles. »

C'est ce qu'il pense, surtout maintenant qu'Arguillo est dans le bain jusqu'au cou. « J'en mettrais ma tête à couper. » Il est sérieux comme un pape.

« Enfin, c'est bien, parce que c'est exactement ce que nous sommes en train de faire, nous sommes en train de tout miser sur votre tête. »

Hors du quartier cellulaire du tribunal, on a déjà éteint la salle d'audience. L'entrée du public, au fond de la salle, est fermée à clé et l'huissier de Radovich doit la déverrouiller pour nous laisser sortir. Nous sommes les derniers à quitter les lieux.

Le chariot des pièces à conviction et tous les objets qu'il contient ont été remisés dans le bureau du clerc pour la nuit, et il ne reste plus que quelques photos posées sur un panneau contre la rampe du box des témoins.

L'huissier nous souhaite bonne nuit et je l'entends verrouiller la porte derrière nous.

Une fois dans le couloir, nous nous dirigeons vers l'ascenseur, Harry et moi. Quelques personnes, des employés du tribunal, vont et viennent encore d'un pas pressé entre les bureaux, s'activant à des tâches de dernière minute avant de rentrer chez elles. Il est 19 heures passées. Sarah dort chez une amie.

Je demande à Harry à quel endroit m'attend Lenore.

« A la Seizième Chambre, dit-il. Une amie lui a donné une clé. Elle a dit qu'elle laisserait la porte ouverte pour toi.

— Parfait.

— Je voudrais bien que tu me dises ce qui se passe.

— Fais-moi confiance.

— Mais oui. Tu me laisses dans l'ignorance, tu me racontes des bobards. Harry la bonne poire. » Il marmonne sous cape quelques mots dont je ne saisis pas grand-chose à part un juron.

« Ecoute. Si j'ai des ennuis, je vais avoir besoin de quelqu'un pour me tirer du pétrin. Quelqu'un qui ne soit pas impliqué. »

L'idée que je sois en train de faire quelque chose d'illégal semble, pour une raison étrange connue de lui seul, le radoucir quelque peu.

« Dis-moi ce qui se passe. » La chose semble aussi accroître sa curiosité.

« Je ne peux pas.

— Pourquoi ?

— Parce que je ne le sais pas moi-même, pas avec certitude, lui dis-je. Une intuition. Quelque chose que je dois vérifier.

— Comme ça, tu ne vas pas me le dire ?

— Non. »

Sa serviette est bourrée de livres. Nous approchons sans nous presser de l'ascenseur où nous devons nous séparer.

« On leur en a fait baver, dit-il.

— Oui.

— Il n'empêche, comme tu l'as dit à Acosta, qu'il nous reste pas mal de questions à résoudre. »

Il parle des lunettes trouvées sur les lieux du crime et du mot où figure le nom d'Acosta sur le calendrier de Brittany Hall. Pour Harry, il s'agit depuis le début d'impondérables, en grande partie parce qu'il n'a jamais cru à l'innocence d'Acosta.

Je lui accorde qu'il ne sera pas facile de réfuter ces pièces à charge devant le tribunal.

« C'est encore plus difficile lorsqu'on sait ce qui s'est passé et qu'on ne peut pas le prouver. »

Il me jette un rapide regard sombre, vide et inexpressif. « Il y a quelque chose qui m'aurait échappé ? »

Ce qui me préoccupe depuis longtemps, c'est qu'Acosta ait fait des déclarations à la police avant son arrestation, et qu'il ait tenu des propos équivoques concernant la note sur le calendrier de Brittany Hall qui ont permis à Kline de transformer la chose en pièce à conviction malgré son caractère de preuve par ouï-dire.

On peut dire ce que l'on voudra du juge, mais il ne se laisse pas manipuler comme ça. Je suis désormais convaincu que ses déclarations aux flics n'avaient pas été le résultat d'une étourderie de sa part mais de quelque chose d'autre.

« Ça ne t'a pas troublé, dis-je à Harry, que Brittany Hall ait accepté de rencontrer Acosta en tête à tête alors qu'elle se préparait à témoigner contre lui dans l'affaire d'incitation à la prostitution ?

— Ça m'a traversé l'esprit. Mais étant donné qui est Acosta, je ne me suis pas trop interrogé là-dessus. » Il veut dire que tout est possible. « Tu ne gobes pas son hypothèse selon laquelle les flics auraient eux-mêmes inventé cette histoire de note ? »

Je hoche la tête.

« Elle voulait peut-être le rançonner ? » Harry pense à un chantage quelconque.

« Non. Si une chose est sûre dans cette affaire,

c'est que Brittany Hall était une arnaqueuse de première. Nullement du genre à faire des coups en douce et à empocher le fric. Elle voyait loin. Si elle a piégé Acosta, c'est qu'il y avait autre chose. J'ai toujours pensé qu'elle cherchait l'appui de Phil Mendel pour faire carrière dans la police. »

Harry réfléchit quelques instants à cette explication mais il n'en disconvient pas.

« Mais alors pourquoi aurait-elle donné rendez-vous à Acosta chez elle ? demande-t-il.

— Le fait est qu'elle ne lui avait pas donné rendez-vous.

— Tu viens de dire que tu ne pensais pas que le mot sur le calendrier soit un coup monté, que c'était bien elle qui l'avait écrit.

— C'est elle qui l'a écrit. Deux choses vont de pair dans toute cette affaire : les lunettes et la note. Elles ont une origine commune. »

Il m'adresse un regard interrogateur.

« Oublie la note pour l'instant. Réfléchis. Tu as une paire de lunettes brisées, une vis qui manque à une monture. Tu es un juge très occupé. Les portes-tu à réparer chez l'opticien toi-même ? »

Harry réfléchit une seconde puis hoche la tête. « Tu envoies ton clerc ou ta secrétaire.

— Ou ta femme. »

L'expression qui se peint alors sur le visage de Harry s'apparente à l'illumination d'un lever de soleil.

« Lili. » Nous prononçons tous les deux son nom à l'unisson.

« Selon moi, les lunettes étaient dans son sac à main depuis des semaines. Elle a pu les sortir en fouillant dans son sac à la recherche d'un Kleenex. On ne le saura jamais avec certitude. Mais une chose est sûre, elles étaient dans son sac cet après-midi-là, lorsqu'elle est allée voir Brittany Hall chez elle pour la supplier d'épargner la carrière de son mari. »

La version des événements selon Armando. Je mettrais ma main au feu que c'est lui qui a raconté à sa femme cette histoire de traquenard organisé par la police, qu'il était allé rendre visite à Brittany Hall pour une affaire relevant de ses fonctions et de quelle manière les flics l'avaient épinglé pour incitation à la prostitution.

« Mais la note sur le calendrier ? », demande Harry.

Je lui rappelle que la note ne disait pas Armando mais uniquement « Acosta ».

« Tu crois qu'il sait qu'elle est allée à l'appartement ?

— Comme quelqu'un me l'a dit il y a peu de temps, j'en mettrais ma tête à couper. »

Harry reste là à me regarder, interloqué, la porte de l'ascenseur ouverte derrière lui.

L'air stupéfait, il recule alors de deux pas dans la cage vide. Plusieurs secondes s'écoulent avant qu'il puisse reprendre la parole.

« Ce salopard nous a menti », dit-il finalement. Ce sont les derniers mots de Harry avant que la porte de l'ascenseur ne se referme sur lui et ne nous sépare.

Le juge a effectivement menti — mais c'était un mensonge honorable.

Lenore a une amie juge à la Cour suprême. Elles appartiennent l'une et l'autre à toutes les associations féminines. Elles déjeunent régulièrement ensemble. Ce soir, Lenore a pris possession du cabinet désert de son amie sous prétexte d'utiliser pour des recherches les recueils de jurisprudence qui en garnissent les murs.

« Alors, de quoi s'agit-il ? Pourquoi voulais-tu me voir ici, au tribunal ? »

Lenore est au courant de ce qui s'est passé à la cour aujourd'hui. Elle se demande sans aucun doute si elle ne s'est pas trompée au sujet de Tony. Les loyautés d'enfance ont la vie dure.

Elle est assise sur le canapé. Je suis adossé au bureau, la joue solidement appuyée contre l'angle du canapé.

Il y a un élément de toute cette histoire qui demeure inexpliqué, à moins qu'il n'implique Tony. C'est pour cette raison que j'ai demandé à Lenore de venir me retrouver ici ce soir.

« Tu te souviens de notre visite à l'appartement de Brittany Hall, ce soir-là ? »

Elle fait signe que oui. Elle m'observe d'un regard attentif.

« Tu te souviens de ce que nous avons vu ? Quelque chose de brillant, un bijou sur le plancher, à demi enfoui dans la terre du pot brisé de la plante d'intérieur ?

— Je m'en souviens.

— Tu l'as vu mieux que moi. Est-ce que tu te rappelles ce que c'était ?

— Tu penses aux éraflures de métal sur la table basse ?

— Oui.

— Tout s'est passé si vite. Et il faisait noir. Je n'ai pas fait très attention. C'était petit. Une bague peut-être. Une partie de bracelet. » Elle fait un geste dubitatif de la tête.

« Le fait est que les flics ne l'ont pas trouvé.

— C'est ce qu'ils disent, rectifie-t-elle.

— Non. Je pense que sur ce coup-ci ils sont réglo. Mais il existe une autre possibilité. »

Elle me regarde.

« Est-ce Tony qui l'a pris ? »

Lenore pousse un profond soupir. « C'est ce que tu penses. » C'est un constat, pas une question. Elle sait que Tony lui a menti, qu'il est allé à l'appartement ce soir-là. »

Je lui demande si elle lui a parlé. Il lui faut un certain temps mais elle finit par acquiescer.

« Qu'est-ce qu'il a dit ?

— Il a reconnu y être allé. Mais il dit qu'il ne l'a pas tuée. Il dit qu'il a trouvé le corps.

— C'est lui qui l'a déplacé, n'est-ce pas ?

— Comment le sais-tu ?

— Appelle ça de l'intuition. A-t-il pris autre chose sur les lieux du crime ?

— Des pages du carnet d'adresses. Il ne m'en a pas dit davantage.

— Il n'a pas fait allusion au bijou qui se trouvait sur le plancher ? »

Elle fait un signe de dénégation de la tête.

Je me lève et commence à arpenter la pièce. Nous sommes à trente mètres de la salle d'audience de Radovich, à laquelle nous sommes reliés par un couloir qui ceinture chaque étage le long des fenêtres extérieures de l'édifice. Le personnel du tribunal emprunte ce couloir pour livrer des documents, et il sert d'issue de secours sous contrôle en cas d'incendie ou si des violences surviennent dans le tribunal.

« Il se peut que la réponse se trouve au bout du couloir.

— De quoi parles-tu ?

— Imagine un instant que Tony n'ait pas pris l'objet qui se trouvait par terre sous la table ce soir-là. Et que les flics ne l'aient pas trouvé. Où est-il passé ? »

Elle hoche la tête, fait la moue et hausse finalement les épaules.

C'est cela qui me harcelait.

« Procédons par élimination, lui dis-je. Il y a eu l'assassin. Supposons qu'il ou elle l'ait laissé tomber. Il y a eu Tony. Supposons qu'il avait d'autres chats à fouetter, des numéros de téléphone à faire disparaître. Il ne l'a pas vu. Il avait peut-être autre chose à faire. Puis il y a eu toi et moi. Or nous n'y avons pas touché.

— Où cela nous mène-t-il ? demande-t-elle.

— Il y a eu quelqu'un d'autre. »

Elle me regarde, l'air de dire qu'elle ne voit pas de qui je veux parler.

« Kimberly.

— La gamine ? »

J'opine d'un lent mouvement de la tête.

« Mais elle a été interrogée.

— En effet. Et elle a dit quelque chose. Quelque chose que je n'ai pas enregistré sur le coup parce que j'étais concentré sur autre chose. Ça me tarabuste depuis des semaines. Il s'agit de quelque chose que Kimberly n'a pas répété à la barre dans le prétoire. Mais la première fois, lorsque nous l'avons vue seule dans la salle d'audience avec le juge, elle l'a dit.

— Qu'est-ce qu'elle a dit ?

— Au début, comme je ne savais pas au juste si j'avais bien entendu ou si j'avais rêvé, j'ai commandé une transcription de cette première audience lors de la motion déposée par Kline pour qu'on interroge la petite à huis clos. »

Je prends la transcription dans ma serviette. J'ai souligné le passage au marqueur, deux nuits auparavant, et je lis à Lenore.

« Ecoute. » Je trouve le passage en question. « C'est Radovich qui l'interroge.

« KIMBERLY : Ils étaient vraiment en colère.

« LE JUGE : Qui ?

« KIMBERLY : Maman.

« LE JUGE : Sais-tu si l'autre voix était une voix de femme, comme celle de ta maman ou une voix d'homme ?

« KIMBERLY : J'ai entendu maman. Elle criait.

« LE JUGE : Oui. Mais as-tu entendu l'autre voix ?

« KIMBERLY : Pas de réponse.

« LE JUGE : Est-ce que ta mère a dit quelque chose ?

« KIMBERLY : Elle a dit "Non !" Elle était vraiment en colère.

« LE JUGE : As-tu entendu une voix d'homme ?

« A ce moment-là, j'ai soulevé une objection, dis-je à Lenore. Il y a eu un échange entre Radovich et moi au sujet de cet interrogatoire. Il lui faisait des suggestions qui n'apportaient rien. »

Elle me regarde et acquiesce avec un sourire complice.

« Il rejette mon objection puis reprend son interrogatoire par des questions portant sur l'endroit où elle se trouvait et sur l'ourson en peluche. Ecoute.

« KIMBERLY : Binky était dehors avec maman. On leur a fait mal à tous les deux.

« LE JUGE : Binky doit être un vrai bon ami ?

« KIMBERLY : Il garde tous mes trésors.

« LE JUGE : J'avais un petit ami en peluche quand j'étais petit, moi aussi. Nous étions vraiment bons copains. Je pouvais lui parler de tout. Dis-moi, Kimberly, as-tu vu ta maman se faire blesser ce soir-là ? »

Radovich est comme la plupart des adultes lorsqu'ils parlent aux petits enfants : nous n'écoutons pas. Il avait poursuivi comme si de rien n'était, sans même entendre ce qu'elle avait dit, comme nous tous d'ailleurs dans la salle d'audience ce jour-là. Elle était en train de nous dire ce qu'elle avait vu. Elle nous parlait de l'objet qu'elle détenait et de l'endroit où elle l'avait mis.

« Le trésor, dit Lenore.

— Exact. Dans le ventre de l'ourson.

— Mais...

— Je l'ai vu faire dans le prétoire la seconde fois. Avec un bouton qu'elle avait arraché à sa robe. Elle lui a donné à manger.

— Comment ça ?

— Je ne sais pas. Elle a mis son doigt dans la bouche de l'ourson et lorsqu'elle l'a retiré, le bouton avait disparu.

— Tu crois donc que ce qu'il y avait là-bas, ce soir-là...

— Est maintenant à l'intérieur de l'ourson.

— Et tu voudrais que je... » Elle n'achève pas sa pensée. « Pas question », dit-elle.

Je me trouve devant un dilemme tactique quant à ce qu'il convient de faire de mes soupçons à propos de l'ourson et de son contenu éventuel. Le problème est que je n'ai aucune preuve, rien de suffisant pour ouvrir l'ourson devant la juriste spéciale. Courir le risque de le faire devant le jury pourrait s'avérer catastrophique s'il n'y a rien à l'intérieur, ou plus grave encore si ce qu'il contient accuse mon propre client. Je ne le crois pas, mais je ne suis pas assez fou pour courir ce risque.

J'ouvre sur elle de grands yeux remplis d'expectative.

« Pas question. » Son ton est sans appel. Il n'y a rien à ajouter.

L'amie juge de Lenore lui a remis un trousseau de clés, dont un passe-partout distribué à tous les juges du tribunal et à un certain nombre d'autres fonctionnaires triés sur le volet. Ce passe-partout ouvre toutes les portes du couloir extérieur menant aux salles d'audience de l'étage, ainsi qu'au bureau du clerc à côté du cabinet de Radovich où le chariot des pièces à conviction est maintenant en sûreté.

« Ils vont le déplacer demain matin. » Je lui fais part de l'ordre donné par Radovich à son clerc de mettre les pièces à conviction en sûreté et sous clé durant l'interruption du week-end. « C'est notre dernière chance.

— Pas question, répète-t-elle. Si nous nous faisons prendre, notre compte est bon.

— Tu ne t'en faisais pas tant le soir où tu m'as traîné à l'appartement de Brittany Hall.

— J'étais ivre. Et en colère.

— Tu me dois bien ça. Pour m'avoir embarqué là-dedans. Pour m'avoir dit que Tony n'était pas allé à l'appartement ce soir-là.

— Je l'ai cru.

— Et maintenant ? Qui crois-tu ? Que crois-tu qu'il se soit passé ce soir-là ? »

Son visage se transforme en un masque de réponses contradictoires. « Je ne sais pas.

— Il serait peut-être temps qu'on le découvre. »

CHAPITRE TRENTE-DEUX

Nous attendons près de deux heures que les choses se calment. Une équipe d'entretien a terminé sa corvée à cet étage et un vigile a fait ses rondes, de sorte que nous avons pu chronométrer ses allées et venues.

Le vigile secoue la porte de la salle d'audience et disparaît dans la vaste salle des pas perdus. J'entends la sonnerie annonçant l'arrivée de l'ascenseur, suivie d'un silence étouffé lorsque celui-ci emporte vivement le vigile vers un autre étage.

Nous nous dirigeons, Lenore et moi, vers la porte du fond et le couloir privé qui conduisent à la salle d'audience de Radovich. Le couloir est bien éclairé, son mur extérieur étant percé de fenêtres donnant sur la rue. Il est nu, ses murs blancs sont aseptisés, son sol est un revêtement de vinyle clair, le tout ponctué de portes donnant à intervalles réguliers sur les diverses salles d'audience. Chaque porte est signalée par un numéro peint en grands chiffres verts correspondant à une chambre d'accusation.

Lenore m'ayant remis les clés, c'est moi qui vais devant. Nous n'avons pas beaucoup de chemin à faire. Une simple succession de pièces nous séparent de la salle d'audience de Radovich.

« Ne regarde pas maintenant, mais nous sommes sous surveillance, dit Lenore.

— Hein ?

— Au plafond. »

Je lève vivement les yeux et je vois une caméra de surveillance dans un recoin.

« Souris et parle. Comme si nous étions tout simplement deux personnes qui travaillent tard. Juste deux travailleurs acharnés en train de chaparder des pièces à conviction. »

Je me suis muni pour la circonstance d'une petite lampe de poche et d'une aiguille à tricoter au crochet ayant appartenu à Nikki, un objet qui me permettra de sonder prestement le ventre de l'ourson. Si je trouve quelque chose, je l'y laisserai, appellerai de nouveau Kimberly à la barre et lui demanderai précisément ce qu'elle a donné à manger à l'ourson le soir du meurtre, ce qui étaiera ma requête visant à pousser plus avant l'examen de la preuve, devant le jury cette fois.

Nous passons sous la caméra fixe, désormais orientée au-dessus de nos têtes et derrière nous. Hors écran pour l'instant, nous nous arrêtons.

La porte du cabinet de Radovich se trouve quinze mètres plus loin, dans le couloir, à proximité d'une autre caméra fixée au plafond.

« S'il y a une chose de sûre, constate Lenore, c'est que nous allons être filmés.

— Espérons qu'ils ne sont pas justement en train de regarder les écrans. »

Nous devons tenter notre chance coûte que coûte.

« Pas de gestes furtifs, lui dis-je. Aie l'air naturel. Nous sommes ici de plein droit, pour raison professionnelle.

— D'accord. Si on se fait prendre, c'est toi qui feras la conversation.

— Si on se fait prendre, on laissera cela à notre avocat.

— Tu as vraiment le don de calmer les frayeurs d'une fille, toi. »

Nous nous rapprochons de la porte tandis que Lenore ne cesse de tenir nerveusement un monologue à mon oreille, de sorte que je ne suis pas nécessairement obligé de répondre.

Lorsque nous arrivons à la porte, elle se trouve entre la caméra et moi, masquant un bref instant mes tentatives pour trouver la clé qui va dans la serrure. Après plusieurs essais, je tombe enfin sur la bonne que je tourne dans le cylindre. La porte s'ouvre avec un déclic et nous nous faufilons à l'intérieur. Elle se referme doucement derrière nous.

L'endroit est faiblement éclairé par la seule lueur rouge de l'écriteau indiquant la sortie qui se trouve sur la porte au-dessus de nos têtes, et par deux ou trois veilleuses dans des caissons grillagés pour la sécurité à l'extérieur de la salle d'audience.

Je lui fais signe de jeter un œil dans les tribunes réservées au public. Elle y va et revient.

« La voie est libre.

— Y a-t-il une clé à part pour le bureau du clerc ? »

Elle prend un air désolé. Nous n'avions pas pensé à cela.

« Essaie le passe-partout », suggère-t-elle.

Ce qui est clair, c'est que nous n'avons droit qu'à un seul essai. Faute de clé, nous sommes faits. Nous ne savons ni l'un ni l'autre forcer les serrures. J'en ai les genoux qui tremblent.

Je glisse sans faire de bruit la clé dans la serrure et la tourne. Elle obéit en douceur et la porte s'ouvre.

J'ai presque le cœur qui lâche. Nous n'avons vraiment pas de veine.

« Ah merde ! », dit Lenore en le voyant.

Debout dans la lumière bleutée d'un écran d'ordinateur, Coleman Kline tourne les yeux vers nous depuis le milieu de la pièce. Les jambes largement écartées, les mains jointes derrière le dos, se balançant sur les talons, il nous attend de pied ferme.

« Vous voulez bien me dire ce que vous faites ici ? », demande-t-il d'une voix autoritaire qui s'adresse à Lenore.

Elle se fait toute petite, se place derrière moi et me chuchote à l'oreille qu'il avait été convenu que c'était moi qui ferais la conversation.

« Ah, Maître Madriani. Vous jouez les avocats criminalistes ce soir ? Et vous, Maître Goyá, vous avez perdu votre langue, on dirait ? C'est une première, n'est-ce pas ? » Il bombe le torse sous son veston, s'imbibant comme un tétrodon se gorge d'eau de toute l'impertinence du procureur autorisé à demander des comptes.

« Nous pourrions vous poser la même question. » Lenore est la première à trouver les mots qui conviennent, bien qu'elle les dise derrière moi. « Qu'est-ce que vous faites ici ?

— J'ai une clé. Que le comté m'a confiée. Où avez-vous trouvé la vôtre ? » Ce n'est pas exactement une réponse mais elle vaut amplement celle que nous pourrions lui faire s'il presse Lenore sur le sujet.

Pendant tout ce temps, je le détaille des pieds à la tête, jusqu'au moment où, lors d'un second examen, mon regard s'arrête sur ses chaussures. Il y a autour de ses pieds de petites touffes blanches et cotonneuses semblables à de la laine effilochée. Il y a une pièce de dix cents et un bonbon sur le tapis. Je promène mon regard tout autour de ses pieds puis je le vois. Dernier entré, dernier sorti : un petit bouton rose en forme de cœur.

Je reste sans bouger à l'écouter, apparemment fasciné par sa harangue, l'air ennuyé, le temps que la chose fasse son chemin en moi. Nous avons obéi à une logique parallèle, Kline et moi. Radovich a donné des instructions pour que l'on mette les pièces à conviction sous clé jusqu'à demain matin. Je n'avais jamais envisagé l'éventualité que l'assassin puisse lui-même se pointer ici ce soir.

Kline suit mon regard. Il baisse les yeux et voit soudainement ce que je suis en train de regarder. Il s'interrompt au milieu d'un mot.

Je comprends alors brusquement qu'il n'a pas les mains jointes derrière le dos. Il tient quelque chose.

« Enfin, je ne sais pas pour vous deux, dit Lenore, mais si on doit rester ici comme ça à palabrer, j'aimerais me rendre un peu utile. Si ça ne vous ennuie pas, je vais faire un peu de lumière. »

Avant que je puisse l'arrêter, elle me contourne pour se diriger vers le commutateur qui se trouve sur le mur derrière Kline.

« Non ! » J'essaie de la retenir mais il est trop tard.

Il est plus rapide que je ne l'aurais cru et, plaquant brutalement ses mains sur les épaules de Lenore, il la fait pivoter pour l'immobiliser. Elle se retrouve brusquement adossée au corps de Kline qui lui enserre la poitrine de son bras gauche, tenant de la main droite un couteau dont il appuie sur sa gorge la lame de dix centimètres. Il tient dans sa main gauche les restes déchiquetés de l'ourson de Kimberly dont le devant a été fendu par le couteau aiguisé comme un rasoir. Kline, qui pige toujours vite, avait su réagir comme il faut lorsque nous lui sommes tombés dessus à l'improviste, jouant les offensés, proférant des menaces et y allant de tout son baratin. Il avait failli tirer son épingle du jeu.

Lenore se débat mais il a la poigne solide. Il appuie la pointe acérée du couteau sur sa gorge et elle cesse de lutter.

« Vous, vous m'en aurez vraiment fait voir, lui dit-il tout près de l'oreille. Une saleté de fouineuse, toujours en train de se mêler de ce qui ne la regarde pas. Vous et Hall derrière des portes closes. Mon pire cauchemar. »

Je me penche sur la pointe des pieds à la recherche

d'une issue et il appuie plus fortement sur le couteau à l'extrémité duquel se forme une goutte de sang.

« Ahh. Non. Non. Je n'ai rien contre vous, me dit-il. Je ne veux pas lui faire de mal. Mais si vous m'y forcez...

— Du calme.

— Reculez », dit-il.

Je recule d'un pas.

« C'est ridicule, lui dis-je. C'est terminé. »

Il ne dit rien mais pose sur moi un regard comme je n'en ai jamais vu, à mi-chemin entre l'espièglerie et la folie : un trait de personnalité tout nouveau chez lui, tel un homme sérieux qui se serait soudain transformé en play-boy.

« Vous n'allez pas la tuer, lui dis-je. Vous le savez et je le sais.

— A cet instant, je l'écorcherais volontiers pour faire bonne mesure. Pour lui faire payer cet ennui supplémentaire qu'elle me cause. Je pourrais coller sa peau sur mon bureau. »

Je fais furtivement quelques pas de côté, mais pas assez pour qu'il puisse passer.

« La preuve. » Je fais un signe de la tête en direction du jouet déchiqueté. « C'était une bague ? »

Lenore me regarde, l'air de dire que ce n'est pas le moment de faire la conversation, de jouer au jeu de la vérité.

Kline ne répond pas, il a trop à faire pour le moment.

C'est alors que je vois, rendus visibles par ses bras étendus autour de Lenore, sur ses manches amidonnées presque jusqu'aux coudes et ponctuant chaque poignet, gravés de ses initiales, la marque de reconnaissance de Kline, les boutons de manchettes en or.

« Evidemment. »

C'est pour cette raison qu'il lui fallait récupérer le bouton de manchette, à cause de ses initiales gravées, les marques laissées dessus par les irrégularités, les éraflures sur la table. Je comprends enfin pourquoi il en avait tant après Lenore. Voyant que le bouton de manchette manquant ne figurait pas parmi les pièces à conviction, il devait se poser des questions. La découverte des empreintes digitales de Lenore sur la porte lui a apporté l'information qu'il cherchait, mais ce n'était pas la bonne. Il avait cru que c'était elle qui avait trouvé son bouton de manchette.

« Reculez encore, me dit-il.

— Qu'est-ce que vous comptez faire ? Jusqu'où pensez-vous pouvoir vous enfuir ?

— Qu'est-ce qui vous fait croire que je doive aller quelque part ?

— Et nous ? demande Lenore.

— Et vous ? Ecartez-vous », m'ordonne-t-il.

J'esquisse un pas de côté mais pas assez pour qu'il puisse se risquer à passer à ma hauteur.

« Nous savons tout, déclare Lenore.

— Et qui vous croira ? Un adversaire hargneux dans un procès criminel et une ancienne employée que j'ai dû licencier pour faute professionnelle grave, et qui a laissé ses empreintes digitales partout sur la porte de la victime. Tout cela ne pèse pas lourd en votre faveur. »

Il a raison. Sans le bijou compromettant, nous n'avons rien. Avec les irrégularités de la table, ses initiales sur le bouton de manchette et Kimberly pour identifier celui-ci comme étant le trésor qu'elle a ramassé ce soir-là et qu'elle a donné à manger à son ourson, Kline avait de quoi s'inquiéter.

« Il n'y a qu'à faire disparaître cette preuve et nous recommençons tous à vivre comme avant. »

Tous sauf Acosta qui n'a, semble-t-il, qu'à payer pour les pots cassés.

Lenore se débat dans les bras de Kline. Je crains un instant qu'il ne lui tranche la gorge comme un melon. Mais il se contente de secouer comme une carcasse éventrée ce qui reste de l'ourson de Kimberly. Il s'en échappe du rembourrage ainsi que quelques-uns des trésors de l'enfant qui se répandent sur le plancher.

Il jette un œil fébrile par-dessus l'épaule de Lenore.

L'objet qu'il cherchait est là, sur le plancher entre nous, à ses pieds, brillant dans la pénombre. Mais il ne peut le saisir sans lâcher Lenore. S'il bouge, il sait que je vais me jeter sur lui.

Il me regarde puis baisse les yeux sur le bouton de manchette par terre.

« Reculez. En arrière ! »

Je n'obéis pas.

« Vous voulez qu'elle meure ? »

Je recule d'un pas.

« Encore. »

Je recule de quelques centimètres.

« Ramassez-le, dit-il à Lenore. Et pas de bêtise. »

Il la pousse en avant du genou en pressant le couteau sur sa veine jugulaire.

« Si je bouge, vous allez me couper la gorge avec ce truc.

— Ne me tentez pas, lui dit-il. Je vais relâcher ma prise. Un geste et je vous charcute. Je suis sérieux.

— Je n'en doute pas. »

Il relâche très légèrement sa prise sans me quitter des yeux. Il retire le couteau de quelques centimètres.

Lenore se penche. D'un geste vif, elle saisit sur le tapis l'objet en or brillant.

« Donnez-le-moi », dit-il.

De son bras droit complètement tendu, le poing refermé sur le bouton de manchette, elle exécute un unique mouvement explosif.

« Tenez. » Son coude pointu revient en arrière comme un piston de locomotive et atteint violemment Kline dans les côtes. Son râle de douleur se répercute dans la pièce. A l'instant même où il se plie en deux, elle se libère de lui.

Je la pousse vers la porte. Elle tombe sur les mains et les genoux, et je m'interpose entre eux.

« Allez ! Allez ! Sors ! »

Au moment où je me retourne, le couteau de Kline fend l'air, lacérant la manche de mon veston. Du sang se mélange à des lambeaux de tissu mais je ne sens pas la douleur. Puis, une fraction de seconde plus tard, une sensation de brûlure me traverse le bras et me monte au cerveau.

Il porte le bras en arrière pour frapper un autre coup. Je fais un pas de côté, saisis une lampe sur le bureau et m'en sers pour parer le coup, métal contre métal. Un troisième coup lacère l'abat-jour.

Lenore est toujours là, apparemment sous le choc, refusant de me laisser seul.

Je me jette sur lui avec la lampe et le touche au bras, arrachant le fil de la prise.

Je crie à Lenore : « Sors ! » Me plaçant entre elle et Kline, je me mets alors à balancer violemment la lampe en faisant de grands moulinets pour le tenir à distance.

Se rendant compte qu'elle tient à la main de quoi détourner son intérêt de moi, Lenore fait finalement demi-tour pour s'enfuir. Kline détourne le regard, distrait. Je lance la lampe en un arc de cercle qui l'atteint à la joue. Le coup le fait chanceler en arrière contre une chaise et le mur.

Lenore arrive à la porte. Une seconde plus tard, j'entends le claquement de ses talons sur le sol en vinyle du couloir tandis qu'elle s'enfuit vers l'autre extrémité du bâtiment, puis plus rien, comme si elle courait maintenant sur de la moquette.

Je me rends soudain compte que c'est moi qui ai les clés. Elle ne peut entrer dans aucune des salles d'audience du couloir.

Kline esquisse un mouvement en direction de la porte mais je lui bloque le passage. Je saisis alors des objets sur la table du clerc et les lui lance comme sur les cibles d'un parc d'attraction. Une lourde agrafeuse l'atteint en pleine poitrine et il pousse un gémissement. Suivie d'un support de ruban adhésif qui doit peser au moins son kilo.

Maintenant, il est furieux. Il commence à répliquer en me lançant de toutes ses forces un lampadaire. Je me baisse mais une partie du lampadaire me touche à l'épaule.

Le choc passé, à l'instant même où je me redresse, je vois du coin de l'œil venir vers moi, tel un satellite en orbite, une petite plante en pot qui m'atteint à l'arcade sourcillière. C'est la dernière chose que je vois avant de me retrouver sur la moquette. Kline m'écrase l'arrière d'un genou en passant sur moi et j'entends le bruit de la porte qui s'ouvre et se referme.

Etourdi, je vacille à quatre pattes, un filet de sang dégoulinant sur le revers d'une main, l'autre tâtant mon front et le liquide chaud qui englue mon œil.

Puis je pense : *Lenore.*

Je mets un bon moment à me relever en m'agrippant au rebord du bureau. Je me retourne et me dirige en titubant vers la porte, sors dans le vestibule et m'engage dans le long couloir blanc. Dix mètres plus loin, je découvre la raison pour laquelle les pas de Lenore s'étaient tus tout à l'heure : ses chaussures à talons hauts sont abandonnées, l'une ici, l'autre trois mètres plus loin, comme si elles s'étaient détachées de ses pieds dans sa course.

J'entends alors le bruit métallique de la sortie de secours à l'autre bout, une porte qui claque. Je cours et, les jambes flageolantes, je donne à un certain moment contre un mur. Le couloir n'en finit pas... devant moi, je vois la double porte métallique. Je pousse la barre de sûreté et me retrouve dans une cage d'escalier en béton. Des pas se font entendre plus bas, sur les marches métalliques. Je me guide sur eux.

En arrivant au deuxième étage, j'entends un claquement caverneux quelque part dans les sous-sols au-dessous de moi, la porte de la rue qui se referme et un lourd martèlement de semelles sur le pavé. Ce ne peut être que Kline qui a trouvé une sortie et qui pourchasse Lenore.

Il me faut encore trente secondes pour atteindre le rez-de-chaussée. Ouvrant la porte dans la nuit sombre et froide, je regarde à droite et à gauche.

A cent mètres, je vois qui traverse en courant la rue en diagonale dans le halo d'un réverbère une forme féline, déchaussée, et qui, toujours en courant, se retourne pour regarder derrière elle. Elle s'arrête. Lenore. Je scrute le trottoir devant moi pour apercevoir Kline mais je ne le vois pas, la voie est obscurcie par l'ombre des grands ormes solidement enracinés.

Lenore se remet tout à coup à courir, quelque chose l'a fait fuir comme une biche effrayée.

Je prends mes jambes à mon cou. Le cœur battant, j'arrive au coin de la rue. Là, sous un réverbère, un pâté de maisons plus loin, je vois une silhouette : une forme masculine qui court à toute allure.

Le mail consiste en un large boulevard au milieu duquel des rails de tramways courent sur cinq pâtés de maisons. Ce soir, ses devantures sont illuminées par des décorations de Noël, et des petites ampoules scintillantes, blanches, rouges et vertes, en ornent les arbres. Mais dessous se traîne une population de clodos, et de sans-logis. Le soir, le centre-ville est abandonné par les classes moyennes laborieuses.

A un coin de rue de K Street, près du square de la Neuvième Rue, une bande de jeunes, des adolescents pour la plupart, se bousculent pour avoir un peu d'espace sur la patinoire provisoire que la municipalité installe chaque année. Lenore, à la vue de ce spectacle, s'y dirige en ligne droite. Elle va chercher refuge dans la foule.

Je l'imite, mais d'un pas normal. Ma respiration forme une buée derrière moi.

Je m'aperçois soudain que j'ai perdu Kline de vue. Il n'est plus dans la rue. Il s'est, semble-t-il, esquivé pendant que je surveillais Lenore. Je suis pris d'un moment d'affolement à la pensée que je l'ai peut-être dépassé dans ma course et qu'il pourrait se trouver maintenant derrière moi. Je me retourne. Il n'y a rien que les ténèbres froides et glacées.

Je scrute le mail pour essayer d'apercevoir un agent de police, un uniforme quelconque, quoique je doute que cela puisse servir à grand-chose avec Kline. Il est beau parleur et nous ferait certainement coffrer à la minute même, fouiller et délester, Lenore et moi, de la seule preuve qui ne mente pas. Les flics qui font l'îlotage ne posent pas de questions à un procureur général et les vigiles des agences de sécurité privées s'agenouilleraient en sa présence.

J'arrive en marchant d'un bon pas sous les arbres illuminés de la rue piétonne. Lenore s'est fondue dans la foule massée près de la patinoire sur laquelle des gamins dérapent avec jubilation. Les autres attendent leur tour sur trois rangs tandis que « Jingle Bell Rock » gueule depuis une sono à réveiller les morts.

Je m'arrête à une cabine téléphonique, près de l'un des arrêts de tramway. Je songe l'espace d'un instant à appeler au secours. Mais qui ? Je suis à trente mètres de la patinoire et des clodos font la manche. Tout ce qui le soir porte un costume fait pour eux l'affaire. L'un d'eux me touche le bras et, le repoussant d'un geste sec, je m'éloigne en essayant d'apercevoir Lenore. Je vois une chevelure brillante et un buste sombre. Elle me tourne le dos sept ou huit mètres plus loin. Je cherche Kline des yeux dans la foule. Rien.

Je m'approche d'elle et la saisis par l'épaule. Une adolescente boutonneuse qui mastique du chewing-gum se retourne.

« Hé ! Comment ça va ? »

Un type est debout près d'elle, tout aussi boutonneux.

« Hé, Jeannie a un nouveau ticket.

— Hé, c'est un mec qui veut tirer un coup, dit l'un des amis du type.

— Hé, on peut en tirer un nous aussi ? renchérit derrière moi un jeune qui doit faire dans les deux mètres et porte une moustache tombante à la Fu Man Chu.

— Excusez-moi. Je vous ai prise pour quelqu'un d'autre, dis-je à l'adolescente.

— Ouais. C'est ça. Barre-toi.

— Fous le camp, connard ! », ajoutent deux de ses copines en se tournant vers moi. Et je me fonds dans la foule, heureux de la musique qui se déverse à tue-tête.

Je n'ai pas fait cinq pas que je la vois. De l'autre côté de la patinoire, contre la palissade, qui regarde de mon côté : Lenore qui promène un regard circonspect sur la foule.

Je lui fais signe mais elle ne me voit pas. Puis j'aperçois au fond de mon champ de vision une silhouette de haute taille qui s'approche d'elle par-derrière. Mon regard suit le sien comme un radar. Kline l'a vue. Il ne se trouve pas à plus de cinq ou six mètres d'elle et se fraye un chemin dans la foule tel un brise-glace.

Je me lance au pas de course en heurtant presque un gosse. Une fois sorti de la cohue qui entoure la patinoire, je pique un sprint en zigzag tout en scrutant la foule pour tenter d'apercevoir Lenore. Tout autour il y a une musique infernale, un tintement insensé de cloches électroniques et un bruit étouffé de roues sur de l'acier.

C'est alors que je les vois, en train de lutter corps à corps au milieu de la rue. Lenore, le bras étendu, tient l'objet dans son poing refermé, le bouton de manchette en or de Kline, gravé à ses initiales et marqué comme d'une empreinte digitale des irrégularités de la table. Lenore se débat pour essayer de se défaire de lui qui, par-derrière, la ceinture en s'agrippant à son bras tendu.

Je m'élance à toute vitesse.

Je vois alors du coin de l'œil les cinq wagons blanc et bleu en métal luisant et aux fenêtres brillantes d'une rame de tramway qui remonte à toute vitesse la Neuvième Rue en direction de l'étroit virage qui donne dans la rue piétonne. Le machiniste ne peut voir à l'angle de la rue Lenore et Kline qui se battent sur les voies.

Puis, tout à coup, d'une faible tension du bras, elle lance vivement l'objet de leur lutte dont l'éclat doré dans l'air est à peine perceptible de l'endroit où je me trouve : le bouton de manchette de Kline accomplit un arc pour retomber moins de deux mètres plus loin où il rebondit à deux reprises avant de finir sa trajectoire dans l'interstice entre le rail et la rue.

Il me reste encore une dizaine de mètres à parcourir.

Le tramway approche. Le machiniste les voit enfin à travers son pare-brise mais il est trop tard. L'acier grinçant sur l'acier, la rame glisse, obéissant à la loi d'inertie.

Kline, qui la ceinture toujours par-derrière d'un seul bras, s'efforce de l'entraîner vers l'objet tombé sur la voie en direction du train qui vient vers eux.

J'abaisse une épaule et, de toute la force de propulsion dont mon corps est capable, je glisse devant Kline en attrapant Lenore entre les cuisses et la taille, mes bras solidement refermés sur elle, et en me laissant porter par mes jambes. L'impact de mon corps contre le sien la détache de la prise de Kline. L'élan nous emporte de l'autre côté de la voie où nous culbutons comme deux clowns sur le ciment.

J'ai l'impression à cet instant que ne me parviennent plus que des sensations sonores et vibratiles : le choc mat du métal sur la chair et, presque aussitôt, le silence de mort de la foule.

Nous sommes étendus de tout notre long sur la chaussée, Lenore et moi, tandis que la douleur commence finalement à se faire sentir.

Le dernier wagon passe à notre hauteur, tandis que le tramway continue à glisser sur près de cinquante mètres avant de s'arrêter. Les jeunes accourent pour reluquer le spectacle en vociférant comme des bêtes sauvages.

L'effusion de sang, à l'endroit de l'impact sur le ciment, quatre mètres plus loin, a laissé une éclaboussure semblable à une toile abstraite. Une chaussure solitaire arrachée à son propriétaire sous la violence du choc repose entre les rails, un peu de sang perlant à son extrémité, tel quelque caprice morbide de la mode.

Lenore tremble, stupéfiée, complètement choquée. D'un geste hébété, j'enlève mon veston et l'étends sur elle.

Je rampe sur les mains et les genoux en examinant les rails à mesure que j'avance. L'idée que l'avocat général du comté puisse être étendu mort sous le regard d'une horde d'adolescents et que nous n'ayons aucune preuve flotte dans mon esprit comme un nuage sombre. Le bouton de manchette a disparu.

Lenore s'approche derrière moi.

Je m'interroge tout haut sur la hantise qui a pu amener un homme à se prendre de plein fouet un bolide de trente tonnes d'acier et de verre.

« Mais qu'est-ce qui a bien pu lui passer par la tête ?

— Sans doute sa connerie », dit Lenore.

Je lève les yeux sur elle, toute tremblante dans le froid, et je lis sur son visage une expression à mi-chemin entre la grimace et le sourire. L'humour à froid qu'elle affiche devant la mort de Kline est la dernière pointe d'agressivité qu'auront suscitée leurs mauvais rapports.

Je reviens à ma tâche immédiate qui est de repérer le bouton de manchette le long du rail luisant.

« Je ne le trouve pas. » Je passe au peigne fin l'interstice avec mes doigts, trente centimètres à la fois, dans la graisse et la suie.

« Tu es sûr ?

— Oui. Il n'est pas ici. » Je commence à m'affoler. J'ignore ce que dira la justice en l'absence de la preuve.

Je la sens durant quelques instants qui s'appuie sur mon épaule pour se joindre à mes recherches. « Saleté, va. C'était ma paire préférée en plus. »

Je m'arrête pour regarder sa silhouette frissonnante sous les guirlandes illuminées.

Elle est là, tenant dans la paume ouverte de sa main une unique boucle d'oreille et, l'espace d'un instant, je demeure interloqué. J'étudie sur son visage le masque d'un énigmatique sourire, jusqu'à ce qu'elle ouvre la paume de l'autre main. Où brille le bouton de manchette de Kline.

Epilogue

L'ironie de l'histoire, c'est le tour de passe-passe réalisé par Lenore lorsque, dans la lutte à mort qui l'opposait à Kline, elle a refusé de se séparer de la preuve du crime commis par le procureur : cette substitution de l'une de ses boucles d'oreilles au bouton de manchette de celui-ci. C'était la boucle d'oreille que je l'avais vue lancer sur les rails et pour laquelle Kline était mort.

Il s'est écoulé plus d'une semaine, et Radovich a déclaré le procès Acosta entaché d'un vice de procédure. Les journaux sont remplis tous les jours de nouvelles révélations : de preuves croissantes selon lesquelles Kline aurait assassiné Brittany Hall. A partir de photos que lui a montrées la police, Kimberly a finalement identifié Kline comme étant l'homme qu'elle avait vu en compagnie de sa mère le soir du meurtre. C'est pour cette raison que Kline s'était absenté lors de ses deux témoignages devant le tribunal. Il craignait qu'elle ne le reconnaisse.

Le nouveau procureur général a pris ses fonctions et a annoncé, il y a deux jours, que les charges contre Acosta étaient abandonnées. Le juge est un homme libre.

Lui et Lili sont passés au bureau hier et nous avons bavardé. Lili n'a toujours pas avoué être allée chez Brittany Hall ce jour-là. Il est des choses qu'il vaut mieux taire.

Ce matin, Lenore et moi sommes à la maison. Tous deux épuisés et n'ayant qu'une seule envie : prendre un peu de repos. Harry a accepté d'assurer la permanence au bureau durant une semaine, et nous sommes en train de charger la voiture afin d'aller camper quelques jours à la montagne avec Sarah et les deux filles de Lenore. Sarah a tellement rempli la voiture de ses animaux en peluche que nous allons peut-être devoir voyager sur le toit.

« Tu crois qu'on aura besoin de ça ? » Lenore tient le réchaud à gaz butane.

« Si on veut manger, lui dis-je.

— Et moi qui croyais qu'on se ferait livrer des mets chinois. » Je commence à penser que les tentes et les sacs de couchage ne correspondent pas exactement à l'idée qu'elle se fait du repos. Il n'empêche, nous décompresserons dans l'air pur de la montagne, sans télévision ni téléphone, et sans être pourchassés par les journalistes.

Bien qu'il reste encore des questions non résolues, Tony Arguillo a comblé quelques lacunes grâce aux réponses qu'il a faites à la fois aux enquêteurs qui l'ont interrogé et, en tête à tête, à Lenore.

Brittany Hall lui avait confié sur l'oreiller sa liaison avec Kline qui, à l'époque, commençait à tourner à l'aigre. Elle faisait courir des bruits de harcèlement sexuel. Certains disaient qu'il refusait de lui donner un travail. Lenore croit qu'il y avait autre chose. L'intuition féminine.

Elle dit que Kline aurait sans hésiter donné un travail à Brittany Hall. « Avec un personnel de cent personnes, il y avait des places à la pelle, dit-elle.

— Alors à quoi penses-tu ?

— Tu veux mon avis ? Brittany Hall voulait qu'il l'épouse. Elle voulait qu'il quitte sa femme, mais c'était l'argent de cette dernière qui finançait la carrière de Kline. »

Pris entre les tenailles de son vice, une femme riche et une maîtresse qui l'accusait de harcèlement sexuel, Kline avait craqué. Dans l'emportement de la passion, sa colère s'était embrasée comme de l'huile sur le feu ce soir-là. On connaît la suite.

Je m'en étais quelque peu douté en suivant l'interrogatoire de Kimberly durant le procès. Pourquoi, après s'être donné tant de mal pour plaider au nom de la partie civile dans un procès à grand retentissement, faire soudain demi-tour et laisser une subordonnée interroger le témoin le plus sympathique, la survivante, la petite Kimberly ? A moins d'avoir quelque chose à craindre. C'est l'incertitude dans laquelle il se trouvait quant à savoir si elle l'avait vu ce soir-là qui l'avait retenu. Il y avait aussi l'expression déroutée que j'avais vue sur son visage au fond de la salle d'audience lorsque Kimberly donnait des bonbons à son ourson, l'éclat dans ses yeux lorsque tout s'était soudainement mis en place dans son esprit : voilà où était passé le bouton de manchette manquant. J'avais cru un moment qu'il soupçonnait Lenore de l'avoir trouvé ce soir-là, lorsqu'elle avait laissé une empreinte sur la porte de l'appartement de Brittany Hall. Il aura pensé qu'il s'agissait d'une autre intrigue féminine, qu'elle attendait le bon moment pour l'utiliser, pour l'exploiter au maximum. Il s'était montré très énigmatique avec moi lors de la conversation que nous avions eue le soir du dîner de collecte, laissant entendre que Lenore savait quelque chose, qu'elle avait peut-être un indice en sa possession.

Et puis il y avait sa hantise au sujet de l'entrevue que Lenore avait eue avec Brittany Hall. Pourquoi, si ce n'était parce qu'il croyait que cette dernière avait évoqué la dégradation de leur relation devant Lenore. Brittany Hall était une commère et une carriériste. J'avais naturellement remarqué la disparition de la lettre K dans son carnet d'adresses. Nous ne savons toujours pas si ce fut l'effet du hasard, Tony par exemple qui aurait arraché cette page au profit de quelqu'un d'autre, ou si c'est Kline lui-même qui l'a déchirée.

L'appartement de Brittany Hall ressemblait, sans jeu de mots, à un hall de gare. Que tous ceux qui allaient être impliqués dans le procès ultérieur y soient allés, quoique à des moments différents — Lili, Tony, Lenore et moi, et Kline —, donne bien la mesure de sa locataire et de ses aspirations.

En fait, le seul qui n'y soit pas allé ce soir-là fut Phil Mendel dont le nom figurait cependant dans le carnet d'adresses de Brittany Hall et qui est maintenant en prison.

Si Harry était certain que Mendel rentrerait tôt de son voyage, c'est tout simplement parce qu'il le savait jamais parti. Mendel n'avait pas prévu qu'on l'attendrait aux Douanes de l'aéroport à la suite d'un coup de fil anonyme, un tuyau selon lequel il transporterait près d'un kilo d'héroïne dans l'une de ses valises.

Après la descente chez moi, j'avais donné la drogue à Harry pour qu'il m'en débarrasse en la jetant dans des toilettes quelconques. Harry avait trouvé plus expéditif de la glisser dans l'une des valises non gardées de Mendel, dans le bureau du clerc le dernier jour du procès. Lorsque je l'avais interrogé à ce sujet, il avait parlé de « recyclage » : l'action écologique selon Harry. Les agents fédéraux avaient cueilli Mendel alors qu'il courait en vociférant dans l'aéroport pour attraper son avion.

Toutes dettes payées, toutes questions résolues, le récit peut refermer son cercle — poésie en mouvement.

Du même auteur :

PRINCIPAL TÉMOIN, collection « Grand Format », Grasset, 1996.

TROUBLE INFLUENCE, collection « Grand Format », Grasset, 1997.

PAS DE PITIÉ POUR LE JUGE, collection « Grand Format », Grasset, 1998.

LA LISTE, collection « Grand Format », Grasset, 2000.

RÉACTION EN CHAÎNE, collection « Grand Format », Grasset, 2001.

L'AVOCAT, collection « Grand Format », Grasset, 2001.

Composition réalisée par JOUVE

IMPRIMÉ EN ALLEMAGNE PAR ELSNERDRUCK
Dépôt légal Éditeur : 19150-03/2002
LIBRAIRIE GÉNÉRALE FRANÇAISE - 43, quai de Grenelle - 75015 Paris.
ISBN : 2 - 253 - 17223 - 5

31/7223/6